아들과 연인

아들과 연인

Sons and Lovers

데이비드 허버트 로런스 장편소설

최희섭 옮김

SONS AND LOVERS
by D. H. LAWRENCE (1913)

일러두기

이 작품은 1912년 〈폴 모렐Paul Morel〉이라는 제목으로 탈고하였으나 외설적이라는 이유로 하이네만Heinemann 출판사에서 출판이 거절되었다. 그 후 대폭 개정하여 〈아들과 연인Sons and Lovers〉으로 제목을 바꾸었으며, 1913년 5월 10분의 1 정도가 삭제되어 덕워스Duckworth 출판사에서 초판이 출간되었다. 이 판본이 계속 유통되다가 1992년에 비로소 현재와 같은 완전한 판본이 케임브리지Cambridge 출판사에서 처음 나왔다. 이 한국어판은 펭귄 북스Penguin Books에서 출간된 *Sons and Lovers* 1992년판을 원전으로 한 것이다. 삭제되었다가 복원된 80여 군데를 본문에 명시해 두었으며, 복원된 각 곳의 마지막 단어 뒤에 * 표를 달고 그 시작과 끝을 〈몇 면 몇 행〉으로 주석에 표시했다.

이 책은 실로 꿰매어 제본하는 전통적인 사철 방식으로 만들어졌습니다.
사철 방식으로 제본된 책은 오랫동안 보관해도 손상되지 않습니다.

제9장
미리엄의 패배

폴은 자기 자신뿐만 아니라 모든 일에 대해서 불만스러웠다. 그의 가장 깊은 사랑은 어머니에 대한 사랑이었다. 자신이 어머니의 마음을 아프게 했다거나 그녀에 대한 자신의 사랑이 상처를 입었다는 느낌이 들면 그는 견딜 수 없었다. 지금 계절은 봄이었고 그와 미리엄 사이에는 전투가 벌어지고 있었다. 금년 들어 폴은 미리엄에게 불만이 매우 많았다. 그녀는 그 사실을 막연히 인식하고 있었다. 예전부터 그녀는 자신이 이 사랑의 희생물이 되리라고 느껴 왔다. 그녀가 기도할 때 느꼈던 이러한 감정이 그녀의 모든 감정과 뒤섞여 버렸다. 그녀는 자신이 언젠가는 그를 차지하게 되리라고 마음속 깊이 믿지 않았다. 그녀는 우선 자신을 믿지 못했고 자신이 그가 요구하는 여자가 될 수 있을지를 의심했다. 분명 그녀는 자신이 평생토록 그와 행복하게 살아가는 모습을 상상할 수 없었다. 그녀는 자기 앞에 비극과 슬픔과 희생이 놓여 있음을 알았고 희생하는 가운데 자긍심을 느꼈으며 체념하는 가운데 강해졌다. 바로 그녀 자신이 일상생활을 견뎌 낼 수 있다고 믿을 수 없었기 때문이었다. 그녀는 비극과 같은 커다랗고 심오한 것들에 대하여 준비했는데, 사소한 일상

생활이면 충분하다는 것을 그녀는 믿을 수 없었다.

부활절 휴가는 행복하게 시작되었다. 폴은 자신의 솔직한 자아를 회복했다. 그렇지만 미리엄은 그것이 잘못되리라고 느꼈다. 일요일 오후 그녀는 자기 침실 창문 앞에 서서 숲의 떡갈나무들을 건너다보며 그 가지들에 황혼의 빛이 매달리고 오후의 밝은 하늘이 펼쳐져 있는 것을 보았다. 잿빛 도는 녹색 장미꽃 모양의 인동덩굴 잎사귀가 창문 앞에 늘어져 있었는데 어떤 것들은 이미 싹이 텄다고 그녀는 상상했다. 때는 봄이었고 그녀는 봄을 사랑하면서도 두려워했다.

대문이 삐걱거리는 소리가 들려오자 그녀는 마음을 졸이며 서 있었다. 화창하면서도 구름이 약간 끼어 있는 날이었다. 폴이 자전거를 끌고 마당으로 들어오자 그가 발걸음을 옮길 때마다 자전거가 번쩍거렸다. 보통 그는 자전거 종을 울리며 집 쪽을 향하여 웃음을 보냈다. 오늘 그는 입을 꽉 다물고 냉정하고 잔인한 태도를 보이며 걸어오고 있었는데 축 늘어지고 조소하는 듯한 모습이었다. 그녀는 이제 그를 잘 파악하고 있었기 때문에 그의 날카로운 표정과 초연하고 젊은 몸을 보면 내면에 어떤 일이 일어나고 있는지 알 수 있었다. 그는 냉정하고 정확하게 자전거를 제자리에 놓았는데 이러한 행동을 보고 그녀는 낙심하였다.

그녀는 그물 무늬의 새 블라우스를 입고 있었는데, 그 옷이 자기에게 잘 어울린다고 생각했기 때문이었다. 블라우스에는 작은 주름이 잡힌 높은 칼라가 달려 있어서 스코틀랜드의 메리 여왕이 연상되었기에 그녀는 그 모습이 놀라울 정도로 여성적이며 위엄 있게 보이리라고 생각했다. 스무 살이 된 그녀는 가슴이 풍만했고 몸매가 관능적이었다. 그녀의 얼굴은 여전히 부드럽고 값진 가면을 쓴 것처럼 변화가 없었다. 그렇지만 두 눈을 한번 뜨면 그녀는 매우 아름다웠다. 그녀는 그를 두려워하고 있었다. 그는 그녀의 새 블라우스를 알아볼 것이다.

폴은 냉혹하고 아이러니한 기분으로 원시 감리교 예배당에서 그 교단의 유명한 목사 중의 한 사람이 인도한 예배를 설명하며 가족들을 즐겁게 해주고 있었다. 그는 탁자의 상석에 앉아 두 눈을 부드럽게 빛내거나 웃음으로 춤추듯 움직이면서 연달아 여러 가지 표정을 지어 가며 다양한 사람들을 흉내 내고 조롱했다. 그의 조롱은 언제나 그녀의 마음에 상처를 주었는데, 그것이 너무도 실제에 가까웠기 때문이었다. 그는 매우 영리하기도 하고 잔인하기도 했다. 그의 두 눈이 조롱하는 증오로 냉혹해져 있을 때 그녀는 그가 자기 자신이나 다른 어느 누구도 용서하지 않으리라는 느낌을 받았다. 그렇지만 레이버스 부인은 하도 웃어서 흘러내리는 눈물을 닦아 내고 있었으며 레이버스 씨는 일요일에 즐기는 낮잠에서 방금 깨어나 머리를 긁적이며 즐거워하고 있었다. 세 형제는 헝클어진 머리로 졸린 표정을 하고 셔츠 바람으로 앉아서 가끔 큰 소리로 웃음을 터뜨리고 있었다. 온 가족이 그러한 〈흉내〉를 다른 무엇보다도 더 좋아했다.

그는 미리엄에게 주의를 기울이지 않았다. 나중에 그녀는 그가 자신의 새 블라우스에 대해 알아채고 예술가로서 인정한다는 것을 알았지만 그 옷은 그로부터 따뜻한 관심을 조금도 받지 못했다. 그녀는 신경이 예민해져서 선반에 있는 찻잔도 거의 내릴 수 없었다.

남자들이 우유를 짜기 위해 밖으로 나갔을 때 그녀는 용기를 내어 그에게 개인적으로 말을 했다.

「늦었네요.」 그녀가 말했다.

「그랬어?」 그가 대답했다.

한동안 침묵이 흘렀다.

「자전거 타고 오는 길이 힘들었어요?」그녀가 물었다.

「별로 그런 줄 몰랐는데.」

그녀는 계속하여 재빨리 식탁을 차렸다. 식탁을 다 차려 놓은 다음에 그녀가 말했다.「차는 좀 있어야 될 거예요. 수선화를 보러 갈래요?」

그는 아무 대답도 하지 않고 자리에서 일어났다. 그들이 밖으로 나가 집 뒤 정원으로 가보니 서양자두 나무에 싹이 트고 있었다. 언덕과 하늘은 맑고 공기는 차가웠다. 모든 것들이 깨끗하게 씻긴 듯 상당히 냉혹해 보였다. 미리엄은 폴을 힐끗 보았다. 얼굴이 창백하고 무표정했다. 그녀가 사랑하는 그의 두 눈과 눈썹이 그리도 가슴 아프게 보일 수 있다는 사실이 그녀에게는 잔인하게 여겨졌다.

「바람이 불어서 피곤했어요?」그녀가 물었다.

그녀는 그에게 피곤한 기색이 깔려 있음을 알아차렸다.

「아니, 그렇지 않은 것 같아.」그가 대답했다.

「오는 길이 틀림없이 힘들었을 거예요…… 숲이 저렇게 신음 소리를 내는 것을 보면요.」

「구름을 보면 남서풍이 분다는 것을 알 수 있잖아. 그래서 여기로 오는데 바람이 도움이 됐어.」

「내가 자전거를 타지 못한다는 것을 알잖아요. 그래서 무슨 말인지 이해할 수 없어요.」그녀가 낮은 소리로 말했다.

「자전거를 타야만 그것을 알 수 있나?」그가 말했다.

그녀는 그가 빈정댈 필요가 없다고 생각했다. 그들은 말없이 앞으로 나아갔다. 집 뒤에 자연 그대로 자란 덤불이 우거져 있는 잔디밭 둘레로 가시나무 울타리가 쳐져 있었고 그 아래, 수선화가 회색빛 도는 녹색 잎사귀 다발 사이에 목을 길게 앞으로 빼고 피어 있었다. 꽃잎은 추워서인지 녹색 빛을 띠고 있었다. 그렇지만 여전히 어떤 꽃들은 활짝 피어 있었고 황금색으로 잔물결 치듯 흔들리며 빛나고 있었다. 미리엄은 무릎을 꿇고 앞으로 나아가 한 무리의 수선화 앞에 쪼그리고 앉아 자연 그대로 자란 듯이 보이는 수선화 한 송이를 두 손으로 감싸 쥐고 황금빛 꽃송이 표면을 자기에게로 들어 올려서는 몸을 앞으로 굽혀 그것을 자기 입과 뺨과 이마에 갖다 대고 애무하듯이 문질렀다. 폴은 옆에 서서 두 손을 주머니에 넣은 채 그녀가 하는 일을 지켜보고 있었다. 그녀는 노랗게 활짝 핀 수선화 꽃송이 표면을 하나하나 호소하듯이 그에게로 향하도록 들어 올려 보여 주며 계속하여 아낌없이 애정을 표했다.

「굉장하지 않아요?」 그녀가 작은 소리로 속삭였다.

「굉장하다고!…… 좀 무성하군!…… 예쁘기는 하네!」

미리엄은 자신이 찬양하는 것에 대해 폴이 혹평을 하자 꽃들에게로 다시 몸을 굽혔다. 그는 그녀가 쪼그리고 앉아 홀짝거리며 마시듯이 꽃들에게 열렬히 키스를 퍼붓는 모습을 지켜보았다.

「왜 너는 언제나 그렇게 무엇이든지 만지고 애지중지하는지 모르겠어!」 그가 짜증스럽게 말했다.

「그렇지만 나는 이것들을 만지는 것이 좋아요.」 그녀가 마음이 상해 대답했다.

「마치 사물들에서 심장을 뽑아내려고 하는 듯이 움켜잡지 않으면 그것들을 좋아할 수 없어? 너는 왜 조금 더 자제하거나 양보하거나 그렇게 할 수 없을까?」

그녀는 고개를 들고 고통에 가득 찬 시선으로 그를 쳐다보고 난 다음 주름진 꽃에 입술을 갖다 댔다. 꽃향기는 그녀가 냄새 맡을 때 폴보다 훨씬 더 친절했고 그래서 그녀는 거의 울고 싶을 정도였다.

「너는 사물들에게서 영혼을 유혹하여 끌어내고 있어.」 그가 말했다. 「나는 결코 유혹하여 끌어내지는 않아……. 어쨌든 나는 곧바로 부딪쳐.」

그는 자신이 무슨 말을 하고 있는지 거의 알지 못했다. 이러한 말들이 그에게서 기계적으로 흘러나왔다. 그녀는 그를 쳐다보았다. 그의 육체가 하나의 단단하고 견고한 무기인 듯 그녀에게 대항하고 있는 것처럼 보였다.

「너는 언제나 사물들에게 너를 사랑하라고 간청하고 있어.」 그가 말했다. 「마치 너는 사랑을 구걸하는 거지인 것 같아. 심지어는 꽃들에게도 말이야. 너는 꽃들에게도 아양을 떨어야 해…….」

운율에 맞춰 미리엄은 꽃을 흔들며 자기 입술에 갖다 대고 향기를 들이마셨다. 향기가 콧구멍 속으로 들어오자 언제나 그랬듯이 그녀는 몸을 바르르 떨었다.

「너는 사랑하기를 원하지 않아……. 영원하고도 비정상적인 네 갈망은 사랑받는 거야. 너는 적극적이지 않고 부정적이야. 너는 마치 너 자신을 사랑으로 채워야 하는 듯이 빨아들이고 또 빨아들이는데 그것은 네게 무엇인가가 결핍되어 있기 때문이야.」

그녀는 그의 잔인함에 정신이 멍해져서 아무 말도 들리지 않았다. 그는 자신이 무슨 말을 하고 있는지 조금도 깨닫지 못하고 있었다. 마치 안달하며 고통스러워하는 그의 영혼이 좌절된 열정에 의해 뜨겁게 달아올라 이러한 말들을 마치 전기의 불꽃처럼 쏟아 내고 있는 것 같았다. 그녀는 그가 하는 말을 하나도 이해하지 못했다. 그녀는 자신에 대한 그의 잔인함과 증오심 아래 쪼그리고 앉아 있었을 뿐이다. 그녀는 결코 즉시 깨닫지 못했다. 모든 것에 대하여 그녀는 곰곰이 생각하고 또 생각했다.

차를 마신 후에 그는 에드거나 다른 남자 형제들과 함께 있으면서 미리엄에게 전혀 관심을 두지 않았다. 그녀는 기대했던 이 휴일에 지극히 불행한 상태에 빠져 그를 기다렸다. 그리고 마침내 그가 양보심을 발휘하여 그녀에게로 왔다. 그녀는 그가 왜 이러한 기분을 느끼게 되었는지 그 원인을 찾아보려고 마음먹고 있었다. 그녀는 그러한 기분이 일시적인 변덕에 불과하다고 여겼다.

「우리 숲으로 조금 가볼까요?」 그녀는 그가 이러한 직접적인 요청을 결코 거절하지 않으리라는 것을 알고 그에게 물었다.

그들은 토끼 굴이 있는 곳까지 걸어갔다. 가는 길에 그들은 덫을 지나쳤는데, 그 덫은 조그만 전나무 가지로 만든 좁은 말발굽 모양의 산울타리로 되어 있었으며 미끼로 토끼의 내장이 걸려 있었다. 폴은 그것을 힐끗 보고 얼굴을 찌푸렸다. 그녀는 그의 눈을 보았다.

「끔찍하지 않아요?」 그녀가 물었다.

「모르겠어! 족제비가 이빨로 토끼 목구멍을 물어뜯는 것보다 더 나쁜가?…… 족제비 한 마리가 더 나쁜가 아니면 토끼 여러 마리가 더 나쁜가?…… 둘 중 어느 하나가 반드시 없어져야 해!」

그는 삶의 쓰라린 면을 심각하게 받아들이고 있었다. 그녀는 그를 다소 안쓰럽게 여겼다.

「집으로 돌아가자.」 그가 말했다. 「밖에서 산책하고 싶지 않아.」

그들이 라일락 나무 옆을 지나쳐 걸어갈 때 라일락의 청동색 잎 새싹들이 막 피어나고 있었다. 건초 더미가 줄어들어 네모진 갈색 기념비처럼 조금 남아 있는 건초가 돌기둥처럼 보였다. 최근에 베어 낸 건초가 조금 쌓여 있었다.

「여기 잠시 앉아 쉬어요.」 미리엄이 말했다.

그는 마음이 내키지 않았지만 앉아서 딱딱한 건초 더미에 등을 기댔다. 석양에 불타오르는 둥그런 언덕이 둘러싸고 있어서 원형 극장처럼 보이는 광경을 마주하자 조그만 하얀 농장들이 두드러져 보이고 초원은 황금빛으로 빛나고 있었다. 숲은 어둡지만 아직 빛나고 있었으며 나무 꼭대기들이 겹겹이 겹쳐져 멀리까지 분명하게 보였다. 저녁 하늘은 맑았고 동쪽 하늘은 온통 자홍색으로 부드럽게 펼쳐져 있었으며 그 아래로 대지가 고요하고 풍요롭게 펼쳐져 있었다.

「아름답지 않아요?」 그녀가 애원하듯이 말했다.

그렇지만 그는 그저 얼굴을 찌푸렸을 뿐이다. 그는 바로 그때만큼은 그것이 차라리 추하게 보였으면 하고 생각했다.

바로 그때 커다란 불테리어 개 한 마리가 입을 벌린 채 뛰어와서 두 발을 젊은이의 양어깨에 걸치고 그의 얼굴을 핥았다. 폴은 뒤로 물러나며 웃었다. 빌이라는 불테리어 개가 그에게는 커다란 구원자였다. 그는 개를 옆으로 밀쳤지만 그것이 다시 펄쩍 뛰어 달려들었다.

「저리 가.」 청년이 말했다. 「가지 않으면 한 방 먹여 줄 거야.」

그렇지만 개는 물러나지 않으려 했다. 그래서 폴은 이 짐승과 다소 승강이를 하다가 가련한 빌을 내던졌지만 개는 야단스럽게 버둥거리더니 다시 달려들며 기뻐 날뛰었다. 그들 둘이 함께 싸우는 가운데 사람은 어색하게 웃었고 개는 이빨을 온통 드러내고 웃었다. 미리엄은 그들을 지켜보았다. 사람에게는 어딘지 모르게 애처로운 면이 있었다. 그는 매우 지독하게 사랑하고 친절하고 싶어 했다. 그가 개와 엎치락뒤치락하며 싸우는 거친 모습에는 진정으로 사랑하는 마음이 담겨 있었다. 빌은 일어나서 행복에 겨워 숨을 헐떡이고 하얀 얼굴에 갈색 눈알을 굴리며 다시 그에게 달려들었다. 그 개는 폴을 매우 좋아했다. 청년은 얼굴을 찌푸렸다.

「빌, 너와 충분히 놀아 주었다.」 그가 말했다.

그렇지만 개는 육중한 두 발로 서서 사랑으로 전율하며 허벅지로 몸을 지탱하면서 붉은 혓바닥을 그에게 날름거렸다. 그는 뒤로 물러났다.

「아니야.」 그가 말했다. 「그만 해⋯⋯. 나는 됐다.」

그러자 순식간에 개는 종종걸음으로 달아나며 행복에 겨워 다른 장난거리를 찾아 갔다.

그는 여전히 슬픈 표정으로 건너편 언덕을 물끄러미 바라보면서 그 고요하고 아름다운 광경을 안타까워했다. 그는 에드거와 함께 자전거를 타고 나가고 싶었다. 그렇지만 그는 미리엄 곁을 떠날 용기가 없었다.

「왜 그렇게 슬퍼해요?」 그녀가 겸손하게 물었다.

「슬프지 않아, 왜 내가 슬퍼해야 해?」 그가 대답했다. 「나는 정상일 뿐이야.」

그녀는 그가 불쾌할 때면 언제나 정상이라고 주장하는 이유가 궁금했다.

「그러면 무슨 일이에요?」 그녀가 애원하듯이 말하며 달래듯이 구슬렸다.

「아무 일 없어!」

「그렇지 않아요!」 그녀가 작은 소리로 말했다.

그는 나뭇가지 하나를 집어 들고 땅바닥을 콕콕 찌르기 시작했다.

「아무 말도 하지 않는 편이 훨씬 더 나아.」 그가 말했다.

「그렇지만 알고 싶은데요⋯⋯.」 그녀가 대답했다.

그는 화난 듯이 웃었다.

「너는 항상 그러더라.」 그가 말했다.

「나에게 너무한 것 아니에요?」 그녀가 작은 소리로 중얼거렸다.

그가 뾰족한 막대기로 땅을 찌르고 찌르고 또 찌르면서 조그만 흙덩어리를 파헤치는 것이 마치 짜증의 열병에 걸린 듯했다.

그녀는 부드럽고 단호하게 자신의 한 손을 그의 손목에 올려놓았다.

「하지 마세요!」 그녀가 말했다. 「그것을 버리세요.」

그는 막대기를 까치밥나무 덤불 속으로 던져 버리고 뒤로 기대었다. 지금 그는 화를 꾹 참고 있었다.

「무슨 일이에요?」 그녀가 부드럽게 애원하듯이 말했다.

그는 꼼짝도 하지 않고 가만히 누워 두 눈만 움직였는데 그 눈에는 고통이 가득했다.

「그런데.」 그가 마침내 다소 지친 듯이 말했다. 「그런데…… 우리 헤어지는 게 좋겠어.」

마침내 그녀가 두려워하던 순간이 왔다. 순식간에 그녀는 눈앞이 깜깜해지는 것 같았다.

「왜요!」 그녀가 나지막이 말했다. 「무슨 일이 있었어요?」

「아무 일도 없었어……. 그저 우리의 현실을 깨달았을 뿐이야……. 아무 소용이 없어…….」

그녀는 말없이 슬픔에 잠겨 참을성 있게 기다렸다. 그에게 안달해 보았자 소용없는 일이었다. 어쨌든 그는 그녀에게 지금 무엇이 자기의 마음을 괴롭히는지 말할 것이다.

「우리는 친구로 지내기로 했잖아.」 그가 따분하고 단조로운 목소리로 말을 이었다. 「얼마나 자주 우리가 친구로 지내기로 동의했던가!…… 그런데…… 그런 상태로 멈춰 있을 수도 없고 또 다른 상태로 발전할 수도 없어.」

그는 다시 침묵에 잠겼다. 그녀는 곰곰이 생각했다. 그가 의미하는 바가 무엇일까? 그는 너무도 지쳐 있었다. 그가 털어놓으려 하지 않는 무엇인가가 있었다. 그렇지만 그녀는 그에 대해 참을성이 있어야만 했다.

「나는 우정만을 줄 수 있을 뿐이야……. 내가 할 수 있는 것은 그것뿐이야……. 그것은 내 기질상의 결함이야……. 한쪽으로 너무 기우는 것 말이야……. 나는 균형을 잃고 한쪽으로 기우는 것을 싫어해……. 우리 이제 그만 끝내자.」

이 마지막 말에는 뜨거운 분노가 담겨 있었다. 그가 한 말은 자신이 그녀를 사랑하는 것보다 그녀가 자신을 더 사랑한다는 의미였다. 아마도 그는 그녀를 사랑할 수 없었을 것이다. 어쩌면 그녀는 자기 내면에 그가 진정으로 원하는 것을 갖고 있지 않았을 것이다. 그것은 그녀 영혼의 가장 깊은 동기, 다시 말하여 자기 불신이었다. 그것이 너무 깊이 자리 잡고 있어서 그녀는 감히 그것을 인식하지도 못했고 인정하지도 않았다. 어쩌면 그녀에게 결함이 있었을지도 모른다. 무한히 미묘한 수치심처럼 그것이 그녀를 항상 뒤로 물러나게 했던 것이다. 만일 그렇다면 그녀는 그 사람 없이 지내야 하리라. 그를 원하도록 자신에게 결코 허용하지 않을 것이다. 그녀는 그저 바라보기만 할 것이다.

「그런데 무슨 일 있었어요?」 그녀가 말했다.

「아무 일도 없었어……. 모든 것이 내 마음속에 있었던 거야……. 단지 그것이 지금 막 밖으로 나왔을 뿐이야……. 우리는 부활절 무렵에는 언제나 이렇게 되곤 했어.」

그는 너무도 절망적으로 비굴한 태도를 취했고 그녀는 그에게 연민을 느꼈다. 적어도 그녀는 그렇게 측은한 방식으로 어쩔 줄 몰라 당황하지는 않았다. 결국 주로 굴욕을 당한 것은 바로 폴 자신이었다.

「어떻게 해주기를 원해요?」 그녀가 그에게 물었다.

「글쎄…… 내가 자주 와서는 안 되겠어……. 그뿐이야. 왜 내가 너를 독점해야 해? 나는 그렇지 않은데…… 글쎄, 너에 관한 한 나에게 무엇인가가 부족해……」

그는 그녀에게 자신이 그녀를 사랑하지 않는다고, 그래서 그녀에게 다른 사람을 찾을 기회를 남겨 주어야 한다고 말하고 있는 것이었다. 그는 참으로 어리석고 맹목적이고 수치스러울 정도로 어색했다! 다른 남자들이 그녀에게 무엇이란 말인가! 다른 남자들이 그녀에게 도대체 어떤 의미가 있다는 말인가! 그렇지만 그를, 아, 그녀는 그의 영혼을 사랑하고 있는데. 그에게 무엇인가 부족한 면이 있었던가? 어쩌면 그럴지도 모른다.

「그렇지만 저는 이해하지 못하겠어요.」 그녀가 허스키한 목소리로 말했다. 「어제는……」

황혼이 사그라지면서 밤이 그의 신경을 거슬리게 하고 밉살스럽게 변해 갔다. 그리고 그녀는 고통에 싸여 고개를 숙이고 있었다.

「나는 알아.」 그가 외쳤다. 「너는 결코 모를 거야. 너는 믿을 수 없을 거야……. 내가 할 수 없다는 것을……. 육체적으로 할 수 없다는 것을……. 종달새처럼 하늘 높이 날아오를 수 없는 것과 마찬가지야……」

「뭐라고요?」 그녀가 작은 소리로 말했다. 지금 그녀는 두려워하고 있었다.

「너를 사랑하는 것 말이야.」

바로 그 순간 그는 그녀를 지독하게 증오했는데, 이는 자신이 그녀를 괴롭혔다는 생각 때문이었다. 그녀를 사랑하다니! 그녀는 그가 자신을 사랑한다는 것을 알고 있었다. 그는 정말 그녀의 것이었다. 그녀를 육체적으로, 몸으로 사랑하지 않는다는 이 말은 단지 그가 심술이 나서 하는 말일 뿐이다. 그녀가 그를 사랑한다는 사실은 그도 알고 있었기 때문이다. 그는 어린아이처럼 어리석었다. 그는 그녀의 것이었다. 그의 영혼은 그녀를 원하고 있었다. 그녀는 다른 누군가가 그에게 영향을 끼치고 있다고 짐작했다. 그녀는 그에게 단단하고 이질적인 다른 영향력이 미치고 있음을 느꼈다.

「집에서는 뭐라고들 하세요?」 그녀가 물었다.

「그런 것이 아니야.」 그가 대답했다.

그 순간 그녀는 문제가 거기에 있음을 알았다. 그녀는 그의 가족들의 저속함을 경멸했다. 그들은 어떤 사물들의 진정한 가치를 알지 못했다.

그와 그녀는 그날 저녁에 더 이상 별로 많이 말을 나누지 않았다. 마침내 그는 에드거와 함께 자전거를 타려고 그녀 곁을 떠났다.

폴은 자기 어머니에게로 돌아왔다. 그녀와의 유대가 그의 삶에서 가장 강한 것이었다. 그가 여러 가지 생각을 하자 미리엄의 존재 가치는 축소되었다. 그녀에 관해서는 막연하고 비현실적인 감정만 남아 있었다. 그리고 다른 사람은 아무도 문제가 되지 않았다. 이 세상에는 오직 한 곳만이 비현실적인 세계로 녹아들지 않고 굳건히 서 있었는데 그곳은 바로 어머니가 있는 곳이었다. 다른 사람들은 모두 그에게 있어 점점 그림자처럼 되어 가거나 거의 존재하지 않는 듯 변했지만 그녀만큼은 그렇지 않았다. 마치 그의 삶의 축과 기둥처럼 그가 거기에서 벗어날 수 없는 것, 그것이 바로 어머니였다.

그리고 마찬가지 방식으로 어머니는 폴을 기다렸다. 그녀의 삶은 이제 그의 속에 확립되어 있었다. 결국 그 이상의 삶은 모렐 부인에게 거의 의미가 없었다. 그녀는 행동할 수 있는 기회가 바로 이곳에 있고 행동하는 것이 자신에게 중요하다는 것을 알았다. 폴은 그녀가 옳았음을 증명하리라. 그는 아무것도 그의 발을 다른 곳으로 밀어낼 수 없을 정도로 확고하게 자리를 잡는 그러한 대장부가 될 터이고, 지구의 표면을 변화시킬 터인데 그것이 어떤 면에서는 중요했다. 그가 어디를 가든 그녀는 자신의 영혼이 그와 함께 간다고 느꼈다. 그가 무슨 일을 하든 그녀는 자신의 영혼이 그의 영혼 곁에서, 말하자면 그에게 연장을 건네줄 준비를 하고 있다고 느꼈다. 그녀는 그가 미리엄과 함께 있는 것을 참을 수 없었다. 윌리엄은 죽었다. 그녀는 폴을 지키기 위하여 싸울 것이다.

그리하여 폴은 어머니에게로 돌아왔다. 그리고 그의 영혼 속에는 만족감과 자기희생 정신이 들어 있었는데 이는 그가 그녀에게 충실하기 때문이었다. 그녀는 그를 가장 사랑했고 그도 그녀를 가장 사랑했다. 그렇지만 그것으로 충분하지 않았다. 그의 새롭고 젊은 삶은 너무도 강하고 전제적이어서 다른 무엇을 향하여 돌진하도록 촉구받고 있었다. 이것은 그를 미칠 듯이 불안하게 했다. 그녀는 이러한 점을 알았고 미리엄이 이 새로운 삶을 가져가면서 자신에게 뿌리를 남겨 줄 수 있는 여인이기를 간절히 원했다. 그는 미리엄에게 대항하여 싸운 것과 거의 마찬가지로 어머니에게 대항하여 싸웠다.

일주일이 지난 후에야 그는 다시 윌리 농장으로 갔다. 미리엄은 마음의 고통을 매우 많이 겪었기 때문에 그를 다시 만나기를 두려워하고 있었다. 이제 그녀는 그가 자신을 버리는 불명예를 견뎌 낼 수 있을까 하고 의심하고 있었다. 폴이 그녀를 버리는 일은 단지 피상적이고 일시적일 뿐이리라. 그는 반드시 자기에게로 돌아올 것이다. 그녀는 그의 영혼의 열쇠를 지니고 있었다. 그렇지만 그동안 그가 그녀에게 대항하여 이렇게 싸움을 하느라고 그녀를 얼마나 괴롭힐지, 그런 생각을 하니 그녀는 위축되었다.

그렇지만 부활절 다음 일요일에 그가 차를 마시러 왔다. 레이버스 부인은 그를 보게 되자 기뻤다. 그녀는 무엇인가가 그를 짜증 나게 하고 있으며 그래서 그의 일이 힘들어졌다고 추측했다. 그가 위안을 찾아 그녀에게로 표류해 오는 것처럼 보였다. 그래서 그녀는 그를 친절하게 대해 주었다. 그녀는 그에게 대단히 친절을 베풀어 그를 거의 존경하는 마음으로 대접했다.

그는 어린아이들을 데리고 앞 정원에 나와 있는 그녀를 만났다.

「자네가 오니 기쁘구먼.」 아이들의 어머니가 말하며 호소하는 듯한 커다란 갈색 두 눈으로 그를 쳐다보았다. 「햇살이 매우 화창한 날이야…… 금년 들어 처음으로 들판에 내려가려던 참이야.」

그는 그녀가 자기도 함께 갔으면 하고 생각한다고 느꼈다. 그것이 그의 기분을 달래 주었다. 그들은 함께 가면서 순진하게 이야기를 나누었는데 그는 점잖고 겸손했다. 그가 감사의 눈물을 흘릴 정도로 그녀는 그를 공손하게 대했다. 그는 창피한 기분이었다.

근처의 건초 더미 아래에서 그들은 개똥지빠귀 둥지를 발견했다.

「새알을 보여 드릴까요?」 그가 말했다.

「그래요!」 레이버스 부인이 대답했다. 「새알은 봄을 알리는 명백한 표시고 정말 희망에 차 보여요.」

그는 가시덤불을 옆으로 밀고 새알을 꺼내어 자기 손바닥에 올려놓았다.

「아주 뜨거워요…… 제 생각에 우리 때문에 어미 새가 놀라서 달아나 버린 것 같아요.」 그가 말했다.

「아, 불쌍한 것.」 레이버스 부인이 말했다.

미리엄은 새알과 그의 손을 만져 보지 않을 수 없었고 그녀에게는 그의 손이 새알을 매우 잘 어루만지고 있는 듯이 보였다.

「이상하게도 따뜻하네요!」 그녀가 작은 소리로 말하며 그에게로 바싹 다가섰다.

「피의 열기지.」 그가 대답했다.

그가 새알을 제자리에 되돌려 놓는 모습을 지켜보니 그의 육체는 산울타리에 밀착되고 팔은 천천히 가시덤불을 헤치며 앞으로 뻗어 나아가고 손은 조심스럽게 알을 감싸고 있었다. 그는 그 행위에 집중하고 있었다. 그러한 그의 행동을 보고 있자니 그를 사랑하는 마음이 일면서 그녀에게 그는 참으로 순수하며 스스로 충분한 사람처럼 보였다. 그런데 그녀는 그에게 접근할 수 없었다.

차를 마시며 그는 레이버스 부인과 성 금요일 설교에 대하여 토론을 벌였다. 길이 너무 멀어서 그녀는 이제 예배당에 갈 수 없었는데, 폴을 통해서 그의 논평과 주장을 곁들여 설교를 듣기를 그녀는 거의 더 좋아하다시피 했다. 다른 식구들도 듣고 있었다. 심지어는 체격이 크고 우락부락한 청년들도 주의를 기울이고 흥미를 느끼며 그 이야기에서 마음의 양식을 얻었다.

「목사님은 〈우리가 전한 것을 누가 믿었느냐〉[46]라는 장을 택했어요……. 저도 그 장을 좋아해요.」 폴이 말했다.

그 장에 대한 생각을 하자 레이버스 부인의 커다란 갈색 눈이 빛으로 번쩍였다.

「그런데 목사님은 그것을 완전히 망쳐 버렸어요……. 망쳐 버렸다니까요.」

그는 갑자기 미리엄을 힐끗 보았는데 그녀는 지금 그와 함께 있었다.

「목사님이 말하기를…….」

46 「이사야」 53장 1절(그러니 우리에게 들려주신 이 소식을 누가 곧이들으랴? 야훼께서 팔을 휘둘러 이루신 일을 누가 깨달으랴?)에서의 인용이다.

478

폴은 진지한 태도로 분노에 차서 그 설교를 다시 반복했다. 이렇기 때문에 미리엄은 그를 사랑했다. 그녀는 그를 지켜보고 깊은 만족감으로 충만해졌다. 그녀는 마리아가 베다니[47]에서 예수를 사랑한 것과 동일한 방식으로 그를 사랑했다. 남성성이 그의 내면에서 솟구쳐 올라올 때만 그들 사이에 싸움이 벌어졌다. 사도와 남성 어느 쪽이 그의 내면에서 더 강한가 하는 것이 문제였다. 그녀는 사도가 강하다고 믿었고 그것으로 그의 애정을 끌어낼 수 있다고 생각했다.

미리엄이 차 마신 자리를 치우고 있을 때 폴이 꽤나 부자연스러운 어조로 말했다.

「다 치우고 나서 밖으로 나가자.」

그리고 그는 그녀를 도와 그릇들을 씻으며 식기실에 있었다. 그녀는 두려워서 약간 전율했다. 그렇지만 그녀는 그날 밤 그가 화를 냈다고 해서 두려워할 이유가 전혀 없다는 것을 알고 있었다.

「책을 가져갈까요?」 그녀가 말하며 손가락으로 자기가 좋아하는 폴그레이브의 『황금빛 사화집*Golden Treasury*』[48]을 만지작거렸다. 그들이 시를 읽을 때 그는 그녀를 가장 잘 대해 주었다.

「그것 말고.」 그가 말했다.

그녀는 가슴이 철렁 내려앉았다.* 그녀는 서가 앞에 서서

---

47 「마태오의 복음서」 26장 6~13절. 「마르코의 복음서」 14장 3~9절. 「루가의 복음서」 10장 38~41절. 「요한의 복음서」 11장~12장 3절 참조. 마르타, 마리아, 라자로는 남매지간이라고 한다. 이들은 감람산 정상 동쪽에 있는 베다니아에서 살았다. 로런스는 베다니아의 마리아를 육체가 없는 정신적인 결혼을 원한 거의 중성적인 여인으로 보고 있다.

48 프랜시스 터너 폴그레이브Francis Turner Palgrave(1824~1897)가 1961년에 편집한 영어로 된 최고의 서정시집으로, 로런스는 이 책에 수록된 시를 여러 편 인용하고 있다.

망설였다. 그가 『타라스콩의 타르타랭*Tartarin de Tarascon*』[49]을 집었다. 또다시 그들은 건초 더미 아래에 둑처럼 쌓아 올린 건초 위에 앉았다. 그가 두 페이지 가량 읽었지만 그것에 전혀 마음을 두고 있지 않았다. 또다시 개가 뛰어와서 일전에 벌였던 장난을 되풀이했다. 개는 주둥이를 그의 가슴에 대고 밀었다. 폴은 개의 귀를 잠시 손가락으로 더듬었다. 그런 다음에 그는 개를 밀쳐 냈다.

「저리 가, 빌.」 그가 말했다. 「네가 싫어.」

빌은 살금살금 가버렸고 미리엄은 앞으로 닥쳐올 일이 궁금하고 두려웠다. 침묵이 젊은이를 감싸고 있었으며 그것 때문에 그녀는 두려워서 가만히 있었다. 그녀가 두려워하는 것은 그의 분노가 아니라 조용한 결심이었다.

얼굴을 한쪽으로 약간 돌려 그녀가 그의 얼굴을 볼 수 없게 하면서 그는 천천히 고통스럽게 말하기 시작했다.

「네 생각에…… 만일 내가 그다지 자주 오지 않으면…… 혹시 네가 다른 사람을 좋아할 수 있을 것 같아?…… 다른 남자를 말이야?……」

그는 여전히 이 말을 되풀이했다.

「그렇지만 나는 다른 남자들은 아무도 몰라요……. 왜 묻는 거예요?」 그녀가 대답했는데 낮은 어조여서 그에게는 비난하는 소리로 들렸다.

「글쎄.」 그가 불쑥 말을 꺼냈다. 「왜냐하면 내가 이처럼 찾아올 권리가 없다고들 하거든……. 결혼할 뜻도 없이 말이야…….」

미리엄은 누구든지 그들 사이의 문제를 강요하면 분개했

* 478면 11행~479면 21행.
49 알퐁스 도데 Alphonse Daudet(1840~1897)가 1872년에 발표한 풍자 소설.

다. 그녀는 자기 아버지가 폴에게 웃으면서 그가 왜 그처럼 자주 오는지 그 이유를 안다고 넌지시 암시했을 때 격렬하게 화를 낸 적이 있었다.

「누가 그래요?」 그녀가 물으며 자기 가족이 그것과 관련이 있는지 궁금히 여겼다. 그들은 관계가 없었다.

「어머니…… 그리고 다른 사람들도. 이런 정도라면 모두들 내가 약혼했다고 생각할 거라고들 해. 그리고 나도 그렇게 생각해야 마땅하고……. 왜냐하면 너에게 공평하지 않으니까 말이야……. 그래서 나는 알아내려고 애써 봤어……. 그런데 남편이 자기 아내를 사랑하는 것처럼 내가 너를 사랑한다고 생각하지 않아……. 너는 어떻게 생각해?」

미리엄은 침울하게 머리를 숙였다. 그녀는 자신이 이러한 갈등을 겪어야 하는 데에 화가 났다. 사람들이 그와 자기를 건드리지 않고 그냥 두어야만 했다.

「모르겠어요.」 그녀가 작은 소리로 말했다.

「우리가 결혼할 만큼 충분히 깊이 서로 사랑하고 있다고 생각해?」 그가 단호하게 물었다. 그 질문을 받자 그녀는 몸이 떨렸다.

「아니요.」 그녀는 솔직하게 대답했다. 「그렇게 생각하지 않아요……. 우리는 너무 어려요.」

「나도 어쩌면.」 그가 비참하게 말을 이었다. 「네가 사물에 열정적이니까 나에게 더 많은 것을 주었다고 생각해. 내가 너에게 해줄 수 있는 것보다 더 말이야. 그리고 지금도 ― 네 생각에 더 좋을 것 같다면 ― 우리는 약혼할 수 있어.」

지금 미리엄은 울고 싶었다. 그리고 화도 나 있었다. 그는 언제나 이렇게 어린아이 같아서 사람들이 자기들 마음대로 그를 다룰 수 있었다.

「아니요, 그렇게 생각하지 않아요.」 그녀가 단호하게 말했다.

그는 잠시 생각에 잠겼다.

「실은 말이야.」 그가 말했다. 「나를…… 나는 한 사람이 나를 독점한다든지, 누군가 나에게 모든 것이 된다든지, 이럴 수 있다고 생각하지 않아……. 한 번도 생각해 본 적이 없어.」

이 점을 그녀는 생각하지 않았다.

「그래요.」 그녀가 작은 소리로 말했다. 그런 다음에 잠시 말없이 있다가 그녀는 그를 쳐다보았다. 그녀의 검은 두 눈이 번쩍였다.

「당신 어머니 때문이에요.」 그녀가 말했다. 「그분이 나를 결코 좋아하지 않는다는 것을 알아요.」

「아냐, 아니야, 그렇지 않아.」 그가 서둘러 말했다. 「이번에 어머니가 말씀하신 것은 너를 위해서야. 만일 이대로 계속 간다면 내가 약혼한 것으로 생각해야 한다고 말씀하셨을 뿐이야.」 침묵이 흘렀다……. 「그런데 내가 너에게 언제든지 우리 집으로 오라고 요청하면 발걸음을 끊지는 않겠지? 그렇지?」

그녀는 대답하지 않았다. 지금 그녀는 대단히 화가 나 있었다.

「그러면, 우리 앞으로 어떻게 할까요?」 그녀가 짤막하게 물었다. 「프랑스어 공부를 그만두는 편이 낫겠다는 생각이 들어요. 이제 겨우 조금 알아 가기 시작하는 참이지만 말이에요……. 그렇지만 혼자 해나갈 수 있을 것 같아요.」

「그럴 필요는 없다고 생각해.」 그가 말했다. 「내가 프랑스어를 가르쳐 줄 수 있어. 확실해.」

「글쎄요……. 그리고 일요일 밤이 있네요. 나는 예배당에 가는 일을 그만두지는 않을 거예요. 재미있기도 하고 그것이 내게는 사회생활의 전부이니까요. 그렇지만 당신이 나와 함께 우리 집으로 올 필요는 없어요. 혼자 올 수 있으니까요.」

「좋아.」 그가 깜짝 놀라서 대답했다. 「그렇지만 내가 에드거에게 요청하면 그가 언제나 우리와 함께 올 수 있을 거야. 그러면 사람들이 아무 말도 하지 않겠지.」

침묵이 흘렀다. 그렇다면 결국 그녀는 잃는 것이 많지 않으리라. 폴의 집에서 뭐라고들 하건 그다지 큰 차이는 없을 것이다. 그녀는 폴의 집 식구들이 남의 일에 간섭하지 말고 자기들 일에만 신경 쓰기를 바랐다.

「그러면 그 문제에 관해서 생각하지 않겠지? 그리고 그것 때문에 괴로워하지도 않고? 그렇지?」 그가 물었다.

「아, 그래요.」 미리엄은 대답하면서 그를 쳐다보지도 않았다.

그는 말이 없었다. 그녀는 그가 침착하지 못하다고 생각했다. 그에게는 확고한 목적이 없었고 그를 붙잡아 주는 올바른 닻도 없었다.[50]

「왜냐하면.」 그가 말을 이었다. 「남자는 자전거를 타고 다닌다든지, 일하러 간다든지, 온갖 잡다한 일들을 해. 그렇지만 여자는 생각하기만 하거든.」

「아니에요. 나는 걱정하지 않을 거예요.」 미리엄이 말했다. 그리고 이 말은 그녀의 진심이었다.

날씨가 상당히 쌀쌀해졌다. 그들은 집 안으로 들어갔다.

「폴이 매우 창백해 보이는구나!」 레이버스 부인이 깜짝 놀라서 소리쳤다. 「미리엄, 그를 야외에 오래 앉혀 놓아서는 안 돼…… 감기 든 것 같니? 폴?」

「아, 아닙니다!」 그가 웃으며 말했다.

---

50 「히브리인들에게 보낸 편지」 6장 19절에 〈희망은 닻과 같아서〉라는 말과 「에페소인들에게 보낸 편지」 6장 14절에 〈정의로 가슴에 무장을 하고〉라는 말이 나온다.

그렇지만 그는 녹초가 된 기분이 들었다. 마음속의 갈등 때문에 그는 기진맥진했다. 미리엄은 이제 그에게 연민의 감정을 느꼈다. 그렇지만 아홉 시도 되기 전인데 서둘러 그가 집에 가려고 일어났다.

　「집에 가려고 하는 것은 아니지? 그렇지?」 레이버스 부인이 걱정스럽게 물었다.

　「집에 가려고요.」 그가 대답했다. 「일찍 돌아오겠다고 했거든요.」 그는 매우 어색해 보였다.

　「그렇지만 아직 이르잖아.」 레이버스 씨가 말했다.

　미리엄은 흔들의자에 앉아서 아무 말도 하지 않았다. 그는 머뭇거리며 그녀가 일어나서 다른 때와 마찬가지로 자전거를 놓아둔 헛간까지 자기와 함께 가주기를 기대했다. 그녀는 여전히 그대로 흔들의자에 앉아 있었다. 그는 당황했다.

　「그럼…… 모두들 안녕히 계세요.」 그가 더듬거리며 말했다.

　그녀도 다른 사람들과 함께 잘 가라고 말했다. 그렇지만 그는 창문 앞을 지나가면서 집 안을 들여다보았다. 그는 창백해 보였다. 그리고 이제 버릇이 되어 언제나 그러하듯이 그는 이마를 약간 찌푸린 채 검은 두 눈에 고통이 가득한 모습을 하고 있었다.

　그녀는 일어나 현관으로 가서 그가 대문을 지나갈 때 그에게 손을 흔들어 작별 인사를 했다. 그는 자전거를 타고 소나무 아래로 천천히 지나가면서 자신이 비겁한 놈이고 또 가련하고 비열한 놈이라고 느꼈다. 그가 탄 자전거는 내리막 언덕을 되는대로 마구 내려갔다. 그는 목이라도 부러지면 위안이 되리라고 생각했다.

　이틀 후 그는 그녀에게 책 한 권과 간단한 편지를 보내면서 그것을 읽고 시간을 바삐 보내라고 권했다.

　그렇지만 그 이후 그는 사람이 달라졌다. 그는 자신의 처지를 알았다. 그는 자신이 그녀와 결혼하기를 원하지 않는다는 사실을 깨달았다. 그가 그녀를 사랑하는 이유는 그녀와 결혼하기를 원해야만 하는 이유가 되지 못한다고 그는 결론을 내렸다. 그리고 그의 어머니는 그에게 현재의 이런 상태가 영원히 지속될 수 없으며 그 아가씨에게 매우 공평하지 못한 일이라고 귀가 따갑게 되풀이해서 말했다. 그래서 그는 자신이 할 수 있는 한 자신과 그녀 사이에 거리를 두려고 노력했다. 그는 그녀에게 냉정하고 딱딱하게 대했다. 그녀는 그 모든 것을 가슴 아프게 느끼며 그의 어머니 탓으로 돌리고 기다렸다. 미리엄은 폴이 자기를 혼자 내버려 둘 수 없다는 것을 알고 있었다. 그렇지만 그는 자신과 그녀 두 사람 사이에 장벽을 세우고 그 뒤로 물러나 그녀에게서 멀어지려고 애쓰는 듯이 보였다. 그녀는 상당히 심하게 마음의 고통을 겪었다.*

이 무렵 그는 자신의 우정을 모두 에드거에게 쏟아 부었다. 폴은 에드거의 가족을 매우 좋아했으며 농장을 매우 좋아했는데, 그 농장은 그가 이 세상에서 가장 좋아하는 장소였다. 자기 집도 그 정도까지 마음에 들지는 않았다. 그가 사랑하는 것은 어머니뿐이었다. 그렇기 때문에 어머니와 함께라면 어느 곳이라도 마찬가지로 행복할 것이다. 반면에 윌리 농장을 그는 열정적으로 좋아했다. 그는 그 자그마하고 비좁은 부엌을 좋아했고 그곳에서는 남자들이 구두를 신고 쿵쾅거리며 걸었고 개는 한쪽 눈을 뜨고 잠을 자며 밟힐까 봐 두려워했으며, 밤에는 등불이 식탁 위에 걸리고 모든 것이 매우 조용했다. 그는 미리엄네 집의 길고 낮은 응접실과 그곳의 낭만적인 분위기 그리고 꽃과 책 및 자단으로 된 높은 피

* 484면 28행~485면 14행.

아노 등을 매우 좋아했다. 그는 정원과 건물들도 좋아했는데 건물들은 들판의 헐벗은 가장자리에 진홍빛 지붕을 하고 세워져 있어서 마치 아늑함을 찾아 숲으로 기어가는 듯했고, 야생 그대로의 전원이 계곡 아래로 둥그렇게 펼쳐져 반대편의 경작하지 않는 언덕으로 이어져 있었다. 그저 그곳에 있는 것만으로도 그는 유쾌하고 기뻤다. 그는 레이버스 부인이 세속적이지 않고 이상하게 냉소적이기 때문에 좋았으며 레이버스 씨가 매우 온화하고 젊었으며 매력적이어서 좋았다. 그는 자기가 가면 명랑해지는 에드거를 좋아했고 소년들과 아이들 그리고 빌뿐만 아니라 심지어는 암퇘지 써시[51]와 티푸[52]라고 이름을 붙인 인도산 싸움닭까지도 좋아했다. 그는 미리엄을 제외한 이 모두를 좋아했다. 그는 그것을 포기할 수 없었다.

그래서 그는 이전과 마찬가지로 윌리 농장에 자주 갔지만 대체로 에드거와 함께 있었다. 한번은 저녁에 아버지를 포함한 모든 가족이 몸짓으로 알아맞히는 놀이 같은 게임들을 하고 놀았다. 그리고 나중에 미리엄이 그들을 함께 모아서 싸구려 책들 가운데 「맥베스」를 골라 각자 역할을 담당하여 읽었다. 그것은 대단히 재미있었다. 미리엄도 기뻐했고 레이버스 부인도 즐거워했으며 레이버스 씨도 이를 즐겼다. 그런 다음에 그들은 모두 함께 토닉 솔파 기보법[53]으로 노래를 배우고 둥그렇게 원을 그리며 난롯불 주위에 둘러 앉아 노래를

51 써시는 호메로스의 『오딧세이아』에 나오는 키르케라고 알려진 마녀로 자기를 찾아오는 사람을 모두 돼지로 만들어 버렸다고 한다.
52 티푸는 인도에 있는 영국의 적인 마이소르의 군주 티푸 사힙Tippoo Sahib(1749~1799)에서 따온 이름이다.
53 음악을 시간적으로 나타내는 방법을 말하는데, 현재는 보표에 의한 기보법이 중심이지만 영국에서는 문자에 의한 토닉 솔파법이 사용되기도 한다. 토닉 솔파 기보법은 〈도레미파솔라시〉의 음계로 나타내는 방법을 말한다.

불렀다. 그렇지만 이제 폴이 미리엄과 단둘이 있는 경우는 매우 드물었다. 그녀는 기다렸다. 그녀와 에드거와 함께 예배당에서 예배를 보고 난 후나 베스트우드에서 개최된 문학 모임을 마치고 집으로 걸어올 때 그는 당시로서는 매우 정열적이고 이단적인 말들을 지껄였는데, 그녀는 그것이 다 자기들으라고 하는 말인 것을 알았다. 그렇지만 그녀는 에드거를 정말로 부러워했는데 그가 자전거를 타고 폴과 함께 다니기도 하고 금요일 밤을 함께 지내기도 하며 낮에 들에서 함께 일을 하기도 했기 때문이다. 그녀에게는 금요일 밤도 프랑스어 공부도 모두 사라져 버렸다. 그녀는 거의 언제나 혼자 지내며 숲 속을 산책하며 생각에 잠기기도 하고 독서를 하거나 공부를 하기도 하고 꿈을 꾸기도 하면서 기다렸다. 그리고 그는 그녀에게 편지를 자주 썼다.

어느 일요일 저녁 그들 두 사람은 오랜만에 예전의 조화를 되찾았다. 에드거는 성찬식이 어떤 것인지 궁금해 했기에 성찬식까지 모렐 부인과 함께 남아 있었다. 그래서 폴은 미리엄과 단둘이 자기 집으로 왔다. 그는 다소간 그녀의 매력에 다시 빠져들었다. 전과 마찬가지로 그들은 설교에 대하여 토론을 벌였다. 그는 이제 완전히 불가지론 쪽으로 나아가고 있었지만 그러한 종교적인 불가지론 때문에 미리엄이 그다지 심하게 고통을 겪지는 않았다. 그들은 르낭의 『예수의 생애*Vie de Jésus*』[54] 단계에 있었다. 미리엄이 타작마당이라면 그는 그 위에 자신의 모든 믿음을 도리깨질했다고 할 수 있다. 그가 자신의 생각을 그녀의 영혼에 밟아 뭉개는 동안 그에게 진리가 나타났다. 그녀만이 그의 타작마당이었다. 그녀

---

54 프랑스의 철학자, 역사가, 종교학자인 에르네스트 르낭Ernest Renan (1823~1892)이 1863년에 발표한 『예수의 생애』는 예수를 하나의 종교 교단을 세운 보통 사람으로 묘사한 전기로 대단한 논란을 일으켰다.

만이 그를 도와 인식에 도달하게 하였다. 거의 무감각하게 그녀는 그의 주장과 상세한 설명을 따랐다. 그리고 어떻게 된 일인지 그녀로 인해 그는 자신의 잘못된 점이 무엇인지를 점차 깨달았다. 그리고 그가 깨달은 것을 그녀도 깨달았다. 그녀는 그가 자기 없이 살아갈 수 없다고 느꼈다.

그들은 아무도 없는 집으로 왔다. 그가 식기실 창문에서 열쇠를 꺼냈고 그들은 집 안으로 들어갔다. 그동안 내내 그는 토론을 계속했다. 그는 가스등을 켜고 난롯불을 살핀 다음 식료품 저장실에서 케이크를 좀 갖다 그녀에게 주었다. 그녀는 소파에 조용히 앉아서 케이크 접시를 자기 무릎에 올려놓고 있었다. 그녀는 핑크빛 나는 꽃을 몇 송이 꽂은 커다란 하얀 모자를 쓰고 있었다. 싸구려 모자였지만 그는 그것을 좋아했다. 모자 아래의 그녀 얼굴은 고요하고 생각에 잠겨 있으며 황금빛 갈색에다 홍조를 띠고 있었다. 언제나 두 귀는 짧은 곱슬 머리카락 속에 숨겨져 있었다. 그녀는 그를 지켜보았다.

그녀는 일요일의 그를 좋아했다. 일요일이면 그는 검은색 정장을 입고 있어서 자신의 몸이 나긋나긋하게 움직이는 모습을 잘 보여 주었다. 그는 깔끔하고 깨끗하게 다듬은 모습이었다. 그는 계속해서 자기 생각을 그녀에게 이야기하고 있었다. 갑자기 그는 손을 뻗어 성경을 집었다. 미리엄은 그가 손을 뻗는 모습을 좋아했는데 이는 목표를 향하여 날카롭게 일직선으로 쭉 뻗기 때문이었다. 그는 재빨리 페이지를 넘겨서 그녀에게 「요한복음」의 한 장을 읽어 주었다. 안락의자에 앉아서 읽고 있었지만 그의 목소리는 골똘히 생각에 잠겨 있었다. 그래서 그녀는 마치 어떤 사람이 몰두하여 일하면서 자신의 연장을 사용하는 것처럼 그가 그녀를 무의식적으로 이용하고 있는 듯이 느꼈다. 그녀는 그것이 좋았다. 생각에 잠긴 듯한 그의 목소리는 무엇인가에 도달하려는 듯했고 마치 그녀 자신이 그가 도달하려는 목표물인 것 같았다. 그녀는 소파에 깊숙이 물러앉아 그에게서 멀리 떨어져 있었지만 그의 손이 잡으려는 바로 그 도구가 자신인 듯한 감정을 느꼈다. 그것은 그녀에게 커다란 기쁨을 주었다.

그러자 그는 말을 더듬고 남의 이목을 의식하게 되었다. 그래서 〈여자가 해산할 즈음에는 걱정이 태산 같다. 진통을 겪어야 할 때가 왔기 때문이다.〉[55]라는 구절에 이르렀을 때 그는 그 구절을 빠뜨려 버렸다. 미리엄은 그가 점점 불편해 하는 것을 느꼈다. 그녀는 잘 알려진 그 구절이 뒤따라 나오지 않자 움츠러들었다. 그는 계속 읽어 나갔지만 그녀에게는 들리지 않았다. 슬픔과 수치심으로 인하여 그녀는 머리를 숙였다. 여섯 달 전이었다면 그는 그것을 고지식하게 읽었을 것이다. 지금 그와 그녀 사이의 관계에 걸림돌이 있는 것이다. 지금 그들 사이에 적대적인 무엇인가가. 그러니까 그들이 수치스러워하는 무엇인가가 정말로 있다고 그녀는 느꼈다.

그녀는 케이크를 기계적으로 먹고 있었다. 그는 자신의 논쟁을 계속하려고 애썼지만 올바른 어조로 돌아갈 수 없었다. 곧 에드거가 들어왔다. 모렐 부인은 친구네 집으로 가서 오지 않았다. 그들 세 사람은 윌리 농장으로 출발했다.

미리엄은 자기와 폴 사이에 생긴 균열에 대하여 곰곰이 생각했다. 폴은 다른 어떤 것을 원하고 있었다. 그는 만족할 수 없었고 미리엄에게 평화를 줄 수 없었다. 요즈음 그들 사이에는 언제나 싸울 만한 이유가 있었다. 그녀는 그에게 증명하기를 원했다. 그녀는 그가 삶에서 가장 필요로 하는 것이 바로

55 「요한의 복음서」 16장 21절은 〈여자가 해산할 즈음에는 걱정이 태산 같다. 진통을 겪어야 할 때가 왔기 때문이다. 그러나 아이를 낳으면 사람 하나가 이 세상에 태어났다는 기쁨에 그 진통을 잊어버리게 된다.〉라고 되어 있다.

그녀 자신이라고 믿었다. 만일 그녀가 그것을 자기 자신에게 그리고 그에게 증명할 수 있으면 나머지 일들은 자연스럽게 진행될 것이고 그녀는 미래를 그냥 믿을 수 있을 것이다.

그래서 오월에 미리엄은 폴에게 윌리 농장으로 와서 도우즈 부인을 만나 보라고 청했다. 그는 무엇인가를 갈망하고 있었다. 그녀는 그들이 클라라 도우즈에 관하여 이야기할 때마다 그가 흥분하고 약간 화를 낸다는 사실을 알고 있었다. 그는 클라라 도우즈를 좋아하지 않는다고 말했다. 그렇지만 그는 그녀에 관해서 몹시 알고 싶어 했다. 그러니 그는 자신을 시험해 보아야 할 것이다. 미리엄은 그의 내면에 고상한 것에 대한 욕망과 저급한 것에 대한 욕망이 공존하고 있으며 고상한 것에 대한 욕망이 승리하리라고 믿었다. 어쨌든 그는 시험해 보아야 할 것이다. 미리엄은 자신이 고상하다고 생각하는 것과 저급하다고 생각하는 것이 임의적이라는 사실을 잊고 있었다.

그는 윌리 농장에서 클라라를 만난다는 생각에 다소 흥분했다. 도우즈 부인이 그곳에서 하루를 보내기 위해 왔다. 그녀는 숱이 많은 암갈색 머리카락을 돌돌 말아 머리 꼭대기에 얹고 있었다. 그녀는 하얀 블라우스와 짙은 남색 스커트를 입고 있었는데, 어떻게 된 일인지 몰라도 어느 곳에 있든지 그녀는 모든 사물들이 보잘것없고 시시하게 보이도록 하는 듯했다. 그녀가 방 안에 있으면 부엌이 온통 너무 작고 초라해 보였다. 아름답게 황혼이 깃드는 미리엄의 응접실도 딱딱하고 시시해 보였다. 레이버스 집안의 식구들도 모두 희미한 촛불처럼 빛을 잃었다. 그들은 그녀가 다소 참고 견디기 어려운 사람이라는 것을 알고 있었다. 그녀는 더할 나위 없이 상냥했으나 냉담했고 다소 쌀쌀했다.

폴은 오후가 되어서야 왔다. 그는 일찍 왔다. 미리엄은 그가 자전거에서 펄쩍 뛰어내리며 열심히 집을 둘러보는 모습을 보았다. 방문객이 와 있지 않다면 그는 실망할 것이다. 미리엄은 나가서 그를 맞이하며 햇빛 때문에 머리를 숙였다. 시원하게 녹색으로 그늘진 잎사귀 아래에서 금련화가 진홍색 꽃봉오리를 내밀고 있었다. 소녀는 검은 머리로 서서 기뻐하며 그를 맞이했다.

「클라라는 아직 안 왔어?」 그가 물었다.

「아니요, 와 있어요.」 미리엄이 음악적인 어조로 대답했다. 「책을 읽고 있어요.」

그는 자전거를 끌고 헛간으로 들어갔다. 그는 멋진 타이를 매고 있었는데 그가 꽤나 자랑스럽게 여기는 타이였고 양말도 그것과 어울렸다.

「그녀는 오늘 아침에 왔어?」 그가 물었다.

「예.」 미리엄이 대답하며 그의 옆에서 걸었다. 「리버티 백화점에 근무하는 사람이 보낸 편지를 가져오겠다고 말했었는데, 기억해요?」

「아, 제기랄, 잊었어!」 그가 말했다. 「그렇지만 가져올 때까지 나에게 성가시게 잔소리해 줘.」

「당신에게 성가시게 잔소리하고 싶지 않아요.」

「좋건 싫건 간에 그렇게 해. 그런데 그녀는 조금이라도 더 상냥해졌나?」 그가 계속하여 말했다.

「나는 항상 그녀가 매우 상냥하다고 생각한다는 것을 알잖아요.」

그는 말이 없었다. 그가 오늘 이렇게 일찍 오려고 열성을 부린 이유는 새로운 방문객 때문인 것이 분명했다. 미리엄은 벌써부터 고민하기 시작했다. 그들은 집을 향해 함께 걸어갔다. 그는 바지에서 클립을 떼어냈지만 너무 게을러 신발의 먼지를 떨어내지는 않았기에 양말과 타이가 무색했다.

클라라는 시원한 응접실에 앉아서 책을 읽고 있었다. 그는 그녀의 하얀 목덜미와 거기에서부터 위로 올린 멋진 머리카락을 보았다. 그녀는 일어서며 그를 냉담하게 쳐다보았다. 악수를 하기 위해서 그녀는 팔을 똑바로 들어 올리며 한편으로는 그를 먼 거리에 두면서도 다른 한편으로는 무엇인가를 그에게 내던지는 듯한 태도를 취했다. 그는 그녀의 양 가슴이 블라우스 아래로 얼마나 크게 부풀어 있는지 그리고 얇은 모슬린 아래로 어깨가 팔 끝까지 얼마나 멋지게 곡선을 이루고 있는지를 알아차렸다.

「참 좋은 날을 택하셨어요.」그가 말했다.

「우연히 그렇게 되었네요.」그녀가 말했다.

「그렇군요.」그가 말했다. 「반갑습니다.」

그녀는 자리에 앉으면서 그의 예절 바른 태도에 대해 감사하다는 말도 하지 않았다.

「아침 내내 뭐 하고 있었어?」폴이 미리엄에게 물었다.

「글쎄, 저……」미리엄이 말하며 허스키한 목소리로 기침을 했다. 「클라라가 아버지와 함께 왔어요……. 그래서…… 여기에 온 지 그다지 오래 되지 않았어요.」

클라라는 초연하게 탁자에 기대어 앉아 있었다. 그는 그녀의 두 손이 크지만 잘 손질되어 있음을 알아차렸다. 그리고 손의 피부는 거칠고 윤기가 없으며 하얀데 가느다란 황금색 솜털이 나 있었다. 그녀는 그가 자기의 양손을 주시하는 것을 개의치 않았다. 그녀는 그를 경멸할 작정이었다. 그녀는 묵직한 팔을 탁자 위에 아무렇게나 올려놓고 있었다. 입은 꼭 다문 것이 화가 난 듯했고 얼굴을 살짝 옆으로 돌리고 있었다.

「요전 날 저녁에 마거릿 본포드의 모임[56]에 갔었지요?」그가 그녀에게 말했다. 미리엄은 폴이 이렇게 예의 바른 모습을 본 적이 없었다. 클라라는 그를 힐끗 보았다.

「그래요.」 그녀가 말했다.

「그런데.」 미리엄이 물었다. 「어떻게 알아요?」

「기차가 오기 전에 잠시 들어갔었어.」 그가 대답했다.

클라라는 다소 경멸하듯이 다시 고개를 돌렸다.

「그 여자는 상냥하고 키가 작은 부인인 것 같더군요.」 폴이 말했다.

「마거릿 본포드라!」 클라라가 외쳤다. 「그 여자는 대부분의 남자들보다 훨씬 더 똑똑하지요.」

「글쎄요, 그렇지 않다고는 말하지 않았어요.」 그가 비난하듯이 말했다. 「그럼에도 불구하고 상냥했습니다.」

「그리고 물론 그것이 가장 중요하지요.」 클라라가 위축되어 말했다.

그는 다소 당황하기도 하고 약간 짜증스럽기도 하여 머리를 긁적거렸다.

「내 생각에는 그것이 똑똑한 것보다 더 중요한 것 같습니다.」 그가 말했다. 「똑똑하다고 해서 결국 천국에 들어갈 수 있는 것은 아니니까요.」

「그녀가 얻고 싶어 하는 것은 천국이 아니에요……. 지상에서의 공평한 몫을 원하지요.」 클라라가 반박했다. 그녀는 마치 본포드 양이 겪고 있는 어떤 궁핍함이 그의 책임인 듯이 말했다.

「글쎄요.」 그가 말했다. 「그녀는 온화하고 매우 친절하다

---

56 급진적인 여성 참정권론자인 마거릿 본필드Margaret Bondfield (1873~1953)에 토대를 둔 것으로 생각된다. 본필드는 1898~1908년 상점 노동자 연맹의 비서로 근무했고, 1908~1912년 여성무역연맹과 독립노동당 및 여성노동자 연맹의 순회 강사로 일했다. 1905년 성인 여성 참정권 협회 초대 회장이 되었으며, 1923년 무역협회 역사상 초대 여성 의장이 되었고, 1926년 노동부 장관이 되어 영국 내각에 최초의 여성 장관이 되었다.

고 생각했습니다……. 다만 몸이 너무 약한 것 같습니다. 그녀가 안락하고 평화롭게 앉아 있었으면 합니다.」

「남편의 스타킹을 기우면서 말이지요.」클라라가 냉혹하게 말했다.

「내 스타킹을 기우는 일이라 해도 그녀는 개의치 않으리라고 확신해요.」그가 말했다.「그리고 틀림없이 그녀는 그 일을 잘할 겁니다……. 그녀가 원하기만 한다면 내가 그녀의 구두를 닦아 주는 일을 꺼리지 않을 것처럼 말입니다.」

그렇지만 클라라는 이러한 그의 재치 있는 반격에 대답하지 않았다. 그는 미리엄에게 잠시 이야기했다. 또 한 여자, 클라라는 초연하게 있었다.

「그러면.」그가 말했다.「나는 에드거를 만나 보러 갈까 하는데, 농장에 있나?」

「그럴 거예요.」미리엄이 말했다.「석탄을 가지러 갔어요. 금방 돌아올 거예요.」

「그러면 마중을 나가야겠네.」그가 말했다.

미리엄은 그들 셋이 할 수 있는 일을 아무것도 감히 제안할 수 없었다. 그는 일어나서 그들 곁을 떠났다.

윗길에는 가시금작화가 피어 있었는데 폴은 에드거가 암말 옆에서 느릿느릿 걸어오는 모습을 보았다. 말은 하얀 별 모양이 그려져 있는 이마를 끄덕이는 가운데 석탄을 실은 수레를 찔꺼덕거리며 끌고 있었다. 친구를 보자 젊은 농부의 얼굴이 환하게 밝아졌다. 에드거는 잘생겼으며 두 눈은 검고 온화했다. 옷은 낡아서 다소 초라했지만 그는 상당히 의기양양하게 걸어왔다.

「잘 지냈나!」그가 말하며 폴이 모자를 쓰지 않는 것을 보았다.「어디 가는 길이야?」

「자네를 마중 나왔어.〈더 이상 안 돼〉부인을 견딜 수 없어서 말이야.」

에드거는 이빨이 드러나 반짝이도록 크게 웃으며 즐거워했다.

「〈더 이상 안 돼〉 부인이 누구야?」 그가 물었다.

「그 귀부인 말이야……. 도우즈 부인이라는…… 〈더 이상 안 돼〉를 인용한 사람은 까마귀[57] 부인이었을 거야.」

에드거는 웃으며 매우 기뻐했다.

「그 여자를 좋아하지 않아?」 그가 물었다.

「조금도 좋아하지 않아.」 폴이 말했다. 「그런데 자네는 좋아하나?」

「아니!」 그의 대답에는 확신의 느낌이 들어 있었다. 「절대아니야!」 에드거는 입술을 오므렸다. 「그 여자는 내 취향에 맞지 않는다고 할 수 있어.」 그는 잠시 생각에 잠겼다. 그런다음에 다시 물었다. 「그런데 왜 그 여자를 〈더 이상 안 돼〉부인이라고 부르나?」

「글쎄.」 폴이 말했다. 「그녀는 남자를 쳐다보면 도도하게 〈더 이상 안 돼〉라고 말하고, 거울에 비친 자기 자신을 쳐다보면서 경멸적으로 〈더 이상 안 돼〉라고 말하고, 또 자신의 과거를 회상하거나 미래를 내다볼 때도 혐오스럽게 혹은 냉소적으로 그렇게 말하거든…….」

에드거는 이 말을 생각했지만 제대로 이해하지 못하고 다음과 같이 말하면서 웃었다.

「그 여자가 남성 혐오자라고 생각하나?」

「그 여자 자신은 그렇다고 생각할 거야.」 폴이 대답했다.

「그렇지만 자네는 그렇게 생각하지 않는구면?」

57 「까마귀」는 에드거 앨런 포Edgar Allan Poe(1809~1849)의 작품으로, 애도하는 시인이 묻는 모든 질문에 까마귀가 〈더 이상 안 돼〉라고 대답한다.

「그래.」 폴이 대답했다.

「그런데 그녀가 자네에게 친절하지 않던가?」

「그 여자가 누구에게든 친절할 것 같은가?」 젊은이가 물었다.

에드거는 웃었다. 그들은 함께 석탄을 마당에 내려놓았다. 폴은 남의 이목을 다소 의식했는데 이는 클라라가 창문으로 내다보면 자기를 볼 수 있으리라는 것을 알기 때문이었다. 그녀는 내다보지 않았다.

토요일 오후는 말들을 솔질해 주고 돌보는 시간이었다. 폴과 에드거는 함께 일하며 지미와 플라워[58]의 털가죽에서 나오는 먼지 때문에 재채기를 하기도 했다.

「나에게 가르쳐 줄 새 노래 아는 거 있나?」 에드거가 말했다.

그는 그동안 내내 계속해서 일했다. 그가 허리를 굽힐 때면 햇빛에 그을려 빨갛게 된 목덜미가 드러났고 솔을 잡고 있는 손가락은 굵직했다. 폴은 이따금 그를 지켜보았다.

「〈매리 모리슨〉[59]이라는 노래 어떤가?」 보다 나이가 적은 친구가 말했다.

에드거가 동의했다. 그의 목소리는 훌륭한 테너 음성이었는데, 그는 친구가 가르쳐 줄 수 있는 노래는 모두 배우고 싶어 했으며 마차를 끌고 다니는 동안 노래를 불렀다. 폴의 목소리는 매우 평범한 바리톤 음성이었지만 청각이 좋았다. 그렇지만 그는 클라라가 들을까 봐 두려워서 작은 소리로 노래를 불렀다. 에드거는 맑은 테너로 한 줄 한 줄 가사를 따라 불렀다. 이따금 그들 둘 다 재채기를 하기도 했고 그럴 때마다

---

58 윌리 농장에 있는 말들의 이름.

59 로버트 번스Robert Burns(1759~1796)가 쓴 시이며 곡을 붙여 인기 있는 노래로 불렸고 폴그레이브의 『황금빛 사화집』에 수록되어 있다.

차례대로 말에게 욕설을 퍼붓기도 했다.

미리엄은 남자들을 참을 수 없었다. 그들을 즐겁게 하기는 매우 쉬웠다……. 심지어는 폴도 그랬다. 그가 사소한 일에 그토록 철저하게 몰두할 수 있는 것은 그의 내면에 비정상적인 면이 있기 때문이라고 그녀는 생각했다.

차 마실 시간이 되어서야 두 사람은 일을 끝마쳤다.

「그게 무슨 노래였어요?」 미리엄이 물었다.

에드거가 그녀에게 말해 주었다. 대화가 노래로 바뀌었다.

「우리는 매우 즐겁게 시간을 보내곤 해요.」 미리엄이 클라라에게 말했다.

도우즈 부인은 음식을 천천히 위엄 있게 먹었다. 남자들이 있을 때마다 그녀는 쌀쌀한 태도를 보였다.

「노래하기를 좋아하세요?」 미리엄이 그녀에게 물었다.

「좋은 노래라면요.」 그녀가 말했다.

폴은 물론 얼굴이 빨개졌다.

「고급이고 연습을 많이 한 노래라는 뜻인가요?」 그가 물었다.

「노래다운 노래를 부르려면 먼저 목소리를 훈련할 필요가 있다고 생각해요.」 그녀가 말했다.

「사람들이 목소리를 훈련한 다음에 말을 하도록 허용해야 한다고 주장하는 것 같네요.」 그가 대답했다. 「사실 사람들은 스스로 즐기기 위해 노래하지요, 대체로 말입니다.」

「그런데 그것이 다른 사람들에게는 불쾌감을 줄 수도 있어요.」

「그러면 그 사람들은 귀마개를 해야겠네요.」 그가 대답했다.

남자들은 웃었다. 침묵이 흘렀다. 폴은 얼굴이 시뻘게져서 말없이 먹기만 했다.

대화는 다시 여자들의 임금이 남자들의 임금과 동일해야

하는가 하는 문제로 바뀌었다. 레이버스 부인은 남자들은 부양할 가족이 있다고 주장했고 클라라는 남자든 여자든 일하는 만큼 임금을 받아야 한다고 말했다. 레이버스 씨는 클라라의 말에 동의하는 입장이었다. 도우즈 부인이 무어라고 말을 하든 폴은 그녀의 반대편에 서려고 했다. 그는 여성은 노동 시장에서 보조인에 불과하며 또 대부분의 경우에 여자는 일시적으로 일을 할 뿐이고 일 년이나 이 년 정도 자기 자신만을 부양한다고 주장했다. 클라라는 아버지, 어머니와 자매 등등을 부양하는 여자들의 숫자를 인용했다.

「그런데 이 세상의 거의 모든 남자는 서른이 넘으면 아내와 가족을 부양해요……. 그리고 대체로 그 아내들은 임금을 받는 근로자가 아닙니다.」 그가 대답했다.

「생각해 보니…….」 클라라가 매우 쌀쌀하게 말했다. 「당신 같은 부류를 예전에도 만난 적이 있어요. 자기가 모든 것을 다 안다고 생각하는 젊은이지요…….」

「그러면 당신은 내가 아무것도 모른다고 생각하는 젊은 여인이군요.」 그가 말대꾸했다.

「아, 그래요……. 당신은 자기 의견을 남이 듣도록 할 줄 아는군요.」 그녀가 말했다.

그는 화가 머리끝까지 났다. 그런 다음에 그는 웃음을 터뜨렸다.

「여성 참정권론자 회의처럼 들리는군요.」 그가 말했다. 「그리고 당신이 연단에 올라가 있고요.」

그러자 클라라는 머리카락 끝까지 얼굴이 새빨개졌다.

「나는 나 자신일 뿐인데 왜 〈남자들〉이라고 불려야 하나요?」 그가 계속하여 말했다.

「마치 그것으로 충분하지 않다는 것 같구면.」 에드거가 말하며 웃었다.

「그러면.」 폴이 다시 말했다. 「내가 영국 역사에 있는 모든 죄에 대해 책임지도록 되어 있네요. 보디스카 여왕[60]으로부터 저 아래 〈셔츠의 노래〉[61]까지 말입니다. 그것은 공평하지 않아요……. 나는 남자가 현대 사회에 존재할 권리를 갖기 원해요……. 자기 머리를 눕힐 어떤 구석을 말입니다.[62]」

「아니.」 레이버스 부인이 농담조로 말했다. 「결국 남자의 위치가 거의 변하지 않고 그 자리에 그대로 남아 있게 되고 여자들도 있는 그대로 있게 되는 거네.」

그렇지만 이 농담은 너무 미묘해서 클라라 이외에는 아무도 이해할 수 없었다. 그녀는 분개했다.[*]

차를 마신 후에 남자들이 모두 밖으로 나가고 폴만 남아 있을 때 레이버스 부인이 클라라에게 말했다.

「그래서 지금은 전보다 더 행복하게 살아?」

「무한히 행복해요.」

「그래서 만족하고?」

「자유롭고 독립할 수 있는 한에서는요.」

「그러면 살아가면서 부족한 것이 아무것도 없겠네?」 레이버스 부인이 점잖게 물었다.

「그런 것은 모두 과거에 묻어 버리고 잊고 살아요.」

폴은 이런 이야기를 계속하는 동안 불편하게 느끼고 있었다. 그는 일어났다.

* 497면 28행~499면 10행.

60 Baudicca 또는 Boadicea라고도 쓰는데 영국인을 이끌고 로마인의 침입에 대항한 여왕으로 전투에서 패배했다.

61 토머스 후드Thomas Hood(1799~1845)가 1843년에 쓴 가난한 여자 재봉사에 관한 시편.

62 이 구절은 「마태오의 복음서」 8장 20절 〈그러나 예수께서는 《여우도 굴이 있고 하늘의 새도 보금자리가 있지만 사람의 아들은 머리 둘 곳조차 없다.》하고 말씀하셨다.〉의 패러디이다.

「당신은 과거에 묻어 버리고 온 것에 걸려 계속 넘어질 거예요.」 그가 말했다. 그런 다음에 그는 소외양간으로 가버렸다. 그는 자신이 재치 있게 대화했다고 느끼고 남자로서의 자긍심을 높이 가졌다. 그는 휘파람을 불며 벽돌을 깔아 놓은 길로 내려갔다.

잠시 후에 미리엄이 와서 클라라와 자기와 함께 셋이 산책을 가려는지 물어보았다. 그들은 스트렐리 밀 농장을 향해 출발했다. 그들은 윌리 호수 쪽에 있는 시냇가를 따라 걸어가며 숲 가장자리의 덤불 속에 핑크빛 동자꽃이 몇 송이 활짝 피어 몇 줄기 햇살을 받고 있는 모습을 보았고, 또 나무줄기와 엉성한 개암나무 덤불 너머로 한 남자가 커다란 적갈색 말을 끌고 협곡을 지나가는 모습을 보았다. 커다란 적갈색 동물은 낭만적으로 춤추듯 흐릿한 녹색 개암나무 덤불 사이로 지나가는 듯했고 대기가 그늘진 저 먼 곳에서는 마치 과거로 돌아가 있는 듯 시들어 가는 블루벨이 데어드르나 이졸트[63]를 위해 피어났던 것처럼 보였다.

세 사람은 그 광경에 매혹되어 그대로 서 있었다.

「기사가 되어 여기에 텐트를 세우면 얼마나 좋을까요!」 그가 말했다.

「그리고 우리를 안전하게 가두어 둔다면 말이죠?」 클라라가 대답했다.

「그래요.」 그가 대답했다. 「시녀들과 함께 노래하며 자수를 놓고 말입니다. 나는 기꺼이 흰색과 초록색 및 엷은 자줏

---

63 데어드르와 이졸트는 두 사람 모두 로맨스에 등장하는 아일랜드의 여주인공이다. 데어드르는 기원전 1세기 작품인 『유스나크의 아들들』에 나오는 착하고 아름다운 여주인공이며, 이졸트는 켈트족의 사랑 이야기인 1300년경의 프랑스 작품 『트리스트렘 경』 및 독일어 작품 『트리스탄과 이졸데』에 나오는 여주인공이다.

빛으로 된 당신의 깃발을 들 겁니다. 내 방패에 여성 사회 정치 연맹[64]이라는 장식을 새길 겁니다. 그 위에 자유분방한 한 여성을 장식으로 그려 넣고요…….」

「틀림없이…….」 클라라가 말했다. 「당신은 여성이 스스로 싸우도록 방임하기보다는 오히려 여성을 위해 적극적으로 싸울 것 같네요.」

「그럴 겁니다! 여자가 스스로 싸우면 거울 앞에서 자기 자신의 영상을 보고 미친 듯이 화내는 개처럼 보일 겁니다.」

「그러면 당신은 그 거울인가요?」 그녀가 물으며 입술을 삐죽거렸다.

「아니면 거울에 비친 영상[65]이겠지요.」 그가 대답했다.

「이제 보니…….」 그녀가 말했다. 「당신은 너무 똑똑해서 탈인 것 같네요.」

「글쎄요, 착해지는 것은 당신에게 맡기죠.」 그가 대꾸하며 웃었다. 「착해라 상냥한 아가씨여, 그리고 나를 똑똑하게 하라.」[66]

그렇지만 클라라는 그의 경박함에 싫증이 났다. 그는 문득 그녀를 쳐다보고서 위로 치켜든 그녀의 얼굴에 경멸이 아니라 비탄이 담겨 있음을 알았다. 그의 마음은 모든 사람들에게 부드러워졌다. 그는 돌아서서 그때까지 소홀하게 대했던 미리엄에게 부드럽게 대했다.

---

64 여성 사회 정치 연맹은 〈W.S.P.U.〉라고 약자로 쓰기도 하는데 1903년에 에멀라인 팽크허스트Emmeline Pankhurst가 설립한 여성 참정권론자들의 압력 단체로, 이 단체가 사용하는 깃발의 색깔은 녹색, 자주색, 흰색이다.

65 에드윈 랜드시어Edwin Landseer(1803~1873)가 1826년에 그린 「개와 그림자」라는 그림으로, 개가 물에 비친 자기 영상을 보고 있는 모습에 대한 인용이다.

66 이 구절은 찰스 킹즐리Charles Kingsley(1819~1875)가 쓴 「C. E. G.에의 작별」에 나오는 〈똑똑해질 수 있게 하라〉라는 구절을 패러디한 것이다.

숲의 가장자리에서 그들은 림을 만났는데 그는 마흔 살 정도의 깡마르고 까무잡잡한 남자로 스트렐리 밑에 세 들어 살며 가축 기르는 농장을 운영하고 있었다. 그가 힘찬 종마의 고삐를 되는대로 아무렇게나 붙잡고 있는 모습을 보니 피곤한 듯했다. 세 사람은 서서 그 남자가 첫 번째 개울의 디딤돌을 밟고 지나가도록 했다. 폴은 그렇게 커다란 동물이 그처럼 경쾌한 발걸음으로 끊임없이 넘치는 활력을 지니고 걸어갈 수 있다는 사실에 감탄했다. 림은 그들 앞에 멈추어 섰다.

「레이버스 양, 아버지에게 말씀 드려.」그가 독특한 새된 목소리로 말했다.「그 집 어린 짐승들이 저 아래 울타리를 부수고 사흘 동안이나 뛰어 돌아다니고 있다고 말이여.」

「어느 울타리요?」미리엄이 떨리는 목소리로 물었다.

커다란 말은 느릿느릿 숨을 쉬면서 빨간 옆구리를 부르르 떨고 수그린 머리와 늘어진 갈기털 아래에 있는 멋지고 큰 두 눈으로 위를 쳐다보았다.

「잠깐 와봐.」림이 대답했다.「어딘지 보여 줄 테니 말이여.」

남자와 종마가 앞으로 갔다. 말은 개울에 빠지자 춤추듯 옆걸음질 치며 발굽 뒤쪽의 흰 털을 터는 모습이 깜짝 놀란 듯이 보였다.

「꾀부리지 말어.」남자가 애정 어린 목소리로 짐승에게 말했다. 말은 둑 위로 껑충껑충 뛰어 올라갔고 그다음에는 멋지게 물을 튀기며 두 번째 개울을 지나갔다. 클라라는 다소 시무룩해져서 포기한 채 걸어가며 한편으로는 매혹되기도 하고 다른 한편으로는 경멸하기도 하면서 말을 지켜보았다. 림이 멈춰 서서 버드나무 아래 울타리를 가리켰다.

「저기, 짐승들이 지나간 자리가 보이지?」그가 말했다.「우리 일꾼들이 그놈들을 세 번이나 쫓아냈단 말이여.」

「알았어요.」미리엄이 대답하며 마치 자기가 잘못한 것처럼 얼굴을 붉혔다.

「우리 집에 들렀다 갈껴?」 남자가 물었다.

「고맙지만 괜찮아요⋯⋯. 우리는 연못 옆으로 가려고 해요.」

「그려, 마음 내키는 대로 혀.」 그가 말했다.

말은 집에 아주 가까이 왔다는 사실에 기뻐하며 자그마한 소리로 히힝 하는 울음소리를 냈다.

「집에 돌아와서 기쁜가 봐요.」 클라라가 말하며 그 동물에게 관심을 보였다.

「그럼⋯⋯. 오늘은 꽤 먼 길을 걸었거든.」

그들이 대문을 지나가자 키가 좀 작다 싶은 까무잡잡하고 흥분하기 쉬워 보이는 서른다섯 살 정도 된 여자가 커다란 농가에서 나와 그들에게로 다가오는 모습이 보였다. 그녀의 머리카락은 희끗희끗했으며 까만 두 눈은 야성적이었다. 그녀는 두 손을 뒷짐 지고 걸었다. 그녀의 오빠가 앞으로 갔다. 그녀를 보자 커다란 적갈색 종마는 다시 히힝 하는 울음소리를 냈다. 그녀는 흥분해서 다가왔다.

「집에 돌아왔구나, 이 녀석!」 그녀는 애정 어린 목소리로 사람이 아니라 말한테 이야기했다. 커다란 짐승은 그녀에게로 몸을 돌리며 머리를 숙였다. 그녀는 말의 입속에 자기 등 뒤에 숨겨 가지고 있던 쭈그러진 노란 사과를 슬쩍 집어넣어 주고 나서 눈언저리에 키스를 퍼부었다. 말은 커다란 한숨을 내쉬어 기쁨을 표현했다. 그녀는 말 머리를 두 팔로 감싸 안고 자기 가슴으로 끌어당겼다.

「참 훌륭한 말이네요.」 미리엄이 그녀에게 말했다.

림 양이 고개를 들어 쳐다보았다. 그녀는 검은 두 눈을 똑바로 들어 폴을 힐끗 보았다.

「아, 안녕하세요? 레이버스 양.」 그녀가 말했다. 「무척 오랜만에 여기 왔네요.」

미리엄이 친구들을 소개했다.

「참 훌륭한 말이에요!」클라라가 말했다.

「그렇지요!」다시 림 양이 말에게 키스했다. 「어느 남자 못지않게 사랑스럽지요.」

「대부분의 남자들보다 더 사랑스럽다고 생각해요.」클라라가 대답했다.

「참 멋진 녀석이에요!」여자가 외치며 다시 말을 껴안았다.

클라라는 커다란 짐승에 매료되어 다가가서 목을 쓰다듬었다.

「아주 온순해요.」림 양이 말했다. 「덩치가 큰 녀석들이 온순하다고 생각하지 않으세요?」

「참 아름다워요!」클라라가 대답했다.

그는 말의 두 눈을 들여다보고 싶었다. 그녀는 말이 자기를 쳐다보기를 원했다.

「말을 할 수 없는 것이 안타까워요.」그녀가 말했다.

「아, 할 수 있어요, 다만.」다른 여자가 대답했다.

그때 그녀의 오빠가 말을 끌고 갔다.

「들어오실래요?…… 들어오세요……. 저 누구시더라……. 이름을 잊었네요…….」

「모렐이에요!」미리엄이 말했다. 「아니에요, 우리는 들어가지 않을게요. 물레방아 연못가로 가려고 해요.」

「그렇군요……. 그렇게 하세요. 낚시를 하세요? 모렐 씨?」

「아니요.」모렐이 말했다.

「낚시를 한다면 언제라도 와서 해도 좋아요.」림 양이 말했다. 「우리는 일주일 내내 사람 그림자도 못 보는 경우가 많아요. 와주면 감사하겠어요.」

「연못에는 어떤 물고기가 있나요?」그가 물었다.

그들이 앞 정원을 지나 용수로를 넘고 가파른 둑을 올라가

서 연못으로 가자 그늘에 잠겨 있는 연못과 그 안에 나무가 우거진 작은 섬 두 개가 있는 모습이 보였다. 폴은 림 양과 함께 걸었다.

「여기에서 수영해도 좋을 것 같아요.」그가 말했다.

「그렇게 하세요.」그녀가 대답했다.「오고 싶으면 언제라도 오세요. 오빠는 당신과 이야기하면 무척 기뻐할 거예요. 오빠는 매우 조용한데 말을 걸 사람이 없어서 그런 거예요. 꼭 와서 수영하세요.」

클라라가 다가왔다.

「꽤 깊어 보이네요.」그녀가 말했다.「그리고 아주 깨끗하네요.」

「그래요.」림 양이 말했다.

「수영할 줄 아세요?」폴이 말했다.「림 양이 지금 막 이야기하기를 우리가 원하면 언제든지 와서 수영할 수 있대요.」

「물론 농장 일꾼들이 있지만 말이에요.」림 양이 말했다.

그들은 잠시 이야기를 나눈 다음 거친 언덕을 올라갔고 외롭고 눈매가 초췌한 여인만 둑 위에 남게 되었다.

산허리에는 온통 햇빛이 내리쬐고 있었다. 그곳은 자연 그대로이고 온통 덤불이 우거져 토끼들 세상이었다. 세 사람은 말없이 걸었다. 그때 폴이 말했다.「그 여자는 사람을 불편하게 하더군.」

「림 양 말이에요?」미리엄이 물었다.「맞아요!」

「그 여자에게 무슨 문제가 있나? 너무 외로워서 머리가 돌려고 하나?」

「맞아요.」미리엄이 말했다.「여기 생활이 그녀에게 적합한 종류의 삶이 아니에요. 그녀를 이런 곳에 파묻혀 살도록 하는 것은 잔인한 일이에요. 내가 정말로 자주 와서 만나 봐야 하겠어요. 그렇지만…… 그녀는 사람을 당황하게 해요.」

「그 여자가 안됐다는 생각이 들어……. 그래. 그런데 사람을 성가시게 해…….」 그가 말했다.

「내 생각에…….」 클라라가 갑자기 불쑥 말했다. 「그 여자는 남자를 원하는 것 같아요.」

나머지 두 사람은 잠시 동안 말이 없었다.

「그렇지만 외로워서 그녀가 정신적으로 약해진 거지요.」 폴이 말했다.

클라라는 대답하지 않고 오르막 언덕을 성큼성큼 걸어 올라갔다. 그녀는 머리를 숙이고 두 다리를 흔들며 죽은 엉겅퀴와 덤불이 많은 풀숲을 걷어차기도 하고 두 팔을 축 늘어뜨린 채 걸어가고 있었다. 걷는다기보다는 멋진 육체가 휘청휘청하며 언덕 위로 올라가고 있는 듯이 보였다. 뜨거운 파도가 폴을 휩쓸고 지나갔다. 그는 그녀에 대해서 호기심을 느끼고 있었다. 어쩌면 삶이 그녀에게 잔인했었을 것이다. 그는 미리엄을 잊고 있었는데, 그녀는 그의 옆에서 걸어가며 그에게 이야기하고 있었다. 그녀는 그를 힐끗 보고 자기에게 대답하지 않는다는 사실을 알았다. 그의 두 눈은 앞에 가는 클라라에게 고정되어 있었다.

「아직도 저 여자가 마음에 들지 않는다고 생각해요?」 그녀가 물었다.

폴은 그 질문이 갑작스럽다는 것을 깨닫지 못했다. 그 질문은 그의 생각과 같은 것이었다.

「저 여자에게는 무언가 문제가 있어.」 그가 말했다.

「그래요.」 미리엄이 대답했다.

그들이 언덕 꼭대기에 이르자 지금까지 보이지 않던 황량한 들판이 드러났는데 들판의 양편으로는 숲이 있고 다른 양편으로는 산사나무와 딱총나무 덤불로 이루어진 높고 성긴 산울타리가 둘러져 있었다. 지나치게 크게 자란 이 덤불 사이에 여기저기 틈이 나 있어 가축이 있다면 지금이라도 그것들이 그 틈으로 기어 지나갈 수 있을 것 같았다. 그곳의 잔디는 무명 벨벳처럼 부드러웠고 토끼들이 지나다닌 자국과 구멍이 나 있었다. 들판 자체는 거칠고 키가 컸으며 거대한 양취란화가 한 번도 깎지 않아서 무성하게 우거져 있었다. 무리를 이룬 억센 꽃들이 거친 겨이삭 띠 덤불 위로 여기저기 불쑥불쑥 솟아 있었다. 그것은 마치 요정 나라의 커다란 배들이 붐비는 정박지 같았다.

「아!」 미리엄이 외치며 폴을 바라보았는데 검은 두 눈을 크게 뜨고 있었다. 그는 미소를 지었다. 꽃이 피어 있는 들판을 그들은 함께 즐겼다. 클라라는 약간 떨어져서 비탄에 잠겨 양취란화를 쳐다보고 있었다. 폴과 미리엄은 서로 바짝 붙어서 낮은 목소리로 이야기하고 있었다. 그는 한쪽 무릎을 꿇고 재빨리 가장 좋은 꽃들을 꺾어 모으며 한 덤불에서 다른 덤불로 끊임없이 옮겨 다녔다. 그러면서 부드러운 목소리로 계속 이야기했다. 미리엄은 꽃을 예쁘게 꺾으며 그 주변에서 머뭇거렸다. 그는 그녀에게 언제나 너무 빠르고 거의 과학적인 듯이 보였다. 그렇지만 그가 만든 꽃다발이 그녀가 만든 것보다 더욱 자연스러운 아름다움을 지니고 있었다. 그는 꽃다발을 좋아했는데, 마치 그것들이 자기의 것이고 자신이 그것에 대한 권리를 지니고 있는 것 같았다. 그녀는 꽃다발에 대해 더욱 경외하는 마음을 지니고 있었는데, 이는 그녀가 갖고 있지 않은 무엇인가를 꽃다발이 지니고 있었기 때문이다.

꽃은 매우 신선하고 아름다웠다. 그는 꽃을 마시고 싶었다. 꽃을 꺾어 모을 때 그는 조그마하고 노란 나팔꽃을 먹었다. 클라라는 여전히 비탄에 잠겨 돌아다니고 있었다. 그녀에게로 다가가며 그가 말했다.

「왜 좀 꺾지 않아요?」

「나는 꺾는 것이 가치 있다고 생각하지 않아요. 그대로 자라는 것이 더 보기 좋아요.」

「그렇지만 조금 갖고 싶지요?」

「꽃은 내버려 두기를 원해요.」

「그럴 것 같지 않은데요.」

「나는 내 주위에 꽃의 시체를 두고 싶지 않아요.」 그녀가 말했다.

「그것은 경직되고 인위적인 개념이지요.」 그가 말했다. 「꽃이 물에 담긴다고 해서 뿌리에 달려 있는 것보다 더 빨리 죽지는 않아요……. 게다가 꽃병에 꽂혀 있으면 멋있기도 하고 즐거워 보이기도 해요. 당신은 꽃이 시체처럼 보인다고 해서 시체라고 부르는 것뿐이에요.」

「시체건 아니건 그렇다는 말인가요?」 그녀가 주장했다.

「내가 보기에는 시체가 아니에요. 죽은 꽃이 꽃의 시체는 아니라는 말입니다.」

클라라는 이제 그를 무시했다.

「그렇다고 하더라도…… 무슨 권리가 있어서 당신은 그것을 꺾나요?」 그녀가 물었다.

「내가 그것을 좋아하고 원하기 때문이죠……. 그리고 그것이 많이 있기 때문이죠.」

「그러면 그것이 충분한 이유가 되나요?」

「그럼요……. 안 될 이유가 없죠. 이것을 노팅엄에 있는 당신의 방에 갖다 두면 훌륭한 향기가 날 게 분명합니다.」

「그리고 그것이 죽어 가는 것을 모습을 지켜보는 즐거움을 만끽해야 하고요.」

「그렇지만 글쎄…… 이것이 죽는다고 해도 문제될 일은 아무것도 없어요.」

그리고 나서 그는 그녀 곁을 떠나 뒤엉켜 있는 꽃 덤불 위로 허리를 굽히고 걸어갔는데, 꽃 덤불이 들판에 빽빽하게 흩뿌려져 있는 모습이 희미하게 빛나는 거품 덩이 같았다. 미리엄이 가까이 와 있었다. 클라라는 무릎을 꿇고 앉아 양취란화의 향기를 들이마시고 있었다.

「내 생각에……」 미리엄이 말했다. 「꽃을 경외하는 마음으로 다룬다면…… 그것에 전혀 해를 끼치지 않을 거예요……. 중요한 건 그것을 꺾을 때 갖는 마음이에요.」

「그래.」 그가 말했다. 「그렇지만 아니야. 그것을 원하기 때문에 꺾는 거야, 그뿐이야.」 그는 자기가 꺾은 꽃다발을 내밀었다.

미리엄은 침묵을 지켰다. 그는 조금 더 꺾었다.

「이것 좀 봐!」 그가 계속 말했다. 「튼튼하고 건장한 것이 작은 나무 같고 다리가 굵직한 소년 같아…….」

클라라의 모자가 풀밭 위 그리 멀리 떨어지지 않은 곳에 있었다. 그녀는 무릎을 꿇고 몸을 앞으로 숙인 채 여전히 꽃 향기를 맡고 있었다. 그녀의 목을 보자 그는 가슴속에 날카로운 아픔을 느꼈는데, 목덜미가 그리도 아름답지만 지금 당장은 스스로를 자랑하지 않기 때문이었다. 그녀의 가슴이 블라우스 속에서 약간 흔들렸다. 아치 모양으로 굽은 그녀의 등은 아름답고 강했으며 그녀는 코르셋을 입고 있지 않았다. 갑자기 자기도 모르는 사이에 그는 양취란화 한 줌을 그녀의 머리와 목덜미 위에 흩뿌리면서 말했다.

　　재는 재로 티끌은 티끌로
　　주님이 원치 않으면 악마가 가져야 하느니라.[67]

<hr>

[67] 영국 성공회의 일반 기도서에 있는 매장 의식 〈그러므로 그의 육체를 땅에 맡기노니 흙은 흙으로, 재는 재로, 티끌은 티끌로 돌아가리라. 영원한 생명으로의 부활을 확신하고 확실히 바라노니〉를 패러디한 것이다.

차가운 꽃들이 그녀의 목 위에 떨어졌다. 그녀는 고개를 들고 거의 가련하고 겁먹은 회색빛 두 눈으로 그를 쳐다보면서 그가 무슨 짓을 하는지 궁금히 여겼다. 꽃들이 그녀의 얼굴에 떨어지자 그녀는 두 눈을 감았다.

그녀 앞에 서 있던 그가 갑자기 어색한 기분을 느꼈다.

「장례식을 원한다고 생각했어요.」 그가 불안하게 말했다.

클라라도 겸연쩍게 웃으며 일어나서 머리카락에 붙어 있는 양취란화를 떼어냈다. 그녀는 모자를 집어 들어 머리에 쓰고 핀을 꽂아 고정시켰다. 꽃 한 송이가 여전히 그녀의 머리카락에 엉켜 붙어 있었다. 그는 그것을 보았지만 그녀에게 말하고 싶지 않았다. 그는 자기가 그녀에게 흩뿌렸던 꽃들을 주워 모았다.

숲 가장자리에 블루벨이 흐드러지게 피어 들판까지 흘러넘쳐서 꽃의 홍수가 난 것처럼 보였다. 그렇지만 그것은 지금 시들어 가고 있었다. 클라라는 그곳으로 걸어갔다. 그도 그녀의 뒤를 따라갔다. 블루벨을 보니 그는 즐거웠다.

「이것들이 어떻게 숲에서부터 나와 피어 있는지 보세요!」 그가 말했다.

그러자 그녀는 순간적으로 따뜻하고 감사해 하는 눈빛으로 돌아보았다.

「그렇군요!」 그녀가 미소 지으며 말했다.

그의 피가 끓어올랐다.

「이것을 보니 숲 속의 야만인들이 생각나네요. 그들이 탁 트인 공간을 마주했을 때 얼마나 두려웠을지 말입니다.」

「그들이 두려워했을 거라고 생각하세요?」 그녀가 물었다.

「옛 종족들 가운데서 누가 더 두려워했을지 궁금하네요. 어두운 숲에서 별안간 밝은 공간으로 뛰쳐나오는 사람일까요? 아니면 공터에서 살금살금 숲 속으로 들어가는 사람일까요?」

「후자라고 생각되는데요.」 그녀가 대답했다.

「그래요, 당신은 개방된 공간을 선호하는 부류에 속하고 싶어 하는군요…… 자신을 어둠 속으로 밀어 넣으려고 애쓰고요…… 그렇지 않아요?」

「내가 어떻게 알겠어요?」 그녀는 기묘하게 대답했다.

대화는 여기에서 끝났다.

저녁이 대지 위에 깊어 가고 있었다. 이미 계곡에는 그늘이 가득 차 어둑어둑해졌다. 단지 조그맣게 네모진 햇살만 건너편 크로스레이 뱅크 농장에 걸려 있을 뿐이었다. 밝은 빛은 언덕 꼭대기에만 헤엄치듯 비치고 있었다. 미리엄은 얼굴을 느슨하게 묶은 커다란 꽃다발에 파묻고 양취란화가 거품처럼 흩어져 있는 곳을 발목까지 묻히면서 천천히 걸어 올라오고 있었다. 그녀의 등 뒤로는 나무들이 온통 어둠에 묻혀 형체만 드러나고 있었다.

「돌아갈까요?」 그녀가 물었다.

그래서 그들 세 사람은 발길을 돌렸다. 그들은 모두 말이 없었다. 길을 내려오면서 그들은 바로 건너편에 있는 집에서 새어 나오는 불빛을 볼 수 있었고, 언덕 마루에는 가늘고 어두운 윤곽을 따라 조그만 불빛들이 늘어서 있었는데 그곳은 광산촌이 하늘과 맞닿아 있었다.

「참 좋았지요? 그렇죠?」 그가 물었다.

미리엄이 작은 소리로 동의를 표했다. 클라라는 말이 없었다.

「그렇게 생각하지 않아요?」 그가 다시 물었다.

그렇지만 그녀는 머리를 꼿꼿이 세운 채 걸어가며 여전히 대답하지 않았다. 그는 그녀가 마치 개의치 않는다는 듯이 걸어가는 모습을 보고 그녀가 고민하고 있다는 것을 알 수 있었다.

이 무렵 폴은 어머니를 모시고 링컨에 갔다. 그녀는 전과 다름없이 밝고 열광적이었지만 기차 객실에서 마주 앉았을 때 보니 연약해 보였다. 그는 순간적으로 마치 그녀가 자기에게서 미끄러지듯 멀어지고 있는 듯한 기분을 느꼈다. 그래서 그는 그녀를 붙잡아 매어 두고 싶었는데 거의 사슬로 묶어 두고 싶을 지경이었다. 그는 그녀를 자기 손으로 꼭 붙잡아 두어야겠다고 느꼈다.

그들은 링컨 시에 점점 가까워졌다. 두 사람 모두 창가에 붙어 대성당을 찾아보고 있었다.

「저기 있어요! 어머니!」 그가 외쳤다.

그들은 거대한 대성당이 평지 위에 우뚝 서 있는 모습을 보았다.

「아!」 그녀가 감탄하여 외쳤다. 「저기 있구나!」

그는 어머니를 바라보았다. 그녀의 푸른 두 눈은 대성당을 조용히 지켜보고 있었다. 그녀는 또다시 그가 닿을 수 없는 곳에 있는 듯이 보였다. 무엇인가가 하늘을 배경으로 푸르고 거룩하게 우뚝 솟아 있는 대성당의 영원한 안온함 가운데 있어 그녀의 내면에 반영되는 듯했다. 숙명적인 무엇인가가 비치는 듯했다. 과거에 존재했던 것은 존재했었다!…… 그의 젊은 의지를 모두 다 바쳐 노력한다 하더라도 그는 그것을 변경시킬 수 없었다. 그는 그녀의 얼굴을 보았는데, 피부는 아직도 싱싱하고 혈색이 좋으며 부드러운 솜털이 나 있었지만 눈가에는 주름살이 잡혀 있었다. 그리고 눈꺼풀은 한결같지만 약간 처져 있으며 입은 환멸로 인해 언제나 굳게 다물어져 있어서 마침내 운명을 깨달았다는 듯한 변함없는 영원한 표정이 나타나 있었다. 그는 영혼의 온힘을 다하여 그것에 대항했다.

「보세요, 어머니, 대성당이 도시 위에 얼마나 크게 솟아 있는지 말이에요! 생각해 보세요, 수많은 거리가 그 아래에 있는 것을 말이죠! 성당이 도시 전체보다 더 커 보여요.」

「정말 그렇구나!」 어머니가 감탄하여 소리치며 다시 밝게 생기를 되찾았다. 그렇지만 그는 그녀가 앉아서 얼굴과 눈을 고정시킨 채 창밖으로 대성당을 줄곧 바라보며 삶의 냉혹함을 반추하는 모습을 보았다. 그리고 눈가에 잡혀 있는 주름살과 아주 굳게 다물고 있는 입을 보자 그는 미칠 것만 같은 기분이었다.

그들은 식사를 했는데 그것을 그녀는 터무니없이 사치스럽다고 생각했다.

「내가 이것을 좋아한다고 생각하지 마라.」 그녀가 얇게 저민 고기를 먹으며 말했다. 「나는 이것을 정말 좋아하지 않아, 정말 좋아하지 않는다! 네가 돈을 낭비한다는 생각만 드는구나!」

「돈 걱정은 절대 하지 마세요.」 그가 말했다. 「제가 여자 친구를 데리고 소풍 나왔다는 것을 잊으셨군요.」

그리고 그는 그녀에게 푸른 제비꽃 몇 송이를 사주었다.

「신사 양반! 당장 그만두시오!」 그녀가 명령조로 말했다. 「내가 어떻게 이것을 할 수 있겠소?」

「아무것도 하실 필요 없어요! 가만히 계시기만 하면 돼요.」

그리고 하이 스트리트 한복판에서 그는 그녀의 코트에 꽃을 달아 주었다.

「나 같은 늙은이가!」 그녀는 말하면서도 킁킁거리며 꽃향기를 맡았다.

「있잖아요.」 그가 말했다. 「사람들이 우리를 굉장한 멋쟁이로 생각했으면 싶어요. 그러니 뽐내세요.」

「머리를 한 대 쥐어박을까 보다.」 그녀가 웃으며 말했다.

「뽐내며 걸어 보세요.」 그가 명령조로 말했다. 「공작 비둘기처럼요.」

한 시간 동안이나 그는 그녀와 함께 거리 구경을 했다. 그녀는 글로리홀[68] 위를 거닐기도 하고 스토운보우 아치 앞에 가보기도 하면서 여러 곳을 다녔는데, 가는 곳마다 감탄했다. 한 남자가 다가와 모자를 벗고 허리를 굽혀 그녀에게 인사했다.

「시내 구경 시켜 드릴까요? 부인?」

「아니, 괜찮아요.」 그녀가 대답했다. 「우리 아들이 있어요.」

그러자 폴은 좀 더 위엄 있게 대답하지 않았다고 그녀에게 화를 냈다.

「네 마음대로 하려무나.」 그녀가 소리쳤다. 「야…… 저것이 바로 그 유대인의 집[69]이구나! 그런데 너는 그 강연을 기억하니, 폴?……」

그렇지만 그녀는 대성당의 언덕을 거의 올라갈 수 없었다. 그는 알아차리지 못했다. 그러다가 갑자기 그는 그녀가 말도 할 수 없을 정도로 지친 것을 알았다. 그는 그녀를 작은 술집으로 모시고 가서 쉬게 했다.

「아무렇지도 않다!」 그녀가 말했다. 「심장이 조금 늙었을 뿐이야. 누구나 예상해야 하는 문제이지.」

그는 대답하지 않고 그녀를 쳐다보았다. 또다시 그의 가슴이 꽉 쥐어짜듯 무너져 내렸다. 그는 울고 싶었고 화가 나서 모든 것을 박살 내고 싶었다.

그들은 다시 출발하여 한 걸음 한 걸음 천천히 걸어갔다. 그러자 내딛는 발걸음 하나하나가 무거운 짐이 되어 그의 가슴을 짓눌렀다. 그는 가슴이 터질 것만 같았다. 마침내 그들

68 링컨에 있는, 12세기에 지어진 〈하이브리지〉라는 다리의 별명.
69 링컨의 스티프 힐에 로마네스크 양식으로 12세기에 건축된 주택으로, 전면의 아름다운 장식 등 일부가 남아 있다.

은 꼭대기에 도착했다. 그녀는 매료된 채 성의 대문을 마주하고 서서 성당의 정면을 바라보았다. 그녀는 완전히 넋을 잃었던 것이다.

「지금 보니 이것은 생각했던 것보다 훨씬 더 좋구나!」그녀가 외쳤다.

그렇지만 그는 그것이 마음에 들지 않았다. 그는 어느 곳이나 그녀를 따라다니며 골똘히 생각에 잠겼다. 그들은 함께 대성당에 들어가 앉았다. 그들은 성가대석에서 간단한 예배에 참석했다. 그녀는 머뭇거렸다.

「누구에게나 개방되어 있는 모양이지?」그녀가 그에게 물었다.

「예.」그가 대답했다.「우리를 쫓아낼 만큼 뻔뻔스러운 사람이 있을 거라고 생각하세요?」

「그래, 분명히 있을 거야!」그녀가 외쳤다.「네가 하는 말을 들으면 쫓아낼 거야.」

예배를 보는 동안 그녀의 얼굴은 기쁨과 평화로 다시 빛나는 듯이 보였다. 그리고 그동안 내내 그는 분노하며 모든 것을 박살 내고 울고 싶었다.

후에 그들이 성벽에 기대어 시내를 내려다보고 있을 때 그가 갑자기 퉁명스럽게 말했다.

「왜 사람들에게는 젊은 어머니가 없을까요? 무엇 때문에 어머니는 늙을까요?」

「글쎄다.」어머니가 웃으며 말했다.「어쩔 수 없는 일이겠지.」

「그리고 왜 저는 장남이 아닐까요! 보세요……. 밑의 자식들이 이롭다고들 해요……. 그렇지만 보세요, 장남에게는 어머니가 젊어요. 제가 장남이었으면 좋았을 거예요.」

「내가 그렇게 결정한 것이 아니다.」그녀가 항의했다.「생각해 봐라, 너도 나만큼이나 책임이 있어.」

그는 그녀를 돌아보았는데 그의 얼굴은 창백하고 두 눈은 분노로 이글거렸다.

「무엇 때문에 늙으셨어요!」 이렇게 말하는 그는 자신의 무능함에 미칠 지경이 되었다. 「왜 걸을 수 없어요? 왜 저와 함께 여기저기 돌아다닐 수 없어요?」

「한때는…….」 그녀가 대답했다. 「나도 저 언덕을 너보다 더 잘 뛰어 올라갈 수 있었단다.」

「그것이 저에게 무슨 소용 있어요?」 그는 울부짖으며 주먹으로 성벽을 내리쳤다. 그런 다음에 구슬프게 말했다. 「편찮으시니 너무 슬퍼요, 어머니, 그것은…….」

「아프다니!」 그녀가 외쳤다. 「조금 늙었을 뿐이야. 그리고 너는 그것을 참을 수밖에 없고. 그뿐이란다.」

그들은 말이 없었다. 겨우 참고 견딜 뿐이었다. 그들은 차를 마시며 다시 명랑해졌다. 그리고 브레이포드 항구 옆에 앉아 항구에 드나드는 배를 지켜보다가 그가 그녀에게 클라라에 관하여 말했다. 어머니는 그에게 무수한 질문을 했다.

「그러면 그 여자는 누구와 함께 사니?」

「그녀 어머니와 함께 블루벨 힐에서 살고 있대요.」

「그럼 먹고살 돈은 넉넉하대?」

「그렇지 않은 것 같아요. 레이스 만드는 일을 하나 봐요.」

「그런데 그 여자의 매력은 뭐냐? 얘야!」

「매력적인지는 모르겠어요, 어머니. 그렇지만 괜찮은 여자예요. 그리고 솔직한 것 같아요, 저…… 조금도 숨기는 것이 없어요, 조금도요.」

「그렇지만 나이가 너보다 상당히 많지 않니?」

「서른 살이에요. 저는 스물 셋이 되고요.」

「무엇 때문에 그 여자가 좋은지는 말하지 않는구나.」

「저도 모르기 때문이에요……. 일종의 도전적인 태도를 갖고 있기 때문인지…… 화난 태도 때문인지…….」

모렐 부인은 생각에 잠겼다. 그녀는 이제 자기 아들이 어떤 여자와 사랑에 빠진다면 기뻐해야 마땅하겠지만 그 여자가 어떤 부류의 여자라야 하는지 알 수 없었다. 그렇지만 그는 지극히 안달하고 있었으며 너무도 갑자기 화를 내다가 다시 우울해지곤 했다. 그녀는 그가 좋은 여자와 사귀기를 원했다…… 그녀 자신도 자기가 무엇을 원하는지 정확히 알지는 못했지만 그냥 막연한 상태로 내버려 두었다. 어쨌든 그녀는 클라라에 대해 적대적인 생각을 갖지는 않았다.

애니 또한 결혼하려 하고 있었다. 레너드는 버밍햄으로 가서 일을 하고 있었다. 어느 주말 그가 집에 왔을 때 그녀는 이렇게 말했다.

「여보게, 자네 안색이 별로 좋아 보이지 않네.」

「글쎄요.」 그가 말했다. 「어쩐 일인지 기분이 별로 좋지 않아요. 장모님.」

그는 자신의 천진난만한 버릇으로 그녀를 벌써부터 장모님이라고 부르고 있었다.

「분명히 하숙집은 좋은 집이겠지?」 그녀가 물었다.

「예……. 물론이죠. 다만…… 문제는 차를 제 손으로 직접 따라 마셔야 한다는 겁니다……. 차를 찻잔 접시에 따라 홀짝거려도 아무도 불평하지 않아요. 그래서 어쩐지 차 맛이 제대로 나지 않아요.」

모렐 부인이 웃었다.

「그래서 자네가 힘들다는 말이구먼?」

「모르겠어요……. 결혼하고 싶어요.」 그가 불쑥 말하며 손가락을 비비 꼬고 자기 구두를 내려다보았다. 침묵이 흘렀다.

「그렇지만.」 그녀가 놀라서 소리쳤다. 「일 년 더 기다리겠다고 말한 것으로 기억하는데.」

「예, 분명히 그렇게 말씀 드렸어요.」그가 고집스러운 어조로 대답했다.

또다시 그녀는 생각에 잠겼다.

「그리고 여보게.」그녀가 말했다. 「애니는 돈을 좀 헤프게 쓰는 아이야. 그 애가 저축한 돈은 겨우 십일 파운드밖에 안 돼…… 그리고 저, 여보게, 자네도 많이 모으지 못한 것 같구먼.」

그는 귀까지 새빨개졌다.

「저는 이십삼 파운드 모았어요.」그가 말했다.

「많지는 않구먼.」그녀가 대답했다.

그는 아무 말도 하지 않고 손가락만 꼬았다.

「그리고 말이야.」그녀가 말했다. 「나도 가진 것이 아무것도 없어……」

「그런 것을 원하는 게 아니에요, 장모님!」그가 외치며 얼굴이 시뻘게져서 고민하는 투로 이의를 제기했다.

「아니야, 여보게, 알고 있네……. 나는 그저 내가 돈이 좀 있었으면 해서 하는 말이네……. 결혼식이다 뭐다 해서 오 파운드를 쓰고 나면…… 이십구 파운드가 남는데…… 그 돈으로 할 수 있는 것이 많지 않을 듯해서 하는 말이네……」

그는 무능하고 고집스럽게 손가락만 계속 비비 꼬면서 고개를 들지도 못했다.

「그런데 자네 정말로 결혼하기를 원하는가?」그녀가 물었다. 「반드시 해야 할 것 같은 느낌이 들어?」

그는 푸른 두 눈을 들어 그녀를 똑바로 쳐다보았다.

「예!」그가 말했다.

「그렇다면.」그녀가 대답했다. 「우리 모두가 최선을 다해서 할 수 있도록 해야지. 여보게, 그렇지 않나?」

그 말을 들은 후 그가 고개를 들었을 때 그의 두 눈에는 눈물이 맺혀 있었다.

「애니가 불편을 느끼게 하고 싶지는 않아요!……」그가 고심하며 말했다.

「여보게.」그녀가 말했다. 「자네는 착실해……. 괜찮은 직장에도 다니고 있고. 만일 어떤 남자가 정말로 나를 필요로 했다면, 나는 그 남자가 마지막 일주일 동안 일해서 번 봉급만 갖고도 결혼했을 거네. 우리 애는 살아가는 것이 좀 어렵다는 점을 알 것이네, 초라하게 시작하면 말이야. 젊은 여자들은 다 그렇지. 그들이 나중에 꾸미게 되리라고 생각하는 좋은 가정을 기대하지. 그런데 나는 값비싼 가구를 갖고 있었어! 그것이 전부가 아닌데 말이야.」

그리하여 결혼식이 거의 즉시 치러졌다. 아서도 집에 왔는데 군복을 입은 모습이 더할 나위 없이 멋졌다. 외출용으로 입을 수 있는 보랏빛을 띤 회색 드레스를 입은 애니는 근사해 보였다. 모렐은 그녀가 결혼한다고 해서 바보라고 불렀고 사위에게 냉담했다. 모렐 부인은 보닛에 하얀 장식을 달고 블라우스에도 하얀 장식을 붙이고 있어서 두 아들들이 너무 멋을 낸다고 그녀를 놀렸다. 레너드는 쾌활하고 다정했으며 자신이 지독한 놀림감이 되었다고 느꼈다. 폴은 무엇 때문에 애니가 결혼하고 싶어 하는지 그 이유를 명확히 이해할 수 없었다. 그는 그녀를 좋아했고 그녀도 그를 좋아했다. 그래도 그는 다소 애처로운 마음으로 이 결혼이 더할 나위 없이 행복하기를 바랐다. 아서는 진홍색과 노란색 무늬로 된 군복을 입고 있어서 놀라울 정도로 멋있었고 그도 그 사실을 잘 알고 있었으나 마음속으로는 제복을 수치스럽게 여겼다. 애니는 부엌에서 두 눈이 퉁퉁 붓도록 울면서 어머니에게 작별 인사를 했다. 모렐 부인도 약간 울고 나서 딸의 등을 다독이며 말했다.

「울지 마라, 애야, 네 남편이 잘해 줄 거야.」

모렐은 발을 구르며 애니가 시집가서 자신을 얽어매게 되니 바보라고 말했다. 레너드는 창백하고 지친 듯이 보였다. 모렐 부인이 그에게 말했다.

「딸을 자네에게 맡기네, 여보게, 그러니 책임지고 잘해 줘야 하네.」

「걱정 마십시오.」 그가 결혼식에 시달려서 거의 죽을 지경이 된 얼굴로 말했다. 이리하여 결혼식이 모두 끝났다.

모렐과 아서가 잠자리에 든 후 폴은 종종 그러했듯이 어머니와 이야기하며 앉아 있었다.

「누나가 시집가서 서운하신 것은 아니죠? 어머니? 그렇죠?」 그가 물었다.

「그 애가 시집가서 서운한 것은 아니다……. 그렇지만…… 그 애가 나에게서 떠나간다니 기분이 좀 이상하기는 하구나. 그 애가 레너드와 함께 살아가는 것을 더 좋아할 수 있다니 이해하기가 좀 힘들기까지 한 것 같다. 엄마들이 느끼는 마음이 다 그렇겠지……. 나도 이것이 어리석은 생각이라는 것을 안다.」

「그러면 누나 때문에 슬퍼할 거예요?」

「내 결혼식 날을 생각해 보면 그래.」 어머니가 대답했다. 「그 애의 삶이 내 삶과 다르기만을 바랄 뿐이지.」

「그렇지만 레너드가 누나에게 잘해 줄 거라고 믿을 수 있잖아요?」

「그래, 그렇구나! 그 애가 애니에게 과분하다고들 하기는 하지. 그렇지만 내 말은 남자가 그 애처럼 진실하고 여자가 그 남자를 좋아한다면…… 그러면…… 다 괜찮을 거야……. 그 애도 애니만큼이나 좋은 사람이야.」

「그러니까 걱정하지 않으시죠?」

「내가 철두철미하게 진실하다고 느끼지 못하는 남자라면 내 딸이 결혼하도록 허락하지 않았을 거야…… 그런데 그 애가 시집을 가버리니 허전하구나……」

그들 둘 다 슬펐고 그녀가 다시 돌아왔으면 하고 바랐다. 하얀 장식이 조금 달려 있는 새로 산 검은 실크 블라우스를 입고 있는 어머니가 폴에게는 외로워 보였다.

「어쨌든 어머니, 저는 절대 결혼하지 않을 거예요.」그가 말했다.

「그래, 애야, 사람들이 다 그렇게 말하기는 하지. 아직 상대를 만나지 못했을 뿐이야. 일이 년만 더 기다려 봐라.」

「그렇지만 저는 결혼하지 않을 거예요, 어머니…… 어머니와 함께 살 거예요. 그리고 하인도 둘 거예요.」

「글쎄, 애야…… 말하기는 쉬워. 그런 때가 언제 오는지 두고 보자.」

「어떤 때를 두고 봐요? 저는 스물셋이 되어 가는데.」

「그래…… 너는 일찍 결혼하려는 타입은 아니지. 그렇지만 한 삼 년쯤 지나면……」

「지금처럼 똑같이 어머니와 함께 살겠죠.」

「두고 보자, 애야, 두고 봐.」

「그렇지만 제가 결혼하는 것을 원하지 않으시죠?」

「네가 평생을 살아가는 데 너를 돌보아 주는 사람이 하나도 없다는 것은 생각하고 싶지 않구나…… 그리고 정말…… 아니다…….」

「그러면 제가 결혼해야 한다고 생각하세요?」

「조만간 남자는 다 해야지.」

「그렇지만 늦게 했으면 하고 바라지요?」

「대답하기 어렵구나……. 정말 어려워. 사람들이 이렇게 말하더구나. 〈아들은 아내를 얻을 때까지만 내 아들이지만,

내 딸은 평생 동안 내 딸이다〉라고 말이야.」

「그러면 아내가 나를 어머니에게서 빼앗아 가도록 내가 그냥 놓아둘 거라고 생각하세요?」

「글쎄다, 네 아내에게 너뿐만 아니라 네 어머니하고도 결혼해 달라고 요구하지는 않겠지.」 모렐 부인이 말하며 미소 지었다.

「아내는 자기가 하고 싶은 대로 할 수 있을 테니까…… 간섭할 필요는 없을 거예요.」

「그럴 거야……. 너를 차지할 때까지는 말이야……. 그리고 그때쯤이면 너도 알게 될 거야.」

「전혀 모르겠어요. 어머니가 살아 계시는 동안에는 절대로 결혼하지 않을 거예요……. 절대로요.」

「그렇지만 너를 아무도 없이 혼자 살도록 남겨 두고 싶지는 않다, 애야.」 그녀가 소리쳤다.

「어머니는 저를 떠나지 않을 거예요. 연세가 얼마죠?…… 겨우 쉰셋이에요! 일흔다섯까지는 사셔야 해요. 자, 그러면 나는 수입 좋은 마흔넷이 돼요. 그때 착실한 사람과 결혼할 거예요. 두고 보세요!……」

어머니는 앉아서 웃었다.

「가서 자라.」 그녀가 말했다. 「가서 자.」

「그리고 우리는 예쁜 집에서 살 거예요. 어머니와 나 그리고 하인도 한 사람, 이렇게 말이에요. 그러면 모든 게 더할 나위 없이 좋을 거예요……. 아마도 그림으로 나는 부자가 될 거예요.」

「어서 가서 자라니까!」

「그러면 어머니는 조랑말이 끄는 마차를 타고 다닐 거예요. 상상해 보세요, 총총걸음으로 돌아다니는 귀여운 빅토리아 여왕님을요.」

「어서 가서 자라고.」 그녀가 말하며 웃었다.

그는 그녀에게 키스를 하고 자러 갔다. 미래에 대한 그의 계획은 언제나 똑같았다.

모렐 부인은 앉은 자리에서 딸과 폴과 아서에 대하여 곰곰이 생각했다. 그녀는 애니를 시집보낸 것에 대하여 애를 태웠다. 그녀의 가족들은 유대 관계가 매우 강했다. 그래서 그녀는 자기가 지금 반드시 살아서 아이들과 함께 있어야 하겠다고 느꼈다. 삶이 그녀에게는 매우 풍요로웠다. 폴이 그녀를 원했고 아서도 마찬가지였다. 아서는 자신이 그녀를 얼마나 깊이 사랑하고 있는지 결코 알지 못했다. 그는 현재의 순간을 살아가는 사람이었다. 아직까지 자신을 인식하도록 강제된 적이 한 번도 없었다. 군대에서 몸은 단련되었지만 영혼은 그렇지 않았다. 그는 더할 나위 없이 건강했으며 매우 멋있었다. 검고 힘찬 머리카락은 좀 작다 싶은 머리에 짧게 깎여 있었다. 코에서는 천진난만한 느낌이 풍겼고 검고 푸른 두 눈에서는 거의 소녀 같은 느낌이 풍겼다. 그렇지만 두툼하고 붉은 입술은 남자다웠고 그 위에는 갈색 콧수염을 길렀으며 턱은 강인해 보였다. 입은 아버지를 닮았고 코와 두 눈은 잘생겼지만 의지가 약한 외가 쪽 사람들을 닮았다. 모렐 부인은 그를 걱정했다. 일단 위험한 고비만 잘 넘기면 그는 안전했다. 그렇지만 그가 얼마나 멀리 헤맬 것인지.

군대는 그에게 정말로 아무 도움도 주지 못했다. 그는 속좁은 장교들의 권위에 매우 분개했다. 그는 마치 동물처럼 복종해야 하는 일을 증오했다. 그렇지만 그는 매우 지각이 있었기에 반항하지는 않았다. 그래서 그는 군대를 가장 잘 이용하는 방향으로 관심을 돌렸다. 그는 노래를 잘 부를 줄 알았고 동료들에게 재미있는 친구였다. 종종 그는 규칙 위반과 같은 사고를 치기도 했는데 그러한 것은 쉽게 용서될 수 있는 남자다운 사고였다. 그래서 그는 군대에서 즐거운 시간을 보내는 동안 자존심을 억눌렀다. 그는 잘생긴 얼굴과 멋진 몸매 그리고 세련된 태도와 상당한 교육에 의지하여 원하는 것을 최대한 얻어 내며 실망하지 않았다. 그렇지만 그는 침착하지 못했다. 무엇인가가 그의 내면에서 그를 갉아 먹는 듯했다. 그는 결코 가만히 있지 못했고 혼자 있지 못했다. 어머니와 함께 있으면 그는 꽤나 겸손했다. 그는 폴을 존경하고 사랑했지만 약간 경멸하였다. 그리고 폴도 그와 마찬가지였다.

모렐 부인은 친정아버지가 남겨 준 돈을 몇 파운드 갖고 있었고 그 돈으로 아들을 군대에서 빼내 오려고 결심했다. 아서는 미칠 듯이 기뻐했다. 지금 그는 휴가를 얻은 어린아이 같았다.

아서는 비아트리스 와일드를 예전부터 좋아하고 있었는데 휴가 기간 동안에 그녀와 다시 친해졌다. 그녀는 아서보다 더욱 튼튼하고 건강했다. 그들 둘은 종종 오랜 시간 동안 함께 산책을 나갔으며 아서는 그녀의 팔을 군인다운 방식으로 다소 뻣뻣하게 잡았다. 그리고 그녀가 와서 피아노를 치면 그는 노래를 불렀다. 그러면 아서는 자기 군복 상의의 칼라를 풀곤 했다. 그는 얼굴을 점점 더 붉히며 두 눈을 반짝이고 남성적인 테너로 노래를 불렀다. 그런 다음에 그들은 함께 소파에 앉았다. 그는 자기 육체를 자랑삼아 보여 주는 듯했고 그녀는 그가 일부러 그렇게 한다는 것을 의식하고 있었다. 그러니까 강한 가슴과 옆구리라든가 꼭 맞는 바지 속의 허벅지 등을 의식했다.

그는 그녀에게 말할 때 사투리 쓰기를 즐겼다. 그녀는 가끔 그와 함께 담배를 피우곤 했다. 이따금 그가 피우는 담배를 몇 모금 빨아 보기만 하기도 했다.

어느 날 저녁 그녀가 손을 뻗어 그의 담배를 뺏으려고 하자 그가 그녀에게 말했다.「안 돼야, 자기는 안 돼야. 내가 담배 키스를 해줄게, 자기가 괜찮다면 말이여.」

「한 모금만 빨아 보고 싶어, 키스는 절대 안 돼.」그녀가 대답했다.

「그럼…… 자기가 한 모금 빨아 볼텨?」그가 말했다.「키스도 하구 말이여.」

「자기 담배를 한 모금 빨고 싶다니까.」그녀가 외치며 그의 입술에 물려 있는 담배를 낚아채려 했다.

그는 그녀에게 한쪽 어깨를 대고 앉아 있었다. 그녀는 체구가 작고 번개처럼 빨랐다. 그는 가까스로 피했다.

「자기에게 담배 키스를 해줄 테니께.」그가 말했다.

「아티 모렐, 자기는 귀찮고 성가신 골칫거리야.」그녀가 말하며 뒤로 물러나 소파에 깊숙이 앉았다.

「담배 키스 받아랏!」

군인은 미소 지으며 그녀를 향해 몸을 앞으로 기울였다. 그의 얼굴이 그녀의 얼굴 가까이 갔다.

「하지 마!」그녀가 대답하며 머리를 다른 쪽으로 돌렸다.

그는 담배를 한 모금 빤 다음 입을 오므리고 입술을 그녀에게 가까이 내밀었다. 짧게 깎은 그의 짙은 갈색 콧수염이 솔처럼 삐죽삐죽 나와 있었다. 그녀는 오므린 진홍색 입술을 쳐다보다가 갑자기 그의 손가락 사이에 끼어 있는 담배를 낚아채서 쏜살같이 달아났다. 그는 펄쩍 뛰어 일어나 그녀의 뒤를 쫓아가다가 그녀의 검은 머리카락에 꽂혀 있는 빗을 잡았다. 그녀는 돌아서서 담배를 그에게 던졌다. 그는 그것을 주워서 입에 물고는 자리에 앉았다.

「골칫덩어리!」그녀가 외쳤다.「내 빗 내놔!」

그녀는 그를 위해 특별히 손질한 머리카락이 흘러내릴까

봐 걱정했다. 그녀는 두 손을 머리에 대고 서 있었다. 그는 빗을 무릎 사이에 숨겼다.

「나는 그것을 안 가지고 있지롱.」 그가 말했다.

그가 말할 때 담배가 입술 사이에서 웃음과 더불어 흔들렸다.

「거짓말쟁이!」 그녀가 말했다.

「정말이라니까!」 그가 웃으며 말하고는 두 손을 펴 보였다.

「뻔뻔스러운 개구쟁이!」 그녀가 외치며 달려들어 무릎 사이에 숨긴 빗을 찾으려고 난투극을 벌였다. 그녀가 그와 엎치락뒤치락하며 그의 매끈하고 딱 붙은 바지를 입은 허벅지를 끌어당기자 그는 소파 위에 벌렁 누워서 온몸이 흔들흔들할 정도로 웃었다. 입에서 담배가 떨어져 그의 목을 거의 그을릴 뻔했다. 햇볕에 탄 아름다운 피부에 핏기가 돌아 붉어졌으며 너무 웃어서 푸른 두 눈이 감기고 목이 부어올라 거의 숨이 막힐 뻔했다. 그런 다음에 그는 똑바로 앉았다. 비아트리스는 빗을 꽂고 있었다.

「자기가 나를 간지럼 태웠어, 비트.」 그가 탁한 목소리로 말했다.

섬광처럼 그녀의 작고 하얀 손이 앞으로 나오더니 그의 얼굴을 찰싹 때렸다. 그는 깜짝 놀라 벌떡 일어나 그녀를 노려보았다. 그들은 서로 뚫어지게 바라보았다. 홍조가 서서히 그녀의 뺨을 물들이더니 그녀는 눈을 내리깔고 이어서 고개를 숙였다. 그는 시무룩해서 앉아 있었다. 그녀는 식기실로 가서 머리를 매만졌다. 그리고 남몰래 그곳에서 눈물을 몇 방울 흘렸는데 그녀 자신도 무엇 때문에 눈물을 흘렸는지 알지 못했다.

돌아올 때 그녀는 입을 꼭 다물고 있었다. 그렇지만 그것은 단지 그녀의 열정을 덮고 있는 얇은 막에 불과했다. 그는 머리카락이 헝클어진 채 부루퉁해서 소파에 앉아 있었다. 그녀는 반대편 안락의자에 앉았고 아무도 말을 하지 않았다. 정적 속에서 벽시계만이 요란하게 째깍거렸다.

「너는 작은 고양이 새끼야, 비트.」 그가 마침내 반쯤 사과하듯이 말했다.

「그래요, 뻔뻔스럽게 굴지 말아요.」 그녀가 대답했다.

또다시 오랫동안 침묵이 흘렀다. 그는 몹시 흥분했지만 반항하는 사람처럼 혼자 휘파람을 불었다. 갑자기 그녀가 거실을 가로질러 그에게로 와서 키스했다.

「됐죠? 좀생이 아저씨!」 그녀가 놀렸다.

그는 얼굴을 들고 묘하게 미소 지었다.

「한 번 더 해줘.」 그가 그녀에게 청했다.

「내가 못 할 것 같아?」 그녀가 물었다.

「해봐!」 그가 재촉하며 입술을 그녀에게로 내밀었다.

신중하게 그리고 그녀의 몸 전체로 퍼져 나가는 것처럼 보이는 기묘한 떨림이 있는 미소를 지으며 그녀는 자기 입술을 그의 입술에 포갰다. 곧바로 그는 그녀를 두 팔로 감싸 안았다. 긴 키스가 끝나자마자 그녀는 그에게서 머리를 빼내고 섬세한 손가락을 풀어 젖힌 칼라 속으로 밀어 넣어 그의 목을 매만졌다. 그러고 나서 그녀는 두 눈을 감고 온몸을 다시 키스에 맡겨 버렸다.

그녀는 자신의 자유 의지에 따라 행동했다. 그녀는 자기가 하고 싶은 대로 했고 어느 누구에게도 책임을 돌리지 않았다.

폴은 자기 주변의 삶이 변화하는 것을 느꼈다. 젊은 분위기는 이미 사라졌다. 이제 어른들의 집이 된 것이다. 애니는 결혼한 여자였고 아서는 자신의 쾌락을 식구들이 모르는 방식으로 추구하고 있었다. 그리도 오랫동안 그들은 모두 한 집에서 살았고 함께 나가서 시간을 보냈었다. 그렇지만 이제 애니와 아서에게는 새로운 삶이 어머니의 집 밖에 펼쳐져 있었다. 그들은 휴가나 휴식을 위해서 집에 왔다. 그래서 집안에는 마치 새들이 날아가 버린 둥지 같은 그런 이상하고도 반쯤은 텅 빈 것 같은 느낌이 감돌았다. 폴은 점점 더 안정을 잃어 갔다. 애니와 아서는 이미 가버리고 없었다. 그는 그들 뒤를 따라가야 하나 해서 불안했다. 그러나 그에게 집은 어머니 곁이었다. 그러면서도 그는 여전히 그 이외의 다른 무엇, 밖에 있는 무엇, 그 무엇을 원했다.

그는 점점 더 불안해져 갔다. 미리엄은 그를 만족시켜 주지 못했다. 그녀와 함께 있고 싶은 오래된 미칠 듯한 욕망이 점점 약해졌다. 가끔 그는 클라라를 노팅엄에서 만나기도 했고 때로는 그녀와 함께 모임에 가기도 했고 어떤 때에는 그녀를 윌리 농장에서 보기도 했다. 그렇지만 윌리 농장에서 그녀를 보는 경우에는 팽팽한 긴장감이 감돌았다. 폴과 클라라와 미리엄 사이에 적대적인 삼각관계가 형성된 것이었다. 클라라와 함께 있으면 그는 세련되고 세속적이며 조롱하는 듯한 말투를 썼는데 이는 미리엄을 대하는 태도와는 매우 상반되는 것이었다. 과거에 있었던 일은 문제되지 않았다. 미리엄은 그와 함께 있으면 친밀할 수도 있었고 슬퍼할 수도 있었다. 그러다가 클라라가 나타나면 곧바로 그 모든 것이 사라지고 그는 새로 온 사람에게 맞추어 놀았다.

미리엄은 아름다운 하룻저녁을 폴과 건초 더미에서 지냈다. 그는 말이 끄는 써레질을 했고 그 일을 끝마치자마자 그녀를 도와주러 와서 건초를 건초 더미에 쌓았다. 그런 다음 그는 그녀에게 자기의 희망과 절망에 대하여 이야기했고 그러자 그의 영혼 전체가 그녀 앞에 벌거벗은 채 놓여 있는 듯이 느껴졌다. 그녀는 마치 그의 내면에 있는 생명의 떨리는 본질 자체를 지켜보고 있는 것 같았다. 달이 떠올랐고 그들은 함께 집으로 걸어왔다. 그는 그녀를 너무도 절실하게 필요로 하기 때문에 그녀에게 온 듯했고 그녀는 그의 말에 귀 기울이고 그에게 자기의 모든 사랑과 믿음을 주었다. 그 자신이 지켜야 할 스스로의 가장 중요한 부분을 그녀에게 가져온 듯이 보였고 그녀는 그것을 평생 보호해 주어야 할 것처럼 보였다. 아니, 하늘이 별들을 소중히 지켜 주는 것보다 더 확실하고 영원하게 그녀는 폴 모렐의 영혼에 들어 있는 미덕을 지켜 줄 것이다. 그녀는 혼자 집으로 걸어가면서 고양된 기분을 느끼고 자신의 믿음에 기뻐했다.

그러고 나서 그다음 날 클라라가 왔다. 그들은 건초용 풀밭에서 차를 마실 예정이었다. 미리엄은 저녁 하늘이 황금빛으로 물들며 저물어 가는 모습을 지켜보았다. 그리고 그동안 줄곧 폴은 클라라와 장난치고 있었다. 그는 건초 더미를 점점 더 높게 쌓아 가며 그것을 뛰어넘는 놀이를 하고 있었다. 미리엄은 이 게임을 좋아하지 않아서 옆에 비켜서 있었다. 에드거와 제프리 그리고 모리스와 클라라, 폴이 뛰어넘었다. 폴이 이겼는데, 그는 몸이 가벼웠기 때문이었다. 클라라의 혈기가 끓어올랐다. 그녀는 아마존의 여전사처럼 달릴 수 있었다. 폴은 그녀가 건초 더미로 달려가 펄쩍 뛰어 올랐다가 반대편으로 뛰어내리는 단호한 태도를 좋아했는데 이때 그녀의 두 젖가슴은 출렁거렸고 숱이 많은 머리카락은 풀어져 흘러내렸다.

「닿았어요!」 그가 외쳤다. 「닿았어!」

「아니에요!」 그녀가 말하는 동시에 눈을 반짝이며 에드거를 향해 돌아섰다. 「닿지 않았죠? 그렇죠? 깨끗하게 뛰어넘었지요?」

「나는 모르겠는데요.」 에드거가 웃으며 말했다.

그들은 아무도 닿았는지 안 닿았는지 알 수 없었다.

「그렇지만 닿았어요.」 그가 말했다. 「당신이 졌어요.」

「절대로 닿지 않았다니까요.」 그녀가 소리쳤다.

「너무나 분명해요.」 폴이 말했다.

「나를 대신해서 저이 따귀를 갈겨 줘요.」 그녀가 에드거에게 큰 소리로 말했다.

「안 돼요.」 에드거가 웃으며 말했다. 「나는 감히 못 때려요. 직접 때리세요.」

「그런데 아무리 해도 닿았다는 사실을 바꿀 수 없어요.」 폴이 웃으며 말했다.

그녀는 그에게 불같이 화를 냈다. 이 젊은이들과 남자들 앞에서 거둔 그녀의 작은 승리가 사라져 버렸다. 그녀는 놀이에 몰두해 있었다. 지금 그가 그녀를 깎아내리려 하고 있었다.

「보자 하니 당신은 비열하군요!」 그녀가 말했다.

그러자 또다시 그는 웃었는데 웃는 방식이 미리엄을 몹시 괴롭게 했다.

「그리고 당신이 저 건초 더미를 뛰어넘을 수 없다는 것을 나는 알고 있었어요.」 그가 놀렸다.

클라라는 그에게서 등을 돌렸다. 그렇지만 모두들 그녀가 귀를 기울이는 단 한 사람, 아니 의식하는 단 한 사람이 바로 그였고 그도 그녀를 의식하고 있다는 것을 알 수 있었다. 그들 사이의 이런 싸움을 보고 남자들은 즐거워했다. 그렇지만 미리엄은 몹시 괴로웠다.

폴이 보다 고상한 것 대신에 저급한 것을 선택할 수 있다는 사실을 미리엄은 알았다. 그는 자기 자신에게 충실하지 않을 수 있고 진정한 폴 모렐, 깊이 잠재해 있는 폴 모렐의 본질에 충실하지 않을 수 있었다. 그가 경박하게 될 위험, 다시 말하여 아서와 같은 부류나 자기 아버지처럼 자기만족을 추구할 위험이 있었다. 그가 클라라와 함께 하찮은 것에 대하여 이러한 경박한 말을 주고받기 위해 자신의 영혼을 내던진다고 생각하니 미리엄은 마음이 쓰라렸다. 그녀는 비통한 마음으로 말없이 걸었고 다른 두 사람, 클라라와 폴은 서로 조롱했으며 폴은 까불었다.

그리고 나중에 스스로 그것을 인정하려고 하지 않았지만 그는 자기 자신을 다소 부끄럽게 여기면서 미리엄에게 굴복했다. 그러고 나서도 그는 다시 배반했다.

「종교적이 되려고 하는 것은 종교적이 아니야.」 폴이 말했다. 「까마귀가 하늘을 날아갈 때 그 까마귀는 종교적이라고 생각해. 그렇지만 까마귀가 그저 하늘을 날아가는 것은 자기가 날아가는 곳으로 옮겨 간다고 스스로 느끼기 때문이지 자신이 영원하다고 생각해서가 아니야.」

그렇지만 사람들은 모든 일에 있어서 종교적이어야 하고 그 어떤 하느님이라 할지라도 그 하느님이 모든 일에 현존한다고 믿어야 한다는 것을 그는 알고 있었다.

「나는 하느님이 자신에 대해서 그렇게 많이 알고 있다고는 믿지 않아.」 그가 외쳤다. 「하느님이 모든 것을 알지는 못해, 그는 사물 자체야……. 그리고 틀림없이 그는 감정이 충만하지 않아.」

폴은 하느님을 자기 자신의 편견에 따라 주장하는데 그녀가 보기에 이는 그가 자기 나름대로의 방식을 원하고 자신의 쾌락을 원하기 때문인 것 같았다. 그와 그녀 사이에는 오랫동안 지속되는 투쟁이 벌어졌다. 그는 그녀가 있는 자리에서조차도 그녀에게 전혀 충실하지 않았다. 그런 다음에 그는 부끄러워하고 또 뉘우쳤다. 그러고 나서는 그녀를 증오하고 다시 떠나갔다. 이러한 상태가 끊임없이 반복되었다.

그녀는 그를 영혼 밑바닥까지 안달하게 했다. 그러한 상태

그대로 머물며 그녀는 슬퍼하고 생각에 잠긴 한 사람의 숭배자로 남았다. 그는 그녀에게 슬픔을 자아냈다. 거의 언제나 그는 그녀를 위해 슬퍼했고 또 그녀를 증오하기도 했다. 그녀는 그의 양심이었다. 그는 웬일인지 자기 자신이 스스로에게는 너무 과분한 양심을 갖고 있다고 느꼈다. 그는 그녀를 떠날 수 없었는데 이는 어느 면에서 그녀가 그의 가장 좋은 점을 휘어잡고 있기 때문이었다. 그는 그녀와 함께 머물 수도 없었는데, 그녀가 그의 나머지 부분을 받아들이지 않았기 때문이고 또 그 나머지 부분이 사분의 삼이나 되었기 때문이었다. 그래서 그는 자신에게 화를 내며 그녀를 함부로 대했다.

그녀가 스물한 살 때 그는 그녀에게 편지를 보냈는데 그 편지는 오직 그녀에게만 쓸 수 있는 내용을 담고 있었다.

「너에게 생일 축하 편지를 써야만 하나?…… 의도적으로 편지를 쓰는 일은 해로운 짓으로 보여, 그렇게 생각하지 않아? 왜냐하면 내가 틀림없이 자만하고 잘난 체할 수밖에 없기 때문이야.」 그런 다음에 많은 허풍이 이어졌다.

「지난번 편지에서 네가 성년이 되는 것을 기뻐하도록 준비하게 했었지. 그렇지 않았던가? 유산을 물려받을 자리에 앉게 되는 상속녀 같은 기분이 들지 않아? 이제부터 너는 공식적으로 네 자신을 완전히 소유하게 되니까 말이야. 너 자신보다 더 많이 가지려고 하니?…… 그건 불가능해!」

이제 그는 자의식의 고통을 느끼기 시작했다. 그는 자기 밑바닥이 잘라져 나가는 듯이, 그래서 자신의 두 발로 서 있지 못하고 계속 몸부림치고 허우적거려야만 하는 듯이 느껴졌다.[*]

---

[*] 532면 13~25행.

「······우리의 오래된 낡은 사랑에 대해 이야기해도 될까? 이번이 마지막이야. 사랑 역시 변하고 있어, 그렇지 않아? 말하자면 사랑의 몸통은 죽어 버리고 너에게는 영원히 죽지 않는 그 사랑의 영혼만 남아 있는 것이 아닌가! 알다시피 나는 너에게 영적인 사랑을 줄 수 있고 그것을 너에게 이렇게 오래고 오랜 동안 주어 왔어. 그렇지만 그것은 형체가 부여된 열정이 아니었어. 봐봐, 너는 수녀야. 나는 너에게 내가 성스러운 수녀에게 줄 것을 주어 왔어······. 신비스러운 수도사가 신비로운 수녀에게 주듯이 말이야. 물론 너는 그것을 가장 존중해. 그렇지만 너는 후회하고 있어 ─ 아니, 후회해 왔어 ─ 다른 부분을 말이야. 우리의 모든 관계에는 육체가 전혀 들어오지 않아. 내가 너에게 이야기하는 것은 오감을 통해서가 아니야······. 오히려 영혼을 통해서 이야기하지. 바로 이것이 우리가 상식적으로 사랑할 수 없는 이유야. 내가 너에게 이야기할 때 나는 너를 쳐다보지 않아. 종종 그래. 왜냐하면 ─ 이해할 수 있어? ─ 나는 네 두 눈에 대고 이야기하지 않기 때문이야. 네 두 눈이 검고 예쁘기는 해. 그렇다고 네 귀에 대고 이야기하지도 않아 ─ 우아하게 드리워진 비단결 같은 머리카락 아래 숨어 있는 귀 말이야 ─ 저 멀리 떨어져 내면에 있는 저 너머의 너에게 이야기해. 그렇게 나는 평생을 계속할 거야, 운명이 끼어들지 않는다면 말이야. 알겠어? 그러니 이제 왜 내가 겨우 살이 나무 밑에서 너에게 키스만 하는지 이해하지? 이해해? 그런데 나는 이해하나?······ 그러니 그것이 더 낫겠지? 그렇게 생각하지? 내가 너무 세련되고 너무 문명화된 것 같은 생각이 들어. 많은 사람들이 그러리라고 생각해.

너는 내 본성에서 다른 사람은 어느 누구도 채울 수 없는 자리를 차지하고 있어. 너는 내가 성장하는 데 근본적인 역할을 해왔어. 그리고 이런 슬픔은 우리의 두 영혼 사이에 끼어 있는 구름 같은 것이었는데 이제 흩어지기 시작하는 것이 아닌가?* 우리 사랑은 평범한 애정이 아니야. 장래는 모르겠지만 아직까지는 우리는 죽어야 할 운명에 처한 인간이고 서로서로 옆에서 나란히 살아간다는 것은 두려운 일이야. 왜냐하면 웬일인지 너와 함께 있으면 나는 오랫동안 평범할 수 없고, 그리고 이러한 죽을 운명인 상태를 항상 초월하는 것은 이 상태를 상실하는 것이기 때문이야. 결혼하면 애정을 지닌 사람으로 함께 살아가야 하고 그러면 어색한 감정을 느끼지 않고 서로에게 평범할 수 있어야 해……. 두 영혼으로서가 아니라 말이야. 나는 그렇게 느껴.

앞으로 많은 세월이 지나면 내가 결혼할지도 몰라. 그 상대는 내가 키스하고 포옹할 수 있고 내 아이들의 엄마로 만들 수 있고 장난스럽게, 평범하게, 또 진지하게 그렇지만 이처럼 무시무시할 정도로 진지하지는 않게 이야기할 수 있는 여자일 거야. 운명이 세상일을 어떻게 처리해 왔는지 봐봐. 너는, 너도 결혼할지 몰라, 자기 자신을 불처럼 네 앞에 쏟아 놓지 못하는 남자와 말이야. 네가 이해하는지 궁금해……. 내가 나 자신을 이해하고 있는지도 궁금하고. 그렇지만 이것만은 알아줘, 이러한 일들이 나를 신물나게 한다는 것을 말이야. 그러니 이제 여기서 우리 이 문제에 대한 이야기는 끝내자. 이 모든 것에 대해 나를 용서해 줘……. 자연스럽지 않다는 것은 나도 알아……. 그리고 이 편지는 태워 버리고 그리고 더 이상 생각하지 마. 아니 내가 생각하도록 해줘. 그래서 우리가 서로 도와 우리의 짐을 견뎌 나가자.

* 533면 15행~534면 3행.

『윤리 교본』⁷⁰을 좋아할까? 너는 좋아할 거야. 그리고 우리가 그것에 대해 이야기하고 배울 수 있어……. 아, 그래. 그리고 네 정신이 더욱 풍부해질 거야. 그렇지 않아?…… 우리의 친밀한 교제가 모두 아름다웠으리라는 것을 알지? 한 가지 작은 잘못을 제외하고 말이야.

그리고 너는 이제 스물한 살이야. 이제 네가 독립할 수 있는 한 여자가 된 것이 무척 기뻐. 너는 나만큼 강해. 그렇지 않아?…… 그래, 더 강하지. 아, 우리가 살아가야만 한다면 슬기로워져야 해. 그리고 우리 자신을 과도하게 몰아붙이면 안 돼. 우리는 평범해야 하고 고통이 아니라 아름다움을 추구해야 해. 그렇지 않으면 곤경에 빠지게 돼. 명심하고 명심해. 민감한 문제에 대해서는 한마디도 아직 말하지 않았다는 점을 말이야.

아, 토요일에 네가 여는 파티에서는 우리가 즐겁게 지낼 수 있을 거야. 나는 슬프지 않아, 조금도 슬프지 않아, 지금은, 내 마음속으로는 말이야.*

이 편지를 보내야 할까…… 나는 의심스러워. 그렇지만 보낼게……. 이해하는 것이 최선이야……. 또 만나…….」

미리엄은 이 편지를 두 번 읽은 다음에 봉해 버렸다. 일 년 후 그녀는 봉한 것을 뜯고 어머니에게 편지를 보여 주었다.

〈너는 수녀야……. 너는 수녀야…….〉 이 말이 그녀의 마음속으로 계속해서 파고들었다. 그가 한 많은 말들 중에서 어느 것도 이 말처럼 그녀의 마음속에 그렇게 깊이 확고하게 파고들어 치명적인 상처를 준 것은 없었다.

* 534면 12행~535면 16행.
70 이상주의자이며 철학가인 존 매켄지John S. Mackenzie(1860~1935)가 1893년에 저술한 교과서.

그녀는 파티를 하고 나서 이틀 후에 답장을 보냈다. 〈우리의 친밀한 교제가 모두 아름다웠을 것이다, 한 가지 작은 잘못을 제외하고.〉라는 말을 그녀는 인용했다. 「그 잘못이 내 잘못이었나?」

거의 즉시 그는 그녀에게 노팅엄에서 답장을 보내며 오마르 카이얌[71]의 작은 시집도 동봉했다.

「……이 작은 시집의 얄팍한 표지 사이에 들어 있는 내용에서 많은 것을 발견할 수 있을 거야. 그렇지만 우리는 삶의 붉은 포도주를 마셔야 하고 그것이 우리를 잠시 동안 기쁘게 하도록 내버려 두어야 한다는 교훈이 내가 이 책을 산 이유야. 또한 『축복받은 아가씨』[72]를 가지고 가서 너와 로세티와 함께 하룻저녁을 보내고 싶어.

〈그 작은 잘못이 네 잘못〉이냐고 물었지? 글쎄, 도대체 누가 혼자 잘못을 범하겠어! 그 잘못에서 네 몫이 찬란하게 빛나 영원하게 된다는 거지. 그렇지만 내 잘못은…… 부서지기 쉽고…… 완고하고…… 가두는 단지를 만든 흙에 대한 지칠 줄 모르는 인식이야. 그리고 나는 내 자신의 흙으로 되어 있는 부분을 번갈아 가며 증오하기도 했고 사랑하기도 했어. 내가 그 부분을 사랑할 때는 너에게 잔인했고 내가 그 부분을 증오했을 때는 나 자신에게 그리고 모든 것에 잔인했어. 내가 매우 잔인해질 수 있는 능력을 지니지 않았어?

---

71 오마르 하이얌Omar Khayyam(1050?~1123). 페르시아 시인으로 『루바이야트Rubaiyat』라는 시집을 냈는데 이 시집은 1859년에 에드워드 피츠제럴드Edward Fitzgerald(1809~1883)가 영어로 번역했다.

72 단테이 게이브리얼 로세티Dante Gabriel Rossetti(1828~1882)가 1850년에 발표한 시집.

네 생일에 내가 여전히 다소 사납게 날뛰었다면 그건 수요일의 네 태양 속에서 진눈깨비 내리는 화요일의 기나긴 날을 씻어 낸 밝음을 인식했기 때문이야. 나는 네가 하듯이 가만히 앉아서 내 전투를 끝까지 싸워 결론을 내지 않아. 나는 적의 모가지를 붙잡아 흔들며 그놈이 악당이고 개새끼라고 말을 해. 그렇게 한 다음 그에게 가라고 명령하고 잠시 동안 자유로워져. 그러고 나서 나는 그놈이 허약한 우스갯거리라고 말하고 웃어 버려. 잠시 후 그놈이 가버리거나 죽어 버리지 않았다는 사실을 알고는 또다시 암흑 속으로 내던져지고 말아……. 이것을 참을 수 없을 때는 그놈에게 또다시 세차게 돌진해. 그렇게 게릴라식 전쟁을 벌여서 나는 성공하기도 하고, 성공하지 못하기도 해. 승리도 없고 워털루도 없어. 그래서 나는 그렇게 강렬하게 고통을 겪지 않고 덜 안정되어 있어. 결국 농담이야, 바로 이 〈우리〉라는 것이 말이야, 그렇지 않아?*

네가 답장을 보내서 기뻐……. 너는 너무 침착하고 자연스러워서 나를 부끄럽게 해. 내가 얼마나 호언장담하는 놈인지! 그래도 나는 연극을 할 수밖에 없어……. 너는 이해 못 해. 내가 적들 주위에서 어떻게 춤을 추어야 하는지 그리고 어떻게 그들에게 고함을 지르고 그들을 염탐하고 나에게 닥쳐 오는 것은 그것이 무엇이든 처리하고 때때로 격투를 벌여야 하는지를 말이야. 내가 모든 것과 격투를 벌이고 슬픔을 너처럼 가슴속에 계속 끌어안는다면 나는 기진맥진해서 죽어 버리고 말 거야. 이러한 일들에 있어서 우리의 기질이 근본적으로 달라.*

그래서 우리가 공감하지 못하는 경우가 종종 있는 거야.

* 536면 8행~537면 15행, 537면 18~25행.

그렇지만 근본에 있어서는 우리가 언제나 함께할 수 있을 거야. 내 생각에는 말이야.

내 그림과 스케치에 네가 공감해 준 데 대해서 감사하지 않을 수 없어. 많은 스케치들이 너에게 헌정한 거야. 네 비평을 정말로 간절히 기대하고 있어. 나에게는 수치스럽기도 하고 영광스럽기도 하지만 언제나 대단한 비평이야. 그것은 유쾌하고 웃기는 일이야.

또 만나. 이제 넌더리 나게 무미건조한 계산을 맞춰 보아야 해. 이 편지들을 모두 태워 버리기 바라. 모두 불태워 버리는 것이 내 원칙이야…… . 모든 편지가 그다지 좋지 않아서 편지에 언급된 즐거움을 회상할 수 있는 게 없기 때문이고 또 대부분의 편지에 눈물이 가득 숨어 있어서 내가 그것으로부터 달아나야만 하기 때문이야…… .」*

이렇게 해서 폴이 겪은 연애 사건의 첫 단계는 끝났다. 그는 이제 거의 스물세 살이 되었고 그리고 여전히 숫총각이었지만 미리엄이 그리도 오랫동안 지나치게 고매하게 만들어 왔던 성적 본능은 이제 유난히 강해졌다. 클라라 도우즈와 이야기할 때 종종 그의 피가 빠른 속도로 흐르며 끈끈해지는 순간이 오고, 또 자주 가슴속에 무엇이 유별나게 뭉쳐지는 순간이 왔다. 이는 마치 무엇인가가 그곳에 살아 있는데, 새로운 자아인지 새로운 의식의 중심인지 모르겠지만 바로 그것이 그에게 조만간 어떠한 여자든 하여튼 여자를 반드시 필요로 할 것이라고 경고하는 듯했다. 그렇지만 그는 미리엄의 소유였다. 그 점에 대하여 그녀는 너무도 확고하게 확신하고 있어서 그는 그녀의 권리를 허용했다.

* 538면 8행 〈이제〉~13행.

제10장
클라라

스물세 살 때 폴은 노팅엄의 캐슬 미술관에서 개최한 겨울 전시회에 풍경화 한 점을 보냈다. 조던 양이 그에게 매우 큰 관심을 갖고 그를 자기 집에 초대했고 그곳에서 그는 다른 예술가들을 만났다. 그는 야심을 키워 가기 시작하고 있었다.

어느 날 아침 그가 식기실에서 세수를 하고 있을 때 마침 우체부가 왔다. 갑자기 그는 어머니가 흥분하여 크게 외치는 소리를 들었다. 부엌으로 뛰어 들어오면서 보니 그녀가 벽난로 앞 깔개 위에 서서 미친 듯이 열광적으로 편지를 흔들어 대며 〈만세!〉를 외치고 있었다. 그는 소스라치게 놀라서 겁이 났다.

「왜 그러세요, 어머니?」 그가 소리쳤다.

그녀는 그에게로 달려들어 두 팔로 그를 잠시 끌어안고 있다가 편지를 흔들며 외쳤다.

「만세다! 애야…… 우리가 이렇게 해낼 줄 알았어!」

그는 머리가 희끗희끗해지는 작은 체구의 엄격한 여인이 그렇게 광란에 휩싸여 갑자기 소리소리 고함지르는 모습을 보고 겁이 났다. 우체부도 다시 달려와서 무슨 일이 일어났는가 하고 걱정했다. 그들은 짧은 커튼 너머로 우체부가 삐딱하게 쓴 모자를 보았다. 모렐 부인이 문 쪽으로 달려갔다.

「우리 아들 그림이 일등상을 탔어요, 프레드.」그녀가 외쳤다. 「그리고 이십 기니에 팔렸어요.」

「아니 이런, 그것 참 대단한 일이네유!」평생 알고 지내던 그 젊은 우체부가 말했다.

「그리고 모레튼 소령님이 그것을 샀다는군요.」그녀가 큰 소리로 말했다.

「대단한 의미가 있는 것 같네유, 그려유, 모렐 부인.」우체부가 말하며 푸른 두 눈을 반짝였다. 그는 그러한 행운이 담겨 있는 편지를 배달한 것에 대하여 기뻐했다. 모렐 부인은 집 안으로 들어가 앉아서 몸을 부르르 떨었다. 폴은 그녀가 혹시 편지를 잘못 읽지 않았나, 그래서 결국 실망하지 않을까 걱정스러웠다. 그는 그 편지를 한번 자세히 읽어 보고 또 다시 읽었다. 과연 그것이 사실임을 그는 확신하게 되었다. 그런 다음에 자리에 앉자 그의 가슴이 기쁨에 넘쳐 쿵쾅거리며 뛰었다.

「어머니!」그가 큰 소리로 말했다.

「이렇게 해낼 거라고 내가 말하지 않았었니?」그녀가 말하며 울지 않는 척했다.

그는 주전자를 난롯불에서 내려놓고 차를 달였다.

「이렇게 되리라고는 생각하지 않으셨죠? 어머니?……」그가 자신 없이 말을 꺼냈다.

「못했지, 아들아…… 이렇게까지는……. 그렇지만 기대는 많이 했어.」

「그렇지만 이렇게까지는 못 했지요?」그가 말했다.

「아니야…… 아냐……. 그렇지만 이렇게 해낼 줄 알고 있었어.」

그리고 나자 그녀는 적어도 겉보기에는 평정을 회복한 듯했다. 그는 셔츠를 뒤로 젖힌 채 앉아 거의 처녀처럼 싱싱한 목을 드러내고 있었다. 그의 한 손에는 수건이 들려 있고 머리카락은 젖어서 곤두선 상태였다.

「이십 기니예요, 어머니! 아서를 군대에서 빼내 오기 위해 어머니가 원했던 금액이에요. 이제 돈을 빌릴 필요가 없어요. 이것으로 꼭 될 거예요.

「사실 그 돈이 다 필요하지는 않아!」 그녀가 말했다.

「왜요?」

「필요하지 않으니까 말이야.」

「그러면…… 어머니가 십이 파운드 가지세요, 제가 구 파운드를 가질게요.」

그들은 이십 기니를 나누는 문제를 두고 옥신각신했다. 그녀는 오 파운드만 갖겠다며 그만큼만 필요하다고 했다. 그는 그 말을 들으려고 하지 않았다. 그렇게 그들은 흥분된 감정을 말다툼으로 극복했다.

모렐이 밤에 탄광에서 집으로 돌아와 말했다.

「폴이 그린 그림이 일등상을 타고 헨리 벤틀리 경에게 오십 파운드에 팔렸다고들 하더구먼.」

「어머나, 사람들이 그런 말을 다 하다니!」 그녀가 큰 소리로 말했다.

「어허!」 그가 대답했다. 「그것은 틀림없이 거짓말인 줄 안다고 말했시유. 그렇지만 당신이 프레드 호지키슨에게 말했다고들 하던디.」

「마치 내가 그에게 그런 말을 한 것 같네요!」

「어허!」 광부는 동의했다.

그렇지만 그럼에도 불구하고 그는 실망했다.

「일등상을 탄 것은 사실이에요……」 모렐 부인이 말했다.

광부는 의자에 털썩 주저앉았다.

「이 녀석이 해냈구먼!」 그는 감탄하여 외쳤다.

그는 방 건너편을 뚫어지게 바라보았다.

「그렇지만 오십 파운드라는 것은 터무니없는 말이에요!」 그녀가 말하고 잠시 침묵을 지켰다. 「모레튼 소령이 그것을 이십 기니에 샀어요. 그것은 사실이에요……」

「이십 기니라고! 그 말은 안 했잖어!」 모렐이 감격하여 말했다.

「맞아요. 그 그림은 그만한 가치가 있어요.」

「아이구!」 그가 말했다. 「그 말을 믿지 못하는 건 아녀……. 그렇지만 그림 조각 하나에 이십 기니라니 놀라는 거여! 그것도 한두 시간에 뚝딱 해치우는 것을 말이여!」 그는 자기 아들이 자랑스러워서 아무 말도 할 수 없었다. 모렐 부인은 그런 것은 아무것도 아니라는 듯이 코웃음을 쳤다.

「그런데 그 돈은 언제 만져 보게 되는 거여?」 광부가 말했다.

「그것은 당신에게 말해 줄 수 없네요……. 아마도 그림을 집으로 보낼 때겠지요.」

침묵이 흘렀다. 모렐은 저녁을 먹지 않고 설탕 그릇을 뚫어지게 바라보았다. 그는 검은 팔과 일로 인해 온통 울퉁불퉁 마디진 한 손을 식탁 위에 올려놓고 있었다. 아내는 그가 다른 쪽 손등으로 두 눈을 훔치는 것을, 그리고 시커먼 얼굴에 석탄 먼지가 얼룩져 있는 것을 보지 못한 척했다.

「그려, 큰아들 놈도 이만큼은 했을꺼, 죽어 버리지 않았다면 말이여.」 그가 조용히 말했다.

윌리엄에 대한 생각이 모렐 부인의 가슴을 싸늘한 칼날처럼 찔렀다. 그 생각을 하니 그녀는 피곤하다는 느낌이 들었고 쉬고 싶었다.

폴은 조던 씨의 집에서 개최되는 만찬에 초대받았다. 나중에 그가 말했다.

「어머니, 야회복이 있어야겠어요.」

「그래, 그럴 거라고 생각했다.」 그녀가 말했다. 그녀는 기뻤다. 잠시 침묵이 흘렀다. 「네 형 윌리엄이 입었던 것이 하나 있다.」 그녀가 말을 이었다. 「내가 알기로는 사 파운드 십 실링을 주고 샀는데 그 옷을 그 애는 겨우 세 번밖에 입지 못했어…….」

「제가 그 옷을 입으면 좋겠어요? 어머니?」 그가 물었다.

「그래, 내 생각에는 너에게 잘 맞을 것 같다……. 적어도 외투는 말이야. 바지는 줄여야 할 거야.」

그는 위층으로 올라가서 코트와 조끼를 입었다. 내려오니 그는 이상해 보였는데 플란넬 칼라를 단 플란넬 와이셔츠 가슴판 위에 야회복 코트와 조끼를 걸쳤기 때문이었다. 그 옷은 약간 컸다.

「양복점에서 맞게 고칠 수 있을 거야.」 그녀가 말하며 손으로 그의 어깨를 쓰다듬었다. 「멋있는 옷이야. 네 아버지에게 이 바지를 입히고 싶은 생각은 추호도 없었는데 이제 와서 네가 입게 되니 매우 기쁘구나.」

그리고 자기 손으로 실크 칼라를 매만지며 그녀는 큰아들을 생각했다. 그렇지만 이 아들이 살아서 이 옷을 입고 있었다. 그녀는 손으로 그의 등을 쓰다듬으며 아들을 몸으로 느꼈다. 그는 살아 있고 그녀의 아들이었다. 다른 아들은 죽어 버렸다.

폴은 윌리엄 형이 입었던 야회복을 입고 여러 차례 만찬을 즐기러 나갔다. 그럴 때마다 어머니의 가슴은 자부심과 기쁨으로 뿌듯했다. 그는 이제 세상에 발걸음을 내딛은 것이다. 그녀와 아이들이 윌리엄을 위해서 샀던 장식 단추가 와이셔츠 가슴판에 달려 있었다. 그는 윌리엄의 와이셔츠 중 하나를 입었다. 그렇지만 그의 풍채는 우아했다. 얼굴 생김새는 거칠었지만 온화해 보였고 꽤나 기쁨을 주는 인상이었다. 그가 특별히 신사처럼 보이지는 않았지만 그녀는 그가 지극히 남자다워 보인다고 생각했다.

그는 자기에게 일어난 모든 일과 남들이 자기에게 한 말을 모두 그녀에게 이야기했다. 그래서 마치 그녀가 그 자리에 참석했던 것 같았다. 그리고 그는 그녀에게 저녁 일곱 시 반에 함께 만찬을 즐기며 새로 사귄 이 친구들을 몹시 소개하고 싶어 했다.

「그만둬라.」그녀가 말했다. 「무엇 때문에 그들이 나를 알고 싶어 하겠니?」

「정말 알고 싶어 해요!」그가 화를 내며 말했다. 「그들이 나를 알고 싶어 하면 그렇다고 말해요. 그런데 어머니를 알고 싶어 해요……. 왜냐하면 어머니가 저만큼 아주 현명하니까요.」

「그만해라 애야.」그녀가 웃으며 말했다.

그렇지만 그녀는 손을 아끼기 시작했다. 손도 역시 지금은 일로 인하여 울퉁불퉁 마디가 져 있었다. 피부는 뜨거운 물에 너무 많이 담갔었기 때문에 번질거렸고 손가락 관절은 다소 부풀어 올라 있었다. 그렇지만 그녀는 손을 중탄산소다수에 담그지 않도록 조심하기 시작했다. 그녀는 예전에 그리도 조그맣고 섬세했던 자기 손을 아쉬워했다. 그리고 애니가 나이에 걸맞은 좀 더 세련된 블라우스를 입으라고 권했을 때 그녀는 그 말에 따랐다. 심지어 검은 벨벳 나비매듭 리본으로 머리를 장식하기까지 했다. 그런 다음에 그녀는 나름대로의 빈정대는 태도로 코웃음을 치고 자신이 구경거리로 보이리라고 확신했다. 그렇지만 폴은 그녀가 모레튼 소령 부인만큼이나 귀부인처럼 보인다고, 아니 훨씬 더 많이 아주 멋있어 보인다고 단언했다. 가족들은 모두 더 나아지고 있었다. 오직 모렐만이 변하지 않은 상태로 남아 있었고 오히려 천천히 나빠지고 있었다.

폴과 어머니는 이제 삶에 대하여 오랫동안 논의했다. 종교 문제는 뒤로 사라져 가고 있었다. 그는 자신을 구속하는 모든 믿음을 물리쳐 버리고 앞길을 개척했으며 믿음의 근본 원리에 다소간 도달하여 자기 내면에서 옳고 그름을 느낄 수 있고 자신의 하느님을 점차 인식하는 인내심을 갖게 되었다. 이제 삶이 그에게 더욱 흥미로워졌다.

「그런데 말이에요.」 그는 어머니에게 말했다. 「나는 유복한 중류 계급에 속하고 싶지 않아요. 나는 나와 같은 보통 사람들이 가장 좋아요. 나도 보통 사람이잖아요.」

「그렇지만 애야, 만일 다른 누군가가 그렇게 말했다면, 너는 눈물을 흘리지 않았을까? 너도 알다시피 너는 너 자신이 어느 신사에게도 뒤지지 않는다고 생각하잖아.」

「나 자신에 관해서는 그래요.」 그가 말했다. 「내 계급이나 내 교육 또는 내 예절에 관해서는 그렇지 않아요. 그렇지만 내 자신에 관해서는 그래요.」

「그렇다면 매우 좋다만…… 그런데 왜 보통 사람들에 대한 이야기를 하니?」

「왜냐하면…… 사람들 사이의 차이는 계급에 있는 것이 아니라 그들 자신에게 있기 때문이에요…… 오직 중류 계급 사람들에게서만 사람들은 사상을 얻고 그리고 보통 사람들에게서는…… 삶 자체라고 할까, 따뜻함을 얻어요. 어머니는 그들의 증오와 사랑을 느끼시잖아요…….」

「그래, 다 괜찮다, 애야……. 그렇지만 그렇다면 왜 너는 너의 아버지 친구분들에게는 가서 이야기하지 않니?」

「하지만 그분들은 상당히 달라요.」

「전혀 그렇지 않다. 그들이 보통 사람들이야. 결국 네가 지금 어울리고 있는 사람들은 보통 사람들 가운데 있는 것이 아니냐? 그들은 사상을 교환하는 사람들이야, 중류 계급 사람들같이 말이야. 나머지 사람들에 대해 너는 관심이 없어.」

「그렇지만…… 생명력이 있어요…….」

「네가 미리엄에게서 조금이라도 더 많은 생명력을 얻을 수 있다고 생각하지 않는다. 네가 교육받은 어떤 여자에게서 얻을 수 있는 생명력보다 더 말이야……. 예를 들면 모레튼 양 같은 여자에게서 얻을 수 있는 생명력보다 말이야. 바로 네가 계급에 대해 속물적으로 생각하고 있어.」

그녀는 솔직히 그가 중류 계급으로 기어 올라가기를 원했고 그것이 그다지 어려운 일은 아니라는 것을 알고 있었다. 그리고 그녀는 그가 결국에는 귀부인과 결혼하기를 원했다.

지금 그녀는 그가 불안하게 짜증 내는 가운데 그와 싸움을 시작했다. 그는 여전히 미리엄과의 관계를 유지하고 있어서 관계를 끊고 자유로워질 수도 없었고 그렇다고 약혼에까지 이를 수도 없었다. 그리고 이러한 우유부단한 상태로 인하여 그는 고통을 겪고 에너지를 소모하고 있는 것처럼 보였다. 더욱이 어머니는 그가 자신도 모르는 사이에 클라라에게 기우는 것이 아닌가 생각했고 클라라는 결혼한 여자이기 때문에 그가 사회적으로 보다 나은 삶을 영위하는 여자를 사랑했으면 하고 바랐다. 그렇지만 그는 어리석었고, 어떤 아가씨가 사회적으로 자기보다 우월한 위치에 있다고 해서 그녀를 사랑하거나 심지어는 사모하거나 하지는 않을 것이었다.

「애야.」 어머니가 그에게 말했다. 「네가 그렇게 똑똑하고 관습에서 벗어나 있고 삶을 네 손에 쥐고 있기는 하지만 그다지 더 많이 행복해 보이지는 않는구나.」

「무엇이 행복인가요?」 그가 외쳤다. 「그것은 나에게 아무 것도 아니에요! 어떻게 내가 행복할 수 있겠어요?」

노골적인 이 질문에 그녀는 불안했다.

「그것은 네가 판단할 문제야, 애야. 그렇지만 만일 네가 어떤 좋은 여자를 만나서 그녀가 너를 행복하게 해준다면…… 그리고 네가 네 삶을 안정시키려고 생각하기 시작하면…… 네가 생활 수단을 갖게 되면…… 그래서 네가 이렇게 온통 안달하지 않고 일을 할 수 있다면…… 그것이 너에게 훨씬 더 좋을 거야.」

그는 얼굴을 찌푸렸다. 미리엄에게서 받은 상처의 아픈 곳을 어머니가 꼭 집었다. 그는 이마에 내려온 헝클어진 머리카락을 쓸어 올렸는데 두 눈에는 고통과 흥분이 가득했다.

「말씀은 쉽게 하시네요, 어머니.」 그가 외쳤다. 「그것이 여자들이 삶에 대해 지닌 모든 원칙인가요? 영혼의 편안함과 육체의 안락함 말이에요……. 그런데 전 그런 것을 경멸해요.」

「아, 그러냐!」 어머니가 대답했다. 「그러면 네 원칙은 신성한 불만[73]이라고 하는 거냐?」

「그래요……. 그것이 신성한지 신성하지 않은지에 관해서는 관심이 없어요. 그렇지만 어머니가 말씀하시는 행복이란 것도 저주해요! 인생이 충만하기만 하다면 행복하든 그렇지 않든 상관없어요. 저는 어머니가 말씀하시는 행복이란 것이 지겹지 않을까 걱정돼요.」

「너는 그것을 시도해 본 적도 없어.」 그녀가 말했다. 그때 갑자기 아들에 대한 슬픈 감정이 폭발했다. 「그렇지만 그것이 정말 중요해!」 그녀가 외쳤다. 「그리고 너는 반드시 행복해야 해. 행복해지려고 노력해야만 하고, 행복하게 살아야만

---

73 신성한 불만이라는 원칙은 찰스 킹즐리가 『건강과 교육』에서 널리 유포시킨 개념으로, 불만감이란 사실상 앎과 미덕에 대한 욕망이라는 것이다.

해. 어떻게 내가 견뎌 낼 수 있겠니? 네 삶이 행복하지 않을 것이라고 생각하면 말이야!」

「엄마, 엄마의 삶은 너무 좋지 않았어요. 그렇지만 그렇다고 해서 더 행복했던 사람들보다 훨씬 더 궁색하게 살아온 것은 아니에요. 저는 어머니가 성공했다고 생각해요. 그리고 저도 마찬가지고요. 제가 충분히 잘 살아가고 있지 않나요?」

「그렇지 않다. 애야, 싸우고…… 또 싸우고…… 그리고 괴로워하고 너는 그러고 있을 뿐이야. 내가 보기에는 말이야.」

「그렇지만 그러면 왜 안 되나요? 사랑하는 어머니? 저는 그게 최선이라고 말할 수 있어요…….」

「그렇지 않아!…… 그리고 사람이란 반드시 행복해야 해, 당연히 그래야지.」

이러는 동안 모렐 부인은 격렬하게 몸을 떨고 있었다. 이런 종류의 갈등이 그녀와 아들 사이에 자주 발생했고, 그럴 때 그녀는 그의 생명 자체를 위해서 그리고 그가 죽고 싶어하는 의지에 대항해서 싸우는 듯이 보였다. 그는 그녀를 두 팔로 안았다. 그녀는 아팠고 가련했다.

「걱정 마세요! 어머니!」 그가 작은 소리로 말했다. 「어머니가 인생을 하찮고 비참한 것이라고 느끼시지 않는 한 다른 것들은 문제되지 않아요. 행복이든 불행이든 말이에요.」

그녀는 그를 꼭 안았다.

「그렇지만 나는 네가 행복하기를 원한다.」 그녀가 애처롭게 말했다.

「예, 어머니……. 차라리 제가 살아가기를 원한다고 말씀하세요.」

모렐 부인은 아들 때문에 가슴이 터질 것만 같았다. 이런 상태로는 그가 살지 못하리라는 것을 그녀는 알았다. 그는 자기 자신의 고통과 삶에 대해서 그처럼 통렬하게 무관심한 태도를 취했는데, 이는 서서히 자살로 향해 가는 한 가지 형태였다. 그 점이 그녀의 가슴을 터질 듯하게 만들었다. 강인한 성격에서 나오는 모든 열정을 다해 그녀는 미리엄을 증오했는데 이는 그 애가 이처럼 미묘한 방식으로 아들의 기쁨을 잠식했기 때문이었다. 미리엄이 어쩔 수 없이 그랬는지 아닌지 하는 것은 그녀에게 중요하지 않았다. 미리엄이 그렇게 했고 그래서 그녀는 미리엄을 증오했다.

어머니는 아들이 배우자로 삼기에 적당한, 교육도 잘 받고 건강한 아가씨와 사랑에 빠지기를 너무나 원했다. 그렇지만 폴은 자기보다 신분이 높은 사람은 아무도 거들떠보려고 하지 않았다. 그는 도우즈 부인을 좋아하는 듯이 보였다. 어쨌든 그러한 감정은 건전한 것이었다. 어머니는 그를 위해 기도하고 또 기도하며 그가 자신의 인생을 낭비하지 않기를 빌었다. 그녀의 기도는 그것뿐이었다……. 그의 영혼이나 반듯함이 아니라 그가 자신의 인생을 낭비하지 않기를 기도했다. 그리고 그가 잠을 자는 동안 몇 시간이고 그녀는 그를 생각하며 그를 위해 기도했다.

그는 미리엄으로부터 눈에 띄지 않을 정도로 서서히 멀어져 가서 자기 자신도 그녀에게서 멀어지고 있다는 점을 알아채지 못하고 있었다. 아서는 단지 결혼하기 위해서 군대를 떠났다. 아이가 태어난 것은 그가 결혼식을 올리고 나서 여섯 달 만이었다. 모렐 부인이 그에게 그가 전에 다니던 회사의 일자리를 얻어 주었는데 주급 이십일 실링이었다. 그녀는 비아트리스의 어머니 도움을 받아 방이 두 개인 조그만 주택을 하나 그에게 마련해 주었다. 그는 이제 꼼짝 못하게 되었다. 그가 어떻게 발버둥을 치거나 몸부림을 치건 그것은 중요하지 않았는데 그는 단단히 매인 것이었다. 한동안 그는 젊은 아내에게 안달하고 짜증을 냈지만 아내는 그를 사랑했고, 귀여운 갓난아이가 울거나 말썽을 부리면 그는 거의 정신을 잃을 정도가 되었다. 그는 몇 시간이고 어머니에게 불평을 털어놓곤 했다. 그러면 그녀는 그저 〈그래, 애야, 너 자신이 벌여 놓은 일이니까 이제 그런 상황을 그럭저럭 견뎌 나가야 한다.〉라고만 말했다. 그러고 나면 그는 용기백배했다. 그는 마음을 다잡고 일을 하면서 자기 책임을 떠맡았으며 자신이 아내와 아이에게 속해 있다는 사실을 인정하고 그러한 상황을 최대한 잘 참아 나가려 했다. 그는 지금까지 가족들과 아주 끈끈하게 유대 관계를 맺은 적이 결코 없었다. 이제 그는 완전히 가버린 것이었다.

서서히 세월이 흘러 여러 달이 지났다. 폴은 사회주의자와 여성 참정권론자 및 유니테리언파[74] 사람들과 노팅엄에서 다소간 관계를 맺었는데 이는 클라라를 알고 지냈기 때문이었다. 어느 날 그는 그의 친구이기도 하고 클라라의 친구이기도 한 사람에게서 도우즈 부인에게 메시지를 전달해 달라는 부탁을 받았다. 그 사람은 베스트우드에 살고 있었다. 폴은 저녁에 스네인턴 마켓을 지나 블루벨 힐로 갔다. 그가 찾아가 보니 그 집은 화강석 자갈이 깔려 있는 초라하고 좁은 거리에 있었는데 인도에는 홈이 파인 시커멓고 푸르죽죽한 벽돌이 깔려 있었다. 정면 현관은 울퉁불퉁하게 포장되어 있는 인도에서 한 계단 위에 있었고, 인도에서는 통행자의 발걸음 소리가 시끄럽게 끽끽거리고 딸각딸각했다. 현관문의 갈색 페인트는 너무 오래되어 나무판자가 갈라진 틈마다 그대로 드러나 있었다. 그는 길 아래에 서서 노크를 했다. 무거운 발걸음 소리가 들려오고 예순쯤 되어 보이는 키가 크고 뚱뚱한 여자가 나타나 그를 머리 위에서 쳐다보았다. 그는 인도에서

---

74 유니테리언은 신교의 일파로 삼위일체설을 부인하고 유일 신격(神格)을 주장하여 그리스도의 신성(神性)을 부인한다.

고개를 들어 그녀를 쳐다보았다. 그녀는 다소 엄격해 보이는 얼굴을 하고 있었다.

그녀는 그가 거실로 들어오도록 했는데, 거실은 거리에 면해 있었다. 작고 통풍이 잘 안 되는 답답한 거실은 적갈색으로 칠해져 있었고 세상을 떠난 사람들을 찍은 사진을 크게 확대한 대형 흑백 사진이 벽에 걸려 있어 음산했다. 래드포드 부인이 그의 곁을 떠났다. 그녀의 당당한 모습은 거의 군인다웠다. 잠시 후에 클라라가 나타났다. 그녀는 얼굴을 매우 붉혔고 그래서 그도 매우 당황했다. 그녀는 집에서 자기의 있는 모습 그대로가 다른 사람들의 눈에 뜨이는 것을 달가워하지 않는 듯했다.

「당신의 목소리일 리는 없다고 생각했어요.」 그녀가 말했다.

그렇지만 이왕 이렇게 된 일이니 차라리 다 드러내는 편이 낫다는 생각인 것 같았다. 그녀는 그로 하여금 커다랗고 음침한 무덤 같은 거실에서 나와 부엌으로 들어오게 했다.

부엌 또한 작고 어둠침침했지만 하얀 레이스가 가득 차 있었다. 어머니는 다시 찬장 옆에 앉아 레이스가 뒤엉켜 있는 커다란 뭉치에서 실을 풀어내고 있었다. 그녀는 보풀이 일고 얽혀 있는 무명실 덩어리를 오른 손에 들고 있었고 약 이 센티미터 넓이의 레이스가 왼쪽에 있었으며, 앞에는 뒤엉킨 레이스가 벽난로 앞 깔개에 산처럼 쌓여 있었다. 꼬불꼬불한 무명실이 기다란 레이스 아래에서 뽑아져 나와 벽난로 앞의 철망과 난로 위를 온통 뒤덮고 있었다. 폴은 감히 앞으로 나아갈 수 없었는데, 하얀 레이스 더미를 혹시 밟을지 몰라 두려웠기 때문이다.

탁자 위에는 레이스를 감는 제니 방적기가 있었다. 갈색 마분지로 만든 사각형 물건 한 벌, 레이스를 감는 얼레빗 한 벌, 핀을 담아 놓은 조그만 상자 하나가 있었다. 그리고 소파 위에는 뽑아낸 레이스 더미가 쌓여 있었다.

　방에는 온통 레이스 천지였다. 그리고 방은 매우 어둡고 따뜻해서 눈처럼 하얀 레이스가 한층 더 뚜렷하게 보였다.

　「들어오려면 일에 신경 쓸 필요 없수.」 래드포드 부인이 말했다. 「우리가 레이스로 둘러싸여 있다는 것을 알고 있수. 그렇지만 앉으시우.」

　클라라는 매우 당황하여 그에게 하얀 레이스 더미의 반대편 벽에 기대어 있는 의자를 내주었다. 그런 다음 그녀는 부끄러워하며 소파의 자기 자리에 앉았다.

　「흑맥주 한잔 하시겠수?」 래드포드 부인이 물었다. 「클라라, 이 양반에게 흑맥주 한 병 갖다 줘라.」

　폴은 사양했으나 래드포드 부인이 강하게 권했다.

　「한잔 할 수 있다는 표정인데.」 그녀가 말했다. 「얼굴색은 항상 그러우?」

　「피부가 두꺼워서 그렇습니다. 그래서 혈색이 드러나지 않습니다.」 그가 대답했다.

　클라라는 부끄럽고 유감스러웠지만 그에게 흑맥주 한 병과 잔을 갖다 주었다. 그는 검은 액체를 조금 따랐다.

　「자.」 그가 말하며 잔을 높이 들었다. 「건강을 위하여!」

　「고맙수.」 래드포드 부인이 말했다.

　그는 흑맥주를 마셨다.

　「그리고 담배도 피우시우. 집을 불태워 버리지 않게 조심하면 되우.」 래드포드 부인이 말했다.

　「감사합니다.」 그가 대답했다.

　「아니우, 나에게 감사할 필요 없수.」 그녀가 대답했다. 「이 집에서 담배 냄새를 다시 좀 맡을 수 있으면 좋겠수. 여자들만 사는 집은 불을 때지 않는 집처럼 죽어 있다우, 내 생각에는 말이우. 나는 구석을 좋아하는 거미 같은 성질이 아니우.

집에 남자가 있으면 좋겠수. 그저 신경질만 내는 남자라도 말이우.」

클라라는 일하기 시작했다. 그녀의 방적기가 낮게 웅웅 소리를 내면서 돌았고 하얀 레이스가 그녀의 손가락 사이에서 톡톡 튀어나와 얼레빗으로 돌진했다. 그것이 채워지자 그녀는 기다란 레이스를 싹둑 자르고 끝에 핀을 꽂아 뭉쳐진 레이스에 고정시켰다. 그런 다음 새 얼레빗을 방적기에 걸었다. 폴은 그녀를 지켜보았다. 그녀는 단정하고 당당하게 앉아 있었다. 목과 두 팔은 그대로 드러나 있었다. 얼굴은 여전히 귀밑까지 발그레하게 달아올라 있었고 자신의 미천한 모습이 부끄러워 고개를 숙이고 있었다. 얼굴은 하고 있는 일에 고정되어 있었다. 두 팔은 크림색으로 활기가 충만해 보였는데 그 모습이 하얀 레이스 곁에서 대조를 이루고 있었으며, 크고 잘 가꾼 두 손은 균형을 이루어 움직이며 일을 하고 있어서 마치 아무것도 서두를 필요가 없는 듯이 보였다. 그는 자기도 모르게 그녀를 줄곧 지켜보았다. 그는 그녀가 머리를 숙일 때 그녀의 목이 아치 형태로 어깨까지 부드럽게 곡선을 이룬 모습을 보았고 또 고리 모양으로 감아 올린 암갈색 머리카락을 보았으며 매끈한 두 팔이 움직이는 모습도 지켜보았다.

「클라라에게서 댁의 이야기를 조금 들었수.」 그녀의 어머니가 계속 말했다. 「조던 회사에 근무한다고? 그렇수?」 그녀는 쉬지 않고 레이스를 뽑아내며 말했다.

「예.」

「아, 그래, 이제 생각이 나는데 토머스 조던이 나에게 사탕을 달라고 조르곤 했었다우.」

「그랬어요?」 폴이 웃으며 말했다. 「그래서 주셨어요?」

「어떤 때는 주기도 하고 어떤 때는 주지 않았다우……. 나중에는 주지 않았수. 왜냐하면 그 사람은 받기만 하고 아무 것도 주는 법이 없는 그런 사람이라 그랬다우……. 그는 그런 사람이라우……. 아니 옛날에는 그런 사람이었수.」

「지금은 매우 점잖은 분이라고 생각해요.」폴이 말했다.

「그래, 그런 말을 들으니 기쁘구먼.」

래드포드 부인은 찬찬히 그를 건너다보았다. 그는 그녀에 게서 볼 수 있는 어떤 단호한 면이 좋았다. 그녀는 얼굴살이 좀 늘어져 있었지만 두 눈은 평온했고 어떤 강인한 분위기가 풍겨서 그녀가 늙은 것이 아니라 단지 주름살과 늘어진 두 볼이 나이에 걸맞지 않게 생긴 듯했다. 그녀는 인생의 절정 기에 있는 여인처럼 힘이 있고 냉정했다. 그녀는 천천히 위 엄 있는 동작으로 레이스를 계속 뽑아냈다. 뒤엉킨 커다란 레이스 덩어리가 어쩔 수 없이 그녀의 앞치마 위로 오게 되 고 기다란 레이스가 그녀의 옆으로 떨어졌다. 두 팔은 생김 새가 아름다웠지만 오래된 상아처럼 번질번질하고 누리끼리 했다. 그녀의 두 팔은 그를 대단히 매혹시키는 클라라의 팔 과는 달리 유별나게 흐릿한 빛을 뿜지는 않았다.

「미리엄 레이버스와 사귀고 있다고 하던데?」그녀의 어머 니가 그에게 물었다.

「글쎄요…….」그가 대답했다.

「그래, 좋은 애라우.」그녀가 말을 이었다.「매우 좋은 애 라우, 그렇지만 이 세상을 약간 지나치게 초월하는 경향이 있어서 내 취향에는 맞지 않는다우.」

「좀 그런 면이 있지요.」그가 동의했다.

「그 애는 날개를 달고 모든 사람들의 머리 위로 날아갈 수 있을 때까지 만족하는 법이 없을 거라우, 그럴 거라우.」그녀 가 말했다.

클라라가 끼어들었고 그는 부탁받은 말을 그녀에게 전했

다. 그녀는 그에게 겸손하게 말했다. 그가 단조롭고 고된 일을 하는 그녀를 찾아와서 놀랐던 것이다. 그녀가 겸손해 하도록 만들고 보니 그는 기대에 부풀어 자기 긍지가 높아지는 듯한 기분이었다.

「방적기 돌리는 일을 좋아하세요?」 그가 말했다.

「여자가 무슨 일을 할 수 있겠어요!」 그녀가 씁쓸하게 대답했다.

「착취당하는 것인가요?」[75]

「다소간 그렇지요. 여자들의 일이라는 게 다 그렇지 않나요? 그것이 바로 남자들이 부려 온 또 다른 술책이지요. 우리가 어쩔 수 없이 노동 시장에 들어오게 된 이후로 말이에요.」

「이제 됐다, 남자들에 관해서는 입 닥쳐라.」 그녀의 어머니가 말했다. 「여자들이 바보가 아니었다면 남자들이 그렇게 나쁜 놈들이 되지는 않았을 거다. 내가 하고 싶은 말은 이것뿐이다⋯⋯. 어떤 남자라도 나에게 나쁜 짓을 하면 반드시 앙갚음을 해주었어⋯⋯. 그렇다고 해도 남자들이 개떡 같은 놈들이라는 것은 부인할 수 없지.」

「그렇지만 남자들이 정말 괜찮지요? 그렇지 않아요?」 그가 물었다.

「글쎄⋯⋯ 남자들은 여자들과 조금 다르기는 하다우.」 그녀의 어머니가 대답했다.

「조던 회사로 다시 돌아오고 싶은 생각이 있어요?」 그가 클라라에게 물었다.

「그러고 싶은 생각은 없어요.」 그녀가 대답했다.

「아니라우, 돌아가고 싶어한다우!」 그녀의 어머니가 외쳤다. 「다시 돌아갈 수 있다면 자기 운명의 별에 대고 고마워할

75 노팅엄에서 레이스 산업이 번창했는데 이는 주로 자택에서 일하는 여성들의 덕이었다. 이 여성들은 장시간 일하기는 했지만 보수는 매우 적었다.

거라우. 저 애가 하는 말을 귀담아듣지 마시우. 저 애는 자기 말에 높이 올라앉은 듯 영원히 우쭐거리고 저 잘난 체나 할 거라우. 하지만 그 말은 등허리가 저렇게 삐쩍 마르고 굶주려서 조만간 저 애를 두 동강 내고 말 거라우.」

클라라는 자기 어머니 때문에 매우 심한 고통을 겪었다. 폴은 마치 자기 두 눈이 툭 튀어나와 매우 크게 뜨이는 듯한 기분을 느꼈다. 그렇다면 결국 그는 그녀의 성난 부르짖음을 그다지 심각하게 받아들이지 않아도 되는 것 아니었던가? 그녀는 착실하게 방적기를 돌리며 자신의 일을 하고 있었다. 그는 기쁨의 전율을 느끼며 그녀가 자신의 도움을 필요로 할지도 모른다고 생각했다. 그녀는 매우 많은 것을 거부당하고 빼앗기고 있는 듯이 보였다. 그리고 기계적인 일에 절대 굽히지 말아야 할 그녀의 두 팔은 기계적으로 움직이고 있었고 결코 숙이지 않아야 할 머리도 레이스에 숙이고 있었다. 그녀는 그곳에 좌초되어 삶이 내던져 버린 쓰레기 더미 속에서 방적기를 돌리고 있는 듯이 보였다. 마치 삶이 그녀에게 아무 소용이 없는 듯 삶으로부터 제쳐 있는 것은 쓰라린 일이었다. 그녀가 저항한 것은 이상한 일이 아니었다.

그녀는 그를 현관까지 배웅했다. 그는 아래의 초라한 거리에 서서 그녀를 올려다보았다. 그녀의 자세와 태도는 매우 훌륭해서 그에게 폐위된 주노 여신[76]을 연상시켰다. 문간에 서자 그녀는 거리로부터 그리고 자신이 처해 있는 환경으로부터 움츠러들었다.

「그러면 호지킨슨 부인과 함께 허크놀에 가시겠네요?」

그는 매우 무의미하게 말하면서 그저 그녀를 지켜보기만 할 뿐이었다. 그녀의 회색 눈이 마침내 그의 눈과 마주쳤다.

76 로마 신들의 여왕인 주노는 왕관을 쓰고 있는 당당한 모습으로 묘사되는 경우가 종종 있다.

그녀의 두 눈은 무언중에 굴욕감을 보여 주며 일종의 매혹된 비참한 모습으로 간청하는 듯했다. 그는 마음이 흔들리고 당황했다. 그는 그녀가 오만하고 도도하다고 생각해 왔었다.

그녀와 헤어지고 나서 그는 달려가고 싶었다. 그는 정거장으로 가면서 일종의 꿈에 취한 듯했고 집으로 돌아와서도 그녀가 살고 있는 거리에서 벗어나 움직인 것을 인식하지 못하는 것 같았다.

그는 나선과 여직공들의 감독인 수전이 곧 결혼하려 한다는 생각을 떠올렸다. 그는 그다음 날 그녀에게 물었다.

「이봐요, 수전, 당신이 결혼한다는 소문을 들었는데, 사실이에요?」

수전은 얼굴을 붉혔다.

「누가 그런 이야기를 해요?」 그녀가 대답했다.

「아무도 안 했어요…… 그저 당신이 결혼을 생각하고 있다는 소문을 들었을 뿐이오…….」

「음, 그래요, 생각하고 있어요…… 그렇지만 아무에게도 말하지 마세요. 결혼 생각을 할 필요가 없다면 얼마나 좋을까!……」

「아니, 수전, 나더러 그 말을 믿으라는 것은 아니죠?」

「정말이에요. 그래도 당신은 믿을 수 있을 거예요. 나는 차라리 여기에 영원히 있고 싶어요.」

폴은 어리둥절했다.

「왜요? 수전?」

소녀는 얼굴을 더욱 붉혔고 두 눈은 반짝거렸다.

「그냥 있고 싶으니까요!」

「그런데도 꼭 결혼해야 하나요?」 대답하는 대신 그녀는 그를 쳐다보았다. 그에게는 솔직하고 점잖은 분위기가 있어서 여자들은 그를 믿었다. 그는 이해했다.

「아, 미안해요.」 그가 말했다. 그녀의 두 눈에 눈물이 가득 고였다.

「그렇지만 다 괜찮아질 거예요. 당신은 주어진 상황을 가장 잘 이용할 것이고요.」 그는 말을 이으며 곰곰이 생각에 잠겼다.

「그렇게 하는 수밖에는 어쩔 도리가 없어요.」

「그래요. 최악의 경우도 있을 수 있어요. 노력하면 상황이 좋아질 거예요.」

그는 곧 기회를 잡아 클라라를 다시 방문했다.

「조던 회사로 돌아오고 싶은 생각이 있어요?」 그가 말했다.

그녀는 하던 일을 내려놓고 아름다운 두 팔을 탁자 위에 올려놓은 다음 그를 한참 동안 쳐다보면서도 대답을 하지 않았다. 점차 그녀의 뺨이 홍조를 띠었다.

「왜요?」 그녀가 물었다.

폴은 다소 어색한 기분을 느꼈다.

「왜냐하면 말이죠……. 수전이 떠날 생각을 하고 있거든요.」 그가 말했다.

클라라는 계속하여 방적기를 돌리고 있었다. 하얀 레이스가 폴짝폴짝 뛰듯이 빨리빨리 얼레빗에 쌓여 갔다. 그는 그녀의 대답을 기다렸다. 머리를 들지도 않고 그녀가 마침내 특유의 낮은 목소리로 말했다.

「다른 사람들에게 이 일에 대해서 말했나요?」

「당신에게 말고는 한마디도 하지 않았어요.」

또다시 오랜 침묵이 감돌았다.

「광고가 나면 그때 지원할 거예요.」 그녀가 말했다.

「그 전에 지원하세요. 적당한 때가 되면 알려 줄게요.」

그녀는 계속하여 자기의 작은 기계를 돌리고 있었고 그의 말에 반대 의견을 달지 않았다.

클라라가 조던 회사에 왔다. 패니를 비롯하여 오랫동안 근무한 사람들 몇몇은 그녀의 예전 습관을 기억하고 있어서 따뜻하게 대하기는 했지만 예전의 기억을 싫어했다. 클라라는 언제나 말수가 적고 거만했었다. 그녀는 다른 여직공들과 같은 처지에 있는 동료로 어울린 적이 한 번도 없었다. 남을 비난할 경우가 있으면 그녀는 냉정하고 아주 공손하게 비난해서 잘못한 사람은 화를 내는 것보다 더욱 큰 모욕을 받는다고 느꼈다. 불쌍하고 지나치게 신경이 과민한 곱사등이 패니에게 클라라는 언제나 동정적이고 부드럽게 대했는데 결과적으로 패니는 다른 감독관이 거친 말을 해서 눈물을 흘리게한 것보다 더욱 쓰라린 눈물을 흘렸다.

클라라에게는 폴이 싫어하는 점들이 있었고 그런 것들이 그의 감정을 상하게 하는 경우가 많았다. 그녀가 주변에 있으면 그는 언제나 그녀의 튼튼한 목이나 목덜미를 지켜보았는데 목덜미에는 금발이 작고 보송보송하게 나 있었다. 얼굴과 두 팔의 피부에도 섬세한 솜털이 나 있었는데 거의 보이지 않았지만 일단 그가 그것을 알아차린 후에는 그 모습이 항상 눈에 띄었다.

폴이 자기 일을 하고 있을 때, 다시 말하여 그림을 그리고 있는 오후에 클라라는 그에게로 와서 꼼짝도 하지 않고 가까이 서 있곤 했다. 그러면 비록 그녀가 말을 하지도 않고 몸을 건드리지도 않았지만 그도 그녀를 느꼈다. 비록 그녀가 일 미터쯤 떨어져 서 있었지만 그는 자기가 그녀와 꼭 붙어 있는 듯이 느끼고 그녀의 온기로 충만해졌다. 그러면 그는 더 이상 그림을 그릴 수 없었다. 그는 그림 붓을 내려놓고 그녀에게로 돌아앉아 이야기를 했다.

어떤 때는 그의 그림을 칭찬하기도 했고 어떤 때는 호되게 비판하기도 하고 냉정하기도 했다.

「저 그림에는 꾸밈이 많아요.」그녀는 이렇게 말하곤 했는데 그녀의 비난 속에는 다소 진실인 면이 있었기 때문에 그의 피가 분노로 끓어올랐다.

「이건 어때요?」또다시 그는 열성적으로 묻곤 했다.

「흠!」그녀는 작게 미심쩍은 소리를 내고는 말했다.「그것은 그다지 흥미롭지 않네요.」

「이 그림을 이해하지 못해서 그래요.」그가 반박했다.

「그러면 왜 나에게 그것에 관해서 물어봐요?」

「당신이 이해하리라고 생각했기 때문이죠.」

그녀는 어깨를 으쓱하여 그의 작품에 대한 경멸을 표했다. 그녀는 그를 미치도록 했다……. 그는 격노하여 펄펄 뛰었다. 그러고 나서 그는 그녀를 비난하고 자신의 작품에 대해 열렬하게 설명하기 시작했다. 이러한 행동은 그녀를 즐겁게 하고 자극했다. 그렇지만 그녀는 자신이 잘못했다고 시인한 적이 결코 없었다.

그녀가 여성 운동에 참여해 온 십 년 동안 그녀는 상당히 많은 교육을 받았다. 그리고 미리엄과 마찬가지로 배우고 싶은 열정을 다소 지니고 있었기 때문에 프랑스어를 독학하여 프랑스어 책을 어렵게나마 읽을 수 있었다. 그녀는 자신이 남들과 다른 여성, 특히 자신과 같은 계급의 여인들과는 다른 사람이라고 생각했다. 나선부에 근무하는 여직공들은 모두 좋은 가정 출신이었다. 이곳의 일은 작지만 특별한 산업이었고 어떤 뚜렷한 특성이 있었다. 그렇기 때문에 작업장에는 세련된 분위기가 감돌고 있었다. 그렇지만 클라라는 동료 노동자들과도 거리를 두고 있었다.

그렇지만 이런 일 가운데 어느 하나도 그녀는 폴에게 드러내지 않았다. 그녀는 자신도 모르게 본심을 드러내는 그러한 사람이 아니었다. 그녀에게는 신비로운 느낌이 감돌았다. 그는 그녀가 지나치게 말수가 적다고 느꼈다. 그녀의 과거가 표면적으로는 모두 드러나 있었지만 내면적인 의미는 모두에게 숨겨져 있었다. 그것은 호기심을 불러일으켰다. 그래서 이따금 그는 그녀가 눈썹 아래에 감춰진 두 눈으로 자신을 거의 은밀하게 천천히 뚫어지게 바라보는 것을 보았고 그럴 때에 그는 빨리 움직이게 되었다. 종종 그녀의 두 눈과 그의 두 눈이 마주쳤다. 그렇지만 그럴 때 그녀의 두 눈은 말하자면 무엇인가로 가려져 있어서 아무것도 드러내지 않았다. 그녀는 그에게 살포시 다정한 미소를 보냈다. 그녀는 그에게 특히 도발적이었는데 이는 그녀가 소유하고 있는 듯이 보이는, 또 그가 도달할 수 없는 경험의 결과로 얻었다고 보이는 지식 때문이었다.

어느 날 그는 『물레방앗간의 편지*Lettres de mon moulin*』[77] 한 권이 그녀의 작업 의자에 놓여 있는 것을 발견했다.

「프랑스어 책을 읽는군요, 그렇죠?」 그가 큰 소리로 말했다.

클라라는 무관심하게 주위를 휙 둘러보았다. 그녀는 나선 기계를 천천히 균형 잡고 규칙적으로 돌리면서 엷은 자줏빛 실크 탄력 스타킹을 만들고 있었다. 이따금 허리를 굽혀 자기가 하는 일을 살펴보거나 바늘을 조정하곤 했는데, 솜털 및 섬세하게 뾰쪽 솟아난 머리카락과 더불어 하얗게 빛나는 그녀의 멋진 목이 엷은 자주색으로 광택 나는 비단과 대조되었다. 그녀는 기계를 몇 바퀴 더 돌리고 멈추었다.

「뭐라고 했어요?」 그녀가 물으며 상냥하게 미소 지었다.

폴의 두 눈이 자신을 대하는 그녀의 건방지고 무관심한 태도에 반짝거렸다.

「당신이 프랑스어 책을 읽는 줄 몰랐어요.」 그가 매우 공손

77 알퐁스 도데의 단편집.

하게 말했다.

「몰랐어요?」 그녀가 대답하며 약간 빈정대는 미소를 지었다.

「더러운 건방진 년 같으니라고!」 그가 말했지만 아주 작아서 거의 들리지 않을 정도였다.

그는 화가 나서 입을 꾹 다물고 그녀를 지켜보았다. 그녀는 자신이 기계적으로 생산해 내는 일을 경멸하는 듯이 보였다. 그렇지만 그녀가 만들어 놓은 양말은 거의 완전할 정도로 훌륭했다.

「나선부의 일을 좋아하지 않는군요.」 그가 말했다.

「아, 글쎄요, 어떤 일이든 일은 다 같지요.」 그녀가 대답했는데 마치 자신이 그 일에 대하여 모두 다 알고 있다는 듯이 말했다. 그는 그녀의 냉정한 태도에 놀랐다. 그는 모든 일을 열정적으로 해야만 했다. 그녀는 분명 어딘가 특별한 사람이었다.

「어떤 일을 하고 싶어요?」 그가 물었다.

그녀는 그에게 너그럽게 웃어 주고 나서 말했다.

「나에게 선택권이 주어질 가능성이 거의 없어서 그 문제를 생각하느라고 시간 낭비한 적이 없어요.」

「쳇!」 그가 이번에는 경멸적인 태도를 보이며 말했다. 「그러니까 당신은 자존심이 너무 강해서 어떤 것을 원하는데 얻을 수 없다고 고백하지 못한다는 말이군요.」

「나를 아주 잘 알고 있군요.」 그녀가 쌀쌀하게 대답했다.

「당신이 자신을 엄청나게 중요한 인물이라고 생각한다는 것과 공장에서 일하는 영원한 모욕을 참아 가며 살아간다는 사실을 알지요……」 그는 매우 화가 나 있었고 매우 무례하게 굴었다. 그녀는 그저 그에게서 시선을 돌리며 경멸했을 뿐이다. 그는 휘파람을 불며 작업실을 걸어가서 힐다와 시시덕거리며 웃었다.

나중에 그는 혼자 생각했다.

「무엇 때문에 내가 클라라에게 그처럼 무례하게 굴었지?」 그는 자신에게 다소 짜증이 났고 동시에 기쁘기도 했다.

「받을 짓을 했으니 그렇지……. 말없고 오만해서 불쾌하거든.」그는 화가 나서 혼잣말을 했다.

며칠 동안이나 그는 그녀에게 눈길을 주는 일조차 피했다. 그렇지만 마침내 그는 아래층으로 내려가 어떤 주문 건에 대하여 그녀와 논의해야만 했다. 가슴에는 온통 분노와 불쾌한 기분이 자리 잡고 있었지만 겉으로는 전과 다름없이 명랑하고 즐거운 태도를 취했다.

「꽃을 달고 있군요.」그가 말했다. 「당신의 원칙에 어긋나는 것 같네요.」

「난 원칙 같은 것이 없어요.」그녀가 말하며 다소 짓뭉개진 빨간 장미 같은 고개를 살며시 들었다.

「그렇군요, 물론 없겠죠. 다만 선호하는 것이 있겠죠. 그렇지만 당신은 원칙적으로 모가지를 자른 꽃의 시들어 가는 머리를 가슴에 달지 않는 쪽을 선택한다고 생각하는데요.」

그녀는 재빨리 움직여서 장미가 떨어지도록 내버려 두었다.

「이것은 길에서 주운 꽃이에요.」그녀가 말했다.

「길 잃은 귀부인의 폐기물이었군요.」그가 말했다……. 「내가 당신이라면 그 꽃과 대화를 할 텐데……. 〈장미와 무덤〉[78]이라는 시를 알아요?」

「몰라요.」그녀가 말했다.

「당신이 프랑스어 학자라고 생각했는데.」그가 조롱했다. 피가 확 솟구쳐 그녀의 뺨이 붉어졌다. 그녀는 심술을 부리

78 빅토르 위고Victor Hugo(1802~1885)의 『내면의 목소리 *Les voix intérieures*』(1837)라는 시집에 수록된 작품이다.

려 했지만 그가 선수를 쳤다.

「당신은 그것을 배울 수 있어요.」 그가 말하며 싱긋 웃었다.「그러면 우리가 연기를 할 수 있지요. 내가 복화술로 장미 역할을 맡고 당신이 무덤 역할을 하는 거예요.」

「내 생각에는…….」 그녀가 말했다.「당신은 예절부터 배워야겠어요.」

「배우죠, 그것이 나에게 조금이라도 도움이 된다면 말이에요.」 그는 냉정을 잃기 시작했다.「그런데 나는 모든 미덕을 내 편에 두기를 원하지 않아요……. 게다가 당신은 무덤 역할을 매우 잘할 거예요. 모든 사람들이 마치 당신의 지하 납골당에 있는 해골바가지를 은밀히 엿보고 싶어 하는 것 같아요.」

이제 그는 냉정을 잃고 너무 지나치게 나갔다.

「하지만, 아이고 미안합니다.」 그가 말하며 자제했다.

그녀는 싸늘하게 고개를 돌렸다. 그는 위층으로 후다닥 뛰어 올라갔다.*

오후에 그가 다시 내려왔다. 무엇인가 그의 마음을 무겁게 짓누르고 있어서 그는 그것을 제거하고 싶었다. 그는 그녀에게 초콜릿을 줌으로써 마음을 편하게 하려고 했다.

「하나 드실래요?」 그가 말했다.「기분을 좀 풀어 볼까 해서 한 줌 사왔어요.」

그녀가 초콜릿을 받자 그는 한결 마음이 놓였다. 그는 그녀의 기계 옆에 있는 작업용 의자에 앉아서 비단 조각을 자기 손가락에 감아 꼬았다. 그녀는 그가 어린 동물처럼 재빠르게 뜻밖의 행동을 하는 것을 좋아했다. 그는 다리를 흔들며 생각에 잠겨 있었다. 사탕은 의자 위에 놓여 있었다. 그녀는 기계 위로 몸을 숙이고 박자에 맞추어 돌리다가 아래 매

---

* 563면 7행~564면 15행.

564

달려 무거운 추에 의해 끌어당겨 내려져 있는 스타킹을 보았다. 그는 멋지게 굽어져 있는 그녀의 등과 앞치마의 끝이 마룻바닥에 풀어져 있는 모습을 지켜보았다.

「당신에게는 언제나 어떤 기다리는 듯한 분위기가 있어요.」 그가 말했다. 「당신이 무슨 일을 하거나 간에, 내가 볼 때 당신은 사실 그곳에 있지 않고 무언가를 기다리는 것 같아요…… 페넬로페[79]가 베를 짤 때처럼 말이에요.」 그는 심술이 불끈 솟아나는 것을 참을 수 없었다. 「당신을 페넬로페라고 부르겠어요.」

「그렇게 부른다고 뭐가 달라지나요?」 그녀가 말하며 조심스럽게 바늘 하나를 빼내었다.

「그런 건 상관없어요. 내 마음에 들기만 하면 그만이죠…… . 자, 내가 당신의 상관이라는 사실을 잊어버린 모양이군요. 그런 생각이 방금 떠올랐어요.」

「그런데 그것이 무슨 의미지요?」 그녀가 냉정하게 물었다.

「내가 당신을 관리 감독할 권한을 갖고 있다는 의미지요.」

「내게 불평할 것이 있나요?」

「아, 내 말은, 당신이 나를 심술궂게 대해서는 안 된다는 거요.」 그가 화를 내며 말했다.

「원하는 것이 무엇인지 알 수 없군요.」 그녀가 말하며 자기 일을 계속했다.

「나에게 기분 좋고 공손하게 대했으면 해요.」

「그러면 〈나리〉라고 부를까요?」 그녀가 조용히 물었다.

「그래요. 나리라고 불러요. 그쪽이 마음에 드네요.」

「그러면 위층으로 올라가 주세요. 나리.」

그는 입을 다물고 얼굴을 찌푸렸다. 그러더니 갑자기 화를

---

79 호메로스의 『오딧세이아』에 나오는 여인으로 이십 년 동안 베를 짜며 트로이 전쟁에 나간 남편 오디세우스가 돌아오기를 기다렸다.

냈다.

「당신은 정말 너무도 지독하게 잘난 양반이라 아무짝에도 쓸모없군요.」그가 말했다.

그리고 그는 다른 여직공들에게로 가버렸다. 그는 자신이 필요 이상으로 지나치게 화를 냈다고 느꼈다. 사실 그는 자기가 뽐내고 있는 것이 아닌가 하고 약간 의심하기도 했다. 그렇지만 설령 그렇다 하더라도 그는 그렇게 할 것이다. 클라라의 귀에 그가 옆방에서 여직공들과 웃는 소리가 들려왔는데 그가 그렇게 시끄럽게 소리 내어 웃는 것을 그녀는 싫어했다.

저녁에 여직공들이 모두 퇴근한 후 나선부를 점검하면서 그는 자기가 클라라에게 준 초콜릿이 손도 대지 않은 채 그녀의 기계 앞에 놓여 있는 것을 보았다. 그는 그것들을 그대로 두었다. 아침에도 그것들은 그 자리에 그대로 있었고 클라라는 작업을 하고 있었다. 나중에 푸시라고 불리는 키가 작은 브루넷 사람인 미니가 그에게 소리쳤다.

「헤이, 우리에게 나누어 줄 초콜릿 없어요?」

「미안해요, 푸시.」그가 대답했다.「그것을 권할 생각이었는데, 밖에 나갔다가 깜빡 잊었어요.」

「그런 것 같네요.」그녀가 대답했다.

「오늘 오후에 좀 가져올게요. 저것들은 원치 않지요? 저렇게 놓여 있었으니 말이에요? 그렇죠?」

「아, 나는 까다롭지 않아요.」푸시가 미소 지으며 말했다.

「아, 아니에요.」그가 말했다.「저것들은 먼지투성이일 거예요.」그는 클라라의 의자로 다가갔다.

「미안해요, 이것들을 어질러 놓아서 말이에요.」그가 말했다.

그녀는 얼굴이 새빨개졌다. 그는 그것을 그러모아 주먹에 쥐었다.

「이제 더러울 거예요.」 그가 말했다. 「먹었어야 하는데. 왜 먹지 않았나 모르겠네요. 당신이 먹기를 바란다고 말할 의도였는데.」

그는 그것들을 창문 밖 마당 아래로 내던졌다. 그는 그녀를 힐끗 보았다. 그녀는 그의 눈길을 피했다.

오후에 그는 또 한 봉지를 들고 왔다.

「좀 먹을래요?」 그가 말하며 그것들을 맨 먼저 클라라에게 권했다. 「이것은 새것이에요.」

그녀는 하나를 받아서 의자 위에 놓았다.

「아, 여러 개 집어요. 그래야 운이 좋아요.」 그가 말했다.

그녀는 두 개를 더 집어서 그것도 의자 위에 놓았다. 그런 다음에 그녀는 당황하여 작업을 계속했다. 그는 작업실 안쪽으로 갔다.

「여기 있어요, 푸시.」 그가 말했다. 「너무 욕심 내지 말아요!」

「이것 모두 그녀 거예요?」 다른 여직공들이 소리치며 몰려들었다.

「물론 아니지요.」 그가 말했다.

여직공들이 시끄럽게 이야기하며 몰려들었다. 푸시가 동료들 틈에서 빠져나왔다.

「저리 비켜!」 그녀가 외쳤다. 「내가 먼저 고를 권리가 있어, 그렇죠? 폴?」

「사이좋게 나눠 먹어요.」 그가 말하고는 자리를 떴다.

「당신은 좋은 분예요!」 여직공들이 외쳤다.

「겨우 십 펜스어치야.」 그가 대답했다.

그는 클라라 옆을 지나치면서 아무 말도 하지 않았다. 그녀는 만일 자기가 그 초콜릿을 만지기라도 하면 그 세 개의 초콜릿이 자기 몸을 불태워 버릴 거라고 느꼈다. 그녀가 그

초콜릿을 자기 앞치마 주머니에 집어넣는 데에도 모든 용기를 다 내야 했다.

여직공들은 그를 좋아하기도 하면서 두려워하기도 했다. 그는 상냥할 때에는 지극히 상냥했지만 화가 나면 너무도 쌀쌀해서 그들을 마치 거의 존재하지도 않는 듯이 대하거나 실을 감는 실패처럼 다루었다. 그래서 그럴 때 혹시 그들이 무례하게 굴면 그는 〈당신 일이나 계속하시오.〉라고 조용히 말하고 서서 지켜보았다.

그가 스물세 번째 생일을 맞이했을 때 그의 집안은 곤경에 처해 있었다. 아서가 막 결혼하려 하고 있었고, 어머니는 건강이 좋지 않았다. 아버지는 노인이 되어 가면서 사고로 인하여 절름발이가 되고 하찮은 일만 맡았다. 미리엄은 영원한 비난의 대상이 되었다. 그는 자신이 그녀에게 빚을 지고 있다고 느끼고 있었지만 자신을 주어 버릴 수는 없었다. 더욱이 그는 집안을 부양할 의무가 있었다. 그는 사방으로 끌어당겨지고 있었다. 그는 생일이라도 기쁘지 않았다. 그러한 상황이 그를 고통스럽게 했다.

그는 여덟 시에 직장에 도착했다. 대부분의 사무원들이 아직 출근하지 않았다. 여직공들은 여덟 시 삼십 분까지 나오도록 되어 있었다. 그가 윗옷을 갈아입고 있을 때 누군가 등 뒤에서 부르는 소리가 들렸다.

「폴, 폴, 이리 와보세요.」

곱사등이 패니가 아래층 층계 꼭대기에 서서 무슨 비밀이라도 지닌 듯이 환한 얼굴을 하고 있었다. 폴은 놀라서 그녀를 쳐다보았다.

「좀 와보세요.」그녀가 말했다. 그는 당황해서 서 있었다.

「어서요.」그녀가 구슬렸다.「서류 작업을 시작하기 전에 이리 와봐요.」

그는 대여섯 계단을 내려가 그녀의 건조하고 좁은 〈완성실〉로 들어갔다. 패니가 앞장서서 걸어갔다. 그녀의 검은 조끼가 너무 짧아서 허리는 겨드랑이 아래에 있었다. 그리고 암녹색 캐시미어 스커트가 매우 길어 보였는데 그녀가 큰 걸음으로 성큼성큼 그 젊은이의 앞에서 걸어가는 폼이 그의 매우 우아한 걸음걸이와 대비되었다. 그녀는 작업실의 좁은 끝에 있는 자기 자리로 갔는데, 그곳에는 열린 창문이 굴뚝 통풍관을 마주하고 있었다. 폴이 그녀의 가느다란 두 손과 맥빠진 붉은 손목을 지켜보는 동안 그녀는 자기 앞의 의자에 펼쳐져 있는 하얀 앞치마를 흥분한 듯이 비비 꼬았다. 그녀는 망설였다.

「우리가 당신을 잊었다고 생각하지는 않았죠?」 그녀가 책망하는 듯이 물었다.

「왜요?」 그가 물었다. 그 자신도 자기 생일을 잊고 있었다.

「〈왜요〉라고요! 〈왜요〉라니! 아니, 여기를 좀 봐요!」 그녀는 달력을 가리켰고, 그는 커다란 검은 숫자 21을 둘러싸고 수백 개의 작은 십자가가 검은 연필로 그려져 있는 것을 보았다.

「아, 내 생일을 축하하기 위한 키스군요.」 그가 웃으며 말했다.「어떻게 알았어요?」

「그래요, 알고 싶지요? 그렇죠?」 패니가 놀리며 매우 기뻐했다.「모두들 하나씩 그렸어요…… . 귀부인 클라라만 빼고요…… . 그리고 어떤 사람은 두 개를 그리고요. 그렇지만 내가 몇 개를 그렸는지는 말하지 않을 거예요.」

「아, 당신이 바람둥이라는 것을 알아요.」 그가 말했다.

「그것은 오해예요.」 그녀가 짐짓 화를 내며 말했다.「나는 결코 그렇게 부드러울 수는 없었어요.」 그녀의 목소리는 강한 콘트랄토였다.

「당신은 언제나 그렇게 냉혹한 말괄량이인 체하지만……」 그가 웃으며 말했다. 「당신도 알다시피 실은 매우 감상적이지요.」

「나는 냉동 고깃덩어리라고 불리기보다 감상적이라고 불리는 편이 오히려 더 좋아요.」 패니가 불쑥 말했다. 폴은 그녀가 클라라를 가리킨다는 것을 알고 미소 지었다.

「나에 대해서도 그렇게 심술궂은 말을 해요?」 그가 웃으며 물었다.

「아니요, 우리 귀여운 양반.」 곱사등이 여인이 아낌없이 다정하게 대답했다. 그녀는 서른아홉 살이었다. 「아니요, 우리 귀여운 양반. 왜냐하면 당신은 자기 자신을 대리석으로 조각한 멋진 인물이라고 생각하지 않고 또 우리를 단지 쓰레기에 불과하다고 생각하지 않기 때문이에요. 나도 당신만큼 좋은 사람이에요, 그렇지 않아요, 폴?」 그리고 이러한 질문은 그녀에게 기쁨을 주었다.

「그래요, 우리는 서로서로보다 더 나은 것이 없어요, 그렇죠?」 그가 대답했다.

「그렇지만 나도 당신만큼 좋은 사람이지요? 그렇지 않아요? 폴?」 그녀는 대담하게 주장했다.

「물론 그렇지요. 선량한 것에 대해 말하자면 당신이 더 나아요.」

그녀는 이러한 상황을 다소 걱정했다. 그녀는 이성을 잃을지도 몰랐다.

「다른 사람들보다 먼저 여기 와야 한다고 생각했어요……. 내가 뱃속이 시커멓다고 남들이 말하지 않을까 몰라요!…… 자, 눈을 감아요…….」 그녀가 말했다.

「〈그리고 입을 벌리고 하느님이 무엇을 보냈는지 봐요.〉」 그는 계속하여 그녀의 말에 따라 행동하며 초콜릿 조각을 예상했다. 그에게 앞치마가 부스럭거리는 소리가 들려오고 금속이 부딪치는 소리가 희미하게 들려왔다.

「이제 볼 거예요.」 그가 말했다.

그는 두 눈을 떴다. 패니는 길쭉한 두 뺨을 붉히고 푸른 두 눈을 반짝이며 그를 응시하고 있었다. 그 앞의 의자 위에는 작은 그림물감 튜브가 한 꾸러미 놓여 있었다. 그는 얼굴이 창백해졌다.

「아니에요, 패니.」 그가 재빨리 말했다.

「우리 모두가 준비했어요.」 그녀가 서둘러 대답했다.

「아니에요, 그렇지만……」

「이것은 괜찮은 종류지요?」 그녀가 물으며 기뻐서 몸을 앞뒤로 흔들었다.

「아니!…… 이것은 카탈로그에 있는 것 중에서 가장 좋은 거예요……」

「그렇지만 이것은 괜찮은 종류예요?」 그녀가 외쳤다.

「내가 작성한 작은 목록에도 넣지 못한 비싼 거예요, 돈을 벌면 사려고 했는데.」 그는 입술을 깨물었다.

패니는 감정이 복받쳐 올라왔다. 그녀는 대화의 주제를 바꾸어야 했다.

「모두들 이렇게 하고 싶어서 안절부절못했어요. 모두들 자기 몫의 돈을 냈어요, 모두들 말이에요, 시바의 여왕[80]만 빼고요.」

시바의 여왕은 클라라였다.

---

80 「열왕기상」 10장 1~2절(세바라는 곳에 여왕이 있었는데 솔로몬의 명성을 듣고는 그를 시험해 보려고 아주 어려운 문제를 준비하여 방문 온 일이 있었다. 여왕은 예루살렘을 방문할 때 많은 시종들을 거느리고 왔을 뿐 아니라 각종 향료와 엄청나게 많은 금과 보석을 낙타에 싣고 왔다.) 참조. 여기에서는 클라라를 세바의 여왕이라고 칭하고 있다.

「그러면 그 여자는 끼려고 하지 않았어요?」폴이 물었다.

「그녀는 기회를 갖지 못했어요⋯⋯. 우리가 그녀에게 말하지 않았거든요⋯⋯. 그녀가 이 일에서 우두머리 역할을 하도록 시킬 생각이 없었어요. 그녀가 끼어들기를 원하지 않았어요.」

폴은 그녀에게 웃음을 보냈다. 그는 대단히 감동했다. 마침내 그는 가야만 했다. 그녀는 그의 곁에 매우 가까이 있었다. 갑자기 그녀가 두 팔로 그의 목을 감싸 안고 그에게 열렬히 키스를 퍼부었다.

「오늘은 당신에게 키스해 줄 수 있어요.」그녀가 사과하듯이 말했다.「너무 창백해 보여서 내 마음이 아팠어요.」

폴은 그녀에게 키스를 해주고 그녀 곁을 떠났다. 그녀의 두 팔은 너무나 가련할 정도로 가늘어서 그의 마음도 또한 아팠다.

그날 그는 점심시간에 손을 씻으러 아래층으로 달려 내려가다가 클라라를 만났다.

「점심때까지 남아 있었네요!」그가 깜짝 놀라 외쳤다. 이것은 그녀에게는 드문 일이었다.

「예⋯⋯. 그런데 낡은 수술 기구라도 잔뜩 먹은 것 같아요. 이제 밖으로 나가봐야겠어요. 아니면 온몸이 퀴퀴한 탄성고무처럼 축 늘어지는 기분을 느낄 것 같아요.」

그녀는 떠나지 않고 꾸물거렸다. 그는 즉시 그녀가 원하는 바를 깨달았다.

「어디로 가려고 해요?」그가 물었다.

그들은 함께 캐슬까지 걸어 올라갔다. 밖에 나와 보니 그녀의 옷차림은 매우 평범했고 추하다고 할 수 있을 정도였다. 실내에서 보면 그녀는 언제나 멋있어 보였다. 그녀는 망설이는 발걸음으로 폴과 나란히 걸어가며 고개를 숙이고 시선은 그를 외면하고 있었다. 옷차림이 누추하고 풀이 죽어 있어서 그녀는 대단히 꼴불견으로 보였다. 그는 그녀의 강인한 모습을 거의 찾아볼 수 없었는데, 그 모습이 그녀의 능력과 더불어 깊이 잠들어 있는 것 같았다. 그녀는 거의 보잘것없어 보였고 축 늘어진 모습 가운데 키조차 작아 보였으며 사람들의 시선을 피하고 있었다.

캐슬 주변의 땅은 초록 일색이어서 신선했다. 가파른 언덕을 올라가면서 그는 웃어 가며 수다스럽게 지껄였지만 그녀는 말이 없었고 무엇인가를 골똘히 생각하는 듯이 보였다. 시간이 거의 없어서 바위 절벽 위에 세워져 있는 나지막하고 네모진 건물 안으로 들어가지 못했다. 그들이 기대고 있는 성벽은 절벽이 고급 주거지인 노팅엄 파크까지 가파르게 이어지고 있었다. 그들 아래의 사암에 나 있는 구멍 속에서는 비둘기들이 부리로 날개를 다듬으며 작은 소리로 구구 하고 울었다. 저 멀리 아래쪽 바위의 발치에 있는 큰길에는 조그만 나무들이 웅덩이같이 보이는 그림자를 드리우고 서 있었으며 조그맣게 보이는 사람들이 거의 우스꽝스러울 정도로 거드름을 피우며 총총걸음으로 돌아다니고 있었다.

「저 사람들을 올챙이를 퍼 올리듯 한 움큼 퍼 올릴 수 있을 것 같은 기분이 드네요.」 그가 말했다.

그녀는 웃어 가며 이렇게 대답했다.

「그래요…… 우리 자신을 균형 잡힌 시각에서 보기 위해 멀리 나갈 필요도 없겠어요. 나무들이 훨씬 더 많은 의미가 있어 보여요.」

「크기만 그렇죠.」[81] 그가 말했다.

81 벤 존슨Ben Jonson(1572~1637)의 시에 대한 언급이다. 이 작품의 10행 정도가 폴그레이브의 『황금빛 사화집』에 「고귀한 자연」이라는 제목으로 수록되어 있다.

그녀는 냉소적으로 웃었다.

큰 길 너머 멀리 가느다란 금속 줄무늬 같은 철길이 보였고 그 가장자리에는 목재를 쌓아 놓는 조그만 무더기들이 많이 모여 있었으며 그 옆에는 연기를 내뿜는 장난감 같은 기관차들이 야단법석을 피우고 있었다. 그 너머에는 은색 줄같은 운하가 제멋대로 이리저리 시커먼 더미 사이에 뻗어 있었다. 또 그 너머에는 주택들이 강변 평지에 아주 빽빽하게 연달아 세워져 있었는데, 이들은 마치 시커먼 독초가 화단에 무성하게 줄지어 오밀조밀 심어져 쭉 펼쳐지다가 이따금 커다란 나무에 의해 끊기듯이 드문드문해지기도 하면서 강이 평지를 가로질러 상형 문자처럼 빛나는 곳까지 곧바로 이어져 있었다. 강 건너편의 가파른 안쪽 절벽은 보잘것없어 보였다. 거대하게 펼쳐져 있는 평지는 나무가 우거져 있는 곳에서는 시커멓게 보이기도 하고 옥수수를 심은 땅에서는 약간 밝게 보이기도 하면서 희미하게 보이는 멀리까지 펼쳐져 있었고 희미한 회색빛 너머로는 언덕이 푸르스름하게 솟아 있었다.

「도시가 더 멀리 뻗어 나가지 않는다고 생각하니 위안이 되네요.」 도우즈 부인이 말했다. 「저것은 아직까지 평원에 나 있는 그저 작은 상처밖에 안 되니 말이에요.」

「작은 상처 딱지 같네요.」 폴이 말했다.

그녀는 몸서리쳤다. 그녀는 도시를 몹시 싫어했다. 자기에게는 금지된 시골 풍경을 쓸쓸하게 건너다보는 듯한 그녀의 창백하고 적개심 어린 무표정한 얼굴을 보고 폴은 비탄에 잠겨 있는 후회하는 천사[82]를 연상했다.

---

[82] 하느님에 대항하여 싸운 반란에서 실패한 후 루시퍼와 함께 천국에서 쫓겨난 천사들을 가리킨다. 「요한의 묵시록」 12장 9절(그 큰 용은 악마라고도 하고 사탄이라고도 하며 온 세계를 속여서 어지럽히던 늙은 뱀인데, 이제

「그렇지만 도시는 괜찮아요.」 그가 말했다. 「일시적일 뿐이니까요. 이것은 우리가 지금까지 계속 실행해 온 조잡하고 서투른 일시적인 방편이라서 마침내는 그 개념이 무엇인지 발견할 겁니다. 도시는 결국 괜찮아질 거예요.」

「의도적인 낙천주의자[83]군요!」 그녀가 미소 지으며 냉소적으로 말했다.

「어쩌면 그럴 겁니다. 그렇지만 나는 도시를 증오하지 않아요. 그것은 단지 서투른 노력일 뿐입니다. 우리는 아직까지도 함께 어울려 사는 법을 배우지 못했어요.」

「그런데 우리가 그것을 배우고 싶어 하나요?」 그녀가 대답했다.

「당신은 항상 이런 식인가요?」 그가 말했다. 「당신 자신의 뼈에 붙어 있는 살을 매우 지겨워하는 것 같고 당신 입에서 나오는 말을 아주 싫어하는 것 같군요.」

「그것은 단지 부자연스러운 것들이라서 그래요.」 그녀가 대답했다. 「자연스러우면 모든 것이 아름답지요.」

「그러면 무엇이 자연스럽지 않아요?」 그가 물었다.

「남자들이 만든 모든 것이요.」 그녀가 대답했다. 「남자 자신도 그렇고요.」

「그렇지만 여자들이 남자를 만들었잖아요.」 그가 대답했다. 「게다가 도우즈는 자연스러웠잖아요?」

그녀는 얼굴을 몹시 붉히고 그에게서 시선을 돌렸다.

「그 문제는 말하지 않기로 하죠.」 그녀가 말했다.

「좋아요…… 그렇지만 내 생각에 그 사람은 좀 지나치게

그놈은 땅으로 떨어졌고 그 부하들도 함께 떨어졌습니다.)과 존 밀턴John Milton(1608~1674)이 지은 『실락원*Paradise Lost*』(1667) 참조.

83 사려 깊은 낙천주의자라는 뜻으로 기독교와 혼합된 진화 이론에 토대를 둔 사회 발전을 믿는 사람을 가리킨다.

자연스러운 것 같아요. 본성을 지나치게 타고난 짐승에 가깝다고 할 수 있어요.」

「당신은 동물도 망칠 수 있군요.」 그녀가 말했다.

「정말 그래요. 그 사람이 자기 자리에 있으면 괜찮을 거예요. 우리는 그저 뒤섞였을 뿐이에요. 칠백만 단계나 말이에요. 침팬지에서 나까지 그리고 나아가 시인과 그리스도까지 말입니다. 도우즈는 힐다에게 적합해요.」

「내 생각에 당신은 아직 다른 사람의 감정을 존중하는 법을 배우지 못한 것 같군요.」 그녀가 냉정하게 말했다. 그는 웃었다.

「내가 꾸지람을 받았네요.」 그가 계속 말했다. 「그렇지만 그것이 무슨 문제가 되나요! 나는 그 문제에 관해서 계속 생각해요⋯⋯. 관심이 있기 때문에 말할 뿐이에요. 그리고 현재 이 순간 우리는 〈세상 위에 아주 높이 올라가 있어서 마치 하늘에 있는 두 케루빔 천사〉[84] 같아요⋯⋯. 그리고 이런 어쩌나, 만일 그 남자가 도우즈라면, 저 아래서 거들먹거리며 걷는 보잘것없는 조그만 대상이라면 그가 너무 하찮아서 토론할 주제가 못 된다고 느끼지 않겠어요?」

명랑하고 무지한 가운데 폴이 클라라의 사적인 내밀한 부분으로 침입하자 그녀는 분노가 사라졌다. 그녀는 속으로 그에게 미소를 지었다. 그는 흥미롭지만 아주 어린아이였다.

「머지않아 당신을 〈올되고 깜찍한 아이〉라고 부르지 않을 수 없겠네요.」 그녀가 말하며 미소 지었다. 그녀는 연단에서 말하는 듯한 말재주를 다소 갖고 있었다.

「부르고 싶은 대로 부르세요.」 그가 대답했다. 「장미는 어쨌든 감미로운 향기가 날 테니까요.」*

* 575면 5행~576면 26행.
84 이 구절은 동요 「반짝반짝 작은 별」을 인용한 것이다.

바위 구멍에 들어 있는 비둘기들이 수풀 속에 앉아 기분 좋게 구구거리며 울었다. 왼쪽으로는 성 메리 성당의 커다란 교회 건물이 하늘로 우뚝 솟아 캐슬과 가까운 친구라도 되는 듯 도시의 파편 조각들이 쌓여 있는 위에 높이 걸려 있었다. 도우즈 부인은 환하게 미소 지으며 시골 풍경을 바라보았다.

「기분이 훨씬 좋아졌어요.」그녀가 말했다.

「고마워요.」그가 대답했다.「그 말은 대단한 칭찬이네요!」

「아니, 이 양반 좀 보게!」그녀가 웃으며 말했다.

「흠!…… 오른손으로 물건을 주었다가 왼손으로 다시 낚아채 가는 셈이군요.[85] 그것도 실수하지 않고 말이죠.」그가 말했다.

그 말을 듣고 그녀는 즐겁게 웃었다.

「그렇지만 무슨 문제 있어요?」그가 물었다.「무언가 특별한 일을 곰곰이 생각하는 것 같던데. 그런 흔적이 아직도 얼굴에 남아 있어요.」

「이야기하지 않으려고 해요.」그녀가 말했다.

「괜찮아요……. 그 문제를 잘 끌어안고 지내세요.」그가 대답했다.

그녀는 얼굴을 붉히고 입술을 깨물었다.

「아니에요.」그녀가 말했다.「여직공들 때문이에요.」

「그들이 어쨌는데요?」폴이 물었다.

「일주일 전부터 지금까지 무슨 음모를 꾸미고 있었는데 오늘은 특히 심한 것 같아요. 모두가 똑같이 무슨 비밀을 가지고 나를 모욕하고 있어요.」

「그래요?」그가 걱정하며 물었다.

「상관없어요.」그녀가 금속성의 노한 어조로 말을 이었다.

---

85 이 구절은 「마태오의 복음서」 6장 3절 〈자선을 베풀 때에는 오른손이 하는 일을 왼손이 모르게 하여〉를 패러디한 것이다.

「그들이 비밀을 간직하고 있다는 사실, 그것을 내 면전에 드러내지 않으면 말이에요.」

「꼭 여자들이 할 만한 일이군요.」 그가 말했다.

「참 밉살스러운 일이에요. 그들이 비열하게 고소해 하는 것 말이에요.」 그녀가 격렬하게 말했다.

폴은 말이 없었다. 그는 여직공들이 무엇에 대해 고소해 하는지 알고 있었다. 그는 자신이 이와 같은 새로운 알력의 원인이라는 점이 유감스러웠다.

「그들이 이 세상의 비밀을 모두 가진다 해도 상관없어요.」 그녀는 계속하여 말하며 비통하게 곰곰이 생각에 잠겼다. 「그렇지만 그 비밀을 자랑으로 여기고 내가 전보다 더 소외되어 있다고 느끼도록 하지만 않으면 좋겠어요. 그것은⋯⋯ 그것은 거의 참을 수 없어요.」

폴은 잠시 동안 생각했다. 그는 매우 당황했다.

「어떻게 된 일인지 다 이야기해 줄게요.」 그가 창백한 얼굴로 안절부절못하면서 말했다. 「오늘이 내 생일이에요. 그리고 그들이 나에게 좋은 그림물감을 한 벌 사주었어요. 여직공들 모두가 돈을 모아서요. 그들은 당신을 질투하고 있어요⋯⋯.」

그는 그녀가 〈질투〉라는 말에 차갑게 굳어지는 것을 느꼈다.

「⋯⋯단지 내가 이따금 당신에게 책을 가져다주기 때문이에요.」 그가 천천히 덧붙였다. 「그렇지만⋯⋯ 저⋯⋯ 그저 사소한 일일 뿐이에요. 그런 일은 걱정하지 말아요. 그럴 거죠?⋯⋯ 왜냐하면⋯⋯.」 그는 재빨리 웃음으로 얼버무렸다. 「⋯⋯저, 우리가 여기에 지금 함께 있는 것을 보면 뭐라고들 말할까요?⋯⋯ 그들이 승리를 거두었음에도 불구하고 말이에요⋯⋯.」

그녀는 그가 자기들이 지금 친밀하다는 사실을 눈치 없이 언급하는 것 때문에 그에게 화가 났다. 그것은 거의 무례한 행동이라고 할 수 있었다. 그렇지만 그가 너무나 조용했기에 그녀는 그를 용서했는데 그렇게 하기까지 그녀는 많은 노력을 기울여야 했다.

그들의 두 손은 성벽의 울퉁불퉁한 돌난간 위에 놓여 있었다. 그는 어머니로부터 섬세한 손을 물려받아서 손이 작고 활기찼다. 그녀의 손은 커서 커다란 팔다리와 어울렸지만 희고 강력해 보였다. 그 손을 보았을 때 폴은 그녀를 알았다. 〈그녀는 누군가가 손을 잡아 주기를 원하고 있다……. 비록 그녀가 우리를 그렇게 경멸하고 있지만.〉 하고 그는 혼잣말을 했다. 그리고 그녀는 그의 손만을 바라보았는데 그 손은 매우 온화하고 생기가 넘쳤으며 그녀를 위해서 살아 있는 듯이 보였다. 그는 이제 생각에 잠겨 기분이 언짢은 듯 이마를 찌푸리고 들판 너머를 응시하고 있었다. 작고 흥미로운 다양한 형체들은 이미 안중에도 없었다. 남아 있는 것이라고는 슬픔과 비극의 거대하고 어두운 틀뿐이었으며 모든 주택들과 평평한 강과 사람 및 새 등 모두가 똑같이 단지 다른 형체만 취하고 있을 뿐 하나의 틀로 보였다. 그리고 이제 그 형체들이 녹아 없어지고 거대한 덩어리만, 그곳에서 모든 풍경이 만들어지는 투쟁과 고통의 어두운 덩어리만 남는 듯했다. 공장이며 아가씨들이며 어머니며 크게 솟아 있는 교회며 도시의 잡목 숲이며 이 모든 것들이 구석구석 어둡고 침울하고 슬픈 하나의 분위기로 녹아들었다.

「지금 두 시를 알리는 종을 치는 건가요?」 도우즈 부인이 놀라서 물었다.

폴도 깜짝 놀랐고 모든 것들이 갑자기 형체를 갖추었으며 각각의 독자성과 망각과 쾌활함을 되찾았다.

그들은 서둘러 직장으로 돌아왔다.

그가 급히 서둘러 야간 우편물을 준비하며 패니의 작업실에서 올라온 다리미질 냄새가 나는 제품을 검사할 때 야간 우체부가 들어왔다.

「폴 모렐 씨.」 그가 미소 지으며 말하고 폴에게 소포를 전해 주었다. 「여인의 필체인데요! 다른 여직공들이 보지 않도록 하세요.」

우체부 자신도 여직공들에게 인기가 있었으며 여직공들의 폴에 대한 애정 공세를 놀리기를 좋아했다.

그것은 한 권의 시집으로 짤막한 쪽지가 첨부되어 있었다. 「내가 당신에게 이것을 보내도록 허락해 주세요. 그리고 나의 외로움을 달래 주세요. 또한 당신과 공감하며 행운을 빌어요. C. D.」 폴은 얼굴이 화끈 달아올라 뻘게졌다.

「맙소사…… 도우즈 부인이군! 이런 걸 준비할 여유가 없었을 텐데. 아이고…… 누가 이런 일을 생각이나 할 수 있었겠어!」

그는 갑자기 격렬하게 감동했다. 그는 그녀의 따스함으로 충만해졌다. 후끈 달아올라서 그는 마치 그녀가 앞에 있는 듯 그녀를 거의 느낄 수 있었다. 그녀의 두 팔이며 두 어깨며 가슴 등 그 모든 부분을 두 눈으로 보고 두 손으로 만지고 거의 품 안에 안고 있는 듯한 느낌이 들었다.

클라라 쪽에서의 이런 움직임으로 인하여 그들은 보다 가까운 친교를 맺게 되었다. 다른 여직공들도 그 사실을 알아차렸다. 폴이 도우즈 부인을 만날 때에는 그의 두 눈이 크게 떠지고 유달리 밝게 인사를 했기 때문에 그들은 그것이 무엇을 의미하는지 알 수 있었다. 그가 이 사실을 인식하지 못하고 있다는 것을 알고 클라라는 아무 신호도 보내지 않았는데 다만 그가 자기에게 다가오면 가끔 그에게서 얼굴을 옆으로 돌릴 뿐이었다.

그들은 점심시간에 매우 자주 함께 걸어 나가 산책을 했다. 그것은 매우 공개적이고 아주 공공연했다. 모든 사람들이 그가 자신의 감정 상태를 전혀 알지 못하고 있으며 아무 것도 잘못된 것이 없다고 느끼고 있는 듯이 보였다. 이제 그는 그녀에게 예전에 미리엄과 이야기할 때와 같은 열정 비슷한 감정을 지니고 이야기했지만 이야기 자체에는 보다 관심이 적었다. 또한 그는 자기가 내리는 결론에 대해서도 그다지 걱정하지 않았다.

시월의 어느 날 그들은 램블리까지 차를 마시러 나갔다. 그들은 언덕 꼭대기에서 갑자기 멈춰 섰다. 그는 대문 위로 올라가 앉았고 그녀는 울타리 계단에 앉았다. 더할 나위 없이 고요한 오후라서 아지랑이가 희미하게 피어오르고 노란 곡식 다발이 찬란하게 빛나고 있었다. 그들은 조용히 앉아 있었다.

「몇 살 때 결혼했어요?」 그가 조용히 물었다.

「스물둘이요.」

그녀의 목소리는 거의 유순할 정도로 가라앉아 있었다. 그녀는 이제 그에게 이야기하려 하고 있었다.

「팔 년 전이네요?」

「예.」

「그리고 언제 그 사람의 곁을 떠났어요?」

「삼 년 전에요.」

「오 년이나 되었네요!…… 결혼할 때 그 사람을 사랑했어요?」

그녀는 잠시 동안 말이 없었다. 그런 다음에 그녀는 천천히 말했다.

「사랑한다고 생각했어요……. 얼마간은요. 그 점에 관해서는 그다지 많이 생각하지 않았어요. 그리고 그이가 나를 원했어요. 그 당시에 나는 매우 얌전한 체했어요.」

「그러면 별로 생각도 하지 않고 결혼한 셈이네요?」

「그래요! 나는 거의 평생 동안 잠들어 있었던 것 같아요.」

「잠결에 살았다고요?…… 그런데…… 언제 깨어났어요?」

「깨어났는지 아니면 깨어난 적이 있었는지 모르겠어요…….
내가 어린아이일 때부터 지금까지 말이에요.」

「성숙한 여자로 성장하면서 잠이 들었다고요? 참 이상하
네요! 그런데 그 사람이 당신을 깨우지 않았나요?」

「아니요……. 그이는 그곳까지 도달하지 못했어요…….」
그녀가 단조로운 목소리로 대답했다.

갈색 새들이 들장미 열매가 그대로 진홍색으로 드러나 있
는 산울타리 너머로 쏜살같이 날아갔다.

「어디에 도달하지 못했다고요?」 그가 물었다.

「나에게요. 그이는 진정으로 나에게 중요한 적이 결코 없
었어요.」

그날 오후는 매우 온화했고 아련하게 안개가 끼어 있었다.
오두막집들의 빨간 지붕이 푸른 아지랑이 가운데서 붉게 타
오르고 있었다. 그는 이런 날을 좋아했다. 그는 클라라가 하
는 이야기를 느낄 수는 있었지만 이해할 수는 없었다.

「그런데 왜 그 사람 곁을 떠났어요?…… 그 사람이 당신을
무시무시하게 대했나요?」

그녀는 가볍게 몸서리쳤다.

「그이는…… 그이는 말하자면 나의 품위를 떨어뜨렸어요.
그이는 나를 괴롭히고 싶어 했어요. 나를 차지하지 못했기
때문에요. 그리고 나는 달아나고 싶다는 느낌이 들었어요.
마치 내가 묶이고 속박당한 것 같아서요. 또한 그이는 상스
러워 보였어요.」

「알겠어요.」

그는 전혀 알지 못했다.

「그런데 그 사람이 항상 상스러웠나요?」

「약간은요.」그녀가 느릿느릿 대답했다. 「그리고 그때 그이는 정말 나에게 도달할 수 없는 듯이 보였어요. 그러면 그이는 사나워졌고요……. 그이는 정말 난폭했어요!」

「그러면 왜 결국 그 사람 곁을 떠났어요?」

「왜냐하면…… 왜냐하면 그이가 나에게 성실하지 못했기 때문이에요…….」

두 사람 모두 한동안 말이 없었다. 그녀는 한 손으로 대문 기둥을 잡고 몸의 균형을 유지하고 있었다. 그는 자기 손을 그녀의 손 위에 포갰다. 그의 심장이 심하게 고동쳤다.

「그렇지만 당신은…… 한 번이라도…… 한 번이라도 그 사람에게 기회를 주었나요?」

「기회라니요?…… 어떻게요?」

「당신 곁으로 가까이 오도록 말이에요.」

「나는 그이와 결혼했어요……. 그리고 기꺼이…….」

두 사람 모두 각기 자기 목소리가 흔들리지 않게 하려고 애썼다.

「그 사람이 당신을 사랑했다고 믿어요.」그가 말했다.

「그렇게 보이죠.」그녀가 대답했다.

그는 자기 손을 빼내고 싶었지만 그렇게 할 수 없었다. 그녀는 자기 손을 빼내어 그를 구해주었다. 잠시 침묵이 흐른 후 그가 다시 말하기 시작했다.

「그 사람 곁을 떠난 이후 지금까지 그 사람을 생각하지 않았나요?」

「그이가 내 곁을 떠난 거예요.」그녀가 말했다.

「그러면 그 사람이 자신을 전적으로 당신에게 바칠 수 없었다는 거네요?」

「그이가 나를 괴롭혀서 그렇게 하려고 애썼지요.」

그렇지만 이러한 대화를 통하여 그들은 마음속 깊은 곳으로부터 서로를 이해하게 되었다. 갑자기 폴이 뛰어내렸다.

「자, 차나 좀 마시러 갑시다.」그가 말했다.

그들은 작은 찻집을 발견하고 들어가 싸늘한 방에 앉았다. 그녀가 그에게 차를 따라 주었다. 그녀는 매우 조용했다. 그는 그녀가 다시 자기에게서 물러나 있다고 느꼈다. 차를 마신 후 그녀는 곰곰이 생각하며 자신의 찻잔을 물끄러미 응시하면서 줄곧 자기 결혼반지를 빙빙 돌렸다. 넋을 잃고 있다가 그녀는 손가락에서 반지를 빼어 탁자 위에 세워 놓고 돌렸다. 황금 반지가 거의 투명해져 반짝이는 공이 되었다. 반지가 넘어져 탁자 위에서 바르르 떨고 있었다. 그녀는 그것을 계속하여 돌리고 또 돌렸다. 폴은 매혹되어 지켜보았다.

그렇지만 그녀는 결혼한 여자였고 그는 단순한 우정을 믿었다. 그리고 그는 자신이 그녀에 관해서는 완전히 명예를 지키고 있다고 생각했다. 그들 사이의 관계는 오직 남자와 여자 사이의 우정일 뿐이어서 교양 있는 사람이라면 누구라도 가질 수 있는 그런 것이었다.

그는 자기 또래의 수많은 젊은이들과 마찬가지였다. 섹스는 그에게 너무 복잡한 문제여서 클라라나 미리엄이나 아니면 자신이 알고 있는 어떤 여자를 원할 수 있다는 사실을 부인하려 했다. 성욕은 일종의 초연한 것으로 여자에게 속한 것이 아니었다. 그는 미리엄을 영혼으로 사랑했다. 그는 클라라를 생각하면 몸이 뜨거워졌고 그녀와 싸웠으며 그녀의 가슴과 어깨 곡선이 마치 자기 내부에서 만들어진 듯이 그것들을 잘 알고 있었다. 그렇지만 그는 그녀에게 적극적으로 욕정을 품지는 않았다. 그는 그것을 영원히 부정했을 것이다. 그는 자신이 진정으로 미리엄에게 매여 있다고 믿었다. 혹시 그가 결혼한다면 그것은 먼 미래의 언젠가가 되겠지만, 미리엄과 결혼하는 것이 자신의 의무라고 생각했다. 그는 그러한 생각을 이해해 달라고 클라라에게 말했고 그녀는 아무 말도 하지 않고 그가 자신의 길을 가도록 내버려 두었다. 그는 여건이 허락할 때면 언제나 도우즈 부인, 바로 그녀에게로 왔다. 그러는 동안 그는 미리엄에게 자주 편지를 쓰고 이따금 그 아가씨를 방문했다. 그렇게 그는 겨울을 지냈다. 그렇지만 그는 그다지 초조해 하지는 않는 듯이 보였다. 어머니는 그에 대하여 전보다 더욱 안심했다. 그녀는 그가 미리엄에게서 벗어나고 있다고 생각했다.

미리엄은 이제 클라라가 폴을 매혹하는 힘이 얼마나 강한지를 알았다. 그렇지만 그녀는 여전히 그의 내면에 있는 가장 선한 부분이 승리를 거두리라고 확신하고 있었다. 도우즈 부인에 대한 그의 감정은 ─ 더욱이 그녀는 결혼한 여자였으므로 ─ 천박하고 일시적인 것이라고 생각했다. 자기에 대한 그의 사랑과 비교해 볼 때 그런 생각이 들었다. 그는 자기에게 돌아오리라고 그녀는 확신했다. 어쩌면 젊음의 신선함이 일부 사라지겠지만 자기 이외의 다른 여자들이 줄 수 있는 보다 더 저급한 것들에 대한 욕망에서는 벗어나리라고 믿었다. 그녀는 그가 마음속으로 자기에게 충실하기만 하다면, 그리고 반드시 자기에게로 돌아와 주기만 한다면 모든 것을 참고 견딜 수 있었다.

그는 자신의 입장에서 비정상적인 것은 아무것도 발견할 수 없었다. 미리엄은 그의 옛 친구이며 연인이고 베스트우드와 그곳의 가정과 그의 젊은 시절에 속했다. 클라라는 새로 사귄 친구이며 노팅엄과 삶과 세상에 속했다. 그것은 그에게 아주 명확해 보였다.

도우즈 부인과 그는 여러 번의 냉각기를 가졌고 그럴 때에는 서로 거의 만나지 않았다. 그렇지만 그들은 언제나 다시 만났다.

「백스터 도우즈에게 무시무시한 짓을 했어요?」 그가 그녀에게 물었다. 그것이 바로 그를 괴롭히는 문제인 듯 보였다.

「어떤 식으로 말이에요?」

「아, 모르겠어요. 그렇지만 그 사람에게 무시무시한 짓을 하지 않았어요? 그 사람을 박살 낼 어떤 짓을 하지 않았어요?」

「도대체 어떤 짓 말이에요?」

「나는 모른다고 했잖아요.」

「그러면 왜 없는 일을 만들어 내요!」

「왜냐하면 당신이 그 사람에게 어떤 짓을 했다고 — 말하자면 그 사람을 부숴 버렸다고 — 그 사람의 남성다움을 부숴 버렸다고 느끼기 때문이에요. 무슨 짓을 했어요?」

「혹시 내가 그이의 남성다움을 부숴 버렸다면, 그것은 매우 쉽게 부서지는 것이 틀림없었겠네요.」

「당신 자신을 부숴 버리기보다는 쉬운 일이었겠지요, 아마도……. 그렇지만 당신이 그보다 더 우월하잖아요. 난 그걸 알아요. 당신은 또 나보다 더 우월해요. 그렇지만 나는 신경 쓰지 않아요.」

「언제 내가 당신보다 더 우월한가요?」

「예를 들면 지금요. 그렇지만 상관없어요. 그 사람이 당신에게 손해를 입힌 것만큼, 아니 그보다 더 많이 당신이 그 사람에게 손해를 입혔다고 믿어요. 말하자면 그 사람이 딛고 있는 기반을 잘라 버리고 부끄럽게 느끼도록 해서 말이에요.」

「그이가 부끄러워하는 것처럼 보인다고요? 정말 그래요?」 그녀가 비웃듯이 말했다.*

「그 사람이 마치 자기 자신은 아무것도 아닌 듯이 느끼도록 하는 거죠……. 나는 알아요.」 폴이 단언했다.

* 586면 7~24행.

「여보시오, 친구 양반, 당신은 너무 똑똑하군요.」 그녀가 쌀쌀하게 말했다.

그들의 대화는 여기에서 끝났다. 그렇지만 이 대화로 인하여 그녀는 그에게 한동안 냉담했다.

그녀는 이제 미리엄을 거의 만나지 않았다. 두 여자 사이의 우정이 끝나지는 않았지만 상당히 약해졌다.

「일요일 오후에 음악회에 올래요?」 크리스마스 직후 클라라가 그에게 물었다.

「윌리 농장에 올라가겠다고 약속했어요.」 그가 대답했다.

「아, 아주 잘되었네요.」

「신경 쓰지 않죠? 그렇죠?」 그가 물었다.

「내가 왜 신경 써요?」 그녀가 대답했다.

그 말은 그를 거의 화나게 했다.

「저 말이지요.」 그가 말했다. 「미리엄과 나는 내가 열여섯 살 때부터 쭉 서로 아주 친하게 지내 왔어요……. 이제 칠 년이 되었네요.」

「긴 세월이네요.」 클라라가 대답했다.

「그래요, 그렇지만 어쩐지 그녀는…… 잘되어 가지 않아요…….」

「어떻게요?」 클라라가 물었다.

「그녀는 나를 계속해서 끌어당기고 또 끌어당기고 하는 것처럼 보이고 내 머리카락 한 올도 자유롭게 떨어져 나가도록 내버려 두려고 하지 않아요……. 그녀는 그것도 간직하려고 해요.」

「그렇지만 당신도 간직되는 것을 좋아하잖아요.」

「아니에요.」 그가 말했다. 「나는 좋아하지 않아요. 정상적으로 주고받는 관계를 원해요……. 당신과 나처럼요. 나는 여자가 나를 간직하기를 원하지만 호주머니 속에 집어넣기를

587

원하지는 않아요.」

「그렇지만 당신이 그녀를 사랑한다면 그런 관계는 정상적일 수가 없어요. 당신과 나처럼 말이에요.」

「그래요…… 그러면 그녀를 더 사랑해야겠군요. 그녀는 말하자면 나를 너무 많이 원하는데 나는 나 자신을 줄 수 없어요.」

「당신을 어떻게 원해요?」

「내 몸에서 영혼을 끌어내기를 원하죠. 나는 그녀에게서 뒤로 움츠러들지 않을 수 없어요.」

「그럼에도 불구하고 그녀를 사랑해요?」

「아니요. 그녀를 사랑하지 않아요. 그녀에게 심지어는 키스조차도 해본 적이 없어요.」

「왜 안 했어요?」 클라라가 물었다.

「몰라요.」

「두려워하는가 보군요.」 그녀가 말했다.

「두려워하지 않아요. 내면에 있는 무엇인가가 나를 그녀에게서 지독하게 뒷걸음질 치도록 해요……. 그녀는 너무 훌륭한데 나는 그렇지 않거든요.」

「그녀가 어떤 사람인지 어떻게 알아요?」

「나는 알아요! 그녀가 일종의 영적 결합을 원한다는 사실을 나는 알아요.」

「그런데 그녀가 원하는 것을 당신이 어떻게 아느냐고요?」

「그녀와 칠 년이나 알고 지냈으니까요.」

「그런데도 그녀에 대해서 가장 기본적인 것을 발견하지 못했군요.」

「그것이 무엇인데요?」

「그녀는 당신과의 영적 교섭 같은 것을 전혀 원하지 않는다는 사실 말이에요. 그것은 당신의 상상일 뿐이에요. 그녀는 당신 자신을 원해요.」

　그는 이 말을 곰곰이 생각했다. 어쩌면 그가 틀렸을지도 모른다.

　「그렇지만 그녀는…….」 그가 말을 꺼냈다.

　「당신은 시도해 본 적도 없어요.」 그녀가 대답했다.

제11장
미리엄에게 닥친 시련

   봄이 되면서 예전의 광기와 싸움이 다시 찾아왔다. 이제 폴은 자신이 미리엄에게 가야만 하리라는 것을 알고 있었다. 그렇지만 무엇이 그로 하여금 망설이게 하는 것일까? 그것은 바로 그녀와 자기 내면에 있는 일종의 지나치게 강한 처녀성일 뿐이고 그것을 두 사람 중 어느 누구도 깨뜨릴 수 없다고 그는 혼자 생각했다. 그렇지만 그의 가정 환경 때문에 결혼하기는 어려웠고 더욱이 그는 결혼을 원하지 않았다. 결혼은 생활하기 위한 것이었다. 두 사람이 가까운 친구가 되었다고 해서 그와 그녀가 불가피하게 남편과 아내가 되어야만 하는 이유를 그는 알 수 없었다. 그는 자신이 미리엄과 결혼하기를 원한다고 생각하지 않았다. 그는 자신이 그렇게 느끼기를 바랐다. 그는 자신이 그녀와 결혼하고 그녀를 소유하고 싶은 즐거운 욕망을 느꼈다면 자기 목숨이라도 바쳤을 것이다. 그렇다면 왜 그는 그것을 실행할 수 없었을까? 거기에는 어떤 장애물이 있었다. 그런데 그 장애물이란 무엇인가? 그것은 육체적인 구속에 있었다. 그는 육체적인 접촉에서 뒷걸음질 쳤다. 어째서일까? 그녀와 함께 있으면 그는 자신이 구속되어 있다고 마음속으로 느꼈다. 그는 그 구속으로부터 벗어나 그녀에게로 갈 수 없었다. 무엇인가가 그의 내면에서 싸우고 있었지만 그는 그녀에게 도달할 수 없었다. 왜 그런가? 그녀는 그를 사랑했다. 클라라는 미리엄이 그를 원하기까지 한다고 말했다. 그런데 왜 그는 그녀에게로 갈 수 없으며 그녀를 사랑하고 키스할 수 없었다는 말인가? 산책할 때 그녀가 머뭇거리며 그의 팔을 잡을 때 왜 그는 갑자기 야수처럼 폭발할 것같이 느끼면서도 꽁무니를 뺐을까? 그는 그녀에게 의지하고 있었다. 그는 그녀의 것이 되고 싶었다. 어쩌면 그녀에게서 꽁무니를 빼고 뒷걸음질 치는 것은 연애 초기의 격렬한 수줍음 때문이리라. 그녀가 싫은 것은 전혀 아니었다. 아니, 오히려 정반대였다. 강렬한 욕망이 더욱더 강렬한 수줍음과 순결함에 대항하여 싸움을 벌이고 있었다. 마치 순결함이 적극적인 힘이고 그것이 두 사람의 내면에서 욕정과 싸우고 승리를 거두는 것처럼 보였다. 그리고 그녀와 함께 있으면 그는 욕정을 극복하기가 너무 힘들다고 느꼈다. 그럼에도 불구하고 그는 그녀에게 가장 가까이 있었으며, 오직 그녀와 함께 있어야만 그는 신중하게 그 난관을 헤치고 나아갈 수 있었다. 그리고 그는 그녀에게 의지하고 있었다…… 그렇다면 혹시 그들이 모든 일들을 바르게 해결할 수 있다면 결혼할 수도 있을 것이다. 그렇지만 그는 자신이 결혼의 기쁨을 강하게 느낄 수 없다면 결혼하지 않을 것이다…… 결코 하지 않을 것이다. 그가 그녀와 결혼한다면 어머니를 마주 볼 수 없으리라. 자신이 원하지 않는 결혼을 하여 자기를 희생하는 것은 품위를 떨어뜨리는 일이고 자신의 삶을 모두 망쳐 버리는 일이고 무가치하게 만드는 일인 듯이 여겨졌다. 그는 자신이 할 수 있는 모든 일을 시도해 볼 작정이었다.

　그는 미리엄에게 대단한 애정을 갖고 있었다. 그녀는 언제나 슬펐고 자신의 종교를 꿈꾸고 있었다. 그리고 그는 그녀에게 거의 종교나 마찬가지였다. 그는 그녀를 차마 실망시킬 수 없었다. 만일 그들이 노력한다면 모든 일이 제대로 될 것이다.

그는 주위를 둘러보았다. 그가 알고 있는 상당히 많은 훌륭한 남자들이 자기처럼 그들 자신의 순결함에 얽매여 있었고 그것을 뚫고 나오지 못하고 있었다. 그들도 자신이 사랑하는 여자에게 매우 신경을 쓰고 있어서 차라리 영원히 사랑하는 여자 없이 살아가기를 선택할지언정 사랑하는 여자에게 상처를 주거나 부당한 행위를 하지 않으려 하고 있었다. 자기들 어머니의 남편이 그녀의 여성적인 신성함을 상당히 난폭하게 짓밟았기 때문에 그러한 어머니의 아들로 태어난 그들 자신도 또한 소심하고 수줍음을 많이 탔다. 그들은 보다 마음 편히 자신을 부정할지언정 여자들로부터 어떤 비난도 받지 않으려 했다. 여자는 자기들의 어머니와 마찬가지였으며 그들은 어머니에 대한 생각으로 마음이 가득 차 있었기 때문이었다. 그들은 차라리 독신 생활의 괴로움을 스스로 감수하는 편을 선택할지언정 다른 사람을 위태롭게 하려 하지 않았다.

그와 미리엄 사이에 오간 모든 이야기와 모든 추상적인 개념 및 모든 영리함 그리고 깨달음, 그것들이 모두 그녀에게 해주었어야 하는 키스, 의식의 용어로 번역된 키스가 아니라면 무엇이란 말인가? 그가 그녀를 두 팔로 감싸 안아야 하는 따뜻함이 사고와 철학으로 변형된 것이 아니라면 무엇이란 말인가? 그리고 무엇이 사고이고 무엇이 깨달음이란 말인가?…… 이러한 생각은 단지 그를 쇠약해지게 했을 뿐이다. 그것은 삶도 결실도 아니었다. 그것은 죽음의 한 형태였고 살아가고 싶은 충동이 비현실적인 관념으로 변형된 것이었다. 그는 이제 이러한 생각을 중단할 것이다. 그와 미리엄, 그들은 이러한 비현실적인 관념화를 중단할 것이다.*

폴은 미리엄에게로 돌아갔다. 그가 그녀를 쳐다보았을 때 그녀의 내면에 있는 무엇인가가 그로 하여금 거의 눈물이 날 지경으로 만들었다. 어느 날인가 그가 그녀 뒤에 서 있을 때 그녀가 노래를 불렀다. 애니가 노래에 맞춰 피아노를 쳐주고 있었다. 미리엄이 노래를 부를 때 그녀의 입은 절망적으로 보였다. 그녀는 천국을 우러러보는 수녀처럼 노래를 불렀다. 보티첼리가 그린 마돈나 옆에서 노래하는 수녀의 입과 두 눈을 연상할 정도로 그녀의 모습은 그에게 그토록 영적이었다. 또다시 강철처럼 뜨거운 고통이 그의 마음속에 휘몰아쳤다. 왜 그는 그녀에게 영적인 것 이외의 다른 것을 요구해야만 하는가? 왜 그의 격정이 그녀와 싸움을 벌여야 하는가? 그가 언제나 그녀에게 점잖고 상냥할 수만 있다면, 그녀와 더불어 몽상과 종교적인 꿈의 분위기를 호흡할 수만 있다면 그는 자기 오른 손이라도 기꺼이 잘라 주리라. 그녀에게 상처를 주는 것은 옳은 일이 아니었다. 그녀에게는 영원한 순결함이 있는 것 같았다. 그리고 그녀의 어머니를 생각하자 그는 커다란 갈색 두 눈이 떠올랐는데 그 눈은 숫처녀의 순결함을 상실하고 거의 겁에 질려 충격을 받은, 자식을 일곱 명이나 낳았음에도 불구하고 그 순결함을 완전히 상실하지는 않은 처녀의 눈이었다. 자식들은 거의 그녀의 의도와는 상관없이 태어났고 그녀가 낳은 것이 아니라 그녀에게 주어졌을 뿐이다. 그래서 그녀는 자식들을 결코 소유한 적이 없었기에 그들이 떠나가도록 결코 내버려 둘 수 없었다.

모렐 부인은 아들이 또다시 미리엄에게 자주 가는 것을 보고 깜짝 놀랐다. 그는 어머니에게 아무 말도 하지 않았다. 자

* 592면 19행~593면 1행.

신을 설명하지도 변명하지도 않았다. 혹시 그가 집에 늦게 들어와서 그녀가 꾸짖으면 그는 일굴을 찌푸리고 그녀에세로 돌아서며 거만한 태도를 취했다.

「내가 집에 오고 싶을 때 올 거예요.」 그가 말했다. 「나도 이제 나이를 충분히 먹었어요.」

「그 계집애가 너를 이 시간까지 붙잡아 두어야 하니?」

「머무른 것은 바로 나예요.」 그가 대답했다.

「그래 그 계집애가 그렇게 시키더냐……. 아무튼 잘하는 짓이다.」 그녀가 말했다.

그리하여 그녀는 잠자리에 들면서도 문을 잠그지 않고 그냥 두어 그가 들어올 수 있도록 해주었다. 그렇지만 그녀는 누워서도 그가 올 때까지, 종종 그가 온 후에도 오랫동안 귀를 기울이고 있었다. 그가 미리엄에게 다시 돌아간 것은 그녀에게 대단히 가슴 아픈 일이었다. 그렇지만 그녀는 더 이상 간섭해 보았자 소용없는 일이라는 사실을 깨달았다. 그는 이제 윌리 농장에 성인 남자로 가는 것이지 청년으로 가는 것이 아니었다. 그녀는 그에게 아무 권리도 없었다. 그와 그녀 사이에는 냉기가 감돌았다. 그는 그녀에게 거의 아무 이야기도 하지 않았다. 버림받았지만 그녀는 그의 시중을 들고 여전히 그를 위해 음식을 만들고 기꺼이 노예처럼 일했다. 그렇지만 그녀의 얼굴은 또다시 가면처럼 무표정해졌다. 이제 그녀가 할 일이라고는 집안일밖에 없었다. 언제나 그는 미리엄에게 가버리고 집에 없었기 때문이다. 그녀는 그를 용서할 수 없었다. 미리엄은 그의 내면에 있는 기쁨과 따뜻함을 모두 죽여 버렸다. 예전에 그는 그리도 기쁨이 넘치는 젊은이였고 따뜻한 애정이 충만했었다. 이제 그는 더욱 냉정해지고 더욱더 화를 잘 내고 우울해졌다. 그런 모습을 보면서 그녀는 그의 형 윌리엄을 떠올렸다. 그렇지만 폴이 더욱더 나빴다. 그는 모든 일을 더욱 격렬하게 처리했으며 자신이 하는 일을 더욱 분명하게 깨닫고 있었다. 어머니는 그가 여자가 필요해서 얼마나 고통을 겪고 있는지를 알고 있었으며 미리엄에게로 가는 것도 알고 있었다. 일단 그가 결심을 하면 이 세상 그 무엇도 그의 마음을 바꿀 수 없었다. 모렐 부인은 지쳤다. 그녀는 마침내 포기하기 시작했다. 그녀는 이미 끝난 것이다. 그녀는 방해가 될 뿐이었다.

그는 결연하게 나아갔다. 그는 어머니가 느끼고 있는 바를 다소간 알고 있었다. 그렇지만 그것은 그의 영혼을 단련시킬 뿐이었다. 그는 그녀에게 무관심하게 되었다. 이는 자신의 건강에 대하여 무관심해지는 것과 마찬가지였다. 그는 자기도 모르는 사이에 빠르게 건강을 해쳤다. 그러나 그는 계속 고집을 부렸다.

어느 날 저녁 그는 윌리 농장의 흔들의자에 깊숙이 앉아 있었다. 그는 몇 주 동안 미리엄에게 이야기해 오고 있었지만 요점에 이르지 못하고 있었다. 이날 저녁 그가 갑자기 말했다.

「나는 이제 스물네 살이 다 되었어.」

그녀는 곰곰이 생각하고 있었다. 그녀는 갑자기 놀라서 고개를 들고 그를 쳐다보았다.

「그래요!…… 그런데 왜 그런 말을 해요?」

긴장된 분위기 속에는 그녀가 두려워하는 무엇인가가 있었다.

「토머스 모어 경이 말하기를 스물네 살이면 결혼할 수 있다고 했어.」[86]

---

86 폴은 여기에서 토머스 모어 경 Sir Thomas More(1478~1535)이 쓴 『유토피아 *Utopia*』(1516)에 나오는 구절(여자는 열여덟 살이 될 때까지 결혼하지 않는다. 남자는 그보다 네 살을 더 먹어야 결혼한다)을 잘못 기억하고 있다.

그녀는 기묘하게 웃으며 말했다.

「결혼하려면 도머스 모이 경의 히락이 필요한기요?」

「아니……. 그렇지만 그때쯤 되면 결혼해야 해.」

「그렇군요!」 그녀가 생각에 잠겨 대답하고 나서 기다렸다.

「너와 결혼할 수 없어.」 그가 천천히 계속하여 말했다. 「지금은 못 해, 왜냐하면 돈이 없으니까……. 그리고 집안 식구들이 나에게 의존하고 있으니까 말이야.」

그녀는 그가 무슨 말을 더 할까 어렴풋이 짐작하며 앉아 있었다.

「그렇지만 지금 결혼하고 싶어…….」

「결혼하고 싶다고요?」 그녀가 되풀이해서 말했다.

「여자와 말이야……. 내 말이 무슨 뜻인지 알지?」

그녀는 잠자코 있었다.

「이제는 결혼을 해야겠어.」 그가 말했다.

「네.」 그녀가 대답했다.

「그런데 나를 사랑해?」

그녀는 쓸쓸하게 웃었다.

「왜 그것을 부끄러워하지?」 그가 대답했다. 「너는 네 하느님 앞에서는 부끄러워하지 않으면서 왜 사람들 앞에서는 부끄러워해?」

「아니에요.」 그녀가 진심으로 말했다. 「부끄러워하지 않아요.」

「너는 그래!」 그가 쓸쓸하게 말했다. 「그리고 그것은 내 잘못이야. 그렇지만 내가 어쩔 수 없다는 것을 알잖아?…… 나는 현재 있는 모습 그대로야……. 그렇지 않아?」

「어쩔 수 없다는 것을 알아요.」 그녀가 대답했다.

「너를 무지무지 사랑해……. 그런데 무엇인가가 부족해.」

「어디에요?」 그녀가 대답하며 그를 쳐다보았다.

「아, 내 마음속에 말이야! 부끄러워해야 하는 쪽은 바로 나 야……. 정신적인 불구자처럼 말이야. 그래 나는 부끄러워. 비참한 일이지. 왜 그럴까?」

「모르겠어요.」 미리엄이 대답했다.

「나도 모르겠어.」 그가 되풀이해서 말했다. 「우리가 너무 지독했다고 생각하지 않아? 글쎄 뭐랄까 소위 순결에 대해서 말이야. 이 문제에 대하여 너무 지나치게 두려워하고 혐오하 는 것이 좀 추악하다고 생각하지 않아?」

그녀는 깜짝 놀라 검은 두 눈을 크게 뜨고 그를 쳐다보았다.

「너는 그런 종류의 문제는 어떤 것에서도 뒷걸음질 쳤어, 그리고 나도 너에게서 신호를 받아 꽁무니를 뺐고……. 아니 어쩌면 더 심했어…….」

방 안에는 한동안 침묵이 감돌았다.

「그래요.」 그녀가 말했다. 「사실이에요.」

「우리는 말이야.」 그가 말했다. 「요즈음 몇 년 동안 친하게 지내 왔어. 나는 네 앞에 내 모든 것을 다 드러냈다고 느껴. 이해하겠어?」

「그렇게 생각해요.」 그녀가 대답했다.

「그리고 나를 사랑하지?」

그녀는 웃었다.

「언짢게 생각하지 마.」 그가 간청하듯이 말했다.

그녀는 그를 쳐다보며 미안한 생각이 들었다. 그의 두 눈 은 격심한 고통으로 인하여 어두웠다. 이러한 빗나간 사랑을 한다는 것은 결코 제대로 된 배우자가 될 수 없는 그녀 자신 보다 그에게 더욱 나쁜 일이었다. 그는 안절부절못한 채 끊 임없이 앞으로 나아가면서 출구를 찾으려고 애쓰고 있었다. 그는 자기가 원하는 대로 할 것이고 자기가 원하는 것을 그 녀에게서 가져갈 것이다.

「아니에요.」 그녀가 부드럽게 말했다. 「언짢게 생각하지 않아요.」

그녀는 자신이 그를 위해서라면 어떤 일이라도 견딜 수 있다고 느꼈고 그를 위해서 기꺼이 고통을 감수하리라고 생각했다. 그녀는 한 손을 그의 무릎에 올려놓았고 그는 의자에 앉은 채 몸을 앞으로 기울였다. 그는 그 손을 잡고 거기에 키스했다. 그렇지만 이러한 행동은 그의 마음을 아프게 했다. 그는 자신을 스스로 옆으로 밀어 놓는 듯한 기분을 느꼈다. 그는 그곳에 앉아서 그녀의 순결함에 희생의 제물이 되었고 그러한 일은 더욱 무가치한 짓처럼 느껴졌다. 그가 그녀의 손에 열정적으로 키스를 하면 그녀는 멀리 떠나 버리고 고통 밖에 남지 않을 터인데 어떻게 키스를 할 수 있겠는가? 그렇지만 그는 천천히 그녀를 자기에게로 끌어당겨 키스를 했다.

그들은 서로를 너무나 잘 알고 있어서 어떤 것도 가장할 수 없었다. 그녀는 그에게 키스하면서 그의 두 눈을 지켜보았다. 두 눈은 방 건너편을 노려보고 있었는데 독특한 검은 불꽃을 담고 있어서 그녀를 매혹시켰다. 그는 꼼짝도 하지 않고 가만히 있었다. 그녀는 그의 심장이 그의 가슴속에서 두근거리는 것을 느낄 수 있었다.

「무슨 생각을 하고 있어요?」 그녀가 물었다.

그의 두 눈 속 불꽃이 격렬하게 떨리더니 희미해졌다.

「너를 사랑한다고 그동안 내내 생각하고 있었어. 내가 고집스러웠어.」

그녀는 그의 가슴에 머리를 묻었다.

「그래요?」 그녀가 대답했다.

「그것뿐이야.」 그의 목소리는 확신에 차 있는 듯했으며 그의 입은 그녀의 목에 키스하고 있었다.

그러자 그녀는 머리를 들고 사랑이 가득한 시선으로 그의 두 눈을 들여다보았다. 눈 속의 불꽃이 몸부림치며 그녀에게서 달아나려고 애쓰는 것 같더니 그만 꺼져 버렸다. 그는 머리를 재빨리 옆으로 돌렸다. 고뇌에 찬 순간이었다.

「키스해 줘요.」 그녀가 속삭였다.

그는 두 눈을 감고 그녀에게 키스했고 두 팔로 그녀를 더욱더 가까이 감싸 안았다.

그녀가 그와 함께 들판을 가로질러 집으로 올 때 그가 말했다.

「내가 너에게 돌아와서 기뻐. 너와 함께 있으면 아주 순수한 기분이 들어……. 마치 숨길 것이 아무것도 없는 듯이 말이야. 우리가 행복해질까?」

「그럼요.」 낮은 목소리로 말하는 그녀의 두 눈에 눈물이 고였다.

「우리 영혼에 있는 어떤 고집스러운 것이 말이야.」 그가 말했다. 「우리가 진정으로 원하는 것을 원하지 못하게 하고 그것으로부터 도망치도록 한단 말이야. 그것에 대항해서 싸워야 해.」

「그래요.」 그녀가 말하며 어리벙벙한 기분을 느꼈다.

그녀가 어둠 속에 가지를 축 늘어뜨리고 있는 길가의 산사나무 아래에 멈추어 섰을 때 그는 그녀에게 키스를 했고 손가락으로 그녀의 얼굴을 만지작거렸다. 그녀를 볼 수는 없고 오직 느낄 수밖에 없는 어둠 속에서 열정이 그의 온몸을 가득 채웠다. 그는 그녀를 아주 꽉 껴안았다.

「언젠가는 허락해 줄 거지?」 그가 낮은 소리로 말하며 얼굴을 그녀의 어깨에 묻었다. 이는 너무도 힘들게 꺼낸 말이었다.

「지금은 안 돼요.」 그녀가 말했다.

그의 희망과 열정이 가라앉았다. 쓸쓸함이 그를 휩쓸었다.

「안 된다는 말이지.」 그가 말했다.

그녀를 꼭 껴안은 팔이 느슨해졌다.

「당신 팔이 거기에 있는 것을 느끼는 것이 좋아요!」 그녀가 말하며 그의 팔을 자기 등에 대고 꼭 눌렀는데 그곳은 등과 허리가 만나는 곳이었다. 「그렇게 하면 편해요.」

그는 그녀의 작은 등을 꼭 안고 있는 팔에 힘을 주어 그녀를 편하게 해주었다.

「우리는 서로에게 속해 있어.」 그가 말했다.

「그래요.」

「그런데 왜 우리는 완전히 서로의 것이 되면 안 되지?」

「그렇지만…….」 그녀는 말을 더듬었다.

「내 요구가 많다는 것은 나도 알아.」 그가 말했다. 「그렇지만 네게 정말 위험이 많은 것은 아냐……. 그레첸의 방식 같은 위험[87] 말이야. 그 점에 있어서는 믿을 수 있지?」

「그럼요, 당신을 믿을 수 있어요!」 그녀의 대답은 빠르고 강했다. 「그것이 아니에요……. 그것은 전혀 아니에요……. 그렇지만…….」

「그러면 뭐야?」

그녀는 그의 목에 얼굴을 묻고 작게 괴로운 울음소리를 냈다.

「모르겠어요.」 그녀가 울부짖었다.

그녀는 약간 병적으로 흥분한 듯했고 일종의 두려움에 사로잡힌 것 같았다. 그의 열정이 내면에서 사라졌다.

「그것이 추하다고 생각하는 것은 아니지?」

「아니에요……. 지금은 안 돼요. 그렇지 않다고 당신이 가

---

87 임신의 위험을 뜻한다. 요한 볼프강 폰 괴테Johann Wolfgang Von Goethe(1749~1832)가 쓴 『파우스트*Faust*』(1808)에서 그레첸은 파우스트의 유혹에 넘어가 임신한다.

르쳐 주었잖아요?」

「그럼 두려워?」

미리엄은 서둘러 마음을 진정시켰다.

「예, 두려울 뿐이에요.」 그녀가 말했다.

그는 그녀에게 다정하게 키스했다.

「걱정하지 마.」 그가 말했다. 「네 마음대로 해.」

갑자기 그녀는 두 팔로 그를 감싸 안고 자기 몸에 뻣뻣하게 힘을 주었다.

「나를 가져도 좋아요.」 그녀가 이를 악물고 말했다.

그의 열정이 불같이 다시 피어올랐다. 그는 그녀를 꼭 껴안고 그녀의 목을 더듬으며 키스했다. 그녀는 그것을 참을 수 없었다. 그녀는 몸을 빼내었다. 그는 그녀를 풀어 주었다.

「늦지 않겠어요?」 그녀가 상냥하게 물었다.

그는 그녀가 하는 말을 거의 알아듣지 못하고 한숨을 내쉬었다. 그녀는 그가 가기를 바라며 기다렸다. 마침내 그가 그녀에게 재빠르게 키스하고 울타리를 올라갔다. 뒤를 돌아보니 가지가 늘어진 나무 아래 어둠에 잠겨 있는 그녀의 얼굴이 희미한 얼룩처럼 보였다. 이 희미한 얼룩 이외에 그녀의 존재는 더 이상 없는 것 같았다.

「잘 가요!」 그녀가 부드럽게 말했다. 그녀의 육체는 사라져 버렸고 오직 목소리와 흐릿한 얼굴만 남아 있었다. 그는 돌아서서 길을 달려 내려가며 두 주먹을 불끈 쥐었다. 그리고 호수 위쪽에 있는 담까지 다다르자 거의 아연실색하여 거기에 기대어 서서 시커먼 호수를 바라보았다.

미리엄은 풀밭을 건너 집으로 서둘러 갔다. 그녀는 다른 사람들이 무어라고 말하더라도 두려워하지 않았다. 그렇지만 그와의 이 문제만은 무서워했다. 그래, 만일 그가 고집을 부렸다면 그녀는 그가 자기를 갖도록 내버려 두었을 것이다.

그러고 나서 나중에 생각해 보자 그녀는 마음이 내려앉았다. 그는 실망할 것이고 아무런 만족도 느끼지 못할 것이고 그러고 나면 그는 가버릴 것이다. 그렇지만 그는 너무도 고집스러웠다. 그리고 그녀에게는 그토록 중요해 보이지 않는 이 문제 때문에 그들의 사랑은 깨어질 것이다. 결국 그도 다른 남자들과 마찬가지로 자기의 만족만을 추구할 뿐이었다. 아, 그렇지만 그에게는 그 이상의 무엇이, 더 깊은 무엇이 있었다! 그의 모든 욕망에도 불구하고 그녀는 그것을 믿을 수 있었다. 소유한다는 것은 삶에서 중요한 순간이라고 그는 말했다. 모든 강력한 감정이 그곳에 집중되어 있다. 어쩌면 그럴지도 모른다. 그것에는 신성한 무엇인가가 있었다. 그러면 그녀는 그 희생적인 제의를 종교적으로 받아들일 것이다. 그가 그녀를 가져야만 한다. 그런 생각을 하자 그녀의 온몸이 마치 무엇에 부딪친 것처럼 저절로 힘이 꽉 주어져 딱딱하게 굳어 버렸다. 그렇지만 삶은 그녀로 하여금 이 고통의 문도 지나가도록 강요했고 그녀는 그 고통을 기꺼이 받아들일 것이다. 어쨌든 그렇게 하면 그가 원하는 것을 주는 셈이 되는데 그것이 그녀의 가장 깊은 소망이었다. 그녀는 그를 받아들이는 방향으로 곰곰이 생각하고 깊이 생각하고 또 골똘히 생각했다.

그는 이제 연인처럼 그녀에게 사랑을 호소했다. 종종 그가 흥분하면 그녀는 그의 얼굴을 자기 얼굴에서 밀어내며 두 손으로 받쳐 들고 그의 두 눈을 들여다보았다. 그는 그녀의 시선을 마주 볼 수 없었다. 그녀의 검은 두 눈은 사랑으로 가득 차서 무엇인가를 진지하게 탐색하는 듯하여 그로 하여금 고개를 돌리도록 하였다. 한순간도 그녀는 그가 자신을 망각할 수 있도록 내버려 두지 않았다. 그러면 그는 다시 자신을 괴롭히며 자신의 책임감과 그녀의 책임감을 느끼지 않을 수 없었다. 결코 조금도 긴장을 늦출 수 없었고 강렬한 갈망과 비인간적인 열정에 자신을 결코 조금도 내맡길 수 없었다. 그는 다시 신중하고 사려 깊은 사람으로 되돌아와야만 했다. 마치 열정이 사그라진 것처럼 그녀는 그를 다시 왜소한 상태로 그리고 개인적인 관계로 되돌렸다. 그는 이를 참을 수 없었다. 〈나를 내버려 둬……. 내버려 두란 말이야!〉 하고 그는 외치고 싶었다. 그렇지만 그녀는 그가 사랑이 가득한 눈으로 자기를 쳐다보기를 원했다. 그의 두 눈은 시커멓고 몰개성적인 욕정의 불길로 가득하여 그녀의 것이 아니었다.

농장에서는 체리가 대단한 풍작이었다. 집 뒤에 있는 매우 크고 높은 나무에는 검푸른 잎사귀 아래 주홍색과 선홍색 체리가 방울방울 빽빽하게 매달려 있었다. 어느 날 저녁 폴과 에드거는 체리 열매를 따 모으고 있었다. 낮에는 무더웠지만 이제는 어둑어둑하고 따뜻한 저녁 하늘에 뭉게구름이 흘러가고 있었다. 폴은 나무에 높이 올라가 건물의 빨간 지붕보다 더 높이 있었다. 바람이 끊임없이 신음 소리를 내며 나무 전체를 흔들어 미묘하고 짜릿하게 움직이도록 하여 그의 피를 용솟음치게 했다. 젊은이는 가느다란 나뭇가지에 불안하게 앉아 흔들리며 약간 술에 취한 듯한 기분을 느끼자 손을 아래로 뻗어 좀 더 굵은 나뭇가지를 잡았는데, 그 가지에는 구슬 같은 선홍색 체리가 아래에 빽빽하게 매달려 있었고 그래서 그는 매끈하고 시원한 열매를 한 움큼씩 계속하여 땄다. 그가 앞으로 몸을 뻗을 때마다 체리가 그의 귀와 목을 간질이며 그 차가운 촉감이 그의 핏속으로 무엇인가를 섬광처럼 흘러내리게 했다. 황금빛 주홍색에서부터 짙은 진홍색에 이르기까지 온갖 종류의 빨간색들이 검은 나뭇잎 밑에서 활활 불타는 듯이 그의 눈에 들어왔다.

해가 저물어 가다가 벌어진 구름 사이로 갑자기 나타났다.

거대한 황금빛 구름 덩어리들이 남동쪽 하늘에서 확 타올라 부드럽게 불타오르는 노란 빛으로 하늘 끝까지 곧바로 퍼졌다. 지금까지 어둑어둑하고 회색빛이던 세상이 깜짝 놀란 듯 불타오르는 황금빛을 반사했다. 나무며 풀이며 멀리 있는 물이며 할 것 없이 온 세상이 어스름에서 깨어난 듯 빛났다.

미리엄이 경탄하며 밖으로 나왔다.

「어머나! 굉장히 멋지네요!」 그녀의 부드럽고 아름다운 목소리가 폴에게 들려왔다.

그는 아래를 내려다보았다. 그녀는 엷은 황금빛이 희미하게 비치는 매우 상냥해 보이는 얼굴을 들어 그를 쳐다보았다.

「무척 높이 올라갔네요!」 그녀가 말했다.

그녀 옆에 있는 대황 잎 위에는 죽은 새가 네 마리 놓여 있었는데 그것들은 총에 맞아 죽은 도둑들이었다. 폴은 새가 살을 다 쪼아 먹은 체리 씨가 몇 개 해골처럼 색이 완전히 바랜 상태로 희끄무레하게 매달려 있는 것을 보았다. 그는 다시 미리엄을 내려다보았다.

「구름이 불타고 있어!」 그가 말했다.

「아름다워요.」 그녀가 외쳤다.

저만치 아래에 있는 그녀는 너무나 작고 가냘프고 부드러워 보였다. 그는 체리 한 움큼을 그녀에게 던졌다. 그녀는 깜짝 놀라며 겁을 냈다. 그는 나지막하게 킥킥 웃으며 그녀에게 체리를 던졌다. 그녀는 맞지 않으려고 피해 뛰어다니며 체리를 주웠다. 그녀는 예쁘고 빨간 체리 두 쌍을 자기 두 귀에 걸고 다시 위를 쳐다보았다.

「충분히 따지 않았어요?」 그녀가 물었다.

「거의 땄어. 여기에 올라오니 마치 배를 타고 있는 것 같아.」

「그러면 얼마나 오랫동안 있을 거예요?」

「석양이 질 때까지.」

그녀는 울타리로 가서 그곳에 앉아 황금빛 구름이 산산조각 나 거대한 장밋빛 잔해가 되어 어둠 속으로 흘러가는 모습을 지켜보았다. 황금색이 주홍색으로 불타오르는 모습이 그 강렬한 밝음 속에서 고통을 겪는 듯이 보였다. 그런 다음에는 주홍색이 장밋빛으로 되고 그 장밋빛은 다시 진홍색으로 되었다가 그 열정이 빠르게 하늘에서 사라져 버렸다. 온 세상이 어두컴컴한 회색으로 변했다. 폴은 바구니를 가지고 재빨리 기어 내려왔고 내려오는 도중에 소맷자락을 찢겼다.

「참 예쁘네요.」 미리엄이 말하며 체리를 만지작거렸다.

「소매가 찢어졌어.」 그가 대답했다.

그녀는 세모로 찢어진 곳을 잡고 말했다.

「내가 꿰매 줄게요.」

찢어진 곳은 어깨 근처였다. 그녀는 찢어진 곳으로 손가락을 넣었다.

「참 따뜻하네요!」 그녀가 말했다.

그는 웃었다. 그의 목소리에는 새롭고 묘한 어조가 들어 있어서 그 말을 듣는 순간 그녀는 가슴이 두근거렸다.

「밖에 좀 더 있을까?」 그가 말했다.

「비가 오지 않을까요?」 그녀가 물었다.

「아냐, 오지 않을 거야. 조금 걷자.」

그들은 들판을 지나 전나무와 소나무가 무성한 숲 쪽으로 걸어갔다.

「숲 속으로 들어갈까?」 그가 물었다.

「들어가고 싶어요?」

「응.」

전나무 숲 속은 매우 어두웠고 날카로운 바늘 같은 전나무 잎들이 그녀의 얼굴을 찔렀다. 그녀는 두려워하고 있었다. 폴은 말이 없고 이상했다.

「어둠이 좋아.」그가 말했다.「좀 더 어두우면 좋겠어……. 그래 아주 깜깜하면 좋겠어.」

그는 그녀를 한 개인으로 거의 인식하지 못하는 듯 보였다. 그때 그녀는 그에게 한 여자에 불과했다. 그녀는 무서웠다.

그는 소나무 줄기에 몸을 기대고 서서 그녀를 두 팔로 안았다. 그녀는 자신을 그에게 내맡기고 있었지만…… 그것은 희생이었고 그렇게 희생하는 가운데 그녀는 일종의 공포심을 느꼈다. 지금처럼 모든 것을 다 잊은 듯한 탁한 목소리의 남자는 그녀에게 낯선 사람으로 여겨졌다.

잠시 후 비가 내리기 시작했다. 소나무 냄새가 매우 짙게 풍겨왔다. 폴은 죽어 떨어진 소나무 잎이 깔려 있는 땅에 머리를 대고 누워 날카롭게 내리치는 빗소리, 한결같은 그 빗소리에 귀를 기울이고 있었다. 그의 마음은 푹 내려앉아 매우 무거웠다. 이제야 그는 그녀가 항상 그와 함께 있었던 것이 아니라는 사실, 그녀의 영혼은 일종의 두려움에 사로잡혀 자기와 따로 떨어져 있었다는 사실을 깨달았다. 그는 육체적으로 안도감을 느꼈으나 그것뿐이었다. 마음이 매우 쓸쓸하고 슬퍼지고 또 매우 다정해져서 그는 손가락으로 그녀의 얼굴을 애처롭게 어루만졌다. 이제 또다시 그녀의 내면에는 그를 깊이 사랑하는 마음이 일었다. 그는 다정하고 아름다웠다.

「비가 와!」그가 말했다.

「그래요……. 당신에게도 떨어지나요?」

그녀는 두 손으로 그의 머리카락과 어깨를 더듬으며 빗방울이 그에게도 떨어지는지 살펴보았다. 그녀는 그를 지극히 사랑하고 있었다. 그는 죽어 떨어진 소나무 잎 위에 얼굴을 묻고 아주 평온한 기분을 느끼고 있었다. 그는 빗방울이 자기에게 떨어지든 말든 개의치 않았다. 그는 계속 누워서 흠뻑 젖고 싶었다. 그는 마치 아무것도 중요하지 않은 듯, 자신의 삶이 희미하게 사라져 가깝고도 매우 사랑스러운 저승으로 녹아드는 듯한 기분을 느꼈다. 이와 같이 묘하고 부드럽게 죽음으로 손을 뻗어 보는 일은 그에게 새로운 경험이었다.

「이제 돌아가야 해요.」미리엄이 말했다.

「그래.」그가 대답했으나 움직이지 않았다.

그에게는 이제 삶이 그림자처럼, 낮이 하얀 그림자인 밤처럼 보였고 죽음과 정적과 무활동 바로 이것이 참다운 존재처럼 보였다. 살아 있는 것, 긴급하고 고집스러운 것, 이들은 모두 존재하지 않는 존재,[88] 다시 말하여 공허처럼 보였다. 모든 것 중에서 가장 높은 존재가 어둠 속으로 녹아 나와 어둠을 지배하며 위대한 존재와 하나가 되었다.

「비가 우리에게 떨어지고 있어요.」미리엄이 말했다.

그는 일어나서 그녀를 부축해 일으켜 주었다.

「유감이로군.」그가 말했다.

「뭐가요?」

「가야만 하는 것이 말이야. 아주 편안한 기분인데.」

「편안한 기분이라고요!」그녀가 되풀이해서 말했다.

「내 평생에 이보다 더 편안한 적이 없었어.」

그는 그녀의 손을 잡고 걸었다. 그녀는 그의 손가락을 꼭 쥐고 있었지만 약간 두려움을 느꼈다. 이제 그는 그녀의 손이 닿지 않는 곳에 있는 듯했다. 그녀는 그를 잃어버리지나 않을까 두려웠다.

「전나무가 어둠 속에 있는 영적인 존재 같아. 나무 한 그루 한 그루가 모두 하나의 영적 존재인 것 같아.」

그녀는 두려워서 아무 말도 하지 않았다.

「일종의 정적이야. 밤 전체가 의아하게 여기며 잠들어 있

88 존재하지 않는 존재는 「햄릿Hamlet」 제2막 제2장에서의 인용이다.

어. 내 생각에는 저런 것이 바로 우리가 죽으면 하는 일이 아닌가 싶어. 의아하게 여기며 잠자는 것 말이야.」

그녀는 예전에는 그의 내면에 있는 야수성을 두려워했었지만 이제는 이 신비적인 면이 두려웠다. 그녀는 그의 옆에서 말없이 터벅터벅 걸었다. 비가 쉿쉿 소리를 내며 나무 위로 맹렬하게 쏟아졌다. 마침내 그들은 짐마차를 두는 헛간에 도착했다.

「여기서 잠시 쉬었다 가자.」그가 말했다.

빗소리가 사방에서 들려오며 다른 소리를 모두 잠재워 버렸나.

「너무도 이상하고 평온한 기분이 들어.」그가 말했다.「이 모든 것들과 더불어 말이야.」

「네.」그녀는 참을성 있게 대답했다.

그는 그녀의 손을 꼭 잡고 있었지만 다시 그녀를 의식하지 않는 것 같았다.

「우리의 개성 말이야, 그것이 우리의 의지이고 노력인데, 그것을 제거하면 ── 노력하지 않고 살면, 일종의 의식적인 수면 상태로 살면 ── 그러한 삶은 매우 아름다우리라는 생각이 들어……. 그것이 우리의 내세일 거야……. 우리의 불멸이겠지.」

「그래요?」

「그래……. 그리고 그렇게 되면 매우 아름다울 거야.」

「평상시에는 그런 말을 하지 않았잖아요.」

「안 했지.」

잠시 후 그들은 집 안으로 들어갔다. 집안 식구들 모두 그들을 이상한 눈빛으로 쳐다보았다. 그의 두 눈에는 여전히 조용하고 침울한 표정이 담겨 있었고 목소리는 평온했다. 본능적으로 집안 식구들은 그를 혼자 있도록 내버려 두었다.

이 무렵 미리엄의 할머니는 우드린턴에 있는 조그마한 오두막에 혼자 살고 있었는데 병환이 생겨 그 아가씨가 집안일을 하기 위해서 그곳에 가 있었다. 그곳은 아름답고 작은 곳이었다. 오두막 앞에는 커다란 정원이 있었고 붉은 벽돌담이 둘러쳐져 있었으며 그 담을 따라 자두나무가 여러 그루 있었다. 뒤에도 다른 정원이 하나 있었는데 키가 크고 오래된 산울타리로 들판과 경계를 이루고 있었다. 그곳은 매우 아름다웠다. 미리엄은 할 일이 그다지 많지 않아서 좋아하는 독서를 한다거나 그녀가 관심 있어 하는 자기 반성적인 짤막한 글을 쓸 시간을 많이 가졌다.

휴가철에 그녀의 할머니는 몸이 많이 나아 마차를 타고 더비에 가서 딸네 집에 하루 이틀 머물렀다. 변덕스러운 할머니였기 때문에 그다음 날 돌아올지 하루 더 머물다가 돌아올지 알 수 없었다. 그래서 미리엄은 혼자 오두막에 머물렀는데, 그것 또한 그녀에게는 즐거운 일이었다.

폴은 종종 자전거를 타고 먼 길을 달려오곤 했으며 그들은 대체로 평화롭고 행복한 시간을 보냈다. 그는 그녀를 그다지 당황하게 하지는 않았다. 그렇지만 그때 휴가 받은 월요일에 그는 하루 종일 그녀와 함께 지내려고 했다.

날씨는 더할 나위 없이 좋았다. 그는 어머니 곁을 떠나며 자기가 어디에 가는지를 말했다. 그녀는 하루 종일 혼자 있을 것이다. 그 생각을 하자 그는 마음이 어두워졌다. 그렇지만 그는 전적으로 자기만의 시간인 휴가를 사흘이나 받았고 이때에는 자기가 하고 싶은 일을 할 수 있었다. 아침에 오솔길에서 자전거를 타고 달리는 것은 매우 상쾌했다.

그는 오두막에 열한 시경 도착했다. 미리엄은 바쁘게 점심을 준비하고 있었다. 그녀는 불그스레한 얼굴로 바쁘게 움직이며 작은 부엌을 더할 나위 없이 잘 꾸려 나가는 듯이 보였다. 그는 그녀에게 키스를 하고 앉아서 지켜보았다. 방은 작고 아늑했다. 소파에는 많이 빨아서 낡았지만, 예쁜 빨간색과 옅은 파란색 사각형 무늬가 있는 일종의 리넨 천으로 만든 커버가 온통 씌워져 있었다. 한쪽 구석에 놓여 있는 찬장 위에는 박제한 올빼미가 케이스에 담겨 있었다. 창문가의 향기로운 제라늄 잎사귀 사이로 햇빛이 비쳐 들어왔다. 그녀는 그를 위해 닭고기를 요리하고 있었다. 그날만은 그 오두막이 그들의 집이고 그들은 부부인 셈이었다. 그는 그녀를 위해 달걀을 깨어 거품을 내고 감자 껍질을 벗겼다. 그는 그녀가 거의 자기 어머니처럼 가정적인 분위기를 자아낸다고 생각했다. 그래서 곱슬머리가 흘러내리고 불빛에 얼굴이 불그레해졌을 때 어느 누구도 그녀보다 더 아름답게 보일 수 없었다.

점심 식사는 대성공이었다. 그는 젊은 남편처럼 고기를 베어 나누었다. 그들은 지칠 줄 모르고 열정적으로 내내 이야기를 나눴다. 그런 다음에 그녀가 설거지한 접시를 그가 마른 행주로 닦고 그들은 들판으로 나갔다. 밝게 빛나는 작은 개울이 매우 가파른 강둑 발치에 있는 습지로 흘러 들어가고 있었다. 여기에서 그들은 거닐며 늪지의 천수국 몇 송이와 크고 푸른 물망초를 많이 꺾었다. 그러고 나서 그녀는 황금색 금잔화가 대부분인 꽃다발을 두 손에 가득 쥐고 강둑에 앉았다. 그녀가 얼굴을 숙여 금잔화에 묻자 그녀의 얼굴은 온통 노란 빛에 휩싸였다.

「얼굴이 환하게 빛나네.」 그가 말했다. 「마치 그리스도의 변용[89] 같아.」

그녀는 미심쩍어 하며 그를 쳐다보았다. 그는 간청하듯이 웃으며 자기 손을 그녀의 손 위에 얹었다. 그런 다음 그는 그

---

89 「마태오의 복음서」 17장 1~9절에 그리스도의 변용이 나온다. 그리스도가 산상에서 얼굴이 해같이 빛나며 옷이 빛과 같이 희어진 일을 말한다.

녀의 손가락에 키스하고 이어서 얼굴에 키스했다.

세상은 온통 햇빛에 잠겨 고요했지만 잠들어 있는 것이 아니라 어떤 기대에 차서 바르르 떨고 있었다.

「이보다 더 아름다운 광경은 본 적이 없어.」 그가 말했다. 그는 그녀의 손을 줄곧 굳게 잡고 있었다.

「시냇물이 혼자 노래하며 흘러가고…… 좋지 않아요?」

그녀는 사랑이 가득한 눈으로 그를 쳐다보았다. 그의 두 눈은 매우 검으면서도 아주 밝게 빛났다.

「오늘은 정말 굉장한 날이라고 생각하지 않아?」 그가 물었다.

그녀는 낮은 소리로 동의를 표했다. 그녀는 행복했고 그는 그 사실을 알았다.

「그리고 우리의 날이야……. 오직 우리 둘만의 날.」 그가 말했다.

그들은 잠시 더 머물렀다. 그러다가 향기로운 백리향 향기가 풍겨 오자 그들은 일어섰고 그는 그녀를 천진난만하게 내려다보았다.

「이제 갈까?」 그가 물었다.

그들은 손을 잡고 말없이 집으로 돌아왔다. 병아리들이 총총걸음으로 길을 따라 그녀에게 달려왔다. 그가 대문을 잠그자 그 작은 집은 그들만의 것이 되었다.

그가 칼라를 풀 때 그녀가 발가벗고 침대에 누워 있는 모습을 본 일을 그는 결코 잊을 수 없었다. 처음에는 그녀의 아름다움만이 보였고 그래서 그는 그 모습에 정신이 혼미해졌다. 그녀의 엉덩이는 그가 상상했던 것 이상으로 지극히 아름다웠다. 그는 움직일 수도 말을 할 수도 없어서 그냥 서서 그녀를 쳐다보았는데 그의 얼굴에는 경이감이 가득 차고 미소가 살짝 어려 있었다. 그러자 그녀에 대한 욕망이 솟구쳤고 그래서 옷을 벗어 던졌다. 이윽고 그가 그녀에게로 다가가자 그녀는 호소하는 듯이 두 손을 약간 들었고 그는 그녀의 얼굴을 쳐다보며 발걸음을 멈추었다. 그녀의 커다란 갈색 두 눈은 체념과 사랑을 담고 그를 가만히 지켜보고 있었다. 그녀는 마치 자신을 희생 제물로 바친 듯 누워 있었다. 그녀의 몸은 그에게 바쳐진 것이었다. 그렇지만 그녀의 눈 뒤에 어리는 표정은 제물로 바쳐져 희생되기를 기다리는 동물 같아서 그를 가로막았고, 그래서 그의 모든 격정은 싸늘하게 식어 버렸다.

「정말로 나를 원해?」 그가 물었는데 마치 무정한 유령이 그를 사로잡고 있는 듯했다.

「네, 정말로요.」

그녀는 매우 조용했고 아주 침착했다. 그녀는 단지 자신이 그를 위해 어떤 일을 하고 있다는 사실만을 인식하고 있었다. 그는 그것을 거의 참을 수 없었다. 그녀는 그를 너무나 사랑하기 때문에 그를 위해 자신을 희생하려고 누워 있었다. 그리고 그는 그녀를 희생시키지 않을 수 없었다. 잠시 그는 자신이 중성이거나 죽어 버렸으면 하고 바랐다. 그러고 나서 그녀를 쳐다보던 두 눈을 다시 감자 격정이 되살아났다.

그리고 그 후 그는 그녀와 사랑을 나누었고 자기 존재의 마지막 세포 조직까지 그녀에게 불태웠다. 그는 그녀와 육체 관계를 맺었다. 그렇지만 그는 어쩐 일인지 울고만 싶었다. 그녀를 위해 무엇인가 참을 수 없는 것이 있었다. 그는 밤이 아주 늦을 때까지 그녀와 함께 머물렀다. 자전거를 타고 집으로 돌아오면서 그는 드디어 새로운 세계에 발을 들여놓았다고 느꼈다. 그는 더 이상 젊은이가 아니었다. 그런데 왜 영혼 속에 둔중한 아픔을 느끼는 것일까? 왜 죽음이나 내세에 대한 생각이 그렇게도 감미롭고 위안이 되는 듯이 보일까?

그는 그 주일을 미리엄과 함께 지냈고 그의 열정이 식기도 전에 미리엄은 그의 열정에 질려 버렸다. 그는 언제나 거의 고의적으로 그녀를 고려하지도 않고 야수처럼 힘이 센 자기 감정에 따라 행동할 수밖에 없었다. 그리고 그는 그런 행동을 그다지 자주 할 수 없었고 그런 후에는 언제나 실패했다는 느낌과 죽고 싶다는 감정이 남아 있었다. 진정으로 그녀와 함께 있으려면 그는 자기 자신과 욕망을 제쳐 놓아야만 했다. 그녀를 소유하려면 그녀를 제쳐 두어야 했던 것이다.

　「내가 너에게 가까이 갈 때 말이야, 진정으로 나를 원하는 것이 아니지? 그렇지?」 그녀에게 물을 때 그의 두 눈은 고통과 수치로 인하여 어두웠다.

　「아니에요, 원해요!」 그녀가 재빨리 대답했다.

　그는 그녀를 쳐다보았다.

　「아니야.」 그가 말했다.

　그녀는 바르르 떨기 시작했다.

　「그런데.」 그녀가 말하며 그의 얼굴을 잡고 자기 어깨로 와락 끌어당겼다. 「있잖아요……. 지금 상태에서는…… 어떻게 내가 당신에게 익숙해질 수 있겠어요?…… 우리가 결혼하면 괜찮아질 거예요.」

　그는 머리를 들고 그녀를 쳐다보았다.

　「그러면, 그것이 언제나 그렇게 큰 충격이라는 말이야?」

　「예……. 그리고…….」

　「너는 언제나 몸을 단단히 움켜쥐고 나에게 맞서.」

　그녀는 흥분하여 부르르 떨고 있었다.

　「있잖아요.」 그녀가 말했다. 「나는 그런 생각에 익숙해 있지 않아요…….」

　「최근에는 익숙해졌어.」 그가 말했다.

　「그렇지만 평생 그럴 거예요……. 어머니가 나에게 말씀하셨어요……. 〈결혼하면 언제나 끔찍한 일이 한 가지 있는데 그것을 참아 내야 한다〉고 말이에요. 나는 그 말을 믿었어요.」

「그리고 지금도 믿고 있어.」 그가 말했다.

「아니에요!」 그녀가 성급하게 외쳤다. 「당신이 믿는 것처럼 나도 믿어요. 사랑이 심지어 그런 방식으로 하는 것이라 할지라도 그것이 바로 삶의 절정의 표시라는 것을 말이에요.」

「그런다 할지라도 네가 그것을 결코 진정으로 원하지 않는다는 사실에는 변함이 없어.」

「아니에요.」 그녀가 말하며 그의 머리를 자기 두 팔로 감싸 안고 절망에 빠져 몸을 흔들었다.

「그렇게 말하지 마세요! 당신은 이해하지 못해요.」 그녀는 고통스럽게 몸을 흔들었다. 「내가 당신의 아이를 원하지 않는 줄 아세요?」

「그렇지만 나를 원하지는 않아.」

「어떻게 그렇게 말할 수 있어요? 그렇지만 우리는 결혼을 해야만 아이를 낳을 수 있어요…….」

「그럼 우리 결혼할까? 나는 당신이 내 아이를 낳아 주기를 원하니까 말이야.」

그는 그녀의 손에 경건하게 키스했다. 그녀는 슬프게 묵묵히 생각에 잠겨 그를 지켜보았다.

「우리는 너무 어려요.」 그녀가 마침내 말했다.

「스물네 살과 스물세 살인데…….」

「아직은 안 돼요.」 그녀가 애원하듯 말하며 비통하게 자기 몸을 흔들었다.

「언제면 되겠어?」 그가 말했다.

그녀는 침울하게 머리를 숙였다. 그가 절망적인 어조로 이런 말을 하자 그녀는 대단히 마음이 아팠다. 그들 사이에 사랑의 행위는 언제나 실패로 끝났다. 암묵적으로 그녀는 그가 느끼는 바에 동의했다.

그리고 일주일간의 사랑이 끝난 후 어느 일요일 저녁 막 잠자리에 들려고 하는 찰나 그가 어머니에게 갑자기 말했다.

「어머니, 이제는 미리엄네 집에 자주 가지 않을 거예요.」

그녀는 깜짝 놀랐다. 그렇지만 그녀는 그에게 아무것도 물어보려 하지 않았다.

「네 마음대로 하려무나.」 그녀가 말했다.

그러고 나서 그는 잠자리에 들었다. 그렇지만 그는 전에 없이 조용해졌고 그래서 어머니는 궁금히 여겼다. 그녀는 그 이유를 대강 짐작했다. 하지만 그를 혼자 내버려 두려고 했다. 서두르면 일을 망칠지도 모르기 때문이었다. 그녀는 그가 고독에 잠겨 있는 모습을 지켜보면서 그 고독이 어떻게 끝날 것인지 궁금히 여겼다. 그는 병이 들었고 너무나 조용해서 평상시의 쾌활하지 않았다. 그는 늘 이마를 찌푸리고 있었는데, 어린아이일 때나 그런 표정을 보였었지 그 후 수년 동안 비치지 않던 모습이었다. 이제 그 찌푸린 표정이 다시 돌아온 것이었다. 그런데 그녀가 그를 위해 해줄 수 있는 일이 아무것도 없었다. 그는 자신의 길을 스스로 개척해 나가야만 했다.

그는 계속하여 미리엄에게 충실했다. 한때는 그녀를 전적으로 사랑했기 때문이었다. 그렇지만 그런 날은 결코 다시 돌아오지 않았다. 실패감이 점점 강해졌다. 처음에는 그저 슬픔일 뿐이었다. 그런 다음에 그는 더 이상 계속할 수 없다고 느끼기 시작했다. 그는 멀리 도망치든지 해외로 나가 버리든지 좌우지간 어떤 일이라도 하고 싶었다. 점차 그는 그녀에게 자기 몸을 가지라고 요구하기를 그쳤다. 그 행위가 그들을 함께 결합시켜 주기는커녕 오히려 갈라놓았다. 그리하여 그는 그 행위가 아무 소용이 없다는 사실을 의식적으로 깨달았다……. 그것은 애써 보았자 소용없는 일이었다. 그 행위는 두 사람 사이에서는 결코 성공을 거두지 못할 것이다.

여러 달 동안 그는 클라라를 거의 만나지 못했다. 예전에 그들은 이따금 점심시간에 반시간쯤 산책을 했었다. 그러나 그는 언제나 자기 마음을 미리엄을 위해 남겨 놓고 있었다. 그렇지만 클라라와 함께 있으면 이마의 주름살이 펴지고 다시 명랑해졌다. 그녀는 그를 마치 어린아이 다루듯 관대하게 대해 주었다. 그는 그런 것에 개의치 않는다고 생각했다. 그렇지만 마음속으로는 그녀가 자기를 그렇게 대하는 데에 감정이 상했다.

때로는 미리엄이 이렇게 말했다.

「클라라는 어때요? 요즈음 그녀 소식을 하나도 못 들었어요.」

「어제 한 이십 분쯤 그녀와 함께 산책했어.」 그가 대답했다.

「그래서 그녀는 무슨 이야기를 했어요?」

「몰라. 나 혼자서 지껄인 것 같은데, 보통 그렇듯이 말이야……. 파업에 관한 이야기들을 했던 것 같아. 여직공들이 파업을 어떻게 받아들이는지에 대해서.」

「그렇군요.」

그렇게 그는 자신에 대하여 설명했다.

그렇지만 그는 자기도 모르는 사이에 은근히 클라라에게 느끼는 친밀함으로 인하여 미리엄에게서 서서히 멀어지고 있었는데, 그는 미리엄에게 책임감을 느끼고 있었다. 자기는 그녀에게 속한다고 생각하고 있음에도 불구하고 그랬다. 그는 자신이 그녀에게 매우 충실하다고 생각했다. 여자에 대해 남자가 느끼는 감정의 강도와 열기를 정확하게 측정하기란 남자가 자제심을 잃기 전에는 쉽지 않은 법이다.

그는 남자 친구들을 만나는 일에 시간을 더 많이 할애하기 시작했다. 남자 친구들로는 예술 학교에 다니는 제숍, 대학에서 화학 실기 조교로 근무하는 스웨인, 학교 교사인 뉴턴이 있었고 이 이외에도 에드거와 미리엄의 남동생들이 있었다. 일한다는 이유를 앞세워 제숍과 함께 스케치를 하고 공부를 했다. 대학으로 스웨인을 찾아가서 둘이 함께 〈시내 중심지〉까지 나오기도 했다. 뉴턴과 함께 기차를 타고 집으로 오다가 그가 청하여 〈문 앤드 스타즈〉 술집에서 그와 함께 당구를 치기도 했다. 미리엄에게 남자 친구들 핑계를 대면 그는 자기 행위가 완전히 정당화된다고 느꼈다. 그는 자기가 어디에 갔었는지를 그녀에게 항상 말했다.

여름 동안 클라라는 가끔 소매가 헐렁한 부드러운 면제품 드레스를 입었다. 그녀가 두 팔을 들어 올리면 소매가 어깨 쪽으로 내려가서 아름답고 튼튼한 두 팔이 드러나 빛났다.

「잠깐만요.」 그가 외쳤다. 「팔을 움직이지 말고 그대로 들고 있어요.」

그는 그녀의 손과 팔을 스케치했고 그 그림에는 실물이 그 자신에게 주는 매력이 일부 담겨 있었다. 미리엄은 그의 책과 서류를 언제나 꼼꼼히 살펴보고 있었으므로 그 그림을 보았다.

「클라라는 두 팔이 매우 아름답다는 생각이 들어.」 그가 말했다.

「그래요! 언제 이 그림을 그렸어요?」

「화요일에, 작업실에서 그렸어. 한쪽 구석에 내가 작업할 수 있는 공간이 있는 것을 알잖아. 우리 부서에서 필요한 일을 점심시간 전에 모두 끝낼 때가 종종 있어. 그러면 오후에는 내 일을 하고 밤에는 일이 제대로 되었나 점검만 해.」

「그렇군요.」 그녀가 말하며 스케치북을 넘겼다.

그는 미리엄을 증오할 때가 자주 있었다. 그는 그녀가 몸을 앞으로 굽히고 자기 물건을 자세히 살펴볼 때 그녀를 증오했다. 그는 마치 자기가 끝없는 심리학적 계산서라도 되는 듯이 그녀가 끈질기게 그를 계산하는 그러한 방식을 증오했다. 그녀와 함께 있을 때면 그는 그녀가 자기 말을 이해하기는 했지만 완전히 이해하지는 못했기 때문에 그녀를 증오하고 괴롭혔다. 그녀는 모든 것을 받기만 하지 주는 것은 하나도 없다고 그는 말했다. 적어도 그녀는 살아 있는 따뜻함을 주지 않았다. 그녀는 활기찬 적이 결코 없었고 생명력을 발산한 적이 한 번도 없었다. 그녀를 찾기란, 존재하지 않는 어떤 것을 찾는 것이나 마찬가지였다. 그녀는 그저 그의 양심이었을 뿐 그의 반려자는 아니었다. 그는 그녀를 맹렬하게 증오했고 그녀에게 더욱더 잔인하게 대했다. 그들의 관계는 그다음 해 여름까지 이런 식으로 질질 끌었다. 그는 클라라를 더욱더 자주 만났다.

마침내 그가 말했다. 어느 날 저녁 그는 집에 앉아서 일을 하고 있었다. 그와 어머니 사이의 관계는 서로의 결점을 솔직하게 지적하는 독특한 상태였다. 모렐 부인은 다시 자신의 두 발로 굳건히 섰다. 아들은 미리엄에게 집착하지 않을 것이다. 매우 잘되었다. 그러니 그녀는 그가 무슨 말을 할 때까지 거리를 두고 초연하게 있을 것이다. 지금까지 오랜 시간이 흘렀으니 이제 그의 마음속에 있는 폭풍우를 이렇게 불쑥 폭발하듯 털어놓고 그가 그녀에게로 돌아올 때가 된 것이다. 오늘 저녁 그들 사이에는 유별난 긴장 상태가 유지되고 있었다. 그는 열심히 기계적으로 일을 하고 있었고 그렇게 함으로써 자기 자신으로부터 도피할 수 있었다. 시간이 늦어지고 있었다. 열린 문으로 흰 백합 향기가 마치 머물 곳을 찾아 이리저리 헤매고 있는 듯이 은밀히 밀려 들어왔다. 갑자기 그가 벌떡 일어나서 문 밖으로 나갔다.

밤이 너무나 아름다워 그는 크게 소리 지르고 싶었다. 어스레한 황금빛 반달이 정원 끝에 있는 시커먼 큰 단풍나무 너머로 저물어 가면서 그 불빛과 함께 하늘을 흐릿한 자줏빛으로 물들이고 있었다. 보다 가까이에는 하얀 백합 울타리가 희미하게 정원을 가로질러 뻗어 있었고 주변의 공기는 온통 향기로 가득 차 움직이고 있어서 마치 살아 있는 듯했다. 패랭이꽃 화단을 건너가니 그 강렬한 향기가 백합의 흔들리는 짙은 냄새를 날카롭게 뚫고 풍겨 왔고, 그는 꽃으로 이루어진 하얀 장벽에 나란히 서 있게 되었다. 꽃들이 모두 축 늘어진 모양이 마치 숨을 헐떡이는 듯했다. 그는 향기에 취했다. 그는 들판으로 내려가 달이 지는 모습을 지켜보았다.

흰눈썹뜸부기가 건초장에서 끈질기게 울었다. 달은 아주 빠르게 아래쪽으로 미끄러져 내려가며 점점 더 붉어졌다. 그의 등 뒤에는 커다란 꽃들이 앞으로 기울어져 있어 마치 누군가를 부르기라도 하는 듯했다. 이후 충격처럼 그에게 또 다른 향기가 풍겨 왔는데, 무언가 익숙하지 않고 세련되지 않은 향기였다. 주변을 둘러보다 자줏빛 붓꽃을 발견하고 붓꽃의 살찐 줄기와 무엇인가를 움켜잡으려는 듯한 검은 잎을 만져 보았다. 어쨌든 그는 무엇인가를 발견했던 것이다. 그 꽃들은 어둠 속에 꼿꼿이 서 있었다. 그 향기는 무지막지했다. 달은 언덕 능선 위로 녹아내리고 있었다. 달이 사라지자 온 사위가 어두웠다. 흰눈썹뜸부기는 여전히 울어 댔다.

패랭이꽃 한 송이를 꺾어 들고 그는 집 안으로 불쑥 들어갔다.

「애야.」 어머니가 말했다. 「네가 잠자리에 들 시간이 확실히 되었을 거야.」

그는 패랭이꽃을 입술에 대고 서 있었다.

「미리엄과 절교할 거예요, 어머니.」 그가 침착하게 말했다.

그녀는 안경 너머로 그를 올려다보았다. 그도 어머니의 시선을 피하지 않고 그녀를 말똥말똥 쳐다보았다. 그녀는 그의 두 눈을 잠시 동안 마주 보고 나서 안경을 벗었다. 그는 창백했다. 남성적인 속성이 그의 내면에서 고개를 쳐들고 그를 지배하고 있었다. 그녀는 그를 너무 분명하게는 보고 싶지 않았다.

「그렇지만 내 생각에는……」 그녀가 말하기 시작했다.

「저어……」 그가 말했다. 「그녀를 사랑하지 않아요……. 그녀와 결혼하고 싶지도 않고요……. 그래서, 끝내야 하겠어요.」

「그렇지만!……」 어머니가 깜짝 놀라 큰 소리로 외쳤다. 「내 생각에 최근에 너는 그 애를 네 사람으로 만들려고 결심한 것 같았어. 그래서 나는 아무 말도 안 했다.」

「내 사람으로 만들었어요……. 결혼하고 싶었어요……. 그렇지만 이제는 결혼하고 싶지 않아요. 아무 소용 없어요. 일요일에 절교할 거예요. 반드시 할 거예요. 그래야 할 것 같지 않아요?」

「네가 가장 잘 알겠지. 알다시피 내가 오래전에 말했잖니.」

「이제는 어쩔 수 없어요. 일요일에 절교할 거예요.」

「글쎄다.」 어머니가 말했다. 「내 생각에 그것이 최선인 것 같기는 하다만. 그렇지만 최근에 네가 그 애를 네 사람으로 만들려고 결심한 것 같아서 아무 말도 하지 않으려고 했고 아무 말도 해서는 안 되겠다고 마음먹었어. 그렇지만 내가 항상 말했듯이 그 애는 너에게 맞지 않는다고 생각한다.」

「일요일에 절교할 거예요.」 그가 말하며 패랭이꽃 향기를 맡았다. 그는 꽃을 입 속에 넣었다. 아무 생각도 없이 그가 이를 드러내고 천천히 꽃을 씹자 입 안에 꽃잎이 가득 찼다. 이렇게 씹은 것을 난롯불에 뱉고 어머니에게 키스를 한 후 잠자리에 들었다.

일요일 오후 일찌감치 그는 농장으로 올라갔다. 그는 미리엄에게 미리 편지를 보내 들판을 지나 허크놀까지 산책하자고 했었다. 어머니는 그에게 매우 다정했다. 그는 아무 말도 하지 않았다. 그렇지만 그녀는 그가 얼마나 힘들게 노력하고 있는지 알고 있었다. 그의 얼굴에 단단히 결심한 독특한 표정이 나타나 있는 것을 보고 그녀는 안심되었다.

「걱정하지 마라, 얘야.」그녀가 말했다. 「이 일이 마무리되고 나면 마음이 훨씬 가벼워질 거야.」

폴은 놀라기도 하고 화가 나기도 하여 어머니를 재빨리 힐끗 쳐다보았다. 그는 동정받고 싶지 않았다.

미리엄은 그를 오솔길 끝까지 마중 나와 기다리고 있었다. 그녀는 무늬가 있는 모슬린으로 만든 새 옷을 입고 있었는데 그 옷은 소매가 짧았다. 그 짧은 소매와 그 소매 밑의 갈색 팔을 보니 미리엄이 너무나 가련하고 체념한 듯이 보여서 그는 마음이 무척 괴로웠고 그 결과 오히려 그가 더욱 잔인한 마음을 먹는 데 도움이 되었다. 그녀는 그를 위해 아주 아름답고 신선해 보이도록 치장했다. 그녀는 그만을 위해서 피어 있는 꽃처럼 보였다. 이제는 성숙한 젊은 여인이 되어 새 옷을 입고 아름답게 치장한 그녀를 쳐다볼 때마다 그 모습은 그의 마음을 너무나 아프게 했고, 그래서 그것을 억제하느라 그는 가슴이 거의 터질 것 같았다. 그렇지만 그는 이미 결심을 했고 이제는 마음을 되돌릴 수 없었다.

언덕 위에 이르러 그들은 자리를 잡고 앉아 있었다. 그러다가 그는 그녀의 무릎을 베고 누웠고 그녀는 손가락으로 그의 머리카락을 만지작거렸다. 그녀는 자기식 표현으로 〈그의 마음이 지금 여기에 있지 않다〉는 것을 알고 있었다. 그녀가 그와 함께 있을 때 아무리 찾아보아도 그를 발견할 수 없을 때가 종종 있었다. 그렇지만 이날 오후에 그녀는 마음의 준

비가 되어 있지 않았다.

　거의 다섯 시가 되어서야 그가 그녀에게 말을 꺼냈다. 그들은 개울둑에 앉아 있었고 그곳에는 노란 흙으로 된 움푹 들어간 둑 위에 잔디 풀 가장자리가 축 늘어져 있었다. 그는 막대기로 흙을 파헤치고 있었는데 그 행동은 마음이 불안하고 잔인한 기분이 들 때 으레 보이는 모습이었다.

　「생각해 보았는데 말이야.」 그가 말했다. 「우리는 헤어져야 하겠어.」

　「왜요?」 그녀가 깜짝 놀라서 외쳤다.

　「이대로 계속 지내 보았자 아무 소용이 없으니까.」

　「왜 그게 소용없어요?」

　「소용없어. 나는 결혼하고 싶지 않아. 절대로 결혼하고 싶지 않아. 그리고 우리가 결혼하지 않을 것이라면 이렇게 계속 사귀어 보았자 아무 소용 없어.」

　「그렇데 왜 지금 그 말을 해요?」

　「이제 결심했기 때문이야.」

　「그러면 지난 몇 달 동안의 일은 어떻게 해요? 그리고 그동안 당신이 나에게 한 말은 다 뭐예요?」

　「나도 어쩔 수 없어……. 이런 상태로 계속 지내고 싶지 않아.」

　「더 이상 나를 원하지 않는다는 거예요?」

　「우리 관계를 끝내고 싶어……. 너는 나에게서 자유로워지고, 나도 너에게서 자유로워지고 말이야.」

　「그러면 지난 몇 달 동안의 일은 어떻게 하느냐고요?」

　「모르겠어. 내가 진실이라고 생각했던 것 이외에는 지금까지 네게 어떤 말도 하지 않았어.」

　「그런데 왜 이제 변한 거예요?」

　「변하지 않았어……. 나는 예전과 똑같아……. 다만 이대로 계속해야 아무 소용 없다는 것을 알았을 뿐이야.」

「왜 소용이 없는지 그 이유를 속 시원히 말해 줘요.」

「이런 상태로 계속 만나고 싶지 않기 때문이야…… 그리고 결혼하고 싶지 않기 때문이기도 하고.」

「나에게 결혼하자고 골백번이나 말했잖아요?…… 그리고 내가 싫다고 했어요?」

「알아…… 그렇지만 우리 관계를 끊고 싶어.」

한참 동안 침묵이 흘렀고 그동안 그는 잔인하게 땅을 파헤치고 있었다. 그녀는 머리를 수그린 채 묵묵히 생각에 잠겨 있었다. 그는 변덕스러운 어린아이 같았다. 그는 컵에 든 물을 실컷 마시고 나서 컵을 내동댕이쳐 박살 내는 갓난아이와 마찬가지였다. 그녀는 그를 쳐다보며 자신이 그를 꼭 붙들어서 어떤 일관성을 짜낼 수 있다고 느꼈다. 그렇지만 그녀는 어찌할 도리가 없었다. 그래서 그녀는 소리 질렀다.

「당신은 겨우 열네 살 먹은 어린아이라고 말한 적이 있어요…… 그런데 지금 보니 겨우 네 살밖에 안 된 갓난아이네요.」

그는 여전히 잔인하게 땅을 파헤쳤다. 그의 귀에 그녀의 말이 들려왔다.

「당신은 네 살 먹은 어린애라고요.」 그녀는 분노에 휩싸여 되풀이해 말했다.

그는 대답하지 않았지만 마음속으로 〈좋아, 내가 네 살 먹은 어린애라면 무엇 때문에 너는 나를 원하는 거야. 나는 또 다른 엄마를 한 사람 더 원하는 것이 아니야.〉 하고 생각했다. 그렇지만 그는 그녀에게 아무 말도 하지 않았고 그래서 침묵이 흘렀다.

「그래서 가족들에게 이야기했어요?」 그녀가 물었다.

「어머니에게 말했어.」

또다시 오랫동안 침묵이 흘렀다.

「그러면 원하는 것이 뭐예요?」 그녀가 물었다.

「글쎄…… 헤어지기를 원해. 요즈음 몇 년 동안 우리는 서로에게 의존하며 살았어……. 이제 그만 끝내자. 나는 너 없이 내 길을 가고 너는 나 없이 네 길을 가는 거야. 그러면 너는 너 자신의 독립된 삶을 살게 될 거야.」

그 말에는 어느 정도의 진실이 담겨 있어서 매우 비통하기는 하지만 그녀는 그의 말을 마음에 새기지 않을 수 없었다. 그녀는 자신이 어떤 면에서는 그에게 구속되어 있다고 느꼈다. 그리고 그러한 상태를 통제할 수 없었기 때문에 자신이 그 구속을 싫어한다는 것을 알고 있었다. 그녀가 그를 사랑하고 있다는 사실을 증오한 것은 그 사랑이 점점 강해져 자신이 참을 수 없게 될 때부터였다. 그리고 그녀는 자신이 그를 사랑하고 그가 자기를 지배하기 때문에 그를 마음속 깊이 증오했다. 그녀는 그의 지배에 저항하기도 했다. 그녀는 결국 그로부터 자유로워지기 위해서 싸웠던 것이다. 그리고 그가 그녀에게서 자유로워진 것보다 훨씬 더 그녀는 그로부터 자유로워졌다.

「그리고.」 그가 말을 계속했다. 「이대로 가면 우리는 서로의 일에 다소간 언제나 간섭하게 될 거야. 네가 그동안 나에게 많이 그래 왔고, 내가 너에게 그래 왔듯이 말이야. 이제 우리 각자 새 출발을 하고 각자 살아가자.」

「어떻게 하기를 원해요?」 그녀가 물었다.

「아무것도 없어. 그냥 자유로워지는 것뿐이야.」 그가 대답했다.

그렇지만 그녀는 마음속으로 클라라가 그에게 영향을 끼쳐서 그를 자유롭게 하고 있다는 느낌이 들었다. 그렇지만 그녀는 아무 말도 하지 않았다.

「그러면 우리 어머니에게는 뭐라고 말씀 드려야 할까요?」
그녀가 물었다.

「나는 우리 어머니에게 말씀 드렸어.」 그가 대답했다. 「우리
가 절교할 거라고…… 깨끗하게 완전히 끝내겠다고 말이야.」

「집안 식구들에게는 그런 말을 하지 않을 거예요.」 그녀가
말했다.

「네 마음대로 해.」 그가 인상을 찌푸리며 말했다.

그는 자신이 그녀를 난처한 구렁텅이에 빠뜨려 놓고 곤경
에 빠진 그녀를 못 본 체 내버려 두고 있다는 사실을 알고 있
었다. 그러한 사실에 그는 화가 났다.

「네가 나와 결혼하기를 원하지도 않고 결혼하지도 않을 거
라고 말해. 그리고 우리가 절교했다고도 말하고.」 그가 말했
다. 「분명한 사실이잖아.」

그녀는 우울하게 손가락을 깨물었다. 그녀는 그들 사이의
관계를 처음부터 끝까지 모두 곰곰이 생각해 보았다. 그녀는
결국 이렇게 되리라는 것을 이미 알고 있었다. 그녀는 그것
을 내내 알고 있었던 것이다. 그녀의 씁쓸한 예상이 꼭 들어
맞았다.

「항상 그랬어요!」 그녀가 외쳤다. 「우리들 사이에는 오랫
동안 하나의 싸움이 있었어요……. 당신은 항상 나에게서 도
망치려고 싸웠어요.」

그러한 말이 자기도 모르게 그녀의 입에서 번갯불처럼 튀
어나왔다. 남자의 가슴이 철렁했다. 바로 이것이 그녀가 이
문제를 보아 온 방법이었나?

「그렇지만 완벽한 시간도 좀 있기는 했잖아. 더할 나위 없
이 좋은 때도 있었잖아. 우리가 함께 있을 때 말이야.」 그가
애원하듯이 말했다.

「전혀 없었어요!」 그녀가 외쳤다. 「한 번도 없었어요. 항상

당신이 나에게서 달아나려고 싸웠을 뿐이에요.」

「항상 그랬던 것은 아니야……. 처음에는 그렇지 않았어.」 그가 호소하듯이 말했다.

「항상 그랬어요……. 맨 처음 시작할 때부터 말이에요……. 언제나 똑같았어요.」

그녀는 말을 끝냈다……. 더 이상 할 말도 없었다. 그는 혼비백산하여 앉아 있었다. 그는 〈참 좋았었어, 그렇지만 이제 끝이야.〉라고 말하고 싶었었다. 그런데 그녀가, 그가 자기 자신을 스스로 경멸할 때에도 자기를 사랑한다고 믿었던 그녀가 그들의 사랑이 진정 사랑인 적이 없었다고 부정하는 것이었다. 〈그가 항상 그녀에게서 달아나려고 싸웠다?〉 그렇다면 그것은 끔찍한 일이었다. 그들 사이에는 사실 결코 아무것도 없었다는 얘기다……. 그는 아무것도 없는 곳에 무엇인가가 있다고 그동안 내내 상상해 왔다는 말이다. 그리고 그녀는 그 사실을 알고 있었다는 말이다. 그녀는 그렇게 다 알고 있으면서도 그에게는 거의 아무 말도 하지 않았다는 것이다. 그녀는 줄곧 알고 있었다는 말이다. 이러한 생각이 그녀의 마음 밑바닥에 언제나 자리 잡고 있었다는 것이다!

그는 쓰라린 가슴을 부여잡고 말없이 앉아 있었다. 마침내 상황 전체가 그에게 냉소적으로 보였다. 사실은 그녀가 그를 갖고 논 셈이지 그가 그녀를 갖고 논 셈이 아니었다. 그녀는 자기의 모든 비난을 그에게 들키지 않도록 숨기고 그를 치켜세우며 경멸해 왔던 것이다. 그녀는 이제 그를 경멸했다. 그는 더욱 이지적이고 잔인해졌다.

「너는 너를 숭배하는 남자와 결혼해야 해.」 그가 말했다. 「그러면 네가 하고 싶은 대로 그 남자를 다룰 수 있어. 아주 많은 남자들이 너를 숭배할 거야, 그들의 본성 가운데 있는 사적인 측면에 영향을 주기만 하면 말이야. 너는 그런 남자와 결혼해야 해. 그런 남자는 결코 너에게서 멀어지기 위해 싸우지 않을 거야.」

「고마워요.」 그녀가 말했다. 「그렇지만 다른 사람과 결혼하라고 더 이상 나에게 충고하지 마세요. 당신은 전에도 그랬으니까요.」

「알았어, 더 이상 말하지 않을게.」 그가 말했다.

가만히 앉아 있으니 그는 자신이 한 방 먹이는 대신 한 방 얻어터진 듯한 기분이 들었다. 팔 년에 걸친 그들의 우정과 사랑, 그의 인생에 있어서 그 귀중한 팔 년이라는 세월이 허망하게 되어 버리고 말았다.

「언제 이런 생각을 했어요?」 그녀가 물었다.

「목요일 밤에 명확하게 생각했어.」

「이렇게 되리라는 것을 알고 있었어요.」 그녀가 말했다.

이 말을 들으니 그는 씁쓸하면서도 기분이 좋았다. 〈아, 잘 되었군. 알고 있었다니 말이야. 그러니 그다지 놀랄 만한 일도 아니겠군.〉 하고 그는 생각했다.

「그래서 클라라에게 혹시라도 이런 말을 했어요?」 그녀가 물었다.

「아니⋯⋯. 그렇지만 이제 말해야지.」

침묵이 흘렀다.

「당신이 작년 이맘때쯤 한 말을 기억해요?⋯⋯ 우리 할머니 댁에서 말이에요⋯⋯. 아니 지난달에도 말했네요.」

「그래.」 그가 말했다. 「기억해! 그리고 그럴 작정이었어. 그런데 어쩔 수 없이 실패하고 말았어.」

「실패한 것은 당신이 다른 것을 원했기 때문이에요.」

「그랬든 안 그랬든 실패했을 거야. 너는 결코 나를 믿지 않았어.」

그녀는 이상하게 웃었다.

그는 말없이 앉아 있었다. 그녀가 자기를 속여 왔다는 생각이 가득했다. 그녀가 자기를 숭배한다고 그가 생각하고 있을 때 그녀는 그를 줄곧 경멸해 왔던 것이다. 그녀는 그로 하여금 잘못된 말을 하도록 하면서도 그의 말을 반박하지 않았던 것이다. 그녀는 그가 혼자 싸우도록 내버려 두고 있었다. 그녀가 자기를 숭배한다고 여기고 있는 동안에도 그녀에게 멸시를 당하고 있었다는 생각이 그의 목구멍에 딱 달라붙어 숨이 막혔다. 그녀가 그의 잘못을 꼬집을 때 그에게 그런 말을 해주었어야만 했다. 그녀는 그동안 내내 공정하게 행동하지 않았던 것이다. 그는 그녀를 증오했다. 지난 몇 년 동안 그녀는 그를 마치 영웅인 듯 대접했지만 속으로는 갓난아이, 어리석은 어린아이라고 생각해 왔던 것이다. 그런데 왜 그녀는 어리석은 어린아이가 어리석은 짓을 하도록 내버려 두었다는 말인가. 그녀에 대한 그의 마음이 차갑게 식었다.

그녀도 슬픔에 가득 차서 앉아 있었다. 그녀는 그동안 내내 알고 있었다……. 아, 줄곧 아주 잘 알고 있었다. 그가 그녀에게서 멀리 떨어져 있을 때 그녀는 언제나 그를 이미 판단하고 있었으며 그의 째째함, 비열함 그리고 어리석음을 언제나 알고 있었다. 심지어 그녀는 자신의 영혼을 그에게 맞서서 보호해 왔다. 그녀는 지금 꺼꾸러지지도 않았고 쓰러지지도 않았으며 심지어는 그다지 많이 상처 입지도 않았다. 그녀는 줄곧 알고 있었다. 단지 왜 그가 저기 앉아서 자기에게 이처럼 이상한 지배력을 행사하고 있을까 하는 생각만 들었다. 그의 동작 하나하나가 그녀를 매혹시켜 마치 그녀를 최면에 걸리게 한 듯했다. 그렇지만 그는 비열하고 불성실하며 변덕스럽고 상스러웠다. 그런데 왜 이렇게 자기를 구속하는가? 그가 팔을 움직이는 동작이 이 세상의 다른 어떤 것도 할 수 없는 방식으로 자기 마음을 휘젓는 것은 무슨 이유에

서인가? 왜 그에게 매달려 있는가? 왜 지금도 그가 자기를 쳐다보며 명령하면 그 말에 복종해야만 할까? 그녀는 그가 하찮은 명령을 내려도 그에 복종할 것이다. 그렇지만 일단 그에게 복종하면 그다음에는 그를 자기 손아귀에 쥐고 자기가 하고 싶은 대로 이끌 수 있다는 것을 그녀는 알고 있었다. 그녀는 확신했다. 단지 이 새로운 영향력만 아니라면! 아, 그는 다 큰 남자가 아니라 새로운 장난감을 달라고 울어 대는 갓난아이였다. 그래서 그의 영혼에 깃들어 있는 애정을 전부 차지하더라도 그를 붙잡을 수 없는 것이다. 좋아, 그는 반드시 떠나야 하리라. 그렇지만 새로운 느낌에 싫증이 나면 돌아올 것이다.

그가 땅을 계속 마구 파내자 마침내 그녀는 안달 나서 죽을 지경이 되었다. 그녀는 자리에서 일어섰다. 그는 앉아서 흙덩어리를 시냇물에 집어던지고 있었다.

「어디 가서 차나 마실까?」그가 물었다.

「그래요.」그녀가 대답했다.

그들은 차를 마시며 무의미한 주제에 대해 수다스럽게 지껄였다. 그는 이 찻집의 거실에서 힌트를 얻어 장식품에 대한 취미 및 그것과 미학과의 관련성에 대하여 장황하게 이야기를 늘어놓았다. 그녀는 냉담하고 말이 없었다. 그들이 집으로 걸어올 때 그녀가 물었다.

「그러면 우리는 서로 만나지 않을 거죠?」

「안 만날 거야…… 아니면 만나도 매우 드물게 만나겠지.」그가 대답했다.

「편지도 쓰지 않지요?」거의 빈정대듯이 그녀가 물었다.

「네가 하고 싶은 대로 해.」그가 대답했다. 「우리가 서로 낯선 사람은 아니잖아…… 무슨 일이 있어도 그렇게는 되지 않을 테고 말이야. 나는 너에게 가끔 편지 쓸게. 너는 네 마음대로 해.」

「알겠어요.」 그녀가 냉담하게 대답했다.

그렇지만 그는 그 무엇에도 비할 수 없을 만큼 크나큰 마음의 상처를 입은 상태에 도달해 있었다. 그는 자신의 삶에 커다란 틈을 만들었던 것이다. 그녀가 그들의 사랑이 언제나 갈등 상태에 있었다고 그에게 말했을 때 그는 이미 커다란 충격을 받았다. 다른 것은 아무것도 중요하지 않았다. 그들의 사랑이 그렇게 대단한 것이 아니었다면 그 사랑이 끝났다고 해서 소란을 피울 필요는 전혀 없었다.

그녀는 오솔길 끝에서 그녀와 헤어졌다. 그녀가 새 드레스를 입고 집으로 외로이 걸어가 가족들을 한쪽 끝에서 마주보아야 할 때 그는 수치와 고통에 싸여 큰길에 가만히 서서 자신이 그녀에게 끼친 고통을 생각했다.

자존심을 회복하려는 반발심에서 그는 〈윌로우 트리〉로 술을 마시러 들어갔다. 이날 소풍을 나온 아가씨 네 명이 적당한 크기의 술잔으로 포트와인을 마시고 있었다. 그들의 탁자 위에는 초콜릿이 좀 놓여 있었다. 폴은 그들 가까이에 앉아서 위스키를 마셨다. 그는 아가씨들이 저희들끼리 속삭이며 팔꿈치로 쿡쿡 찌르는 것을 알아차렸다. 얼마 안 있어 그들 중의 한 명인 예쁘장하고 까무잡잡한 말괄량이가 그에게로 몸을 기울이고 말했다.

「초콜릿 드실래요?」

다른 아가씨들은 그녀의 뻔뻔스러운 행동을 보고 큰 소리로 웃어 댔다.

「좋지요.」 폴이 말했다. 「딱딱한 것으로 줘요……. 호두가 들어 있는 것으로요. 크림이 들어 있는 것은 좋아하지 않아요.」

「그러면 여기 있어요.」 그 아가씨가 말했다. 「당신에게 아몬드를 드릴게요.」

그녀는 손가락으로 초콜릿을 집어서 내밀었다. 그는 입을 벌렸다. 그녀는 초콜릿을 그의 입에 쏙 집어넣고 얼굴을 붉혔다.

「정말 친절하시네요.」그가 말했다.

「글쎄요.」그녀가 대답했다. 「우리들은 당신이 매우 울적해 보인다고 생각했어요. 그래서 이 애들이 나를 부추겨서 당신에게 초콜릿을 드리라고 했어요.」

「괜찮으면 하나 더 주세요…….다른 종류로.」그가 말했다.

그리고 곧 그들은 모두 함께 온통 웃음바다에 빠졌다.

날이 어두워지고 있었고 그는 아홉 시경에 집으로 돌아왔다. 그는 말없이 집 안으로 들어갔다. 어머니가 기다리고 있다가 걱정스럽게 벌떡 일어섰다.

「이야기했어요.」그가 말했다.

「다행이구나!」어머니가 대답하며 크게 안도했다.

그는 지친 듯이 모자를 벗어 걸어 놓았다.

「완전히 끝났다고 이야기했어요.」그가 말했다.

「잘했다, 애야.」어머니가 말했다. 「지금은 힘들겠지만, 결국에는 가장 잘한 일이라는 것을 그 애도 알 게다. 나는 안다. 네가 그 애에게 어울리지 않는다는 것을 말이야.」

그는 몸을 떨면서 웃어 대며 자리에 앉았다.

「술집에서 아가씨들과 한바탕 장난을 쳤어요.」그가 말했다.

어머니는 그를 쳐다보았다. 그는 이미 미리엄을 완전히 잊어버렸다. 그는 그녀에게 〈윌로우 트리〉 술집에서 만난 아가씨들에 관하여 이야기했다. 모렐 부인은 그를 쳐다보았다. 그의 유쾌한 태도는 짐짓 꾸며 낸 듯이 보였다. 그 배후에는 너무도 큰 두려움과 비참함이 깔려 있었다.

「이제 저녁을 좀 먹어라.」그녀가 매우 상냥하게 말했다.

나중에 그는 곰곰이 생각에 잠겨 말했다.

「그 애는 나를 자기 사람으로 만들 생각이 하나도 없었대요, 어머니. 애당초부터 없었대요······. 그래서 그 애는 실망하지도 않았어요.」

「내 생각에는······.」 어머니가 말했다.「그 애가 너에 대한 희망을 아직 버리지 않은 것 같구나.」

「그래요.」 그가 말했다.「어쩌면 버리지 않았을 거예요.」

「헤어지는 편이 더 낫다는 것을 너는 알게 될 거야.」 그녀가 말했다.

「모르겠어요.」 그가 절망적으로 말했다.

「그래, 그 애를 혼자 그냥 내버려 두어라.」 어머니가 대답했다.

그렇게 폴은 미리엄을 떠났고 미리엄은 혼자가 되었다. 그녀를 좋아하는 사람은 거의 없었고 그녀가 좋아하는 사람도 거의 없었다. 그녀는 오직 혼자 남아서 기다리고 있었다.

제12장

열정

그는 그림을 그려서 점점 생계를 꾸려 나갈 수 있게 되어 가고 있었다. 런던에 있는 리버티 직물 백화점이 그가 여러 가지 직물에 그린 디자인을 몇 점 받아 주었고 그는 자수 제품과 제단을 덮는 포 및 유사한 것들을 위해 그린 디자인을 한두 군데에 팔 수 있었다. 현재 그가 벌어들이는 돈은 그다지 많지 않았지만 수입이 늘어날 가능성이 보였다. 그는 또한 도자기 회사에서 일하는 디자이너들과도 사귀었고 새로 알게 된 예술에 대한 지식도 좀 쌓아 가고 있었다. 응용 예술에 그는 대단히 흥미를 느꼈다. 동시에 그는 그림에도 서서히 힘을 기울이고 있었다. 그는 커다란 인물화를 빛이 가득하게 그리기를 좋아했으나 인상파 화가들과 같이 단지 빛과 빛에서 생긴 그림자만으로 구성하여 그리지 않고, 상당히 명확하게 드러나는 인물들이 어떤 빛을 내는 특징을 지니도록 하여 미켈란젤로[90]가 그린 인물들의 분위기와 유사한 분위기

90 미켈란젤로 부오나로티Michelangelo Buonarroti(1475~1564). 이탈리아의 조각가 겸 건축가로 르네상스 시대의 회화 및 조각과 건축에서 뛰어난 업적을 남겼다. 산피에트로 대성당의 「피에타」, 「다비드」, 시스티나 대성당의 천장화 등이 대표작이다.

를 자아냈다. 그리고 이러한 인물들을 풍경 속에 적당한 크기로 그려 넣어 그가 생각하기에 진정한 균형을 맞추고자 했다. 그는 자신의 모든 기억을 활용하고 자기가 알고 있는 사람들을 모두 이용하여 작업했다. 그는 자신의 작품이 훌륭하고도 값지다는 사실을 굳게 믿고 있었다. 발작적으로 우울해지거나 위축되는 등 여러 가지 어려움에도 불구하고 그는 자신의 작품을 믿었다.

스물네 살 때 그는 자신이 가장 확신하고 있는 일을 처음으로 어머니에게 말했다.

「어머니.」 그가 말했다. 「나는 화가가 되어 세상 사람들의 주목을 받을 거예요.」

그녀는 자기 나름대로의 묘한 방식으로 코웃음을 쳤다. 그런 행동은 다소 기뻐하며 어깨를 으쓱하는 것과 마찬가지였다.

「잘 생각했다. 애야, 두고 보자꾸나.」 그녀는 말했다.

「두고 보세요, 비둘기 같은 어머니. 얼마 안 있어 뽐내나 안 내나 두고 보세요.」

「아주 만족스럽구나. 애야.」 그녀가 미소 지으며 말했다.

「그렇지만 바꿔셔야만 해요. 어머니가 미니를 어떻게 대하는지 보세요.」

미니는 열네 살 먹은 체구가 작은 하녀였다.

「그래 미니가 어쨌는데?」 모렐 부인이 위엄 있게 물었다.

「오늘 아침에 그 애가 하는 말을 들었어요. 〈저, 모렐 부인, 제가 하려고 했구만이라.〉라고 말하더군요. 어머니가 비를 맞으며 석탄을 가지러 나갔을 때 말이에요.」 그가 말했다. 「그것을 보니 어머니가 하인을 제대로 다룰 수 있을 것 같지 않아요.」

「글쎄다……. 그건 그냥 그 아이가 착해서 그런 거야.」 모렐 부인이 말했다.

「그리고 어머니가 그 애에게 사과하시던데요. 〈네가 두 가지 일을 동시에 할 수는 없잖니, 그렇지?〉라고 말이에요.」

「그 애는 설거지하느라고 바빴단다.」 모렐 부인이 대답했다.

「그리고 그 애가 뭐라고 말했어요? 〈조금만 기다렸으면 좋았을 것이구만이라. 어휴, 발이 얼마나 젖었는지 보시랑께요!〉라고 말했잖아요.」

「그래, 이 뻔뻔스러운 장난꾸러기야!」 모렐 부인이 말하며 미소 지었다.

「그러고 나서도 허세 부리는 것에 대해 말씀하시네요.」

모렐 부인은 콧방귀를 뀌었다.

「어머니의 하인들은 어머니에게 너무 착할 거예요.」 그가 말했다. 「하인들이 어머니 뒤를 졸졸 따라다닐까 봐 두려워서 어머니는 감히 움직이지도 못할 거예요.」

「그 얘기라면 나도 할 말이 있다.」 어머니가 갑자기 큰 소리로 외쳤다. 「어제 네가 복도를 지나가면서 하는 말을 들었다. 〈아, 거기에 들어가지 마시랑께요.〉라고 미니가 말하더구나. 그랬더니 네가 〈들어가면 왜 안 돼?〉라고 말했지. 그 애가 〈제가 방금 닦았구만이라.〉 하고 말하니까 네가 〈그래, 그러면 내가 매트까지 펄쩍 뛸게.〉라고 말하더구나. 그러니 신사 양반, 그러고도 나에게 무슨 할 말이 남아 있소?」

「아, 그렇지만 나는 엄숙하게 사람들을 부릴 수 있어요.」

어머니는 웃음을 터뜨렸다.

「내가 보장하겠구먼.」 그러면서 그녀가 놀렸다.

「할 수 있어요. 내가 사람들을 다루는 것을 어머니가 보아야 해요.」 그가 우겼다.

「그렇게 해야지.」 그녀가 웃으며 말했다.

「어머니한테니까 하는 말이지만 여직공들은 내 발소리만

들어도 벌벌 떨어요. 그렇지만 여직공 백만 명을 거느린 사장이 된다 할지라도 어머니에게는 쓸모없을 거예요.」

그녀는 그를 쳐다보며 그저 웃기만 했다.

「그렇지만 멋지지 않을까요? 어머니가 식당에 앉아 종을 울려서 구두를 벗고 싶다고 알리면 말이에요.」

「그렇겠구나!」 그녀가 미심쩍게 말했다.

「그렇지만 그럴 거예요, 두고 보세요. 어머니는 진짜 터키산 카펫을 가지게 될 거예요.」

「좋아……. 좋구나, 애야. 그것을 갖게 될 때까지 기다리마. 그렇지만 너는 그것을 네 집에 깔고 싶어 할 거야.」

「어떤 집이요? 여기가 내 집이에요!」

「언제나 그렇지는 않을 거다.」

「항상 그럴 거예요, 정말이에요.」

「그래, 조금만 기다려 보자꾸나!」

「아, 그래요. 기다려 보지요. 밀로의 비너스가 내 길을 따라올 때까지 기다릴 거예요.」

「뭐라고? 밀로의 비너스 같은 여자를 좋아할 거라고?」 어머니가 웃으며 말했다.

「그 여자는 좀 더 위엄 있는 사람을 좋아할 거예요.」 그가 말했다. 「그 여자는 글래드스턴 씨와 잘 어울릴 거예요.」

「그래 글래드스턴 부인은 참 불쌍하다는 생각이 드는구나!」 모렐 부인이 웃으며 말했다. 「아주 멋진 비유야!」

「그래요……. 맞아요……. 그녀는 그를 숭배했어요……. 그는 자기를 숭배하는 아내를 얻어야만 했을 거예요. 밀로의 비너스 귀부인은 그러지 않을 거예요. 내가 그녀를 좋아할지 모르겠어요. 그렇지만 그녀는 꽤 나이가 들었어요. 어쨌든 그녀가 오는지 볼 거예요.」[*]

그는 어머니를 쳐다보면서 웃었다. 그녀는 그의 사랑을 받아 또다시 매우 온화해지고 안색도 장밋빛이 되었다. 마치 햇살이 모두 한동안 그녀에게 비치는 듯했다. 그는 즐거운 마음으로 자기 일을 계속했다. 행복할 때의 그녀는 너무 건강해 보여서 그는 그녀의 머리가 하얗게 변했다는 사실조차 잊었다.

그리고 그해에 그녀는 그와 함께 와이트 섬으로 가서 휴가를 즐겼다. 그들 둘 다에게 너무나 즐겁고 아름다운 휴가였다. 모렐 부인은 기쁨과 경이로 충만했다. 그렇지만 그녀는 그와 보조를 맞추어 걷기가 힘에 부쳤다. 그녀의 얼굴은 잿빛으로 변하고 입술이 너무도 새파래졌다. 그 모습은 그를 고통스럽게 했다. 마치 누군가가 칼로 가슴을 찌르는 듯한 느낌이었다. 그런 다음 그녀는 다시 건강해졌고 그는 옛날 일을 잊었다. 그렇지만 그의 마음속에는 걱정이 아물지 않는 상처처럼 남아 있었다.

미리엄과 헤어진 후 그는 거의 곧바로 클라라에게 갔다. 그들이 결별한 다음 날인 월요일에 그는 작업실로 내려갔다. 그녀는 고개를 들어 그를 쳐다보고 미소를 지었다. 그들은 부지중에 매우 친밀해져 있었다. 그녀는 그에게 새롭고 밝은 분위기가 감돌고 있는 것을 보았다.

「오, 시바의 여왕이시여!」 그가 말하며 웃었다.

「그런데 왜 그래요?」 그녀가 물었다.

「그 옷이 잘 어울린다는 생각이 드네요. 새 원피스를 입었네요.」

그녀는 얼굴을 붉히며 물었다.

「어때 보여요?」

「잘 어울려요……. 굉장히 잘! 내가 당신 드레스를 디자인

* 635면 10행~636면 27행.

해 줄 수 있어요.」

「어떤 옷이 될까요?」

그는 그녀 앞에 서서 두 눈을 반짝이며 설명했다. 그는 그녀가 두 눈으로 자기 눈을 똑바로 마주 보도록 하고 있었다. 그러다가 그는 갑자기 그녀를 잡았다. 그녀는 다소 깜짝 놀라서 뒤로 물러섰다. 그는 그녀의 블라우스 옷자락을 팽팽하게 당겨서 그녀의 가슴 위로 매끈하게 폈다.

「이렇게 하는 것이 더 그럴듯해요!」 그가 설명했다.

그렇지만 그들 둘 다 얼굴이 시뻘겋게 달아올랐고 그는 즉시 달아났다. 그가 그녀를 만졌던 것이다. 그의 몸 전체가 그 감흥으로 바르르 떨리고 있었다.

그들 사이에는 이미 일종의 은밀한 이해가 형성되어 있었다. 그다음 날 저녁 그는 그녀와 함께 기차 시간이 되기 몇 분 전에 영화관으로 들어갔다. 자리에 앉았을 때 그는 그녀의 손이 자기 가까이 놓여 있는 것을 보았다. 한동안 그는 감히 그 손을 만지지 못했다. 화면이 춤을 추고 떨렸다. 그때 그는 그녀의 손을 잡았다. 그 손은 크고도 단단했으며 그의 손에 가득 찼다. 그는 그녀의 손을 굳게 잡았다. 그녀는 움직이지도 않았고 어떤 신호를 보내지도 않았다. 그들이 밖으로 나왔을 때 기차 시간이 다 되었다. 그는 망설였다.

「잘 가요.」 그녀가 말했다. 그는 쏜살같이 길을 건너 달려갔다.

그다음 날 그는 다시 와서 그녀에게 이야기를 걸었다. 그녀는 그에게 다소 오만한 태도를 취했다.

「월요일에 산보 갈까요?」 그가 물었다.

그녀는 얼굴을 옆으로 돌렸다.

「미리엄에게 말할 거예요?」 그녀가 빈정대는 어조로 말했다.

「그녀와 헤어졌어요.」그가 말했다.

「언제요?」

「지난 일요일에요.」

「싸웠어요?」

「아니요! 내가 결심했어요. 이제는 자유로워지고 싶다고 그녀에게 아주 분명히 이야기했어요.」

클라라는 대답하지 않았고 그는 자기 자리로 돌아가 일을 했다. 그녀는 아주 조용했고 매우 화려했다!

토요일 저녁 그는 그녀에게 자기와 함께 레스토랑에 가서 커피를 마시자고 청하며 근무 시간이 끝난 다음에 만나자고 했다. 그녀가 오기는 했지만 매우 수줍고 아주 쌀쌀해 보였다. 기차 시간까지는 사십오 분이 남아 있었다.

「잠시 걸읍시다.」그가 말했다.

그녀가 동의하여 그들은 캐슬을 지나 고급 주거지인 파크로 들어갔다. 그는 그녀를 두려워하고 있었다. 그녀는 시무룩한 표정으로 그의 옆에서 걸어갔는데 다소 분개하는 듯하고 망설이는 듯했으며 화난 듯이 보였다. 그는 그녀의 손을 잡기가 두려웠다.

「어느 쪽으로 갈까요?」그가 물으며 그들은 어둠 속을 걸어갔다.

「상관없어요.」

「그러면 계단으로 올라갑시다.」

그는 갑자기 돌아섰다. 그들이 파크 지역에 있는 계단을 거의 다 올라왔을 때였다. 그녀는 그가 갑자기 자기를 버린 것에 분개하여 가만히 서 있었다. 그는 그녀를 찾았다. 그녀는 무관심하게 서 있었다. 그는 갑자기 그녀를 두 팔로 껴안았다. 그리고 잠시 부자연스럽게 안고 있다가 키스했다. 그런 다음에 그녀를 풀어 주었다.

「갑시다.」 그가 뉘우치는 듯이 말했다.

그녀는 그를 따라갔다. 그는 그녀의 손을 잡고 손가락 하나하나에 키스했다. 그들은 말없이 걸었다. 불빛이 환한 곳에 왔을 때 그는 그녀의 손을 놓아주었다. 두 사람 다 아무 말없이 기차역에 도착했다. 그런 다음에 그들은 서로의 눈을 들여다보았다.

「잘 가요.」 그녀가 말했다.

그리고 그는 기차를 타러 갔다. 그의 몸은 기계적으로 움직였다. 사람들이 그에게 말을 걸었다. 그들에게 대답하는 자기 목소리가 희미한 메아리처럼 들려왔다. 그는 일종의 맹렬한 흥분 상태에 빠져 있었다. 월요일이 즉시 오지 않으면 미칠 것 같은 느낌이 들었다. 월요일이면 그는 그녀를 다시 만날 것이다. 그 자신이 온통 앞으로 내던져져 있는 듯한 기분이었다. 일요일이 사이에 끼어 있었다. 그는 그것을 참을 수 없었다. 그는 그녀를 월요일까지 볼 수 없는 것이었다. 그런데 일요일이 사이에 끼어 있다니…… 한 시간 한 시간이 긴장의 시간이었다. 그는 머리를 객차의 문에 부딪쳐 깨뜨리고 싶었다. 그렇지만 그는 가만히 앉아 있었다. 집으로 오는 길에 위스키를 조금 마셨지만 이는 기분을 더욱 침울하게 할 뿐이었다. 어머니의 마음을 상하게 하면 안 된다는 생각뿐이었다. 그는 자기감정을 드러내지 않고 빨리 침실로 들어갔다. 옷을 입은 채 침대에 앉아 턱을 두 무릎 사이에 박고 창밖으로 멀리 떨어진 언덕을 물끄러미 바라보니 불빛이 드문드문 보였다. 그는 생각하지도 못하고 잠들지도 못하고 그저 꼼짝도 하지 않고 가만히 앉아 멍하니 창밖을 내다보았다. 그러다가 마침내 너무 추워서 정신이 들어 보니 손목시계는 두 시 반에 멈추어 있었다. 벌써 세 시는 넘었다. 그는 기진맥진했지만 이제 겨우 일요일 아침밖에 되지 않았다는 사실을 알아차리자 여전히 고통스러웠다. 그는 침대에 들어가 잠을 잤다. 하루 종일 자전거를 타고 돌아다녀서 마침내 그는 녹초가 되었다. 그리고 그는 자기가 어디를 돌아다녔는지도 거의 기억하지 못했다. 그렇지만 그다음 날은 월요일이었다. 그는 네 시까지 잠을 잤다. 그러고는 누워서 생각에 잠겼다. 그는 본래의 자기 자신에게 점점 더 가까워지고 있었다⋯⋯. 그는 자기 자신이 앞으로 언젠가 되어 갈 모습을 정말로 상상할 수 있었다. 그녀는 자기와 함께 오후에 산책을 할 것이다. 오후였다! 그렇지만 그때가 수십 년 앞에 있는 듯이 보였다.

천천히 시간이 지나갔다. 아버지가 일어났다⋯⋯. 아버지가 이리저리 거니는 발소리가 들렸다⋯⋯. 그러고 나서 아버지는 탄광으로 출발했고 무거운 부츠가 뜰에 질질 끌리는 소리가 들려왔다. 수탉들이 여전히 울고 있었다. 마차 한 대가 길을 내려갔다. 어머니가 일어났다. 그녀는 난롯불을 탁탁 쳐서 재를 떨어냈다. 잠시 후 그녀가 그를 상냥하게 불렀다. 그는 마치 잠들어 있는 듯이 대답했다. 이러한 위장을 그는 잘했다.

그는 기차역으로 걸어가고 있었다⋯⋯. 일 킬로미터만 더 걸으면 된다! 기차가 노팅엄에 가까워졌다⋯⋯. 혹시 터널 앞에서 멈출까?⋯⋯ 그렇지만 그것은 아무 상관이 없었다. 기차는 점심시간 전에는 그곳에 도착할 것이다. 그는 조던 회사에 와 있었다. 그녀는 반시간 안에 올 것이다. 어쨌든 그녀는 가까이 있을 것이다. 그는 편지 작업을 끝냈다. 그녀는 그곳에 와 있을 것이다. 어쩌면 오지 않았을지도 모른다. 그는 아래층으로 뛰어 내려갔다. 아, 그녀의 모습이 유리문 너머로 보였다. 그녀가 두 어깨를 앞으로 살짝 숙이고 일하고 있는 모습을 보자 그는 앞으로 나아갈 수도 서 있을 수도 없을 것 같은 기분이 들었다. 그는 안으로 들어갔다. 그는 얼굴이 창백하고 초조하고 어색하며 아주 냉정해 보였다. 혹시 그녀가 그를 오해하고 있지나 않을까? 그는 자신의 진정한 자아를 이런 겉껍질 즉 겉으로 드러난 자아와 하나로 결합시킬 수 없었다.

「그러면 오늘 오후에.」그는 애써서 말했다.「올 거죠?」

「그럴까 해요.」그녀가 낮은 소리로 웅얼웅얼 대답했다.

그는 그녀 앞에 서서 한마디도 말할 수 없었다. 그녀는 그에게서 얼굴을 돌렸다. 또다시 자신이 의식을 잃을 것 같다는 느낌이 그에게 엄습해 왔다. 그는 이를 악물고 위층으로 올라갔다. 그는 지금까지 모든 일을 올바르게 처리해 왔으니 앞으로도 그렇게 할 것이다. 오전 내내 그는 모든 사물들이 저 멀리 떨어져 있는 듯한 느낌이 들었는데 마치 클로로포름으로 마취된 상태에 있는 듯했다. 그 자신이 압박 붕대로 꽁꽁 묶여 있는 듯이 보였다. 그러자 그의 다른 자아가 저 멀리에서 일을 하며 장부에 기입하고 있는 모습이 보였고 그는 멀리 떨어져 있는 그 자아가 실수하지 않도록 주의 깊게 지켜보고 있었다.

그렇지만 그러한 고통과 긴장은 그다지 오래 지속될 수 없었다. 그는 끊임없이 일을 했다. 아직도 시간은 열두 시밖에 되지 않았다. 마치 그가 자신의 옷을 책상에 못 박아 고정시켜 놓은 듯이 그는 책상 앞에 서서 일하며 있는 힘을 모두 짜냈다. 한 시 십오 분 전이 되었다…… 그는 이제 책상을 정리할 수 있었다. 그런 다음에 그는 아래층으로 뛰어 내려갔다.

「파운틴에서 두 시에 만나요.」그가 말했다.

「두 시 반이나 되어야 거기에 갈 수 있어요.」

「그래요.」그가 말했다.

그녀는 그의 우울하고 몹시 흥분한 두 눈을 보았다.

「두 시 십오 분까지 가도록 해볼게요.」

그래서 그는 만족하지 않을 수 없었다. 그는 나가서 점심 식사를 좀 했다. 그동안 내내 그는 여전히 클로로포름에 마취되어 있는 듯했고 일각이 여삼추였다. 그는 몇 킬로미터씩이나 거리를 걸었다. 그러다가 자기가 약속 장소에 늦게 도착할지도 모른다는 생각을 했다. 그는 파운틴에 두 시 오 분에 도착했다. 그다음에 기다리는 십오 분이라는 시간 동안 느끼는 고통은 말로 표현할 수 없을 정도로 미묘했다. 그것은 살아 있는 자아를 겉껍질에 불과한 외적인 자아와 하나로 결합시키는 고통이었다. 마침내 그녀의 모습이 보였다. 그녀가 온 것이다! 그리고 그도 그곳에 있었다.

「늦었네요.」 그가 말했다.

「겨우 오 분 늦었어요.」 그녀가 대답했다.

「나라면 결코 당신을 기다리게 하지 않았을 거예요.」 그가 웃으며 말했다.

그녀는 암청색 옷을 입고 있었다. 그는 그녀의 아름다운 자태를 쳐다보았다.

「꽃을 사드릴게요.」 그가 말하며 가까운 꽃집으로 갔다.

그녀는 말없이 그를 따라갔다. 그는 그녀에게 진홍색과 붉은 벽돌색 카네이션 한 다발을 사주었다. 그녀는 그 꽃다발을 코트에 꽂으며 얼굴을 붉혔다.

「색깔이 참 아름다워요!」 그가 말했다.

「색깔이 좀 더 연하면 좋을 텐데.」 그녀가 말했다.

그는 웃었다.

「진홍색 얼룩이 거리를 걸어간다는 느낌이 드네요!」 그가 말했다.

그녀는 마주치는 사람들이 혹시 알아볼까 걱정되어 머리를 숙였다. 함께 걸어가면서 그는 곁눈질로 그녀를 쳐다보았다. 그녀의 얼굴에는 귀 근처에 굉장히 멋진 솜털이 잔뜩 나 있어서 그는 그것을 만져 보고 싶었다. 그리고 어떤 권태감, 완전히 무르익은 곡식 이삭이 바람결에 살며시 나부끼는 듯한 권태로움이 그녀에게 깃들어 있어서 그는 머리가 어지러웠다. 그는 아찔아찔한 현기증을 느끼며 거리를 걸어가는 듯했고 주위의 모든 것들이 빙글빙글 도는 것 같았다.

전차에 올라 자리에 앉자 그녀는 묵직한 어깨를 그에게 기댔고 그는 그녀의 손을 잡았다. 그는 마취에서 깨어나 의식을 회복하면서 숨을 쉬기 시작하는 듯한 기분이 들었다. 그녀의 귀는 금발 머리카락 가운데 살짝 숨겨져 그의 가까이에 있었다. 그 귀에 키스하고 싶은 유혹이 너무나 커서 거의 참을 수 없었다. 그렇지만 전차의 이층에는 다른 사람들도 타고 있었다. 그럼에도 불구하고 키스하고 싶은 마음은 여전했다. 결국 그는 그 자신이 아니라 그녀의 부속물 가운데 일부로 그녀에게 비치는 햇살과 마찬가지였다.

그는 재빨리 시선을 다른 곳으로 돌렸다. 비가 내리고 있었다. 평평한 도시 위에 불쑥 솟아 있는 캐슬의 거대한 절벽이 비를 맞아 줄무늬가 나 있었다. 그들은 미들랜드 철로의 넓고 시커먼 지역을 가로질러 가축을 기르는 땅을 지났는데 울타리가 쳐진 그 땅이 하얗게 눈에 뜨였다. 곧이어 그들이 탄 전차는 지저분한 윌포드 로드를 달렸다.

그녀는 전차의 움직임에 따라 가볍게 흔들렸고 그에게 기대고 있었기 때문에 그녀의 흔들림이 그에게도 전해졌다. 그는 원기왕성하고 호리호리한 사람으로 지칠 줄 모르는 에너지를 지니고 있었다. 그의 얼굴은 거칠고 이목구비가 투박하여 보통 사람들의 얼굴다웠다. 그렇지만 짙은 눈썹 아래의 두 눈에는 생기가 가득 차 있어서 그녀를 매혹시켰다. 그 눈은 춤추는 듯하면서도 평온했고 금방이라도 웃음을 터뜨릴 듯이 섬세하게 균형 잡혀 바르르 떨고 있었다. 입도 마찬가지로 승리의 웃음을 막 터뜨릴 듯하면서 웃지는 않고 있었다. 그에게 날카로운 긴장감이 감돌고 있었다. 그녀는 울적하게 입술을 깨물었다. 그의 손은 그녀의 손을 단단히 감싸쥐고 있었다.

그들은 회전식 개찰구에서 반 페니짜리 동전 두 개를 내고 다리를 건넜다. 트렌트 강은 물이 가득 차 있었다. 강물은 고요히 눈에 뜨이지 않게 다리 아래로 흐르며 부드럽게 한 덩어리로 되어 움직이고 있었다. 최근에 비가 매우 많이 왔다. 강물 표면에는 홍수를 이룬 물이 평평하게 번쩍이고 있었다. 잿빛 하늘은 여기저기 은빛으로 빛나고 있었다. 윌포드 묘지에는 달리아가 비에 흠뻑 젖어 짙은 진홍색 공처럼 되어 있었다. 강가의 푸른 풀밭이나 느릅나무 가로수를 따라 나 있는 길에는 걸어가는 사람이 아무도 없었다.

은빛으로 빛나는 검은 강물과 푸른 풀밭의 둑, 그리고 황금빛으로 번쩍이는 느릅나무 위에는 희미한 안개가 서려 있었다. 강물은 한 덩어리로 되어 아주 조용하고 빠르게 흘러가며 스스로 얽히는 모양이 마치 어떤 미묘하고 복잡한 생물이나 마찬가지였다. 클라라는 울적한 마음으로 그의 옆에서 걸어가고 있었다.

「왜 미리엄과 헤어졌어요?」 그녀가 마침내 다소 귀에 거슬리는 어조로 물었다. 그는 얼굴을 찌푸렸다.

「헤어지고 싶었기 때문에요.」 그가 말했다.

「왜요?」

「그녀와 계속 교제하고 싶지 않았기 때문에요. 그리고 결혼하고 싶지도 않았고요.」

그녀는 한동안 말이 없었다. 그들은 진창길을 천천히 내려왔다. 느릅나무에서 물방울이 떨어졌다.

「미리엄과 결혼하고 싶지 않았다는 말인가요? 아니면 결혼 자체를 하고 싶지 않았다는 말인가요?」 그녀가 물었다.

「두 가지 다예요.」 그가 대답했다. 「두 가지 모두요!」

물웅덩이가 여기저기 있었기 때문에 그들은 조심하여 물웅덩이를 피하며 울타리 계단까지 갈 수밖에 없었다.

「그래서 그녀는 뭐라고 했어요?」 클라라가 물었다.

「미리엄이요? 내가 네 살 먹은 갓난아기라고 하더군요. 그리고 내가 항상 그녀에게서 도망치려고 싸웠다고 하고요.」

클라라는 이 말을 한참 동안 곰곰이 생각했다.

「그렇지만 한참 동안 그녀와 정말로 사귀었잖아요?」 그녀가 물었다.

「그랬죠.」

「그런데 이제는 그녀를 더 이상 원하지 않는다는 거군요.」

「그래요. 사귀어 보았자 아무 소용 없다는 것을 알거든요.」

그녀는 또다시 깊은 생각에 잠겼다.

「그녀에게 상당히 가혹하게 대했다고 생각하지 않아요?」 그녀가 물었다.

「그렇죠! 몇 년 전에 관계를 끊었어야 했어요. 그렇지만 더 이상 계속해 보았자 아무 소용 없었을 거예요. 잘못을 두 번 저지른다고 해서 그 잘못이 옳은 일이 되지는 않으니까 말이에요.」

「당신은 지금 몇 살이죠?」 클라라가 물었다.

「스물다섯이요.」

「그리고 나는 서른이고요.」 그녀가 말했다.[91]

---

91 제9장에서 폴이 어머니를 모시고 링컨 시로 여행을 갔을 때 브레이포드 항구 옆에 앉아 클라라에 대하여 어머니에게 이야기하면서 클라라는 서른 살이고 자기는 이제 스물세 살이 되어 간다고 말한 바 있는 것과, 여기에서 클라라가 서른 살이고 폴은 스물다섯 살이라고 하는 데에는 오류가 있는데 이는 로런스 자신이 나이를 잘못 계산한 것이다.

「그런 줄 알고 있어요.」

「이제 서른한 살이 돼요…… 아니 서른한 살이 벌써 되었던가?」

「그런 것은 알지도 못하고 알고 싶지도 않아요. 그런 것은 아무 상관 없어요!」

그들은 그로브 숲 입구에 왔다. 비에 젖어 붉은 황톳길에는 이미 떨어진 낙엽이 들러붙어 있었고 또 이 길은 풀밭 사이의 가파른 둑으로 이어져 있었다. 길 양편에는 느릅나무가 줄지어 서 있어서 마치 거대한 복도를 따라 서 있는 기둥 같았는데 위에 아치처럼 높은 지붕을 만들어 거기에서 죽은 나뭇잎들이 떨어졌다. 주변은 온통 텅 비어 있고 조용하며 비에 젖어 있었다. 그녀는 울타리 계단 꼭대기에 서 있었고 그는 그녀의 두 손을 잡고 있었다. 그녀는 웃으며 아래에 서 있는 그의 두 눈을 들여다보았다. 이어 그녀가 펄쩍 뛰어내리자 그녀의 가슴이 그의 가슴에 닿았고 그는 그녀를 껴안고 얼굴에 온통 키스를 퍼부었다.

그들은 미끄럽고 가파른 붉은 황톳길을 따라 계속 올라갔다. 잠시 후 그녀는 그의 손을 풀어서 자기 허리를 감싸도록 했다.

「내 팔을 너무 꼭 쥐어서 혈관이 짓눌리는 것 같아요.」 그녀가 말했다.

그들은 계속 걸어갔다. 그는 손가락 끝으로 그녀의 젖가슴이 흔들리는 것을 느꼈다. 사방이 온통 조용하고 인적이 없었다. 왼쪽으로는 비에 젖은 붉은 황토색 경작지가 느릅나무 줄기와 가지 사이에 난 틈으로 보였다. 오른쪽으로는 아래를 내려다보면 느릅나무 꼭대기가 그들보다 훨씬 아래쪽에서 자라는 모습이 보였고 이따금 강물이 콸콸 흐르는 소리가 들려왔다. 때때로 저 아래쪽에서 가득 차 부드럽게 흘러가는 트렌트 강이 얼핏 보였고 또 물에 젖은 풀밭에 조그마한 가축들이 점점이 보이기도 했다.

「어린 커크 화이트[92]가 와서 놀던 이래로 변한 것이 거의 없어요.」그가 말했다.

그렇지만 그는 그녀의 귀밑 목을 지켜보고 있었는데 그곳에서는 홍조가 벌꿀처럼 흰색으로 옅어지고 있었으며 또한 그녀의 입은 몹시 슬프고 못마땅한 듯 삐쭉 내밀어져 있었다. 그녀가 걸으면서 그의 몸에 닿자 그의 몸은 탱탱한 밧줄처럼 긴장되었다.

느릅나무가 줄지어 서 있는 길을 반쯤 올라와 그로브 숲이 강물 위로 가장 높이 솟아 있는 곳에 이르자 그들은 앞으로 나아가는 발걸음을 멈추었다. 그는 그녀를 오솔길의 가장자리에 있는 나무 밑 풀밭으로 데리고 갔다. 붉은 황토로 이루어져 있는 절벽이 나무와 덤불 사이로 강까지 가파르게 경사져 있었고 강물이 번득이며 시커멓게 흐르는 모습이 나뭇잎 사이로 보였다. 저 멀리 아래쪽에는 물에 젖은 풀밭이 새파란 색을 띠고 있었다. 그와 그녀는 서로 기대어 서서 말없이 두려움에 젖어 서로의 몸을 내내 접촉하고 있었다. 아래쪽 강에서 빠르게 콸콸 흐르는 물소리가 들려왔다.

「왜 백스터 도우즈를 미워했어요?」그가 마침내 물었다.

그녀는 멋지고 당당한 동작으로 그에게 돌아섰다. 그녀의 입과 목은 그에게 제물로 바쳐진 듯했고 두 눈은 반쯤 감겨 있었으며 가슴은 마치 그를 요구하는 듯이 비스듬히 기울어져 있었다. 그는 살짝 웃고는 두 눈을 감은 채 길고 완전한 키스로 그녀를 맞았다. 그녀의 입과 그의 입은 하나로 녹아들

92 헨리 커크 화이트Henry Kirke White(1785~1806). 노팅엄 출신의 시인으로 「클리프턴 그로브」(1803)에서 그로브 숲에서 보낸 어린 시절의 즐거움을 묘사하고 있다.

었고 그들의 몸은 찰싹 달라붙어 뜨겁게 달구어졌다가 천천히 식었다. 한참이 지난 후에야 비로소 그들은 떨어졌다. 그들은 일반 사람들이 다니는 오솔길 옆에 서 있었다.

「강으로 내려갈까요?」 그가 물었다.

그녀는 그를 쳐다보면서 자신을 그의 손에 맡겼다. 그는 아래로 비탈진 길 가장자리를 넘어가 내려가기 시작했다.

「미끄러워요.」 그가 말했다.

「걱정하지 말아요.」 그녀가 대답했다.

붉은 진흙길이 거의 수직으로 되어 있었다. 그는 미끄러져 내려가다시피 하면서 이쪽 풀숲에서 저쪽 풀숲으로 옮겨 다니며 덤불에 매달리기도 했다. 그렇게 내려가 어떤 나무 발치에 있는 작지만 편편한 곳으로 갔다. 그곳에서 그는 그녀를 기다리며 흥분해 웃었다. 그녀의 신발은 붉은 진흙이 들러붙어 엉망이 되어 있었다. 그녀는 걷기가 어려웠다. 그는 얼굴을 찌푸렸다. 마침내 그가 그녀의 손을 잡았고 그녀는 그의 옆에 서게 되었다. 절벽이 그들 위로 솟아 있었고 낭떠러지가 아래에 놓여 있었다. 그녀의 얼굴은 빨갛게 상기되어 있었고 두 눈은 번쩍거렸다. 그는 발아래의 가파른 비탈을 쳐다보았다.

「위험해요.」 그가 말했다. 「아니 어쨌든 성가시게 되었어요. 왔던 길로 돌아갈까요?」

「나를 위해서라면 그럴 필요 없어요.」 그녀가 재빨리 대답했다.

「좋아요. 알다시피 내가 도와줄 수 없겠어요. 그저 방해만 될 것 같아요. 그 조그만 꾸러미와 장갑을 이리 주세요. 신발이 엉망이에요!」

그들은 나무 밑의 가파른 경사면에 불안하게 자리 잡고 서 있었다.

「자, 다시 갈게요.」 그가 말했다.

그는 미끄러지고 비틀거리고 다시 미끄러지며 다음 나무로 가다가 그 나무에 쾅 부딪쳐 거의 숨도 못 쉴 정도까지 이르렀다. 그녀는 조심스럽게 따라오면서 나뭇가지와 풀을 잡고 매달렸다. 그렇게 해서 그들은 한 발짝 한 발짝 강가로 내려갔다. 그렇지만 유감스럽게도 그곳은 홍수로 길이 없어져 버리고 붉은 비탈이 곧바로 물속으로 이어져 있었다. 그는 강물에 빠지지 않으려고 발뒤꿈치로 땅을 파면서 완강하게 버티고 급하게 멈춰 섰다. 그 바람에 그 작은 꾸러미의 끈이 툭 끊어졌고 갈색 꾸러미가 톡톡 튀며 굴러 내려가 물속으로 떨어져 둥실둥실 떠내려갔다. 그는 나무에 매달려 있었다.

「에이, 제기랄!」 그가 심통이 나서 외쳤다. 그런 다음에 그는 웃었다. 그녀는 위험하게 내려오고 있었다.

「조심해요!」 그가 그녀에게 경고했다. 그는 나무에 등을 대고 서서 기다리고 있었다.

「자 와요.」 그가 소리치며 두 팔을 활짝 벌렸다. 그녀는 달려 내려왔다. 그는 그녀를 잡았고 그들은 함께 서서 시커먼 강물이 강둑의 험한 가장자리에 넘실대는 광경을 지켜보았다. 꾸러미는 이미 떠내려가서 보이지 않았다.

「상관없어요.」 그녀가 말했다.

그는 그녀를 꼭 껴안고 키스했다. 두 사람이 발을 겨우 딛고 서 있을 만한 공간밖에 없었다.

「속았어요!」 그가 말했다. 「그렇지만 사람이 지나간 자국이 있으니 계속 가보면 길이 다시 나올 것 같아요.」

강물은 엄청난 양으로 불어 미끄러지듯 구불구불 흐르고 있었다. 건너편 강둑에서는 가축 무리가 황량한 벌판에서 풀을 뜯고 있었다. 오른쪽에는 절벽이 폴과 클라라의 머리 위로 높이 솟아 있었다. 그들은 나무에 기대서서 강가의 정적에 잠겨 있었다.

「자 앞으로 나가 봅시다.」 그가 말했고 그들은 어떤 사람의 징 박은 구두가 만들어 놓은 자국을 따라 붉은 진창길을 힘들게 걸어갔다. 그들의 몸은 뜨겁게 달아오르고 얼굴은 시뻘겋게 되었다. 진흙이 달라붙은 신발은 그들의 발걸음을 무겁게 잡았다. 마침내 그들은 울퉁불퉁한 길을 발견했다. 길에는 강물에 휩쓸려 온 자갈이 널려 있었지만 어쨌든 그 길은 걷기가 한층 편했다. 그들은 나뭇가지로 부츠의 진흙을 긁어냈다. 그의 가슴이 힘차고 빠르게 뛰었다. 다음 모퉁이를 돌면 삼면이 산으로 둘러싸인 작은 평지가 있었던 것 같은 생각이 들었다. 그가 앞장서서 나아갔고 그녀는 말없이 그의 뒤를 따라갔다. 그녀의 신발뿐만 아니라 치마 아랫자락도 붉은 흙투성이였다. 그들은 쓰러져 있는 나무 위로 올라갔다. 그녀는 신발 속에 진흙이 좀 들어갔기 때문에 잠시 뒤에 머물러 있었다. 그들은 그곳에 거의 가까이 와 있었다. 그의 가슴이 힘차고 빠르게 뛰었다.*

갑자기 조그만 평지에 올라서자 말없이 강가에 서 있는 두 남자의 모습이 눈에 들어왔다. 그는 가슴이 두근거렸다. 두 남자는 낚시질을 하고 있었다. 그는 돌아서서 한 손을 들어 클라라에게 경고했다. 그녀는 머뭇거리면서 웃옷의 단추를 잠갔다. 그들 둘은 함께 앞으로 나아갔다.

낚시꾼들은 돌아서서 자기들만의 은밀하고 고독한 장소에 침입한 두 사람을 호기심 어린 시선으로 지켜보았다. 그들은 불을 피워 놓고 있었지만 불은 거의 꺼져 가고 있었다. 온 세상이 더할 나위 없이 고요했다. 낚시꾼들은 다시 돌아서서 낚시질을 하며 회색으로 번쩍이는 강물 위에 마치 동상처럼

* 651면 9～16행.

서 있었다. 클라라는 머리를 숙이고 얼굴을 붉히며 걸어갔고 그는 혼자 웃고 있었다. 금방 그들은 버드나무에 가려 보이지 않게 되었다.

「지금쯤 저 사람들은 물에 빠져 죽었어야 하는데요.」폴이 조용히 말했다.

클라라는 대답하지 않았다. 그들은 강물이 넘실거리는 좁은 길을 따라 어렵게 앞으로 나아가고 있었다. 갑자기 길이 사라졌다. 붉은 황토로 이루어진 깎아지른 강둑이 그들 앞에 나타났는데 그 강둑이 곧바로 강으로 비탈져 있었다. 그는 서서 숨을 죽여 낮은 소리로 욕설을 퍼붓고 이를 악물었다.

「도저히 안 되겠어요.」클라라가 말했다.

그는 똑바로 서서 주위를 둘러보았다. 바로 앞에는 고리버들로 뒤덮인 작은 섬 두 개가 흐르는 물속에 있었다. 그렇지만 그 섬으로 갈 수는 없었다. 절벽이 그들의 머리 위 저 높은 곳에서부터 비스듬한 담처럼 내려와 있었다. 그리 멀지 않은 뒤쪽에는 낚시꾼들이 있었다. 강 건너편에는 멀리서 가축 무리가 적막한 오후에 묵묵히 풀을 뜯고 있었다. 그는 또다시 낮은 소리로 심한 욕설을 퍼부었다. 그는 높고 가파른 강둑을 올려다보았다. 사람들이 다니는 길로 되돌아가는 방법 이외에는 희망이 없다는 말인가?「잠깐만 기다려요.」그가 말하고 붉은 진흙으로 된 가파른 강둑을 비스듬하게 발뒤꿈치로 파며 완강하게 버티고 민첩하게 올라가기 시작했다. 그는 나무들마다 밑부분을 살펴보았다. 마침내 그는 원하던 것을 발견했다. 언덕 위에 나란히 서 있는 너도밤나무 두 그루가 뿌리 사이의 위쪽 표면에 작은 평지를 떠받치고 있었다. 그곳에는 축축한 나뭇잎들이 어지러이 흩어져 있었지만 그 정도면 괜찮아 보였다. 낚시꾼들은 아마도 충분히 멀리 떨어져 있어 보이지 않을 것이다. 그는 자기 비옷을 벗어 던져 놓고 그녀에게 오라고 손짓했다.

그녀는 어렵게 그의 옆으로 왔다. 그곳에 도착해서 그녀는 그를 침울하게 묵묵히 쳐다보다가 그의 어깨에 머리를 기대었다. 그는 그녀를 꽉 끌어안고 주위를 둘러보았다. 강 건너에 조그맣게 보이는 외로운 소 떼를 제외하고는 누구의 눈에도 뜨일 염려가 없었다. 그는 입을 그녀의 목에 깊숙이 파묻고 그녀의 느린 맥박이 자기 입술 아래에서 뛰는 것을 느꼈다. 만물이 더할 나위 없이 고요했다. 그날 오후에는 오직 그들 둘만 있을 뿐 다른 것은 아무것도 없었다.

그녀가 일어서자 계속하여 땅바닥만 바라보던 그는 시커멓게 젖은 너도밤나무 뿌리에 진홍색 카네이션 꽃잎이 여기저기 흩뿌려져 마치 핏방울이 튄 듯이 보이는 것을 갑자기 알아차렸다. 그리고 붉고 작은 얼룩이 그녀의 가슴에서 떨어져 옷을 타고 흘러내려 발끝까지 튀어 있었다.

「당신의 꽃이 엉망이 되었어요.」 그가 말했다.

그녀는 침울하게 그를 쳐다보며 머리카락을 걷어 올려 뒤로 넘겼다. 갑자기 그는 그녀의 뺨에 손가락 끝을 대었다.

「왜 그렇게 침울해 보여요?」 그가 그녀에게 비난하듯이 말했다.

그녀는 마치 본래 혼자 고독하다고 느끼는 듯이 슬프게 미소 지었다. 그는 그녀의 뺨을 손가락으로 애무하고 그녀에게 키스했다.

「안 돼유.」 그가 사투리로 말했다. 「절대로 고민하지 말아유.」

그녀는 그의 손가락을 꽉 쥐고 몸을 떨면서 웃었다. 그러고 나서 손을 떨어뜨렸다. 그는 그녀의 이마에서 머리카락을 뒤로 쓸어 넘기고 관자놀이를 쓰다듬으며 그곳에 가볍게 키스했다.

「그렇지만 당신은 걱정해서는 안 돼유.」 그가 여전히 사투리로 애원하듯이 부드럽게 말했다.

「아니에요, 나는 걱정하지 않아요.」 그녀가 상냥하게 웃어가며 체념한 듯이 말했다.

「그려유, 그래야 해유! 절대로 걱정하지 말어유.」 그가 간청하면서 애무했다.

「안 해요.」 그녀가 그를 위로하며 그에게 키스해 주었다.

그들은 가파른 비탈을 올라가야 꼭대기에 다시 도착할 수 있었다. 그 비탈을 올라가는 데 십오 분쯤 걸렸다. 평평한 풀밭에 올라오자 그는 모자를 벗어 던지고 이마에 흐르는 땀을 닦으며 한숨을 내쉬었다.

「이제야 평지로 다시 돌아왔네요.」 그가 말했다.

그녀는 숨을 헐떡이며 덤불이 우거진 풀 위에 앉았다. 그녀의 두 뺨은 핑크빛으로 달아올라 있었다. 그는 그녀에게 키스했고 그녀는 즐거워했다.

「자 이제 내가 당신의 구두를 닦아서 당신이 존경받을 만한 사람에게 어울리도록 만들어 줄게요.」 그가 말했다.

그는 그녀의 발 앞에 무릎을 꿇고 앉아 나뭇가지와 풀 다발로 열심히 구두를 닦았다. 그녀는 손가락을 그의 머리카락 속에 집어넣고 그의 머리를 자기에게로 끌어당겨 거기에 키스했다.

「내가 무엇을 하고 있나 알아맞혀 봐요.」 그는 이렇게 말하고 그녀를 쳐다보며 웃었다. 「신발을 닦고 있나요? 아니면 사랑의 씨를 뿌리고 있나요? 빨리 대답해 봐요!」

「바로 내가 원하는 것을 하고 있지요.」 그녀가 대답했다.

「우선은 당신의 구두닦이일 뿐 다른 아무것도 아니에요.」

그렇지만 그들은 계속하여 서로의 눈을 들여다보며 웃고 있었다. 그러다가 그들은 물고기가 미끼를 조금씩 물어뜯듯 가볍게 키스를 계속했다.

「쯧-쯧-쯧-쯧.」 그는 자기 어머니처럼 혀를 찼다. 「정말이지 주변에 여자가 있으면 아무 일도 하지 못한다니까요.」

그리고 그는 다시 부츠 닦는 일을 계속하며 낮은 소리로 노래를 불렀다. 그녀는 숱이 많은 그의 머리카락을 만졌고 그는 그녀의 손가락에 키스했다. 그는 그녀의 신발을 공들여 닦았고 마침내 그것들은 남 앞에 내놓을 수 있을 만큼 보기 흉하지 않게 되었다.

「자, 한번 보세요!」 그가 말했다. 「당신이 훌륭하게 보이도록 원래의 상태로 되돌리는 내 솜씨가 대단하지 않아요? 일어서 봐요! 자, 당신은 브리타니아 자신만큼이나 흠잡을 데 없이 보여요!」

그는 자기 부츠를 조금 더 깨끗이 닦고 두 손을 웅덩이에 고인 물로 씻으며 노래를 불렀다. 그들은 클리프턴 마을로 들어섰다. 그는 그녀를 미칠 듯이 사랑하고 있었다. 그녀가 움직이는 모습 하나하나, 그녀의 옷에 잡혀 있는 주름 하나하나가 그의 몸에 뜨거운 불길이 흐르도록 했고 홀딱 반하도록 하는 듯이 보였다.

그들이 차를 마신 찻집의 노부인은 그들 때문에 고무되어 명랑해졌다.

「날씨가 좋았으면 더 좋았을 텐데.」 그들 주위에서 어슬렁거리던 그 노부인이 말했다.

「아닙니다.」 그가 웃으며 말했다. 「날씨가 참 좋았다고 말하는 중입니다.」

그 노부인은 이상한 듯이 그를 쳐다보았다. 그에게는 독특한 만족감과 매력이 있었다. 그의 두 눈은 비밀스러우면서도 웃고 있었으며 그는 기뻐하는 동작으로 콧수염을 쓰다듬었다.

「그렇게 말을 하고 있었다고!」 그녀는 감탄하여 소리치며 늙은 두 눈을 번쩍였다.

「정말입니다.」 그가 웃으며 말했다.

「그러면 틀림없이 오늘 날씨가 좋았구먼.」 노부인이 말했다.

그녀는 공연히 소란을 피우며 그들 곁을 떠나려고 하지 않았다.

「무도 역시 좋아하는지 모르겠구먼.」 그녀가 클라라에게 말했다. 「우리 채소밭에 심어 놓은 것이 좀 있다우……. 오이도 있고.」

클라라는 얼굴을 붉혔다. 그녀는 매우 예뻐 보였다.

「무 좀 주세요.」 그녀가 대답했다.

그러자 그녀는 매우 기뻐하며 어슬렁어슬렁 가버렸다.

「혹시 저 양반이 사실을 알면.」 클라라가 조용히 그에게 말했다.

「글쎄, 모를 거요……. 어쨌든 저 부인이 하는 행동은 우리가 멋진 사람들이라는 것을 보여 주는 거예요. 당신은 대천사라도 충분히 만족시킬 수 있을 만큼 아주 멋지고요. 나도 틀림없이 남에게 해를 끼치지 않을 거라고 느껴요……. 그러니…… 당신이 멋지게 보이도록 한다면 사람들이 우리를 만날 때 행복하게 할 수 있고 또 그들도 우리를 행복하게 해요……. 글쎄, 우리가 남들을 그다지 많이 속이고 있는 것은 아니에요.」

그들은 식사를 계속했다. 그들이 그 집에서 막 나가려고 할 때 노부인이 꿀벌처럼 산뜻하고 진홍색과 흰색 반점이 있는 활짝 핀 조그만 달리아 세 송이를 들고 머뭇거리며 다가왔다. 그녀는 클라라 앞에 서서 기뻐하며 말했다.

「마음에 들지 모르겠구려…….」 노부인이 늙은 손으로 꽃을 내밀며 말했다.

「아, 무척 예쁘네요!」 클라라가 외치며 꽃을 받아들었다.

「이 사람에게 다 주는 겁니까?」 폴이 책망하는 듯한 말투로 노파에게 물었다.

「그렇다우, 이 양반에게 다 주는 거라우.」그녀가 대답하며 기뻐서 얼굴이 환해졌다. 「당신 몫은 이미 충분히 가졌겠구려.」

「아, 그렇지만 이 사람에게 한 송이 달라고 해야겠네요.」그가 놀렸다.

「그러면 이 양반이 하고 싶은 대로 하면 되지 않겠수.」노부인이 말하며 미소를 지었다. 그리고 그녀는 기뻐하며 왼발을 뒤로 빼고 무릎을 굽혀 몸을 약간 숙여서 꾸뻑 인사했다.

클라라는 다소 말이 없었고 마음이 편하지 않았다. 걸어가면서 그가 말했다.

「죄를 지었다고 느끼지는 않죠? 그렇죠?」

그녀는 깜짝 놀라 회색 눈을 크게 뜨고 그를 쳐다보았다.

「죄를 짓다니요!」그녀가 말했다. 「아니에요.」

「그렇지만 나쁜 짓을 했다고 느끼는 것처럼 보여요.」

「아니에요.」그녀가 말했다. 「그저 생각할 뿐이에요……. 혹시 사람들이 우리 사이를 알면 어쩌나 하고 말이에요.」

「혹시 사람들이 알게 된다 해도 우리를 이해하지 못할 거예요. 실제로 사람들이 이해하면 좋아할 거예요. 그렇지만 사람들이 무슨 문제가 되나요! 여기에는 나무들과 나밖에 없으니까 나쁜 짓을 했다고 조금도 생각할 필요 없어. 알겠죠?」

그는 그녀의 팔을 잡고 끌어당겨 마주한 채 그녀의 두 눈을 똑바로 쳐다보았다. 무엇인가가 그를 초조하게 하였다.

「우리는 죄인이 아니에요, 그렇잖아요?」그가 말하며 불안한 듯이 이마를 약간 찌푸렸다.

「아니에요.」그녀가 대답했다.

그는 그녀에게 키스하고 웃었다.

「당신은 약간 죄의식을 느끼는 것을 좋아하나 봐요.」그가 말했다. 「내 생각에 이브도 낙원에서 움츠리고 나오면서 죄의식을 즐겼을 것 같아요. 그리고 아담은 격분하고 도대체 왜 이렇게 야단법석을 떠는지 의아하게 생각했으리라고 짐작돼요……. 새들도 원하면 쪼아 먹을 수 있는 사과 조각 때문에 말이죠.」[93]*

그렇지만 그녀에게 어떤 흐뭇한 만족감과 조용함이 감돌고 있어서 그는 기뻤다. 기차에 혼자 있게 되자 그는 가슴 벅찬 행복감을 느꼈고, 주위 사람들 또한 지극히 친절하게 느껴졌다. 또한 밤은 아름다우며 모든 것들이 좋아 보였다.

그가 집에 도착했을 때 모렐 부인은 앉아서 책을 읽고 있었다. 요즈음 그녀의 건강은 그다지 좋지 않았다. 그리고 그녀의 얼굴은 상아빛으로 창백해져 있었는데 그는 그러한 사실을 전혀 눈치채지 못했고 후에는 그 창백한 모습을 결코 잊지 못했다. 그녀는 건강이 좋지 않다는 사실을 그에게 한마디도 언급하지 않았다. 결국 그녀는 자신의 건강 문제를 대수롭지 않게 생각했던 것이다.

「늦었구나!」 그녀가 말하며 그를 쳐다보았다.

그의 두 눈은 빛나고 있었으며 얼굴은 환하게 불타오르는 듯이 보였다. 그는 그녀에게 미소를 지었다.

「예……. 클라라와 함께 클리프턴 그로브 숲에 갔다 왔어요.」 어머니는 그를 다시 한 번 쳐다보았다.

「그런데 사람들 입에 오르내리지 않을까?」 그녀가 말했다.

「왜요? 그녀가 여성 참정권론자라는 것 등등을 알고 있잖아요. 그리고 설령 사람들 입에 오르내려도 아무 상관 없어요!」

* 658면 2~5행.
93 「창세기」 2~3장에 아담과 이브가 뱀의 유혹에 넘어가 여호와 하느님이 먹지 말라고 금한 과일을 따먹고 낙원에서 추방당하는 모습이 나온다.

「물론 잘못된 일이야 아무것도 없지.」 어머니가 말했다. 「그렇지만 사람들이 어떻다는 것은 너도 알잖아. 그리고 일단 그 여자가 사람들 입에 오르내리게 되면……」

「원 참, 그건 어쩔 수 없어요. 그렇지만 결국 사람들이 입방아 찧는 것이 그렇게 절대적으로 중요하지는 않아요.」

「그 여자 입장을 고려해야만 할 것 같구나.」

「정말 고려하고 있어요! 그런데 사람들이 뭐라고들 이야기할 수 있을까요?…… 우리가 함께 산책하더라고 말할까요? 어머니가 질투하는 것 같은 생각이 드는데요.」

「너도 알다시피 나는 기뻐할 거야. 그 여자가 결혼한 여자가 아니라면 말이야.」

「나 원 참…… 그 여자는 남편과 별거 중이고 강단에 서서 연설을 해요……. 그러니 그 여자는 이미 일반 대중들 중에서 뽑힌 거예요. 그리고 내가 보는 견지에서는 잃을 것도 별로 없어요. 아니, 그 여자의 삶은 그녀에게 아무것도 아니었어요. 그러니 아무것도 아닌 것이 무슨 가치가 있겠어요? 그 여자는 나와 함께 다니고…… 그 일이 중요한 의미 있는 일이 되었어요. 그러니 그 여자도 대가를 치러야 해요. 우리 두 사람 모두 대가를 치러야 합니다. 사람들은 대가 치르는 일을 무척 두려워해요……. 그들은 차라리 굶어 죽으려 할 거예요.」

「그래, 알았다, 애야……. 어떻게 결론이 나는지 두고 보자꾸나.」

「그래요, 어머니……. 나는 끝까지 지킬 거예요.」

「두고 보자꾸나.」

「그리고 그 여자는…… 그 여자는 엄청나게 좋은 여자예요, 어머니……. 정말이에요! 어머니가 몰라서 그래요!」

「좋은 여자라는 것과 그 여자와 결혼한다는 것은 다른 문제야.」

「어쩌면 좋은 여자라는 것이 더 나아요.」

잠시 동안 침묵이 흘렀다. 그는 어머니에게 무엇인가를 물어보고 싶었지만 두려웠다.

「혹시 그 여자를 만나 보고 싶으세요?」 그가 머뭇거리며 말했다.

「그래.」 모렐 부인이 냉담하게 말했다. 「어떤 여자인지 알고 싶구나.」

「그렇지만 좋은 여자예요, 어머니. 정말이에요! 그리고 조금도 저속하지 않아요!」

「한 번도 저속하다고 말한 적 없다.」

「그렇지만 저속하다고 생각하고 계시는 것같이 보여요……. 별로 훌륭한 여자가 아니라고 말이에요……. 백 명 중에 하나 있을까 말까 한 좋은 여자예요, 정말이에요. 그 여자는 정말 좋은 여자예요, 진짜로요! 예쁘고 정직하고 솔직하고…… 음흉하거나 거만한 점도 전혀 없어요……. 그 여자를 업신여기지 마세요.」

모렐 부인은 얼굴을 붉혔다.

「분명히 말하지만 그 여자를 업신여기지 않는다. 그 여자는 네가 말하는 것과 똑같을지 모르지…… 하지만…….」

「인정하지 않으시는군요.」 그가 결론적으로 말했다.

「그러면 내가 인정해 주기를 기대했니?」 그녀가 쌀쌀하게 말했다.

「그럼요…… 그렇고말고요!…… 어머니도 좀 아시면 기뻐하실 거예요. 한번 만나 보고 싶으시죠?」

「만나 보자고 말했잖아.」

「그러면 데려올게요……. 여기로 데려올까요?」

「네 마음대로 하려무나.」

「그러면 여기로 데려올게요……. 일요일에 말이에요…….

660

차를 마시러 오라고 하지요. 그 여자를 나쁘게 생각하시면 어머니를 용서하지 않을 거예요.」

어머니는 웃었다.

「그러면 뭔가 달라질 것처럼 말하는구나.」 그녀가 말했다. 그는 자신이 이겼다는 사실을 알았다.

「아, 그렇지만 너무 좋을 거예요, 어머니. 그 여자가 여기에 오면 말이죠⋯⋯. 그녀는 자기 나름대로 여왕처럼 대단해요⋯⋯.」

이따금 그는 여전히 예배당에서 돌아오는 길에 미리엄과 에드거와 함께 산책을 조금씩 했다. 그는 농장까지 올라가지는 않았다. 그렇지만 그녀는 그를 예전과 똑같이 대했고 그도 그녀가 있다고 해서 당혹감을 느끼거나 하지 않았다. 어느 날 저녁 그녀는 그와 단둘이 산책을 했다. 그들은 책에 관하여 이야기하기 시작했는데 책은 그들의 끊임없는 주제였다. 모렐 부인이 말한 바 있듯이 그와 미리엄 사이의 관계는 책을 먹고 사는 불과 마찬가지라서⋯⋯ 만일 책이 더 이상 없으면 그 불은 꺼져 버리고 말 것이다. 미리엄은 자기 나름대로 책을 읽듯이 그를 읽을 수 있고 몇 장 몇 행인지를 언제라도 손가락으로 가리킬 수 있다고 자랑스럽게 말했다. 그는 그 말을 쉽게 받아들여서 미리엄이 다른 누구보다도 자기에 관하여 더 많이 알고 있다고 믿었으며 그래서 아주 천진난만한 이기주의자인 듯이 자기 자신에 관하여 그녀에게 이야기해 주는 일을 기뻐했다. 대화는 금방 요즈음 그가 하고 있는 일로 흘러갔다. 자신이 그렇게 대단한 관심의 대상이 되고 있다는 사실에 그는 매우 우쭐해졌다.

「그래서 요즈음 무슨 일을 하고 있어요?」

「나는⋯⋯ 아, 그다지 하는 일 없어⋯⋯. 정원에서 베스트우드의 스케치를 하나 했는데 이제야 거의 제대로 된 것 같

아. 한 백 번은 시도한 것 같아……」

그렇게 그들의 이야기는 계속되었다. 그러다가 그녀가 말했다.

「그러면 최근에는 밖에 나간 적도 없겠네요?」

「아니……. 월요일 오후에 클라라와 함께 클리프턴 그로브 숲에 올라갔었어.」

「날씨가 별로 좋지 않았는데, 그랬죠?」 미리엄이 말했다.

「그래도 밖으로 나가고 싶었어……. 그리고 괜찮았어. 트렌트 강이 만수더군.」

「그러면 바턴까지 갔어요?」 그녀가 물었다.

「아니, 클리프턴에서 차를 마셨어.」

「그랬구나! 참 좋았겠네요.」

「좋았지! 아주 명랑한 노파가 있었는데…… 그 할머니가 폼폼 달리아를 몇 송이 주었어. 네가 좋아할 만큼 예쁜 달리아였어.」

미리엄은 고개를 숙이고 곰곰이 생각했다. 그는 그녀에게 무엇이라도 숨기려고 하는 생각이 전혀 없었다.

「왜 그 할머니가 그 꽃을 당신에게 주었을까요?」 그녀가 물었다.

그는 웃었다.

「그분이 우리를 좋아했기 때문이겠지……. 우리가 쾌활했기 때문이라는 생각이 들어.」

미리엄은 손가락을 입에 물었다.

「집에는 늦게 갔어요?」 그녀가 물었다.

마침내 그는 그녀의 말투를 불쾌하게 생각했다.

「일곱 시 삼십 분 기차를 탔어.」

「하아!」

그들은 말없이 걸었고 그는 화가 나 있었다.

「그런데 클라라는 어때요?」미리엄이 물었다.

「아주 잘 지내는 것 같아, 내 생각에는 말이야.」

「잘됐네요.」그녀가 말했는데 빈정대는 기미가 있었다. 「그런데 그 여자 남편은 어때요? 그 남자에 대해서는 아무 소식도 들리지 않네요.」

「어떤 다른 여자를 얻어서 아주 잘 지낸다는 것 같던데.」그가 대답했다. 「적어도 내 생각에는 그래.」

「알겠어요…… 당신도 확실하게는 모르는군요……. 그와 같은 처지가 여자에게는 견디기 어렵다고 생각하지 않아요?」

「지독하게 어렵겠지.」

「너무 불공평해요!」미리엄이 말했다. 「남자는 자기 하고 싶은 대로 하는데…….」

「여자들도 그렇게 하도록 내버려 두잖아…….」그가 말했다.

「그 여자가 어떻게 그럴 수 있겠어요!…… 그리고 혹시 그 여자가 그렇게 한다면, 그녀의 처지를 봐요!」

「처지가 어떤데?」

「어머나…… 그것은 불가능해요!…… 여자가 무엇을 잃게 되는지 당신은 이해하지 못해요…….」

「그래, 모르겠어……. 그렇지만 여자가 먹고살 것이 자기의 훌륭한 명예밖에 없다면…… 도대체 그것은 너무 빈약한 음식이라서 당나귀라도 그것만 먹고는 죽어 버릴 거야.」

이렇게 해서 그녀는 적어도 그의 도덕적 태도를 이해했고 그가 이에 따라 행동하리라는 사실을 알았다. 그녀는 그에게 무엇이든지 직접적으로 물어보지 않았지만 사정을 충분히 알게 되었다.

또 다른 날 그가 미리엄을 만났을 때 대화는 결혼에 대한 이야기로 돌아갔다가 이어서 클라라와 도우즈의 결혼에 관해 이야기하게 되었다.

「있잖아, 그 여자는 결혼이 대단히 중요하다는 사실을 몰랐었대. 결혼이 그저 하루 행진하는 것에 불과하다고 생각했대…… 당연히 해야 하는 것으로 생각하고…… 그리고 도우즈는…… 그래, 아주 많은 여자들이 자기들의 영혼이라도 내주고 그를 잡으려 했었나 봐……. 그러니…… 그 남자라고 왜 가만히 있었겠어!…… 그러다가 그 여자가 〈이해받지 못한 여자〉로 발전했고…… 그 남자를 가혹하게 대한 거야……. 틀림없이 그랬을 거야.」

「그러면 그녀가 그 남자를 떠난 것은 그 사람이 그녀를 이해하지 못해서였겠네요?」

「그럴 거라고 생각해. 내 생각에는 그 여자가 어쩔 수 없이 떠난 것 같아. 그것은 전적으로 이해의 문제가 아니라 생활의 문제야. 그 남자와 함께 있을 때 그 여자는 겨우 반 정도밖에 살아 있지 못하고 나머지는 잠자거나 죽어 있었던 거지. 그리고 잠자는 여자는 〈이해받지 못한 여자〉이고. 그래서 그 여자는 깨어나야만 했던 거야.」

「그러면 그 남자는 어떻게 되고요?」

「모르겠어……. 그 남자가 그 여자를 사랑한다고 생각하고 싶어……. 자기가 할 수 있는 한 대단히 사랑한다고 말이야. 그렇지만 그 남자는 멍청이야.」

「어쩐지 당신 부모님과 같은 관계네요.」 미리엄이 말했다.

「그래, 그렇지만, 내 생각에 어머니는 처음에는 아버지에게서 진정한 기쁨과 만족을 느꼈던 것 같아. 어머니가 아버지에게 열정을 가졌었다고 믿어. 바로 그런 이유 때문에 어머니가 아버지와 함께 사셨어. 결국 그들은 서로에게 매여 있었던 거야.」

「그렇군요.」 미리엄이 말했다.

「그것이야말로 사람들이 반드시 가져야 하는 것이라고 생각해.」그가 말을 계속했다. 「다른 사람을 통해서 느끼게 되는 정말 진정한 불꽃같은 감정은 한 번, 단 한 번만이라도 가질 가치가 있는 것 같아. 그 감정이 겨우 세 달밖에 지속되지 않더라도 말이야. 봐봐, 우리 어머니는 당신이 살아가고 발전하는 데 필요한 것을 모두 다 가지고 계신 것처럼 보여. 어머니에게는 메마르다는 느낌이 눈곱만큼도 없어.」

「그래요.」 미리엄이 말했다.

「그리고 아버지에게 처음에는 틀림없이 어머니가 진정한 애정을 지녔었다고 생각해. 어머니는 아서…… 그것을 경험했으니까 말이야. 우리 어머니나 아버지 또는 매일 만나는 수백 명의 사람들에게서 그것을 느낄 수 있어. 그리고 일단 그런 일을 경험하고 나면 어떤 일도 감당할 수 있고 성숙하게 되지.」

「정확히 무슨 일이 일어났는데요?」 미리엄이 물었다.

「말하기는 매우 어려워……. 그렇지만 우리가 다른 누군가와 진정으로 하나가 될 때 우리를 변화시키는 거대하고 강렬한 무엇이라고 할 수 있을 거야. 그것이 영혼을 풍요롭게 하고 계속 나아가게 하고 성숙하게 하는 듯이 보여.」

「그러면 당신 어머니가 당신 아버지하고 그런 경험을 했다고 생각하는 거예요?」

「그럼……. 그리고 마음 깊은 곳에서 어머니는 아버지가 그런 경험을 갖게 해준 데 대해 감사하게 생각하고 있어. 지금도 말이야. 비록 두 분 사이가 서로 엄청 멀어졌지만.」

「그러면 클라라는 그런 경험을 한 번도 하지 못했다고 생각해요?」

「못했다고 확신해.」

미리엄은 이 문제를 곰곰이 생각해 보았다. 그녀는 그가 무엇을 추구하고 있는지 알았다. 그는 열정의 불로 행하는 일종의 세례와 같은 것, 바로 그것을 추구하는 듯이 보였다. 그녀는 그가 그런 경험을 할 때까지는 결코 만족할 수 없으리라는 점을 깨달았다. 아마도 그것은 그에게 필요 불가하리라……. 어떤 사람에게는 젊은 혈기로 방탕한 생활을 하는 것이 필요하듯이 말이다. 그리고 후에 그가 만족하고 나면 더 이상 침착하지 못하게 날뛰지 않을 터이고 정착하여 자기의 삶을 그녀의 손에 맡길 수 있을 것이다. 그래, 그렇다면, 그가 반드시 그 길을 가야만 한다면, 가서 잔뜩 먹고 마시도록 내버려 두자……. 소위 그가 말하는 거대하고 강렬한 무엇을 말이다. 어쨌든 일단 향유하고 나면 그것을 더 이상 원하지는 않으리라고 그가 자기 입으로 말하지 않았던가. 그때는 그가 다른 것을 원할 터인데 그것을 자기가 줄 수 있지 않은가. 그는 누군가가 자신을 소유해 주기를 원할 터이고 그래야 그는 일을 할 수 있을 것이다. 그녀에게는 그가 가야만 한다는 것이 비통한 일이었다. 그렇지만 그녀는 그가 술집에 들어가 위스키 한잔을 마시도록 내버려 둘 수 있었고 그렇게 그가 클라라에게 가는 것을 내버려 둘 수 있었다……. 그것이 그의 내면에 있는 필요를 충족시키고 그를 자유롭게 해주는 그 무엇이라서 그녀 자신이 그를 소유할 수 있도록 해준다면 말이다.

「어머니에게 클라라에 관해서 말씀 드렸어요?」 그녀가 물었다.

그녀는 이 질문이 다른 여자, 즉 클라라에 대한 그의 감정이 얼마나 진지한가를 시험하는 기준이라는 것을 알고 있었다. 어머니에게 말씀 드렸다면, 그가 클라라에게 가는 것은 극히 중대한 무언가를 구하러 가는 것이지 남자들이 한순간의 쾌락을 위해서 창녀에게 가는 것과 같지 않다는 사실을 입증하는 바와 다름없었다.

「그럼, 그리고 그 여자가 일요일에 차를 마시러 오기로 했어.」 그가 말했다.

「당신 집으로요?」

「그래. 엄마가 그 여자를 만나 보시게 하고 싶거든.」

「아!」

침묵이 흘렀다. 모든 일들이 그녀가 생각했던 것보다 더 빠르게 진행되고 있었다. 그가 자기를 이렇게 빨리 이처럼 완전히 떠날 수 있다는 생각을 하자 그녀는 갑자기 비통한 느낌이 들었다. 그리고 자기에게는 그토록 적대적이었던 그의 가족들에게 클라라가 받아들여질까?

「예배당에 가는 길에 들러도 될까요?」 그녀가 말했다. 「클라라를 본 지가 매우 오래 되어서요.」

「좋아.」 그는 깜짝 놀라서 말했는데 자기도 모르게 화가 났다.

일요일 오후에 그는 케스턴으로 가서 기차역에서 클라라를 마중했다. 그는 플랫폼에 서서 어떤 예감이 드는지 자기 마음속을 살펴보려고 애쓰고 있었다.

그는 혼자 속으로 〈그녀가 올 것이라고 느끼고 있는가?〉 하고 말하고 해답을 얻어 내려고 애썼다. 그는 가슴이 기묘하게 오그라드는 듯했다. 그것이 어떤 전조처럼 여겨졌다. 그러자 그녀가 오지 않으리라는 예감이 들었다! 그녀가 오지 않는다면, 그가 상상한 대로 그녀를 데리고 들판을 건너 집으로 가는 대신 혼자 돌아가야만 할 것이다. 기차가 늦어지고 있었다. 그날 오후는 할 일 없이 허비될 것이고 저녁도 마찬가지일 것이다. 그는 그녀가 오지 않아서 미웠다. 그러면 왜 약속을 했단 말인가? 약속을 지킬 수 없다면 말이야? 어쩌면 기차를 놓쳤을지도 모른다……. 그 자신도 언제나 기차를 놓치곤 했지 않은가……. 그렇지만 그렇다고 해도 하필이면 이 특별한 기차를 놓쳐야 한다는 말인가. 그는 그녀에게 화가 났다⋯⋯. 그는 머리끝까지 화가 났다.

갑자기 그의 눈에 기차가 모퉁이를 돌아 엉금엉금 기어 슬며시 들어오는 모습이 보였다. 자, 이제 기차는 왔지만 물론 그녀는 오지 않았다. 초록색 기관차가 플랫폼을 따라 쉿 소리를 내며 지나가고 줄지어 늘어선 갈색 객차가 다가와 멈추었다. 객차의 문들이 여러 개 열렸다. 아니다, 그녀는 오지 않았다!⋯⋯ 아니야!⋯⋯ 그래, 아, 저기에 그녀가 있다. 커다란 검은색 모자를 쓰고 있다! 그는 순식간에 그녀 옆으로 다가갔다.

「오지 않는다고 생각했어요.」 그가 말했다.

그녀는 다소 숨차게 웃으며 한 손을 그에게 내밀었다. 그들의 눈이 마주쳤다. 그는 그녀를 데리고 플랫폼을 따라 빨리 걸어가며 자기감정을 감추기 위해 매우 빠른 속도로 이야기했다. 그녀는 아름다워 보였다. 그녀의 모자에는 빛바랜 황금색 비단으로 만든 커다란 장미가 꽂혀 있었다. 검은색 옷감으로 만든 그녀의 옷은 가슴과 어깨에 너무도 아름답게 잘 맞았다. 그녀와 함께 걸어가니 그의 자부심이 높아졌다. 그를 알고 있는 기차역 역무원들이 경외심을 품고 찬미하는 눈길로 그녀를 보는 것이 느껴졌다.

「정말 오지 않는 줄 알았어요.」 그가 웃으며 말하고는 몸을 부르르 떨었다.

그녀는 웃으며 대답했는데, 작은 소리로 거의 외치는 듯했다.

「기차를 타고 오면서 혹시 당신이 여기에 마중 나와 있지 않으면 도대체 어떻게 해야 하나 하고 생각했어요.」 그녀가 말했다.

그는 충동적으로 그녀의 손을 잡고서 함께 좁은 샛길을 따라갔다. 그들은 너트올로 가는 길로 접어들어 레코닝 하우스 농장으로 넘어가는 길로 갔다. 하늘은 푸르고 날씨는 온화한 날이었다. 사방에 갈색 낙엽이 흩어져 있었다. 수많은 진홍색 들장미 열매가 숲 옆의 산울타리에 매달려 있었다. 그는 그녀의 옷에 꽂아 주려고 그것을 몇 개 꺾어 모았다.

「사실은, 이 열매가 새 모이가 되니까 내가 이것을 꺾는 데 반대해야 마땅하겠지만……」 그가 말하며 들장미 열매를 그녀의 웃옷 가슴에 꽂아 주었다. 「그렇지만 이 지역에는 먹을 것이 많기 때문에 새들이 들장미 열매를 그다지 좋아하지 않아요. 봄철에는 이 열매들이 썩어 가는 것을 자주 볼 수 있어요.」

그렇게 지껄이면서도 그는 자신이 무슨 말을 하고 있는지 거의 의식조차 하지 못한 채 그저 그녀의 웃옷 가슴에 열매를 매달아 주고 있다는 사실만을 알고 있었고 그녀는 그를 위해 참을성 있게 서 있었다. 그리고 그녀는 생기가 가득한 그의 재빠른 손놀림을 지켜보면서 전에는 아무것도 보지 못했던 것처럼 느꼈다. 지금까지는 모든 것들이 분명하지 않고 흐릿했던 것이다.

그들은 탄광 가까이 왔다. 탄광은 더할 나위 없이 고요하게 시커먼 형태로 옥수수 밭 한가운데 서 있었고, 거대한 산처럼 쌓여 있는 슬래그가 거의 귀리 밭에서 솟아 오른 듯이 보였다.

「이렇게 아름다운 이곳에 탄광이 있다는 사실이 참 안타까워요.」 클라라가 말했다.

「그렇게 생각해요?」 그가 대답했다. 「알다시피 나는 이것에 너무 익숙해져 있어서, 여기에 탄광이 없으면 서운할 것 같아요……. 아니, 탄광이 여기저기 있는 것이 좋아요. 줄지어 서 있는 화차와 주축대들 그리고 낮에 뿜어져 나오는 수증기와 밤에 보이는 불빛, 이런 것들이 좋아요……. 어릴 때 언제나 생각하기를, 낮에는 구름 기둥이 있고 밤에는 불기둥이 있는 곳[94]이 바로 탄광이라고 여겼는데 수증기가 뿜어져 나오고 등불이 켜지고 쌓아 놓는 석탄 찌꺼기가 불타고 있기 때문에 그랬어요……. 그리고 하느님이 언제나 탄광 꼭대기에 계신다고 생각했고요.」

그들이 집 가까이 오자 그녀는 말없이 걸었고 머뭇거리는 듯이 보였다. 그는 그녀의 손가락들을 자기 손으로 꼭 눌렀다. 그녀는 얼굴을 붉혔을 뿐 아무런 반응을 보이지 않았다.

「우리 집에 가고 싶지 않아요?」 그가 물었다.

「아니요, 가고 싶어요.」 그녀가 대답했다.

그녀가 자기 집에서는 다소 특별하고도 어려운 입장에 처하게 되리라는 생각이 그의 머릿속에는 떠오르지 않았다. 그에게는 그저 남자 친구 한 사람을 어머니에게 소개시켜 주려는 때와 똑같이 여겨졌다…… 그저 남자 친구를 소개시키는 것보다 더 좋은 일이라는 생각만 들었다.

모렐네 식구들은 가파른 언덕을 따라 내려가는 지저분한 거리에 있는 집에 살고 있었다. 거리 자체가 끔찍했다. 그 집은 대부분의 다른 집들보다 조금 더 나았다. 집은 낡고 누추했으며 커다란 퇴창이 달려 있었다. 그리고 한쪽 벽이 옆채에 붙어 있는 연립 주택이었다. 그렇지만 음침해 보였다. 그런데 폴이 정원으로 나 있는 문을 열자 모든 것이 달라졌다. 화창한 오후의 햇살이 그곳에 내리비치고 있어서 다른 세계처럼 되었다. 길옆에는 쑥국화와 작은 나무들이 자라고 있었다. 창문 앞에는 햇살을 받은 풀밭이 있었고 라일락 고목이 그 풀밭을 둘러싸고 있었다. 정원 저편에는 이리저리 흩어져

---

94 「출애굽기」 13장 21~22절 〈야훼께서는 그들이 주야로 행군할 수 있도록 낮에는 구름기둥으로 앞서 가시며 길을 인도하시고 밤에는 불기둥으로 앞길을 비추어 주셨다. 이렇게 낮에는 구름기둥, 밤에는 불기둥이 백성 앞에서 떠나지 않았다.〉에서의 인용이다.

피어 있는 국화 더미가 햇빛을 받으며 무화과나무 아래까지 우거져 있고 그 너머에는 들판이, 들판 너머로는 빨간 지붕의 오두막집 몇 채, 그리고 그 뒤로 가을 오후의 햇살을 받아 온통 뻘겋게 불타오르는 언덕까지 보였다.

모렐 부인은 검은색 실크 블라우스를 입고 흔들의자에 깊숙이 앉아 있었다. 희끗희끗한 갈색 머리는 매끈하게 빗어 이마와 관자놀이에서부터 뒤로 넘기고 있었으며 얼굴은 다소 창백했다. 클라라는 마음속으로 괴로워하면서 폴을 따라 부엌으로 들어갔다. 모렐 부인이 자리에서 일어섰다. 클라라는 그녀가 귀부인이고 심지어는 다소 딱딱하다고 생각했다. 젊은 여자인 클라라는 매우 안절부절못했다. 그녀는 거의 동경하는 듯한 표정을 지었고 거의 체념한 듯이 보였다.

「어머니…… 클라라예요.」 폴이 말했다.

모렐 부인은 손을 내밀며 미소를 지었다.

「이 애가 댁에 관해서 많이 이야기해 주었어요.」 그녀가 말했다.

클라라의 뺨이 확 달아올랐다.

「제가 온 것을 기분 나쁘게 생각하지 않으시면 좋겠습니다.」 그녀가 더듬거리며 말했다.

「이 애가 댁을 데려오겠다고 말해서 기뻐했어요.」 모렐 부인이 대답했다.

폴은 지켜보면서 가슴이 고통으로 쪼그라드는 기분을 느꼈다. 그의 어머니가 화려한 클라라 옆에 있으니 너무도 작고 혈색이 좋지 않고 망가진 듯이 보였다.

「어머니, 오늘은 날씨가 정말 좋아요!」 그가 말했다. 「그리고 어치도 보았어요.」

어머니는 그를 쳐다보았다. 그는 이미 어머니 쪽으로 돌아서 있었다. 그녀는 그가 잘 만들어진 검은 옷을 입고 있으니

어엿한 어른으로 보인다고 생각했다. 그는 안색이 창백하고 초연해 보였고 어떤 여자라도 그를 자기 것으로 계속 붙잡아 두기는 어려워 보였다. 그녀는 가슴이 후끈 달아올랐다. 그러자 그녀는 클라라에게 미안한 마음이 들었다.

「댁의 물건을 객실에 두는 것이 어떨까요?」모렐 부인이 젊은 여자에게 상냥하게 말했다.

「아, 감사합니다.」그녀가 대답했다.

「이리 와요.」폴이 말하고 그녀를 안내해서 앞에 있는 조그만 방으로 들어갔는데 그곳에는 낡은 피아노와 마호가니 가구 및 누리끼리한 대리석 벽난로가 있었다. 난롯불이 활활 타고 있었다. 그곳에는 책이며 화판이 어질러져 있었다.

「나는 물건들을 여기저기 흩어 놓고 지내요.」그가 말했다. 「그렇게 하는 편이 훨씬 더 편하거든요.」

그녀는 그의 그림 도구들과 책 그리고 사람들의 사진을 좋아했다. 그가 곧 그녀에게 이야기해 주었다. 각기 윌리엄과 이브닝드레스를 입고 있는 윌리엄의 여자 친구, 애니와 그녀의 남편, 아서와 그의 아내 그리고 그들의 아기라고 설명했다. 그녀는 마치 자신이 이 집 가족의 일원으로 받아들여진 듯한 기분이 들었다. 그는 그녀에게 사진과 책과 스케치를 보여 주었고 그들은 잠시 이야기를 나누었다. 그런 다음에 그들은 부엌으로 돌아왔다. 모렐 부인은 읽고 있던 책을 옆으로 밀어 놓았다. 클라라는 검은색과 흰색의 가는 줄무늬가 있는 예쁜 실크 시폰 블라우스를 입고 있었다. 그녀는 머리카락을 단순하게 머리 위로 감아 올려놓고 있었다. 그녀는 다소 위엄이 있고 수줍어 보였다.

「스나인턴 불르바드에서 살고 있다고요?」모렐 부인이 말했다.「소녀 시절에…… 어머나! 소녀 시절이라니!…… 하여튼 처녀 시절에 우리는 미네르바 테라스에 살았어요.」

「오, 그러셨군요!」클라라가 말했다.「거기 6호에 제 친구가 살고 있어요.」

이렇게 해서 대화가 시작되었다. 그들은 노팅엄이며 노팅엄에 사는 사람들 이야기를 했다. 그것은 그들 두 사람 모두에게 흥미 있는 주제였다. 클라라는 여전히 다소 불안해 했고 모렐 부인은 다소 위엄을 부리고 있었다. 그녀는 말을 매우 명확하고 꼼꼼하게 끊어서 발음했다. 그렇지만 그들이 서로 잘 어울려 가고 있다는 것을 폴은 알았다.

모렐 부인은 젊은 여인에 비추어 자신을 판단해 보고 자신이 더 강하다는 점을 쉽게 알았다. 클라라는 공손했다. 그녀는 폴이 어머니를 놀라울 정도로 존경한다는 사실을 알고 있었고, 이번에 만나는 일을 두려워하면서 매우 완고하고 냉정한 사람을 만나게 되리라고 예상하고 있었다. 그녀는 이처럼 체구가 작고 재미있는 여인이 이렇게 쾌히 잡담하는 것을 보고 깜짝 놀랐다. 그러고 나서 그녀는 폴과 함께 있을 때와 마찬가지로 모렐 부인의 앞길에 방해가 되지 않도록 주의해야겠다고 느꼈다. 그의 어머니에게는 매우 견고하고 확실한 어떤 것이 있어서 마치 평생을 살아오면서 불안했던 적이 결코 없었던 듯이 여겨졌다.

얼마 안 있어 모렐이 낮잠에서 깨어나 부스스한 머리에 하품을 하면서 내려왔다. 그는 반백의 머리를 긁으며 스타킹을 신은 발로 터벅터벅 걸어다니고 있었는데 셔츠 위에 걸쳐 입은 조끼는 단추를 잠그지 않은 모습이었다. 그의 복장은 이 자리에 어울리지 않아 보였다.

「아버지, 도우즈 부인입니다.」폴이 말했다.

그러자 모렐은 정신을 가다듬었다. 클라라는 모렐이 인사하며 악수를 청하는 태도가 폴이 그렇게 하는 것과 비슷하다고 생각했다.

「아, 그렇구먼!」 모렐은 큰 소리로 말했다. 「만나서 매우 반가워유, 반가워, 정말 반가워유. 아 불안해 하지 마시유…….아니…… 아니유! 편히 하시라니까유, 아주 잘 오셨어유.」

클라라는 늙은 광부가 이처럼 환대를 쏟아 내자 깜짝 놀랐다. 그는 매우 예의 바르고 아주 친절했다! 그녀는 그가 지극히 유쾌한 사람이라고 생각했다.

「그럼 멀리서 오셨어유?」 그가 물었다.

「아니요, 노팅엄에서 왔어요.」 그녀가 말했다.

「노팅엄에서 왔구먼. 그러면 날씨가 좋아서 여행하기 좋았겠네유.」

그러고 나서 그는 식기실로 어슬렁거리며 들어가 손과 얼굴을 씻고 언제나의 습관대로 벽난로 앞으로 와서 수건으로 몸을 말렸다.

차를 마시며 클라라는 이 집 식구들의 세련됨과 침착함을 느꼈다. 모렐 부인은 더할 나위 없이 여유가 있었다. 차를 따르고 사람들의 시중을 드는 일이 무의식적으로 진행되었고 말을 하느라고 행동이 중단되거나 하는 일이 없었다. 타원형 식탁에는 충분한 공간이 있었으며 암청색 버드나무 문양의 도자기가 윤이 나는 식탁보 위에서 예쁘게 보였다. 조그맣고 노란 국화가 꽂혀 있는 작은 꽃병도 있었다. 클라라는 자신이 있어 이 자리가 완성되었다고 느끼고 기뻐했다. 그렇지만 그녀는 폴의 아버지를 비롯한 다른 모든 모렐 집안 사람들의 냉정한 태도에 다소 두려움을 느꼈다. 그녀는 그들의 분위기에 맞추었다. 그러자 균형이 이루어진 느낌이 들었다. 냉정하고 밝은 분위기였고 그러한 가운데 모든 구성원들이 개성을 유지하며 조화를 이루고 있었다. 클라라는 그러한 분위기를 즐겼지만 마음속 깊은 곳에서는 여전히 두려운 생각을 떨쳐 버릴 수 없었다.

어머니와 클라라가 이야기를 나누는 동안 폴이 식탁을 치웠다. 클라라는 그의 민첩하고 활기찬 몸이 바람에 날리듯이 빠르게 일하며 왔다 갔다 하는 것을 느끼고 있었다. 그것은 여기저기로 뜻하지 않게 날리는 나뭇잎과 거의 마찬가지였다. 그녀의 마음 대부분은 그와 함께 움직였다. 그녀가 마치 귀를 기울이고 있는 듯이 앞으로 몸을 기울인 모습을 보고 모렐 부인은 그녀가 이야기를 하면서도 마음은 다른 곳에 가 있다는 것을 알 수 있었다. 그리고 또다시 나이 든 여인은 그녀에게 유감스러운 마음을 느꼈다.

식탁 정리를 끝내고 나서 그는 어슬렁거리며 정원으로 나가며 두 여인이 이야기하도록 내버려 두었다. 안개가 끼고 햇살이 비치는 오후는 온화하면서도 상쾌했다. 클라라가 창문을 통해서 그의 뒷모습을 힐끗 보니 그는 국화 사이로 어슬렁어슬렁 걸어다니고 있었다. 그녀는 거의 손으로 만질 수 있는 무엇인가가 자기를 그에게 묶어 놓은 듯한 기분이었다. 그렇지만 그가 우아하고 한가롭게 움직이는 모습이 너무나 편안해 보이고, 무거워 늘어진 꽃가지를 줄기에 매어 주는 모습이 너무나 초연해 보여서 그녀는 자신을 주체하지 못하고 비명을 지르고 싶었다.

모렐 부인이 자리에서 일어났다.

「설거지를 도와드릴게요.」 클라라가 말했다.

「아, 몇 개 되지도 않아요. 나 혼자 해도 일 분밖에 걸리지 않을 거예요.」 상대방이 말했다.

그렇지만 클라라는 찻그릇을 마른 행주로 닦으면서 그의 어머니와 친하게 된 데 대해 매우 기뻐했다. 그렇지만 그를 뒤따라 정원으로 나갈 수 없는 것은 극심하게 고통스러운 일이었다. 마침내 그녀는 나가 보기로 마음먹었다. 마치 발목을 잡아맸던 밧줄이 풀어지는 듯한 느낌이었다.

오후의 더비셔 언덕은 황금빛으로 빛났다. 그는 건너편 다른 정원에 선 채 연한 갯개미취 덤불 옆에서 마지막 꿀벌들이 벌통으로 기어 들어가는 모습을 지켜보고 있었다. 그녀가 오는 발소리를 듣자 그는 편안한 동작으로 그녀에게로 돌아서서 말했다.

「이제 이 친구들도 대장정을 끝내는군요.」

클라라는 그의 곁에 가서 섰다. 앞에 있는 낮은 붉은색 담장 너머로 전원 풍경과 멀리 떨어져 있는 언덕들이 온통 황금색으로 흐릿하게 보였다.

바로 그 순간 미리엄이 정원 문으로 들어오고 있었다. 그녀는 클라라가 그에게 다가서는 모습과 그가 돌아서는 모습 그리고 그들이 함께 휴식을 취하는 모습을 보았다. 그들 둘만이 완전히 따로 떨어져 함께 있는 모습을 보니 그녀는 그들 사이에 무엇인가가 성취되었다는 것을, 그녀의 말로 표현한다면 그들이 결혼했다는 것을 알 수 있었다. 그녀는 아주 천천히 걸어서 긴 정원에 나 있는 석탄재를 깔아 다진 길을 내려갔다.

클라라는 접시꽃 줄기에서 단추 모양의 꼬투리를 잡아당겨 따서 그것을 쪼개어 씨를 꺼내고 있었다. 그녀의 숙인 머리 위로 분홍색 꽃들이 물끄러미 그녀를 바라보는 듯한 모습이 마치 그녀를 보호하고 있는 것처럼 보였다. 마지막 꿀벌들이 벌통으로 내려오고 있었다.

「당신 돈을 세어 봐요.」폴이 웃으며 말했고 그녀는 납작한 씨앗을 하나씩 하나씩 동전 통같이 생긴 꼬투리에서 떼어냈다. 그녀는 그를 쳐다보았다.

「나는 부자예요.」그녀가 말하며 미소 지었다.

「얼마예요?…… 피이……」이러면서 그는 손가락으로 딱 소리를 냈다. 「내가 그것을 황금으로 바꿔 줄까요?」

「못할 것 같은데요.」 그녀가 웃으며 말했다.

그들은 서로의 눈을 들여다보며 웃었다. 바로 그 순간 그들은 미리엄이 온 것을 알아차렸다. 찰칵하는 소리가 나듯이 모든 것이 바뀌어 버렸다.

「안녕, 미리엄!」 그가 큰 소리로 외쳤다. 「오겠다고 하더니 왔구먼!」

「그럼요, 잊고 있었어요?」

그녀는 클라라와 악수하면서 이렇게 말했다.

「당신을 여기서 만나다니 이상하게 보이네요.」

「그래요.」 상대방이 대답했다. 「여기에 있는 것이 이상해 보여요.」

모두들 우물쭈물했다.

「이곳이 예쁘지요? 그렇지 않아요?」 미리엄이 말했다.

「이곳이 아주 마음에 들어요.」 클라라가 대답했다.

그러자 미리엄은 자신이 한 번도 그렇지 않았던 것과 달리 클라라가 이 집에서 받아들여졌다는 사실을 깨달았다.

「혼자 왔니?」 폴이 물었다.

「예! 아가사네 집으로 차를 마시러 갔었어요. 예배당에 가는 길이고요. 가는 길에 그저 잠시 들렀을 뿐이에요. 클라라를 만나 보려고요.」

「여기에 와서 차를 마셨으면 좋았을 텐데.」 그가 말했다.

미리엄는 짤막하게 웃었고 클라라는 조바심하며 고개를 옆으로 돌렸다.

「국화를 좋아하니?」 그가 물었다.

「그럼요……. 아주 예쁘잖아요.」 미리엄이 대답했다.

「어떤 종류를 가장 좋아해?」 그가 물었다.

「모르겠어요……. 청동색인 것 같아요.」

「모든 종류를 보지는 못했다고 생각되는데. 이리 와서 한

677

번 봐봐. 클라라도 이리 와서 어느 것이 가장 당신 마음에 드는지 보세요.」

그는 두 여자를 이끌고 다시 자기 집 정원으로 들어갔는데 그곳에는 온갖 색깔의 꽃들이 마구 뒤엉켜 있는 덤불이 더부룩하게 길을 따라 들판에까지 서 있었다. 두 여자가 맞부딪치는 이러한 상황이 그에게는 당황스럽지 않았다. 적어도 그가 아는 한 그러했다.

「이것 좀 봐, 미리엄……. 이 하얀 국화는 너희 집 정원에서 가져온 거야. 여기에 있으니 그다지 예쁘지 않지? 그렇지?」

「그래요, 예쁘지 않네요.」 미리엄이 말했다.

「그렇지만 이게 더 튼튼해. 너네 것은 너무 그늘에 있어. 그래서 키만 크고 연약해 쉽게 죽어 버리고 말아. 이 작고 노란 것들을 나는 좋아해. 몇 송이 꺾어 줄까?」

그들이 밖으로 나와 정원에 있는 동안 교회에서 종이 울리기 시작하여 마을과 들판 전체에 크게 울려 퍼졌다. 미리엄은 교회의 탑이 옹기종기 모여 있는 집들의 지붕 위로 불쑥 나와 있는 모습을 보고 그가 자기에게 가져왔던 스케치를 기억해 냈다. 그때는 지금과 사정이 달랐다. 그렇지만 그는 아직까지도 그녀를 완전히 떠나지는 않았다. 그녀는 그에게 읽을 책을 빌려달라고 요청했다. 그는 집 안으로 뛰어 들어갔다.

「아니…… 저 애는 미리엄이냐?」 어머니가 쌀쌀하게 물었다.

「예, 와서 클라라를 만나 보겠다고 했거든요.」

「그러면 네가 그 애에게 이야기했니?」 빈정대는 대답이 들려왔다.

「예, 왜 이야기하면 안 돼요?」

「이야기해서 안 될 이유는 분명히 없다만.」 모렐 부인이 말하고 읽던 책을 다시 집어 들었다. 그는 어머니가 비꼬아서 움찔했지만 짜증스럽게 얼굴을 찌푸리며 〈나는 왜 내가 하고 싶은 대로 할 수 없나?〉 하고 생각했다.

「전에 모렐 부인을 뵌 적이 없지요?」 미리엄이 클라라에게 말하고 있었다.

「예, 없어요……. 그런데 참 좋은 분이네요.」

「그래요.」 미리엄이 말하며 고개를 떨어뜨렸다. 「어떤 면에서는 매우 훌륭한 분이지요.」

「나도 그렇게 생각해요.」

「폴이 어머니에 대해 많이 이야기했어요?」

「상당히 많이 했어요.」

「아! 그렇군요.」

그가 책을 가지고 돌아올 때까지 그들 둘 사이에는 침묵이 흘렀다.

「언제 돌려주면 될까요?」 미리엄이 물었다.

「언제든지 네가 좋을 때.」 그가 대답했다.

클라라는 집 안으로 들어가려고 돌아섰고 그는 미리엄을 대문까지 바래다주러 갔다.

「언제 윌리 농장에 올래요?」 미리엄이 물었다.

「지금은 알 수 없네요.」 클라라가 대답했다.

「오고 싶으면 언제라도 기꺼이 만나 보고 싶다는 말을 전해 달라고 어머니가 부탁하셨어요.」

「고마워요……. 나도 가고 싶기는 한데…… 그렇지만 언제 갈 수 있다고 딱 부러지게 말할 수는 없네요.」

「아, 잘 알았어요!」 미리엄은 큰 소리로 말하며 상당히 씁쓸한 기분으로 돌아섰다.

그녀는 정원에 나 있는 길을 걸어가면서 그가 자기에게 준 꽃을 입에 갖다 대었다.

「정말 들어오지 않을 거야?」 그가 말했다.

「네, 괜찮아요.」

「우리도 예배당에 가려고 해.」

「아하!······ 그러면 거기에서 만날 수 있겠네요!」 미리엄은 이렇게 말하며 매우 비통한 기분이 들었다.

「그래.」

그들은 헤어졌다. 폴은 미리엄에게 죄를 지은 것 같은 기분이었다. 그녀는 비통해 했고 그를 경멸했다. 그는 여전히 자신의 것이라고 그녀는 믿었다. 그렇지만 그는 클라라를 자기 사람으로 만들고 집으로 데려오기도 하고 예배당에서 그녀와 함께 어머니 옆에 앉고 몇 년 전 그가 자기에게 주었던 바로 그 찬송가 책을 그녀에게 줄 수 있었다. 그가 집 안으로 빨리 뛰어 들어가는 소리가 미리엄의 등 뒤에서 들려왔다.

그렇지만 그는 집 안으로 곧바로 들어가지 않았다. 잔디밭에 멈추어 섰을 때 어머니의 목소리와 이어서 클라라가 대답하는 소리가 들려왔다.

「제가 싫어하는 것은 미리엄이 지니고 있는 사냥개 같은 그 집요한 성격이에요.」

「맞아요.」 어머니가 재빨리 대답했다. 「맞아! 그것 때문에 그 애를 미워하게 된다니까요! 지금도 그렇잖아요!」

가슴이 뜨거워지면서 그는 그 아가씨에 대해 이야기하고 있는 그들에게 화가 났다. 그들이 무슨 권리로 그런 말을 한다는 말인가? 그들의 이야기 속에 들어 있는 무엇인가가 그의 마음을 찔러 미리엄에 대한 증오심이 불꽃처럼 확 타올랐다. 그런 다음 그 자신의 마음속에 격렬한 반발심이 일어났는데 이는 클라라가 자유롭게 미리엄에 대하여 그렇게 말할 수 있다는 것 때문이었다. 결국 선량한 것에 대해 말하자면 그 아가씨가 여기에 있는 두 여자보다 더 낫다고 그는 생각했다. 그는 집 안으로 들어갔다. 어머니는 흥분해 있는 듯이 보였다. 그녀는 한 손으로 소파의 팔걸이를 박자에 맞추어 토닥토닥 두드리고 있었는데, 여자들이 피곤에 지쳤을 때 흔히 하는 행동이었다. 그는 그 동작을 참고 지켜볼 수 없었다. 침묵이 흐르다가 이윽고 그가 이야기하기 시작했다.

예배당에서 미리엄은 그가 찬송가 책에서 클라라가 부를 노래를 찾아 주는 모습을 보았는데, 바로 예전에 그가 자기를 위해서 했던 것과 똑같은 모습이었다. 그리고 목사가 설교를 하는 도중에 그는 예배당의 건너편에 앉아 있는 그 아가씨를 볼 수 있었는데 쓰고 있는 모자가 그녀의 얼굴에 검은 그림자를 드리우고 있었다. 클라라가 그와 함께 있는 것을 보고 그녀는 무슨 생각을 했을까? 그는 생각을 멈출 수 없었다. 그는 자신이 미리엄에게 잔인한 짓을 했다고 느꼈다.

예배가 끝난 후 그는 클라라와 함께 펜트리치 언덕을 넘어가는 길로 접어들었다. 어두운 가을밤이었다. 그들은 미리엄에게 작별 인사를 했고 그 아가씨를 혼자 남겨 두고 오자니 그는 마음이 아팠다. 〈그렇지만 마땅히 이럴 만한 짓을 했어.〉라고 그는 마음속으로 말했고 그녀가 보는 앞에서 이처럼 아름다운 다른 여자와 함께 떠나왔다는 사실이 거의 기쁘기까지 했다.

어둠 속에서 축축한 나뭇잎 냄새가 풍겨 왔다. 클라라는 따스한 자기 손을 그의 손에 가만히 잡힌 채 걸어갔다. 그의 마음은 갈등으로 가득 차 있었다. 마음속에 끓어오르는 갈등으로 인하여 그는 절망감을 느꼈다.

펜트리치 언덕 위에서 클라라는 그에게 몸을 기대고 걸어갔다. 그는 한 팔로 슬그머니 그녀의 허리를 감았다. 걸어갈 때 그녀의 몸동작이 자기 팔 아래에서 강렬하게 느껴지자 미리엄 때문에 생겼던 가슴속의 응어리가 풀어지고 뜨거운 피가 온몸을 휘돌았다. 그는 그녀를 점점 더 꼭 껴안았다.

그때 그녀가 조용히 말했다. 「아직도 미리엄과 계속 사귀고 있네요.」

「그냥 이야기만 해요……. 우리 사이에는 이야기하는 것보다 더 큰 일은 일어난 적이 결코 없어요.」 그가 씁쓸하게 말했다.

「당신의 어머니는 그녀를 좋아하지 않던데요.」 클라라가 말했다.

「그래요 좋아하지 않으세요……. 그렇지 않으면 그녀와 결혼했을지도 몰라요……. 그렇지만 이제 다 끝났어요……. 정말이에요.」

갑자기 그의 목소리가 증오심 때문에 열정적으로 변했다.

「만일 지금 그녀와 함께 있으면…… 우리는 〈기독교의 신비〉나 뭐 그따위 것에 대해서 지껄이고 있을 겁니다. 그녀와 함께 있지 않은 것을 감사해야죠.」

그들은 한참 동안 말없이 계속 걸었다.

「그렇지만 당신은 그녀를 진정으로 포기할 수 없어요.」 클라라가 말했다.

「나는 그녀를 포기하지 않아요. 포기하고 말고 할 것이 하나도 없거든요.」 그가 말했다.

「그녀는 그렇지 않아요.」

「살아가는 동안 그녀와 내가 친구로 지내서 안 되는 이유는 없거든요.」 그가 말했다. 「그저 친구일 뿐이지요.」

클라라는 그에게서 몸을 빼고 그에게 닿지 않으려고 반대쪽으로 몸을 기울였다.

「왜 몸을 빼는 거예요?」 그가 물었다.

그녀는 대답하지 않고 그에게서 더욱 멀리 떨어졌다.

「왜 혼자 걸어가고 싶어 해요?」 그가 물었다.

여전히 대답이 없었다. 그녀는 화가 나서 고개를 푹 숙이고 걸었다.

「내가 미리엄과 친구로 지내겠다고 말했기 때문인가요!」 그가 크게 소리 질렀다.

그녀는 그에게 아무 대답도 하려고 하지 않았다.

「우리 두 사람 사이에 오가는 것은 말뿐이라고 하잖아요.」 그가 고집스럽게 말하며 그녀를 다시 잡으려고 애썼다. 그녀는 그의 손을 뿌리쳤다. 갑자기 그가 성큼성큼 걸어서 그녀 앞으로 가더니 그녀의 길을 가로막았다.

「제기랄!」 그가 말했다. 「이제 어떻게 해달라는 말이요?」

「미리엄의 꽁무니나 쫓아다니는 게 낫겠어요.」 클라라가 조롱했다.

그의 온몸에서 피가 확 솟구쳐 올라 불탔다. 그는 이를 드러내 보이며 서 있었다. 그녀는 토라져서 고개를 푹 숙이고 있었다. 오솔길은 어둡고 인적이 전혀 없었다. 그는 갑자기 그녀를 두 팔로 껴안고 앞으로 밀며 자기 입을 그녀의 얼굴에 대고 미친 듯이 키스를 퍼부었다. 그녀는 극도로 흥분하여 그를 피하려고 하였다. 그는 그녀를 꽉 끌어안았다. 맹렬하고 집요하게 그의 입술이 그녀에게로 밀려왔다. 그녀의 젖가슴이 담벼락 같은 그의 가슴에 짓눌려 아팠다. 어쩔 수 없이 그녀는 그의 두 팔에 안겨 축 늘어졌고 그는 그녀에게 키스를 퍼붓고 또 퍼부었다.

사람들이 언덕을 걸어 내려오는 발소리가 들려왔다.

「일어서요……. 일어서라고!」 그가 탁한 목소리로 말하며 그녀의 팔을 움켜쥐어 그녀는 팔이 아팠다. 그가 잡은 팔을 놓았으면 그녀는 땅바닥에 푹 쓰러졌을 것이다. 그녀는 한숨을 내쉬고 머리가 어질어질한 상태로 그의 옆에서 걸어갔다. 그들은 말없이 계속 걸었다.

「들판을 건너갑시다.」 폴이 이렇게 말하고 나서야 그녀는 정신이 들었다.

그렇지만 그녀는 그의 도움을 받아서 울타리 계단을 넘었고 말없이 그와 함께 어둠에 잠긴 첫 번째 들판을 건너갔다. 그곳이 노팅엄과 기차 정거장으로 가는 길이 갈라지는 곳이라는 것을 그녀는 알고 있었다. 그는 주변을 둘러보는 듯이 보였다. 그들이 헐벗은 언덕 꼭대기에 올라가자 그곳에는 부서진 풍차의 시커먼 잔해만이 서 있었다. 그곳에서 그는 발걸음을 멈추었다. 그들은 어둠 속에 함께 우뚝 서서 눈앞에 불빛들이 점점이 흩어져 있는 밤 풍경, 다시 말하여 군데군데 손바닥만하게 모여 반짝이는 지점들과 높고 낮은 마을들이 어둠에 잠겨 여기저기 흩어져 있는 모습을 바라보았다.

「별들 사이로 걸어가는 것 같아요.」 그가 말하고는 목소리를 떨어 가며 웃었다.

그런 다음에 그는 그녀를 두 팔로 잡고 꼭 끌어안으며 오랫동안 키스를 했다. 그녀는 입을 옆으로 돌리고 퉁명스럽게 낮은 목소리로 물었다.

「지금 몇 시예요?」

「몇 시건 상관없어요.」 그가 탁한 목소리로 간청하듯 말했다.

「아니에요, 상관이 있어요…… 아니에요…… 가야 해요.」

「아직 일러요.」 그가 말했다.

「지금이 몇 시인데요?」 그녀가 끈질기게 물었다.

주위는 온통 깜깜한 어둠이 깔려 있는 가운데 불빛이 여기저기 점점이 흩어져 반짝이고 있었다.

「몰라요.」

그녀는 그의 가슴에 손을 대고 그의 시계를 더듬어 찾았다. 그는 온몸의 마디마디가 녹아들어 불붙는 듯한 느낌이었다. 그녀가 그의 조끼 주머니를 더듬는 동안 그는 숨을 헐떡이며 서 있었다. 어둠 속에서 그녀는 시계의 둥그렇고 희미한 문자판은 볼 수 있었지만 시간을 볼 수는 없었다. 그녀는 시계 위로 몸을 숙였다. 그는 숨을 헐떡이다가 그녀를 두 팔로 다시 껴안았다.

「보이지 않아요.」그녀가 말했다.

「그럼 신경 쓰지 말아요.」

「아니에요……. 가야겠어요.」그녀가 말하고 돌아섰다.

「기다려요……. 내가 볼게요…….」그렇지만 그도 시간을 알아볼 수 없었다…….「성냥불을 켤게요.」

그는 시간이 너무 늦어서 기차를 탈 수 없었으면 하고 마음속으로 바랐다. 그녀는 그가 성냥불을 양손으로 보듬어 환히 빛나는 등불처럼 만드는 모습을 보고 이어서 그의 얼굴에 불빛이 비치는 모습 그리고 그가 두 눈으로 시계를 뚫어지게 쳐다보는 모습을 보았다. 금세 온 세상이 다시 깜깜해졌다. 눈앞은 온통 어두웠고, 오직 불타 버린 성냥개비만이 그녀의 발치에서 빨갛게 보였다. 그는 어디에 있는가?

「무슨 일이에요?」그녀가 두려워하며 물었다.

「어쩔 수 없어요.」대답하는 그의 목소리가 어둠 속에서 들려왔다.

잠시 말이 없었다. 그녀는 자신이 그의 수중에 들어가 있다는 것을 느꼈다. 그녀는 그의 목소리에 담겨 있는 그런 기미를 감지했다. 그것이 그녀는 무서웠다.

「몇 시예요?」그녀가 조용히 단호하게 절망적으로 물었다.

「아홉 시 이 분 전이요.」그가 거짓말을 하고 싶은 마음을 애써 억누르고 사실을 말했다.

「그러면 내가 여기에서 기차역까지 십사 분 만에 갈 수 있어요?」

「아니요……. 어쨌든…….」

그녀는 일 미터쯤 떨어져 있는 그의 시커먼 형체를 다시 알아볼 수 있었다. 그녀는 도망치고 싶었다.

「그렇지만 갈 수는 있죠?」 그녀가 애원하듯 물었다.

「서두르면 돼요.」 그가 퉁명스럽게 말했다. 「그렇지만…… 편하게 걸어갈 수 있어요, 클라라…… 전철역까지는 겨우 십 킬로미터 남짓해요……. 내가 바래다줄게요.」

「아니에요……. 기차를 타고 가고 싶어요.」

「왜요?」

「그러고 싶어요……. 나는 기차를 타고 가고 싶어요.」

갑자기 그의 목소리가 변했다.

「알았어요.」 그가 메마르고 냉혹하게 말했다. 「그럼 가봅시다.」

그리고 그는 앞장서서 어둠 속으로 돌진했다. 그녀는 그의 뒤를 따라 달려가며 울고 싶은 기분이 들었다. 이제 그는 그녀에게 냉혹하고 잔인해진 것이다. 그녀는 그의 뒤를 따라 숨이 턱에 차서 쓰러질 듯 말 듯 하며 험하고 어두운 들판을 달려갔다. 그렇지만 두 줄로 나란히 서 있는 기차역의 불빛이 점점 가까워졌다. 「저기 기차가 와요!」 갑자기 그가 외치며 후다닥 뛰어갔다.

덜커덩거리는 기차 소리가 희미하게 들려왔다. 오른쪽으로 멀리서 기차가 빛나는 쐐기벌레처럼 밤을 가르며 기어오고 있었다. 덜커덩거리는 소리가 그쳤다.

「기차가 고가교 위에 있어요……. 간신히 탈 수 있겠어요.」

클라라는 숨이 끊어질 정도로 달렸고 마침내 기차에 뛰어올랐다. 기적 소리가 울렸다. 그는 가버렸다. 가버린 것이다!…… 그리고 그녀는 사람들이 가득 찬 객차에 있었다. 그녀는 상황이 잔인한 느낌이 들었다.

그는 돌아서서 집으로 달려갔다. 자기도 모르는 사이에 그는 자기 집 부엌에 들어와 있었다. 매우 창백한 얼굴과 우울하고 위험해 보이는 두 눈이 마치 술에 취한 것 같았다. 어머니가 그를 쳐다보았다.

「아니, 네 부츠가 아주 보기 좋구나.」그녀가 말했다.

그는 자기 발을 쳐다보았다. 그러고 나서 외투를 벗었다. 어머니는 그가 술에 취했나 보다고 생각했다.

「그런데 그 여자는 기차를 탔니?」그녀가 말했다.

「예.」

「그 여자 발은 너처럼 더럽지 않았으면 좋겠구나…… . 도대체 그 여자를 어디로 끌고 다녔는지 모르겠구나.」

그는 한참 동안 말없이 꼼짝도 하지 않고 있었다.

「그 여자가 마음에 들어요?」그가 마지못해 마침내 물었다.

「그래…… . 마음에 든다…… . 그렇지만 너는 그녀에게 싫증을 낼 것 같구나, 애야. 너도 그러리라는 것을 알겠지.」

그는 대답하지 않았다. 그녀는 그가 얼마나 헐떡거리며 숨을 쉬고 있는지 알아차렸다.

「계속 뛰어다녔니?」그녀가 물었다.

「기차를 타려면 달려가야 했어요.」

「그러다가 녹초가 되겠구나. 뜨거운 우유를 마시는 게 좋겠다.」

그것은 그가 누릴 수 있는 가장 좋은 자극제였다. 그러나 그는 우유를 거절하고 잠자리에 들었다. 그는 침대 커버에 얼굴을 묻고 누워 분노와 고통의 눈물을 흘렸다. 육체적 고통 때문에 입술을 질끈 깨물어 피가 흘러나왔으며 마음이 혼란스러워 생각할 수도 없었고 느낄 수도 거의 없게 되었다.

「이것이 그녀가 나를 대하는 방식이란 말이지? 그렇지?」그는 마음속으로 되뇌고 되뇌며 얼굴을 이불에 파묻었다. 그리고 그는 그녀를 증오했다. 또다시 그는 지난 일들을 되새

거 보고 다시 한 번 그녀를 증오했다.

그다음 날 그에게는 전에 없던 냉담한 분위기가 감돌았다. 클라라는 매우 상냥해서 거의 사랑스러울 정도였다. 그렇지만 그는 그녀를 쌀쌀하게 대했으며 약간 경멸하는 기미까지 있었다. 그녀는 한숨을 내쉬면서도 계속해서 상냥하게 대했다. 그는 기분이 풀어졌다.

그 주의 어느 날 저녁 사라 베르나르[95]가 노팅엄에 있는 로얄 극장에서「춘희」를 공연했다. 폴은 이 나이 든 유명한 여배우를 보고 싶어 했고 클라라에게 함께 가자고 요청했다. 그는 어머니에게 열쇠를 창문에 올려 두어 자기가 열고 집에 들어올 수 있게 해달라고 말했다.

「좌석을 예약할까요?」폴이 클라라에게 물었다.

「그러세요. 그리고 야회복을 입어요, 알았죠? 당신이 야회복을 입은 모습을 본 적이 한 번도 없어요.」

「그렇지만 아이고, 클라라, 야회복을 입고 극장에 앉아 있는 내 모습을 생각해 봐요!」그가 이의를 제기했다.

「입고 싶지 않아요?」그녀가 물었다.

「꼭 입으라면 입을게요……. 그렇지만 바보 같은 느낌이 들 거예요.」

그녀는 그를 쳐다보며 웃었다.

「그러면 나를 위해서 바보 같이 느껴 봐요, 한 번만 말이에요……. 알았죠?」

이런 요청을 받자 그는 얼굴이 빨개졌다.

「입어야 할 것 같네요.」

「무엇 때문에 옷 가방을 가지고 가니?」어머니가 물었다.

95 사라 베르나르Sarah Bernhardt(1844~1923). 프랑스 여배우로 예순세 살 때 노팅엄에 있는 로얄 극장에서 알렉상드르 뒤마Alexandre Dumas (1824~1895)의「춘희」를 공연했고 로런스는 그녀의 공연을 보았다.

폴은 얼굴이 화끈 달아올라 시뻘겋게 되었다.

「클라라가 가져오라고 해서요.」 그가 말했다.

「그러면 어떤 좌석에 앉을 거냐?」

「반원형 좌석에요……. 한 사람당 삼 실링 육 펜스예요.」

「아이고 깜짝이야!」 어머니가 빈정대는 투로 크게 소리 질렀다.

그는 조던 회사에서 옷을 갈아입고 외투와 모자를 쓴 후 카페에서 클라라를 만났다. 그녀는 여성 참정권론자 친구 한 명을 데리고 나와 있었다. 그녀는 자기에게 어울리지 않는 낡은 롱코트를 입고 조그만 숄을 머리에 두르고 있었는데 그 모습이 전혀 그의 마음에 들지 않았다. 세 사람은 함께 극장에 갔다.

클라라가 계단에서 코트를 벗자 폴은 그녀가 일종의 간이 이브닝드레스를 입고 있어서 두 팔이며 목이며 가슴의 일부까지 그대로 드러나는 것을 보았다. 머리는 유행에 맞추어 손질되어 있었다. 드레스는 녹색 크레이프 천으로 만든 수수한 것이었는데 그녀에게 잘 어울렸다. 그녀가 대단히 위엄 있어 보인다고 그는 생각했다. 그 드레스가 그녀의 몸을 꼭 맞게 휘감고 있는 것 같아서 그는 옷 속에 있는 그녀의 몸매를 볼 수 있는 듯한 느낌이 들었다. 그녀를 쳐다보니 똑바로 곧추선, 단단하면서도 부드러운 그녀의 몸이 거의 느껴지는 듯했다. 그는 두 주먹을 불끈 쥐었다.

그래서 그는 저녁 내내 그녀의 아름답게 드러난 팔 옆에 앉아서 튼튼한 목이 튼튼한 가슴에서부터 미끈하게 올라온 모습을 지켜보고 또 초록색 옷 아래에 숨어 있는 젖가슴이며 꼭 맞는 옷 속에 있는 허벅지의 곡선을 바라보았다. 그의 내면에 있는 무엇인가로 인하여 그는 그녀가 자기와 이처럼 가까이 앉아 있으면서 자기에게 고통을 겪도록 하는 것에 대하여 그녀를 다시 미워했다. 그리고 한편으로 그는, 머리를 곧추세우고 앞만 똑바로 응시하면서 입술을 삐쭉 내민 채 생각에 잠겨 꼼짝도 하지 않고 앉아 있는 그녀를 사랑했는데, 마치 운명이 너무나 강력하게 끌어당기기 때문에 그녀가 자신의 운명에 순응하는 듯이 보였다. 그녀는 자신이 어찌할 수 없을 정도로 자신보다 더욱 큰 무엇인가에 사로잡혀 있는 듯했다. 그녀는 어떤 영원한 표정 같은 것을 띠고 있어서 마치 생각에 잠긴 스핑크스처럼 보였고 이 때문에 그는 그녀에게 키스를 하고 싶어 미칠 지경이 되었다. 그는 들고 있던 프로그램을 떨어뜨리고 그것을 줍는 체하며 바닥으로 몸을 굽히면서 그녀의 손과 손목에 키스할 수 있었다. 그녀의 아름다운 모습 자체가 그에게는 고통이었다. 그녀는 꼼짝도 하지 않고 앉아 있었다. 오직 불이 꺼졌을 때에만 그녀는 그에게 약간 기대었고 그제야 그는 그녀의 손과 팔을 자기 손가락으로 어루만졌다. 그는 그녀의 자연스러운 체취를 희미하게 느낄 수 있었으며 그 향기는 그녀를 갈망하도록 그를 거칠게 몰아갔다. 공연이 진행되는 동안 줄곧 그의 격정은 거대한 백열의 파도가 되어 그의 온몸을 휩쓸었으며 그로 인하여 그는 의식이 순간적으로 마비되어 버렸다.

연극은 계속 진행되었다. 그는 연극이 멀리 떨어진 어딘가에서 진행되는 듯한 기분에 사로잡혀 그것을 지켜보았는데 그곳은 그 자신도 모르는 어느 먼 곳, 자기 마음속 저 멀리 떨어진 곳인 것만 같았다. 그 자신이 클라라의 희고 묵직한 팔이고 그녀의 목이고 오르락내리락 움직이는 그녀의 젖가슴이 된 듯했다. 멀리 떨어진 어딘가에서 공연이 진행되고 있고 그 또한 연극과 하나가 된 듯했다. 그 자신은 존재하지 않았다. 클라라의 회색빛 거무스름한 두 눈과 자기에게로 내려오는 젖가슴 그리고 자신이 두 손으로 꼭 쥐고 있는 그녀의 팔만이 존재할 뿐이었다. 그러자 그는 자신이 왜소하고 무력하며 그녀가 자기 위에 군림하는 듯이 느꼈다.

막간이 되어 불이 켜졌을 때 그는 눈에 띄게 마음이 괴로웠다. 그는 또다시 어두워질 때까지 어느 곳으로든 도망치고 싶었다. 미로에 갇혀 그는 술을 찾아 헤매는 듯했다. 그러자 다시 불이 꺼지고 클라라와 연극의 이상하고 미친 듯한 현실이 그를 또다시 사로잡았다.

연극은 계속 진행되었다. 그렇지만 그는 그녀의 팔이 구부러지는 곳에 아늑하게 자리 잡은 가늘고 푸른 핏줄에 키스하고 싶은 욕망에 사로잡혔다. 그는 그 핏줄을 느낄 수 있었다. 그가 그곳에 입술을 대기 전에는 그의 생명 전체가 정지될 것만 같았다. 반드시 키스를 해야만 했다. 그런데 다른 사람들이 있었다! 마침내 그는 재빨리 앞으로 허리를 굽혀 그곳에 입술을 댔다. 그의 콧수염이 그녀의 예민한 살을 스쳤다. 클라라는 몸서리치면서 팔을 빼내었다.

연극이 모두 끝나면서 불이 들어오고 사람들이 박수를 치자 그는 정신을 차리고 시계를 보았다. 기차는 이미 떠나 버렸다.

「집까지 걸어가야 하겠어요!」 그가 말했다.

클라라가 그를 쳐다보았다.

「너무 늦었어요?」 그녀가 물었다.

그는 고개를 끄덕였다. 그런 다음에 그는 그녀가 외투를 입는 것을 도와주었다.

「사랑해요. 그 드레스를 입으니 매우 아름다워요.」 그가 부산하게 움직이는 많은 사람들 사이에서 그녀의 어깨 너머로 낮은 소리로 속삭였다. 그녀는 여전히 잠자코 있었다. 그들은 함께 극장 밖으로 나왔다. 마차가 기다리고 사람들이 지나가는 모습이 그의 눈에 들어왔다. 그를 증오하는 한 쌍의 갈색 눈을 마주친 것 같았다. 그렇지만 그는 그것이 누구의 눈인지 알지 못했다. 그와 클라라는 돌아서서 기계적으로 기차역 방향으로 접어들었다.

기차는 이미 떠나고 없었다. 그는 집까지 십오 킬로미터 정도를 걸어가야만 할 것이다.

「상관없어요.」 그가 말했다. 「즐거운 마음으로 걸어갈 수 있어요.」

「혹시.」 그녀가 얼굴을 붉히며 말했다. 「우리 집에 가서 자지 않을래요? 나는 어머니와 함께 자면 되는데…….」

그는 그녀를 쳐다보았다. 그들의 눈이 마주쳤다.

「어머니가 뭐라고 하지 않으실까요?」 그가 물었다.

「상관하지 않을 거예요.」

「정말이에요?」

「그럼요!」

「가도 되요?」

「가고 싶으면.」

「좋아요!」

그리하여 그들은 발걸음을 돌렸다. 첫 번째 전차 역에서 그들은 전차를 탔다. 그들의 얼굴에 바람이 시원하게 불어왔다. 시내는 깜깜했고 전차는 기우뚱거리며 빨리 달렸다. 그는 그녀의 손을 꼭 잡고 앉아 있었다.

「당신 어머니는 주무시고 계실까요?」 그가 물었다.

「아마 그럴 거예요…… 주무시지 않으면 좋겠는데.」

그들은 조용하고 깜깜한 좁은 길을 서둘러 걸어갔고 밖에 나와 있는 사람들이라고는 그들뿐이었다. 클라라는 재빨리 집으로 들어갔다. 그는 머뭇거렸다.

「들어와요.」 그녀가 말했다.

그는 계단을 뛰어 올라가 방으로 들어갔다. 거대한 몸집의 그녀 어머니가 안쪽 문간에 적대적인 모습으로 나타났다.

「거기 누구 데려왔냐?」 그녀가 물었다.

「모렐 씨예요……. 기차를 놓쳤어요. 오늘 하룻밤 여기에서 재워 줄 수 있을 것 같아서요. 그러면 이 사람이 십오 킬로미터 정도를 걸어서 집에 가지 않아도 되거든요.」

「흠!」 래드포드 부인이 큰 소리로 말했다. 「그것은 네가 알아서 할 일이지! 네가 이 사람을 초대한다면 나로서는 대환영이다. 네가 이 집 살림을 꾸려 나가니까 말이야.」

「마음에 들지 않으시면 도로 가겠습니다.」 그가 말했다.

「아니우, 아녀, 그럴 필요 없수! 들어오시우……. 이 애 먹으라고 차려 놓은 저녁상을 어떻게 생각할지 모르겠구려.」

저녁상은 감자 몇 조각을 담아 놓은 작은 접시와 베이컨 한 조각이었다. 식탁에는 한 사람 분량이 되는대로 놓여 있었다.

「베이컨은 좀 더 있수.」 래드포드 부인이 계속하여 말했다. 「감자는 더 없수.」

「폐를 끼쳐서 미안합니다.」 그가 말했다.

「아, 나한테 미안해 할 거 없수. 나하고는 아무 관계도 없으니까 말이우! 이 애한테 극장 구경까지 시켜 주지 않았수? 그렇지 않우?」 이 마지막 질문에는 빈정거리는 말투가 들어 있었다.

「예에!」 폴이 거북하게 웃어 가며 말했다.

「그래……. 그러니 베이컨 한 조각이 대수겠수! 코트를 벗구려.」

몸집이 큰 여인은 당당하게 서서 상황을 파악하려고 애쓰고 있었다. 그녀는 찬장 앞에서 서성거렸다. 클라라가 그의 코트를 받아 주었다. 방은 매우 따뜻하고 램프 불빛이 비쳐서 아늑했다.

「여보쇼. 양반님들!」 래드포드 부인이 큰 소리로 말했다. 「당신네 두 사람은 훤하게 아름다운 한 쌍이구려. 정말이우! 왜들 모두 그렇게 잘 차려 입었수?」

「우리도 잘 모르겠습니다.」 그는 자신이 놀림감이 되었다고 느끼며 말했다.

「이 집에는 당신네 두 사람처럼 번쩍번쩍하는 양반들이 머무를 만한 방이 없다우. 그렇게 눈부시게 차려입어서 하는 말이우.」 그녀는 그들을 놀렸다. 그것은 심술궂은 공격이었다.

그는 야회복 재킷을 입고 클라라는 녹색 드레스를 입고 두 팔을 다 드러낸 모습으로 당황해 서 있었다. 그들은 그 작은 부엌에서 서로를 보호해야 한다고 느꼈다.

「그리고 저 꽃 좀 보시우!」 래드포드 부인이 계속 말하며 클라라를 가리켰다. 「저 애는 무슨 생각으로 저렇게 차려 입었는지?」

폴은 클라라를 쳐다보았다. 그녀는 얼굴이 장밋빛이 되고 목까지 화끈 달아 벌겋게 되어 있었다. 잠시 침묵이 흘렀다.

「이렇게 차려 입으니 마음에 들지요? 그렇지 않아요?」 그가 물었다. 클라라의 어머니가 그들 두 사람을 손아귀에 쥐고 있었다. 그동안 내내 그의 가슴은 심하게 뛰고 있었고 그는 걱정으로 몸이 굳어졌다. 그렇지만 그는 그 노파와 싸울 작정이었다.

「저런 모습이 내 마음에 든다니!」 노부인이 큰 소리로 외쳤다. 「저 애가 저렇게 바보짓을 해서 웃음거리가 되는 것이 어째서 내 마음에 든다는 말이우!」

「더 바보 같은 짓을 하는 사람들도 많이 보았습니다.」 그가 말했다. 클라라는 이제 그의 보호하에 있었다.

「아, 그렇구면…… 그래 언제 그런 것을 보았수?」 빈정대

694

는 대답이 나왔다.

「자기 자신을 보기 흉하게 해서 웃음거리가 될 때입니다.」 그가 대답했다.

래드포드 부인은 커다란 몸집에 위협하는 태도로 포크를 든 채 벽난로 앞 양탄자에 꼼짝하지 않고 서 있었다.

「양쪽 다 바보들이구먼.」 그녀는 마침내 대답하고 네덜란드식 오븐 쪽으로 돌아섰다.

「아닙니다.」 그가 말하며 용감하게 맞서 싸웠다. 「사람들은 자기가 할 수 있는 한 가장 아름답게 보이도록 꾸며야 합니다.」

「그래서 저것을 멋있어 보인다고 한다는 말이우!」 그녀의 어머니가 이렇게 외치고 경멸하는 몸짓을 지으며 클라라를 포크로 가리켰다. 「저것, 저것은 옷을 제대로 입지 않는 것처럼 보이는구먼.」

「어르신께서는 저렇게 모양내어 꾸밀 수 없어서 질투하시는 것 같습니다.」 그가 말하며 껄껄 웃었다.

「내가 질투한다고! 내가 원하기만 했다면 이브닝드레스를 입고 누구와도 함께 다닐 수 있었을 거외다.」 이런 경멸적인 대답이 돌아왔다.

「그러면 왜 그렇게 하기를 원하지 않으셨습니까?」 그가 적절하게 물었다……. 「아니면 그렇게 입으셨습니까?」

오랫동안 침묵이 흘렀다. 래드포드 부인은 네덜란드식 오븐에 들어 있는 베이컨을 다시 뒤적였다. 그는 이 부인을 화나게 한 것 아닌가 걱정스러워서 심장이 빠르게 뛰었다.

「내가!」 그녀가 마침내 소리쳤다. 「아니우! 그러지 않았수! 내가 직장에 다니며 일하던 시절에는 여자애들이 어깨를 다 드러내고 나오는 것을 보자마자 어떤 부류의 여자인지 단번에 알아봤수. 입장료 육 펜스짜리 싸구려 무도회에 가는구나 하구 말이우.」

「어르신께서는 너무나 고상해서 입장료 육 펜스짜리 싸구려 무도회에는 가지 않으셨나 보군요?」 그가 말했다.

클라라는 고개를 푹 숙이고 앉아 있었다. 그의 두 눈은 까맣게 반짝반짝 빛나고 있었다. 래드포드 부인은 네덜란드식 오븐을 난로에서 꺼내 놓고 그의 옆에 서서 베이컨 조각을 그의 접시에 덜어 주고 있었다.

「자, 바삭바삭하게 잘 구워진 조각이우!」 그녀가 말했다.

「저에게 가장 좋은 것을 주지 않아도 됩니다.」 그가 말했다.

「저 애는 자기가 원하는 것을 먹었수.」 노부인이 대답했다.

노부인의 목소리에는 일종의 경멸적이면서도 용서하는 듯한 기미가 있어서 폴은 그녀의 기분이 누그러졌다는 사실을 알았다.

「그렇지만 좀 먹어요!」 그가 클라라에게 말했다.

그녀는 고개를 들어 창피하고 외로워 보이는 회색 두 눈으로 그를 쳐다보았다.

「괜찮아요!」 그녀가 말했다.

「왜 먹지 않으려고 그래요?」 그가 사랑이 듬뿍 묻어나는 목소리로 말했다.

그의 혈관 속에서 격정이 불같이 용솟음쳐 올라오고 있었다. 래드포드 부인은 큰 몸집으로 당당하고 초연하게 다시 자리에 앉아 있었다. 그는 클라라를 그냥 내버려 두고 그녀의 어머니에게 주의를 기울였다.

「사라 베르나르가 쉰 살이라고들 하더군요.」 그가 말했다.

「쉰 살이라고!…… 예순은 넘었다우!」 이런 경멸 섞인 대답이 돌아왔다.

「그렇군요.」 그가 말했다. 「전혀 생각도 못 했습니다! 그녀를 보면 지금도 소리 지르고 싶도록 흥분되었습니다.」

「나도 그런 늙어 빠진 못된 할망구에게 소리 지르고 싶도록 흥분해 보았으면 좋겠수.」 래드포드 부인이 말했다.「그 여자도 자기를 할망구라고 생각할 때가 되었수, 꽥꽥거리는 카타마렌이 아니라 말이우…….」

「카타마렌은 말레이 사람들이 타는 배입니다.」 그가 말했다.

「내가 말하는 카타마렌은 심술궂은 여자를 말한다우.」 그녀가 대꾸했다.

「우리 어머니도 가끔 그런 말을 쓰십니다……. 그런데 제가 아무리 말씀 드려도 소용없습니다.」 그가 말했다.

「내 생각에는 댁의 어머니가 따귀나 때릴 것 같수.」 래드포드 부인이 기분 좋게 말했다.

「그러고 싶어 하십니다……. 그리고 그러시겠다고 말씀하시기도 합니다……. 그래서 밟고 올라서실 수 있도록 등받이 없는 조그만 의자를 갖다 드립니다.」

「그것이 우리 어머니의 나쁜 점이에요.」 클라라가 말했다. 「우리 어머니는 무슨 일을 하셔도 의자가 필요 없거든요.」

「그렇지만 나는 저 숙녀분을 긴 지팡이로 건드릴 수도 없을 때가 종종 있다우.」 래드포드 부인이 폴에게 대꾸했다.

「제 생각에 따님은 지팡이로 얻어맞기를 원하지 않을 것 같습니다.」 그가 웃으며 말했다.「저도 역시 그렇습니다.」

「댁의 머리에서 딱 소리가 나도록 막대기로 한 대씩 얻어맞으면 두 사람 모두에게 좋을 것 같수.」 그녀의 어머니가 말하며 갑자기 호탕하게 웃었다.

「저에게 왜 그렇게 나쁜 감정을 갖고 계십니까?」 그가 말했다.「제가 어르신에게서 아무것도 훔치지 않았는데 말입니다.」

「그건 그렇수, 하지만 두고 보겠수.」 나이 든 부인은 웃어가며 말했다.

곧 저녁 식사가 끝났다. 래드포드 부인은 의자에 앉아 자리를 지키고 있었다. 폴은 담배에 불을 붙였다. 클라라는 위층으로 올라갔다가 잠옷을 가지고 돌아와서 그것을 벽난로 앞 철망에 널어 바람을 쐬었다.

「아니, 그것들을 까맣게 잊고 있었구먼.」래드포드 부인이 말했다. 「그것들이 어디에 있다가 튀어나왔누?」

「내 옷장 서랍에서요.」

「흠!…… 네가 그것들을 백스터 입으라고 샀었지. 그런데 그 사람은 입으려고 하지 않았지? 그렇지?……」그녀가 웃으면서 말했다. 「잠자리에서는 바지를 입지 않고 지낼 생각이라고 말했지.」그녀는 무슨 비밀 이야기라도 털어놓는 듯이 폴에게로 돌아서서 말했다. 「그 사람은 저런 것을 참을 수 없어 했다우. 저 파자마 같은 것 말이우.」

젊은이는 앉아서 담배 연기로 동그라미를 만들어 내고 있었다.

「글쎄요, 누구나 각자 취향이 있게 마련입니다.」그가 웃으며 말했다.

그런 다음 파자마의 장점에 대해 잠시 이야기가 이어졌다.

「우리 어머니는 제가 잠옷을 입고 있는 모습을 좋아하십니다.」그가 말했다. 「제가 피에로 같다고 하십니다.」

「내 생각에 잠옷이 댁에게는 잘 어울릴 것 같수.」래드포드 부인이 말했다.

잠시 후 그는 벽난로 위에서 째깍거리는 조그만 벽시계를 힐끗 보았다. 열두 시 반이었다.

「우스운 일입니다.」그가 말했다. 「극장 구경을 한 후 마음을 가라앉히고 잠자리에 드는 데 몇 시간이 걸리니 말입니다.」

「보통 때 같으면 이미 잠자리에 들었을 시간이우.」래드포드 부인이 말하며 식탁을 치웠다.

「피곤해요?」그가 클라라에게 물었다.

「전혀 피곤하지 않아요.」그녀가 대답하며 그의 눈길을 피했다.

「우리 크리비지 카드놀이를 할까요?」폴이 말했다.

「어떻게 하는지 잊어버렸어요.」

「그러면 내가 다시 가르쳐 줄게요…… 크리비지 카드놀이를 해도 괜찮겠습니까? 래드포드 부인?」그가 물었다.

「마음대로 하시구려.」그녀가 말했다. 「그렇지만 시간이 꽤 늦었다우.」

「한두 판 하면 졸릴 거예요.」그가 대답했다.

클라라가 카드를 가지고 와 앉아 결혼반지를 손가락에서 빙빙 돌리는 동안 그는 카드를 뒤섞었다. 래드포드 부인은 식기실에서 설거지를 하고 있었다. 시간이 점점 늦어지면서 폴은 분위기가 더욱더 긴장되어 가는 것을 느꼈다.

「열다섯에 둘, 열다섯에 넷, 열다섯에 여섯, 그리고 둘은 여덟이고……!」

벽시계가 한 시를 쳤다. 여전히 게임은 계속되고 있었다. 래드포드 부인은 잠자리에 들기 전에 해야 할 자질구레한 일들을 모두 마치고 대문을 잠그고 주전자에 물을 채웠다. 여전히 폴은 계속해서 카드를 나누어 주고 계산을 하고 있었다. 그는 클라라의 두 팔과 목에 사로잡혀 있었다. 그는 그녀의 양 젖가슴이 막 갈라지기 시작하는 곳을 볼 수 있을 것 같다고 믿었다. 그는 그녀의 곁을 떠날 수 없었다. 그녀는 그의 두 손을 지켜보았고 그 손이 재빠르게 움직이자 온몸의 마디마디가 녹아내리는 듯한 기분이 들었다. 그녀는 너무 가까이 있었고 그의 몸이 그녀의 몸에 거의 닿아 있는 듯했다…… 그렇지만 아주 닿아 있지는 않았다. 그의 정열이 불끈 일어났다. 그는 래드포드 부인을 증오했다. 그녀는 거의 잠든 것 같았지만 단호하고 고집스럽게 자기 의자에 앉아 있었다. 폴은 그녀를 힐끗 보고 나서 클라라를 보았다. 그녀의 눈이 그의 눈과 마주치자 그 눈은 화나고 조롱하는 듯했으며 강철처럼 단단해 보였다. 그녀 자신은 부끄러움을 담은 눈으로 그를 바라보고 있었다. 그는 그녀도 어쨌든 자기와 같은 마음이라는 것을 알았다. 그는 계속해서 게임을 했다.

마침내 래드포드 부인이 부스럭거리며 뻣뻣하게 몸을 세우면서 말했다.

「두 사람 다 이제 그만 잠자리에 들 생각을 할 때가 되지 않았나?」

폴은 대답하지 않고 계속 게임을 했다. 그는 죽여 버리고 싶을 정도로 그녀를 증오했다.

「조금만 더 하고요.」 그가 말했다.

노부인은 일어서서 고집스럽게 천천히 걸어 식기실로 들어갔다가 촛불을 들고 돌아와서는 그것을 벽난로 위에 놓았다. 그러고 나서 다시 자리에 앉았다. 그녀에 대한 증오심이 너무나 강렬하게 그의 혈관을 타고 흘러서 그는 카드를 떨어뜨렸다.

「그러면 우리 그만해요.」 그가 말했지만 그의 목소리에는 여전히 계속하고 싶은 마음이 담겨 있었다.

클라라는 그가 입을 굳게 다물고 있는 것을 보았다. 또다시 그는 그녀를 힐끗 보았다. 마치 동의를 구하는 것 같았다. 그녀는 카드 위로 몸을 숙이고 기침하면서 목소리를 가다듬었다.

「그래, 그만 하겠다니 기쁘구려.」 래드포드 부인이 말했다. 「자…… 댁의 물건들을 챙기시우…….」 그녀는 따뜻해진 옷을 그의 손에 쥐어 주었다……. 「그리고 이것은 댁이 들고 갈 촛불이우. 댁이 주무실 방은 이 위에 있수……. 방이 두 개 뿐이니 잘못 찾아갈 수는 없을 거외다……. 자…… 편히 주무시우……. 편히 쉬길 바라우.」

「편히 잘 겁니다……. 저는 항상 잠을 잘 잡니다.」 그가 말했다.

「아무렴……. 댁의 나이 때에는 그럴 거외다.」 그녀가 대답했다.

그는 클라라에게 잘 자라고 인사하고 위층으로 갔다. 잘 닦인 하얀 나무로 만들어진 나선형 층계는 발걸음을 딛을 때마다 삐걱거리고 덜커덕거렸다. 그는 고집스럽게 올라갔다. 문 두 개가 서로 마주 보고 있었다. 그는 자기 방으로 들어가 문을 밀어 닫고 문고리는 잠그지 않은 채 그냥 두었다.

작은 방에 큰 침대가 놓여 있었다. 클라라의 머리핀 몇 개가 화장대 위에 놓여 있었고, 머리빗도 그 위에 있었으며 그녀의 옷과 치마 몇 벌이 보자기에 씌워진 채 한구석에 걸려 있었다. 스타킹 한 켤레가 의자 위에 걸려 있었다. 그는 방을 샅샅이 훑어보았다. 그 자신의 책 두 권이 선반 위에 놓여 있었다. 그는 옷을 벗어서 개고 침대 위에 앉아 귀를 기울였다. 그런 다음 촛불을 불어 끄고 자리에 누워서 이 분쯤 지나 거의 잠이 들었다. 그러는 중에 딸깍하는 소리가 들렸다!…… 그는 잠이 활짝 깨어 고통스러움에 몸부림쳤다. 막 잠이 들려는 차에 무엇인가가 별안간 그의 몸을 물어뜯어 미칠 지경으로 만드는 것 같았다. 그는 일어나 앉아 어둠에 잠겨 있는 문을 쳐다보았다. 그러다가 그는 그녀의 스타킹 한 켤레가 의자 위에 놓여 있다는 사실을 깨달았다. 그는 살그머니 일어나서 그 스타킹을 신었다. 그런 다음에 가만히 앉아서 자신이 그녀를 자기 사람으로 만들어야만 한다고 생각했다. 그런 후 그는 침대 위에 똑바로 앉아서 두 발을 포갠 채 꼼짝도 하지 않고 귀를 기울였다. 멀리 떨어진 바깥 어딘가에서 고양이 울음소리가 들려오고…… 이어서 그녀 어머니의 묵직하면서도 침착한 발걸음 소리가 들려오고…… 뒤이어 클라라의 목소리가 또렷하게 들려왔다.

「내 옷 좀 풀어 주실래요?」

한참 동안 침묵이 흘렀다. 마침내 그녀의 어머니가 말했다. 「자, 그러면…… 위층으로 올라가지 않을래?」

「아니요……. 조금 있다가요.」 딸이 차분하게 대답했다.

「아, 그럼 좋도록 해라! 아직 많이 늦지 않았으면 좀 더 있도록 해라. 내가 잠든 다음에 올라와서 나를 깨우지는 마라.」

「오래 있지는 않을 거예요.」 클라라가 말했다.

곧이어 폴은 그 어머니가 천천히 층계를 올라오는 소리를 들었다. 촛불 빛이 그가 있는 방 문틈으로 새어 들어왔다. 그녀의 옷자락이 문에 스치는 소리가 들렸고 그의 심장이 마구 뛰었다. 그런 다음에 깜깜해지고 노부인이 들어가는 방 문고리가 딸가닥거리는 소리가 들려왔다. 그녀는 정말로 느긋하게 잠자리에 들 준비를 했다. 한참이 지난 후에야 아주 잠잠해졌다. 그는 극도로 긴장하여 침대에 앉아 몸을 약간 떨었다. 그의 방문은 일 인치쯤 열려 있었다. 클라라가 위층으로 올라오면 그는 그녀를 낚아챌 심산이었다. 그는 기다렸다. 온누리가 쥐 죽은 듯이 고요했다. 벽시계가 두 시를 쳤다……. 그때 아래층 난로 철망에 무엇인가가 가볍게 스치는 소리가 들려왔다. 이제 그는 자신을 주체할 수 없었다. 온몸이 떨려오는 것을 억제할 수 없었다. 그는 자신이 내려가든지 아니면 죽든지 하는 수밖에 없다는 느낌이 들었다.

그는 침대에서 내려가 방바닥에 발을 딛고 잠시 가만히 서서 덜덜 떨었다. 그런 다음에 그는 곧바로 문으로 갔다. 그는 살금살금 발을 딛으려고 애썼다. 첫 번째 계단 발판을 밟자 마치 총소리처럼 크게 삐거덕거리는 소리가 났다. 그는 귀를 기울였다. 노부인이 자기 침대에서 몸을 뒤척이는 소리가 들렸다. 층계는 어두웠다. 부엌으로 통하는 층계 발치에 있는 문 아래로 가느다란 빛줄기가 비쳤다. 그는 잠시 서 있었다. 그런 다음에 그는 기계적으로 계속 내려갔다. 발을 내딛을 때마다 삐걱거리는 소리가 들렸고 혹시나 저 위에 있는 노부인의 방문이 그의 등 뒤에서 왈칵 열리지나 않을까 걱정스러워 등골이 오싹오싹했다. 그는 층계 아래에서 손으로 더듬어 문을 찾았다. 문고리가 쩔거덕거리는 소리를 크게 내며 문이 열렸다. 그는 부엌으로 들어가서 등 뒤로 시끄러운 소리가 나도록 문을 닫았다. 이제 노부인은 감히 내려오지 못할 것이다.

그때 그는 사로잡힌 듯이 멈추어 섰다. 클라라가 벽난로 앞 깔개 위에 하얀 속옷을 쌓아 놓고 그 위에 알몸으로 무릎을 꿇고 앉아 등을 그에게로 향한 채 불을 쬐고 있었다. 그녀는 두리번거리지도 않고 쪼그리고 앉아 있어서 그녀의 둥글고 아름다운 등이 그에게로 향해 있었고 얼굴은 보이지 않았다. 그녀는 몸을 난롯불로 따뜻하게 하면서 위안을 찾고 있었다. 불빛이 그녀 몸의 한쪽을 장밋빛으로 물들였고 다른 쪽은 그늘이 저서 어두우면서도 따스해 보였다. 두 팔은 힘없이 축 늘어져 있었다.

그는 격렬하게 몸을 부르르 떨며 이를 악물고 주먹을 꽉 움켜쥐면서 자신을 억제하려 하였다. 그런 다음에 그는 그녀를 향하여 앞으로 나아갔다. 그는 한 손을 그녀의 어깨에 얹고 다른 손은 손가락으로 그녀의 턱을 받쳐 그녀의 얼굴을 들어올렸다. 그의 손이 닿자 그녀는 경련을 일으키듯 온몸을 한 번, 그리고 또 한 번 바르르 떨었다. 그녀는 계속 머리를 숙이고 있었다.

「미안해요!」 그는 자기 손이 매우 차다는 사실을 깨닫고 중얼거렸다.

그러자 그녀가 마치 죽음을 두려워하는 사람처럼 깜짝 놀라 고개를 들고 그를 쳐다보았다.

「내 손이 너무 차요.」 그가 작은 소리로 말했다.

「나는 찬 손이 좋아요.」 그녀가 속삭이며 두 눈을 감았다. 그녀가 말하며 내뿜는 숨결이 그의 입에 닿았다. 그녀는 두 팔로 그의 두 무릎을 꽉 껴안았다. 그가 입은 잠옷의 끈이 늘어져서 그녀에게 닿자 그녀는 바르르 떨었다. 몸이 따뜻해지자 그의 떨림도 차차 잦아들었다.

마침내 더 이상 가만히 서 있을 수 없어서 그는 그녀를 일으켜 세웠고 그녀는 그의 어깨에 머리를 묻었다. 그는 두 손으로 그녀의 몸을 천천히 어루만지며 무한히 부드럽게 애무했다. 그녀는 그에게 바싹 매달려 자기 자신을 그의 몸속에게 숨기려 애썼다. 그는 그녀를 아주 세게 꼭 껴안았다. 그러다가 마침내 그녀가 말없이 애원하는 표정으로 그를 쳐다보며 자기가 부끄러워해야 하는지 알아보려 하였다.

그의 까만 두 눈은 매우 깊고 차분했다. 마치 그녀의 아름다움과 자신이 그 아름다움을 취해야만 하는 것이 그의 마음을 아프고 슬프게 하는 듯했다. 그는 그녀를 쳐다보며 조금 고통스러워하고 두려워했다. 그는 그녀 앞에서 너무나 겸손해 했다. 그녀는 그의 두 눈에 번갈아 열렬히 키스하면서 그에게 바싹 안겼다. 그녀는 자신을 그에게 온통 내맡기고 있었다. 그는 그녀를 꽉 끌어안고 있었다. 거의 고통스러울 정도로 격렬한 순간이었다.

그런 다음에 그가 그녀를 풀어 주었고 그러자 그의 피가 다시 자유롭게 흐르기 시작했다. 그녀를 쳐다보며 그는 입술을 깨물어야만 했고 두 눈에서 고통의 눈물이 흘렀는데 그녀가 너무도 아름답고 너무도 매력적이었기 때문이었다. 그녀의 젖가슴에 처음 키스를 하면서 그는 두려움에 잠겨 숨을 헐떡거리게 되었다. 엄청난 두려움과 대단한 겸허함 그리고 무시무시한 욕망이 거의 참을 수 없을 정도로 너무 컸다. 그녀의 두 젖가슴은 묵직했다. 그가 한 손에 하나씩 그녀의 젖가슴을 부여잡자 그것은 열매 받침으로 받쳐진 커다란 과일처럼 보였고 그는 두려움에 떨며 그곳에 키스했다. 그는 두려워서 그녀를 쳐다보지 못했다. 그의 두 손은 부드럽고 섬세하고 명확했다. 그리고 두려워하면서도 온통 감탄하면서 그녀의 몸을 차례차례 더듬어 나갔다. 돌연히 그는 그녀의 두 무릎을 보고 털썩 주저앉아 그곳에 정열적으로 키스했다. 그녀는 바르르 떨었다. 그러고 나서 다시 그의 손가락이 그녀의 허리를 더듬자 그녀는 바르르 떨었다.*

그녀는 서서 그가 자기를 숭배하고 자기에 대한 기쁨으로 부르르 떨도록 그냥 내버려 두었다. 그것이 상처 난 그녀의 자존심을 아물게 했다. 그것이 그녀를 치유했고 그것이 그녀를 기쁘게 했다. 그것이 그녀로 하여금 있는 그대로의 무방비 상태로 또다시 똑바로 서고 긍지를 느끼도록 했다. 그녀의 자존심은 내면에서 상처를 입었었고 그녀는 하찮게 여겨져 왔었다. 이제 그녀는 기쁨과 자부심으로 다시 빛을 발했다. 그것은 그녀 본래 상태로의 부활이었고 자신에 대한 인정이었다.

그러고 나서 그가 자신의 숭배 의식을 행하는 것을 그녀가 지켜보자 그는 고개를 들고 그녀를 쳐다보았는데 그의 얼굴도 빛나고 있었다. 그들은 서로 마주 보며 웃었고 그는 그녀를 자기 가슴에 꼭 끌어안았다. 몇 초가 째깍거리며 지나고 또 몇 분이 지나갔지만 그들 둘은 여전히 서로 단단히 끌어

* 704면 25행~705면 12행.

안고 입을 마주 대고 서 있어서 한 덩어리로 빚어진 조각상이나 마찬가지였다.

그렇지만 또다시 그의 손가락들은 만족할 줄 모르고 종잡을 수 없을 만큼 초조하게 끊임없이 그녀의 몸을 탐색해 나가기 시작했다. 뜨거운 혈기가 올라와 계속 물결치며 흘러갔다. 그녀는 그의 어깨에 머리를 기대었다.

「내 방으로 가요.」 그가 작은 소리로 말했다.

그녀는 그를 쳐다보며 고개를 가로저었는데 비탄에 잠겨 입술을 삐죽 내밀고 있었고 열정에 불타는 두 눈은 슬퍼 보였다. 그는 그녀를 뚫어져라 쳐다보았다.

「갑시다!」 그가 말했다.

또다시 그녀는 고개를 가로저었다.

「왜 안 돼요?」 그가 물었다.

그녀는 그를 여전히 우울하고 슬픔이 가득한 표정으로 바라보다가 다시 고개를 가로저었다. 그는 두 눈이 굳어졌고 이내 포기했다.

나중에 다시 침대로 돌아왔을 때 그는 왜 그녀가 공공연히 그에게로 와서 자기 어머니가 알도록 하기를 거절했는지 궁금히 여겼다. 어쨌든 그렇게 했다면 일이 분명해질 것이었다. 그녀는 그와 함께 그날 밤을 지낼 수 있었을 터이고 언제나처럼 자기 어머니의 침실로 갈 필요가 없었을 것이다. 그로서는 이상한 일이었다. 그는 이 상황을 이해할 수 없었다. 그러고 나서 그는 거의 즉시 잠이 들어 버렸다.

그는 아침에 누군가가 자기에게 말하는 소리를 듣고 잠이 깨었다. 눈을 뜨면서 그는 래드포드 부인이 큰 체구로 당당하게 서서 자기를 내려다보고 있는 것을 발견했다. 그녀는 손에 찻잔을 들고 있었다.

「세상의 마지막 날까지 잠을 잘 생각이우?」 그녀가 말했다. 그는 곧 웃음을 터뜨렸다.

「겨우 다섯 시쯤밖에 되지 않았을 텐데요.」그가 말했다.

「저런.」그녀가 대답했다.「하여간 지금 일곱 시 반이우. 자, 홍차를 한 컵 가져왔수.」

그는 코와 갈색 콧수염을 문지르고 헝클어져 흘러내린 머리카락을 이마에서 밀어 올리며 정신을 차렸다.

「무엇 때문에 이렇게 늦잠을 잤을까.」그가 투덜거렸다.

그는 잠을 깨운 데 대해 화를 냈다. 그 모습이 노부인을 즐겁게 해주었다. 그녀는 플란넬 잠옷을 입고 있는 그의 목이 아가씨의 목처럼 희고 둥글다는 것을 알았다. 그는 심술이 나서 머리를 긁적였다.

「머리를 아무리 긁어 봐야 소용없수.」그녀가 말했다.「아무리 그래도 시간이 일러지지 않을 거외다. 자, 내가 이 컵을 들고 여기 서서 얼마나 더 기다려야 한다고 생각하우?」

「아…… 컵을 내동댕이치세요!」그가 말했다.

「좀 더 일찍 잠자리에 들었어야 하는 걸 그랬수.」노부인이 말했다.

그는 고개를 들고 그녀를 쳐다보며 뻔뻔스럽게 웃었다.

「어르신보다 일찍 잠자리에 들었습니다.」그가 말했다.

「맞아, 아이고 맙소사!…… 그랬구먼!」그녀는 큰 소리로 말했다.

「생각해 보세요.」그가 차를 저으며 말했다.「침대로 차를 가져오게 하다니 말입니다. 우리 어머니는 제가 평생 몹쓸 놈이 되었다고 생각하실 겁니다.」

「한 번도 그런 적이 없수?」래드포드 부인이 물었다.

「꿈에도 생각하지 않으십니다.」

「아아…… 나는 항상 내 자식을 망쳐 놓았구먼……. 그래서 저 애들이 저렇게 나쁜 녀석들이 되었구먼.」노부인이 말했다.

「클라라밖에 없지 않습니까?」그가 말했다. 「래드포드 씨는 천국에 계시고요. 그래서 나쁜 양반이라고 한다면 어르신한 분뿐이라고 생각합니다.」

「나는 나쁜 사람이 아니우……. 너무 너그러울 뿐이우.」그녀가 침실 밖으로 나가면서 말했다. 「나는 바보일 뿐이라우, 정말이라우.」

클라라는 아침 식사 때 매우 조용했지만 그를 자기 것으로 만든 듯한 태도를 다소 지니고 있어서 그는 무척 기뻤다. 래드포드 부인도 그를 좋아하는 것이 분명했다. 그는 자기 그림에 대하여 이야기하기 시작했다.

「댁이 그런 그림을 그리느라고 그렇게 노심초사하고 걱정하고 인상을 쓰고 한들 무슨 소용이 있수?」그녀의 어머니가 큰 소리로 말했다. 「그것이 무슨 이익이라도 있수? 알고 싶구려. 차라리 인생을 즐기는 편이 더 낫지 않겠수?」

「아, 그렇지만.」폴이 외쳤다. 「작년에는 삼십 기니 이상을 벌었습니다.」

「그랬구먼!…… 그려…… 그렇다면 생각해 볼 문제구려. 그렇지만 투자한 시간에 비하면 아무것도 아닌 것 같수.」

「그리고 받을 것도 사 파운드 있습니다. 어떤 사람이 자기와 자기 아내와 개와 집을 그려 주면 오 파운드 주겠다고 했습니다. 그래서 제가 가서 개 대신에 닭을 그려 주었더니 이양반이 화를 내는 바람에 일 파운드를 깎아 주어야 했습니다. 값을 깎고 그러는 일이 넌더리가 나고 그 개가 마음에 들지 않았습니다……. 그래도 개를 그려 주었습니다……. 그 양반이 사 파운드를 주면 그 돈으로 무엇을 할까요?」

「글쎄, 자기 돈을 어디에 쓸지는 자기가 알고 있겠지.」래드포드 부인이 말했다.

「그렇지만 저는 이 사 파운드를 그냥 마구 써버릴 작정입니다. 우리가 하루나 이틀 정도 바닷가로 놀러 가면 어떻겠습니까?」

「누구하고 말이우?」

「어르신과 클라라와 제가 말입니다.」

「뭐라고…… 댁의 돈을 가지고!」 그녀는 크게 소리 지르며 적잖이 화를 냈다.

「왜 안 됩니까?」

「그런 짓 하다가는 머지않아 장애물 경주에서 모가지가 부러지고 말 거외다.」 그녀가 말했다.

「제 돈으로 잘 달릴 수만 있으면 문제없습니다!…… 함께 가시겠습니까?」

「아니우……. 이 문제는 두 사람끼리 해결하도록 하시우.」

「그러면 어르신은 기꺼이 가시겠다는 거죠?」 그가 물으며 놀라기도 하고 기뻐하기도 했다.

「댁이 하고 싶은 대로 하시우.」 래드포드 부인이 말했다. 「내가 그러고 싶은 생각이 있든 없든 말이우.」

제13장
백스터 도우즈

　클라라와 함께 극장 구경을 다녀온 지 얼마 되지 않은 어느 날 폴이 〈펀치 보울〉에서 친구들과 술을 마시고 있을 때 도우즈가 그 술집으로 들어왔다. 클라라의 남편은 뚱뚱해지고 있었으며 눈꺼풀이 갈색 눈 위로 처지는 등 건강하고 단단한 살집을 잃어 가고 있었다. 그는 인생의 내리막길에 접어들었음이 매우 분명했다. 그는 누이와 말다툼을 하고 싸구려 하숙집으로 옮겨 가 있었다. 그의 애인은 자기와 결혼하겠다는 남자를 찾아 이미 그의 곁을 떠난 상태였다. 그는 술이 취해서 싸움을 한 죄로 감옥에도 하룻저녁 갔다 왔고 수상쩍은 도박에 관련되었다는 소문도 있었다.

　폴과 그는 철천지원수였지만, 그들 두 사람 사이에는 서로 말을 하거나 하지 않아도 이따금 기묘한 친밀감 비슷한 감정이 흐르고 있어서 마치 그들이 은밀히 서로 가까운 듯 보이기도 했다. 폴은 종종 백스터 도우즈를 생각했고 때로는 그에게 가까이 다가가서 서로 친구 사이로 지내고 싶어 하기도 했다. 그는 도우즈가 종종 자기를 생각한다는 사실과 어떤 인연에서인지 몰라도 자기에게 끌리고 있다는 사실을 알고 있었다. 그렇지만 그들이 서로를 쳐다볼 때에는 언제나 적의를 품고 있었다.

조던 회사에서 그 사람이 상사였기 때문에 폴이 도우즈에게 한잔 사는 것이 마땅한 일이었다.

「무엇을 드시겠어요?」 그가 도우즈에게 물었다.

「너 같은 자식과는 아무것도 안 마셔.」 그 남자가 대답했다.

폴은 매우 화가 나서 약간 경멸하는 태도로 어깨를 으쓱하며 돌아섰다.

「귀족이란 실제로는 군사적 제도지요.」 그가 말을 계속 이었다. 「지금 독일을 예로 들어 봅시다. 독일에는 수천 명의 귀족이 있는데 그들의 유일한 생존 방식은 군대입니다. 그들은 지독하게 가난하고 생활도 굉장히 활기가 없어요. 그래서 그들이 전쟁을 원하는 거죠. 그들은 전쟁을 출세의 기회로 삼고 있어요. 전쟁이 일어날 때까지는 그들은 게으르고 아무 짝에도 쓸모없는 인간들입니다. 전쟁이 일어나면 그들이 지도자가 되고 사령관이 되지요. 바로 그렇기 때문에…… 그들이 전쟁을 원하는 거지요.」

폴은 너무 영리하고 건방져서 술집에서 인기 있는 토론자는 못 되었다. 그의 독단적인 태도와 자신만만한 태도로 인하여 나이 든 사람들은 그를 불쾌하게 생각했다. 사람들이 말없이 귀를 기울이기는 했지만 그가 이야기를 끝내도 전혀 아쉬워하지 않았다.

도우즈가 이 젊은이의 유창한 웅변을 가로막고 큰 소리로 비웃듯이 물었다.

「자네는 그것들을 모두 다 요전 날 밤에 극장에서 배웠나?」

폴은 그 남자를 쳐다보았다. 그들의 눈이 마주쳤다. 그제야 그는 클라라와 함께 극장 밖으로 나올 때 자기를 본 사람이 도우즈라는 사실을 깨달았다.

「아니, 극장이 어쨌다는 거야?」 폴의 동료 중 한 사람이 이 젊은 친구를 놀려 줄 거리를 찾아서 반갑기도 하고 무엇인가 재미있는 일이 있겠구나 싶어 낌새를 채고 물었다.

「아, 저 작자가 꼬리가 짤막하게 달린 야회복을 입고 잘난 체하고 있더구먼!」 도우즈가 비아냥거리며 경멸하는 태도로 폴 쪽으로 머리를 홱 돌렸다.

「그거 대단한데.」 두 사람을 다 알고 있는 친구가 말했다. 「그래, 애인도 같이 있었나?」

「애인이라고! 제기랄……」 도우즈가 말했다.

「계속해 봐…… 들어 보자고.」 두 사람을 다 알고 있는 그 친구가 말했다.

「얘기 다 끝났네.」 도우즈가 말했다. 「그리고 내 짐작에 모렐인가 하는 저 작자는 그 짓도 했을걸.」

「그래? 놀라 자빠지겠군!」 두 사람을 다 알고 있는 그 친구가 말했다. 「그런데 정말 잘생긴 애인이던가?」

「애인 말이야? 제기랄…… 그렇고말고!」

「자네가 어떻게 아나?」

「아……」 도우즈가 말했다. 「내 짐작에 저 작자가 그날 밤을 함께 지냈을 거야……」

폴을 비아냥거리는 웃음이 한바탕 터져 나왔다.

「그런데 그 여자가 누구였어? 자네가 아는 여자인가?」 두 사람을 다 알고 있는 친구가 말했다.

「그렇다고 말해야 되겠지.」 도우즈가 말했다.

이 말에 웃음이 한바탕 또다시 터져 나왔다.

「그러면 뱉어 내봐 봐.」 그 친구가 말했다.

도우즈는 고개를 가로젓고 나서 맥주를 꿀꺽꿀꺽 마셨다.

「저 작자가 제 입으로 실토하지 않는 것이 이상하구먼.」 그 남자가 말했다. 「조금만 있으면 저 작자가 자랑하고 다닐 걸세.」

「자 말해 보게, 폴.」그 친구가 말했다.「소용없어…… 실토하는 게 더 나을 거야.」

「무엇을 실토하라는 거야?…… 나는 어쩌다 친구를 데리고 극장에 간 것뿐이야!」

「아, 그래, 괜찮다면 그 여자가 어떤 친구인지 말하라는 소리야.」그 친구가 말했다.

「전에는 더할 나위 없이 좋았던 여자야.」도우즈가 말했다.

폴은 격분했다. 도우즈는 손으로 황금빛 콧수염을 쓰다듬으며 비웃었다.

「한 방 먹었는걸!…… 그런 부류의 여자라니 말이야!」두 사람을 다 알고 있는 그 친구가 말했다.「이봐 폴, 자네한테 놀랐네…… 그런데 백스터 자네는 그 여자를 아나?」

「조금 알지! 음!」

그 남자는 다른 사람들에게 눈을 끔뻑했다.

「아, 그럼 나는 가겠어!」폴이 말했다.

두 사람을 다 알고 있는 그 친구가 한 손으로 폴의 어깨를 잡고 붙들었다.

「아니야, 여보게, 그렇게 쉽게 빠져나가서는 안 되지.」그 친구가 말했다.「이 일에 대한 자세한 이야기를 다 들어 봐야겠어.」

「그러면 도우즈에게서 듣게나.」폴이 말했다.

「이봐, 자네가 한 행위를 피하려고 해서는 안 되네.」그 친구가 항의했다.

그때 도우즈가 무슨 말인가를 한마디 하자 폴은 잔에 반쯤 남은 맥주를 그 남자의 얼굴에 확 뿌렸다.

「아니, 모렐 씨!」술집 여종업원이 외치고 경비원을 부르는 벨을 울렸다. 도우즈는 침을 뱉고 그 젊은이에게 달려들었다. 바로 그 순간 셔츠 소맷자락을 둘둘 말아 올리고 엉덩이가 꼭 끼는 바지를 입은 체격이 건장한 한 친구가 끼어들었다.

「자, 자!」 경비원이 말하며 도우즈 앞에 가슴을 밀어 댔다.

「이리 나와, 너, 이 쥐방울 같은 새끼!」 도우즈가 외쳤다.

폴은 하얗게 질려 바르르 떨면서 술집의 놋쇠 난간에 기대어 서 있었다. 그는 도우즈를 증오했고 무엇인가가 그 남자를 바로 그 순간에 박살 내 버릴 수 있으면 하고 바랐다. 그리고 동시에 맥주에 젖어 그 남자의 이마에 붙어 있는 머리카락을 보면서 애처로워 보인다고 생각했다. 그는 움직이지 않았다.

「이리 나와, 너……」 도우즈가 말했다.

「그만해요, 도우즈.」 술집 여종업원이 외쳤다.

「자, 자.」 경비원이 점잖게 버티면서 말했다. 「당신은 가는 것이 좋겠소.」

그리고 경비원은 도우즈를 자기 몸으로 바싹 밀어붙이면서 조금씩 움직이게 하여 출입문 쪽으로 밀려가게 했다.

「먼저 시비를 건 쪽은 바로 저 쥐방울 같은 새끼란 말이야!」 도우즈가 외치며 반쯤 겁먹은 표정으로 폴 모렐에게 삿대질을 했다.

「아니 무슨 말을 하는 거예요! 도우즈 씨!」 술집 여종업원이 말했다. 「당신도 알다시피 언제나 시비를 거는 쪽은 당신이잖아요.」

경비원은 여전히 가슴으로 그 남자를 밀어붙이고 그 남자는 계속해서 뒤로 밀려나다가 마침내 문간을 지나 바깥에 있는 층계까지 나가게 되었다. 그러고 나서 그 남자는 돌아섰다.

「어디 두고 보자.」 그 남자가 말하며 자신의 적수에게 곧바로 고개를 끄덕였다.

폴은 그 남자에 대한 기묘한 연민의 감정뿐만 아니라 격렬한 증오심과 뒤섞인, 거의 애정에 가까운 감정을 느꼈다. 색칠한 출입문이 앞뒤로 흔들렸다. 술집 안은 다시 조용해졌다.

「아주 고소하네요.」 술집 여종업원이 말했다.

「그렇지만 얼굴에 맥주를 끼얹는 것은 비열한 짓이야.」 그 친구가 말했다.

「정말이지 모렐 씨가 그렇게 해서 나는 기분이 좋았어요.」 술집 여종업원이 말했다…… 「한 잔 더 드릴까요, 모렐 씨?」

그녀는 물어보는 의미로 폴의 잔을 높이 쳐들었다. 그는 고개를 끄덕였다.

「저 친구는 무슨 일을 당해도 개의치 않는 사람이야, 백스터 도우즈 말이야.」 누군가가 말했다.

「피이……. 저 사람이요!」 술집 여종업원이 말했다. 「저 사람은 입이 거칠어요, 정말이에요. 그리고 저런 사람은 조금도 좋지 않아요……. 악마 같은 사람이라도 기분 좋게 이야기하는 사람이 더 나아요.」

「하지만 여보게, 폴.」 그 친구가 말했다. 「이제부터 한동안은 몸조심해야 할 거야.」

「저 사람에게 어떻게 할 기회를 주지 말아야 해요, 그러면 괜찮아요.」 술집 여종업원이 말했다.

「자네 주먹질할 줄 아나?」 한 친구가 물었다.

「전혀 못해.」 아직도 하얗게 질려 있는 그가 대답했다.

「내가 한두 가지 알려 줄 수 있네.」 그 친구가 말했다.

「고맙지만…… 시간이 없네.」

그리고 금방 그는 출발했다.

「젠킨슨 씨, 저분과 함께 가세요.」 술집 여종업원이 속삭이며 젠킨슨 씨에게 눈짓을 했다. 그 남자는 고개를 끄덕이고 모자를 집어 들고서 〈다들 잘 가게!〉 하고 매우 기운차게 말하고는 폴을 뒤따라가며 불렀다.

「여보게, 잠깐만. 자네가 나와 같은 방향이지 아마.」

「모렐 씨는 이런 일을 좋아하지 않아요.」 술집 여종업원이 말했다. 「두고 보세요, 그분은 여기에 별로 자주 오지 않을 거예요⋯⋯. 유감이네요. 참 좋은 분인데. 그리고 백스터 도우즈는 어디에 가두어 두어야 해요. 그렇게 할 필요가 있어요.」

폴은 혹시 어머니가 이 사건에 대해 알게 되느니 차라리 죽어 버리는 편을 택했을 것이다. 그는 굴욕감과 자의식으로 인하여 매우 괴로웠다. 이제 그의 삶에는 어머니에게 결코 말할 수 없는 부분이 상당히 많아졌다. 그에게는 어머니와는 별개의 생활⋯⋯ 성생활이 있었다. 나머지 다른 것들을 그녀는 여전히 알고 있었다. 그렇지만 그는 무엇인가를 어머니가 알지 못하도록 숨겨야 한다고 느끼게 되었고 그래서 그는 짜증스러웠다. 그들 사이에는 침묵을 지키는 어떤 것들이 있었는데 그렇게 침묵을 지키면서 그는 어머니로부터 자신을 지켜야 한다고 느꼈다. 그는 어머니에게서 책망을 듣는 듯한 느낌이 들었다. 그래서 때때로 그는 어머니를 미워했고 어머니의 속박으로부터 벗어나려 했다. 그의 삶은 그녀에게서 벗어나 자유로워지기를 원하고 있었다. 하지만 삶은 제자리로 다시 돌아오기만 할 뿐 더 이상 나아가지 못하는 원을 돌고 있었다. 어머니는 그를 낳고 사랑했으며 지켜 주었다. 그리고 그의 사랑은 늘 그녀에게로 다시 돌아가곤 했기에 그는 자유로이 자기 자신의 삶을 살며 앞으로 나아갈 수도 없었고 다른 여자를 진정으로 사랑할 수도 없었다. 이 무렵 그는 자기도 모르는 사이에 어머니의 영향에 저항했다. 그는 어머니에게 여러 가지 일을 이야기하지 않았고 그들 사이에는 거리가 벌어지고 있었다.

클라라는 행복했고 폴에 대해 거의 확신했다. 그녀는 자신이 드디어 그를 자기 것으로 만들었다고 느꼈다. 그런 다음에 다시 불확실한 느낌이 들었다. 그가 그녀에게 농담 삼아 그녀 남편과의 사건을 이야기했던 것이다. 그녀의 얼굴이 붉어지고 회색 눈이 반짝거렸다.

「꼭 그이다운 짓이네요.」 그녀가 외쳤다. 「막노동하는 천한 일꾼처럼! 그이는 점잖은 사람들과 어울리기에 적합하지 않아요.」

「그렇지만 당신은 그 사람과 결혼했잖아요.」 그가 말했다.

그가 그 사실을 상기시켰기 때문에 그녀는 머리끝까지 화가 났다.

「했어요!」 그녀가 외쳤다. 「그렇지만 내가 어떻게 알 수 있었겠어요!」

「내 생각에 그 사람도 예전에는 꽤 괜찮았을 것 같은데요.」 그가 말했다.

「내가 그이를 그렇게 못된 사람으로 만들었다고 생각하는 거네요!」 그녀가 소리쳤다.

「아, 아니에요! 그 사람이 스스로 그렇게 된 것이지요. 그렇지만 그 사람에게는 무엇인가가 있어요……」

클라라는 자기 애인을 찬찬히 쳐다보았다. 그에게는 그녀가 증오하는 어떤 것, 그녀에 대한 일종의 사심 없는 비판과 냉정함이 있어서 그녀의 여성적인 영혼을 무감각하게 하여 그에게 대항하도록 했다.

「그래서 당신은 어떻게 할 생각이에요?」 그녀가 물었다.

「무엇을요?」

「백스터에 대해서 말이에요.」

「아무것도 할 게 없어요, 그렇지 않아요?」 그가 대답했다.

「싸워야 한다면 싸울 수도 있겠다는 얘기네요, 그러니까.」 그녀가 말했다.

「아니요……. 주먹질할 생각은 조금도 없어요……. 그것은 우스운 일이에요……. 대부분의 남자들에게는 주먹을 움켜쥐고 때리려는 본능이 있어요. 그렇지만 나는 그렇지 않아요. 나는 차라리 칼이나 권총 같은 것으로 싸우고 싶거든요.」

「그러면 무엇인가를 가지고 다니는 게 좋겠어요.」 그녀가 말했다.

「아니요.」 그가 웃으며 말했다. 「나는 단검을 들고 다니거나 하는 그런 사람이 아니오.」

「그렇지만 그이가 당신에게 무슨 짓을 할지 몰라요……. 당신은 그이를 몰라요.」

「좋아요.」 그가 말했다. 「두고 봅시다.」

「그러면 그이를 그냥 내버려 두려고요?」

「아마도……. 내가 어쩔 도리가 없잖아요.」

「그런데 혹시 그이가 당신을 죽이면요?」 그녀가 말했다.

「그것은 유감스러운 일이지요. 그 사람을 위해서나 나를 위해서나 말이에요.」

클라라는 잠시 말이 없었다.

「당신은 나를 정말로 화나게 하네요.」 그녀가 큰 소리로 말했다.

「그 점은 새삼스러울 것이 전혀 없네요.」 그가 웃으며 말했다.

「하지만 왜 그렇게 어리석어요? 정말이지 당신은 그이를 몰라요…….」

「알고 싶지도 않아요.」

「그래요, 그렇지만…… 그이가 당신에게 자기 하고 싶은 대로 하도록 내버려 두지는 않을 거죠?」

「내가 어떻게 해야 한다는 거요?」 그가 대답하며 웃었다.

「나라면 연발 권총을 가지고 다닐 거예요.」 그녀가 말했다. 「그이는 정말로 위험해요.」

「그러다가 내 손가락이나 날려 버릴지도 몰라요.」그가 말했다.

「아니에요……. 그렇지만 안 가지고 다니겠어요?」그녀가 애원하듯이 말했다.

「예, 안 가지고 다닐 거예요.」

「아무것도요?」

「예, 아무것도 안 가지고 다닐 거예요.」

「그러면 그이를 내버려 둘 거예요?」

「그래요.」

「당신은 바보예요!」

「사실이에요!」

그녀는 화가 나서 이를 악물었다.

「화가 나서 당신을 잡아 흔들고 싶어요.」그녀가 흥분하여 부르르 떨며 외쳤다.

「왜요?」

「그런 사람이 당신에게 자기 하고 싶은 대로 하도록 그냥 내버려 둔다니 말이에요.」

「혹시 그 사람이 이기면 당신은 그에게 돌아갈 수 있잖아요……」그가 말했다.

「내가 당신을 증오해 주길 원해요?」그녀가 물었다.

「글쎄…… 내가 당신에게 말하는 것은 단지……」그가 말했다.

「그러고도 당신이 나를 정말로 사랑한다고 하는 거예요!」그녀가 격분하여 나지막한 목소리로 외쳤다.

「당신을 즐겁게 해주기 위해서는 그 사람을 죽여야 한다는 말이오?」그가 말했다.「그렇지만 만일 내가 그렇게 한다면 그 사람이 나를 얼마나 속박하게 될지 생각해 봐요.」

「나를 바보라고 생각하는 거예요?」그녀가 소리 질렀다.

「전혀 그렇지 않아요. 그렇지만 당신이 나를 이해하지 못하는 거예요, 사랑하는 내 자기.」

그들 둘 사이에 잠시 침묵이 흘렀다.

그는 어깨를 으쓱했다.

　　정의의 갑옷을 입고
　　순수하고 죄 없이 사는 사람은,
　　날카로운 톨레도의 칼날도
　　독화살도 필요치 않나니……[96]

그는 시를 인용했다.

그녀는 그를 날카로운 눈초리로 쳐다보았다.

「내가 당신을 이해할 수 있으면 좋겠네요.」 그녀가 말했다.

「실제로 이해할 것이 아무것도 없을 뿐이에요.」 그가 웃으며 말했다.

그녀는 고개를 숙이고 곰곰이 생각에 잠겼다.

그는 며칠 동안 도우즈를 보지 못했다. 그러다가 어느 날 아침 나선과 작업실에서 위층으로 뛰어 올라가다가 그는 몸이 억세고 뚱뚱한 금속공인 도우즈와 부딪칠 뻔했다.

「뭐야 이!……」 금속공이 외쳤다.

「미안합니다!」 폴이 말하고 지나갔다.

「미안하다면 다야!」 도우즈가 비아냥거리며 말했다.

폴은 경쾌하게 〈나를 아가씨들 사이에 넣어 주오〉[97]라는 노래를 휘파람으로 불고 있었다.

---

96 이 시는 호레이스Horace(65~08 B. C.)의 풍자시를 미국의 대통령 존 퀸시 애덤스John Quincy Adams(1767~1848)가 쾌활한 분위기를 자아내도록 번역한 것이다.

97 클라렌스 머피와 댄 립튼이 1907년에 부른 코믹한 노래.

「야, 네놈 휘파람을 그치게 해줄 거야.」그가 말했다.

상대방은 못 들은 척했다.

「며칠 전 밤의 그 일에 대한 대가를 톡톡히 치르게 될 거야.」

폴은 사무실 구석에 있는 자기 책상으로 가서 장부의 책갈피를 넘겼다.

「패니에게 가서 내가 097호 주문품을 빨리 받고 싶어 한다고 전해라.」그가 사환 아이에게 말했다.

도우즈는 문간에 서서 큰 키에 위협적인 자세로 젊은이의 머리 꼭대기를 쳐다보았다.

「육 펜스에 오 펜스를 더하면 십일 펜스, 거기에 칠 펜스를 더하면 일 실링 육 펜스……」폴은 큰 소리로 숫자를 더해 나갔다.

「이봐, 내 말 듣고 있지, 안 들려!」도우즈가 말했다.

「오 실링 구 펜스라!……」그는 숫자를 기입했다……「무슨 일입니까?」그가 말했다.

「무슨 일인지 알려 줄 참이다.」금속공이 말했다.

상대방은 큰 소리로 계속해서 숫자를 더해 나가고 있었다.

「야, 이 쪼그만 쥐새끼 같은 놈, 감히 내 얼굴을 똑바로 쳐다보지도 못하는 놈이.」

폴은 재빨리 무거운 자를 움켜쥐었다. 도우즈는 깜짝 놀랐다. 젊은이는 장부에 자를 대고 줄을 몇 개 그었다. 폴보다 나이 먹은 그 사람은 머리끝까지 분노가 치밀었다.

「그렇지만 네놈을 우연히 만날 때까지 기다려. 그곳이 어디든 상관없어. 네놈을 요절내 줄 테니까 말이야, 이 쪼그만 돼지 같은 놈!」

「좋습니다.」폴이 말했다.

그 말을 듣자 금속공은 문간에서 느릿느릿 걸어왔다. 바로 그때 경적 소리가 날카롭게 삑삑거렸다. 폴은 송화관 쪽으로 갔다.

「네!」 그가 말하고 귀를 기울였다.

「아…… 예!」 그는 귀담아듣고 나서 웃었다.

「곧 내려갈게요……. 지금 손님이 와 있어서요.」

도우즈는 그의 어조로 보아 지금 그가 클라라에게 말하고 있다는 것을 알았다. 그는 앞으로 한 걸음 내디뎠다.

「야, 이 쪼그만 악마 같은 놈!」 그가 말했다. 「네놈을 이 분 안에 박살 내주마. 네놈이 뻔뻔스럽게 여기저기 돌아다니도록 놔둘 거라고 생각하나?」

창고 안의 다른 사무원들이 고개를 들고 쳐다보았다. 폴의 사환 아이가 흰 물건을 들고 나타났다.

「미리 알려 주었으면 어젯밤에 전해 드릴 수 있었을 거라고 패니가 말했어요.」 그가 말했다.

「알았다.」 폴이 대답하며 스타킹을 살펴보았다. 「이것을 가지고 가거라.」

도우즈는 좌절감을 느끼며 화가 나서 어쩔 줄 모르고 멍하니 서 있었다. 모렐이 돌아섰다.

「잠깐만 실례하겠습니다.」 그가 도우즈에게 말하고 아래층으로 뛰어 내려가려고 했다.

「맹세코 네놈이 뛰어다니지 못하게 해줄 테다!」 금속공이 소리치며 그의 팔을 붙잡았다. 그는 재빨리 돌아섰다.

「여보세요!…… 여보세요!」 사환 아이가 놀라 소리쳤다.

토머스 조던이 유리로 되어 있는 자그마한 그의 사무실에서 깜짝 놀라 뛰어 나와 그쪽 사무실로 달려왔다.

「무슨 일이야, 무슨 일이냐고!」 그가 노인 특유의 날카로운 목소리로 말했다.

「이 쪼그만 녀석하고 해결할 문제가 있어서 그럽니다. 그뿐입니다.」 도우즈가 자포자기하여 말했다.

「무슨 말이야?」토머스 조던이 날카롭게 말했다.

「제 말은……」도우즈가 말했다. 그렇지만 그는 제대로 말을 잇지 못했다. 모렐은 계산대에 기대어 서서 부끄러워하며 입을 반쯤 벌리고 이를 드러낸 채 싱긋 웃고 있었다.

「대체 무슨 일이냐고?」토머스 조던이 날카롭게 말했다.

「말할 수 없습니다.」폴이 고개를 흔들며 어깨를 으쓱하고는 말했다.

「말할 수 없다고!…… 말할 수 없단 말이지!……」도우즈가 화가 난 표정으로 그 잘생긴 얼굴을 앞으로 쑥 내밀며 주먹을 불끈 쥐고 외쳤다.

「다 끝났나?」노인이 소리치며 점잖게 걸어왔다. 「가서 일이나 해, 그리고 아침부터 술에 취해서 오지 마.」

도우즈는 비대한 몸을 천천히 노인에게로 돌렸다.

「술에 취했다고!」그 남자가 말했다. 「누가 술에 취했단 말이오! 사장님이 취하지 않은 것과 마찬가지로 저 또한 술에 취하지 않았습니다.」

「그런 변명은 진절머리 나네.」노인이 호통을 쳤다. 「자 이제 가게. 그리고 여기서 얼쩡거리지 말게……. 여기서 시끄럽게 떠들지 말란 말이야.」

금속공은 경멸하듯이 자신의 고용주를 위아래로 훑어보았다. 커다랗고 더럽지만 자기 일에 적합하게 잘 다듬어진 그의 두 손이 불안하게 들먹거렸다. 폴의 뇌리에 그 손이 클라라의 남편 손이라는 생각이 떠오르자 불현듯 증오의 불길이 온몸을 휘감았다.

「쫓겨나기 전에 가란 말이야.」토머스 조던이 호통쳤다.

「아니 누가 나를 쫓아낸다는 말이오? 진드기 같은 쪼그만 당신이 말이오?」도우즈가 말하며 코웃음 치기 시작했다.

조던 씨는 깜짝 놀라 금속공에게로 걸어가서 그 남자에게 삿대질을 하며 통통한 작은 몸으로 그를 밀어내며 말했다.

「내 작업장에서 꺼져⋯⋯. 꺼지란 말이야!」

그는 도우즈의 팔을 붙잡고 비틀었다.

「이거 놔!」 금속공이 말하며 팔꿈치로 확 밀어서 조그마한 공장주가 뒤쪽으로 비틀거리게 했다. 누군가가 도와줄 사이도 없이 토머스 조던은 스프링이 달려 앞뒤로 흔들리는 부서지기 쉬운 문에 부딪혔고, 이로 인해서 문이 활짝 열리며 그는 대여섯 개의 계단을 굴러 떨어져 패니의 작업실에 나둥그러지게 되었다. 한순간 모두들 깜짝 놀랐다. 곧이어 남자 직공들과 여직공들이 달려 나왔다. 도우즈는 잠시 서서 씁쓸하게 그 광경을 지켜보다가 나가 버렸다.

토머스 조던은 타박상을 입고 노여움으로 후들후들 떨었지만 다친 곳은 없었다. 그렇지만 그는 미칠 듯이 화가 났다. 그는 도우즈를 해고하고 폭행죄로 고소했다.

재판을 할 때 폴 모렐은 증언을 해야만 했다. 어떻게 이 사건이 시작되었는가 하는 질문을 받고 그는 이렇게 증언했다.

「제가 도우즈 부인과 함께 어느 날 저녁 극장에 갔다는 이유로 도우즈가 저와 그녀를 모욕하는 일이 있었습니다. 그래서 제가 도우즈에게 맥주를 끼얹었었습니다. 그랬더니 도우즈가 보복을 하려고 했던 것입니다.」

「사건의 발단은 여자였구먼!」 치안 판사가 미소 지으며 말했다.

치안 판사가 도우즈에게 비열한 인간이라고 말한 다음 소송은 기각되었다.

「자네가 소송을 망쳐 버렸네.」 조던 씨가 폴에게 날카롭게 말했다.

「그렇게 생각하지 않습니다.」 폴이 대답했다. 「게다가 사장님께서 정말 유죄 판결이 나기를 바라신 것은 아니잖습니까? 그렇지요?」

「그러면 자네는 내가 무엇 때문에 소송을 걸었다고 생각하는가?」

「글쎄요.」 폴이 말했다. 「혹시 제가 말을 잘못했다면 죄송합니다.」

클라라도 또한 매우 화가 나 있었다.

「내 이름을 왜 끌어들였어요?」 그녀가 말했다.

「이러쿵저러쿵 소문이 퍼지게 하느니 차라리 공공연하게 이야기하는 편이 더 낫다고 생각했어요.」

「그럴 필요는 전혀 없었잖아요?」 그녀가 단호하게 말했다.

「그렇다고 우리가 더 손해 본 것도 없어요.」 그가 무관심하게 말했다.

「당신은 그럴지 모르지만.」 그녀가 말했다.

「그러면 당신은?」 그가 물었다.

「내 이름은 거론될 필요가 전혀 없었어요.」

「미안해요.」 그가 말했다. 그렇지만 그의 목소리에는 미안한 기색이 없었다.

그는 속으로 〈이 여자는 기분이 풀릴 거야.〉 하고 마음 편히 혼잣말을 했다. 그리고 그녀는 곧 기분이 풀렸다.

그는 어머니에게 조던 씨가 굴러 떨어진 사건과 도우즈가 재판받은 일을 이야기했다. 모렐 부인은 그를 찬찬히 살펴보았다.

「그래서 이 사건 전체에 대해 너는 어떻게 생각하니?」 그녀가 그에게 물었다.

「그 사람이 바보라고 생각해요.」 그가 말했다.

그럼에도 불구하고 그는 마음이 매우 불편했다.

「이 사건이 어떻게 끝나게 될지 생각해 본 적이 있니?」 어머니가 말했다.

「없어요.」 그가 대답했다. 「저절로 해결이 되겠지요.」

「그렇기야 하겠지만, 일이라는 것은 대개는 원하지 않는 방향으로 해결되는 법이란다.」 어머니가 말했다.

「그러면 참는 수밖에 없겠지요.」 그가 말했다.

「참는다는 것이 생각만큼 그렇게 쉽지 않다는 사실을 알게 될 거야.」 그녀가 말했다.

그는 계속해서 빠르게 자기 디자인을 그려 나가고 있었다.

「그 여자의 의견은 물어봤니?」 그녀가 마침내 말했다.

「무엇에 대한 의견이요?」

「너에 대해서 말이야……. 그리고 그 밖의 모든 일들에 대해서 말이야.」

「그녀가 나를 어떻게 생각하는지에는 관심이 없어요. 그녀는 나를 끔찍하게 사랑하고 있어요. 그렇지만 그다지 깊지는 않아요.」

「그렇지만 네가 그 여자에게 품고 있는 감정만큼은 깊겠지.」

그는 고개를 들고 이상하다는 듯이 어머니를 쳐다보았다.

「그래요.」 그가 말했다. 「글쎄요, 어머니, 나에게 어떤 문제가 있다고 생각해요. 사랑할 수 없으니 말입니다. 그 여자와 함께 있으면 정말로 사랑하는 마음이 들거든요. 어떤 때는, 내가 그 여자를 그냥 한 여자로 볼 때는 그녀를 사랑해요, 어머니. 그렇지만 그 여자가 이야기하고 비판을 할 때에는 종종 그녀의 말에 귀를 기울이지 않아요.」

「하지만 그 여자도 미리엄만큼 지각이 있겠지.」

「어쩌면 그럴 거예요. 그리고 미리엄보다 그 여자를 더 사랑해요. 그렇지만 왜 그들이 내 마음을 붙잡지 못하는 걸까요?」

마지막 질문은 거의 탄식에 가까웠다. 그의 어머니는 얼굴을 외면하고 앉아서 방 건너편을 아주 조용히 그리고 매우 근심스럽게 바라보며 다소 체념한 표정을 짓고 있었다.

「그렇지만 클라라와 결혼하기를 원하는 것은 아니지?」그녀가 물었다.

「원치 않아요…… 아마도 처음에는 원했을 거예요. 그렇지만 왜 그런지 모르겠어요. 어째서 그 여자나 다른 누구와도 결혼하고 싶지 않을까요? 때로는 사귀는 여자들에게 내가 잘못을 저지르고 있는 것 같은 기분이 들어요, 어머니.」

「그들에게 잘못을 저지르는 것 같다고 했니? 애야?」

「저도 모르겠어요.」

그는 다소 자포자기한 듯이 계속 그림을 그리고 있었다. 그는 문제의 핵심을 건드린 것이었다.

「결혼하고 싶은 마음이 드는 문제라면 말이다.」어머니가 말했다.「아직 시간이 많이 남아 있다.」

「그렇지 않아요. 어머니. 클라라를 사랑하고 있고 예전에는 미리엄을 사랑하기도 했어요. 그렇지만 결혼해서 나 자신을 그들에게 주어 버리는 일은…… 할 수 없을 것 같아요. 그들에게 예속될 수 없어요. 그들이 나를 원하는 것 같기는 해요. 하지만 도저히 그들에게 나 자신을 주어 버릴 수는 없어요.」

「정말로 적당한 여자를 만나지 못해서 그런 거야.」

「그런데 어머니가 살아 계시는 동안에는 정말로 적당한 여자를 만날 수 없을 것 같아요.」그가 말했다.

그녀는 아주 조용해졌다. 이제 그녀는 또다시 피곤함을 느끼기 시작했는데 마치 힘이 다 빠진 듯한 느낌이었다.

「두고 보자꾸나, 애야.」그녀가 대답했다.

온갖 상황이 제자리를 맴돌고 있다는 느낌이 들어 그는 미칠 것 같았다.

클라라는 정말 정열적으로 폴을 사랑하고 있었고, 열정적으로 사랑한다는 점에 있어서는 그 또한 마찬가지였다. 낮이면 그는 그녀를 거의 잊고 지냈다. 그녀도 그와 같은 건물에

서 일하고 있었지만 그는 그 사실을 거의 깨닫지 못하고 지 냈다. 그는 바빴고 그녀가 있다는 사실이 그에게 전혀 중요하지 않았다. 그렇지만 그녀는 나선과 작업실에서 일을 하고 있는 동안 그가 이층에 있다는 것을 언제나 의식하고 있었고 같은 건물에 있는 그의 존재를 육체적인 감각으로 느끼고 있었다. 매 순간 그녀는 그가 문을 열고 들어오기를 기대했고 그가 오면 그녀는 충격을 받았다. 그렇지만 그는 아주 잠깐만 머무르며 그녀를 무심코 대하는 경우가 종종 있었다. 그는 사무적인 태도로 그녀에게 지시 사항을 전달하고 그녀를 궁지에 몰아넣었다. 그녀는 거의 정신이 없는 상태에서 그가 하는 말에 귀를 기울였다. 그녀는 그의 말을 감히 오해하거나 기억하지 못할 수 없었다. 그렇지만 그러한 그의 태도는 그녀에게 잔인하게 느껴졌다. 그녀는 그의 가슴을 만지고 싶었다. 그녀는 그의 조끼 아래에 있는 그의 가슴이 정확히 어떤 모양인지 알고 있었고 그 가슴을 만지고 싶었다. 그가 기계적인 목소리로 작업 명령을 내리는 것을 듣고 있으면 그녀는 거의 미칠 지경이 되었다. 그녀는 그 허울을 찢어 버리고 그를 견고하게 덮고 있는 사무적인 하찮은 껍질을 박살 내어 그 남자에게 다시 닿고 싶었다. 그렇지만 그녀는 두려웠다. 그리고 그의 따스함을 한 번이라도 느끼기 전에 그는 가버렸으며 그녀는 다시 가슴 아파했다.

폴은 클라라가 자기를 만나지 못하는 저녁이면 언제나 쓸쓸해한다는 것을 알고 있었기 때문에 많은 시간을 그녀에게 할애했다. 낮 시간에는 그녀에게 비참한 기분이 들게 할 때가 종종 있었지만 저녁 시간과 밤 시간은 그들 두 사람 모두에게 대체로 더없이 행복한 시간이었다. 그때에는 그들 두 사람 모두 말이 없었다. 몇 시간이고 그들은 함께 앉아 있거나 어둠에 잠겨 함께 거닐며 거의 무의미한 몇 마디 말만 주고받을 뿐이었다. 그렇지만 그녀의 손을 꼭 잡고 그녀의 가슴이 그의 가슴에 따스한 온기를 남겨 주게 되면 그는 온전한 기분을 느꼈다.

어느 날 저녁 그들이 운하 옆길을 따라서 내려가고 있을 때 무엇인가가 폴의 마음을 괴롭혔다. 클라라는 자신이 그를 차지하지 못하고 있다는 사실을 알았다. 그동안 내내 그는 낮은 소리로 끈질기게 혼자 휘파람을 불고 있었다. 그녀는 그가 하는 말보다 그가 부는 휘파람 소리에서 더 많은 것을 알아낼 수 있으리라고 느끼고 귀를 기울였다. 그 노래는 슬프고 불만을 품은 가락이어서 그녀는 그가 자기와 함께 있고 싶어 하지 않는다고 느끼게 되었다. 그녀는 말없이 계속 걸었다. 그들이 선회교에 이르렀을 때 그는 커다란 기둥에 걸터앉아 물에 비친 별들을 쳐다보았다. 그의 마음이 그녀에게서 멀리 떨어져 있다고 그녀는 계속 생각하고 있었다.

「언제까지나 조던 회사에 안주하고 있을 생각인가요?」 클라라가 물었다.

「아니요.」 폴은 아무 생각 없이 대답했다. 「아니요……. 노팅엄을 떠나 외국으로 갈 거예요……. 조만간 말이에요.」

「외국으로 간다고요?…… 왜요?」

「모르겠어요! 그냥 들떠 있는 것 같아요.」

「그렇지만 무엇을 할 건데요?」

「꾸준히 디자인하는 어떤 일을 얻어야 할 것 같고 우선은 내 그림을 좀 팔아야 할 것 같아요.」 그가 말했다. 「점차 내 삶을 개척하고 있어요, 정말이에요.」

「그러면 언제쯤 가려고 생각해요?」

「몰라요. 오랫동안 가기는 어려울 것 같아요. 어머니가 살아 계신 동안에는 말이에요.」

「어머니 곁을 떠날 수 없나요?」

「오랫동안은 안 돼요.」

그녀는 검은 물에 비친 별들을 쳐다보았다. 별들이 매우 희게 유난히 눈에 뜨였다. 그가 자기를 떠나리라는 사실을 아는 것은 고통스러운 일이었다. 그렇지만 그것은 그를 자기 가까이 붙들어 두는 것과 거의 마찬가지로 고통스러운 일이었다.

「그래서 만일 상당히 많은 돈을 벌면 무엇을 할 거예요?」 그녀가 물었다.

「런던 가까이 어딘가에 예쁜 집을 사서 어머니와 함께 살 거예요.」

「알겠어요.」

오랫동안 침묵이 흘렀다.

「그래도 여전히 당신을 만나러 올 수 있을 거예요.」 그가 말했다. 「모르겠어요…… 내가 무엇을 할 것인지 묻지 말아요, 나도 모르니까요.」 침묵이 흘렀다. 별빛이 물 위에서 흔들리다가 부서졌다. 한 줄기 바람이 불어왔다. 갑자기 그가 그녀에게로 다가와서 한 손을 그녀의 어깨에 얹었다.

「미래에 관해서는 묻지 말아요.」 그가 비참한 기분으로 말했다. 「아무것도 몰라요…… 미래가 어떻든 지금은 나와 함께 있어 줘요. 그럴 거죠?……」

그래서 그녀는 두 팔로 그를 안아 주었다. 결국 그녀는 결혼한 여자였기에 그가 자기에게 베풀어 주는 것마저도 받을 권리가 없었다. 그는 그녀를 지독하게 필요로 하고 있었다. 그녀는 그를 두 팔로 안아 주었지만 그래도 그는 비참한 기분을 느꼈다. 자신의 온기로 그녀는 그를 감싸 주고 위로해 주고 사랑해 주었다. 그녀는 그 순간이 그대로 머물게 하고 싶었다.

잠시 후 그가 고개를 들고 무엇인가를 말하고 싶어 하는 듯했다.

「클라라?」 그는 몸부림치며 말했다.

그녀는 그를 열정적으로 끌어당겨 손으로 그의 머리를 자기 가슴에 대고 꼭 눌렀다. 그녀는 그의 목소리에 배어 있는 고통을 감내할 수 없었다. 그녀는 영혼 깊은 곳에서 두려움을 느끼고 있었다. 그는 그녀에게서 무엇이든, 그녀의 것이면 무엇이든 가질 수 있었다. 그렇지만 그녀는 그것이 무엇인지 알고자 하지 않았다. 그녀는 자신이 그것을 견딜 수 없다고 느끼고 있었다. 그녀는 그가 자기에게서 위안을 얻고 위로받게 해주고 싶었다. 그녀는 가만히 서서 그를 껴안고 그를 애무해 주었지만 그는 자기에게 미지의 무엇, 거의 신비한 어떤 존재인 것 같았다. 그녀는 그를 위로하여 모든 것을 잊게 해주고 싶었다.

그러자 곧 그의 영혼 속의 갈등이 잠잠해지고 그는 모든 것을 망각했다. 그렇지만 그때 거기에는 그를 위해 클라라가 아니라 단지 따뜻한 한 여자, 그가 사랑하고 거의 숭배하는 어떤 존재만이 어둠 속에 있을 뿐이었다. 그것은 클라라가 아니었다. 그리고 그녀는 그에게 자신의 몸을 내맡겼다. 헐벗은 굶주림과 그가 그녀를 사랑하는 불가피성만이, 그 원초적인 강렬하고 맹목적이며 무자비한 무엇인가만이 그 시간을 그녀로 하여금 거의 무시무시하게 느끼도록 해주었던 것이다. 그녀는 그가 얼마나 순수하고 외로운가를 알고 있었다. 그래서 그녀는 그가 자기에게 온 것이 대단한 일이라고 느꼈다. 그리고 그녀는 그를 그저 받아들였는데 그것은 그의 욕구가 그녀 자신이나 그 자신보다 더 컸기 때문이었다. 그리고 그녀의 영혼은 여전히 그녀의 내면에 머물러 있었다. 그녀는 그의 욕구에 따라 그를 위해 이 일을 하는 것이다. 설령 그가 그녀의 곁을 떠난다고 하더라도 말이다. 왜냐하면 그녀는 그를 사랑했기 때문이었다.

그들이 이러고 있는 동안 내내 댕기물떼새들이 들판에서 날카로운 소리로 울부짖고 있었다. 정신을 차렸을 때 그는 자기 두 눈 가까이 어둠 속에서 생명력으로 곡선을 그리는 충만한 것이 무엇인가 그리고 말을 하고 있는 저것은 무슨 목소리인가 궁금히 여겼다. 그러고 나서야 그는 그것이 풀잎이며 댕기물떼새가 지저귀는 소리라는 사실을 깨달았다. 따뜻한 기운은 클라라가 숨 쉬며 내뿜는 숨결이었다. 그는 고개를 들고 그녀의 두 눈을 들여다보았다. 검게 반짝이는 그 눈은 낯설었으며 원초적인 생명력이 그 근원에서 그의 삶을 물끄러미 들여다보고 있었다. 그는 그러한 눈을 생전 처음 보았고 그 눈이 여전히 그를 마주하고 있었다. 그래서 그는 그녀의 목에 얼굴을 묻고 두려움에 떨었다. 이 여자는 누구인가? 강하고 낯설며 야생적인 생명력이 어둠 속에서 이 시간 내내 그와 더불어 숨을 쉬고 있었다. 그것은 모두 그들 자신보다 훨씬 더 거대했기에 그는 입을 다물었다. 그들은 만났고 그들의 만남 가운데에는 수많은 풀잎 줄기들의 찌름과 댕기물떼새의 외침과 별들의 움직임이 있었다.

그들이 일어섰을 때 다른 연인들이 반대편 산울타리 아래로 살그머니 내려오는 것이 보였다. 그들이 거기에 있는 것은 자연스러워 보였다. 밤이 그들을 감싸 주었다.

그런 일이 있었던 저녁 이후 그들 두 사람은 모두 거대한 열정을 경험했기 때문에 매우 평온해졌다. 그들은 스스로 왜소함을 느끼고 약간 두려움을 느끼기도 하면서 어린아이와 같이 신기하게 생각했는데, 이는 아담과 이브로 하여금 순결함을 상실케 하고 그들을 낙원에서 추방하여 인류의 위대한 밤과 낮을 지내도록 한 막강한 힘을 깨달은 것과 마찬가지였다. 그것은 그들 각자에게 새로운 세계로의 입장이었고 만족스러운 일이었다. 그들 자신의 무가치함을 깨닫고 엄청난 생명력의 흐름이 그들을 휩쓸어 간다는 사실을 인식함으로써 그들은 자기 내면에서의 안식을 얻었다. 그렇게도 위대하고 엄청난 힘이 그들을 압도할 수 있고 그들을 완전히 동화시킬 수 있다면 그들은 자신이 그 거대한 용기 가운데 있는 하나의 낱알에 불과하다는 것을 알게 되고, 그 거대한 용기가 모든 풀잎이며 나무며 온갖 생명체를 각자의 자그마한 높이로 들어 올린다는 사실을 깨닫게 되는데 왜 자신에 대하여 안달하는가. 그들은 스스로 생명력의 흐름에 따라 흘러가도록 할 수 있었다. 그래서 그들은 각자 상대방에게서 일종의 평화를 느꼈고 그들이 함께 경험했다는 증거가 있었다. 아무것도 그 증거를 무효로 할 수 없었고 아무것도 그것을 빼앗아 갈 수 없었다. 그것은 거의 삶에 대한 그들의 믿음이라고 해도 될 정도였다.

　그렇지만 클라라는 만족하지 못했다. 위대한 무엇인가가 거기에 있다는 사실을 그녀는 알고 있었으며 그 위대한 무엇인가가 그녀를 감쌌다. 그렇지만 그러한 상태가 그녀를 잡아두지는 못했다. 아침이 되자 상황은 전과 달라졌다. 그들은 함께 경험했었지만…… 그녀는 그 순간을 계속 유지할 수 없었기에 그것을 다시 원했고, 무엇인가 영구적인 것을 원했는데, 이는 그것을 온전히 인식하지 못했기 때문이었다. 그녀는 자신이 원하는 것은 바로 폴이라는 사람 자체라고 생각했다. 그는 그녀에게 확실하지 않았다. 그들 사이에 있었던 이 일이 다시는 없을지도 모른다. 그가 그녀의 곁을 떠날지도 모른다. 그녀는 그를 완전히 소유하지 못했던 것이다. 그녀는 만족하지 못했다. 그녀는 거기에 있었지만 그 무엇…… 그녀 자신도 실체를 모르는 그 무엇, 그녀가 미칠 정도로 소유하고 싶어 하는 그 무엇을 완전히 손아귀에 넣지는 못했던 것이다.

아침에 폴은 마음이 상당히 평화로웠고 행복감을 느꼈다. 그는 마치 정열의 불길로 세례를 받은 듯했다. 그래서 그의 마음은 편안해졌다. 그렇지만 그것은 클라라 때문이 아니었다. 그것은 그녀로 인해 발생한 무엇이었으나 그녀 자신은 아니었다. 그들이 서로 가까워졌다고 볼 수도 없었다. 마치 그들이 어떤 위대한 힘의 맹목적인 대리인이 되었던 것 같았다.

클라라가 그날 공장에서 폴을 보았을 때 그녀의 마음은 불덩어리처럼 녹아내렸다. 바로 그의 육체와 이마 때문이었다. 불덩어리가 그녀의 가슴속에서 더욱 세차게 타올랐다. 그녀는 그를 안아 보아야만 했다. 그렇지만 그는 오늘 아침 매우 조용하게 그리고 아주 차분하게 지시 사항을 계속 전달했다. 그녀는 그를 따라 어둡고 지저분한 지하실로 내려가서 두 팔을 그에게 들어 올렸다. 그는 그녀에게 키스를 했고 격렬한 열정이 그를 다시 불태우기 시작했다. 누군가가 입구에 나타났다. 그는 위층으로 달려 올라갔다. 그녀는 자기 작업실로 돌아왔는데 마치 황홀경에 빠진 듯이 움직였다.

그 후 불길이 서서히 잦아들었다. 폴은 자신의 경험이 비개인적인 것으로 클라라와 관계없는 것이라고 점점 더 확실히 느끼게 되었다. 그는 그녀를 사랑했다. 그들이 함께 경험한 강렬한 감정 뒤에는 통상 그러하듯이 크나큰 애정이 있었다. 그렇지만 그의 영혼을 안정시킬 수 있는 사람은 그녀가 아니었다. 그는 그녀에게 그녀로서는 불가능한 어떤 존재가 되기를 원했다.

그리고 클라라는 폴에 대한 욕망으로 미칠 지경이 되었다. 그녀는 그를 보기만 하면 만지고 싶었다. 공장에서 그가 그녀에게 나선 양말에 대해서 이야기할 때 그녀는 은밀히 손을 뻗어 그의 허리며 엉덩이를 더듬었다. 그녀는 그를 쫓아 지하실로 내려가 짧은 키스를 했다. 그녀의 두 눈은 언제나 말 없이 갈망하며 억제할 수 없는 열정으로 충만해 있었고 그녀 는 그의 동작을 주시했다. 그는 그녀가 다른 여직공들이 보 는 앞에서 자기 자신을 너무 노골적으로 드러내지나 않을까 두려워했다. 점심시간이 되면 그녀는 언제나 그가 와서 자기 가 나가기 전에 포옹해 주기를 기다렸다. 그는 마치 그녀가 무력해져서 자신에게 거의 짐이 되는 것처럼 느꼈다. 그리고 이러한 일로 인하여 그는 짜증이 났다.

「그런데 무엇 때문에 당신은 항상 키스하고 포옹하기를 바 라는 거예요?」폴이 말했다.「모든 일에는 적절한 때가 있는 법이잖아요.」

클라라가 고개를 들어 그를 쳐다볼 때 그녀의 두 눈에 증 오의 빛이 어렸다.

「내가 언제나 당신에게 키스하기를 원한다고요?」그녀가 말했다.

「항상 그래요! 내가 당신에게 작업에 대하여 물으러 올 때 조차도 말이오. 난 일을 할 때는 어떤 데에도 사랑이 관련되 기를 원하지 않아요. 일은 일이니까⋯⋯.」

「그러면 사랑은 무엇인데요?」그녀가 말했다.「사랑에는 반드시 특별한 시간이 있어야 하나요?」

「그래요⋯⋯. 근무 시간이 아닐 때 말이에요.」

「그래서 당신은 사랑을 조던 씨 회사의 작업 종료 시간에 맞추어 조절할 건가요?」

「그렇죠⋯⋯. 그리고 어떤 종류의 일이든 일로부터 자유로 워질 때 맞추어야 해요.」

「사랑은 단지 남는 시간에만 할 수 있는 것이네요?」

「당연하죠⋯⋯. 그러니 항상 할 수 있는 것은 아니죠⋯⋯. 키스하고 그러는 종류의 사랑은 안 된다는 겁니다.」

「그럼 사랑을 그렇게밖에 생각하지 않아요?」

「물론이죠.」

「그렇게 생각한다니 기쁘군요.」

그래서 클라라는 폴에게 한동안 냉정하게 대했다. 그녀는 그를 미워했다. 그리고 그녀가 냉정하고 오만하게 대하는 동안 그는 불안해 했고 그래서 마침내 그녀는 그를 다시 용서해 주었다. 그렇지만 그들이 새로 시작했다고 해도 그들 사이가 예전보다 좀 더 가까워진 것은 아니었다. 그는 결코 그녀를 만족시키지 못했기 때문에 그녀를 붙잡아 두었다.

봄에 그들은 함께 바닷가 휴양지에 갔다. 그들은 테들소프 근방의 작은 오두막에 방을 얻어서 부부처럼 살았다. 래드포드 부인도 가끔 그들과 함께 갔다.

폴 모렐과 도우즈 부인이 함께 돌아다닌다는 소문이 노팅엄에 자자했지만 아주 명백한 것은 아무것도 없었고 클라라는 항상 홀로 지내는 사람인 데다가 폴 모렐도 아주 소박하고 순진한 사람으로 보였기 때문에 그러한 소문이 났다고 해서 크게 달라진 점도 없었다.

폴은 링컨셔의 해변을 좋아했고 클라라도 바다를 좋아했다. 이른 아침에 그들은 종종 함께 밖으로 나가서 수영을 했다. 잿빛으로 밝아오는 새벽과 멀리까지 황량하게 펼쳐진 습지의 겨울 풍경 및 풀이 무성하게 자란 바닷가 목초지 등이 적나라하게 드러나 그의 영혼을 기쁘게 하기에 충분했다. 나무판자로 되어 있는 다리를 건너 큰길에 발을 딛고 끝없이 펼쳐진 단조로운 지평선을 돌아보면 대지가 하늘보다 약간 더 검게 보였고, 바다 소리가 모래 언덕 너머에서 잔잔하게 들려와 그의 마음은 인정사정 볼 것 없이 무자비하게 휩쓸어 오는 생명력으로 힘차게 가득 채워졌다. 그녀는 이럴 때의 그를 사랑했다……. 그는 고독했고 강력했으며 그의 두 눈에는 아름다운 빛이 가득했다.

그들은 추워서 벌벌 떨었다. 그러다가 폴은 클라라와 달리기 시합을 하며 길을 따라 녹색 잔디가 깔린 다리까지 내려갔다. 그녀는 잘 달릴 수 있었다. 그녀의 얼굴에는 금방 홍조가 떠올랐고 그녀의 목은 그대로 드러났으며 두 눈은 빛나고 있었다. 그는 그녀가 그렇게도 관능적이고 풍만한 육체를 지니고 있으면서도 동작이 그처럼 민첩했기 때문에 그녀를 사랑했다. 그 자신은 몸이 가벼웠고 그녀는 아름답게 돌진했다. 몸이 더워지자 그들은 손을 잡고 걸었다.

하늘이 붉게 물들기 시작했고 희미한 달이 서쪽 하늘의 중턱에서 볼품없이 흐릿해지고 있었다. 어슴푸레한 대지 위에서 사물들이 생명력을 갖기 시작하고 나무들이 거대한 잎사귀와 더불어 또렷하게 드러나기 시작했다. 그들은 오솔길을 통해 크고 차가운 모래 언덕을 지나 해변으로 나아갔다. 길게 펼쳐져 있는 황량한 바닷가가 새벽과 바다에 짓눌려 신음하고 있었다. 드넓은 대양이 하얀 테두리가 둘러진 평평하고 시커먼 기다란 조각처럼 펼쳐져 있었다. 어두운 바다 위로 하늘이 점점 더 빨갛게 되었다. 금방 불꽃이 구름 사이에 펼쳐지더니 구름을 흩뜨렸다. 진홍색 하늘이 오렌지색으로 불타오르다가 오렌지색이 단조로운 황금색으로 변하고 다시 황금빛으로 반짝이는 가운데 태양이 솟아올라 파도 위에 불꽃을 잔잔하게 흩뿌리는 모양이 마치 누군가가 걸어 지나가며 통에서 햇빛을 꺼내어 흩뿌리는 듯했다.

파도가 해안으로 밀려와 쏴아 하는 거친 소리를 길게 내며 부딪쳐 부서졌다. 물보라처럼 점으로 보이는 조그만 갈매기들이 파도가 부딪치는 선을 따라 선회했다. 그들이 울부짖는 소리가 갈매기 자체보다 더욱 커 보였다. 저 멀리 해안선이 펼쳐져 아침의 대기 속으로 녹아들었고 덤불이 우거진 모래 언덕이 해변과 같은 높이로 평평하게 가라앉는 듯이 보였다. 마블소프는 오른쪽에 아주 조그마하게 보였다. 오직 그들만이 이 평평한 해안 전체와 바다, 그리고 떠오르는 태양과 바다가 내는 작은 소리들, 그리고 갈매기가 내는 날카로운 울음소리가 들리는 이 공간을 독차지하고 있었다.

모래 언덕에는 바람이 불어오지 않는 움푹 파여 있는 따뜻한 곳이 있었다. 폴은 그곳에 서서 바다를 내다보았다.

「참 좋군요.」 그가 말했다.

「지금은 감상적으로 되지 마세요.」 클라라가 말했다.

그가 고독한 시인처럼 바다를 뚫어지게 바라보며 서 있는 모습을 보자 그녀는 짜증이 났다. 그는 웃었다. 그녀는 재빨리 옷을 벗었다.

「오늘 아침에는 좋은 파도가 많이 밀려오네요.」 그녀가 의기양양하게 말했다.

그녀는 그보다 수영을 잘했다. 그는 한가로이 서서 그녀를 지켜보았다.

「들어오지 않을 거예요?」 그녀가 말했다.

「잠깐만 기다려요.」 그가 대답했다.

그녀는 어깨가 건장하고 하얀 피부가 벨벳처럼 부드러운 여인이었다. 바다에서 불어오는 산들바람이 그녀의 몸을 스치며 머리카락을 헝클었다.

「우우! 추워요!」 그녀가 두 팔로 자기 젖가슴을 껴안으며 말했다.*

아침 공기가 아름답고 투명한 황금빛을 띠고 있었다. 어둠의 장막이 북쪽과 남쪽에서 떠내려가고 있는 듯이 보였다. 클라라는 불어오는 바람에 몸을 약간 움츠리고 머리카락을

---

* 738면 22~23행.

꼬아 합치며 서 있었다. 바닷가 풀인 거머리말이 옷을 벗어 하얀 살이 드러난 여자 뒤에 솟아 있었다. 그녀는 바다를 힐끗 보고 다시 폴을 쳐다보았다. 그녀가 사랑하기는 하지만 이해할 수 없는 검은 두 눈으로 그는 그녀를 지켜보고 있었다. 그녀는 자기 양 젖가슴을 두 팔 사이에 모아 안고 움츠리며 웃고 있었다.

「우우, 무척 추울 거예요!」 그녀가 말했다.

폴은 몸을 앞으로 숙여 클라라가 양손으로 받쳐 들고 있는 하얗게 빛나는 두 젖가슴에 키스를 했다. 그녀는 서서 기다리고 있었다. 그는 그녀의 두 눈을 들여다보고 나서 멀리 희끄무레한 모래 언덕을 쳐다보았다.

「자, 가요!」 그가 조용히 말했다.

그녀는 두 팔로 그의 목을 휙 휘감고 그를 자기에게로 끌어당기고는 그에게 열정적으로 키스한 다음 발걸음을 옮기며 말했다.

「그런데 들어오지 않을 거예요?」

「잠깐만 있다가요.」

그녀는 벨벳처럼 부드러운 모래 위를 무거운 발걸음으로 터벅터벅 걸어갔다.

클라라는 하나의 풍만하고 하얀 육체가 되어 매력이 철철 넘치는 우아한 모습으로 바닷가를 가로질러 움직이고 있었다.* 폴은 모래 언덕에서 거대하고 희끄무레한 해안이 그녀를 감싸는 광경을 지켜보았다. 그녀는 점점 작아져 균형을 상실하더니 오직 한 마리 커다란 하얀 새가 힘겹게 앞으로 나아가는 것처럼 보이게 되었다.

「해변에 있는 하나의 커다란 하얀 조약돌과 다름없군……

* 739면 20~22행.

바람에 날려 모래밭에 굴러다니는 한 덩어리 거품과 다름없어.」 그는 혼잣말을 했다. 그녀는 광막하게 펼쳐져 있는 파도 소리 들리는 해변을 가로질러 매우 천천히 움직이고 있는 듯이 보였다. 그는 지켜보다가 그녀의 모습을 놓쳐 버렸다. 눈부신 햇빛 때문에 그녀는 시야에서 사라져 버렸다. 또다시 그의 눈에 그녀의 모습이 들어왔는데 이제는 그저 하나의 하얀 반점이 되어 하얗게 부서지며 웅얼대는 바닷가를 배경으로 움직이고 있었다.

「어쩌면 저렇게도 작아 보일까!」 그는 혼잣말을 했다. 「바닷가에 있는 한 알의 모래 알갱이처럼 사라져 버렸어……. 바람에 이리저리 날리는 농축된 점과 똑같아……. 조그맣고 하얀 물거품 같아……. 찬란한 아침에 비하면 거의 아무것도 아니야. 그런데 저 여자는 왜 내 정신을 쏙 빼놓는 것일까?」

그날 아침에 그녀는 전혀 방해받지 않고 바닷속으로 들어가 버렸다. 해변이 멀리까지 넓게 펼쳐져 있었고 모래 언덕은 푸른 풀로 뒤덮여 있었으며 햇살에 반짝이는 바다는 온통 빛나며 광대하고 단절되지 않은 고독에 잠겨 있었다.

「결국 그녀는 무엇이란 말인가?」 그는 혼잣말을 했다. 「여기에는 바닷가 아침이 거대하고 영원하며 아름답게 펼쳐져 있다. 저기에는 초조해 하고 언제나 만족하지 못하며 거품 덩어리 가운데 있는 하나의 거품 방울처럼 덧없는 저 여자가 있다. 저 여자는 결국 나에게 무엇을 의미하는 것일까? 저 여자는 무엇인가를 나타내는데 그것은 거품 덩어리 가운데 있는 하나의 거품 방울이 바다를 나타내는 것과 마찬가지가 아닐까? 그렇지만 저 여자 자체는 무엇이란 말인가! 내가 좋아하는 것은 저 여자가 아니란 말인가…….」

그러다가 너무도 명확하게 말해서 온 세상 아침이 다 들을 수 있을 것 같아 보이는 자기 자신의 무의식적인 생각에 깜짝 놀라 그는 옷을 벗고 재빨리 모래사장을 달려 내려갔다. 그녀는 그를 기다리며 지켜보고 있었다. 그녀는 한 팔을 그에게 재빨리 흔들어 보이며 파도를 타고 오르락내리락하면서 두 어깨를 은빛 물웅덩이에 담그고 있었다. 그가 밀려오는 파도 속으로 뛰어들자 순식간에 그녀의 손이 그의 어깨에 닿았다.

그는 수영을 잘 못하기 때문에 물속에 오래 머물러 있을 수 없었다. 그녀는 의기양양하게 그의 주위를 맴돌며 장난하고 자신이 수영을 더 잘한다는 것을 자랑 삼아 보이고 있어서 그는 그녀를 시샘했다. 햇빛이 물 위에 화창하고 아름답게 쏟아져 내리고 있었다. 그들은 바다 속에서 잠시 웃고 있다가 서로 앞다투어 모래 언덕으로 다시 달려갔다.

그들이 몸을 말리며 숨을 매우 헐떡이고 있을 때 그는 웃느라고 숨도 못 쉬는 그녀의 얼굴을 지켜보다가 이어서 그녀의 깨끗한 어깨와 그녀가 문지를 때마다 흔들려 그를 소스라쳐 놀라게 하는 젖가슴을 보자 다시 생각했다. 〈이 여자는 대단히 장엄하고 심지어는 아침과 바다보다 더 거대하구나…… 그렇지? 정말 그렇지?〉

그녀는 그의 검은 두 눈이 자기에게 고정되어 있는 것을 보고 몸을 닦다가 갑자기 멈추고 웃었다.

「무엇을 쳐다보는 거예요?」 그녀가 말했다.

「당신을 보지!」 그가 말하며 웃었다.

그녀의 두 눈이 그의 눈과 마주쳤고 순식간에 그는 그녀의 하얗고 소름 돋친 어깨에 키스를 퍼부으며 생각했다. 〈이 여자는 무엇인가? 이 여자는 도대체 무엇이란 말인가?〉

클라라는 아침의 폴을 사랑했다. 그때 그가 하는 키스에는 초연하고 맹렬하며 원초적인 무엇인가가 있어서 마치 그가 자기 자신의 의지만을 의식하고 있으며 그녀 자신뿐만 아니라 그녀가 그를 원하고 있다는 사실까지도 전혀 의식하지 못하는 듯했다.

이후 한낮에 그는 스케치를 하러 밖으로 나갔다.

「당신은 어머니를 모시고 서턴에 가요.」 그가 그녀에게 말했다. 「나와 함께 있으면 매우 지루할 테니까 말이요.」

클라라는 가만히 서서 폴을 쳐다보았다. 그는 그녀가 그도 같이 갔으면 하고 바란다는 것을 알고 있었지만 혼자 있고 싶었다. 그녀가 옆에 있으면 그는 구속되어 있다는 느낌이 들어서 마치 숨도 마음대로 크게 쉴 수 없는 듯하고 머리 꼭대기에 무엇인가를 올려놓고 있는 듯한 기분이었다. 그녀는 그가 그녀에게서 자유로워지기를 갈망하고 있음을 느꼈다.

저녁이 되면 그는 그녀에게로 돌아왔다. 그들은 어둠에 잠긴 해변을 거닐다가 모래 언덕이 아늑하게 파여 있는 곳에 잠시 앉았다.

「내가 보기에는……」 그들이 불빛이 하나도 보이지 않는 깜깜한 바다를 물끄러미 바라보고 있을 때 그녀가 말했다. 「마치 당신은 밤에만 나를 사랑하는 것 같아요……. 낮에는 사랑하지 않는 듯이 보인다고요.」

그는 차가운 모래를 손가락 사이로 흘려보내면서 이러한 비난에 대하여 죄책감을 느꼈다.

「밤에는 당신 마음대로 할 수 있도록 하잖아요.」 그가 대답했다. 「낮에는 나 혼자 있고 싶어요.」

「그런데 왜 그래요?」 그녀가 말했다. 「왜 지금도 그래요? 우리가 이 짧은 휴가를 함께 즐기고 있는데도 말이에요?」

「모르겠어요. 낮에 사랑의 행위를 하면 숨이 막혀요.」

「그렇지만 항상 사랑의 행위를 할 필요는 없잖아요.」 그녀가 말했다.

「당신과 함께 있을 때면 언제나 그래요.」 그가 대답했다.

그녀는 매우 비통한 기분을 느끼며 앉아 있었다.

「혹시 나와 결혼하고 싶다고 생각한 적 있어요?」그가 궁금하다는 듯이 물었다.

「당신은요?」그녀가 대답했다.

「그래요……. 결혼하고 싶다고 생각했어요……. 우리가 아이를 가졌으면 좋겠어요.」그가 느릿느릿 대답했다.

그녀는 고개를 숙이고 앉아서 손가락으로 모래를 만지작거리고 있었다.

「하지만 당신은 백스터와 이혼하기를 정말로 원하는 것은 아니죠? 그렇죠?」그가 말했다.

몇 분이 지난 후 그녀가 대답했다.

「그래요.」그녀가 매우 신중하게 대답했다. 「이혼할 생각은 없어요.」

「왜요?」

「모르겠어요.」

「당신이 그 사람의 소유물인 듯이 느끼고 있지요?」

「아니요……. 그렇게는 생각하지 않아요.」

「그러면 뭐예요?」

「그 사람이 내 소유물이라고 생각해요.」그녀가 대답했다.

그는 몇 분 동안 말없이 시끄럽게 쏴아 하고 밀려오는 어두운 바다 위로 불어오는 바람소리에 귀를 기울였다.

「그러면 당신은 진정으로 나에게 속하고 싶은 마음이 전혀 없는 거네요?」그가 말했다.

「아니에요, 지금은 정말로 당신에게 속해 있어요.」그녀가 대답했다.

「그렇지 않아요.」그가 말했다. 「당신은 이혼하기를 원하지 않으니까 말이에요.」

그것은 그들이 풀 수 없는 매듭이었기에 그 문제를 그냥 내버려 두고 그들이 얻을 수 있는 것만 취했으며 얻을 수 없는 것은 무시했다.

「내 생각에 당신이 백스터를 버릇없이 대한 것 같아요.」 그가 다른 기회에 말했다.

폴은 자기 어머니라면 당연히 말할 법하게 〈당신은 당신 일이나 생각하고 다른 사람의 일에 관해서 너무 많이 알려고 하지 말아요.〉라고 클라라가 대답하리라고 반쯤은 예상했다. 그렇지만 그녀는 그의 말을 매우 심각하게 받아들여서 그 자신이 거의 놀랄 정도였다.

「왜요?」 그녀가 말했다.

「내 짐작에 당신은 그 사람을 은방울꽃이라고 생각하고 그 사람을 적당한 화분에 심어 두고 알맞게 가꾼 것 같아요. 당신은 그 사람이 은방울꽃이라고 결정하고 난 이상 그 사람이 소가 먹는 풀이라고 하더라도 아무 소용이 없었지요. 당신은 그것을 인정하지 않으려 했으니까요.」

「분명히 말하건대 그 사람이 은방울꽃이라고 생각한 적은 한 번도 없었어요.」

「당신은 그 사람을 그가 아닌 다른 무엇이라고 상상했어요. 바로 그것이 여자들이 하는 일이지요. 여자는 남자에게 무엇이 좋은지 자기가 다 알고 있다고 생각하고 남자가 그것을 얻는 것을 지켜보고 싶어 해요. 그리고 남자는 굶어 죽을 지경인지 어떤지는 아무 상관도 하지 않고 가만히 앉아서 휘파람을 불며 자기가 필요로 하는 것을 얻을 수 있다고 생각해요. 반면에 여자는 남자를 손아귀에 넣고 남자에게 좋은 것을 주고 있다고 생각하지요.」

「그러면 당신은 무엇을 하고 있는데요?」 그녀가 물었다.

「어떤 노래를 휘파람으로 불어 볼까 하고 생각하고 있어요.」 그가 웃으며 말했다.

그러자 그녀는 그의 따귀를 때리기는커녕 그가 한 말을 진지하게 심사숙고했다.

「내가 당신에게 좋은 것을 주고 싶어 한다고 생각해요?」 그녀가 물었다.

「그러기를 바라요……. 그렇지만 사랑은 구속하는 것이 아니라 자유를 주어야 해요. 미리엄은 내가 말뚝에 매여 있는 당나귀처럼 속박당하고 있다는 기분을 느끼게 했어요. 나는 그녀의 조그만 밭에서만 먹이를 뜯어 먹어야 했는데, 그녀가 다른 곳에서는 뜯어 먹지 못하게 했어요. 그래서 넌더리가 났어요.」

「그러면 당신은 여자가 자기 마음대로 할 수 있도록 내버려 둘 거예요?」

「그럼요……. 그 여자가 나를 사랑하고 싶어 하는지 두고 볼 겁니다. 만일 그렇지 않다면…… 글쎄요, 그 여자를 붙잡지 않을 겁니다.」

「당신이 당신 말처럼 그렇게 훌륭하다면…….」 클라라가 대답했다.

「바로 지금처럼 비범한 사람이 되겠죠.」 그가 웃으며 말했다.

비록 웃기는 했지만 그들은 한동안 침묵을 지키면서 서로를 미워했다.

「사랑이란 여물통 속에 들어간 심술꾸러기 강아지라네.」 그가 말했다.

「그러면 우리 둘 중에서 누가 심술꾸러기 강아지예요?」 그녀가 물었다.

「아, 글쎄…… 물론 당신이지요.」

그렇게 그들 두 사람 사이에서는 싸움이 계속 진행되었다. 클라라는 자기가 폴을 완전히 자기 사람으로 만들 수 없다는 사실을 알고 있었다. 그의 내면에 있는 크고 필요 불가결한 부분을 그녀는 장악하지 못했으며 또한 그것을 손에 넣으려고 애쓰거나 그것이 무엇인지 알아보려고조차 한 적도 없었다. 그리고 그도 그녀가 그녀 자신을 여전히 도우즈 부인으로 유지하고 있다는 것도 어떤 면에서는 알고 있었다. 그녀는 도우즈를 사랑하지 않았고 사랑한 적도 없었다. 그렇지만 그녀는 그 남자가 자기를 사랑하고 있으며 적어도 자기에게 의지하고 있다고 믿었다. 그녀는 그 남자에 대하여 어떤 확신을 가지고 있었는데, 이는 폴 모렐에게서는 결코 느껴 보지 못한 것이었다. 이 젊은이에 대한 열정은 그녀의 영혼을 가득 채웠고 그녀에게 어떤 만족감을 주었으며 자기 불신과 회의를 완화시켰다. 다른 무엇보다도 그녀는 마음속으로 확신했다. 그녀는 자기 자신을 얻은 것과 거의 마찬가지였고 이제 독립된 개체로서 명확하고 완전하게 일어선 것과 거의 마찬가지였다. 자신에 대한 믿음이 생긴 것이었다. 그렇지만 그녀는 자신의 삶이 폴 모렐에게 속한다거나 아니면 폴의 삶이 자기에게 속한다고 믿어 본 적은 결코 없었다. 그들은 결국 헤어지게 될 터이고 그녀는 여생을 그에 대해 가슴앓이를 하면서 살아갈 것이다. 그렇지만 어쨌든 그녀는 지금 자신이 자기 자신을 확신하고 있다는 사실을 알고 있었다. 그리고 폴도 거의 자기와 똑같은 상태에 있다고 말할 수 있었다. 그들은 서로 상대방을 통해서 함께 삶의 세례를 받은 것이다. 그리고 이제 그들의 사명은 서로 달랐다. 그가 가고자 하는 곳에 그녀는 그와 함께 갈 수 없었다. 그들은 조만간 헤어져야 하리라. 설령 그들이 결혼한다 하더라도 그리고 서로에게 충실하게 살아간다 하더라도 그래도 여전히 그는 그녀를 떠나야 할 것이고 혼자 나아가야 할 것이며 그녀는 그가 집에 올 때 그를 돌보는 것밖에는 다른 할 일이 없을 것이다. 그렇지만 이는 불가능한 일이었다. 두 사람은 모두 각자 나란히 함께 살아갈 배우자를 원했다.

클라라는 자기 어머니와 함께 살기 위해서 매플리 플레인으로 가버렸다. 어느 날 저녁 폴과 그녀는 우드보로우 로드를 따라 걸어가다가 도우즈를 만났다. 모렐은 그 남자가 접근하는 태도에서 무엇인가를 알고 있었지만 그 순간에는 자기 생각에 몰두하고 있었기에 단지 예술가적인 시선으로만 그 낯선 사람의 형체를 지켜보았을 뿐이었다. 그러다가 그는 갑자기 껄껄 웃으며 클라라에게로 몸을 돌리고 한 손으로 그녀의 어깨를 감싸 안으며 말했다.

「우리가 나란히 걸어가지만 나는 지금 런던에 가서 가상의 오르펜[98]과 논쟁을 벌이고 있어요……. 그런데 당신은 어디에 있지요?」

바로 그 순간 도우즈가 옆으로 지나가며 모렐을 거의 부딪칠 뻔했다. 젊은이가 힐끗 돌아보니 증오에 가득 차 있지만 피곤해 보이는 암갈색 두 눈이 이글거리고 있었다.

「저 사람이 누구요?」 폴이 클라라에게 물었다.

「백스터예요.」 그녀가 대답했다.

폴은 그녀의 어깨에서 얼른 손을 내리고 주위를 얼핏 둘러보았다. 그러자 그의 눈에 그 남자의 형체가 자기에게 접근할 때와 마찬가지로 분명하게 다시 보였다. 도우즈는 여전히 잘생긴 두 어깨를 뒤로 떡 젖히고 얼굴을 곧추세운 채 꼿꼿이 서서 걸어가고 있었다. 그렇지만 그의 두 눈에는 사람을 피하는 표정이 서려 있어서 누구를 마주치든지 간에 그 사람의 눈에 뜨이지 않고 살그머니 지나가려고 애쓰며 사람들이 자기를 어떻게 생각하는지 알아보려고 하는 의심스러운 눈길로

---

98 윌리엄 오르펜 경Sir William Orpen(1878~1931). 초상화 화가.

힐끔거리는 듯한 인상을 주었다. 그리고 그는 두 손을 감추고 싶어 하는 듯이 보였다. 그는 낡은 옷을 입고 있었고 바지는 무릎께가 찢어져 있었으며 목에 둘러 묶은 손수건은 더러웠다. 그렇지만 모자는 여전히 도전적인 태도로 한쪽 눈이 가려지도록 삐딱하게 쓰고 있었다. 그 남자를 보았을 때 클라라는 죄의식을 느꼈다. 피곤한 기색과 절망감이 서려 있는 그의 얼굴이 그녀에게 그 남자에 대한 증오심을 불러일으켰는데, 그러한 모습이 그녀의 마음을 아프게 했기 때문이었다.

「저 남자는 수상해 보이는군요.」 폴이 말했다.

그렇지만 그의 목소리에는 연민의 기색이 서려 있어서 그가 그녀를 비난하는 듯했기에 그녀는 냉담해졌다.

「저 사람의 통속적인 본모습이 드러나는 거예요.」 그녀가 대답했다.

「저 사람을 증오해요?」 그가 물었다.

「당신은 여자들의 잔인함에 대해서 이야기하지만…… 남자들의 잔인함에 대해서도, 특히 남자들의 폭력성에 대해서도 알면 좋겠어요.」 그녀가 말했다. 「남자들은 여자가 생존하고 있다는 사실도 알지 못하거든요.」

「나도 알지 못한다고요?」 그가 말했다.

「그래요.」 그녀가 대답했다.

「당신이 생존하고 있다는 사실을 내가 알지 못한다고요?」

「나에 관해서 당신은 아무것도 몰라요.」 그녀가 씁쓸하게 말했다……「나에 관해서 말이에요.」

「백스터가 아는 것만큼도 알지 못한다고요?」

「아마 그만큼도 모를 거예요.」

그는 어리둥절하고 어찌할 바를 몰라서 화가 났다.

비록 그들이 그러한 경험을 함께 겪어 왔지만 여기 나란히 걸어가고 있는 바로 이 여자는 그에게 낯선 사람으로 여겨졌다.

「그렇지만 당신은 나를 꽤 잘 알고 있죠?」 그가 말했다.

그녀는 대답하지 않았다.

「지금 나를 알고 있는 것만큼 옛날에 백스터를 잘 알고 있었어요?」 그가 물었다.

「그 사람은 내가 알 수 있게 해주려고 하지 않았어요.」 그녀가 말했다.

「그러면 나는 당신이 나를 알 수 있게 해주었다는 거죠?」

「남자들이 자기를 알게 해주려고 하지 않는다는 얘기예요…… . 남자들은 누구라도 정말로 자기에게 가까이 가도록 내버려 두려고 하지 않아요.」 그녀가 말했다.

「그러면 나도 당신에게 그러한 자유를 허용해 주지 않았어요?」

「아니에요, 허용했어요.」 그녀가 천천히 대답했다. 「그렇지만 당신은 결코 나에게 가까이 오지 않았어요. 당신은 당신 자신으로부터 벗어나 밖으로 나올 수 없어요. 당신은 그래요. 그 점에 있어서는 백스터가 당신보다 더 잘할 수 있었어요.」

그는 곰곰이 생각에 잠겨 계속 걸어갔다. 그는 그녀가 자기보다 백스터를 더 좋아하는 데 대하여 화가 났다.

「이제 당신이 백스터를 차지하지 못하게 되었으니까 그 사람을 높이 평가하기 시작하는군요.」 그가 말했다.

「아니에요…… . 나는 그 사람이 당신과 어떤 점이 달랐는지만 알 수 있을 뿐이에요.」

그렇지만 그는 그녀가 그 사람에게 원한을 품고 있음을 느꼈다.

어느 날 저녁 그들이 들판을 건너 집으로 오고 있을 때 그녀는 이런 질문을 해서 그를 깜짝 놀라게 했다.

「그것이 가치가 있다고 생각해요?…… 저…… 성적인 부분 말이에요?」

「사랑의 행위 그 자체 말인가요?」

「예……. 그것이 당신에게 어떤 가치가 있어요?」

「그렇지만 그것만을 어떻게 따로 떼어 내서 생각할 수 있어요?」 그가 말했다. 「그 행위는 모든 것의 정점이지요……. 우리의 모든 친교가 거기에서 정점을 이루어요.」

「나에게는 그렇지 않아요.」 그녀가 말했다.

그는 말이 없었다. 그녀에 대한 증오감이 섬광처럼 불현듯 솟구쳤다. 결국 그녀는 심지어 거기에 있어서도 그에게 만족하지 못하고 있었던 것이다. 그는 그 점에 있어서는 그들이 서로를 충족시켰다고 생각했었는데 말이다. 그렇지만 그는 그녀를 너무 맹목적으로 믿었던 것이다.

「내가 느끼기에는 말이에요.」 그녀가 천천히 말을 계속했다. 「마치 내가 당신을 가지지 못한 것 같아요……. 당신의 전부가 거기에 있었던 것은 아닌 듯해요……. 그리고 당신이 그때 가진 것은 내가 아닌 듯한 느낌이 들어요…….」

「그러면 누구였다는 말이에요?」

「그저 당신을 위한 어떤 것이었다고 생각돼요. 그래도 지금까지 그 행위가 좋았기에 감히 그것을 생각해 보려고도 하지 않았어요. 그렇지만…… 당신이 원한 것이 나예요? 아니면 그 행위 자체인가요?」

폴은 또다시 죄책감을 느꼈다. 그가 클라라라는 특별한 한 개인을 안중에도 두지 않고 오로지 여자만을 취한 것이었던가? 그렇지만 그는 그것이 사소한 문제를 지나치게 꼬치꼬치 따지는 일이라고 생각했다.

「내가 백스터를 내 사람으로 만들었을 때, 실제로 그가 내 사람이 되었을 때, 그때는 정말 내가 그를 송두리째 가졌다는 느낌이었어요.」

「그러면 그때가 지금보다 더 좋았어요?」

「그럼요…… 물론이죠……. 지금보다 더 완전했어요…….
내 말은 당신이 나에게 준 것이 그 사람이 일찍이 나에게 준
것보다 적다는 뜻은 아니에요…….」

「아니면 그 사람이 당신에게 줄 수 있었던 것보다…….」

「그래요…… 어쩌면 말이에요……. 그렇지만 당신은 나에
게 당신 자신을 준 적이 결코 한 번도 없었어요.」

그는 화가 나서 이마를 찌푸렸다.

「내가 당신하고 사랑의 행위를 시작하면, 나는 그저 바람
에 나부끼는 한 개의 나뭇잎처럼 가버리고 말아요.」

「그리고 나를 안중에도 두지 않지요.」 그녀가 말했다.

「그래서 그것이 당신에게는 아무것도 아니라는 말이군
요?」 그가 원통하고 분해서 거의 딱딱한 목소리로 말했다.

「그것은 대단해요……. 그리고 때로 당신은 내가 넋을 잃게
하기도 해요……. 아주 넋이 쏙 빠지게 해요……. 그래요…….
그리고 저어…… 그 점에 있어서는 당신을 존경해요……. 그
렇지만…….」

「나에게 〈그렇지만〉이라고 말하지 말아요.」 그가 말하며
그녀에게 재빨리 키스를 하자 욕망의 불길이 그의 온몸에 확
타올랐다.

그녀는 순순히 받아들이며 아무 말도 하지 않았다.

그가 한 말은 사실이었다. 대체로 그가 사랑의 행위를 하
기 시작할 때는 그 감정이 너무 강해서 이성이니 영혼이니
격정이니 하는 모든 것들을 한꺼번에 송두리째 휩쓸어 갈 정
도였는데, 이는 트렌트강의 물결이 시커먼 소용돌이며 서로
얽힌 모든 것들을 소리 없이 통째로 휩쓸어 가는 것과 마찬
가지였다. 사소한 비판이나 소소한 감정이 점차적으로 사라

지고 생각도 또한 사라지며 모든 것이 하나의 거대한 홍수에 휩쓸려 흘러가 버렸다. 그는 이성이 있는 인간이 아니라 하나의 거대한 본능이 되어 버렸다. 그의 두 손은 살아 있는 생물과 마찬가지였고 팔다리며 몸뚱이도 모두 생명력과 의식을 갖게 되어 그의 의지에 전혀 복종하지 않고 스스로 살아 움직였다. 그와 꼭 마찬가지로 활력이 넘치는 겨울철의 별들도 또한 생명을 갖고 강렬해진 듯이 보였다. 그와 별들이 똑같은 불길의 맥박으로 고동쳤다. 그리고 똑같은 힘의 기쁨이 그의 두 눈 옆에 피어 있는 고사리 잎을 빳빳하게 유지하도록 하고 그 자신의 육체를 단단하게 유지하도록 했다. 마치 그와 별들과 시커먼 풀잎과 클라라를 하나의 거대한 불꽃의 혀가 핥아서 앞으로 그리고 위로 계속 찢어 내는 듯했다. 모든 것들이 그의 옆에서 살아 돌진했고 모든 것이 그와 더불어 평온하고 그 자체로 완벽했다. 각각의 사물 그 자체가 지니고 있는 이 놀라운 평온함이 삶의 지극한 황홀함 가운데 흘러가면서 더없는 기쁨의 정점인 듯했다.

그리고 클라라는 이것이 폴을 자기에게 붙잡아 둔다는 것을 알고 있었기에 그 열정을 전적으로 믿고 의지했다. 그렇지만 그 행위가 그녀를 실망시키는 일이 매우 자주 있었다. 그들은 댕기물떼새가 울부짖던 그날 밤 한 번 도달했던 그러한 절정에 또다시 이르지 못하는 경우가 종종 있었다. 점차적으로 어떤 기계적인 노력으로 인하여 그들의 사랑 행위가 망가지거나 혹은 그들이 더할 나위 없이 황홀한 순간을 경험할 때에도 각자 따로따로 그러한 순간을 경험하고 또 그다지 만족스러워하지 못하는 경우가 많았다. 그래서 종종 그가 혼자 그저 열심히 내달리기만 하는 듯이 보이기도 했다. 또한 그들은 그 행위가 실패로 끝나고 말았다느니 아니면 그들이 원했던 상태에 도달하지 못했다느니 하고 깨닫는 경우가 종종 있었다. 그런 날 저녁이면 그는 자기들 두 사람 사이가 조금 더 벌어지고 말았다는 사실을 알고 그녀의 곁을 떠나갔다. 그들이 나누는 사랑의 행위는 더욱더 기계적으로 되어 그들은 경이로운 매력을 느끼지 못했다. 점차 그들은 새로운 방법을 도입하기 시작했고 어떤 만족감을 되찾으려고 애썼다. 그들은 강가로 매우 가까이, 위험할 정도로 가까이 가곤 했는데 시커먼 강물이 그의 얼굴 바로 옆에서 흐르기까지 했다. 그리고 이렇게 함으로써 약간은 스릴을 느꼈다. 그렇지 않으면 그들은 때때로 도시 변두리 사람들이 수시로 지나다니는 오솔길의 울타리 아래 약간 우묵하게 들어간 곳에서 사랑을 나누기도 했다. 그러면서 그들은 다가오는 발소리를 듣기도 했고 발걸음의 진동을 느끼기도 했으며 지나가는 사람들이 이야기하는 소리, 누가 엿들으리라고 결코 생각도 하지 못했을 이상하고 사소한 일들에 대한 이야기를 듣기도 했다. 그리고 난 후에는 그들 각자가 다소 부끄러워하기도 했으며 이러한 것들이 그들 두 사람 사이에 거리감을 느끼게 해주었다. 그는 그녀를 약간 경멸하기 시작했고 마치 그녀가 그러한 경멸을 마땅히 받을 만하다는 듯이 생각했다.

어느 날 밤 폴이 클라라와 헤어져 데이브룩 기차역으로 가기 위하여 들판을 건너가고 있었다. 그날 밤은 매우 어두웠고 비록 봄이 온 지 꽤 오래되었지만 눈이 내릴 듯한 기미까지 있었다. 모렐은 시간이 별로 없어서 돌진하듯 앞으로 나아갔다. 시내가 거의 갑작스럽게 가파른 분지에서 끝나는 곳이었다. 그곳에는 집들이 노란 등불을 밝히며 어둠을 등지고 우뚝 서 있었다. 그는 울타리 계단을 넘어 재빠르게 들판의 우묵한 곳으로 뛰어들었다. 과수원 아래로 스와인스 헤드 농장의 따뜻해 보이는 창문 하나가 빛을 발하고 있었다. 폴은 주위를 힐끗 둘러보았다. 뒤쪽에 있는 주택들이 경사면 가장

자리에 하늘을 등지고 우뚝 서 있는 것이 마치 야수들이 노란 눈으로 신기하다는 듯이 어둠 속을 노려보는 것 같았다. 야만적이고 투박해 보이는 시내가 그의 등 뒤에 있는 구름을 노려보고 있는 듯이 보였다. 어떤 생물이 농장 연못의 버드나무 아래에서 움직였다. 너무 어두워서 아무것도 분간할 수 없었다.

다음번 산울타리 계단 가까이 다가갔을 때 그는 시커먼 형체가 그곳에 기대어 서 있는 것을 보았다. 그 남자가 옆으로 움직였다.

「안녕하시오!」 그가 말했다.

「안녕하십니까?」 모렐은 누구인지 알지도 못하고 대답했다.

「폴 모렐이요?」 그 남자가 말했다.

그제야 그는 그 사람이 도우즈임을 알았다. 그 남자가 그의 앞길을 가로막았다.

「이제 네놈을 잡았군, 그렇지?」 그가 어색하게 말했다.

「기차를 놓치겠어요.」 폴이 말했다.

그는 도우즈의 얼굴을 전혀 볼 수 없었다. 그 사람이 말할 때 그의 이가 딱딱 부딪쳐 소리를 내는 것 같았다.

「이번엔 나한테 혼 좀 나봐라.」 도우즈가 말했다.

모렐은 움직여 앞으로 나아가려고 했다. 상대방 남자가 그의 앞을 가로막고 나왔다.

「그 외투를 벗을 거야 아니면 입은 채로 뻗어 버릴 거야?」 그 남자가 말했다.

폴은 그 사람이 미친 것이 아닌가 하여 겁이 덜컥 났다.

「그렇지만 나는 싸울 줄 모르는데요.」 그가 말했다.

「그러면 잘됐다.」 도우즈가 대답했다. 그러고 나서 그 남자가 어디에 있는지 미처 알기도 전에 그 젊은이는 얼굴을 한 방 얻어맞고 뒤로 비틀거렸다. 밤은 온통 깜깜했다. 폴은 외투와 웃옷을 후다닥 벗으며 날아오는 일격을 피하고 그 옷을 도우즈에게 확 내던졌다. 도우즈는 야만스럽게 욕설을 퍼부었다. 모렐은 셔츠 바람이 되자 이제 민첩하고 맹렬하게 되었다. 그는 자기 몸 전체가 짐승의 발톱처럼 공격 자세를 갖춘 듯한 느낌이 들었다. 그는 싸울 수 없었기에 재치를 발휘했다. 상대방 남자가 더욱 또렷하게 보였다. 그는 특히 셔츠의 가슴 부분을 잘 볼 수 있었다. 도우즈는 폴의 외투에 걸려 비틀거리다가 앞으로 돌진해 왔다. 젊은이의 입술에서는 피가 흐르고 있었다. 폴은 상대방 남자의 입을 한 방 먹여 주고 싶어 애를 태웠고 그 욕망이 너무나 강렬했기 때문에 마음이 괴로웠다. 그는 울타리 계단으로 재빨리 발걸음을 옮겼고 도우즈가 그의 뒤를 따라 넘어올 때 번개같이 상대방의 입을 가격했다. 그는 기뻐서 몸을 부르르 떨었다. 도우즈는 천천히 다가오며 침을 뱉었다. 폴은 무서웠다. 그는 돌아서서 또다시 울타리 계단으로 가려고 했다. 갑자기 어디서 날아왔는지 모르는 일격이 그의 귀를 강타했고 그는 무력하게 뒤로 나자빠졌다. 그의 귀에 도우즈가 마치 야수처럼 무겁게 헐떡거리는 숨소리가 들렸다. 그런 다음에 무릎에 발길질을 당했고 그 발길질이 너무나 고통스러워서 그는 벌떡 일어나 방어 태세를 갖추고 있는 적 앞으로 아주 맹목적으로 곧장 펄쩍 뛰어들었다. 그는 주먹질과 발길질을 당하기는 했지만 아픔을 느끼지는 못했다. 폴은 자기보다 덩치가 큰 남자에게 들고양이처럼 매달렸고 마침내 도우즈가 당황하여 쿵 소리를 내며 넘어졌다. 폴도 그와 함께 넘어졌다. 순전히 본능적으로 폴은 두 손으로 그 남자의 목을 잡고 도우즈가 격분하여 극심하게 고통스러워하며 버둥거리는 동안 두 주먹을 그 남자의 스카프 속으로 밀어 넣고 손가락 관절로 상대방 남자의 목을 짓눌렀다. 폴은 순수한 본능만 있었을 뿐 이성도 감정도 없었다. 본래 단단하고 경이로운 그의 몸이 몸부림치는 상대방 남자의 몸뚱이에 단단히 들러붙어 있었다. 그의 근육은 한 오라기도 긴장을 풀지 않았다. 그는 완전히 무의식 상태였고 오직 그의 육체만이 이 상대방 남자를 죽이려는 결단을 실행하고 있었다. 그 자신에 대해서 말하자면 감정도 이성도 없었다. 그는 적을 깔고 앉아 계속하여 세게 누르면서 자신의 육체를 상대방 남자를 질식시켜 버리겠다는 한 가지 순수한 목적에 맞추어 가며 적당한 순간에 정확이 꼭 맞는 힘으로 상대방의 발버둥을 막아 내고 있었다. 그러면서 말없이 골몰한 채 점점 더 깊이 손가락 관절을 계속 눌러 박으며 버둥거리는 상대방의 몸뚱이가 더욱더 난폭해지고 점점 더 광포해지는 것을 느꼈다. 그의 육체가 점점 더 단단하게 굳어지는 것은 압력을 점차적으로 가중시켜서 마침내 무엇인가를 부숴 버리는 나사못과도 같았다.

그런 다음에 갑자기 폴은 긴장을 풀었고 놀라움과 불안에 사로잡혔다. 도우즈가 굴복하고 있었던 것이다. 모렐은 자기 육체가 고통으로 불타듯 화끈거리는 것을 느끼고 자기가 무슨 짓을 하고 있는지 깨달았다. 그는 완전히 놀라 어쩔 줄 모르게 되었다. 도우즈는 갑자기 다시 몸부림치기 시작했고 격렬하게 발작을 일으켰다. 폴의 두 손이 비틀어지면서 매듭지어 움켜잡고 있던 스카프에서 떨어져 나오자 그는 무력하게 내동댕이쳐졌다. 상대방이 헐떡거리는 무시무시한 소리가 들려왔지만 폴은 기절하여 누워 있었다. 그런 다음 여전히 멍한 상태에서 그는 상대방의 발길질에 얻어터지는 것을 느끼고 의식을 잃었다.

도우즈는 고통스러워하며 짐승처럼 툴툴거리면서 나자빠져 있는 자기 적수의 몸뚱이를 걷어차고 있었다. 갑자기 기차의 기적 소리가 두 개의 들판 너머에서 날카롭게 들려왔다. 그 남자는 몸을 돌리고 미심쩍은 듯이 노려보았다. 무엇이 다가오고 있는가? 그 남자는 기차의 불빛이 자신의 시야를 가로질러 다가오는 것을 보았다. 사람들이 다가오고 있는 듯이 보였다. 그 남자는 들판을 가로질러 노팅엄으로 도망쳤다. 그리고 몽롱한 의식에 잠겨 도망치면서 자신의 구둣발로 그 젊은이의 뼈 가운데 하나를 걷어찼던 발의 한 부분이 아파 오는 것을 느꼈다. 그 타격이 그 남자의 마음속에 다시 메아리치는 듯했다. 그는 서둘러 그것으로부터 도망쳤다.

모렐은 차츰 의식을 회복했다. 그는 자신이 어디에 있는지 그리고 무슨 일이 일어났었는지를 알았지만 움직이고 싶지 않았다. 그는 가만히 누워 있었고 조그만 눈송이들이 그의 얼굴을 간질였다. 꼼짝도 하지 않고 가만히, 아주 가만히 누워 있으니 기분이 좋았다. 시간이 흘러갔다. 그는 깨어나고 싶지 않았지만 눈송이들이 계속해서 그를 깨웠다. 마침내 그의 의지가 직감적인 행동으로 옮겨졌다.

「여기에 누워 있어서는 안 돼.」 그가 말했다. 「이렇게 누워 있는 것은 어리석은 짓이야.」

그렇지만 여전히 그는 움직이지 못했다.

「일어날 거라고 말했어.」 그는 되풀이해서 말했다. 「그런데 왜 일어나지 못하는 거야!」

그러고 난 다음에도 상당히 시간이 흐른 후에야 비로소 그는 충분히 정신을 차리고 몸을 움직이기 시작하면서 점차적으로 일어났다. 통증 때문에 구역질이 나고 정신이 몽롱했다. 그렇지만 그의 머릿속은 깨끗했다. 비틀거리면서 그는 웃옷을 손으로 더듬어 찾아 입고 외투의 단추를 귀까지 바싹 채웠다. 한참이 걸려서야 모자를 찾았다. 그는 자기 얼굴에 아직도 피가 흐르고 있는지 어떤지 알지 못했다. 맹목적으로 걸어가며 한 발짝 한 발짝 내딛을 때마다 아파서 구역질을 하면서도 그는 연못으로 되돌아가 얼굴과 손을 씻었다. 얼음처럼 차가운 물이 고통스러웠지만 정신을 차리는 데 도움이 되었다. 그는 언덕을 기어 올라가 전차 정거장으로 갔다. 어머니에게 가고 싶었고 어머니에게 가야만 했다. 그것은 그의 맹목적 의지였다. 그는 얼굴을 최대한 가리고 메스꺼움을 느끼며 힘들게 앞으로 나아갔다. 걸어갈 때 발밑의 땅이 계속해서 꺼져 들어가는 듯이 보였고 구역질이 났으며 허공으로 떨어지는 듯한 기분이 들었다. 그렇게 악몽을 꾸는 것처럼 그는 기나긴 여행을 마치고 집에 도착했다.

「대단한 것은 아니에요, 어머니.」 그가 말했다. 「백스터 도우즈였어요.」

「어디가 아픈지 말해라.」 그녀가 조용히 말했다.

「모르겠어요……. 어깨가 아픈 것 같아요……. 자전거 사고였다고 말해 주세요, 어머니.」

그는 팔을 움직일 수 없었다. 잠시 후 어린 하녀인 미니가 차를 가지고 위층으로 올라왔다.

「어머니에게 이야기를 듣고 너무 놀라서 졸도할 뻔해 부렀구만이라요 잉, 기절할 뻔해 부렀당께요.」 그녀가 말했다.

그는 이제 참을 수 없다는 느낌이 들었다. 어머니가 그를 간호했다. 그는 그녀에게 그 일에 대하여 이야기했다.

「그래, 나라면 이제 그 사람들 모두와 관계를 끊겠다.」 그녀가 조용히 말했다.

「그럴 거예요, 어머니.」

그녀는 그에게 이불을 덮어 주었다.

「이제는 그 문제에 대해서는 생각하지 마라.」 그녀가 말했다. 「그냥 잠이나 푹 자려고 해봐라. 의사는 열한 시나 되어야 올 거야.」

그는 어깨가 탈구되었고 그다음 날에는 급성 기관지염이

발병했다. 어머니는 이제 죽은 사람처럼 창백해졌고 매우 여위었다. 그녀는 앉아서 그를 쳐다보다가 허공을 바라보곤 했다. 그들 두 사람 사이에는 어느 누구도 감히 언급하기를 꺼리는 문제가 있었다. 클라라가 그의 병문안을 왔다. 후에 그는 어머니에게 말했다.

「그 여자는 나를 피곤하게 해요, 어머니.」

「그래, 그 여자가 병문안을 오지 않았으면 좋겠구나.」 모렐 부인이 대답했다.

어느 날에는 미리엄이 병문안을 왔다. 그렇지만 그녀는 그에게 거의 낯선 사람처럼 여겨졌다.

「저, 나는 그 여자들 둘 다 좋아하지 않아요, 어머니.」 그가 말했다.

「걱정스럽다만 그런 것 같구나, 애야.」 그녀가 슬픈 어조로 대답했다.

폴이 자전거 사고를 당했다는 소문이 도처에 퍼졌다. 곧 그는 다시 일하러 갈 수 있게 되었다. 그렇지만 이제 항상 메스껍고 마음이 끊임없이 고통스러웠다. 그는 클라라에게 가 보았으나 실상 거기에는 아무도 없는 것 같았다. 그는 일을 할 수가 없었다. 그와 어머니는 서로를 거의 피하는 듯이 보였다. 아들과 어머니 두 사람 사이에는 그들이 참을 수 없는 어떤 비밀이 있었다. 그는 그것을 깨닫지 못하고 있었다. 다만 자기 삶의 균형이 깨어지고, 그래서 곧 그 삶이 산산조각 날 것 같다고만 생각했다.

클라라는 폴에게 무슨 문제가 있는지 알지 못했다. 그녀는 그가 자기를 모르는 사람 취급한다는 것을 깨달았다. 심지어는 그가 그녀에게 왔을 때조차도 그는 그녀를 의식하지 않는 듯이 보였다. 언제나 그는 다른 어느 곳에 가 있는 것 같았다. 그녀는 자신이 그를 꽉 붙잡으려고 해도 그는 항상 다른 어느 곳에 가 있다고 느꼈다. 이것이 그녀를 몹시 번민하게 했고 그래서 그녀도 그를 괴롭혔다. 한번은 한 달 동안 그녀가 그를 멀리하기도 했다. 그는 그녀를 거의 증오했고 자기도 모르게 그녀에게로 이끌렸다. 그는 대개 남자 친구들과 어울렸고 언제나 〈조지〉나 〈화이트 호스〉 같은 술집에 있었다. 어머니는 건강이 나빠져 냉정하고 조용하며 어두운 표정으로 지냈다. 그는 무엇인가를 무서워했다. 그는 감히 그녀를 똑바로 쳐다보지 못했다. 어머니의 눈빛은 점점 더 어두워지고 얼굴은 더욱더 생기를 잃어 가는 것 같았다. 그래도 여전히 그녀는 느릿느릿 자기가 할 일인 집안일을 했다.

성령 강림절 주간에 그는 블랙풀[99]로 친구 뉴턴과 함께 나흘 동안 놀러 가겠다고 어머니에게 말했다. 뉴턴은 덩치가 크고 명랑한 친구로 다소 버릇없는 티가 났다. 폴은 어머니에게 셰필드에 살고 있는 애니네 집으로 가서 일주일 정도 머무르라고 말했다. 어쩌면 그렇게 환경을 바꾸는 것이 그녀에게 도움이 될지도 모르기 때문이었다. 모렐 부인은 노팅엄에 있는 부인과 병원에 다니고 있었다. 의사는 그녀의 심장과 소화 불량이 문제라고 말했다. 그녀는 비록 가고 싶지는 않지만 셰필드에 가기로 동의했다. 이제 그녀는 아들이 자기에게 바라는 일이라면 무슨 일이든 다 하려고 했다. 폴은 닷새째 되는 날 자기도 어머니에게로 가서 휴가가 끝날 때까지 셰필드에 함께 머물겠다고 말했다. 그는 어머니와 그렇게 합의했다.

두 젊은이는 명랑한 기분으로 블랙풀을 향하여 출발했다. 모렐 부인은 폴이 그녀에게 키스하고 떠날 때 매우 생기가 돌았다. 일단 역에 도착하자 그는 만사를 다 잊어버렸다. 나

99 영국 랭커셔에 있는 바닷가 휴양지로 아일랜드 해에 면해 있다.

홀간은 방해되는 것이 아무것도 없었다……. 걱정거리도 하나 없었고 생각할 것도 하나 없었다. 두 젊은이는 그저 스스로 즐기기만 했다. 폴은 다른 사람이 된 것 같았다. 예전의 그의 모습은 하나도 남아 있지 않았다……. 클라라도 미리엄도 어머니도 없어서 불안할 것이 하나도 없었다. 그는 그들 모두에게 편지를 썼고 특히 어머니에게는 긴 편지를 여러 통 썼다. 어머니에게 보낸 편지들은 모두 즐거운 내용을 담고 있어서 그녀는 그 편지들을 읽으며 웃었다. 젊은 친구들이 블랙풀과 같은 장소에서는 의당 그러하듯 그는 즐거운 시간을 보내고 있었다. 그렇지만 그 밑바닥에는 언제나 어머니에 대한 어두운 그림자가 드리워져 있었다.

폴은 매우 쾌활했고 어머니와 함께 셰필드에 머물 것이라는 생각에 흥분했다. 뉴턴도 그날은 그들과 함께 머물 예정이었다. 그들이 타고 갈 기차가 연착했다. 농담을 주고받는 가운데 담배 파이프를 이 사이에 물고 웃어 가며 젊은이들은 자기들의 가방을 휙 던져 전차 위에 올려놓았다. 폴은 어머니에게 드리려고 진짜 레이스로 만든 조그만 칼라를 사 가지고 있었는데, 그는 그것을 그녀의 옷에 달아 입히고 놀려 주려고 생각하고 있었다.

애니는 아담한 단독 주택에 살고 있었으며 어린 하녀를 한 사람 두고 있었다. 폴은 유쾌하게 계단을 뛰어 올라갔다. 그는 어머니가 홀에서 웃고 있으리라 예상했다. 그렇지만 애니가 그에게 문을 열어 주었다. 그녀는 그에게 쌀쌀해 보였다. 그는 당황하여 잠시 서 있었다. 애니는 그가 뺨에 키스하도록 그냥 가만히 있었다.

「어머니가 편찮으셔?」 그가 말했다.

「그래……. 그다지 좋지 않아……. 어머니를 속상하게 하지 마.」

「침대에 누워 계셔?」

「그래.」

그러자 그의 온몸에 묘한 기분이 엄습하여 마치 햇빛이 모두 사라져 버리고 그는 완전히 어둠에 둘러싸인 듯했다. 그는 가방을 내려놓고 위층으로 달려 올라갔다. 망설이면서 문을 열었다. 어머니는 낡은 장밋빛 실내복을 입고 침대에 앉아 있었다. 그녀는 창피해 하고 애원하는 듯한 겸손한 눈빛으로 그를 쳐다보았다. 그는 어머니에게 잿빛 표정이 어려 있는 것을 보았다.

「어머니!」 그가 말했다.

「네가 영영 오지 않을 거라고 생각했어.」 그녀가 명랑하게 대답했다.

그렇지만 그는 침대 옆에 털썩 무릎을 꿇고 앉아 얼굴을 침대 커버에 묻고 고통스럽게 울부짖으며 〈어머니!…… 어머니!…… 어머니!〉 하고 외쳤을 뿐이다. 그녀는 뼈만 남은 앙상한 손으로 그의 머리를 천천히 쓰다듬었다.

「울지 마라.」 그녀가 말했다. 「울지 마……. 아무것도 아니야.」

그렇지만 그는 마치 자신의 피가 녹아 눈물로 흘러내리는 듯한 기분을 느끼며 두려움과 고통에 사로잡혀 엉엉 울었다.

「울지 마……. 울지 말라니까.」 어머니가 더듬더듬 말했다.

그녀는 그의 머리카락을 천천히 쓰다듬었다. 정신을 잃을 정도로 충격을 받아 그는 울었고 흘러내리는 눈물이 그의 육체의 세포 하나하나를 다 아프게 했다. 갑자기 그는 울음을 그쳤다. 그렇지만 그는 감히 침대 커버에서 얼굴을 들 용기가 나지 않았다.

「늦었구나……. 어디에 갔었니?」 어머니가 물었다.

「기차가 연착했어요.」 그는 침대 커버에 얼굴을 묻은 채 대답했다.

「그랬구나……. 이 고약한 중앙선 같으니라고!…… 뉴턴도 왔니?」

「예.」

「틀림없이 배가 고프겠구나……. 애들이 식사를 차려 놓고 기다렸어.」

그는 억지로 머리를 들어 올려 그녀를 쳐다보았다.

「무슨 병이래요? 어머니?」 그가 잔인하게 물었다.

그녀는 눈길을 다른 곳으로 돌리며 대답했다.

「그냥 조그만 종양이란다. 얘야……. 걱정할 필요 없어……. 거기에 있었던 거야, 혹이 말이야. 오래된 거야.」

또다시 눈물이 솟구쳐 올라왔다. 그의 마음은 맑고 강건했으나 육체는 울고 있었다.

「어디래요?」 그가 말했다.

그녀는 한 손을 옆구리에 대었다.

「여기야!…… 그렇지만 너도 알다시피 종양을 녹여서 없앨 수 있대.」

그는 어리둥절하고 어찌할 수 없다는 느낌으로 어린아이처럼 가만히 서 있었다. 그는 어쩌면 그녀의 말이 사실일 거라고 생각했다……. 그래, 틀림없이 그러리라고 그는 안심했다. 그렇지만 그러는 동안에도 그의 피와 육체는 그것이 무엇인지 명확히 알고 있었다. 그는 침대 위에 걸터앉아서 어머니의 손을 잡았다. 그녀는 언제나 이 반지 하나, 그녀의 결혼반지만 끼고 있었다.

「언제부터 아팠어요?」 그가 물었다.

「어제부터 아프기 시작했어.」 그녀가 유순하게 대답했다.

「통증 말이에요!」

「그래……. 그렇지만 집에 있을 때 종종 아팠던 것보다 별로 더 심하지도 않았어……. 내 생각에 앤셀 의사 선생님은 공연히 겁주는 사람인 것 같아.」

「혼자 여행하지 않았어야 했는데.」 이는 그녀에게 하는 말이라기보다 자기 자신에게 하는 말이었다.

「너는 그게 마치 이 병과 무슨 관계가 있는 것처럼 말하는구나.」 그녀가 재빨리 대답했다.

그들은 한동안 말이 없었다.

「이제 가서 식사해라.」 그녀가 말했다. 「무척 시장하겠구나.」

「어머니는 식사하셨어요?」

「그래, 맛있는 넙치를 먹었다. 애니가 아주 잘해 주고 있어.」

어머니와 잠시 이야기를 더 나누고 나서 그는 아래층으로 내려왔다. 그는 매우 창백한 얼굴로 긴장하고 있었다. 뉴턴은 슬픈 마음으로 동정하며 앉아 있었다.

식사 후에 폴은 식기실로 들어가서 애니가 설거지하는 일을 도와주었다. 어린 하녀는 심부름을 가고 없었다.

「정말 종양이야?」 폴이 물었다.

애니는 또다시 울기 시작했다.

「엄마가 어제 겪은 고통은…… 나는 누구도 그렇게 고통스러워하는 것을 본 적이 없어!」 애니가 울며 말했다. 「레너드가 미친 사람처럼 앤셀 의사를 부르러 달려갔어……. 그런데 엄마가 침대에 누우시더니 나에게 말씀하시더라. 〈애니야, 내 옆구리에 있는 이 덩어리 좀 봐라……. 나는 이것이 무엇인지 궁금해…….〉 그래서 내가 거기를 봤는데, 너무 놀라서 자빠질 뻔했어. 폴, 정말이지 그건 내 주먹 두 개를 합한 것만큼 큰 덩어리였어. 〈아니, 엄마, 이게 도대체 언제 생긴 거예요?……〉 하고 물었더니 〈글쎄, 얘야, 이건 오래전부터 여기에 있었어.〉라고 하시더라……. 내가 죽일 년이라는 생각이 들더라, 폴, 정말 그랬어……. 엄마가 집에서 여러 달 동안 그렇게 고통을 겪으셨던 거야. 그런데 아무도 돌봐 드리지 않았던 거야.」

그의 눈에서 눈물이 흐르다가 갑자기 말라 버렸다.

「그렇지만 어머니는 노팅엄에 있는 의사에게 진찰받으러 다니셨는데…… 그런데 나에게는 아무 말씀도 없으셨거든.」

「내가 집에 있었더라면, 말씀하지 않았어도 보고 알았을 텐데.」 애니가 말했다.

폴은 자기가 비현실 속을 걷고 있는 사람처럼 느껴졌다. 오후에 그는 의사를 만나러 갔다. 의사는 빈틈없고 사교적인 사람이었다.

「그런데 그것이 무엇입니까?」 그가 말했다.

의사는 젊은이를 쳐다보고 나서 손깍지를 꼈다.

「세포막에 커다란 종양이 생긴 것 같습니다.」 그가 천천히 말했다. 「그리고 그것을 떼어 낼 수 없을지도 모르겠습니다……」

「수술할 수 없습니까?」 폴이 물었다.

「거기는 못합니다.」 의사가 대답했다.

「확실합니까?」

「그렇습니다!」

폴은 잠시 깊은 생각에 잠겼다.

「종양이 확실합니까?」 그가 물었다. 「노팅엄에 있는 제임슨 의사는 왜 그것을 전혀 발견하지 못했을까요?…… 어머니는 그 의사 선생님에게 몇 주일 동안 다니셨고 그분이 어머니의 심장과 소화 불량을 치료하셨는데 말입니다.」

「모렐 부인이 제임슨 의사에게 그 덩어리에 대해서 전혀 이야기하지 않았겠지요.」 의사가 말했다.

「그런데 선생님은 그것이 종양이라고 진단하십니까?」

「아니요, 확실하지는 않습니다.」

「종양이 아니라면 도대체 그것이 무엇입니까? 선생님이 제 누이에게 가족 중 암에 걸린 사람이 있었냐고 물어보셨다면서요. 혹시 암일 수도 있습니까?」

「모르겠습니다.」

「그러면 어떻게 하실 겁니까?」

「우선 검사를 해보고 싶습니다. 제임슨 의사와 함께 말입니다.」

「그러면 그렇게 부탁드립니다.」

「댁이 그렇게 준비해 주셔야 합니다. 그분이 노팅엄에서 여기까지 오신다면 왕진비를 적어도 십 기니 이상 드려야 할 겁니다.」

「그분이 언제 오시면 좋겠습니까?」

「오늘 저녁에 전화해서 그 문제를 상의하도록 하겠습니다.」

폴은 나오면서 입술을 깨물었다.

의사는 어머니가 차를 마시러 아래층으로 내려와도 괜찮다고 말했다. 아들이 그녀를 도와주러 위층으로 올라갔다. 그녀는 레너드가 애니에게 사주었던 낡은 장밋빛 실내복을 입고 있었고 얼굴에 약간 홍조를 띠고 있어서 다시 아주 젊어진 듯이 보였다.

「그런데 그 옷을 입고 있으니 아주 예뻐 보이네요.」 그가 말했다.

「그래, 애들이 나를 너무 멋지게 꾸며 줘서 나도 잘 알아보지 못하겠구나.」 그녀가 대답했다.

그렇지만 그녀가 일어서서 걸어가려고 하자 얼굴에 핏기가 가셨다. 폴이 그녀를 도와주며 반쯤 안아 옮기다시피 했다. 층계 꼭대기에서 그녀는 쓰러졌다. 그는 그녀를 안아 들고 재빨리 아래층으로 내려와서 소파에 편히 눕혔다. 그녀는 가볍고 연약했다. 그녀의 얼굴은 마치 죽은 사람처럼 보였고 푸르스름해진 입술은 꼭 다물고 있었다. 그녀는 신뢰할 수 있는 푸른 두 눈을 떴다. 그리고 그녀는 아들이 자기를 용서해 주기를 바라기라도 하는 듯이 애원하는 눈초리로 그를 쳐다보았다. 그는 브랜디를 그녀의 입술에 댔지만 그녀는 입을 벌리려 하지 않았다. 그러는 동안 그녀는 줄곧 그를 사랑스럽게 지켜보았다. 그녀는 단지 그에게 미안한 마음뿐이었다. 두 줄기 눈물이 그의 얼굴을 타고 끊임없이 흘러내렸지만 그는 작은 근육 하나 움직이지 않았다. 그는 그녀의 입술 사이로 브랜디를 조금이라도 흘려 넣으려고 여념이 없었다. 이윽고 그녀는 찻숟갈로 한 숟갈 정도 삼킬 수 있었다. 그녀는 너무도 지쳐서 드러누웠다. 두 줄기 눈물이 그의 얼굴을 타고 끊임없이 줄줄 흘러내리고 있었다.

「하지만.」 그녀가 헐떡이며 말했다. 「곧 나아질 거야……. 울지 마.」

「울지 않아요.」 그가 말했다.

잠시 후 그녀는 다시 나아졌다. 그는 소파 옆에 무릎을 꿇고 앉아 있었다. 그들은 서로의 눈을 들여다보았다.

「나는 네가 이 문제로 소란을 피우지 않으면 좋겠구나.」 그녀가 말했다.

「예, 어머니……. 아주 조용히 계셔야 해요. 그러면 곧 나아질 거예요.」

그렇지만 그는 입술까지 하얗게 질렸고 서로를 바라볼 때 그들의 눈은 서로 무엇인가를 이해하고 있었다. 그녀의 두 눈은 너무도 푸르렀는데 놀라울 정도로 훌륭한 푸른 물망초 빛이었다. 그는 그녀의 두 눈이 다른 색이라면 이 상황을 더욱 잘 참아 낼 수 있으리라고 느꼈다. 그는 심장이 가슴속에서 천천히 찢겨 나가는 듯했다. 그는 그곳에 무릎을 꿇고 앉아 그녀의 손을 잡고 있었으며 두 사람 모두 아무 말도 하지 않았다. 그때 애니가 들어왔다.

「엄마, 괜찮아요?」 그녀가 머뭇거리며 작은 소리로 어머니에게 말했다.

「괜찮고말고.」 모렐 부인이 말했다.

폴은 앉아서 어머니에게 블랙풀에 대해 이야기해 주었다. 그녀는 알고 싶어 했다.

하루 이틀 지나 그는 노팅엄으로 제임슨 의사를 만나러 가서 왕진 문제를 상의하려 했다. 폴은 사실상 돈이 없었다. 그렇지만 빌릴 수는 있었다.

어머니는 토요일 아침에 일반 진찰을 다니곤 했었는데, 그때에는 아주 적은 돈을 내고 의사의 진찰을 받을 수 있었기 때문이었다. 그녀의 아들도 토요일에 갔다. 대기실은 가난한 여인들로 만원을 이루고 있었으며 그 여인들이 벽을 따라 빙 둘러 놓여 있는 벤치에 앉아 참을성 있게 기다리고 있었다. 폴은 체구가 작은 자기 어머니가 까만 옷을 입고 이와 마찬가지로 앉아서 기다리고 있는 모습을 생각해 보았다. 의사는 늦게 왔다. 여인들은 모두 다소 무서워하는 것처럼 보였다. 폴은 시중을 들고 있는 간호사에게 의사가 오면 즉시 만날 수 있느냐고 물었다. 그렇게 하기로 예약되었다. 대기실의 벽을 따라 참을성 있게 앉아 있는 여인들이 모두 젊은이를 호기심 어린 시선으로 쳐다보았다.

마침내 의사가 왔다. 그는 마흔 살쯤 되어 보이는 갈색 피부의 잘생긴 사람이었다. 그의 아내는 예전에 죽었는데 그녀를 너무 사랑한 나머지 그는 부인과 질병을 전공한 전문의가 되었다. 폴은 자기 이름과 어머니의 이름을 말했다. 의사는 기억하지 못하고 있었다.

「46번 M입니다.」 간호사가 말하자 의사는 장부에서 환자 기록을 찾아보았다.

「커다란 덩어리가 있는데 종양일지도 모른답니다.」폴이 말했다.「그렇지만 앤셀 의사가 선생님에게 편지를 쓰겠다고 했습니다.」

「아, 맞아요!」의사가 대답하며 자기 주머니에서 편지를 꺼냈다. 그는 매우 우호적이고 붙임성 있으며 바쁘고 친절했다. 그는 그 이튿날 셰필드로 오겠다고 했다.

「아버지는 뭐 하시오?」그가 물었다.

「석탄 광부입니다.」폴이 대답했다.

「살림이 그다지 넉넉하지는 않겠군요?」

「이 일은…… 이번 일은 제가 책임지겠습니다.」폴이 말했다.

「그럼 댁은?」의사가 미소 지으며 말했다.

「조던 의료 기구 회사의 사원입니다.」

의사는 그를 쳐다보며 미소를 지었다.

「아…… 셰필드에 왕진을 간다는 말이지!……」그가 말하며 손가락 끝을 함께 모으며 두 눈에 미소를 지었다.「……팔기니면 어떻소?」

「감사합니다!」폴이 말하며 얼굴을 붉히고 일어섰다.「그러면 내일 오실 거지요?」

「내일이라…… 일요일이군!…… 그럽시다! 오후에 몇 시쯤 기차가 있는지 혹시 알고 있소?」

「중앙선 기차가 네 시 십오 분에 도착합니다.」

「그리고…… 집까지 가는 데 어떤 방도가 있소?…… 걸어가야 하나요?」의사가 미소 지으며 말했다.

「전차가 있습니다.」폴이 말했다.「웨스턴 파크 전차입니다.」

의사는 그것을 적어 놓았다.

「고맙소.」그가 말하고 악수했다.

그런 다음에 폴은 집으로 아버지를 만나러 갔는데, 아버지는 미니가 시중들고 있었다. 월터 모렐은 이제 머리가 매우 심하게 세어 가고 있었다. 폴은 그가 정원에서 흙을 파고 있는 것을 보았다. 그는 그에게 미리 편지를 보냈었다. 그는 아버지와 악수했다.

「왔냐, 우리 아들, 지금 도착했냐?」 아버지가 말했다.

「예.」 아들이 대답했다. 「그렇지만 오늘 밤 돌아갈 거예요.」

「돌아간다구? 아이구!」 광부는 소리쳤다. 「그럼 무얼 좀 먹었냐?」

「아니요.」

「꼭 너답게 구는구나.」 모렐이 말했다. 「들어가자.」

아버지는 두려워서 자기 아내에 대해 언급하기를 꺼리고 있었다. 그들 두 사람은 집 안으로 들어갔다. 폴은 말없이 식사를 했고 아버지는 흙 묻은 손에 셔츠 소매를 둘둘 말아 올린 상태로 맞은편 안락의자에 앉아 그를 쳐다보았다.

「그래, 니 엄마는 워떠시냐?」 마침내 광부가 작은 목소리로 물었다.

「일어나 앉으실 수 있어요……. 부축을 받아 아래층으로 내려와 차를 마시기도 하고요.」 폴이 말했다.

「다행이구먼!」 모렐이 큰 소리로 말했다. 「그러면 곧 집으로 데려올 수 있겠구먼……. 그래 노팅엄에 있는 의사는 뭐라고 혀?」

「내일 어머니를 진찰하러 가기로 했어요.」

「그 사람이! 맙소사!…… 돈이 꽤 들 텐데. 내 생각에는 말이여.」

「팔 기니 달랍니다.」

「팔 기니씩이나!」 광부가 말하며 숨이 탁 막혔다. 「그려, 그 돈을 어디서 구하기는 해야 하겠는디.」

「제가 그 돈을 지불할 수 있어요.」 폴이 말했다.

그들 둘 사이에는 한동안 침묵이 흘렀다.

 「어머니는 아버지가 미니와 잘 지내고 있기를 바란다고 말씀하셔요.」 폴이 말했다.

 「그려, 나는 괜찮어…… 니 엄마나 잘 지내면 좋겠는디.」 모렐이 대답했다. 「허지만 미니는 어리면서도 착한 애여. 맘씨가 착혀.」 그는 참담해 보이는 모습으로 앉아 있었다.

 「세 시 반에 돌아가야 합니다.」 폴이 말했다.

 「고단하게 먼 길을 가야겠구나, 애야!…… 팔 기니씩이나!…… 그래, 니 생각에 언제쯤이면 니 엄마가 여기로 올 수 있을 것 같어?」

 「내일 의사 선생님들이 뭐라고 말하는지 두고 봐야 해요.」 폴이 대답했다.

 모렐은 한숨을 깊이 내쉬었다. 집은 이상하게도 텅 비어 있는 듯이 보였다. 그리고 폴은 아버지가 당황하고 있고 의지할 곳이 없으며 늙어 보인다고 생각했다.

 「다음 주에 한 번 어머니를 만나러 오셔야 해요, 아버지.」 그가 말했다.

 「그때쯤에는 니 엄마가 집에 돌아오면 좋겠구나.」 모렐이 말했다.

 「혹시 못 오시면 말이에요.」 폴이 말했다. 「그러면 꼭 오셔야 해요.」

 「어디서 돈을 구할 수 있을지 모르겠구나.」 모렐이 말했다.

 「의사가 하는 말을 편지로 알려 드릴게요.」 폴이 말했다.

 「그런데 니가 글씨를 그런 식으로 쓰니께, 나는 도저히 알아보지 못혀.」 모렐이 말했다.

 「그러면…… 알아보기 쉽게 쓸게요.」

 모렐에게 답장을 보내라고 말해 보았자 아무 소용이 없었는데, 그는 겨우 자기 이름만 쓸 수 있었기 때문이다.

의사가 왕진을 왔다. 레너드는 의사 선생님을 마차로 마중 나가는 것이 자기 의무라고 느꼈다. 진찰은 오래 걸리지 않았다. 애니와 아서와 폴과 레너드는 응접실에서 걱정스럽게 기다리고 있었다. 의사들이 아래층으로 내려왔다. 폴은 그들을 힐끗 보았다. 그는 자기 자신을 속였다면 몰라도 실오라기 같은 희망도 전혀 갖고 있지 않았었다.

「종양일지 모르겠습니다……. 두고 봐야 하겠습니다.」 제임슨 의사가 말했다.

「그런데 혹시 그렇다면, 그것을 녹여서 없앨 수 있나요?」 애니가 말했다.

「어쩌면 가능합니다.」 의사가 말했다.

폴은 일 파운드짜리 금화 여덟 개와 십 실링짜리 금화 한 개를 테이블 위에 놓았다. 의사가 그것들을 세고 자기 지갑에서 이 실링짜리 플로린 은화를 한 개 꺼내어 내려놓았다.

「고맙소!」 그가 말했다. 「모렐 부인이 그렇게 편찮으셔서 유감스럽소. 그렇지만 우리가 어떻게 할 수 있는지 방도를 찾아봅시다.」

「수술은 할 수 없습니까?」 폴이 말했다.

의사는 고개를 가로 저었다.

「못합니다.」 그가 말했다. 「그리고 혹시 할 수 있다고 하더라도 심장이 견뎌 내지 못할 겁니다.」

「심장도 위험합니까?」 폴이 물었다.

「그렇소……. 조심해서 보살펴야 합니다.」

「매우 위험합니까?」

「아니오……. 어…… 아니오……. 아니! 그저 조심하기만 하시오.」

그리고 의사는 가버렸다.

그런 다음에 폴이 어머니를 안아서 아래층으로 내려왔다.

그녀는 그저 어린아이처럼 누워 있었다. 그렇지만 그가 층계를 내려올 때 그녀는 자기 두 팔로 그의 목을 감싸 안고 매달렸다.

「이 지긋지긋한 층계가 너무 무서워.」 그녀가 말했다.

그리고 그도 역시 무서웠다. 다름 번에는 레너드에게 어머니를 모시고 내려오도록 시키려고 마음먹었다. 그는 자기가 어머니를 안고 내려올 수 없을 것 같은 기분이 들었다.

「의사는 그냥 종양이라고 생각한대요!」 애니가 어머니에게 큰 소리로 말했다. 「그리고 그것을 녹여서 없앨 수 있대요.」

「그럴 수 있을 것이라고 알고 있었다.」 모렐 부인이 경멸하듯이 단정적으로 말했다.

그녀는 폴이 방 밖으로 나가 버린 것을 알아차리지 못한 체하고 있었다. 그는 부엌에 앉아서 담배를 피우고 있었다. 그런 다음 회색 재 같은 것을 자기 웃옷에서 떨어내려고 했다. 그는 그것을 다시 쳐다보았다. 그것은 어머니의 회색 머리카락 한 올이었다. 그것은 무척 길었다! 그는 그 머리카락을 들어 올려 굴뚝으로 빨려 올라가게 했다. 그는 그것을 놓아 버렸다. 기다란 잿빛 머리카락은 둥둥 떠다니다가 시커먼 굴뚝 속으로 들어가 사라지고 말았다.

그다음 날 그는 일하러 돌아가기 전에 그녀에게 키스를 했다. 매우 이른 아침이었고 그들 둘만이 있었다.

「속 태우지 마라, 애야!」 그녀가 말했다.

「예, 어머니.」

「그래, 속 태우는 건 어리석은 짓이다. 그리고 몸조심해라.」

「예.」 그가 대답했다. 그러고 나서 잠시 후에 말했다. 「다음 토요일에 올게요. 아버지도 모시고 올까요?」

「내 생각에 아버지도 오고 싶어 할 거야.」 그녀가 대답했다. 「어쨌든 오시겠다면 네가 모시고 와라.」

그는 그녀에게 다시 키스를 하고 그녀의 관자놀이에 드리워진 머리카락을 다정하고 부드럽게 쓰다듬었는데, 그런 행동 하나하나가 마치 연인을 대하는 듯했다.

「늦지 않겠니?」 그녀가 작은 소리로 말했다.

「이제 갈게요.」 그가 매우 나지막한 목소리로 말했다.

여전히 그는 몇 분 더 앉아서 관자놀이에 드리워진 갈색이 섞여 있는 회색 머리카락을 쓰다듬었다.

「그러면 이제는 더 아프지 않을 거지요? 어머니!」

「그래, 애야.」

「약속하지요?」

「그래…… 더 이상 아프지 않을 거야.」

그는 그녀에게 키스를 하고 두 팔로 잠시 안고 있다가 가버렸다. 햇살이 찬란하게 내리비치는 이른 아침, 그는 기차역으로 달려가면서 가는 길 내내 울었는데 무엇 때문에 눈물이 나는지 도무지 알 수 없었다. 그리고 그녀는 푸른 두 눈을 크게 뜨고 물끄러미 응시하면서 그를 생각했다.

오후에 그는 클라라와 산책을 했다. 그들은 블루벨이 피어 있는 작은 숲 속에 앉아 있었다. 그는 그녀의 손을 잡았다.

「아마도……」 그가 클라라에게 말했다. 「우리 어머니는 결코 회복하지 못할 거 같아요.」

「아, 그것은 알 수 없는 일이잖아요.」 상대방이 대답했다.

「나는 알아요.」 그가 대답했다.

그녀는 충동적으로 그를 자기 가슴에 끌어당겨 안았다.

「잊으려고 노력해 봐요, 자기야.」 그녀가 말했다. 「잊으려고 노력해 보라고요.」

「노력할 거야.」 그가 대답했다.

그녀의 따스한 가슴이 그를 감싸고 있었고 그녀의 두 손이 그의 머리카락을 어루만지고 있었다. 그것은 그에게 위로가 되었다. 그는 두 팔로 그녀를 안았다. 그렇지만 그는 생각을 떨쳐 버릴 수 없었다. 그는 클라라에게 어떤 다른 것들에 대해서 이야기하고 있을 뿐이었다. 그들의 만남은 항상 그랬다. 그녀는 그 고뇌가 다가오는 것을 느끼자 그에게 외쳤다.

「그것은 생각하지 말아요, 폴, 그것을 생각하지 말라고요, 내 사랑.」

그리고 그녀는 그를 끌어안고 자기 가슴에 꼭 눌러 흔들면서 그를 마치 어린아이처럼 달랬다. 그래서 그는 그녀 덕분에 걱정을 내려놓고 잊을 수 있었지만 혼자가 되면 즉시 그 걱정이 되살아났다. 그는 이리저리 돌아다니는 동안 내내 기계적으로 울고 있었다. 그의 마음과 손은 바쁘게 움직이고 있었다. 그는 울었다. 하지만 자신도 왜 우는지 그 이유를 알 수 없었다. 피눈물을 흘리는 것 같았다. 클라라와 함께 있어도 아니면 남자 친구들과 함께 〈화이트 호스〉 술집에 있어도 그의 깊은 외로움은 똑같았다. 단지 자기 자신과 마음속의 압박감, 이 감정만이 존재하는 것 같았다. 그는 이따금 책을 읽었다. 그는 마음을 어떤 일에 계속 몰두시켜야만 했다. 그리고 클라라는 그의 마음을 한곳에 몰두하도록 하는 한 가지 방법이었다.

토요일에 월터 모렐은 셰필드에 갔다. 그는 쓸쓸해 보였고 마치 아무도 그의 존재를 인정하지 않는 듯이 보였다. 폴은 위층으로 달려 올라갔다.

「아버지가 오셔요.」 그가 말하고 어머니에게 키스했다.

「그래?」 그녀가 기진맥진하여 대답했다.

늙은 광부는 다소 겁에 질려 침실로 들어섰다.

「그래 좀 어떠시유? 여보!」 그가 말하며 앞으로 걸어가서 머뭇거리다가 성급하게 그녀에게 키스했다.

「네…… 그저 그래요.」 그녀가 대답했다.

「그런 것 같구먼.」 그가 말했다. 그는 서서 그녀를 내려다보고 있었다. 그런 다음에 그는 손수건으로 두 눈을 훔쳤다. 그는 무기력했다. 아무도 그의 존재를 인정하지 않는 것만 같았다.

「그동안 잘 지냈어요?」 아내가 상당히 힘이 드는 듯 다소 지친 말투로 그에게 말했다.

「그러믄!」 그가 대답했다. 「그 애가 일하는 것이 때로는 약간 느리기는 혀, 당신도 알고 있겠지만 말이여.」

「그 애가 식사는 잘 차려 줘요?」 모렐 부인이 물었다.

「그려…… 내가 한두 번 그 애한테 소리를 질러야 하지만 말이여.」 그가 말했다.

「그 애가 준비해 주지 않으면 소리쳐야 해요. 그 애는 늘 일들을 끝까지 미루거든요.」

그녀는 그에게 몇 가지를 지시했다. 그는 앉아서 그녀를 쳐다보며 마치 그녀가 자기에게 낯선 사람인 듯 어색하고 겸손한 태도를 취하고 있었다. 침착성을 잃고 도망치고 싶어 하는 것처럼 보였다. 바늘방석에 앉아 있는 것 같은 이러한 괴로운 상황에서 벗어나고 싶은 마음이 강했지만, 자신이 그곳에 있는 편이 더 나아 보이기 때문에 떠나지 못하고 꾸물거리며 남아 있어야만 한다는 사실이 그가 그 자리에 머무는 일을 더욱 괴롭게 했다. 그는 괴로운 마음으로 눈썹을 추켜올리고 두 주먹을 꽉 쥐어 무릎 위에 올려놓은 채 커다란 근심거리 앞에서 매우 어색한 기분을 느끼고 있었다.

모렐 부인은 그다지 많이 변하지 않았다. 그녀는 셰필드에 두 달 동안 머물렀다. 변한 게 있다면 두 달이 다 되어 갈 무렵 병세가 다소 악화된 것이라고 할 수 있다. 그렇지만 그녀는 집에 가고 싶어 했다. 애니에게는 자기 아이들이 있었다. 모렐 부인은 집으로 가고 싶어 했다. 그래서 그들은 노팅엄에서 자동차를 빌렸다……. 그녀는 너무 아파서 기차로 갈 수 없었기 때문이었다……. 그래서 그녀는 햇빛이 화창하게 내리쪼이는 날 차를 타고 돌아왔다. 팔월이 막 시작되는 때였고 모든 것이 밝고 따스했다. 푸른 하늘 아래에서 그들 모두는 그녀가 죽어 가고 있다는 것을 알 수 있었다. 그렇지만 그녀는 지난 몇 주 동안보다 더 명랑했다. 그들 모두는 웃어 가며 이야기를 나누었다.

「애니!」 그녀가 소리쳤다. 「도마뱀이 저 바위 위에서 쏜살같이 지나가는 것을 보았어.」

그녀의 두 눈은 매우 생기발랄했고 그녀는 여전히 생명력이 아주 충만해 있었다.

모렐은 그녀가 온다는 것을 알고 있었다. 그는 앞문을 활짝 열어 놓았다. 모두들 그녀가 오기를 학수고대하고 있었다. 동네 사람들이 절반은 거리에 나와서 기다리고 있었다. 사람들은 커다란 자동차 소리를 들었다. 모렐 부인은 미소를 지으며 차를 타고 거리를 따라 집으로 갔다.

「아니, 저 사람들 좀 봐봐, 모두들 나를 마중 나왔구나!」 그녀가 말했다. 「그렇지만 저기, 아마 나라도 저 사람들과 똑같이 마중 나왔을 거야. 안녕하세요? 매튜스 부인!…… 잘 있었어요? 해리슨 부인!」

그들은 아무도 모렐 부인이 건네는 인사를 들을 수 없었지만 그녀가 미소 지으며 고개를 끄덕이는 것을 보았다. 그리고 그들은 모두 그녀의 얼굴에 서려 있는 죽음의 그림자를 보았다고 말했다. 그것은 그 거리에서 일어난 큰 사건이었다.

모렐은 그녀를 안고 집으로 들어가고 싶었지만 그는 너무 늙었다. 아서가 그녀를 마치 어린아이 안듯이 번쩍 안아 올렸다. 그들은 그녀의 흔들의자가 있던 벽난로 옆자리에 크고 푹신한 의자를 갖다 놓았었다. 그녀의 몸에 둘렀던 것들을 풀어 버리고 그녀를 자리에 앉힌 다음 브랜드를 조금 마시게 했다. 그러고 난 후 그녀는 방 안을 둘러보았다.

「내가 너희 집을 좋아하지 않았다고 생각하지 마라, 애니.」 그녀가 말했다. 「그렇지만 내 집에 다시 들어오니 기분이 좋구나.」

그러자 모렐이 쉰 목소리로 대답했다.

「그려, 여보, 그렇구말구.」

그리고 변덕스러운 어린 하녀 미니가 말했다.

「아주머니가 오시니 좋구만요 잉.」

정원에는 노란 해바라기 꽃들이 아름답게 우거져 엉켜 있었다. 그녀는 창밖을 내다보았다.

「내 해바라기 꽃들이 저기에 있구나!」 그녀가 말했다.

제14장
해방

「그런데.」어느 날 저녁 모렐이 셰필드에 있을 때 앤셀 의사가 말했다.「이곳 열병 병원에 노팅엄에서 온 사람이 있습니다……. 도우즈라고 하던가. 그는 가족이나 친구도 별로 없는 것 같습니다.」

「백스터 도우즈군요!」폴이 소리쳤다.

「바로 그 사람입니다……. 신체적으로 건강했던 친구 같더군요. 내 생각에는 말입니다. 최근에 약간 난처한 처지에 빠졌었나 봅니다. 그 사람을 아시오?」

「내가 근무하는 곳에서 일했던 사람입니다.」

「그랬어요? 그 사람에 대해 아는 것이 있나요? 그저 부루퉁하기만 하던데 그렇지 않다면 지금쯤 훨씬 나아졌을 겁니다.」

「가정 사정은 전혀 모릅니다만 아내와 별거 중이고 약간 풀이 죽어 있는 것 같다는 생각이 듭니다. 그렇지만 그 사람에게 나에 관해서 이야기해 주십시오. 그러시겠어요? 내가 문병하러 가겠다고 전해 주십시오.」

그다음 번에 모렐이 의사를 만났을 때 그가 말했다.

「그래 도우즈는 어떻습니까?」

「말하기는 했습니다.」 상대방이 대답했다. 「〈노팅엄에서 온 모렐이라는 사람을 아시오?〉 하고 말이지요……. 그랬더 니 그 사람이 나에게 달려들어 멱살이라도 잡을 듯이 빤히 쳐다보더군요. 그래서 내가 말했지요. 〈그 이름을 아는 것 같 군요……. 폴 모렐이라는 사람 말입니다.〉 그리고 그 사람에 게 댁의 말을 전했어요. 당신이 그 사람을 문병하러 가겠다 고 했다고 말입니다. 〈그 사람이 무엇을 원합니까?〉라고 그 사람이 말하더군요. 마치 댁이 경찰관이라도 된다는 듯이 말 입니다…….」

「그래서 그 사람이 나를 만나 보겠다고 했습니까?」 폴이 물었다.

「그 사람은 아무 말도 하려고 하지 않았어요……. 좋은지, 싫은지, 아니면 관심이 없는 건지도 모르겠습니다.」 의사가 대답했다.

「왜 그럴까요?」

「바로 그것이 내가 알고 싶은 점입니다. 그 사람은 낮이나 밤이나 그저 거기 누워서 부루퉁해 있습니다……. 그 사람에 게서는 한마디 정보도 얻을 수 없어요.」

「내가 가도 되겠다고 생각하십니까?」 폴이 물었다.

「괜찮을 겁니다.」

그들 두 사람이 싸운 이후 두 경쟁자 사이에는 전보다 더 강한 유대감이 있었다. 어떤 면에서 모렐은 상대방에게 죄의 식을 느꼈고 다소간 책임감도 느끼고 있었다. 그리고 그 자 신이 그러한 심적 상태에 있었기 때문에 그는 도우즈에게 거 의 고통스러울 정도로 가까운 친밀감을 느꼈고 도우즈도 또 한 괴로워하며 절망하고 있었다. 게다가 그들은 노골적으로 극단적인 증오감을 품고 만났던 적이 있었고 그것이 두 사람 의 인연이었다. 어쨌든 서로 간에 내면이 원초적인 인간들끼

780

리 만났었던 것이다.

그는 앤셀 의사의 명함을 갖고 격리 병원을 찾아갔다. 건강하고 젊은 아일랜드 출신의 수녀가 그를 병실로 안내했다.

「방문객이 왔어요, 까마귀 양반.」 그녀가 말했다.

도우즈는 깜짝 놀라 투덜거리며 갑자기 돌아누웠다.

「어?」

「까욱?」 그녀가 놀렸다. 「이 사람은 그저 〈까욱!〉 소리만 할 줄 알아요……. 당신을 문병하러 온 신사 양반을 모시고 왔어요. 자, 고맙다고 말해 봐요. 그리고 좀 점잖게 행동해 봐요.」

도우즈는 검은 두 눈에 깜짝 놀란 표정을 가득 담고 수녀 뒤에 서 있는 폴을 재빨리 쳐다보았다. 그의 표정은 두려움과 불신 그리고 증오와 괴로움으로 가득 차 있었다. 모렐은 재빠르고 음침한 눈초리를 마주치자 머뭇거렸다. 두 사람은 예전의 그 적나라한 자아를 두려워했다.

「앤셀 의사가 말하더군요. 당신이 여기에 있다고 말입니다.」 모렐이 말하며 손을 내밀었다.

도우즈는 기계적으로 악수를 했다.

「그래서 와봐야 하겠다고 생각했습니다.」 폴이 계속하여 말했다.

아무 대답이 없었다. 도우즈는 건너편 벽을 노려보며 누워 있었다.

「〈까욱!〉 하고 말해 봐요!」 간호사가 놀렸다. 「〈까욱!〉 하고 말해 보라고요, 까마귀 양반!」

「이 양반이 좀 나아지고 있나요?」 폴이 그녀에게 물었다.

「아, 그럼요! 그냥 누워서 자기가 죽을 거라고만 생각하고 있어요.」 간호사가 말했다. 「그래서 겁에 질려 한마디도 말을 못 하는 거예요.」

「그러면 당신이 이야기할 상대를 데려다 주어야 하겠군

요.」 모렐이 웃으며 말했다.

「바로 그거예요!」 간호사가 웃으며 말했다. 「이 병원에는 다만 노인 두 분하고 언제나 울고 있는 소년 한 명밖에 없어요. 정말 불행해요! 여기에서 까마귀 양반의 목소리를 듣고 싶어 몸살이 날 지경인데 이 양반은 그저 괴상망측한 〈까욱〉 소리만 지르고 있답니다.」

「그것 참 안됐습니다.」 모렐이 말했다.

「그렇죠!」 간호사가 말했다.

「그러면 내가 하느님이 준 선물 같겠네요.」 그가 웃으며 말했다.

「아, 그럼요……. 하늘에서 곧바로 떨어진 거죠.」 간호사가 웃으며 말했다.

이윽고 그 여자가 가버리자 두 사람만 남았다. 도우즈는 전보다 더욱 말라서 다시 핸섬해졌지만 그의 내면에 있는 생명력은 약해 보였다. 의사가 말했듯이 그 사람은 그저 부루퉁해서 누워 있을 뿐 건강을 회복하려는 방향으로는 전혀 노력하지 않으려 했다. 그 사람은 자기 심장이 고동치는 것마저 못마땅해 하는 것 같았다.

「고생이 많았겠어요?」 폴이 물었다.

갑자기 도우즈는 그를 또다시 쳐다보았다.

「셰필드에서 무엇을 하고 있는 거야?」 그 사람이 물었다.

「어머니가 편찮으셔서 서스턴 가에 있는 누이 집에 있어요……. 당신은 여기서 뭐하고 있어요?」

아무 대답이 없었다.

「입원한 지는 얼마나 오래되었어요?」 모렐이 물었다.

「나도 확실히는 몰라.」 도우즈가 못마땅하게 대답했다.

그 사람은 누워서 건너편 벽을 노려보며 마치 모렐이 거기에 있지 않다고 믿으려 애쓰는 것 같았다. 폴은 마음이 냉혹해지고 화가 치미는 것을 느꼈다.

「앤셀 의사가 말하더군요, 당신이 여기에 있다고.」 폴이 쌀쌀하게 말했다.

상대방 남자는 대답하지 않았다.

「장티푸스가 꽤 지독한 병이라는 것을 알아요.」 모렐이 끈질기게 계속 말했다.

갑자기 도우즈가 말했다.

「무엇 때문에 여기 왔어?」

「앤셀 의사가 말하기를 당신이 여기에 아는 사람이 하나도 없다고 해서 왔어요. 아는 사람 있어요?」

「아무도 몰라, 어디에도 없어.」 도우즈가 말했다.

「그렇군요.」 폴이 말했다. 「그것은 당신이 알려고 하지 않아서 그렇죠.」

또다시 침묵이 흘렀다.

「우리는 어머니를 가능한 한 빨리 집으로 모시고 갈 거예요.」 폴이 말했다.

「자네 어머니에게 무슨 일이 있나?」 도우즈가 물으며 환자들이 질병에 대해 갖는 관심을 보였다.

「암에 걸리셨어요.」

또다시 침묵이 흘렀다.

「그렇지만 우리는 어머니를 집으로 모시고 싶어요.」 폴이 말했다. 「자동차를 빌려야 할 거예요.」

도우즈는 누워서 생각했다.

「토머스 조던에게 차를 빌려달라고 하지 그래?」 도우즈가 말했다.

「그 차는 크기가 좀 작아서요.」 모렐이 대답했다.

도우즈는 검은 눈을 깜빡이며 누워서 생각하고 있었다.

「그러면 잭 필킹턴에게 빌려달라고 해……. 그 사람이면 빌려줄 거야…… 그 사람 알잖아.」

「한 대 임대하려고 생각해요.」 폴이 말했다.

「그건 바보 같은 짓이야.」 도우즈가 말했다.

환자는 수척하고 다시 핸섬해져 있었다. 폴은 그의 두 눈이 너무 피곤해 보였기 때문에 그 사람을 안쓰럽게 여겼다.

「여기에서 직장을 구했어요?」 폴이 물었다.

「여기에서 겨우 하루인가 이틀인가 지내고 나서 병에 걸려버렸어.」 도우즈가 대답했다.

「회복기 환자 요양소에 들어가는 것이 좋겠어요.」 폴이 말했다.

상대방의 얼굴이 다시 어두워졌다.

「나는 회복기 환자 요양소 같은 데는 가지 않을 거요.」 그 사람이 말했다.

「우리 아버님은 시소프에 있는 요양소에 가셨었는데, 그곳을 참 좋아하셨어요……. 앤셀 의사가 당신에게 추천서를 써줄 거예요.」

도우즈는 누워서 생각에 잠겼다. 그 사람은 감히 세상과 다시 맞설 용기가 없는 것이 분명했다.

「지금쯤 바닷가는 좋을 거예요.」 모렐이 말했다. 「그 모래 언덕에 내리쪼이는 햇볕하며 바다도 그다지 멀지 않고 말이에요.」

상대방은 대답하지 않았다.

「정말이지…….」 폴은 결론적으로 말하며 그 사람이 너무 불쌍하다는 생각이 들어 더 이상 귀찮게 조르고 싶지 않았다. 「다시 걸을 수 있고 수영할 수 있을 거라고 생각하면 괜찮은 거예요.」

도우즈는 재빨리 그를 힐끗 쳐다보았다. 그 사람의 검은 두 눈은 겁에 질려 있어서 이 세상의 다른 어느 누구의 눈도 마주 보려 하지 않았다. 그렇지만 진정한 비참함과 무기력함이 담겨 있는 폴의 어조가 그 사람에게 안도감을 주었다.

「어머니는 위독하신가?」 그 사람이 물었다.

「밀랍처럼 되어 가고 있어요.」 폴이 대답했다. 「그렇지만 명랑하세요…… 생기도 있으시고요.」

폴은 입술을 깨물었다. 잠시 후 그는 일어섰다.

「그럼, 이제 가봐야 하겠어요.」 폴이 말했다…… 「여기 반 크라운 놓고 갈게요.」

「그런 거 필요 없네.」 도우즈가 중얼거렸다.

모렐은 대답하지 않았지만 그 동전을 테이블 위에 놓아두었다.

「그럼.」 폴이 말했다. 「내가 다시 셰필드에 오게 되면 또 들르도록 할게요. 혹시 우리 매형을 만나 보고 싶어 할지 모르겠네요. 파이크로프츠에서 일하고 있는데요.」

「나는 그 사람을 모르는데.」 도우즈가 말했다.

「좋은 분이에요. 들러 보라고 말할까요?…… 읽을 신문쯤은 갖다 줄 거예요.」

상대방 남자는 대답하지 않았다. 폴은 나왔다. 도우즈가 그에게 불러일으킨 강한 감정을 억누르자 그는 몸이 부르르 떨렸다.

그는 어머니에게는 말하지 않았지만 그다음 날 클라라에게 이 면회에 대하여 이야기했다. 점심시간이었다. 요즈음에는 그들 둘이 함께 나가는 일이 자주 있지 않았지만 이날은 그가 그녀에게 캐슬 정원에 가자고 청했다. 그들은 그곳에 앉아서 진홍색 제라늄과 노란 칼세올라리아 꽃들이 햇빛을 받아 불꽃처럼 타오르는 모습을 보았다. 그녀는 이제 항상 어느 정도 방어적인 태도를 취했고 그에게 다소 분개하고 있었다.

「백스터가 장티푸스에 걸려 셰필드 병원에 입원해 있는 것을 알고 있었어요?」 그가 물었다.

그녀는 깜짝 놀라 회색 두 눈으로 그를 쳐다보며 안색이 창백해졌다.

「아니요.」 그녀가 소스라치게 놀라 대답했다.

「차츰 회복되고 있어요……. 어제 그를 보러 갔었어요……. 의사가 말해 주었거든요.」

클라라는 그 소식을 듣고 충격을 받은 듯이 보였다.

「아주 심해요?」 그녀가 죄의식을 느끼며 말했다.

「심했어요. 지금은 차츰 나아지고 있어요.」

「그 사람이 당신에게 무슨 말을 했어요?」

「아, 아무 말도 안 했어요. 부루퉁해 있는 듯 보였어요.」

폴과 클라라 두 사람 사이에는 거리감이 있었다. 그는 그녀에게 좀 더 많은 정보를 알려 주었다.

그녀는 입을 꽉 다물고 말없이 걸었다. 그다음 번에 그들이 함께 산책할 때 그녀는 자기를 잡는 그의 팔을 뿌리치고 그에게서 멀찍이 떨어져서 걸었다. 그는 그녀를 몹시 위로하고 싶어 했다.

「나에게 좀 다정하게 대해 줄 수 없어요?」 그가 물었다.

그녀는 대답하지 않았다.

「무슨 일 있어요?」 그가 말하며 그녀의 어깨 위에 팔을 얹었다.

「그러지 말아요!」 그녀가 말하며 몸을 뺐다.

그는 그녀가 혼자 걷도록 내버려 두고 자신만의 생각에 빠져들었다.

「백스터 때문에 속상해서 그래요?」 그가 마침내 물었다.

「내가 그이에게 몹시 못되게 굴었어요.」 그녀가 말했다.

「내가 여러 번 말했잖아요. 당신이 그 사람에게 잘해 주지 않았다고 말이에요.」 그가 대답했다.

그래서 그들 사이에 적대감이 생겼다. 그들 각자는 자기 나름대로 계속 생각했다.

「내가 그이를…… 정말, 내가 그이에게 심하게 대했어요.」 그녀가 말했다. 「그리고 요즈음에는 당신이 나에게 심하게 대했고요. 내가 당연히 당할 만한 일을 당한 거죠.」

「내가 당신에게 어떻게 대했기에 심했다고 하는 거예요?」 그가 말했다.

「내가 당연히 당할 만한 일을 당한 거예요.」 그녀는 되풀이해서 말했다. 「나는 그이를 데리고 살 만하다고 생각한 적이 결코 없었어요. 그리고 지금은 당신이 나를 그렇게 생각하고요……. 그러니 내가 당연히 당할 만한 일을 당하는 거지요……. 그이는 당신이 나를 사랑해 준 것보다 천 배는 더 사랑했어요.

「그 사람은 그렇지 않았어요.」 폴이 항의했다.

「그랬어요!…… 어쨌든 그이는 나를 존경했어요. 그런데 당신은 그렇지 않아요.」

「그 사람이 당신을 존경하는 것처럼 보였겠지요.」 그가 말했다.

「존경했어요! 그런데 내가 그이를 지독하게 만든 거예요. 내가 그랬다는 것을 알아요. 당신이 나에게 그것을 가르쳐 주었어요……. 그리고 그이는 당신이 나를 사랑해 준 것보다 천만 배는 더 사랑했어요.」

「알았어요.」 폴이 말했다.

폴은 요즈음 혼자 있고 싶었다. 그에게는 거의 참기 어려울 정도로 힘겨운 자신만의 고민거리가 있었다. 클라라는 그를 괴롭히고 피곤하게만 할 뿐이었다. 그는 그녀의 곁을 떠나면서 유감스럽게 생각하지도 않았다.

그녀는 되도록 빨리 기회를 잡아 셰필드로 가서 자기 남편을 만났다. 그 만남은 성공적이지 않았다. 그렇지만 그녀는 그 사람에게 장미와 과일과 돈을 주고 왔다. 그녀는 보상하고 싶어 했다. 그녀가 그 남자를 사랑했기 때문은 아니었다. 그 남자가 그곳에 누워 있는 것을 보았을 때 그녀의 가슴은 사랑으로 뜨거워지지 않았다. 그녀는 단지 자신을 낮추고 그 사람 앞에서 무릎을 꿇고 싶었을 뿐이었다. 그녀는 이제 자기를 희생하고 싶어 했다. 결국 그녀는 모렐이 진정으로 자기를 사랑하도록 하는 데 실패했던 것이다. 그녀는 도덕적인 면에서 무서움을 느꼈다. 그녀는 참회하기를 원했다. 그래서 그녀는 도우즈에게 무릎을 꿇었고, 그녀의 그런 행동으로 인하여 그 사람은 미묘한 기쁨을 느꼈던 것이다. 그렇지만 그들 두 사람이 느끼는 거리감은 여전히 매우 컸다. 그러한 거리감을 느끼자 남자는 소스라치게 놀랐지만, 여자는 거의 기쁨을 느꼈다. 그녀는 이겨 내기 어려운 거리감을 극복하고 그 사람에게 봉사한다는 기분을 느끼고 싶어 했다. 그녀는 이제 자긍심을 갖게 되었다.

모렐은 한두 번 더 도우즈를 만나러 갔다. 그들 사이에는 일종의 우정이 있으면서도 두 사람은 줄곧 치명적인 라이벌이었다. 그렇지만 그들은 그들 사이에 끼어 있는 여자에 대해서는 한마디도 언급하지 않았다.

모렐 부인의 병세는 점차 악화되었다. 처음에 그들은 그녀를 부축하여 아래층으로 모시고 내려오고 이따금 정원에까지 나가기도 했다. 그녀가 의자에 기대 앉아 미소를 지으면 매우 예뻤다. 황금 결혼반지가 그녀의 하얀 손에서 반짝거렸고 머리카락은 조심스레 빗질되어 있었다. 그리고 그녀는 뒤엉킨 해바라기 꽃들이 시들어 가는 것이며 국화가 피어나는 것이며 달리아가 활짝 피어 있는 것 등을 지켜보았다.

폴과 어머니는 서로를 두려워하고 있었다. 그도 알고 있고 그녀도 알고 있는 것은 그녀가 죽어 가고 있다는 사실이었다. 그렇지만 그들은 여전히 즐거운 체 가장하고 있었다. 아침마다 그는 일어나서 파자마 바람으로 그녀의 방으로 들어갔다.

「안녕히 주무셨어요? 내 사랑?」 그가 물었다.

「그래.」 그녀는 대답했다.

「많이 안 좋아요?」

「아니…… 괜찮아.」

그러면 그는 그녀가 밤새 잠을 못 자고 깨어 있었다는 것을 알았다. 그는 그녀가 침대 커버 아래에 있는 손으로 옆구리를 누르고 있는 것을 보았고 그 자리는 통증이 있는 곳이었다.

「아팠어요?」 그가 물었다.

「아니!…… 약간 아프기는 하지만 그다지 심하지는 않아.」

그리고 그녀는 그녀 특유의 옛날과 같은 경멸적인 방식으로 코웃음을 쳤다. 누워 있을 때면 그녀는 소녀처럼 보였다. 그리고 그동안 내내 그녀의 푸른 두 눈은 그를 지켜보고 있었다. 그렇지만 고통으로 인해 생긴 거무스름한 반원이 눈 밑에 자리 잡고 있어서 그것을 보면 그는 다시 마음이 아려 왔다.

「화창한 날이에요.」 그가 말했다.

「아름다운 날이구나.」

「아래층으로 모셔다 드릴까요?」

「글쎄다.」

그런 다음에 그는 그녀의 아침 식사를 가지러 나갔다. 하루 종일 그는 오직 그녀만을 생각했다. 오랫동안 상심하다 보니 그는 열이 났다. 그리고 저녁에 일찍 집에 오면 그는 부얼 창문을 통하여 힐끗 집 안을 살펴보았다. 그녀가 거기에 없었다. 그녀는 일어나지 않았던 것이다.

그는 곧바로 위층으로 뛰어 올라가 그녀에게 키스했다. 그는 거의 두려워하며 물어보았다.

「오늘은 일어나지 않았어요? 우리 아가씨?」

「응.」 그녀가 말했다. 「모르핀 때문이었어……. 그것 때문에 지치는구나.」

「내 생각에 의사가 모르핀을 너무 많이 주는가 봐요.」 그가 말했다.

「내 생각에도 그런 것 같아.」 그녀가 대답했다.

그는 침대 옆에 비통한 마음으로 앉았다. 몸을 웅크리고 옆으로 누워 있는 그녀의 모습이 마치 어린아이 같았다. 회색과 갈색이 섞여 있는 머리카락이 귀 위에 늘어져 있었다.

「머리카락이 간지럽지 않아요?」 그가 말하며 그녀의 머리카락을 부드럽게 뒤로 쓸어 넘겼다.

「간지러워.」 그녀가 대답했다.

그는 자기 얼굴을 그녀의 얼굴에 가까이 대었다. 그녀의 푸른 두 눈이 미소 지으며 그의 눈을 똑바로 들여다보면서 마치 소녀의 눈처럼 따스하고 예민한 사랑을 담은 웃음을 머금고 있었다. 그 모습을 보자 그의 가슴은 두려움과 고통과 사랑이 뒤섞인 감정으로 몹시 뛰었다.

「머리카락을 땋고 싶지요?」 그가 말했다. 「가만히 누워 계세요.」

그리고 그녀의 등 뒤로 가서 그는 조심스럽게 그녀의 머리카락을 느슨하게 풀고 빗질했다. 머리카락은 갈색과 회색이 섞여서 멋지고 기다란 비단 같았다. 그녀의 머리는 어깨 사이에 가만히 파묻혀 있었다. 그는 그녀의 머리카락을 가볍게 빗질하고 땋으면서 입술을 꽉 깨물었고 아찔해지는 기분을 느꼈다. 모든 것이 현실이 아닌 듯했고 그는 그것을 이해할 수 없었다.

밤에 그는 종종 그녀의 방에서 작업을 하며 때때로 고개를 들고 보았다. 그리고 그럴 때마다 그녀의 푸른 두 눈이 자기에게 못 박혀 있는 것을 발견했다. 그리고 그들의 눈이 서로 마주치면 그녀는 빙그레 미소를 지었다. 그는 또다시 부지런히 기계적으로 일을 했으며 자신이 무엇을 하고 있는지도 모르면서 좋은 작품을 만들어 내었다.

때로는 그가 아주 창백한 얼굴로 가만히 들어와 주의 깊은 눈초리로 갑자기 쳐다보기도 했는데, 이런 때에는 그가 거의 인사불성이 될 정도로 술에 취한 사람처럼 보이기도 했다. 그들 두 사람은 모두 그들 사이의 장막이 찢기고 있는 것[100]을 두려워했다.

그러면 그녀는 좀 더 나아진 척하고 그에게 명랑하게 재잘거리며 새로운 몇 가지 소식에 대하여 큰 소란을 피우곤 했다. 그들 두 사람 모두 커다란 문제에 굴복하지 않고 또 인간적인 독립성이 박살 나는 일이 일어나지 않도록 하기 위해서 사소한 일을 가지고도 엄청나게 큰일인 듯이 야단법석을 피워야만 하는 상태에 이르렀기 때문이었다. 그들은 겁이 났고 그래서 그들은 매사를 가볍게 받아들이고 즐거워했다.

때로는 그녀가 누워 있을 때 그는 그녀가 과거를 회상하고 있다는 것을 알기도 했다. 그녀의 입은 점점 한일자로 굳게 다물어졌다. 그녀는 자기 자신을 엄격하게 통제하고 있었는데, 그렇게 함으로써 자기도 모르게 터져 나오는 커다란 비명을 외치지 않고 죽을 수 있으리라 생각했기 때문이었다. 그녀

---

100 장막이 찢어지는 것은 예수 그리스도의 죽음을 연상시킨다. 「루가의 복음서」 23장 45절에 〈성전 휘장 한가운데가 찢어지며〉라고 예수의 죽음이 임박했음이 표현되어 있다.

가 단호하면서도 전적으로 고독하고 고집스럽게 입을 앙다물고 있는 모습을, 그것도 몇 주일 동안이나 그러고 있던 모습을 그는 결코 잊지 못했다. 어떤 때에는 보다 기분이 좋아지면 그녀는 자기 남편에 대해서 이야기하기도 했다. 이제 그녀는 그를 증오하고 있었다. 그녀는 그를 용서하지 않았다. 그녀는 그가 방으로 들어오는 것도 참을 수 없었다. 그리고 몇 가지 일들 특히 그녀에게 가장 가슴 아팠던 일들이 또다시 매우 강력하게 솟구쳐 올라와 그녀에게서 떨어져 나오면 그녀는 그것들을 아들에게 이야기해 주었다.

그는 마치 자신의 삶이 내면에서 산산조각 부서지고 있는 듯이 느꼈다. 종종 갑자기 눈물이 쏟아지기도 했는데 기차역으로 달려가며 그는 보도 위에 눈물방울을 뚝뚝 떨어뜨리기도 했다. 일을 계속할 수 없는 경우도 종종 있어 글씨를 쓰고 있던 펜을 멈추기도 했다. 혹은 아주 무의식적으로 멍하니 응시하며 앉아 있기도 했다. 그리고 또다시 정신이 들면 메스꺼움을 느끼며 팔다리를 벌벌 떨었다. 그는 무엇 때문에 그런 것인지 결코 생각하지 않았다. 그의 마음이 분석하거나 이해하려고 하지 않았던 것이다. 그는 그저 굴복하여 두 눈을 감고 자기에게 모든 일들이 일어나도록 그냥 내버려 두었다.

어머니도 똑같이 했다. 그녀는 그다음 날 겪을 고통이나 그다음 날 먹을 모르핀만 생각할 뿐 죽음에 대해서는 거의 생각하지 않았다. 죽음이 다가오고 있다는 것을 그녀는 알고 있었다. 그것에 굴복해야 한다는 사실도 알고 있었다. 그렇지만 그녀는 결코 그것을 간청하거나 그것과 친구가 되려고 하지 않았다. 맹목적으로 얼굴을 냉혹하게 가리고 눈을 감은 채 그녀는 죽음의 문을 향해 떠밀려 가고 있었다. 이렇게 하루하루가 지나고 몇 주일이 지나고 몇 달이 지나갔다.

때로는 햇살이 화창하게 내리쪼이는 오후에 그녀는 거의

행복해 보이기도 했다.

「나는 즐거웠던 때를 생각하려고 애쓴단다…… 우리가 마블소프와 로빈 후드의 만과 샌클린[101]에 갔을 때 말이야.」그녀가 말했다. 「결국 모든 사람들이 그런 아름다운 장소에 가 보았던 것은 아니잖아. 그리고 그곳은 참 아름다웠어!…… 그때를 생각하려고 해, 다른 것들은 말고 말이야.」

그러고 나서 다시 저녁 내내 그녀는 한마디도 하지 않았고 그 역시 아무 말도 하지 않았다. 그들은 함께 있었지만 완고하고 고집 세게 침묵을 지켰다. 마침내 자기 방으로 잠을 자러 들어가면 그는 문설주에 기대어 마치 마비되어 한 발자국도 움직일 수 없는 듯이 앞으로 나아가지 못하고 그 자리에 서 있곤 했다. 그는 의식이 사라져 버렸다. 그 자신도 실체를 알 수 없는 격렬한 폭풍우가 그의 내면을 유린하는 듯했다. 그는 그곳에 기대어 서서 순종하며 아무것도 묻지 않았다.

아침에 그들 두 사람은 모두 정상으로 다시 돌아왔으나 그녀의 얼굴은 모르핀 때문에 잿빛으로 변했고 그녀의 몸은 마치 재처럼 느껴졌다. 그렇지만 그럼에도 불구하고 그들은 다시 밝은 태도를 취했다. 특히 애니나 아서가 집에 와 있을 때면 종종 그는 그녀를 등한시했다. 그는 클라라를 자주 만나지 않았다. 대체로 그는 남자들과 어울렸다. 그는 이해가 빠르고 적극적이며 생기가 넘쳤으나 얼굴이 온통 하얗게 질리고 두 눈이 음침하게 빛나고 있어서 친구들도 그를 다소 불신하게 되었다. 이따금 그는 클라라에게 갔지만 그녀는 그에게 거의 냉정하게 대했다.

「안아 줘요!」그가 고지식하게 말했다.

간혹 그녀는 그를 안아 주곤 했다. 그렇지만 그녀는 두려

101 여기에서 모렐 부인은 마블소프와 로빈 후드의 만과 샌클린을 이야기하고 있지만 이 작품에는 마블소프와 샌클린만 묘사되어 있다.

위하고 있었다. 그가 그녀를 안고 있을 때에도 그녀의 마음 속에는 그녀로 하여금 그에게서 몸을 움츠리게 하는 부자연 스러운 어떤 면이 있었다. 그녀는 점차 그를 무서워하게 되 었다. 그는 매우 조용했지만 너무도 이상했다. 그녀는 몸은 그곳에 자기와 함께 있지만 정신은 다른 곳에 가 있는 그 남 자의 정신적인 존재를 두려워했으며, 그 정신적 존재가 허울 뿐인 이 연인의 배후에 있다는 사실을 느낄 수 있었다. 그 정 신적 존재가 어떤 불길한 사람이라는 생각이 들어서 그녀는 가슴 가득히 공포심을 느꼈다. 그래서 그녀는 그가 두려웠 다. 마치 그가 범죄자라도 되는 것 같았다. 그는 그녀를 원했 고…… 그녀를 안았다……. 그 행위는 그녀로 하여금 마치 저 승사자가 그녀를 손아귀에 꽉 틀어쥐고 있는 듯한 기분을 느 끼게 했다. 그녀는 공포감에 휩싸여 누워 있었다. 거기에는 그녀를 사랑하는 남자가 있는 것이 아니었다. 그녀는 그를 거의 증오하다시피 했다. 그런 다음에는 마음이 약간 누그러 지는 순간들이 몇 차례 있었다. 그렇지만 그녀는 감히 그를 동정하지는 못했다.

도우즈는 노팅엄 근방의 커널 실리 요양소로 옮겨 가 있었 다. 폴은 그곳으로 이따금 그 남자를 방문했고 클라라는 매 우 자주 방문했다. 그들 두 남자 사이에는 우정이 기묘하게 발전되어 있었다. 도우즈는 매우 느리게 회복되어 갔고 매우 연약해 보였으며 자신을 모렐의 손에 맡겨 놓고 있는 듯이 보였다.

십일월 초의 어느 날 클라라는 폴에게 그날이 자기 생일이 라는 것을 일깨워 주었다.

「거의 잊고 있었네요.」 그가 말했다.

「그러리라고 생각했어요.」 그녀가 대답했다.

「잊지는 않았어요!…… 주말에 바닷가로 놀러 갈까요?」

그들은 떠났다. 날씨가 춥고 상당히 음산했다. 그녀는 그가 자기에게 따뜻하고 상냥하게 대해 주기를 기다렸다. 그렇지만 그러기는커녕 그는 그녀를 거의 의식하지 못하는 듯이 보였다. 그는 기차의 좌석에 앉아서 밖을 내다보고 있다가 그녀가 말을 걸면 깜짝 놀랐다. 그가 무엇인가를 명확히 생각하고 있는 것은 아니었다. 온갖 일들이 존재하지 않는 듯이 보였을 뿐이다. 그녀는 그의 옆으로 자리를 옮겼다.

「왜 그래요? 네?」 그녀가 물었다.

「아무것도 아니에요!」 그가 말했다. 「저 풍차 날개가 단조로워 보이지 않아요?」

그는 그녀의 손을 잡고 앉아 있었다. 그는 말을 할 수도, 생각을 할 수도 없었다. 그렇지만 그녀의 손을 잡고 앉아 있으니 위안이 되었다. 그녀는 불만스러웠고 비참한 기분이 들었다. 그의 영혼은 그녀와 함께 있지 않았던 것이다. 다시 말하여 그녀는 아무것도 아니었다.

그리고 저녁에 그들 두 사람은 모래 언덕에 앉아 어둠에 잠긴 거친 바다를 바라보고 있었다.

「어머니는 결코 굴복하지 않을 거야.」 그가 조용히 말했다. 클라라의 가슴이 철렁 내려앉았다.

「그럴 거예요.」 그녀가 대답했다.

「사람마다 죽는 방법이 다 달라요. 우리 아버지 쪽 사람들은 죽는 것을 겁내며 삶에서 죽음으로 끌려가는데, 마치 짐승이 목에 밧줄이 매여 도살장으로 끌려가는 듯 질질 끌려가야 합니다. 그렇지만 어머니 쪽 사람들은 뒤에서 조금씩 밀려가지요. 완고한 사람들이라서 죽고 싶어 하지 않거든요.」

「그렇군요.」 클라라가 말했다.

「그리고 어머니는 죽고 싶어 하지 않거든요. 죽을 수가 없어요. 목사인 렌쇼 씨가 일전에 왔었어요. 〈생각해 보세요.〉

라고 그가 어머니에게 말했어요. 〈당신의 어머니와 아버지 그리고 자매들과 아들을 저세상에서 만나게 될 겁니다.〉라고 말이지요. 그러자 어머니가 그러더군요. 〈나는 오랫동안 그 사람들 없이 잘 살아왔고 지금도 그들 없이 잘 지낼 수 있어요. 내가 원하는 것은 살아 있는 사람들이지 죽은 사람들이 아니에요.〉 하고 말입니다……. 어머니는 살고 싶어 하셔요. 지금도 말입니다.」

「아, 참으로 끔찍하네요!」 클라라가 너무 무섭다며 더 이상 말을 잇지 못했다.

「그리고 어머니는 나를 쳐다보며 나와 함께 있고 싶어 해요.」 그는 단조로운 목소리로 계속 말했다. 「그러한 의지가 너무도 강해서 어머니는 결코 저세상으로 가지 않을 것 같아요. 결코 말입니다.」

「그런 생각 하지 마세요.」 클라라가 외쳤다.

「그리고 어머니는 신앙심이 깊어요……. 지금도 신앙심이 깊지요……. 그렇지만 그것도 아무 소용 없어요……. 그녀는 그저 굴복하지 않으려는 거예요. 글쎄 말입니다. 내가 목요일에 어머니에게 〈어머니, 나는 죽어야만 한다면 죽을 거예요. 기꺼이 죽을 거라고요…….〉 하고 말했어요. 그러자 어머니가 나에게 날카롭게 말하더군요. 〈나는 그렇지 않다고 생각하니?…… 너는 네가 죽고 싶을 때 죽을 수 있다고 생각하니?〉라고 말이지요.」

그의 목소리가 그쳤다. 그는 울지도 않았고 그저 단조로운 목소리로 계속 말하고 있었을 뿐이다. 클라라는 도망치고 싶었다. 그녀는 주위를 둘러보았다. 시커먼 해안이 바다 소리를 메아리쳐 울리고 있었고 깜깜한 하늘이 위에서 짓누르고 있었다. 그녀는 두려움에 사로잡혀 자리에서 일어섰다. 그녀는 불빛이 환하게 밝혀진 곳, 다른 사람들이 있는 곳으로 가고 싶었다. 그녀는 그에게서 멀리 달아나고 싶었다. 그는 손가락 하나 까딱하지 않고 고개를 숙인 채 앉아 있었다.

「그리고 나는 어머니가 음식을 먹지 않기를 바라요.」 그가 말했다. 「그리고 어머니도 이 사실을 알고 있어요. 내가 무엇 좀 드시겠냐고 물으면 어머니는 거의 두려워하면서 〈그래, 벤 저[102]를 한 컵 타서 마시고 싶구나.〉라고 말합니다. 그러면 내가 〈그걸 드시면 어머니의 기운을 돋우어 주기만 할 텐데요.〉라고 말하지요……. 어머니는 그렇다고 대답하고 거의 울먹이며 말합니다. 〈그렇지만 아무것도 먹지 않으면 속이 갉아먹는 듯이 쓰려. 그렇게 아픈 것은 참을 수 없어.〉 ……그래서 내가 벤저를 한 컵 타가지고 와서 그녀에게 갖다 줍니다……. 그렇게 갉아먹는 듯이 속이 쓰린 것은 암 때문이지요……. 나는 어머니가 돌아가셨으면 싶어요.」

「갑시다.」 클라라가 거칠게 말했다. 「나는 갈 거예요.」

그는 그녀를 따라 깜깜한 모래밭을 내려갔다. 그는 그녀에게로 가까이 가지 않았다. 그는 그녀의 존재를 거의 의식하지 못하고 있는 것 같았다. 그리고 그녀는 그러한 그를 두려워하고 미워했다.

전과 마찬가지로 극도로 멍한 상태에서 그들은 노팅엄으로 돌아갔다. 그는 언제나 바쁘고 항상 무슨 일인가를 하고 있었으며 늘 이 사람 저 사람 친구들을 만나러 다녔다.

월요일에 그는 백스터 도우즈를 병문안하러 갔다. 활기 없고 창백한 모습으로 그 남자는 자리에서 일어나 상대방에게 인사했으며 의자를 한 손으로 붙잡고 악수하려고 다른 쪽 손을 내밀었다.

「일어나지 마세요.」 폴이 말했다.

102 미숫가루와 같이 가루로 되어 있는 것을 물에 타서 마시도록 되어 있는 환자용 음식을 만드는 회사 이름.

도우즈는 털썩 주저앉아 모렐을 의심스러운 눈초리로 쳐다보았다.

「나에게 시간 낭비하는 것 아닌가?」 그 사람이 말했다. 「다른 좋은 일이 많이 있는데 말이야.」

「오고 싶었어요.」 폴이 말했다. 「자…… 과자를 좀 가져왔어요.」

환자는 그것을 옆으로 밀어 놓았다.

「그다지 좋은 주말은 아니었어요.」 모렐이 말했다.

「어머니는 어떠신가?」 상대방이 물었다.

「거의 차도가 없어요.」

「일요일에 자네가 오지 않기에 어쩌면 병세가 더 악화되었나 보다 하고 생각했지.」

「스케그네스에 갔었어요.」 폴이 말했다. 「기분 전환을 좀 하고 싶었거든요.」

상대방은 검은 두 눈으로 그를 쳐다보았다. 그 사람은 감히 묻지는 못하지만 무슨 말인가 들을 것으로 기대하며 기다리고 있는 듯이 보였다.

「클라라와 함께 갔었어요.」 폴이 말했다.

「그 정도는 알고 있네.」 도우즈가 조용히 말했다.

「예전에 약속했었거든요.」 폴이 말했다.

「자네 마음대로 하는 거지.」 도우즈가 말했다.

그들 두 사람 사이에 클라라가 명확히 언급되기는 이번이 처음이었다.

「아닙니다.」 모렐이 느릿느릿 말했다. 「그 여자는 나에게 싫증이 나 있어요.」

또다시 도우즈는 그를 쳐다보았다.

「팔월부터 그 여자는 나에게 싫증을 내고 있어요.」 모렐이 되풀이해서 말했다.

두 남자는 모두 매우 조용히 있었다. 폴은 체스 게임을 하자고 제안했다. 그들은 말없이 체스 게임을 했다.

「어머니가 돌아가시면 나는 외국으로 갈 거예요.」 폴이 말했다.

「외국으로 간다고!」 도우즈가 되풀이해서 말했다.

「예…… 무슨 일을 하건 상관없어요.」

그들은 계속해서 체스 게임을 했다. 도우즈가 이기고 있었다.

「어떤 일이든 새출발을 시작해야만 할 것 같아요.」 폴이 말했다.「그리고 당신도 마찬가지라고 생각해요.」

그가 도우즈의 말을 하나 잡았다.

「나는 어디에서 시작해야 할지 모르겠어.」 상대방이 말했다.

「세상일이란 일어나게 마련이지요.」 모렐이 말했다.「무슨 일을 해도 소용없어요…… . 적어도…… 아니…… 모르겠어요. 과자 좀 주세요.」

두 남자는 과자를 먹고 체스 게임을 다시 시작했다.

「어떻게 해서 입가에 흉터가 생겼나?」 도우즈가 물었다.

폴은 급히 한 손을 입술에 대고 정원을 내다보았다.

「자전거 사고가 났었어요.」 그가 말했다.

도우즈가 말을 옮기면서 손을 떨고 있었다.

「나를 비웃지 말았어야 했는데.」 그 사람이 매우 낮은 목소리로 말했다.

「언제 말이에요?」

「그날 밤 우드버로 로드에서 말이야…… . 자네와 그 여자가 나를 지나쳤을 때 말이네. 자네는 한 손을 그녀의 어깨 위에 얹고 있었지.」

「비웃은 적은 한 번도 없어요.」 폴이 말했다.

도우즈는 체스의 말에서 손을 떼지 않고 있었다.

「나는 당신이 내 옆을 스쳐 지나가는 바로 그 순간까지도 당신이 거기에 있다는 사실을 전혀 몰랐어요.」모렐이 말했다.

도우즈는 체스 판에서 말을 옮겼다.

「바로 그래서 내가 그렇게 행동했던 거예요.」폴이 매우 낮은 소리로 말했다.

폴은 과자를 하나 더 집었다.

「비웃은 적은 한 번도 없어요.」폴이 말했다. 「언제나 웃고 있기는 하지만 말입니다.」

그들은 체스 게임을 끝냈다.

그날 밤 모렐은 할 일이 좀 있어 노팅엄에서 집까지 걸어왔다. 용광로가 불웰 너머에서 빨간 반점을 너울거리며 불타고 있었고 시커먼 구름이 낮은 천장처럼 낮게 드리워져 있었다. 큰길을 따라 십오 킬로미터 정도 왔을 때 그는 마치 자신이 삶에서 벗어나 걸어 나와 하늘과 대지가 평평하게 펼쳐진 깜깜한 공간 사이로 걸어가고 있는 듯한 느낌을 받았다. 그렇지만 종착지에는 환자가 누워 있는 방이 있을 뿐이었다. 그가 영원히 걷고 또 걸어간다 하더라도…… 도달할 곳은 바로 그 장소밖에 없었다.

그는 집 가까이 와도 피곤하지 않았고 집에 다 왔다는 사실조차 깨닫지 못했다. 들판을 가로질러 빨간 난롯불이 그녀의 침실 창문에서 어른거리는 모습이 보였다.

「어머니가 돌아가시면.」그는 혼잣말을 했다. 「저 난롯불도 꺼지겠지.」

그는 조용히 구두를 벗고 위층으로 살금살금 올라갔다. 어머니의 방문은 활짝 열려 있었는데, 이는 그녀가 여전히 혼자 잤다는 증거였다. 빨간 난롯불이 번쩍거리며 환한 불빛을 층계참에까지 비추고 있었다. 그는 문간에서 유령처럼 살그머니 그녀의 방 안을 들여다보았다.

「폴이구나.」 그녀가 낮은 소리로 웅얼거렸다.

그는 가슴이 다시 찢어지는 듯했다. 그는 방 안으로 들어가 침대 옆에 앉았다.

「많이 늦었구나!」 그녀가 낮은 소리로 말했다.

「그다지 많이 늦지는 않았어요.」 그가 말했다.

「아니, 지금이 몇 시나 되었니?」 그녀의 낮은 중얼거림은 구슬프고 무기력하게 들렸다.

「열한 시가 막 지났을 뿐이에요.」

그것은 사실이 아니었다……. 거의 한 시가 되어 가고 있었다.

「아.」 그녀가 말했다. 「나는 더 늦은 줄 알았어.」

쉽게 흘러가지 않는 밤에 그녀가 느끼는, 말로 이루 형언할 수 없는 괴로움을 그는 알고 있었다.

「잠을 주무실 수 없어요? 우리 아가씨?」 그가 말했다.

「응……. 잠을 잘 수 없구나.」 어머니는 한탄조로 말했다.

「걱정 마세요, 꼬맹이 아가씨.」 그가 말하며 낮은 소리로 노래했다. 「걱정 말아요, 내 사랑. 내가 반시간쯤 당신 곁에 있을게요, 우리 아가씨. 그러면 아마도 기분이 좋아질 거예요.」

그리고 그는 침대 머리맡에 앉아서 천천히 장단에 맞춰 손가락 끝으로 어머니의 이마와 두 눈을 쓰다듬어 감기며 그녀를 달래고 다른 손으로 그녀의 손가락을 잡고 있었다. 그들은 다른 방에서 잠자는 사람들의 숨소리를 들을 수 있었다.

「이제 가서 자라.」 그녀가 그의 손가락 애무를 받으며 조용히 누워 아주 낮은 소리로 중얼거렸다.

「주무실 수 있겠어요?」 그가 물었다.

「그래……. 그런 생각이 드는구나.」

「기분이 더 좋아졌지요? 우리 꼬맹이 아가씨? 그렇죠?」

「그래!」 그녀는 화를 잘 내는 반쯤 달래진 어린아이처럼 말했다.

여전히 이런 식으로 며칠이 흐르고 몇 주가 지났다. 그는 이제 클라라를 만나러 가는 경우가 거의 없었다. 그렇지만 그는 어떤 도움의 손길을 찾아 이 사람 저 사람에게로 정처 없이 헤매고 다녔는데 도와줄 사람을 아무 데서도 찾을 수 없었다. 미리엄이 그에게 상냥한 편지를 보내왔다. 그는 그 녀를 만나러 갔다. 얼굴이 하얗게 질리고 수척해져 두 눈이 시커멓게 된 상태로 그가 어리둥절해하는 모습을 보자 그녀 는 가슴이 매우 쓰라렸다. 연민의 정이 솟구쳐 올라와 그녀 는 가슴이 아파서 견딜 수 없었다.

「어머니는 어떠셔요?」 그녀가 물었다.

「마찬가지야……. 똑같아.」 그가 말했다. 「의사 말로는 오 래 사실 수 없다는데…… 내 생각에는 오래 사실 것 같아. 크 리스마스 때에도 살아 계실 거야.」

미리엄은 몸을 부들부들 떨었다. 그녀는 그를 끌어당겨 가 슴에 꼭 끌어안고 그에게 키스를 퍼붓고 또 퍼부었다. 그는 가만히 있었지만 고통스러웠다. 그녀는 그의 고뇌에 키스해 줄 수 없었다. 그것은 외따로 멀리 떨어져 있었다. 그녀가 그 의 얼굴에 키스를 하자 그의 혈기가 일깨워졌지만 그의 영혼 은 멀리 떨어져 죽음의 고뇌로 몸부림치고 있었다. 그녀는 그에게 키스를 하고 손으로 그의 몸을 더듬었다. 마침내 그 가 미칠 듯한 기분을 느끼고 그녀에게서 떨어져 나왔다. 바 로 그 순간 그가 원했던 것은 그게 아니었다……. 그런 게 아 니었던 것이다. 그렇지만 그녀는 자신이 그를 위로해 주었으 며 그에게 좋은 일을 해주었다고 생각했다.

십이월이 오고 눈도 조금 내렸다. 그는 이제 계속 집 안에 머물고 있었다. 그들은 간호사를 고용할 만한 경제적 여유가 없었다. 애니가 어머니를 돌보기 위해 와 있었고 그들이 좋아하는 교구 간호사가 아침저녁으로 들렀다. 폴은 애니와 나누어 간호를 했다. 종종 저녁에는 친구들이 방문하여 부엌에서 그들과 함께 모여 앉아 온통 웃음꽃을 피우곤 했으며 포복절도하기도 했다. 그것은 하나의 반작용이었던 것이다. 폴은 너무 익살스러웠고 애니는 너무도 별스러워 흥미를 끌었다. 모인 사람들은 너무 웃다가 눈물을 찔끔거릴 정도였으며 소리를 낮추려고 애썼다. 그리고 모렐 부인은 혼자 어둠 속에 누워 그들이 떠드는 소리를 들으며 비통함을 느끼는 가운데 안도감을 느끼기도 했다.

그런 다음에 폴은 죄의식을 느끼며 몹시 조심스럽게 위층으로 올라가 혹시 자기들이 웃고 떠든 소리를 어머니가 들었는지 알아보려 했다.

「우유 좀 갖다 드릴까요?」 그가 물었다.

「조금만 줘.」 그녀는 애처롭게 대답했다.

그러면 그는 우유에 물을 타서 어머니에게 자양분을 주지 않으려고 했다. 그렇지만 그는 어머니를 자기 목숨보다 더 사랑했다.

그녀는 매일 밤 모르핀을 복용했기 때문에 심장의 박동이 불규칙해졌다. 애니가 그녀 옆에서 잠을 잤다. 폴은 아침 일찍 누나가 일어날 때 어머니의 침실에 들어가곤 했다. 어머니는 아침에는 모르핀 때문에 매우 초췌해져서 얼굴에 거의 핏기가 없었다. 격심한 고통 때문에 그녀의 눈과 눈동자도 전체적으로 더욱더 시커멓게 변해 갔다. 아침이면 피곤함과 통증이 너무나 심하여 참을 수가 없었다. 그렇지만 그녀는 꾹 참고 울지 않으려 했고, 심지어는 그다지 불평도 하지 않았다.

「오늘 아침에는 조금 늦게까지 주무셨네요, 우리 꼬맹이 아가씨.」 폴이 어머니에게 말하곤 했다.

「그랬어?」 그녀는 짜증 섞인 피곤한 목소리로 대답했다.

「그래요……. 거의 여덟 시가 되었어요.」

그는 창문 밖을 내다보며 서 있었다. 마을 전체가 눈에 덮여 황량하고 쓸쓸해 보였다. 그런 다음에 그는 그녀의 맥박을 짚어 보았다. 강한 맥박과 약한 맥박이 마치 어떤 소리와 그 메아리처럼 뛰고 있었다. 그것은 종말의 전조라고 여겨졌다. 그녀는 그가 자기 손목을 만지도록 내버려 두고 있었지만 그가 원하는 것이 무엇인지 알고 있었다.

이따금 그들은 서로의 눈을 들여다보았다. 그러면 그들은 거의 같은 생각을 하고 있는 듯이 보였다. 마치 폴 역시도 어머니가 죽는 데 동의하는 것 같았다. 그렇지만 어머니 자신은 죽는 데 동의하지 않았다……. 그녀는 그러려고 하지도 않았다. 그녀의 육체는 너무도 쇠잔하여 한 줌의 잿가루처럼 되었고, 그녀의 두 눈은 검게 변했으며 격심한 고통이 가득했다.

「무언가로 어머니의 고통을 끝내 드릴 수는 없을까요?」 그가 마침내 의사에게 물었다.

그렇지만 의사는 고개를 가로저었다.

「이제 며칠 못 버티실 겁니다, 모렐 씨.」 의사가 말했다.

폴은 집 안으로 들어갔다.

「내가 더 이상은 못 참겠어……. 우리가 모두 미쳐 버릴 거야.」 애니가 말했다.

그들 두 사람은 앉아서 아침 식사를 했다.

「우리가 아침 식사를 하는 동안 가서 어머니 곁에 앉아 있어라, 미니야.」 애니가 말했다. 그렇지만 그 여자아이는 겁에 질려 있었다.

폴은 눈에 덮인 그 지역과 숲 속을 헤매고 다녔다. 그는 토끼와 새의 발자국들이 하얀 눈 위에 찍혀 있는 것을 보았다. 그는 정처 없이 수 킬로미터를 헤매고 다녔다. 흐릿한 붉은 저녁놀이 천천히 고통스럽게 망설이며 다가왔다. 그는 그녀가 그날 죽을 것이라고 생각했다. 당나귀 한 마리가 눈길을 밟으며 숲 가장자리에서 다가와 그에게 머리를 비벼 대며 그와 함께 나란히 걸었다. 그는 두 팔로 당나귀의 목을 끌어안고 자기 뺨을 당나귀의 귀에 대고 비볐다.

어머니는 조용했지만 여전히 숨을 쉬고 있었고 무거운 입을 무섭게 다물고 있었으며 고통에 휩싸인 검은 두 눈만이 살아 있었다.

크리스마스가 가까워지고 있었으며 눈이 더 많이 내렸다. 애니와 폴은 이제 더 이상 견딜 수 없을 것만 같았다. 아직도 어머니의 검은 두 눈이 살아 있었다. 모렐은 말없이 겁에 질려 자신의 흔적을 드러내지 않았다. 이따금 그는 병실로 들어가 그녀를 지켜보곤 했다. 그런 다음에 그는 당황하여 뒷걸음질 쳐 나왔다.

어머니는 여전히 자신의 생명을 움켜쥐고 있었다. 광부들은 파업을 벌였었고 크리스마스 이 주 전쯤에 작업을 다시 시작했다. 미니는 음료가 들어 있는 컵을 들고 위층으로 올라갔다. 광부들이 다시 일을 시작한 지 이틀 후였다.

「사람들이 살기 어렵다고들 말하더냐, 미니야?」 그녀가 결코 굴복하지 않으려는 듯 연약하면서도 투덜거리는 목소리로 물었다. 미니는 깜짝 놀라 가만히 서 있었다.

「지가 아는 한 그렇지 않은 것 같아요 잉, 모렐 부인.」 그녀가 대답했다.

「그렇지만 틀림없이 생활이 궁색할 거야.」 죽어 가는 여인이 말하며 머리를 움직이고 피곤에 찌든 한숨을 내쉬었다. 「그렇지만 어쨌든 이번 주에는 물건을 살 돈이 좀 들어오겠구나.」

어느 일 한 가지도 그녀는 빠뜨리지 않았다.

「애니, 네 아버지가 탄광에서 쓰는 물건들은 모두 바람을 잘 쐬어야 한다.」 광부들이 다시 일을 시작했을 때 그녀가 말했다.

「그런 것은 걱정하지 마세요, 어머니.」 애니가 말했다.

어느 날 밤 애니와 폴 단둘이 있었다. 간호사는 위층에 있었다.

「어머니는 크리스마스가 지나도 살아 계실 거야.」 애니가 말했다. 그들 둘 다 공포감에 가득 차 있었다.

「그렇지 않을 거야.」 그가 음울하게 말했다. 「내가 모르핀을 드리겠어.」

「어떤 모르핀을?」 애니가 말했다.

「셰필드에서 가져온 것 전부.」 폴이 말했다.

「아…… 그렇게 해!」 애니가 말했다.

그다음 날 그는 침실에서 그림을 그리고 있었다. 어머니는 잠이 든 것처럼 보였다. 그는 그림을 그리면서 조용히 앞뒤로 왔다 갔다 했다. 갑자기 어머니의 작은 목소리가 구슬프게 들려왔다.

「폴, 왔다 갔다 하지 마.」

그는 주위를 둘러보았다. 어머니 얼굴의 검은 거품 같은 두 눈이 그를 쳐다보고 있었다.

「예, 어머니.」 그는 상냥하게 말했다. 또 다른 섬유 조직이 그의 마음속에서 툭하고 끊어지는 듯했다.

그날 저녁 그는 집 안에 남아 있는 모르핀을 모두 모아 가지고 아래층으로 갔다. 그는 조심스럽게 그것들을 부수어 가루로 만들었다.

「뭐하는 거니?」 애니가 물었다.

「이것을 어머니가 저녁에 마시는 우유에 탈 거야.」

그리고 나서 그들 남매는 음모를 꾸미는 두 명의 어린아이

806

처럼 함께 웃었다. 이들이 느끼는 공포심 꼭대기에 이러한 작은 온전한 정신이 가물거리고 있었다.

그날 밤 간호사는 모렐 부인의 잠자리를 보살피러 오지 않았다. 폴은 음료수 컵에 뜨거운 우유를 담아 가지고 올라갔다. 아홉 시였다.

그녀는 부축을 받아 침대에서 몸을 일으켰고 그는 음료수 컵을 그녀의 입술에 갖다 대었는데 그녀의 고통을 덜어 주기 위해서라면 차라리 그 자신이 죽고 싶은 심정이었다. 그녀는 한 모금 홀짝이고 나서 컵의 주둥이를 밀어내고는 까만 눈으로 의심하는 듯한 표정을 지으며 그를 쳐다보았다. 그도 그녀를 쳐다보았다.

「아, 정말 쓰구나, 폴!」 그녀가 얼굴을 조금 찡그리면서 말했다.

「의사가 어머니에게 드리라고 준 새로운 수면제예요.」 그가 말했다. 「이걸 잡수시면 아침에 어머니가 전과 같은 고통스러운 상태를 겪지 않을 거라고 했어요.」

「나도 그러지 않기를 바라지.」 그녀는 어린아이처럼 말했다.

그녀는 우유를 조금 더 마셨다.

「그렇지만 맛이 너무 끔찍하구나!」 그녀가 말했다.

그는 컵을 잡고 있는 그녀의 연약한 손가락과 입술이 약간 떨리며 얼굴이 찌푸려지는 것을 보았다.

「알아요……. 내가 맛을 보았어요.」 그가 말했다. 「그렇지만 나중에 약을 타지 않은 새 우유를 좀 갖다 드릴게요.」

「그래라.」 그녀가 말하고 계속해서 그 약을 다 마셨다. 그녀는 어린아이처럼 그의 말을 잘 들었다. 그는 혹시 그녀가 눈치를 챘을지 궁금했다. 그는 그녀가 마실 때 그녀의 가련하고 지친 목이 어렵게 움직이는 모습을 보았다. 그런 다음에 그는 우유를 더 가져오기 위해서 아래층으로 달려 내려갔다. 컵 바닥에는 한 방울도 남아 있지 않았다.

「다 드셨어?」애니가 속삭였다.

「응…… 그런데 쓰다고 말씀하셨어.」

「아!」애니는 웃으며 아랫입술을 깨물었다.

「그래서 새로운 약이라고 말씀 드렸어. 우유 어디 있어?」

남매는 둘 다 위층으로 올라갔다.

「간호사가 왜 내 잠자리를 보아 주러 오지 않는지 이상하구나!」어머니가 어린아이처럼 생각에 잠겨 불평했다.

「그 여자는 연주회에 갈 거라고 했어요, 엄마.」애니가 대답했다.

「그랬구나!」

그들은 잠시 말이 없었다. 모렐 부인은 약을 타지 않은 조금 남은 우유를 꿀꺽 마셨다.

「애니! 그 약은 정말 끔찍했단다!」그녀가 애처롭게 말했다.

「그랬어요? 엄마?…… 글쎄 신경 쓰지 마세요.」

어머니는 다시 피곤에 찌든 한숨을 내쉬었다. 그녀의 맥박은 매우 불규칙했다.

「우리가 잠자리를 보아 드릴게요.」애니가 말했다. 「어쩌면 간호사가 매우 늦게 올 거예요.」

「아, 그래라.」어머니가 말했다.

그들은 침대 시트를 젖혔다. 폴은 어머니가 플란넬 잠옷을 입고 소녀처럼 웅크리고 있는 모습을 보았다. 재빨리 그들은 침대 반쪽을 정리하고 그녀를 옮긴 다음 다른 반쪽을 정리한 후 잠옷을 펼쳐서 그녀의 조그만 발 위에 올려놓고 이불을 덮어 주었다.

「자.」폴이 말하며 그녀를 살살 쓰다듬었다. 「자! 이제는 푹 주무실 거예요.」

「그래.」그녀는 말했다……「네가 침대를 이렇게 멋지게

정리할 수 있으리라고는 생각하지 못했었구나.」 그녀는 거의 쾌활하게 덧붙였다. 그런 다음 그녀는 웅크리고 한 손으로 뺨을 받치고 머리를 어깨 사이에 파묻었다. 폴은 길고 가느다랗게 땋아 내린 그녀의 회색 머리카락을 어깨 위로 넘겨 주고 그녀에게 키스를 했다.

「안녕히 주무세요, 사랑하는 어머니.」 그가 말했다.

「그래.」 그녀는 아들을 믿음직스러운 듯 바라보며 대답했다. 「잘 자라.」

등불을 끄자 온 누리가 조용해졌다.

모렐이 잠자리에 든 후였다. 간호사는 오지 않았다. 애니와 폴은 열한 시경에 어머니를 살펴보러 왔다. 그녀는 약을 먹은 후 평상시와 다름없이 잠들어 있는 듯이 보였다. 입이 약간 벌어져 있었다.

「우리 계속 앉아 있을까?」 폴이 말했다.

「내가 언제나처럼 어머니와 함께 잘게.」 애니가 말했다. 「어머니가 잠을 깰지도 모르니까 말이야.」

「좋아……. 그리고 어떤 차도가 있으면 나를 불러.」

「알았어.」

눈이 내리고 있는 어둡고 거대한 그날 밤, 그들은 침실 난롯불 앞에서 미적거리고 서성대며 이 세상에 오직 그들 두 사람만이 외로이 남아 있는 듯한 기분을 느꼈다. 마침내 그는 옆방으로 가서 잠자리에 들었다.

그는 거의 즉시 잠이 들었지만 이따금 계속 깨었다. 그런 다음에 그는 곤히 잠들었다. 그는 애니가 〈폴…… 폴!〉 하고 속삭이는 소리에 화들짝 놀라 잠이 깼다. 그는 누이가 하얀 잠옷을 입은 채 길게 땋은 머리를 등 뒤에 늘어뜨리고 어둠 속에 서 있는 모습을 보았다.

「응!」 그가 작은 소리로 속삭이며 일어나 앉았다.

「와서 엄마 좀 봐.」

그는 침대에서 미끄러지듯이 살짝 빠져나왔다. 병실에서는 가스불이 조그맣게 타오르고 있었다. 어머니는 뺨을 한 손에 얹은 채 잠들 때의 모습 그대로 웅크리고 있었다. 그렇지만 입은 딱 벌리고 코를 고는 듯이 크고 거친 숨을 몰아쉬고 있었으며 숨 쉬는 사이의 간격이 멀었다.

「돌아가시나 봐.」 그가 작은 소리로 말했다.

「그래.」 애니가 말했다.

「얼마나 오랫동안 이러고 계셨어?」

「나도 방금 잠에서 깼어.」

애니는 급히 실내복을 걸치고 폴은 갈색 담요로 몸을 감쌌다. 세 시였다. 그는 난롯불을 보살폈다. 그런 다음에 그들 두 사람은 앉아서 기다렸다. 커다랗게 코를 고는 듯이 숨을 들이마셨다가…… 잠시 멈추었다가…… 그러다가 다시 숨을 내쉬었다. 그렇게 긴 시간이 흘렀다. 그런 다음에 그들은 깜짝 놀랐다. 커다랗게 코를 고는 듯한 숨이 다시 들이켜졌다. 그는 허리를 굽히고 가까이 다가가 그녀를 지켜보았다.

「끔찍하지 않아!」 애니가 속삭였다.

그는 고개를 끄덕였다. 그들은 어찌해 볼 수도 없이 또다시 앉았다. 또다시 커다랗게 코를 고는 듯한 숨소리가 들려왔고 그들은 불안한 상태에 빠져들었다. 다시 한 번 내쉬는 숨소리가 길고 거칠게 들려왔다. 그처럼 불규칙하게 오랜 간격을 두고 나는 숨소리가 온 집안에 울려 퍼졌다. 모렐은 자기 방에서 계속 잠을 자고 있었다. 폴과 애니는 웅크리고 앉아 몸을 움츠리고 꼼짝도 하지 않고 있었다. 커다랗게 코를 고는 소리가 또다시 시작되었다……. 숨이 멈춰 있는 동안 고통스러운 시간이 흐르다가…… 귀에 거슬리는 숨소리가 다시 들려왔다. 일 분이 지나고 또 일 분이 지나고 시간은 계속 홀러갔다. 폴은 그녀를 다시 보려고 그녀 위로 가까이 허리를 굽혔다.

「어머니가 이런 상태로 계속 있을지도 모르겠어.」 그가 말했다.

그들 둘 다 말이 없었다. 그는 창을 통해 정원에 내린 눈을 어렴풋이 알아볼 수 있었다.

「내 침대에 가서 자.」 그가 애니에게 말했다. 「내가 앉아 있을게.」

「아니야, 나도 너와 같이 있을 거야.」 그녀가 말했다.

「그러지 않는 것이 더 좋겠어.」 그가 말했다.

마침내 애니는 방에서 살금살금 나가고 그만 홀로 남았다. 그는 갈색 담요로 몸을 감싸고 어머니 앞에 웅크리고 앉아서 지켜보았다. 그녀는 아래턱을 축 늘어뜨리고 있어서 무시무시하게 보였다. 그는 계속해서 지켜보았다. 이따금 그는 커다란 숨소리가 다시는 시작되지 않으리라고 생각했다. 그는 그 기다림을 견딜 수 없었다. 그러다가 갑자기 그를 깜짝 놀라게 하는 커다랗고 거친 숨소리가 다시 들려왔다. 그는 소리 나지 않게 난롯불을 다시 살폈다. 그녀가 방해받아서는 안 될 일이었다. 몇 분이 지났다. 숨 쉴 때마다 밤이 지나가고 있었다. 숨소리가 들려올 때마다 그는 가슴을 쥐어짜는 듯한 아픔을 느끼다가 마침내 그다지 큰 고통을 느끼지 않게 되었다.

아버지가 일어났다. 폴은 그 광부가 긴 양말을 끌어당겨 신고 하품하는 소리를 들었다. 그런 다음에 셔츠와 긴 양말만 신은 채 모렐이 들어왔다.

「쉿!」 폴이 말했다.

모렐은 서서 지켜보았다. 그런 다음 그는 어찌할 바를 모르고 공포에 사로잡혀 아들을 쳐다보았다.

「내가 집에 있는 것이 더 낫겠니?」 그가 속삭였다.

「아니에요……. 일하러 가세요……. 어머니는 내일까지도 돌아가시지 않을 겁니다.」

「내 생각에는 그렇지 않은데.」

「아니에요. 일하러 가세요.」

광부는 겁에 질려 그녀를 다시 쳐다보았고 아들의 말에 순종하여 방 밖으로 나갔다. 폴은 그의 양말대님 끈이 풀어져 흔들거리며 그의 종아리에 부딪치는 것을 보았다.

다시 삼십 분이 지난 후 폴은 아래층으로 내려가서 차를 한잔 마시고 돌아왔다. 모렐은 탄광에 갈 옷으로 갈아입고 위층으로 다시 올라왔다.

「가도 괜찮겠어?」 그가 말했다.

「예.」

그리고 몇 분 후 폴은 발자국 소리를 덮는 눈 위를 터벅터벅 걸어가는 아버지의 무거운 발걸음 소리를 들었다. 거리에서 광부들이 소리치며 무리를 지어 일터로 터벅터벅 걸어갔다. 길게 들이마시는 무시무시한 숨소리가 계속되었다……. 들이쉬고…… 들이쉬고…… 또 들이쉬고…… 그런 다음에 오랫동안 멈추었다가…… 그러고 나서 아…… 아하…… 아하하…… 푸…… 푸우…… 푸우우…… 푸우우우! 하고 내뿜는 소리가 다시 들려왔다. 저 멀리 눈덮인 들판 너머에서 철공소의 경적 소리가 들려왔다. 탄광과 다른 작업장의 확성기 음이 어떤 것은 멀리에서, 어떤 것은 가까이에서 연달아 들려오기 시작하더니 그 소리들이 모여 웅웅거렸다. 그런 다음에 아무 소리도 들리지 않고 정적이 흘렀다. 그는 난롯불을 살폈다. 커다란 숨소리가 정적을 깼다……. 그녀는 여전히 똑같아 보였다. 그는 블라인드를 들치고 밖을 내다보았다. 여전히 어두웠다. 어쩌면 조금 밝아지는 기미가 있는 것 같았다. 아마도 눈이 더욱 푸른색이어서 그런지도 몰랐다. 그는 블라인드를 걸어 올리고 옷을 입었다. 그런 다음 덜덜 떨면서 그는 세면대 위에 놓여 있는 병을 들고 브랜디를 마셨다. 눈이 점점 더 푸른색으로 변해 가고 있었다. 그는 마차가 덜그럭거리며 거리를 내려가는 소리를 들었다. 그래, 이제 일곱 시였고 조금씩 밝아 오고 있었다. 그는 사람들이 외치는 소리를 들었다. 세상이 깨어나고 있었다. 잿빛의 죽음 같은 새벽이 눈 위로 기어오고 있었다. 그래, 이제 그는 주택들을 볼 수 있었다. 그는 가스등을 껐다. 매우 어두워 보였다. 숨소리는 여전히 계속 들려오고 있었지만 그는 이제 그것에 거의 익숙해져 있었다. 그는 그녀를 볼 수 있었다. 그녀는 여전히 똑같아 보였다. 그는 혹시 그녀의 몸 위에 무거운 옷을 쌓아 올리면 그것이 숨쉬기를 더욱 어렵게 만들어서 그 끔찍한 숨소리가 그치지 않을까 하는 생각이 들었다. 그는 그녀를 쳐다보았다. 그것은 그녀가 아니었다……. 조금도 그녀답지 않았다. 그는 또 생각했다. 만일 담요와 무거운 외투를 그녀의 몸 위에 쌓아 올린다면…….

갑자기 문이 확 열리며 애니가 들어왔다. 그녀는 묻는 듯한 표정으로 그를 쳐다보았다.

「똑같아.」 그가 조용히 말했다.

그들은 잠시 귓속말을 주고받은 후 그가 아침 식사를 하러 아래층으로 내려갔다. 여덟 시 이십 분 전이었다. 곧 애니가 내려왔다.

「끔찍하지 않아?…… 엄마가 끔찍해 보이지 않느냐고?」 그녀가 공포에 질려 멍한 상태로 속삭였다.

그는 고개를 끄덕였다.

「혹시 엄마가 저렇게 보인다면…….」 애니가 말했다.

「차를 좀 마셔.」 그가 말했다.

그들은 위층으로 다시 올라갔다. 곧 이웃 사람들이 와서 겁에 질려 〈어머니는 어떠시느냐〉고 질문을 했다.

똑같은 상태가 계속되었다. 그녀는 한 손에 뺨을 얹은 채 누워 있었고 입은 딱 벌리고 있었으며 커다랗고 끔찍한 코 고는 소리가 들렸다 그쳤다 했다.

열 시에 간호사가 왔다. 그녀는 어쩐지 수심이 가득해 보였다.

「간호사 님! 어머니가 이런 상태로 며칠을 끌까요?」 폴이 외쳤다.

「그럴 수 없어요, 모렐 씨.」 간호사가 말했다. 「그럴 수 없어요.」

침묵이 흘렀다.

「정말 무섭지 않아요?」 간호사가 울부짖었다. 「그녀가 이렇게 견딜 수 있을 거라고 누가 생각했겠어요?…… 이제 내려가세요, 모렐 씨, 내려가시라고요.」 마침내 열한 시경 그는 아래층으로 내려가 이웃집에 가 있었다. 애니도 또한 아래층으로 내려왔다. 간호사와 아서는 위층에 있었다. 폴은 머리를 두 손으로 감싸고 앉아 있었다. 갑자기 애니가 마당을 건너 날듯이 뛰어오며 반쯤은 미친 듯이 울부짖었다.

「폴…… 폴…… 엄마가 돌아가셨어!」

순식간에 그는 자기 집으로 돌아와 위층으로 올라갔다. 그녀는 웅크린 채 가만히 누워 얼굴을 한 손에 받치고 있었으며 간호사가 그녀의 입을 씻어 주고 있었다. 그들은 모두 뒤로 물러서 있었다. 그는 무릎을 꿇고 앉아 자기 얼굴을 그녀의 얼굴에 대고 두 팔로 그녀를 감싸 안았다.

「사랑하는 어머니…… 어머니…… 아, 사랑하는 어머니!」 그는 계속 되풀이하여 속삭였다. 「어머니…… 아, 사랑하는 어머니!」

그런 다음 그는 간호사가 등 뒤에서 울며 말하는 소리를 들었다.

「어머님은 잘되셨어요, 모렐 씨, 이렇게 가신 편이 더욱 좋으실 거예요.」

그는 아직도 온기가 남아 있는 죽은 어머니에게서 얼굴을 들더니 곧장 아래층으로 내려가 자기 구두에 검은 약을 발라 닦기 시작했다.

부고를 쓰는 등 할 일이 많았다. 의사가 와서 그녀를 힐끗 보더니 한숨을 내쉬었다.

「아…… 불쌍한 양반.」 의사가 말한 다음에 돌아섰다. 「그럼 여섯 시경에 병원으로 와서 사망 진단서를 받아 가세요.」

아버지는 네 시쯤 일터에서 집으로 돌아왔다. 그는 묵묵히 무거운 발걸음을 질질 끌며 집으로 들어와서 자리에 앉았다. 미니가 부산을 떨며 그에게 저녁을 차려 주었다. 피곤에 절어 그는 새까만 두 팔을 식탁 위에 걸쳤다. 그의 식사로 스웨덴 순무가 차려졌고 그것은 그가 좋아하는 것이었다. 폴은 혹시 아버지가 알고 있는지 궁금했다. 시간이 좀 흐를 때까지 아무도 말을 하지 않았다. 마침내 아들이 말했다.

「블라인드가 내려져 있는 것을 아셨어요?」

모렐이 고개를 들고 쳐다보았다.

「아니!」 그가 말했다. 「왜?…… 엄마가 돌아가셨냐?」

「예.」

「언제?」

「오늘 아침 열두 시경에요.」

「흠!」

광부는 잠시 가만히 앉아 있다가 식사하기 시작했다. 마치 아무 일도 일어나지 않은 것 같았다. 그는 말없이 순무를 먹었다. 그런 다음에 그는 몸을 씻고 위층으로 올라가 옷을 갈아입었다. 그녀의 방문은 닫혀 있었다.

「엄마를 보셨어요?」 아버지가 아래층으로 내려왔을 때 애니가 물었다.

「아니.」그가 대답했다.

잠시 후 그는 밖으로 나갔다. 애니도 나갔고 폴은 장의사와 목사와 의사와 호적계원을 찾아다녔다. 그것은 시간이 많이 걸리는 일이었다. 그는 거의 여덟 시가 되어서야 돌아왔다. 곧 장의사가 와서 관의 치수를 재기로 되어 있었다. 집은 어머니 이외엔 아무도 없이 텅 비어 있었다. 그는 촛불을 들고 위층으로 올라갔다.

그렇게도 오랫동안 따스했던 그 방은 싸늘했다. 꽃이며 병이며 접시며 병실의 모든 쓰레기들이 치워졌다. 모든 것들이 거칠고 간소했다. 어머니는 침대 위에 높이 눕혀져 있었고 불쑥 솟아 있는 발에서부터 시트가 매끄럽게 펼쳐져 눈처럼 깨끗한 곡선을 이루고 있었으며 매우 조용했다. 그녀는 잠자는 소녀처럼 누워 있었다. 한 손에 촛불을 들고 그는 그녀 위로 몸을 굽혔다. 그녀는 소녀처럼 잠자며 사랑을 꿈꾸는 듯이 누워 있었다. 입이 약간 벌어져 있는 것이 마치 자신이 겪는 고통을 의아하게 여기는 듯했지만 얼굴은 젊어 보였고 이마는 깨끗하고 하얘서 마치 고단한 삶이 그곳을 전혀 건드리지도 않은 듯했다. 그는 다시 눈썹을 쳐다보고 이어서 한쪽으로 약간 치우쳐 있는 작고 매력적인 코를 쳐다보았다. 그녀는 다시 젊어져 있었다. 단지 관자놀이에서부터 매우 아름답게 아치를 이룬 머리카락에만 흰머리가 섞여 있었으며, 소박하게 두 가닥으로 땋은 머리카락이 양쪽 어깨 위에 드리워져 있는 것이 은색과 갈색이 섞여 있는 부서지기 쉬운 장식품 같았다. 그녀는 잠에서 깨어나 일어날 것 같았다. 두 눈꺼풀을 들어 올릴 것 같았다. 그녀는 고요히 그와 함께 있었다. 그는 허리를 굽혀 그녀에게 열정적으로 키스를 퍼부었다. 그렇지만 그의 입술에 냉기가 느껴졌다. 그는 공포에 젖어 입

816

술을 깨물었다. 그녀를 쳐다보며 그는 그녀가 떠나가도록 자신이 결코 그녀를 도저히 놓아 버릴 수 없다고 느꼈다. 안 돼! 그는 그녀의 관자놀이에서부터 머리카락을 쓰다듬었다. 그것도 역시 싸늘했다. 그는 고통을 이상하게 여기고 있는 듯한 그 말없는 입을 보았다. 그런 다음 그는 방바닥에 웅크리고 앉아 그녀에게 속삭였다.「어머니…… 어머니!」

그가 여전히 그녀와 함께 있을 때 장의사들이 왔는데 그와 함께 학교에 다녔던 젊은이들이었다. 그들은 그녀를 경건하게 그리고 조용하면서도 사업적인 방식으로 다루었다. 그들은 그녀를 쳐다보지 않았다. 그는 시샘하며 그들을 지켜보았다. 그와 애니가 그녀를 지독하게 지켰다. 아무도 방 안으로 들어와 그녀를 보지 못하게 했고 그래서 이웃 사람들은 감정이 상했다.

잠시 후 폴은 집 밖으로 나와 친구 집에서 카드놀이를 했다. 자정이 되어서야 그는 집으로 돌아왔다. 그가 들어오자 아버지는 소파에서 일어나 애처로운 태도로 말했다.

「니가 다시는 돌아오지 않는 줄 알았어, 애야.」

「아버지가 주무시지 않고 계시리라고 생각하지 못했습니다.」폴이 말했다.

아버지는 매우 외로워 보였다. 모렐은 일찍이 두려움이 없는 사람이었다……. 아무것도 그를 두렵게 할 수 없었다. 폴은 아버지가 죽은 아내만 있는 집에서 혼자 잠자리에 드는 것을 두려워한다는 사실을 깨닫고 깜짝 놀랐다. 그는 죄송스러운 마음이 들었다.

「아버지가 혼자 계실 거라는 것을 깜빡 잊었어요, 아버지.」그가 말했다.

「뭣 좀 먹을래?」모렐이 물었다.

「아니요.」

「저어…… 너 줄려고 우유를 뜨겁게 데워 놓았다. 니가 가서 가져와라. 아마 충분히 식었을 거다.」

폴은 그것을 마셨다.

「내일은 노팅엄에 가봐야 해요.」 그가 말했다.

잠시 후 모렐은 잠자리에 들었다. 그는 닫혀 있는 방문 앞을 빨리 지나간 후 자기 방문을 활짝 열어 놓았다. 곧 아들도 또한 위층으로 올라왔다. 그는 평상시와 마찬가지로 어머니에게 밤 인사로 키스를 하러 들어갔다. 춥고 어두웠다. 그는 그녀의 방에 난롯불을 계속 지펴 놓았으면 좋았을 것이라고 생각했다. 여전히 그녀는 자신의 젊은 시절 꿈을 꾸고 있었다. 그렇지만 그녀는 추울 것이었다.

「어머니! 사랑하는 어머니!」 그가 속삭였다.

그리고 그는 그녀가 차갑기 때문에 자기에게 낯설게 느껴질 것이 두려워서 그녀에게 키스하지 않았다. 그녀가 그토록 아름답게 잠들어 있어서 그는 마음이 편안해졌다. 그는 그녀가 잠에서 깨어나지 않도록 방문을 살며시 닫고 돌아가 잠자리에 들었다.

아침에 모렐은 애니가 아래층에서 움직이는 소리와 폴이 층계참 건너편 방에서 기침하는 소리를 듣고 용기를 냈다. 그는 아내의 방문을 열고 블라인드를 내려 깜깜해진 방으로 들어갔다. 그는 희미하게 밝아 오는 빛 속에 높이 올려진 하얀 형체를 보았지만 그녀를 볼 용기는 감히 내지 못했다. 당황스럽고 너무 겁이 나 평정심을 송두리째 잃어버리고 허둥대며 방에서 다시 나오고 말았다. 그는 그녀를 결코 다시 쳐다보지 못했다. 그는 여러 달 동안 그녀를 유심히 살펴보지 못했었는데, 감히 쳐다볼 용기가 없었기 때문이었다. 그래서 그녀는 지금 또다시 그의 젊은 아내처럼 보였다.

「엄마를 보셨어요?」 아침 식사 후에 애니가 아버지에게 날카롭게 물었다.

「응.」그가 말했다.

「엄마가 멋져 보인다고 생각하지 않으세요?」

「응.」

그는 곧 집 밖으로 나갔다. 그리고 줄곧 그는 죽은 아내의 모습을 피하기 위해 살금살금 숨어 다니는 것처럼 보였다.

폴은 여기저기로 분주히 돌아다니며 장례식 절차를 밟았다. 그는 노팅엄에서 클라라를 만나 한 카페에서 그녀와 함께 차를 마셨으며 그들은 다시 매우 명랑해졌다. 그녀는 그가 어머니의 죽음을 비극적으로 받아들이지 않는 것을 보고 무한히 안도감을 느꼈다.

후에 친척들이 장례식을 치르기 위해 오기 시작했을 때 어머니의 죽음은 공적인 일이 되었고 아이들은 사회적인 존재가 되었다. 그들은 자기 자신을 제쳐 두고 있었다. 그들은 비가 쏟아지고 바람이 불어 대는 격렬한 폭풍우가 몰아치는 가운데 그녀를 매장했다. 비에 젖은 흙이 번쩍번쩍 빛났고 하얀 꽃들은 모두 흠뻑 젖었다. 애니는 폴의 팔을 움커잡고 몸을 앞으로 숙였다. 저 아래쪽에 윌리엄이 묻힌 관의 시커먼 귀퉁이가 보였다. 오크 나무로 만든 관이 안정되게 서서히 내려졌다. 그녀는 가버린 것이었다. 비가 무덤 안으로 쏟아져 내렸다. 번쩍이는 우산을 들고 있는 검은색 행렬이 흩어졌다. 사람들이 떠난 묘지는 흠뻑 적시는 차가운 빗속에 황량하게 남아 있었다.

폴은 집에 돌아와서 손님들에게 음료수를 대접하느라 바빴다. 아버지는 모렐 부인의 친척들인 〈귀하신〉 분들과 함께 부엌에 앉아 울며 아내가 얼마나 좋은 여자였는지, 그리고 자신이 아내를 위해 할 수 있는 일이라면 무엇이든 다 해주려고 얼마나 애써 왔는지 말했다. 평생토록 자신이 아내를 위해 해줄 수 있는 일을 다 하려고 노력해 왔으니 스스로 후회할 일은 아무것도 없다는 것이었다. 아내는 저세상으로 가버렸지만 자신은 그녀를 위해 최선을 다해 왔다고 했다. 그는 하얀 손수건으로 두 눈을 훔쳤다. 그는 자책할 만한 것이 아무것도 없다고 되풀이해서 말했다. 그러면서 평생토록 그녀를 위해 최선을 다해 왔다며 다시 한 번 강조했다.

그리고 그런 방식으로 그는 그녀를 깨끗이 잊어버리려고 애썼다. 그는 개인적으로 그녀를 생각한 적이 결코 없었다. 자신의 마음속 깊은 곳에 있는 모든 것을 그는 부정했다. 폴은 아버지가 이렇게 앉아서 어머니에 대해 감상적으로 생각하는 데에 혐오감을 느꼈다. 그는 아버지가 술집에 가서도 그렇게 하리라는 것을 알고 있었다. 왜냐하면 진정한 비극이 모렐의 마음속에서 자신도 모르게 진행되고 있었기 때문이었다……. 그 후 수시로 아버지는 오후에 낮잠을 즐기다가 얼굴이 하얗게 질리고 겁에 질려 덜덜 떨면서 아래층으로 내려오곤 했다.

「니 엄마 꿈을 꿨어.」 아버지는 작은 목소리로 말했다.

「그랬어요? 아버지?…… 나는 어머니 꿈을 꿀 때면 언제나 어머니가 건강하실 때와 똑같은 모습으로 보여요. 꿈에서 어머니를 자주 보지만 아무것도 변한 게 없는 듯 아주 멋지고 자연스럽게 보여요.」

그렇지만 모렐은 공포에 질려 난롯불 앞에 웅크리고 앉아 있었다.

몇 주일이 반쯤은 현실인 듯이, 또 반쯤은 꿈속을 헤매는 듯이 큰 고통도 없고 별다른 특별한 일도 없이 어쩌면 약간 안도감을 느끼며 대체로 뜬눈으로 밤을 지새우는 가운데 흘러갔다. 폴은 불안하게 이곳저곳을 돌아다녔다. 어머니의 병세가 악화된 이후 몇 달 동안 그는 클라라와 사랑을 나누지 못했었다. 그녀는 말하자면 벙어리와 같이 그에게 말이 없었고 다소 거리를 두었다. 도우즈는 그녀를 매우 자주 보았지만 그들 두 사람은 자기들 사이에 놓여 있는 커다란 거리감을 조금도 좁힐 수 없었다. 그들 세 사람은 그저 앞으로 떠밀려 가고 있을 뿐이었다.

도우즈는 매우 느리게 회복되고 있었다. 그는 크리스마스 때 스케그네스에 있는 요양소에 와 있었고 거의 완쾌되어 가고 있었다. 폴은 며칠 동안 바닷가에 갔다. 아버지는 셰필드에 있는 애니네 집에 머무르고 있었다. 도우즈가 폴의 숙소로 왔다. 그가 요양소에 머물러 있을 수 있는 기한이 다되었기 때문이었다. 그 두 남자는 비록 그들 사이에 서로 침묵을 지키는 큰 문제가 하나 있기는 했지만 서로에게 충실한 것처럼 보였다. 도우즈는 지금 모렐에게 의지하고 있었다. 그는 폴과 클라라가 사실상 헤어졌다는 것을 알고 있었다.

크리스마스 이틀 후에 폴은 노팅엄으로 돌아갈 예정이었다. 전날 저녁 그는 도우즈와 함께 난롯불 앞에서 담배를 피우며 앉아 있었다.

「클라라가 내일 하루 여기에 온다는 것을 알고 있어요?」 그가 말했다.

상대편 남자는 그를 힐끗 보았다.

「그래, 자네가 이야기했네.」 그 남자가 대답했다.

폴은 자기 잔에 남아 있는 위스키를 마셨다.

「집주인 여자에게 당신 부인이 올 거라고 말했어요.」 그가 말했다.

「그랬어?」 도우즈가 몸을 움츠리며 자신을 상대방의 손에 거의 맡겨 버린다는 듯이 말했다. 그 남자는 다소 뻣뻣한 태도로 일어나며 모렐의 잔에 손을 내밀었다.

「내가 자네 잔을 채워 주지.」 그 남자가 말했다.

폴이 벌떡 일어섰다.

「가만히 앉아 계세요.」 그가 말했다.

그렇지만 도우즈는 다소 떨리는 손으로 위스키에 물을 계속 섞었다.

「얼마나 따를까?」 그 남자가 말했다.

「됐어요!」 상대방이 대답했다. 「그렇지만 당신이 일어날 필요는 없는데요.」

「여보게, 이렇게 하는 것이 나에게 좋다네.」 도우즈가 대답했다. 「이래야 내가 다시 정상으로 돌아왔다고 생각하기 시작할 것이네.」

「아마도 거의 정상으로 돌아온 것 같네요.」

「그럼, 틀림없어, 그런 것 같아.」 도우즈가 말하며 그에게 고개를 끄덕였다.

「그리고 렌이 셰필드에 당신 일자리를 구해 줄 수 있을 거라고 말하더군요.」

도우즈는 또다시 그를 힐끗 보았는데 그 남자의 검은 눈에는 상대방이 말하는 것에 모두 동의한다는 빛이 있었고 어쩌면 그에게 약간 지배당한다는 듯한 표정이 어렸다.

「우스운 일이지요.」 폴이 말했다. 「다시 출발한다니 말이에요!…… 내가 당신보다 더 큰 궁지에 빠져 있는 듯한 기분이 들어요.」

「여보게, 어떤 면에서 그렇다는 말인가?」

「모르겠어요. 정말 모르겠어요. 마치 상당히 어둡고 황량하며 마구 뒤엉킨 함정에 빠져 있는데 어디로도 빠져나갈 길이 없는 것 같아요.」

「알겠어…… 이해해.」 도우즈는 고개를 끄덕이며 말했다. 「그렇지만 다 괜찮아진다는 것을 알게 될 거야.」

그 남자는 위로하는 듯이 말했다.

「그럴 거예요.」폴이 말했다.

도우즈는 절망적인 태도로 담배 파이프를 털었다.

「자네는 나처럼 스스로를 망가뜨리지는 않았어.」그 남자가 말했다.

모렐은 마치 모든 것을 포기해 버린 듯이 담배 파이프 대를 쥐고 재를 떨어내는 상대방 남자의 하얀 손목과 손을 보았다.

「몇 살이시죠?」폴이 물었다.

「서른아홉이네.」도우즈가 대답하며 그를 힐끗 보았다.

그 남자의 갈색 두 눈에 실패의 자의식이 가득 차 있고 확신을 간청하면서 누군가가 자신의 내면에 있는 인간성을 다시 확립시켜 주고 자기를 따뜻하게 대해 주고 자신을 다시 굳건히 세워 주기를 애원하는 듯한 표정이 서려 있어 폴은 마음이 괴로웠다.

「이제 한창때가 될 거예요.」모렐이 말했다…….「인생이 많이 지나가 버린 것처럼 보이지도 않아요.」

상대편의 갈색 두 눈이 갑자기 번쩍 빛났다.

「물론 그렇지.」그 남자가 말했다.「아직도 기운이 펄펄해!」

폴은 고개를 들어 쳐다보며 웃었다.

「우린 둘 다 아직 우리 내면에 생명력이 충만하니까 성공할 수 있어요.」폴이 말했다.

두 남자의 눈이 마주쳤다. 그들은 한 가지 표정을 교환했다. 서로 상대방에게 강력한 열정이 있다는 것을 인식하고 두 사람은 함께 위스키를 마셨다.

「그래, 그렇고말고!」도우즈가 숨 가쁘게 말했다.

잠시 침묵이 흘렀다.

「그런데 이유를 모르겠어요.」폴이 말했다.「당신이 중단한 곳에서 왜 계속해 나가지 않는지 말이에요.」

「뭐라고!……」 도우즈가 넌지시 말했다.

「그래요…… 옛날의 가정을 다시 한 번 함께 짜 맞추는 거예요.」

도우즈는 얼굴을 가리고 고개를 가로저었다.

「그럴 수 없어.」 그가 비꼬는 듯한 미소를 지으며 말하고 고개를 들어 쳐다보았다.

「왜요?…… 당신이 원하지 않기 때문인가요?」

「어쩌면 그래.」

그들은 말없이 담배를 피웠다. 도우즈는 이를 드러내고 담배 파이프 대를 씹었다.

「그 여자를 원하지 않는다는 뜻인가요?」 폴이 물었다.

도우즈는 얼굴에 신랄하게 자책하는 듯한 표정을 띠고 고개를 들어 벽에 걸려 있는 그림을 물끄러미 바라보았다.

「잘 모르겠어.」 그 남자가 말했다.

담배연기가 부드럽게 둥둥 떠 올라갔다.

「그 여자는 당신을 원한다고 믿어요.」 폴이 말했다.

「그래?」 상대방이 부드러우면서도 비꼬는 듯하며 멍한 말투로 대답했다.

「그래요…… 그 여자는 진정으로 나와 마음이 맞아 얽힌 적이 결코 없었어요……. 언제나 당신이 배후에 있었어요. 바로 그렇기 때문에 당신과 이혼하지 않으려고 하는 거예요.」 도우즈는 빈정대는 태도로 벽난로 위에 걸려 있는 그림을 여전히 물끄러미 바라보고 있었다.

「여자들이 나에게는 항상 그런 식으로 대해요.」 폴이 말했다. 「나를 미칠 듯이 원하면서도 나에게 속하고 싶어 하지는 않거든요……. 그리고 그 여자는 언제나 당신에게 속해 있었어요. 나는 알아요…….」

승리를 거머쥐어 도우즈의 내면에서 의기양양한 남성성이

솟구쳤다. 그 남자는 좀 더 분명히 자기 이를 드러내 보였다.

「어쩌면 내가 바보였나 봐.」 그 남자가 말했다.

「큰 바보였지요.」 모렐이 말했다.

「하지만 어쩌면 자네가 더 큰 바보였는지도 몰라.」 도우즈가 말했다.

그 말 속에는 승리감과 악의가 깃들어 있었다.

「그렇게 생각하는군요!」 폴이 말했다.

그들은 잠시 동안 말이 없었다.

「어쨌든 나는 내일 떠납니다.」 모렐이 말했다.

「알고 있어.」 도우즈가 대답했다.

그런 다음 그들은 더 이상 이야기를 나누지 않았다. 서로 상대방을 죽이고 싶은 본능이 되살아났던 것이다. 그들은 서로를 거의 피하다시피 했다.

그들은 같은 침실을 사용하고 있었다. 그들이 잠자리에 들었을 때 도우즈는 멍하니 무엇인가를 생각하고 있는 듯이 보였다. 그 남자는 셔츠만 입고 침대 끝에 걸터앉아 자기 다리를 내려다보고 있었다.

「춥지 않아요?」 모렐이 물었다.

「내 다리를 보고 있어.」 상대방이 대답했다.

「다리가 어째서요? 괜찮아 보이는데요.」 폴이 자기 침대에서 대답했다.

「괜찮아 보이기는 해……. 그렇지만 아직도 안에 물이 좀 고여 있어.」

「그래서 그것이 어떤데요?」

「와서 한번 봐봐.」

폴은 마지못해 침대에서 일어나 몇 발짝 걸어 나와 상대방 남자의 꽤 잘생긴 다리를 보았는데 그의 다리는 온통 반짝이는 거무스름한 황금빛 털로 뒤덮여 있었다.

「여기 봐.」 도우즈가 말하며 자기 정강이를 가리켰다. 「이 아래에 물이 고여 있는 것을 좀 봐.」[103]

「어디에요?」 폴이 말했다.

그 남자는 손가락 끝으로 꾹 눌렀다. 조그맣게 움푹 들어간 자리가 서서히 차올랐다.

「아무것도 아니네요.」 폴이 말했다.

「자네가 한번 해봐!」 도우즈가 말했다.

폴은 자기 손가락으로 눌러 보았다. 조그마하게 움푹 들어간 자리가 생겼다.

「흠!」 그가 말했다.

「썩었지? 그렇지 않아?」 도우즈가 말했다.

「아니?…… 별것도 아니네요.」

「다리에 물이 고여서야 대단한 남자라고 할 수 없지.」

「별다른 차이가 있는 것 같지 않은데요.」 모렐이 말했다. 「나는 가슴이 약하거든요.」

그는 자기 침대로 돌아갔다.

「다른 부분은 다 괜찮은 것 같은데.」 도우즈가 말하고 등불을 껐다.

아침이 되자 비가 내리고 있었다. 모렐은 가방을 꾸렸다. 바다는 회색빛으로 거칠게 파도가 치며 음산했다. 그는 자신을 삶으로부터 점점 더 단절시키고 있는 듯이 보였다. 그렇게 하는 데에서 그는 짓궂은 기쁨을 느꼈다.

두 남자는 기차역에 가 있었다. 클라라가 기차에서 내려 허리를 똑바로 곧추세우고 냉정하고 침착하게 플랫폼을 따라 걸어왔다. 그녀는 긴 코트를 입고 트위드 모자를 쓰고 있었다. 두 남자는 그녀의 냉정한 태도 때문에 그 여자를 밉살

---

103 도우즈는 고혈압이나 신장 이상으로 인한 건강 악화 현상인 부종을 앓고 있다.

스럽게 보였다. 폴은 개찰구 너머로 그녀와 악수했다. 도우즈는 잡지 매점에 기대서서 지켜보고 있었다. 비가 내렸기 때문에 그 남자가 입은 검은 외투는 단추가 목까지 채워져 있었다. 남자는 창백했고 그의 점잖은 태도에는 고상한 기운마저 감돌고 있었다. 그가 다리를 약간 절며 앞으로 나왔다.

「지금 보기보다는 더 나았을 줄 알았어요.」그녀가 말했다.

「아. 이제 괜찮아.」

세 사람은 어찌할 바를 모르고 서 있었다. 그녀는 두 남자가 자기 곁에서 계속 머뭇거리며 서 있게 했다.

「숙소로 곧장 갈까요? 아니면 어디 다른 곳으로 갈까요?」폴이 말했다.

「집으로 가는 게 좋을 것 같은데.」도우즈가 말했다.

폴이 보도의 가장 바깥쪽에서 걷고 그 옆에 도우즈 그리고 그 옆에 클라라가 가장 안쪽으로 걸었다. 그들은 예의 바르게 대화를 했다. 거실은 바다를 면하고 있어서 회색빛으로 거칠게 몰려오는 파도가 보였고 바닷물이 내는 쉿 소리가 그다지 멀지 않은 곳에서 들려왔다.

모렐은 커다란 안락의자를 돌려놓았다.

「여기 앉으세요.」그가 말했다.

「그 의자에 앉고 싶지 않아.」도우즈가 말했다.

「앉으세요.」모렐이 또다시 말했다.

클라라는 옷을 벗어 소파 위에 놓았다. 그녀는 약간 화가 난 듯한 태도를 보였다. 손가락으로 머리카락을 쓸어 올리며 그녀는 다소 무관심하고 침착하게 앉았다. 폴은 집주인 여자에게 말하기 위해 아래층으로 뛰어 내려갔다.

「당신이 추울 것 같은 생각이 드는데.」도우즈가 자기 아내에게 말했다.「불 가까이 와.」

「됐어요. 나는 아주 따뜻해요.」그녀가 대답했다.

그녀는 창밖으로 비와 바다를 내다보았다.

「언제 돌아갈 거예요?」 그녀가 물었다.

「글쎄…… 방은 내일까지 잡아 놓았고, 저 사람은 나더러 머물러 있으라고 하네. 저 사람은 오늘 밤에 돌아갈 거야.」

「그러면 당신도 셰필드로 갈 생각인 거예요?」

「그래.」

「일을 시작해도 될 만큼 건강이 괜찮아요?」

「시작할 거야.」

「정말 일자리를 구했어요?」

「그래…… 월요일부터 시작이야.」

「일을 할 만큼 건강이 좋아 보이지는 않는데요.」

「왜 내가?」

그녀는 대답하지 않고 또다시 창밖을 내다보았다.

「그런데 셰필드에 숙소는 구했어요?」

「그래.」

또다시 그녀는 창밖을 멀리 내다보았다. 흘러내리는 빗물로 창유리가 흐릿했다.

「그러면 잘해 나갈 수 있겠어요?」 그녀가 물었다.

「그렇게 생각하고 싶어. 그래야만 하고!」

그들이 말없이 앉아 있을 때 모렐이 돌아왔다.

「네 시 이십 분 기차로 가야 해요.」 그가 들어오며 말했다.

아무도 대답하지 않았다.

「구두를 벗는 것이 좋겠어요.」 그가 클라라에게 말했다. 「내 슬리퍼를 신어요.」

「고마워요.」 그녀가 말했다. 「구두가 젖지는 않았어요.」

그는 슬리퍼를 그녀의 발 옆에 갖다 놓았다. 그녀는 그것들을 그 자리에 그대로 두고 건드리지 않았다.

모렐이 자리에 앉았다. 두 남자 모두 어쩔 줄 모르는 듯이 보였고 각자 무언가에 쫓기는 듯한 표정을 짓고 있었다. 그렇지만 도우즈는 이제 조용한 자세를 취하며 자신을 내맡기고 있는 반면에 폴은 긴장하는 듯이 보였다. 클라라는 그가 그렇게 왜소하고 초라해 보이는 모습을 본 적이 없었다고 생각했다. 그는 마치 가능한 한 작은 구멍으로 들어가려고 애쓰는 것 같았다. 그리고 그가 이리저리 돌아다니며 정리할 때나 앉아서 이야기할 때 그의 모습에 거짓되고 어색한 무엇인가가 있는 것처럼 보였다. 눈치채지 않게 지켜보면서 그녀는 그에게 안정감이 없다고 생각했다. 그는 그 나름대로는 멋지고, 어떤 한 가지 기분에 빠져 있을 때에는 열정적이고, 그녀에게 순수한 삶을 몇 모금 맛보게 해줄 수 있었다. 그런데 지금 그는 하찮고 대수롭지 않게 보였다. 그에게는 안정된 면이라고는 조금도 없었다. 그녀의 남편이 남자다운 위엄을 더 많이 지니고 있었다. 어쨌든 도우즈 그 사람은 어떤 바람이 불어도 가볍게 흔들리지 않았다. 모렐에게는 덧없는 무엇인가, 변하기 쉽고 거짓된 무엇인가가 있다고 그녀는 생각했다. 그는 어떤 여자에게도 굳건히 딛고 설 수 있는 확실한 기반을 결코 만들어 주지 못할 것이다. 그녀는 그가 그렇게 온통 움츠러들며 점점 왜소해져 가기 때문에 그를 다소 경멸했다. 그녀의 남편은 적어도 남자다웠고 패배했을 때에는 굴복했다. 그렇지만 이 남자는 자신이 패배했다는 사실을 결코 인정하지 않을 것이다. 그는 이리저리 빙빙 돌기만 하고 배회하다가 점점 왜소해질 것이다. 그녀는 그를 경멸했다. 그럼에도 불구하고 그녀는 도우즈보다 오히려 그를 계속 지켜보았더니 마치 그들 세 사람의 운명이 그의 손에 달려 있는 듯이 보였다. 그것 때문에 그녀는 그를 증오했다.

그녀는 이제 남자들에 대해서, 남자들이 무엇을 할 수 있으며 무엇을 하고 싶어 하는지 더 잘 이해할 것 같았다. 그녀는 남자들에 대한 두려움이 없어지고 자신을 더욱더 확신하게 되었다. 남자들이 자기가 상상해 왔던 것처럼 그렇게 쩨쩨한 이기주의자가 아니라는 사실을 깨닫게 되자 그녀는 마음이 더욱더 편안해졌다. 그녀는 많은 것을 배워 왔고 이제 자신이 배우고 싶어 하는 만큼 거의 다 배웠다. 그녀의 잔이 가득 찬 것이다. 아직도 그녀가 가지고 다닐 수 있을 만큼 가득 차 있었다. 전체적으로 보아 그 남자가 가버린다 하더라도 그녀는 그다지 유감스러워 하지 않을 것이다.

그들은 식사를 하고 나서 난롯가에 앉아 호두를 까먹으며 술을 마시고 있었다. 심각한 이야기는 한마디도 오가지 않았다. 그렇지만 클라라는 모렐이 이 모임에서 빠져나가며 자기에게 남편과 함께 머물 수 있는 선택권을 남겨 주고 있다는 것을 깨달았다. 그 점이 그녀를 화나게 했다. 그는 결국 자신이 원하는 것을 취하고 난 다음에는 그녀를 되돌려 보내는 그런 쩨쩨한 사람이었다. 그녀는 자신이 원하는 것을 가진 적이 있었는지 기억하지 못했고 마음속 저 밑바닥에서는 원래의 자리로 되돌려 보내지기를 진정 원하고 있었다.

폴은 자신이 형편없이 구겨지고 외로운 느낌이 들었다. 어머니가 그의 삶을 사실상 지탱해 주었던 것이다. 그는 어머니를 사랑했고 그들 두 모자는 이 세상을 함께 대면했던 것이다. 이제 그녀는 돌아가고 없으니 그의 뒤에 남은 인생은 영원히 간격이 벌어지고 장막이 찢어진 셈이었다. 그리고 그 찢어진 틈으로 그의 삶이 천천히 표류하는 듯했다. 마치 자신이 죽음으로 이끌려 가고 있는 것 같았다. 그는 누군가가 자발적으로 주도권을 잡고 자기를 도와주었으면 싶었다. 자신이 사랑하는 사람, 바로 어머니의 발자취를 따라서 죽음으로 빠져들고 싶은 이 크나큰 문제가 두렵기 때문에 그는 사소한 것들을 모두 손에서 놓아 버리기 시작했다. 클라라는 그가 의지하고 매달리는 것을 견뎌 낼 수 없었다. 그녀는 그를 원했지만 그를 이해하려고 하지는 않았다. 그녀가 원하는 것은 성공한 남자이지 진실하고 고뇌에 찬 그 자신이 아니라는 사실을 그는 느꼈다. 그것은 그녀에게 너무나 큰 괴로움이 될 터이므로 그는 감히 그녀에게 그 고통을 줄 수 없었다. 그녀는 그에게 적절히 적응할 수 없었다. 그 사실로 인하여 그는 자신을 부끄럽게 여겼다. 부끄러워한 이유는 자신이 그렇게 난처한 처지에 있었기 때문이며 또 자기 자신이 삶을 지탱하기가 매우 불확실했을 뿐만 아니라 그를 붙잡아 주는 사람이 아무도 없었기 때문이기도 했다. 그리고 자신이 허울뿐이고 공허하다고 느끼고 있었기에 마치 자신이 이 현실적인 세상에서 그다지 중요하지 않은 듯이 생각되기도 했다. 이러한 이유들로 인하여 그는 전체적으로 점점 더 왜소하게 움츠러들었던 것이다. 그는 죽고 싶지 않았고 굴복하고 싶은 생각도 없었다. 그렇지만 죽음을 두려워하지는 않았다. 만일 도와주는 사람이 아무도 없다면 그는 혼자 계속 나아갈 것이다.

도우즈는 삶의 극단까지 몰려갔었기 때문에 마침내 두려워하고 있었다. 그는 죽음의 문턱까지 갈 수 있었고 그 문턱 끝에 누워서 그 안을 들여다볼 수 있었다. 그런 다음에 겁을 먹고 무서워하며 다시 기어 나와서 주어지는 것을 거지처럼 받아야만 했다. 거기에는 어떤 고결함이 있었다. 클라라가 보았듯이 그는 자신이 패배했음을 인정했고 어떻게든 다시 받아들여지기를 원하고 있었다. 그녀는 그를 위해 그러한 은혜를 베풀어 줄 수 있었다.

세 시가 되었다.

「나는 네 시 이십 분 기차로 갈 거예요.」폴이 또다시 클라라에게 말했다. 「당신은 그때 갈래요? 아니면 나중에 갈래요?」

「모르겠어요.」 그녀가 말했다.

「노팅엄에서 아버지를 일곱 시 십오 분에 만나기로 했거든요.」 그가 말했다.

「그러면, 나는 나중에 갈래요.」 그녀가 대답했다.

도우즈가 마치 계속 긴장하고 있었던 듯이 갑자기 몸을 홱 움직였다. 그 사람은 바다를 내다보고 있었지만 아무것도 눈에 들어오지는 않았다.

「구석에 책이 한두 권 있어요.」 모렐이 말했다. 「나는 그것들을 다 읽었으니까 필요 없어요.」 네 시경에 그는 떠났다.

「두 분 모두 나중에 뵐 수 있겠지요.」 그가 악수하며 말했다.

「그렇겠지.」 도우즈가 말했다. 「그리고 어쩌면…… 언젠가…… 자네한테 빚진 돈을 갚을 수 있을 거야…….」

「그것을 받으러 갈 겁니다, 두고 보면 알지요.」 폴이 웃으며 말했다. 「내가 아주 폭삭 늙어 버리기도 전에 돈에 쪼들릴지도 모르니까요.」

「아…… 그래…….」 도우즈가 말했다.

「안녕히 계세요!」 그가 클라라에게 말했다.

「안녕히 가세요.」 그녀가 말하며 그에게 한 손을 내밀었다. 그런 다음에 그녀는 그를 마지막으로 말없이 겸허하게 힐끗 보았다.

그는 가버렸다. 도우즈와 그의 아내는 다시 앉았다.

「여행하기에는 고약한 날이군.」 남자가 말했다.

그들이 종잡을 수 없는 이런저런 이야기를 하다 보니 날이 어두워졌다. 집주인 여자가 차를 가져왔다. 앉으라는 말이 없는데도 도우즈는 자기 의자를 탁자로 끌고 왔는데 남편으로서 당연하다는 듯한 태도였다. 그런 다음에 그 남자는 겸손하게 앉아서 자기 잔에 차를 따라 주기를 기다렸다. 그녀는 기꺼이 그렇게 해야 한다는 듯이 그 남자에게 차를 따라 주었는데, 아내로서 당연하다는 듯이 그의 의견을 묻지도 않았다.

차를 마신 후 여섯 시가 가까워졌을 때 그 남자는 창문 쪽으로 갔다. 밖은 온통 어둠에 잠겨 있었다. 바다는 포효하고 있었다.

「아직도 비가 오는군.」 그 남자가 말했다.

「정말이네요!」 그녀가 대답했다.

「오늘 밤에 가지 않을 거지? 그렇지?」 그 남자가 머뭇거리면서 말했다.

그녀는 대답하지 않았다. 그 남자는 기다렸다.

「나라면 이렇게 비가 쏟아지는데 가지 않겠어.」 그 남자가 말했다.

「내가 여기에 머물기를 진정으로 원해요?」 그녀가 물었다.

검은 커튼을 잡고 있는 그 남자의 손이 떨렸다.

「그래.」 그 남자가 말했다.

남자는 그녀에게서 등을 돌린 채 그대로 있었다. 그녀는 일어나서 천천히 그에게로 갔다. 그는 커튼을 놓고 머뭇거리며 그녀를 향해 돌아섰다. 그녀는 두 손을 등 뒤에 모은 채 서서 고개를 들어 심각하고 수수께끼 같은 태도로 그 남자를 올려다보았다.

「백스터, 나를 원해요?」 그녀가 물었다.

대답하는 그 남자의 목소리는 쉬어 있었다.

「나에게 돌아오기를 원해?」

그녀는 신음 소리를 내며 두 팔을 들어 올려 그 남자의 목을 휘감아 그를 자기에게로 끌어당겼다. 그는 그녀의 어깨에 얼굴을 묻고 그녀를 힘껏 껴안았다.

「나를 다시 데려가세요!」 그녀는 희열에 넘쳐 속삭였다. 「나를 데려가요, 다시 데려가 줘요!」 그리고 그녀는 마치 반

쯤 의식을 잃은 듯이 그의 섬세하고 가느다란 검은 머리카락
속에 손가락을 집어넣었다.

「당신 이제 다시 나를 원해?」 그는 띄엄띄엄 중얼거렸다.

제15장
버림받은 사람

클라라는 남편과 함께 셰필드로 갔고 폴은 그녀를 거의 다시 만나지 못했다. 월터 모렐은 그에게 닥쳐오는 모든 고생을 겪어 나가는 것 같았으며 예전과 마찬가지로 그 진창 구덩이에서 기어다니는 듯했다. 아버지와 아들 사이에는 거의 아무런 유대 관계가 없었는데, 다만 각자가 서로 상대편이 어떤 실제적인 결핍을 겪도록 내버려 두어서는 안 되겠다고 느끼는 점에서만 유대 관계가 있다고 할 만했다. 집안 살림을 꾸려 나갈 사람이 아무도 없었고 두 사람 모두 텅 빈 집을 견딜 수 없었기 때문에 폴은 노팅엄에서 하숙을 했고 모렐은 베스트우드에 있는 한 친구네 집에 가서 그 가족과 함께 살게 되었다.

젊은이에게는 모든 것이 박살 난 듯이 보였다. 그는 그림을 그릴 수 없었다. 어머니가 돌아가시던 날 끝낸 그림이 ─ 그가 만족스러워하던 것이었는데 ─ 그가 그린 마지막 그림이었다. 직장에는 클라라가 없었다. 집으로 돌아오면 그는 붓을 다시 잡을 수 없었다. 아무것도 남아 있지 않았다.

그래서 그는 항상 시내의 어느 한 곳이나 또 다른 곳에서 술을 마시고 자기가 알고 있는 사람들과 어울려 돌아다녔다.

그런 생활은 정말 그를 지치게 했다. 그는 술집 여자들이나 거의 모든 아무 여자들에게 말을 걸었지만 음침하고 긴장된 표정이 감돌고 있는 그의 두 눈은 마치 무엇인가를 찾아 돌아다니는 듯했다.

모든 것이 예전과 너무나도 달라 보였으며 너무나 비현실적이었다. 사람들이 거리를 따라 걸어야 하는 이유도, 주택들이 햇빛 속에 늘어서 있어야 하는 이유도 없는 듯이 보였다. 이러한 요소들이 공간을 텅 빈 상태로 내버려 두지 않고 그것을 점유하고 있어야 하는 이유도 없는 듯이 보였다. 친구들이 그에게 말하면 그는 그 소리를 듣고 대답했다. 그렇지만 그러한 이야기의 소음이 왜 있어야 하는지 그 이유를 이해할 수 없었다.

그는 혼자 있을 때나 아니면 공장에서 열심히 기계적으로 일을 하고 있을 때 가장 자신다운 모습으로 돌아왔다. 공장에서 열심히 일하고 있을 때에는 순수한 망각의 세계에 빠져들었고 그런 때에는 의식의 세계에서 완전히 벗어나 있었다. 그렇지만 그러한 상태는 끝나게 마련이었다. 모든 일들이 현실성을 상실해 버렸다는 사실이 그의 마음을 무척 아프게 했다. 첫 아네모네가 피었다. 그는 조그만 물방울 진주 같은 꽃잎들이 잿빛 속에 피어 있는 것을 보았다. 그들은 한때 그에게 지극히 생생한 정서를 불러일으켰었다. 이제는 그것들이 거기 눈앞에 있어도 아무것도 의미하는 바가 없는 듯이 보였다. 잠시 후면 그 꽃잎들은 그 장소를 점유하지 못할 테고 그곳은 그저 그것들이 한때 존재했던 공간이 되고 말리라. 밤에는 높다랗고 불빛이 휘황찬란한 전차들이 거리를 따라 달렸다. 전차들이 고생스럽게 활발히 앞뒤로 움직이는 것이 거의 이상하게 보였다. 〈너는 왜 그리 고생스럽게 기우뚱거리며 트렌트 다리로 내려가지?〉 그는 속으로 커다란 전차에게 물어보았다. 그것들이 있거나 없거나 매한가지일 듯이 보였다.

　가장 현실적인 것은 밤의 짙은 어둠이었다. 그것은 그에게 완전하고 이해할 만하며 휴식을 주는 듯했다. 그는 자신을 그 어둠에 맡겨 버릴 수 있었다. 갑자기 그의 발치에서 종잇조각 하나가 바람에 날려 올라오더니 포장도로를 따라 날아갔다. 그가 가만히 서서 꼼짝도 하지 않고 두 주먹을 불끈 쥐자 고뇌의 불꽃이 온몸을 휘감았다. 그러자 그의 눈에 또다시 병실과 어머니와 그녀의 두 눈이 보였다. 무의식 속에서 그는 어머니와 함께 그녀의 동료로 있었던 것이다. 종잇조각이 재빠르게 펄럭거리는 것이 그로 하여금 그녀가 이제는 돌아가고 없다는 사실을 상기시켜 주었다. 그렇지만 그는 그녀와 함께 있어 왔다. 그는 모든 것이 정지했으면, 그래서 자기가 다시 그녀와 함께 있을 수 있었으면 하고 바랐다.

　며칠이 지나고 몇 주가 지났다. 그렇지만 모든 것이 녹아서 거대하게 뭉쳐진 하나의 덩어리로 변해 버린 듯했다. 그는 지나가는 하루하루와 또 다른 한 주 한 주를 구별할 수 없었으며 서로 다른 장소들조차도 거의 식별할 수 없었다. 아무것도 명확하지 않았고 아무것도 구별할 수 없었다. 그는 한 시간 동안 줄곧 정신을 놓고 있어서 자신이 한 일을 기억할 수 없는 경우도 종종 있었다.

　어느 날 저녁 그는 늦게 하숙집으로 돌아왔다. 난롯불이 약하게 불타고 있었고 사람들이 모두 잠들어 있었다. 그는 석탄을 좀 더 던져 넣고 식탁을 힐끗 보고 나서 저녁을 먹지 않기로 마음먹었다. 그러고 나서 그는 안락의자에 앉았다. 지극히 고요했다. 그는 아무것도 알지 못했지만 그의 눈에 멀리서 희미한 연기가 흔들흔들하며 굴뚝으로 올라가는 것이 보였다. 잠시 후 생쥐 두 마리가 조심스럽게 나오더니 바닥에 떨어진 빵 부스러기를 갉아먹었다. 그는 그것들을 지켜보며 마치 멀리 떨어진 곳에서 일어나는 일인 듯이 생각했다. 교회의 시계가 두 시를 알리는 종을 쳤다. 멀리 철로 위를 달리는 화차에서 나는 날카로운 쇳소리가 들려왔다. 아니 그렇게 멀리 있는 것은 화차가 아니었다. 그것들은 거기 그 자리에 있었다. 그렇지만 그 자신은 도대체 어디에 있는 것인가?

시간이 흘렀다. 생쥐 두 마리는 거칠게 질주하며 그의 슬리퍼 위를 건방지게 깡총 뛰어넘기도 했다. 그는 손가락 하나 까딱하지 않고 가만히 있었다. 그는 움직이고 싶지 않았다. 아무것도 생각하지 않고 있었다. 그렇게 하는 것이 보다 편했다. 무엇을 알고자 하는 고통도 없었다. 그러다가 이따금 어떤 다른 의식이 기계적으로 활동하면서 날카로운 어구가 되어 튀어나왔다.

「내가 무엇을 하고 있지?」

그리고 거의 취한 것 같은 무아지경 상태에서 대답이 나왔다.

「나 자신을 파괴하고 있지.」

그러면 둔중하고 생생한 감정이 나타나 그것은 틀렸다고 말하고는 즉시 사라졌다. 잠시 후 갑자기 또 다른 질문이 튀어나왔다.

「왜 틀렸다는 말이야?」

또다시 대답이 없었지만 그의 가슴속에서 한 줄기 뜨거운 고집이 자신을 말살하는 것에 저항했다.

무거운 마차가 찔그렁거리며 거리를 내려가는 소리가 들렸다. 갑자기 전등불이 꺼지더니 동전을 넣어 작동시키는 자동 전력계의 계량기에서 부서지는 듯한 쿵 소리가 들렸다. 그는 꼼짝도 하지 않고 앉아서 정면을 뚫어지게 바라보고 있었다. 오직 생쥐들만이 허둥지둥 달아나고 난롯불만이 깜깜한 방 안에서 붉게 타오르고 있었다.

그러자 아주 기계적이고 더욱 분명하게 그의 마음속에서 대화가 다시 시작되었다.

　「어머니는 돌아가셨어……. 그것은 도대체 다 무엇을 위한 거야……. 그녀의 몸부림은 다 무엇 때문이야?」

　그것은 그녀의 뒤를 쫓아가고 싶은 그의 절망의 표현이었다.

　「너는 살아 있어.」

　「그녀는 살아 있지 않아.」

　「그녀는…… 네 마음속에 있어.」

　갑자기 그는 마음속의 그 짐 때문에 피곤함을 느꼈다.

　「너는 그녀를 위해서 계속 살아가야만 해.」 그의 마음속에 있는 그의 의지가 말했다.

　무엇인가 기분이 언짢게 느껴졌고 마치 그것은 일깨워지고 싶어 하지 않으려는 듯했다.

　「너는 그녀의 삶을 지속해 나가야 해. 그리고 그녀가 행했던 것들을 계속 이루어 나가야 한단 말이야…….」

　그렇지만 그는 그렇게 하고 싶지 않았다. 그는 포기하고 싶었다.

　「하지만 너는 그림을 계속 그릴 수 있잖아.」 그의 마음속에서 그의 의지가 말했다. 「아니면 아이를 낳을 수도 있고……. 그 두 가지가 모두 그녀의 노력을 지속해 나가는 거야.」

　「그림은 생활이 아니야.」

　「그러면 살아 봐.」

　「누구와 결혼하지?」 부루퉁한 질문이 나왔다.

　「할 수 있는 한 가장 좋은 상대하고.」

　「미리엄 말이야.」

　그렇지만 그는 미리엄이 가장 좋은 상대라는 것을 확신할 수 없었다.

그는 갑자기 벌떡 일어나 곧장 잠을 자러 갔다. 그는 침실로 들어와서는 문을 닫고 가만히 서서 두 주먹을 불끈 쥐었다.

「엄마, 사랑하는 엄마……」 그는 온 영혼의 힘을 모두 끌어모아 말하기 시작했다. 그러다가 멈추었다. 그는 그것을 말하고 싶지 않았다. 그는 자신이 죽고 싶어 한다거나 다 끝내 버리고 싶어 한다는 것을 인정하고 싶지 않았다. 그는 삶이 자신을 패배시켰다거나 아니면 죽음이 자신을 패배시켰다고 자인하고 싶지 않았다.

그는 곧장 침대로 가서 즉시 잠이 들도록 자신을 내맡겼다.

그렇게 몇 주가 지나갔다. 항상 홀로 지내면서 그의 영혼은 처음에는 죽음 쪽으로 그다음에는 삶 쪽으로 끈덕지게 흔들렸다. 진정한 고뇌는 그가 갈 곳이 아무 데도 없고 할 일도 아무것도 없으며 할 말도 아무것도 없을 뿐만 아니라 그 자신이 아무것도 아니라는 데 있었다. 이따금 그는 미친 듯이 거리를 달려 내려가기도 했다. 때로는 실제로 미쳐 있기도 했으며 그럴 때에는 사물이 그곳에 있는 것 같기도 하고 없는 것 같기도 했다. 그것이 그를 숨 막히게 했다. 때로는 예전에 술 마시러 들렀던 술집 계산대 앞에 서 있기도 했다. 모든 것이 갑자기 그에게서 물러나는 듯했다. 술집 여종업원의 얼굴이나 주절주절 지껄이는 술꾼들이나 술이 엎질러진 마호가니 탁자 위에 놓여 있는 자기 술잔을 멀리서 바라보기도 했다. 그와 그것들 사이에 무엇인가가 가로막혀 있는 듯했다. 그는 그것을 접촉할 수 없었다. 그것들을 원하지도 않았고 자기가 산 술을 마시고 싶지도 않았다. 갑자기 돌아서서 밖으로 나왔다. 문간에 서서 불이 밝혀진 거리를 쳐다보았다. 그렇지만 그는 그 거리에 속하지도 않았으며 그 거리에 있지도 않았다. 모든 일들이 거기 그 가로등 아래에서 진행되고 있었지만 그에게는 막혀 있었다. 그는 그것들에 도달할 수가 없었다. 자신이 가로등 기둥을 만져 볼 수도 없을 것 같은 생각이 들었다. 설령 그 가로등까지 간다 하더라도 그럴 것 같았다. 갈 곳이 아무 데도 없었고 돌아서서 다시 술집으로 들어갈 수도 없었고 앞으로 나아갈 곳도 없었다. 질식할 것만 같았다. 그가 갈 곳은 아무 데도 없었다. 내면의 긴장이 고조되면서 자신이 박살 나는 것 같은 느낌이 들었다.

「이래서는 안 돼.」 이렇게 말하며 그는 맹목적으로 돌아서서 술집으로 들어가 술을 마셨다. 어떤 때에는 술이 그에게 도움이 되기도 했고 어떤 때에는 상황을 더욱 악화시키기도 했다. 그는 거리를 내달렸다. 영원히 불안한 상태로 여기저기 산지사방으로 돌아다녔다. 그림을 그리려고 결심하기도 했다. 그렇지만 붓을 들어 대여섯 번 선을 긋고 나면 붓이 지긋지긋하게 싫어져서 그것을 격렬하게 내던지고 벌떡 일어나 밖으로 나가 카드 게임을 하거나 당구를 칠 수 있는 클럽으로 서둘러 가버리곤 했다. 아니면 그에게는 술을 푸는 펌프의 놋쇠 손잡이만큼이나 무의미한 술집 여자와 시시덕거리며 놀 수 있는 곳으로 정신없이 달려갔다.

그는 몹시 여위었고 턱도 갸름하고 뾰족하게 되었다. 그는 거울 속에 비친 자기 눈을 감히 마주 볼 용기가 나지 않았고 자신의 모습을 결코 쳐다보지도 않았다. 그는 자기 자신으로부터 도망치고 싶었지만 붙잡을 만한 것이 아무것도 없었다. 절망에 빠져 미리엄을 생각했다. 어쩌면…… 혹시…… 아마도……?

그러다가 어느 일요일 저녁 우연히 유니테리언 교회에 가게 되었는데 마침 두 번째 찬송가를 부르느라고 일어섰을 때 그녀가 자기 앞에 있는 것을 보았다. 노래를 부를 때 그녀의 아랫입술에 불빛이 비쳐 반짝거렸다. 그녀는 어쨌든 무엇인가를 이미 획득한 듯이 보였다. 지상에서는 아니라도 천국에 대한 어떤 희망을 갖고 있는 듯이 보였다. 그녀의 위안과 삶은 모두 내세에 있는 듯이 보였다. 그녀에 대한 따스하고 강렬한 감정이 솟아올랐다. 그녀는 노래를 부르며 신비와 위안을 열망하는 것 같았다. 그는 그녀에게 희망을 걸었다. 설교가 빨리 끝나고 그녀에게 이야기할 수 있기를 갈망했다.

군중에 휩싸여 그녀는 바로 그의 앞을 지나 밖으로 나가고 있었다. 그가 거의 그녀를 만질 수 있을 정도의 거리였다. 그녀는 그가 그곳에 와 있다는 사실을 알지 못했다. 그는 검은 곱슬머리 아래로 드러난 그녀의 수수한 갈색 목덜미를 보았다. 그는 자신을 그녀에게 맡겨 버리고 싶었다. 그녀가 자기보다 더 훌륭하고 더 중요한 것 같았다. 그는 그녀에게 의지하고 싶었다.

그녀는 교회 밖에 조금씩 무리 지어 서 있는 군중 사이를 자기 나름대로의 맹목적인 방식으로 이리저리 돌아다니고 있었다. 그녀는 언제나 사람들 사이에서 길을 잃고 헤매며 그 자리에 어울리지 않는 것처럼 보였다. 그는 앞으로 나아가 자기 손을 그녀의 팔 위에 얹었다. 그녀는 소스라치게 깜짝 놀랐다. 커다란 갈색 두 눈이 두려움에 사로잡혀 휘둥그레졌고 이어서 그를 보자 무슨 일인지 묻는 듯한 눈빛으로 변했다. 그는 그녀에게서 몸을 약간 움츠렸다.

「몰랐어요……」 그녀가 더듬거리며 말했다.

「나도 그래.」 그가 말했다.

그는 시선을 돌렸다. 별안간 불타오르던 그의 희망이 다시 사그라졌다.

「시내에서 뭐하고 있어?」 그가 물었다.

「사촌 언니 앤의 집에 와 있어요.」

「그래! 오랫동안 있을 거야?」

「아니요……. 내일까지만 있을 거예요.」

「곧장 집으로 가야 해?」 그녀는 그를 쳐다보고 나서 얼굴을 모자 차양 아래로 감추었다.

「아니요.」그녀가 말했다.「아니요! 그럴 필요 없어요.」

그가 돌아서자 그녀는 그와 함께 걸어갔다. 그들은 교회 신자들 무리를 요리조리 헤치며 나아갔다. 성 마리아 교회에서는 여전히 오르간 소리가 아직도 울리고 있었다. 시커먼 형체들이 불 밝힌 교회 문을 통과해 나오고 사람들이 계단을 내려오고 있었다. 커다란 채색 유리창이 어둠 속에서 시뻘겋게 불타오르는 듯했다. 교회는 공중에 매달린 커다란 등불 같았다……. 그들은 할로우 스토운으로 걸어가 브리지행 차를 탔다.

「저녁이나 함께하지.」그가 말했다.「그런 다음에 바래다줄 테니까.」

「좋아요.」그녀가 낮고 허스키한 목소리로 대답했다.

차에 타고 있는 동안 그들은 거의 말을 하지 않았다. 트렌트 강물이 다리 아래로 시커멓게 가득 차서 흐르고 있었다. 저 멀리 콜윅 쪽으로는 온통 암흑에 잠긴 밤이었다. 그는 홀름 로드에 살고 있었는데 그곳은 집도 별로 없는 시내의 변두리 지역으로, 강 건너편으로 낮은 풀밭 너머 은둔자의 집인 스나인턴 허미티지와 콜윅 숲의 가파른 비탈을 마주 보고 있었다. 홍수로 불어난 물은 빠져 있었다. 소리 없이 흐르는 강물과 어둠이 왼쪽으로 멀리까지 펼쳐져 있었다. 거의 두려움을 느끼며 그들은 주택 옆을 따라 서둘러 걸어갔다.

저녁 식사가 차려져 있었다. 그는 창문에 커튼을 쳤다. 프리지아와 진홍색 아네모네를 꽂아 놓은 꽃병이 식탁 위에 놓여 있었다. 그녀는 그 꽃을 향해 허리를 굽혔다. 손가락 끝으로 계속 꽃을 만지며 그녀는 고개를 들어 그를 쳐다보고 말했다.

「예쁘지 않아요?」

「예뻐.」 그가 말했다.「뭐 마실래?…… 커피?」

「그게 좋겠어요.」

「그럼 잠깐만 기다려.」

그는 방에서 나가 부엌으로 갔다.

미리엄은 외투와 모자를 벗고 주위를 둘러보았다. 가구가 없는 소박한 방이었다. 그녀의 사진과 클라라의 사진 그리고 애니의 사진이 벽에 붙어 있었다. 그녀는 그가 무엇을 그리고 있나 살펴보기 위해서 화판을 쳐다보았다. 무의미한 선 몇 가닥만 그려져 있을 뿐이었다. 그가 무슨 책을 읽고 있는지 살펴보았다. 그저 평범한 소설 한 권만 있는 것이 분명했다. 편지함에 들어 있는 편지는 애니와 아서 그리고 그녀가 모르는 어떤 사람들에게서 온 것뿐이었다. 그가 만졌던 것 모두 그리고 조금이라도 그에게 개인적인 물건들을 모두 그녀는 망설이면서도 열중하여 조사해 보았다. 그가 그녀에게서 그렇게 오랫동안 떠나 있었기에 그녀는 그를, 그의 처지를, 현재의 그의 상태를 다시 발견하고 싶었다. 그렇지만 방 안에는 그녀에게 도움이 될 만한 것이 별로 없었다. 그 방이 너무도 쓸쓸하고 허전했기에 그저 그녀로 하여금 슬픈 기분이 들도록 했을 뿐이다.

그녀가 호기심을 갖고 스케치북을 살펴보고 있을 때 그가 커피를 갖고 돌아왔다.

「거기에는 새로운 것이 아무것도 없어.」 그가 말했다.「그다지 흥미로운 것도 없고 말이야.」

그는 쟁반을 내려놓고 다가와서 그녀의 어깨 너머로 쳐다보았다. 그녀는 스케치북을 한 장 한 장 천천히 넘기며 골똘히 모든 것을 살펴보았다.

「흠!」 그녀가 스케치북 넘기는 손을 잠시 멈추었을 때 그가 말했다. 「그것을 잊고 있었어! 나쁘지 않지? 그렇지?」

「나쁘지 않아요!」그녀가 말했다. 「그런데 전혀 이해하지 못하겠어요.」

그는 그녀에게서 스케치북을 넘겨 받고 샅샅이 살펴보았다. 또다시 그는 놀라움과 기쁨에 찬 괴상한 탄성의 소리를 질렀다.

「여기에 그다지 나쁘지 않은 것들이 좀 있군.」그가 말했다.

「전혀 나쁘지 않아요.」그녀가 진지하게 대답했다.

그는 자기 그림에 대한 그녀의 관심을 또다시 느꼈다. 아니면 그 자신에 대한 관심일까? 그녀는 왜 그가 작품에 드러날 때에만 언제나 그에게 큰 관심을 갖는 것일까?

그들은 앉아서 저녁 식사를 했다.

「그런데, 혼자 생계를 꾸려 나갈 일을 한다든가 하는 어떤 소식을 들을 것 같은데?」

「그래요.」그녀가 대답하며 검은 머리를 컵 위로 숙였다.

「그래, 무슨 일인데?」

「그저 브러튼에 있는 농업 고등학교에 세 달 정도 가게 될 거예요……. 그리고 어쩌면 그곳에서 교사로 계속 남아 있을 수도 있고요.」

「그래…… 아주 잘된 일이네! 항상 독립하기를 원했잖아.」

「그래요.」

「왜 나에게 말하지 않았어?」

「나도 겨우 지난주에 알았어요.」

「그렇지만 내가 소식을 들은 지는 한 달도 더 되었는데.」그가 말했다.

「그래요……. 하지만 그때는 아무것도 결정되지 않았어요.」

「노력하고 있다는 말쯤은 해줄 수도 있었을 텐데.」그가 말했다.

그녀는 천천히 거북한 태도로 음식을 먹고 있어서 마치 무슨 일이든 그렇게 공개적으로 한다는 것을 약간 회피하는 듯이 보였는데 그녀의 이러한 성격을 그는 아주 잘 알고 있었다.

「무척 기쁘겠네.」 그가 말했다.

「정말 기뻐요.」

「그래……. 잘된 일이야.」

그는 약간 실망했다.

「대단한 일이라고 생각해요.」 그녀가 거의 도도하고 화가 난 듯이 말했다.

그는 잠시 껄껄 웃었다.

「어째서 그렇지 않을 거라고 생각해요?」 그녀가 물었다.

「아, 대단한 일이 아니라고 생각하는 것은 아니야. 다만 생활비를 버는 것이 전부는 아니라는 것을 알게 되리라는 거지.」

「아니지요.」 그녀가 어렵게 음식을 삼키며 말했다. 「나도 그렇게 생각하지는 않아요…….」

「내 생각에 일이라는 것이 남자에게는 거의 전부가 될 수 있어.」 그가 말했다. 「비록 나에게는 그렇지 않지만 말이야. 정말 중요한 부분은 감추어져 있어.」

「그렇지만 남자는 자기 자신을 전부 일에 바칠 수 있다는 말이지요?」

「실제로 그래.」

「그리고 여자는 자신의 중요하지 않은 부분만 일에 바치고요?」

「그렇지.」

그녀는 고개를 들어 그를 쳐다보았는데 그녀의 두 눈은 분노로 왕방울만하게 커져 있었다.

「그렇다면.」 그녀가 말했다. 「만일 그것이 사실이라면…… 정말 대단히 수치스러운 일이에요.」

「그렇지…… 그렇지만 내가 모든 걸 다 알고 있는 것은 아니니까.」그가 대답했다.

저녁 식사 후에 그들은 난롯불 가까이로 다가갔다. 그는 그녀가 앉을 의자를 자기와 마주 보게 돌려놓았고 그들은 자리에 앉았다. 그녀는 짙은 진홍색 드레스를 입고 있었는데 그 옷은 그녀의 까무잡잡한 얼굴과 큼직한 이목구비에 잘 어울렸다. 곱슬머리는 여전히 멋지고 자연스러웠지만 얼굴은 예전에 비해 훨씬 나이 들어 보였고 갈색 목도 역시 전보다 훨씬 가늘어져 있었다. 그가 생각하기에 그녀는 어쩌면 클라라보다 더 나이가 든 것처럼 보였다. 그녀의 꽃다운 젊은 시절은 빨리 지나가 버린 것이었다. 그녀에게는 일종의 뻣뻣함, 거의 목석같은 딱딱한 기미가 이미 자리 잡고 있었다. 그녀는 잠시 생각에 잠겨 있다가 그를 쳐다보았다.

「그런데 당신은 어떻게 지내요?」그녀가 물었다.

「그럭저럭 지내고 있어.」그가 대답했다.

그녀는 그를 쳐다보며 이어지는 말을 기다리고 있었다.

「아니군요.」그녀가 매우 작은 소리로 말했다.

그녀는 침착하지 못한 자세로 갈색 두 손을 깍지 껴서 무릎 위에 올려놓고 있었다. 그 손은 여전히 자신감이나 침착성이 부족하고 거의 신경질적으로 보였다. 그녀의 손을 보자 그는 움찔했다. 곧이어 그는 우울하게 웃었다. 그녀는 손가락 하나를 입술에 물었다. 그의 호리호리하고 까무잡잡하며 고통받은 육체는 꼼짝도 하지 않고 의자에 가만히 앉아 있었다. 그녀는 갑자기 입에서 손가락을 빼며 그를 쳐다보았다.

「그런데 클라라와 헤어졌어요?」

「응.」

그의 육체는 버려진 물건처럼 의자에 축 늘어져 있었다.

「저……」그녀가 말했다. 「나는 우리가 결혼해야 한다고 생각해요.」

그는 몇 달 만에 처음으로 두 눈을 번쩍 뜨고 존경하는 마음으로 그녀의 말에 주의를 기울였다.

「왜?」그가 말했다.

「당신이 자신을 얼마나 초췌하게 하고 있는지를 좀 봐요.」그녀가 말했다. 「그러다가는 병에 걸릴 수 있겠어요, 죽을지도 모르고요. 그렇게 되면 글쎄, 내가 당신을 전혀 알지 못했던 것과 마찬가지가 되잖아요.」

「그런데 우리가 결혼하면 어떻게 돼?」그가 물었다.

「어쨌든 당신이 초췌해지지 않도록 내가 막을 수 있을 거예요……. 그리고 다른 여자들의 먹이가 되지 않게 할 수 있을 테고요……. 예를 들면…… 클라라 같은 여자의…….」

「먹이라고?」그가 미소를 지으며 되풀이해서 말했다.

그녀는 말없이 고개를 숙였다. 그는 의자에 눕다시피 앉아서 절망감이 또다시 솟아오르는 것을 느꼈다.

「확신이 들지 않아.」그가 느릿느릿 말했다. 「결혼한다고 해서 크게 좋아질 것 같지도 않고 말이야.」

「나는 오직 당신만 생각하는데요.」그녀가 말했다.

「네가 그런다는 것은 알아……. 그렇지만…… 너는 나를 너무너무 사랑해. 그래서 나를 네 주머니 속에 넣고 싶어 하지. 그런데 그렇게 되면 나는 거기에서 숨이 막혀 죽어 버리고 말 것 같아.」

그녀는 고개를 숙이고 손가락 하나를 입술에 물고 있었는데 비통한 기분이 마음속에서 끓어올랐다.

「그러면 달리 무슨 일을 할 수 있어요?」

「모르겠어……. 그냥 이렇게 지내는 수밖에 없을 것 같아. 어쩌면 머지않아 외국으로 갈 거야.」

그의 목소리에 배어 있는 절망적인 완고함을 느끼고 그녀는 난롯불 앞에 깔려 있는 양탄자 위에 무릎을 꿇고 기어서 그의 바로 옆으로 다가갈 수밖에 없었다. 그곳에서 그녀는 마치 무엇인가에 의해 짓뭉개져 박살 난 것처럼 웅크리고 앉아 고개를 들 수 없었다. 그의 두 손은 아주 무기력하게 의자의 팔걸이 위에 축 늘어져 있었다. 그녀는 그 손을 의식하고 있었다. 그녀는 이제 그가 자신의 손 안에 들어 있다고 느꼈다. 만일 그녀가 일어나 그를 잡고 두 팔로 감싸 안으며 〈당신은 내 사람이야〉라고 말할 수 있다면, 그렇다면 그는 자신을 그녀에게 맡겨 버릴 것이라고 느꼈다. 그렇지만 그녀가 감히 그렇게 할 수 있을까? 그녀는 자신을 쉽게 희생할 수 있었다. 그렇지만 그녀가 감히 자신을 주장할 용기를 갖고 있을까? 그녀는 검은 옷을 입고 있는 그의 호리호리한 육체, 겨우 한 줄기 생명으로 보일 뿐인 그 육체가 자기 옆의 의자에 널브러져 있다는 것을 알고 있었다. 그렇지만 그럴 수 없었다. 그녀는 감히 자기 두 팔로 그것을 감싸 안고 일으켜 세우며 〈이것은 내 것이야, 이 육체는 말이야. 이것을 나에게 맡겨요!〉 하고 말할 용기가 없었다. 하지만 그녀는 그렇게 하고 싶었다. 그러한 마음이 그녀의 여성으로서의 모든 본능을 일깨웠다. 그렇지만 그녀는 웅크리고 앉아 있을 뿐 용기를 내지 못했다. 그녀는 자기가 그렇게 하도록 그가 허락하지 않을까 봐 두려웠다. 그녀는 그것이 너무나 엄청난 일이 될 것을 두려워하고 있었다. 그것이 거기에 버려진 채 놓여 있었다. 바로 그의 육체였다. 그녀는 자신이 그것을 일으켜 세우고 그것을 요구하고 그것에 대해 모든 권리를 주장해야 한다는 것을 알고 있었다. 그렇지만…… 그녀가 그렇게 할 수 있을까? 그의 앞에만 서면 나타나는 그녀의 무기력함, 그의 내면에 있는 어떤 미지의 것이 표출하는 강력한 요구 앞에서 느끼는 무기력함이 극에 달했다. 그녀는 두 손을 벌벌 떨면서 고개를 반쯤 들었다. 그녀의 두 눈이 떨며 애원하고 있었다. 그녀는 거의 미칠 듯한 표정을 띠고 갑자기 그에게 호소했다. 그의 마음은 연민의 감정에 사로잡혔다. 그는 그녀의 두 손을 잡고 그녀를 자기에게로 끌어당겨 그녀를 위로해 주었다.

「나를 네 사람으로 만들고 싶어? 나랑 결혼하고 싶어?」 그가 아주 작은 소리로 말했다.

아, 왜 그는 그녀를 가지지 않는 것인가! 그녀의 영혼 자체가 그에게 속해 있는데 말이다. 왜 그는 자기의 것을 가지려고 하지 않는가! 그녀는 그의 소유물인데도 불구하고 그가 자기의 것이라고 주장하지 않는 그러한 잔인한 처사를 그리도 오랫동안 견뎌 왔는데 말이다. 지금 그는 그녀를 다시 긴장시키고 있었다. 그것은 그녀에게 너무나 가혹한 일이었다. 그녀는 그의 품에서 머리를 빼고 두 손으로 그의 얼굴을 받쳐 들고 그의 눈을 들여다보았다. 아니, 그는 너무나 냉혹했다. 그는 다른 것을 원하고 있었다. 그녀는 온 애정을 다 바쳐 자기가 선택을 하지 않게 해달라고 그에게 애원했다. 그녀는 자기가 선택해야 하는 상황에, 아니 그에게, 아니 자기도 모르는 그 무엇에 대항하여 이겨 나갈 수 없었다. 그렇지만 그러한 상황은 그녀를 긴장시켜 마침내 그녀는 자신이 부서질 것만 같다고 느꼈다.

「당신은 그렇게 하고 싶어요?」 그녀가 매우 진지하게 물었다.

「그다지 원하지 않아.」 그가 고통스럽게 대답했다.

그녀는 얼굴을 옆으로 돌렸다. 이어 위엄 있는 태도로 몸을 일으키면서 그의 머리를 끌어당겨 자기 가슴에 대고 살며시 흔들었다. 그렇다면 그녀는 그를 자기 사람으로 만들 수 없는 것이다! 그래서 그녀는 그를 위로할 수 있을 뿐이었다.

그녀는 손가락으로 그의 머리카락을 쓸어내렸다. 그녀에게는 자기를 희생했다는 고통스러운 감미로움이 남았으며 그에게는 또다시 실패했다는 증오심과 비참함이 남았다! 그는 그것을, 그녀의 따스한 젖가슴을, 요람처럼 자기를 흔들어 얼러 주기는 하지만 자신의 짐을 덜어 주지는 못하는 그 젖가슴을 참을 수 없었다. 너무나 간절히 그녀에게 기대어 안식을 얻고 싶었기 때문에 시늉만의 안식은 그를 몹시 괴롭게 할 뿐이었다. 그는 몸을 빼냈다.

「그럼 결혼하지 않으면 우리는 아무것도 할 수 없는 거야?」 그가 물었다.

그의 입술은 고통으로 인해 일그러져 이가 드러나 있었다. 그녀는 새끼손가락을 입술로 물었다.

「그래요.」 그녀가 낮은 목소리로 종소리가 울리듯 말했다. 「그래요, 아무것도 할 수 없다고 생각해요.」

그것으로 그들 두 사람 사이는 끝이었다. 그녀는 그를 받아들일 수 없었으며 그 자신에 대한 책임을 그에게서 덜어 줄 수도 없었다. 그녀는 다만 자신을 그에게 희생할 수 있을 뿐이었다. 그것도 매일매일 기꺼이 희생할 수만 있었다. 그런데 그는 그것을 원하지 않았다. 그는 그녀가 자기를 붙잡아 주고 기쁜 마음으로 당당하게 〈이제 이 모든 불안과 죽음에 대항해서 싸우는 짓을 그만 둬요. 당신은 내 사람, 내 남편이에요.〉 하고 말해 주기를 원했다. 그녀는 그렇게 할 만한 힘을 갖고 있지 못했다. 아니면 그녀가 원한 것은 남편이었을까? 그것도 아니라면 그에게서 하나의 그리스도를 원한 것이었을까? 그는 자기가 그녀의 곁을 떠나면 그녀에게서 생명력을 빼앗는 일이 되리라고 느꼈다. 그렇지만 그는 그녀와 함께 머무른다면 자기 내면의 자신이 간절히 원하는 남성성을 질식시켜 죽이고 자신의 삶을 부정하게 되리라는 사실도 알고 있었다.

 그녀는 매우 조용히 앉아 있었다. 그는 담뱃불을 붙였다. 담배에서 연기가 피어올라 흔들리면서 허공으로 날아가 흩어졌다. 그는 자기 어머니를 생각하고 있었을 뿐 미리엄을 까맣게 잊고 있었다. 그녀가 갑자기 그를 쳐다보았다. 그녀는 비통한 기분이 용솟음쳐 올라오는 것을 느꼈다. 그렇다면 그녀의 희생은 소용없는 것이었다! 그는 거기에 널브러져 앉아 그녀에게 무관심하고 초연했다. 갑자기 그녀는 그가 신앙심이 없으며 침착하지 못하고 안정되지 못하다는 사실을 다시금 상기했다. 그는 심술궂은 어린아이처럼 자기 자신을 파괴할 것이다. 그래, 그렇다면 그렇게 할 수밖에 없지 않은가!

 「이제 그만 가봐야겠어요.」 그녀가 조용히 말했다.

 그녀의 말투로 미루어 보아 그는 그녀가 자기를 경멸하고 있다는 것을 알았다. 그는 조용히 일어섰다.

 「내가 바래다줄게.」 그가 대답했다.

 그녀는 거울 앞에 서서 모자에 핀을 꽂았다. 그가 그녀의 희생을 거부함으로써 그녀를 얼마나 비통하게 하고 말로 형언할 수 없을 만큼 괴롭게 했는가! 앞에 펼쳐져 있는 삶이 죽어 버린 것 같았고 마치 모든 빛이 꺼져 버린 듯했다. 그녀가 얼굴을 숙여 꽃을 보니 프리지아는 너무도 아름다웠고 봄 내음을 물씬 풍기고 있었으며 진홍색 아네모네는 식탁 위에서 자랑스럽게 뽐내고 있었다. 그 꽃들을 꽂아 두는 것이 그 사람다웠다.

 그는 어떤 확실한 감각을 지니고서 재빠르고 냉혹하며 조용하게 방 안을 이리저리 돌아다녔다. 그녀는 그를 적절히 다룰 수 없었다. 그는 족제비처럼 그녀의 손아귀에서 빠져나갈 것이다. 그렇지만 그 사람이 없다면 그녀의 삶은 활기 없이 질질 끌려갈 것이다. 곰곰이 생각하면서 그녀는 꽃을 만졌다.

「그것을 가지고 가!」 그가 말하며 꽃을 꽃병에서 쑥 뽑은 다음 물이 뚝뚝 떨어지는 채로 재빨리 부엌으로 가지고 갔다. 그녀는 기다리고 있다가 꽃을 받아 들고 그와 함께 밖으로 나왔다. 그는 이야기를 했고 그녀는 죽을 듯한 기분을 느꼈다.

그녀는 이제 그에게서 떠나가고 있었다. 그들이 차에 타고 앉았을 때, 그녀는 비참한 기분에 사로잡혀 그에게 기댔다. 그는 아무런 반응이 없었다. 그는 도대체 어디로 가는 것인가? 그의 종착지는 도대체 어디가 될까? 그녀는 그가 어디에 있어야 하는가에 대해 아무 생각이 없다는 이 느낌을 참을 수 없었다. 그는 너무도 바보 같고 너무도 자신을 파괴하고 있으며 자신을 결코 평온하게 유지하지 못하고 있었다. 그런데 이제 그는 어디로 가는 것인가? 그가 그녀의 삶을 헛되게 했음을 어떻게 생각이라도 하고 있는가? 그는 종교를 갖지 않았다……. 그가 관심을 가졌던 것은 오직 한순간의 매력일 뿐 그 이외의 다른 것, 더 깊은 것은 아무것도 없었다. 그래, 그녀는 기다리며 그가 어떻게 되는지 두고 볼 것이다. 그가 세상살이를 충분히 해보고 나면 결국 굴복하고 자기에게 돌아오리라.

그는 그녀의 사촌 언니네 집 문간에서 그녀와 악수를 하고 그녀의 곁을 떠났다. 그는 돌아서면서 자신을 붙잡아 주는 마지막 보루가 사라져 버렸다는 것을 느꼈다. 돌아오는 차에 앉아서 창밖을 보니 도시가 만처럼 둥글게 굽어진 철로 너머로 연기처럼 뿌연 불빛에 잠겨 멀리까지 뻗어 있었다. 도시 너머에는 시골이 펼쳐져 있고 더 많은 도시가 들어설 가물가물한 작은 점들이 보이고…… 바다가 보이고…… 밤이 보이고…… 계속해서 그렇게 멀리멀리 펼쳐져 있었다! 그런데 그

안에 그가 설 자리는 없었다. 어떤 자리에 있거나 간에 그곳에 그는 혼자 서 있는 것이었다. 그의 가슴에서 그리고 그의 입에서 끝없이 공간이 쏟아져 나왔고 그 공간이 그의 뒤에 그리고 도처에 펼쳐져 있었다. 거리를 따라 서둘러 걸어가는 사람들은 그 자신이 서 있는 허공에 어떠한 방해도 되지 않았다. 그들은 조그만 허깨비라서 발소리와 목소리는 들을 수 있지만 그들 각자에게도 자기와 똑같은 밤과 자기와 똑같은 침묵이 깃들어 있었다. 그는 차에서 내렸다. 시골에서는 모든 것이 쥐 죽은 듯이 고요했다. 작은 별들이 하늘 높은 곳에서 반짝이며 홍수 난 물처럼 멀리멀리 창공 아래 펼쳐져 있었다. 도처에 거대한 밤의 광막함과 공포가 펼쳐지고 그 밤은 낮 동안에 잠시 일깨워져 동요하다가는 다시 돌아가 마침내 모든 것들을 침묵과 살아 있는 어둠 속에 잡아 둘 것이다. 시간은 없고 오직 공간만 있었다. 그의 어머니가 한때 살아 있었으나 지금은 살아 있지 않다고 누가 감히 말할 수 있겠는가? 그녀는 예전에 어느 한 장소에 있었다가 이제는 다른 장소에 있는 것이다. 오직 그뿐이었다. 그리고 그의 영혼은 그녀가 어디에 있든 그녀의 곁을 떠날 수 없는 것이다. 지금 그녀는 밤의 세계로 멀리 떠나갔지만 그는 여전히 그녀와 함께 있는 것이다. 그들은 함께 있었다. 그렇지만 그의 육체와 그의 가슴은 여기 이렇게 산울타리 계단에 기대고 있고 그의 두 손은 나무 난간을 붙잡고 있었다. 여기에는 중요한 의미가 있는 듯이 보였다. 그는 어디에 있는 것인가?…… 똑바로 곧추선 조그마한 하나의 살점에 불과하며 들판에서 잃어버린 하나의 밀 이삭보다 못한 것이 아닌가? 그는 그것을 참을 수 없었다. 어둠에 잠긴 거대한 침묵이 사방에서 아주 조그만 하나의 점에 불과한 그를 소멸시키기 위해 압박해 오는 듯이 보였지만 그렇다고 해도, 비록 거의 아무것도 아니라고 하더라도 그는 소멸될 수 없었다. 모든 것을 삼켜 버리는 밤이 별들과 태양 너머까지 멀리 계속 뻗어나가고 있었다. 별들과 태양은 몇 개의 밝게 빛나는 곡식 낟알[104]과 같이 공포에 사로잡혀 빙빙 돌면서 서로를 부둥켜안은 채 그것들 모두를 능가하고 그들을 왜소하게 하고 위압하는 어둠 속에 잠겨 있었다. 그렇게 대단한 세상이고 보니 그 자신은 무의 중심에 있는 무한히 작은 존재이지만 그렇다고 해도 아무것도 아닌 것은 아니었다.

「어머니!」 그는 훌쩍이면서 불렀다. 「어머니!」

그녀만이 이 모든 것들 가운데 그를, 그 자신을 지탱해 주는 유일한 존재였다. 그런데 이제 그녀는 돌아가서 이 세상에 존재하지 않고 어둠에 섞여 버리고 말았다. 그는 그녀가 자기를 만져 주기를 그리고 자기를 데려가 나란히 함께 있어 주기를 바랐다.

그렇지만, 아니다. 그는 굴복하지 않을 것이다. 민첩하게 돌아서서 그는 도시의 황금빛 인광을 향해 발걸음을 내딛었다. 그는 두 주먹을 불끈 쥐고 입을 굳게 다물었다. 그는 어둠을 향해 그녀를 따라가는 그 방향을 택하지 않을 것이다. 그는 웅웅거리는 도시의 소음이 희미하게 들리고 불이 환하게 밝혀진 시내를 향하여 빠르게 걸어갔다.

---

104 「요한의 복음서」 12장 24절 〈정말 잘 들어 두어라. 밀알 하나가 땅에 떨어져 죽지 않으면 한 알 그대로 남아 있고 죽으면 많은 열매를 맺는다.〉에 대한 언급이다.

성장 소설로서의 『아들과 연인』

노팅엄셔Nottinghamshire의 이스트우드Eastwood를 배경으로 여기에 로런스의 상상력을 덧붙여 창조한 새로운 장소가 『아들과 연인』의 무대인 베스트우드이다. 이름은 다르지만 작품에 나오는 많은 장소가 이스트우드의 여러 장소와 일치한다. 그렇다고 해서 그 장소를 있는 그대로 그린 것은 아니다. 실제의 장소가 로런스의 상상력을 통하여 새로운 세계로 창조된 것이다. 예를 들어 올더슬리는 애니슬리Annesley를, 베갈리 탄광은 브린슬리Brinsley 탄광을 모델로 하였으며 그 밖에 보텀즈, 캐스턴, 셀비 우드린턴 등 대부분의 다른 장소들도 마찬가지로 실제에서 그 명칭을 따왔다.

장소뿐 아니라 인물이나 회사 역시 실제의 존재를 소설화하였다. 카스턴 웨이트 회사는 에레위시 계곡에 있는 탄광 회사인 바버 워커 회사를 모델로 하여 로런스가 상상력으로 창조한 회사이고, 거트루드 모렐 부인과 그녀의 남편 월터 그리고 자녀인 윌리엄, 애니, 폴, 아서로 구성되어 있는 소설 속 모렐의 가족은 로런스 자신의 가족 관계에 토대를 두고 있다. 로런스의 가족은 어머니 리디아 로런스Lydia Lawrence와 아버지 아서 존 로런스Arthur John Lawrence를 비롯하여 다섯 명의 자녀인 조지 아서George Arthur, 윌리엄 어네스트William Ernest, 에밀리 우나Emily Una, 데이비드 허버트 리처즈David Herbert Richards 그리고 레티스 아다Lettice Ada로 구성되어 있다. 소설에서 로런스는 장남 윌리엄을 윌리엄 어네스트에, 애니는 에밀리와 아다 모두에, 폴은 자신의 예술적 측면에, 아서는 조지와 아다와 자기 자신에 토대를 두고 창조했다. 어머니와 아버지 역시 자신의 부모에 토대를 두고 창조해 낸 인물이다.

또한 소설에 레이버스 가족으로 나오는 인물들은 에드먼드 체임버스Edmund Chambers 가족을 모델로 한 것이다. 레이버스 씨는 에드먼드 체임버스, 그의 부인은 사라 앤 체임버스Sarah Ann Chambers, 딸들인 아가사와 미리엄은 각각 뮤리엘 메이Muriel May와 홀브룩Holbrook 또는 제시Jessie를 모델로 하였으며 아들 에드거, 제프리, 모리스 및 허버트는 각각 앨런 오브레이Alan Aubrey와 허버트Hubert, 버나드Bernard와 조너선 데이비드Jonathan David를 모델로 창조했다. 체임버스 가족은 해그스 농장의 소작인이었다.

이러한 면에서 본다면 이 작품은 로런스의 성장 기록이라고 할 수 있다. 하지만 작가 자신의 전기적인 면을 많이 지니고 있다고 해서 자서전이 되는 것은 아니다. 육체적인 면에 있어서는 상당히 강건하고 난폭한 성격을 지녔지만 지적인 면에서는 다소 부족한 아버지와 지적이며 감수성이 예민한 어머니 사이에서 태어난 로런스는 부모님의 상반된 성격과 자질을 물려받았다. 이러한 양친의 성격은 작품에도 그대로 드러나 있다. 모렐의 모델인 아서 존 로런스는 어린 시절부터 탄광에서 광부로 일하였으며, 춤과 노래 솜씨가 뛰어났고 글을 거의 몰랐다. 처녀 시절의 이름이 리디아 비어즐Lydia Beardsall이었던 어머니는 초등학교 보조 교사로 근무하면서 독서를 즐기고 시를 쓰며 깊은 신앙생활을 하고 있었는데 파티에서 아서 존을 만나 그의 춤 솜씨와 외모에 마음이 끌려 결혼에 이르렀다. 그러나 결혼한 후에는 광부의 아내로 살아가는 일이 쉽지 않다는 것을 깨닫고 성격이 자신과 완전히 다른 남편의 무절제한 음주와 경제적 궁핍을 어쩔 수 없이 받아들이게 되었다. 이러한 형편이 폴 모렐의 가정 환경 모델로 상당 부분 사실적으로 묘사되어 있다.

아이들이 태어나면서 로런스 부부 사이는 점차 벌어지고 아내는 남편을 경원시한 채 오직 아이들에게 헌신했다. 큰아들 조지 아서는 노팅엄에 있는 방직 공장의 기사가 되었고, 둘째 아들 윌리엄 어네스트는 런던의 한 선박 회사 서기로 일하다가 폐렴과 단독으로 하숙방에서 사망했다. 막내아들인 데이비드 허버트는 어머니의 지극한 애정과 보살핌 속에서 성장하여 일반적인 모자 관계 이상의 깊은 유대 관계를 맺었다. 작품에서 폴이 독립적 소유욕을 지닌 모성의 영향으로 다른 여인과 교제하는 데 어려움을 겪는 것은 이와 같은 배경을 지니고 있다.

로런스는 고등학교를 마친 후 노팅엄의 의료 기구 공장에 다니다가 16세 때 심한 폐병을 앓아 직장을 그만두고 집에서 요양했다. 이 무렵 그는 이스트우드 근방의 해그스 농장을 자주 방문하여 지성과 학구열이 높았던 제시 체임버스와 친교를 쌓았는데, 이 여인은 로런스가 창작 활동을 하는 데 결정적인 영향을 주었다. 제시는 이 작품에서 미리엄의 모델이 되고 있다.

건강이 회복되자 로런스는 마을의 초등학교에서 보조 교사로 학생들을 가르쳤고 대학에서 공부하였으며 1908년에는 마치 연인처럼 밀착된 관계를 맺고 있던 어머니의 곁을 떠나 처음으로 객지 생활을 시작했다. 교사 자격증을 받고 초등학교 교사로 재직하던 중인 1910년에 십여 년 동안이나 깊이 교제해 왔던 제시 체임버스와 헤어지고 대학 친구인 루이 버로우즈Louie Burrows와 약혼했다. 로런스의 이러한 행동은 어머니와의 깊은 심리적 관계로 인하여 다른 여성을 완전히 사랑할 수 없었던 좌절감에서 나온 몸부림으로 생각할 수 있다. 장기간 투병 생활을 해온 어머니가 1910년 12월에 사망하자 로런스는 깊은 충격을 받고 1912년 초에 루이 버로우즈와의 약혼을 파기했다.

로런스는 1910년부터 『아들과 연인Sons and Lovers』으로 발전하는 「폴 모렐Paul Morel」을 쓰기 시작하였고 삼 년에 걸쳐 계속하여 수정, 보완하다가 1912년에 개작하여 1913년 5월에 작품을 발간했다. 따라서 이 시기 자신의 정신적 성장이 작품 속에 묘사되는 것은 당연하다고 할 수 있다. 「폴 모렐」의 초고에는 제시 체임버스와의 관계까지만 그려져 있지만 『아들과 연인』에는 루이 버로우즈가 클라라로 재창조되어 있다는 점에서 이러한 사실이 입증된다. 로런스 자신의 삶 상당 부분이 이 작품에 거의 사실적으로 묘사되어 있다. 20세기 초 현대 소설의 주류가 새로운 예술적 기법과 형식으로 인간의 내면생활을 파헤친 반면 로런스는 인생의 문제와 생명의 본질에 대해 탐구하는 방법으로써 사실적이고 원시적인 생명주의, 또는 원시주의를 주장하고 실행하였다.

요즈음의 시각에서 보면 전혀 노골적이라고 할 수 없는 『아들과 연인』 초판이 발행될 당시는 성적인 묘사에 대해 엄격한 기준이 적용되던 시기였다. 〈성 문학의 대가〉로 알려져 온 로런스의 이 작품은 그나마 출판업자에 의해 거의 5분의 1 정도가 임의 삭제된 상태로 출판되는 데 그쳤지만 『채털리 부인의 연인Lady Chatterley's Lover』 같은 경우는 지나치게 외설적이라 하여 미국과 영국에서 압수되기도 하고 재판을 받기까지 했다.

로런스는 현대 소설의 공통된 흐름인 이른바 〈비개성화 흐름〉에 동참하여 실제의 삶을 작품과 분리하지 않고 빅토리아 시대의 전통적인 창작법에 자기 수법을 가미하여 주인공을 자신의 일부로 묘사하고 있다. 일생 동안 자아에 충실했던 로런스는 그 스스로가 이 작품의 주인공이며 자의식을 명백하게 표출하고 있는 폴 모렐의 모델이다. 그러면서도 이 작품은 전기적 사실의 기록이나 일기와 같은 사실주의 소설 이상의 중요한 요소를 지니고 있는데 이는 상당 부분 로런스의 상상력에 의해 창조된 것이기 때문이다. 앞에서 살펴보았듯이 로런스는 인물이나 장면의 모델을 자신의 주변 생활에서 구했지만 이를 그대로 옮겨 놓지는 않았다. 자신의 생활 주변에서 경험하거나 목격한 사건을 발췌하여 소재로 삼으면서 이 경험의 의미를 깊이 탐구하고 발전시켜 새로운 의미와 생명력을 불어넣고 있다.

『아들과 연인』은 특히 로런스 어린 시절의 환경과 젊은 시절의 사랑을 적절하게 문학으로 형상화한 작품이다. 그러므로 작가 영혼의 발전 궤적을 엿볼 수 있게 해주는 자서전적 소설이며 어떤 면에서 본다면 주인공의 정신적 발전을 묘사한 성장 소설이라고 할 수 있다. 폴 모렐이 출생하여 다양한 경험을 하면서 독립하기까지의 정신적 성장 과정을 묘사하고 있기 때문이다. 이 작품의 주인공은 로런스 자신이며 그의 의식과 행동은 작가 자신의 경험이라고 할 수 있다. 작품 속에는 로런스가 자란 시골의 역사와 지리, 부모님의 결혼과 아이들의 출생, 아이들이 성장하는 동안 집안에서 일어나는 여러 가지 일들, 부모님 사이의 갈등과 주인공 애인들과의 관계 등이 그려져 있다. 이러한 점에서 볼 때 이 작품은 자전적인 요소, 심리 분석적 이론의 바탕, 삶의 요소라고 할 수 있는 인간 경험을 배경으로 하여 생생하고 통찰력 있게 주인공 폴의 삶의 궤적을 묘사하고 있다.

로런스는 이 작품을 통해 정서 발달 과정에서 어머니의 절대적인 영향으로 인하여 자신이 어떠한 영향을 받고, 자신의 개인적인 문제가 어떻게 좌우되었는지 또 그것이 일반적인 모자 관계와 어떠한 차이가 있는지를 보여 주고 있다. 그는 인생 문제를 지식에 의해서라기보다는 감정에 의해 해결하려 하였고, 이러한 성격과 성장 배경이 작품에 그대로 그려져 있다. 이제 이를 자세히 살펴보기로 한다.

로런스가 태어난 이스트우드는 영국의 중부 노팅엄에서 십이 킬로미터 정도 떨어진 작은 마을로 그가 태어나기 훨씬 전부터 탄광 도시로 발전하여 오가다 1860년대에 들어 갑자기 변화한 곳이다. 자본가들이 계속 몰려들어 1891년에는 이스트우드의 주민이 4천3백여 명에 달하게 되었다. 이 무렵 채광업은 점차 기계화되어 가고 있었지만 예전의 방식도 사용되고 있었으며 전원 풍경 또한 그다지 많이 변화하지는 않은 상태였다. 탄광촌이라고 해서 다른 시골 지역과 크게 다르지 않았다. 주민들 대부분이 하층 노동자 계급에 속하기는 했지만 대도시인 런던과 같은 지역에서 볼 수 있는 빅토리아 시대 특유의 노동자 계급과는 달랐다. 대도시의 하층 노동자 계급은 대부분 도시 외곽의 빈민 지역에 모여 살며 짐승과 다름없는 생활을 하고 있었지만, 이곳의 광부들은 자신이 하는 일에 긍지를 느끼고 생활하였으며 실업 문제도 거의 없었다.

로런스의 아버지는 광부였고 당시 대부분의 광부들과 마찬가지로 글을 몰랐으며 거의 본능에 따라 생활했다. 광부들은 자기들끼리 친밀한 공동 사회를 이루어 지하에서 작업했기 때문에 서로를 잘 이해하고 있었다. 또한 서로 육체적, 본능적, 직관적으로 접촉하며 일을 했기에 이들의 친밀한 관계는 대체적으로 훨씬 강도가 높았다. 로런스 자신의 아버지도 여러 번 부상을 입은 적이 있으며 그럴 때마다 동료들의 도움을 받았다. 광부들은 대부분 기회만 있으면 술집에 모여 앉아 잡담하며 술을 마시고 남성끼리의 친밀한 관계를 즐겼다.

로런스의 아버지도 대부분의 광부들과 다름없이 술집에서 술을 마시거나 친구들과 함께 이곳저곳으로 산책을 다녔다. 작품에도 그려져 있듯이 아버지는 집에서 이런저런 물건을 만들기도 하고 동물을 좋아하여 아이들에게 동물에 대한 이야기를 해주기도 했다. 앞에서 이야기했듯이 그는 파티에서 춤 솜씨로 로런스의 어머니를 사로잡았을 정도로 춤을 잘 추었으며 남성적인 매력이 철철 넘치고 자신의 인생을 마음껏 즐기는 낙천적인 사나이였다. 정신적이고 지적인 생활과는 거리가 먼, 지극히 육체적이고 관능적인 생활을 영위하는 아버지의 성격과 행동은 이 작품에 여러 번 언급되고 있다.

폴의 아버지 모델은 일 년에 한 번뿐인 축제일에 아이들과 놀아 주기나 하지 않고 술집에서 일을 거들며 거나하게 취해 있는 경우가 많다. 술에 취하여 아내와 싸우기도 하고 친구와 함께 멀리 산책을 나가기도 한다. 그러면서도 집에서 무엇인가를 뚝딱거리며 만들기도 하고, 아이들에게 탄광의 당나귀며 쥐 이야기를 들려주기도 한다.

모델 부인의 모델이 된 로런스의 어머니 역시 하층 계급이기는 하지만 아버지보다는 높은 계급 출신이다. 그녀는 집안의 전통에 따라 청교도적인 신앙심을 지니고 있었으며 사립학교 교육을 받고 교사로 재직하기도 하였다. 술에 절어 산 아버지와 달리 어머니는 철저한 금주주의자였다. 어머니가 사용하는 영어는 훌륭했으며 주변 사람들과 말투도 달랐다. 독서를 매우 좋아했으며 지방 도서관에서 책을 빌려다 읽었다. 책을 많이 읽어 다방면에 지식을 지니고 있었으므로 지역의 목사가 그녀를 방문하여 종교와 철학에 대하여 토론을 하는 경우도 매우 많았다.

남편에게 실망한 그녀는 자식들에게 모든 사랑과 정성을 쏟으며 자식들을 결코 광부로 만들지 않겠다 결심하고 교육시켰다. 둘째 아들에게 큰 기대를 걸었으나 그가 죽은 후에는 막내아들에게 온갖 정성과 사랑을 쏟았다. 작품 속에도 모렐 부인이 독서를 많이 하는 모습이 여러 번 그려져 있으며 목사가 방문하여 설교에 대하여 이야기하는 모습도 마찬가지다. 그녀의 말투가 주변 사람들과 달라 주의하는 장면이라든지 아이들을 교육시키기 위하여 남편과 싸우는 장면 등은 실제의 삶을 바탕으로 하고 있음을 알 수 있다.

2부로 구성된 이 작품의 제1부는 주인공 폴 모렐이 태어난 환경을 사실적으로 묘사하고 있으며 제2부는 청년기의 폴이 경험하는 정신적 육체적 고민을 묘사하고 있다.

제1장의 〈모렐 부부의 초기 결혼 생활〉이라는 제목을 보면 알 수 있듯이 제1부는 폴이 태어나기 전 모렐 부부의 관계를 묘사하는 장면으로 시작된다. 이들이 살고 있는 집에서부터 이 집의 소유권을 둘러싼 모렐 부인의 실망, 술을 좋아하는 모렐 생활의 단면, 그리고 모렐 부인의 결혼 전 이야기와 더불어 결혼에 이르게 된 과정이 그려져 있다. 여기에서 이들의 비극이 싹트고 있는 것이다. 윌리엄과 애니만 태어난 시점에서 벌써부터 아이들은 아버지를 무서워하고 어머니 편을 든다. 윌리엄은 결혼한 지 일 년 만에 태어나는데, 아직 남편이 친절하게 대해 주기는 하지만 이미 남편에게 실망한 모렐 부인은 아들에게 온갖 정성을 쏟는다.

작품의 서두에 모렐 부인이 두 가지의 선물을 받는 장면이 나오는데, 하나는 아들 윌리엄이 축제에서 사온 분홍색 장미 무늬가 그려져 있는 달걀 담는 컵이고 다른 하나는 남편이 술이 거나하게 취해 얻어 온 털이 부숭부숭 나 있는 코코넛이다. 윌리엄이 장미꽃을 그린 컵을 사왔다는 점에서 모렐 부인을 곡물의 여신 케레스나 꽃의 여신 플로라의 속성을 지닌 것으로 생각할 수 있다. 반면, 남편 모렐이 술친구에게서 얻어 온 코코넛은 자신이 사온 것이 아니라는 점에서 정성이 부족하다. 또한 모렐 부인이 그것을 화해의 표시로 집어 올려 흔들어서 그 속에 물이 조금이라도 들어 있는지 살펴보는 것은 선물이 지닌 의미를 의심하는 행위이다.

제2장에서 폴이 출생하고 모렐 부부는 다시 한 번 싸우게 되는데 이로써 이들 부부 사이는 완전히 소원한 상태에 들어가고 모렐은 혼자 고립된다. 이러한 가정에서 자라난 윌리엄은 우여곡절을 겪다가 마침내 런던에서 좋은 직장을 얻어 집을 떠난다. 런던에서 출세 가도를 달릴 듯하던 윌리엄은 릴리라는 경박한 아가씨를 만나 연애하면서 자신을 혹사하고 결국은 죽음에 이른다.

제3장부터 제6장까지는 모렐 부인이 남편을 경원시하고 큰아들 윌리엄에게 거는 최선의 기대와 윌리엄의 방황, 죽음 그리고 폴의 어린 시절과 취직 등이 그려진다. 윌리엄은 어머니의 반대에도 불구하고 젊은 시절의 아버지처럼 춤을 추며 아가씨들을 사귀는데, 이때 만난 아가씨들이 집으로 찾아오면 모렐 부인은 그들을 경원시했다. 그는 다른 모든 점에서는 어머니를 만족시켰지만 오직 여자관계에 있어서만은 예외였다. 런던에 취직하여 집을 떠나려 할 때 윌리엄은 어머니가 보는 앞에서 여자 친구들에게서 받은 편지를 찢어 버리고 여자들과 가까이 하지 않기로 결심하지만 런던에서 절제 있는 생활을 하지 못하고 또다시 무도회에 나가 여인들과 교제한다. 또한 상류 사회의 생활에 맞추어 살아가기 위해서 많은 낭비를 하게 되고 집에는 별로 경제적인 도움을 주지

못한다. 어머니와 떨어져 있으며 생활의 안정을 찾지 못했기 때문이다. 윌리엄은 어머니의 깊은 사랑을 받으며 자라면서 어머니에게 매우 애착을 품게 되었으므로 어머니를 다른 여자들보다 우월한 존재로 생각했다. 그런 윌리엄의 죽음으로 삶의 공허함을 느끼고 살아갈 의욕을 잃은 모렐 부인에게 힘을 불어넣은 것은 폴이다. 폴이 큰 병에 걸리자 그녀는 그에게 모든 사랑과 정성을 쏟게 되었던 것이다.

폴은 모렐 부부의 불화가 계속되는 가운데 태어났다. 모렐 부인은 남편과의 사랑이 식은 후에 폴을 임신하였으므로 배 속의 아기가 태어나지 않기를 바라기도 했고 태어난 후에는 몸이 허약하여 연민의 정을 느끼기도 했으며 반드시 보살펴 주어야 했기 때문에 그를 애처롭게 생각했다. 큰아들 윌리엄이 죽은 후 삶의 의욕을 상실한 어머니를 위로하고 기쁘게 하려고 노력한 것은 바로 폴이었다. 그는 어린 시절부터 어머니의 마음을 이해하고 그림자처럼 그녀의 곁에 머물렀으며 실망시키지 않으려고 노력했다. 노팅엄에 면접을 보러 갈 때도 어머니와 함께 갔으며 직장 생활을 하는 가운데에도 집에 오면 언제나 자신이 보고 듣고 느낀 것을 죄다 이야기하여 어머니와의 관계를 돈독히 했다. 모렐 부부가 싸움을 벌인 후 모렐이 던진 서랍에 머리를 맞아 모렐 부인이 흘리는 피가 폴의 머리카락을 적시는 장면은 그들 모자가 피로 맺어진 사이임을 보여 준다. 이는 로런스가 말하는 소위 〈피의 의식〉이라는 것으로 매우 중요한 의미를 지닌다.

아이들은 어머니와 싸우는 아버지를 몹시 싫어한다. 아버지가 밤마다 술에 취해 집에 돌아와서는 고함을 지르고 어머니를 때리기까지 하므로 아버지에 대한 분노와 증오심은 점점 더 커져만 간다. 반면에 어머니는 순진하고 고상하게 생활함으로써 아이들에게 찬탄의 대상이 된다. 윌리엄이 달리기 시합에서 일등상으로 탄 잉크스탠드를 여왕이 된 기분으로 받는다든가, 폴이 어머니의 구두를 마치 무슨 꽃이나 되는 듯 정성 들여 닦는 모습 등은 어머니가 여왕과 같은 존재임을 보여 준다.

새로 이사한 집 앞에 서 있는 고목나무에서 바람이 불 때마다 들려오는 요란한 소리는 아버지가 술에 취하여 돌아와 소리치는 모습과 이에 날카롭게 대꾸하는 어머니의 목소리를 연상시키기 때문에 이러한 소리는 가정 불화를 상징한다. 아버지에 대한 증오심이 점점 자라나 폴은 자기 아버지가 차라리 돌아가셨으면 하고 기도까지 하는데 이와 같이 아버지와 아이들 사이에는 적대적인 관계가 형성되어 아버지는 집 안에서도 외톨이로 지내야만 했다.

폴은 어머니의 지나친 애정과 기대 속에서 어머니를 위해 살아야 한다는 강박 관념에 사로잡혀 있다. 그래서 아버지가 돌아가신 다음에는 조그만 집을 마련하여 어머니와 단둘이 살면서 하녀를 두고 어머니를 편하게 모셔야겠다고 생각한다. 이러한 마음은 제2부에서도 계속하여 폴의 행동을 사로잡아 결국에는 그가 독립된 삶을 영위하지 못하도록 만든다.

제2부는 성에 눈뜨는 젊은이의 고민과 정신적 발전 과정의 묘사가 주를 이룬다고 할 수 있다. 어머니에 대한 폴의 사랑, 그리고 어머니의 폴에 대한 사랑은 폴에게 있어서 아가씨들과 전인적인 교제를 방해하는 요소가 된다. 아가씨들과의 사랑을 다루기 전에 어머니에 대한 폴의 사랑의 깊이를 살펴보기로 한다.

제9장에서 어머니를 모시고 링컨에 있는 대성당을 구경할 때 폴은 어머니가 힘들어 하는 모습을 보며 다음과 같은 대화를 나눈다.

후에 그들이 성벽에 기대어 시내를 내려다보고 있을 때
그가 갑자기 퉁명스럽게 말했다.

「왜 사람들에게는 젊은 어머니가 없을까요? 무엇 때문
에 어머니는 늙을까요?」

「글쎄다.」 어머니가 웃으며 말했다. 「어쩔 수 없는 일이
겠지.」

「그리고 왜 저는 장남이 아닐까요! 보세요……. 밑의 자
식들이 이롭다고들 해요……. 그렇지만 보세요, 장남에게
는 어머니가 젊어요. 제가 장남이었으면 좋았을 거예요.」

「내가 그렇게 결정한 것이 아니다.」 그녀가 항의했다.
「생각해 봐라, 너도 나만큼이나 책임이 있어.」

그는 그녀를 돌아보았는데 얼굴이 창백하고 두 눈은 분
노로 이글거렸다.

「무엇 때문에 늙으셨어요!」 이렇게 말하는 그는 자신의 무
능함에 미칠 지경이 되었다. 「왜 걸을 수 없어요? 왜 저와
함께 여기저기 돌아다닐 수 없어요?」

「한때는…….」 그녀가 대답했다. 「나도 저 언덕을 너보
다 더 잘 뛰어 올라갈 수 있었단다.」

「그것이 저에게 무슨 소용 있어요?」 그는 울부짖으며 주
먹으로 성벽을 내리쳤다. 그런 다음에 구슬프게 말했다.
「편찮으시니 너무 슬퍼요, 어머니, 그것은…….」

「아프다니!」 그녀가 외쳤다. 「조금 늙었을 뿐이야. 그리고
너는 그것을 참을 수밖에 없고. 그뿐이란다.」 (515~516면)

여기에서 폴이 어머니에 대하여 품는 원망은 매우 중요한
의미를 지닌다. 폴의 진정한 바람은 장남이 아니라 장남 이
상의 그 무엇이 되는 것이고, 어머니가 늙지 않기를 바라기
보다는 어머니가 자신과 비슷한 나이였으면 하는 것이다. 아

들이 어머니와 함께 산책을 하면서 늙은 어머니가 힘들어 하는 모습을 보며 가슴 아파하고 어머니가 젊고 튼튼한 몸으로 활기차게 걸어가기를 바라는 것은 지극히 당연한 일이다. 그렇지만 폴과 어머니 사이의 관계는 자식과 어머니 이상의 친밀한 관계를 보여 주고 있다.

폴과 어머니와의 관계에서 이와 같은 모자 이상의 애정을 보여 주는 장면은 이 작품에 여러 번 그려지고 있다. 예를 들어 제1부에서 폴이 조던 의료기 회사에 면접을 보기 위하여 기차를 타고 갈 때의 모습이라든지, 노팅엄 캐슬 미술관에서 개최한 전시회에서 일등상을 탔을 때 상금을 어머니에게 드리고자 한다는 점, 심지어는 어머니가 병들어 누워 있을 때 어머니를 대하는 태도 등에서 이러한 관계가 암시되고 있다. 폴과 어머니와의 관계는 기본적으로 모자 관계이지만 애인 관계로 나타나기도 하고, 사제와 여신과의 관계로 그려지기도 한다.

제2부에서는 폴과 미리엄 사이의 관계가 매우 큰 비중을 차지한다. 앞에서 말한 바와 같이 미리엄은 제시 체임버스를 모델로 하여 창조한 인물이다. 미리엄은 자신을 월터 스콧 Walter Scott의 작품에 나오는 공주로 생각하고 있으며 마치 성모 마리아와 같은 자세를 취하기도 한다. 폴은 청년기로 접어들면서 모든 것에서 종교적인 가치를 추구하는 미리엄과 미리엄의 어머니에게 매력을 느끼고 이끌리지만 이는 순전히 정신적인 측면에만 한정되어 있었다. 이는 폴이 성적인 충동을 억제하려고 노력한 결과가 아니라 미리엄과의 육체 관계를 생각하지 않았기 때문이다. 미리엄은 사랑을 종교적이고 아주 순결한 것으로 생각하고 폴의 모든 것을 자기의 품 안으로 끌어들이려 한다. 미리엄이 폴의 영혼을 독점하려고 하기 때문에 모렐 부인은 그녀와 갈등을 일으킨다. 자신

의 영혼을 모두 어머니에게 바치고 있는 폴에게서 미리엄의 정신적 사랑이 파고들 자리가 없었기 때문이다. 미리엄이 폴의 영혼과 육체 모두를 독점하려 하고 모렐 부인은 미리엄의 이러한 성향을 알고 있으므로 이들 두 사람 사이의 갈등은 심화된다. 폴이 자신에게서 점점 멀어지고 있다는 사실을 느낀 모렐 부인은 미리엄을 미워하고, 폴은 미리엄과의 교제가 어머니의 마음을 괴롭게 하기만 할 뿐 진정한 사랑에 이르지 못할 것이라고 짐작하고 자기들의 관계는 단순한 친구 사이라고 주장하기도 한다.

폴이 미리엄을 계속 사랑할 수 없었던 이유는 어머니에 대한 사랑과 어머니의 방해 때문이라기보다는 미리엄의 순수성이 폴의 의식을 분열시켰기 때문이다. 미리엄은 인간뿐만 아니라 동물의 출산에 대해서도 입에 담지 못할 정도로 결백하고 민감했다. 폴은 그녀의 이상적인 사랑을 받아들이지 못하고 육체적인 결합을 통하여 정신성을 파괴하려고 하지만 이러한 행위는 의식적인 살육밖에 되지 않는다. 폴은 미리엄을 미워하면서도 계속 만나며 그녀에게 관심을 기울인다. 폴이 미리엄에게 냉정하게 대하는 것은 그 자신의 정신적 괴로움 때문이고 정신과 육체가 결합된 사랑을 할 수 없었기 때문이다. 그리고 그 배후에는 모렐 부인이 자리 잡고 있었다. 미리엄이 폴을 흡수하여 독립성을 상실시키기 때문에 모렐 부인은 미리엄을 미워하지만, 모렐 부인 역시 폴이 독립성을 추구하지 못하도록 방해한다. 모렐 부인은 미리엄이 폴의 육체를 차지하더라도 영혼만은 자기에게 남겨 주기를 바란다.

미리엄은 폴의 요구에 응하여 자신을 희생하지만 자신의 몸을 제물처럼 그에게 바칠 뿐이다. 폴은 미리엄의 이러한 희생적인 태도를 용납하지 못하고 이상적인 남녀 관계를 통한 자아실현을 이루지 못한다. 어머니의 왜곡된 사랑에서 벗어나 완전한 자아를 가진 어른으로 살아가고자 하는 폴이 미리엄에게 더욱 구속된다는 느낌을 갖기 때문이다. 폴은 미리엄과 결별함으로써 그녀의 지배에서 벗어나 독립된 생활을 영위할 수 있게 된다.

폴은 미리엄과 결별하기 전에 클라라를 만난다. 클라라는 남편과 별거 중인 유부녀로 원숙한 미모의 중년 여성이다. 클라라의 모델에 대해서는 학자들의 의견이 분분한데, 나중에 아내가 된 프리다 위클리Frieda Weekley와 약혼녀였던 루이 버로우즈 등을 혼합하여 창조한 복합적 인물이라고 보는 쪽이 타당하리라고 여겨진다. 어찌 되었든 클라라와의 교제를 통하여 폴은 미리엄에게서 경험하지 못했던 육체적인 만족감을 느낀다. 미리엄과의 정신적 사랑에 지친 폴은 클라라와의 사랑을 통하여 육체적인 욕구를 충족시킬 수 있었으며 모렐 부인 또한 클라라가 어머니에 대한 폴의 사랑을 송두리째 빼앗아 가지는 않기 때문에 그녀를 좋아하기까지 한다. 어느 날 폴이 클라라와 함께 극장에 갔을 때 폴은 그녀의 이브닝드레스에 감춰진 육체와 큼직한 손과 풍만한 젖가슴을 보고 자신보다 그녀가 훨씬 더 강한 존재임을 인식한다. 사실 폴은 그 전에 그녀의 집 앞에서 그녀의 당당한 태도를 보고 그녀를 주노 여신과 같은 존재로 느끼기도 했었다.

남편인 백스터에게서 만족을 느끼지 못한 클라라는 폴을 만나 육체적 쾌감을 느낀다. 폴을 통하여 지금까지의 상처 입은 자부심을 소생하게 하는 육체적 환희와 부활을 인식하게 되는 것이다. 폴이 원하는 열정과 클라라가 갈구하는 육체적 부활은 이들에게 새로운 세계가 되고 이들의 관계를 지탱해 준다. 폴은 어머니에게서 벗어나 클라라와의 육체적 사랑에 몰입하려 한다. 그렇지만 어머니는 아직 생존해 있고 폴은 자신의 인생을 개척해 나가지 못한다. 이와 같은 상황에서 폴은 어머니가 살아 있는 동안 어떠한 여성에게도 자신의 참된 자아를 줄 수 없다는 왜곡된 자의식을 형성하게 된다. 어머니의 속박으로부터 벗어나고자 미리엄을 사랑해 보기도 하고 클라라와도 사랑을 나누어 보지만 그의 사랑은 거의 무의식적으로 분열을 일으킨다. 폴이 다른 여인을 사랑할 때면 그의 의식은 언제나 어머니에게로 향한다. 이는 그의 자아 형성에 큰 영향을 끼친 오이디푸스 콤플렉스의 결과라고 볼 수 있다. 폴은 진정한 자신의 자아를 갖고 자유로이 앞으로 나아가지도, 다른 여자를 진정으로 사랑하지도 못한다.

폴은 클라라에게 열정적인 육체적 사랑을 갈구하지만 클라라는 점차 이 몰개성적인 사랑에 불만을 갖는다. 그녀는 폴이 때와 장소를 가리지 않고 사랑을 표현하고 몸과 마음을 다 바쳐 사랑해 주기를 바라면서 영원한 사랑을 갈구한다. 그렇지만 폴은 밤에는 자신을 그녀에게 맡길 수 있지만 낮에는 자신을 유지해야 하며, 낮에 사랑의 행위를 하면 자신은 질식할 것이라고 말할 정도로 전적으로 그녀를 사랑할 수 없다.

결국 폴은 어머니나 미리엄 또는 클라라 중 누구에게서도 정신과 육체가 하나로 된 사랑을 얻지 못한다. 정신적인 사랑만을 요구한 미리엄이나 육체적인 사랑을 위주로 한 클라라와 원만한 관계를 이루지 못하는 점으로 비추어 보건대 로런스가 추구한 바는 정신과 육체의 균형을 이루는 사랑이라고 할 수 있다.

폴이 어머니에게 품고 있던 사랑도 어머니가 아들에게 품고 있던 사랑만큼이나 묘한 사랑이다. 사실상 어머니에 대한 폴의 사랑은 자기희생적인 만족감이라고 할 수 있다. 어린 시절부터 폴은 자신의 삶이 아니라 어머니를 위한 삶을 살아왔고, 어머니를 만족시키기 위해 최선의 노력을 경주해 왔다. 어머니가 병환이 깊어져 침대에 누워 있을 때 폴은 회의적인 태도를 보여 주기도 한다. 이는 어머니에게서 받은 사랑이 내면의 본능적인 욕구를 충족시켜 주지 못했기 때문이다. 어머니에게서 사랑받고 어머니를 사랑하는 것만으로는 충분하지 않았으며, 이성 간에 정상적이고 원만한 사랑을 하기 위해 노력할 때 어머니의 사랑과 질투는 방해물로 작용했다. 물론 폴은 어머니를 연인처럼 정성껏 간호한다. 병석에 누워 있을 때의 어머니와 아들의 관계는 연인의 관계나 다름 없이 묘사되고 있다.

마침내 어머니가 세상을 떠났을 때 폴은 자기 자신이 죽은 것처럼 느낀다. 지금까지 자신의 삶을 지탱해 온 기묘한 사랑이 끝났기 때문이다. 그러므로 어머니의 죽음은 아들이자 연인으로서의 폴의 죽음이라고 볼 수 있다. 이는 또한 어머니로부터의 해방 내지는 재생이기도 하다. 어머니의 죽음 후 폴은 엄습해 오는 어둠과 정신적 쇠약으로부터 벗어나지 못하고 지금까지 자신의 삶을 지탱해 준 사람은 어머니였다고 느끼면서 그녀를 더욱 절실히 갈망하며 그 뒤를 따라 죽음의 세계로 들어가려고 한다. 미리엄과 최후의 결별을 한 후 폴은 어머니의 뒤를 따라 죽음으로 한 발씩 내딛으려는 마음을 극복하고 마침내 새로운 삶을 개척하고자 시내로 발걸음을 돌린다.

로런스는 이렇듯 이 작품에서 폴이 무지와 미성숙으로부터 정신적, 사회적 의미에서의 어른으로 성장하는 과정을 그리고 있다. 폴은 부모님의 불화와 경제적 궁핍으로 인하여 어머니의 과잉보호를 받으며 성장하였고 어머니의 사랑으로 인하여 다른 여자를 온전히 사랑할 수 없었다. 어머니의 애정으로 인한 구속, 폴은 그것을 존경하기도 하고 찬미하기도 하였지만 한편으로는 저항하기도 했다. 폴은 어머니에 대한 존경과 저항이라는 상반된 감정으로 인하여 자아 분열을 겪을 수밖에 없었다. 그는 완전한 자아를 확립하려는 노력의 일환으로 자신을 구속하려는 어머니라는 자아를 제거하게 된 것이다.

로런스는 자식에 대한 어머니의 지나친 애정으로 인한 비극을 몸소 겪었기 때문에 일생 동안 이상적인 남녀 관계의 균형을 추구하려고 하였다. 정신적인 요소와 육체적인 요소 어느 한쪽으로 치우치지 않고 이 양자의 균형과 조화를 통하여 이상적인 부부 관계를 모색했다고 할 수 있다. 작품 속에 그려진 폴의 인생 역정이 로런스 개인의 삶과 매우 긴밀한 관련성을 지니고 있다는 점에서 이를 성장 소설이라고 할 수 있는 것이다.

이 책의 번역을 시작하며 다음과 같은 원칙을 세웠다. 첫째, 원전의 문체를 가능하면 그대로 옮긴다. 작가마다 고유의 문체가 있으며 동일한 작가라 하더라도 작품에 따라 다른 문체를 사용하기도 한다. 문체는 작가의 작품 의도를 나타내며 어느 경우에는 의미의 상당 부분을 표현하기도 한다. 그렇기 때문에 가능하면 원전의 문체를 그대로 수용하려고 노력하였다.

둘째, 사투리의 번역에 있어서는 가독성을 중시한다. 언어는 말하는 사람들의 교육과 교양 수준을 드러내는데 이 작품에서 모렐 부인이 말하는 표준어와 광부들의 사투리는 상당한 차이가 있다. 실제 원전에는 지극히 난해한 사투리가 많이 나오지만, 그것들을 모두 그대로 수용할 경우 표준말에 익숙해져 있는 독자들이 이해하기 어려울 수 있으므로 사투리라는 것을 알 정도로만 번역하여 가독성을 높였다.

셋째, 우리가 사용하는 미터법을 쓴다. 예를 들어 영국에서는 거리를 나타낼 때 마일을 단위로 쓰지만 우리는 마일보다 킬로미터에 익숙하기 때문에 단위를 바꾸어 표기하였다. 다만 화폐 단위는 그대로 사용하였다.

넷째, 주석을 상세히 단다. 신화 속 인물이나 작가와 작품, 또는 성서의 인용이나 인유의 경우에는 되도록 성실하게 주석을 붙여 독자들이 이해하기 쉽도록 했다.

다섯째, 가능하면 어순에 따라 번역한다. 일명 순차 번역이라고 할 수 있는 방법으로 작업하였다. 부득이한 경우를 제외하고는 가능하면 영어의 어순을 그대로 살렸다.

여섯째, 대명사나 지시사를 가능하면 그대로 살려 둔다. 영어는 우리말과 달리 대명사나 지시사가 매우 많이 사용된다. 이를 명사로 바꿀 경우 이해가 용이해지는 면이 있는 반면 작가의 의도를 왜곡할 가능성이 있으므로 부득이한 경우를 제외하고는 가능하면 대명사나 지시사 그대로 번역하였다.

끝으로 이 번역에 사용한 원전은 펭귄 북스Penguin Books에서 나온 *Sons and Lovers* 1992년판임을 밝힌다.

최희섭

데이비드 허버트 로런스 연보

1885년 출생 9월 11일 광부인 아서 존 로런스Arthur John Lawrence 와 리디아Lydia의 셋째 아들로 노팅엄셔Nottinghamshire 남부 탄광촌 이스트우드Eastwood에서 태어남.

1898년 13세 장학금을 받고 노팅엄 고등학교Nottingham High School 에 다님.

1901년 16세 10월에서 2월까지 J. H. 헤이우드J. H. Haywood의 노팅엄 공장에서 사무원으로 일함. 질병에 걸림.

1902년 17세 제시Jessie를 비롯한 체임버스Chambers 가족을 만남. 1905년까지 이스트우드와 일크스턴Ilkeston에서 교사 실습생으로 일함.

1905년 20세 1906년까지 이스트우드에서 임시 교사로 근무함.

1906년 21세 시를 쓰기 시작하고, 쓴 작품을 제시에게 보여 줌. 교사 자격증을 취득하기 위해 1908년까지 노팅엄 소재 유니버시티 칼리지 University College에서 공부함. 첫 소설 『하얀 공작*The White Peacock*』 을 쓰기 시작함.

1907년 22세 첫 단편 소설을 씀. 처음 출판된 단편 소설은 「서곡A Preclude」으로 『노팅엄셔 가디언*Nottinghamshire Guardian*』에 제시가 쓴 작품이라고 실림.

1908년 23세　1911년까지 크로이던Croydon 소재 데이비슨 로드 스쿨Davidson Road School에서 초등학교 교사로 근무함.

1909년 24세　제시가 로런스의 시 몇 편을 골라『잉글리시 리뷰*English Review*』에 보냄. 편집자인 포드 매독스 휘퍼Ford Madox Hueffer가 다섯 편을 접수하고『하얀 공작』을 출판업자에게 추천함. 단편소설「국화 향기Odour of Chrysanthemums」와 첫 희곡「광부의 금요일 밤A Collier's Friday Night」을 씀.

1910년 25세　루이 버로우즈Louie Burrows와 약혼함. 어머니 사망.『침입자*The Trespasser*』와 후에『아들과 연인*Sons and Lovers*』으로 발전하는「폴 모렐Paul Morel」의 초고를 씀.

1911년 26세　『하얀 공작』출간.「폴 모렐」의 두 번째 원고를 씀. 여러 단편 소설을 쓰고 개작함.「국화 향기」출간.「폴 모렐」의 세 번째 원고를 1912년까지 씀. 11월부터 12월까지 폐렴을 심하게 앓음.

1912년 27세　본머스Bournemouth에서 요양하며 건강을 회복함. 2월 파혼하고 이스트우드로 돌아가서 교사직을 사임. 노팅엄 대학 교수인 리히트호펜Richthofen 공의 부인인 프리다 위클리Frieda Weekley를 만남. 5월 프리다 위클리와 함께 독일에 가고 그다음에는 이탈리아로 가서 겨울을 지냄.『침입자』출간.「폴 모렐」을『아들과 연인』으로 개작.

1913년 28세　이탈리어로 에세이 초고를 만들어 후에『무지개*The Rainbow*』와『사랑하는 여인들*Women in Love*』로 발전하는 작품인「자매들The Sisters」을 쓰기 시작함.『연애 시편*Love Poems*』출간. 4월부터 6월까지 독일에 머무름.「프로이센 장교The Prussian Officer」와 단편소설들을 씀. 5월『아들과 연인』출간. 영국에서 프리다와 함께 여름을 보내고 난 후 함께 이탈리아로 돌아감.

1914년 29세　희곡「홀로이드 부인을 과부로 만들기The Widowing of Mrs Holroyd」미국에서 출간.「자매들」의 최종판인「결혼반지The Wedding Ring」를 끝마치고 프리다와 함께 영국으로 돌아감. 프리다가 전남편과 이혼하고 7월 13일 로런스와 결혼식을 올림. 8월 전쟁이 발발하여 메투엔 사Methuen & Co.가「결혼반지」의 출판 약속을 깸. 전쟁으로 인해 이탈리아로 돌아가지 못하고 버킹엄셔Buckinghamshire와 서섹스Sussex에서 지냄. 1915년까지 「결혼반지」를 『무지개』로 고쳐 씀.

1915년 30세 「영국, 나의 영국England, My England」을 씀. 『이탈리아의 황혼Twilight in Italy』을 위해 에세이를 씀. 8월 영국으로 이사. 9월 『무지개』가 출판되었으나 10월에 회수되고, 외설이라고 기소되어 11월에 출판이 금지됨. 프리다와 미국으로 여행하고자 했으나 12월 말 콘월Cornwall에 정착하여 1917년 10월까지 지냄.

1916년 31세 『무지개』에 사용하지 않은 「자매들」의 자료를 『사랑하는 여인들』로 다시 씀. 이 작품은 11월에 탈고하였으나 1917년까지 여러 출판업자들이 출판을 거절함. 미국 문학을 읽음. 『이탈리아의 황혼』과 시집 『사랑Amores』 영국에서 출간.

1917년 32세 에세이 『미국 고전 문학 연구Studies in Classic American Literature』를 집필하기 시작함. 『사랑하는 여인들』 개작. 국토 방위법[1]에 따라 10월 프리다와 함께 콘월에서 추방되어 런던으로 돌아감. 소설 『아론의 지팡이Aaron's Rod』를 쓰기 시작함. 시집 『보라! 우리는 해냈다!Look! We Have Come Through!』 출간.

1918년 33세 1919년 중반까지 주로 버크셔Berkshire와 더비셔Derbyshire에서 지냄. 『신 시편New Poems』 출간. 1919년까지 정기 간행물 형태로 여덟 권의 『미국 고전 문학 연구』 에세이 초판 출간. 11월 제1차 세계 대전이 끝남. 『여우The Fox』 집필.

1919년 34세 『미국 고전 문학 연구』를 중등학교용 판본으로 개작함. 미국 출판업자 토머스 셀처Thomas Seltzer를 위해 『사랑하는 여인들』 개작. 11월 이탈리아로 떠남.

1920년 35세 2월 시실리Sicily로 이사하여 타오르미나Taormina에 정착. 미국에서 『사랑하는 여인들』이 출판되고 희곡 「위기일발Touch and Go」과 시집 『만Bay』, 『잃어버린 아가씨The Lost Girl』 영국에서 출간.

1 제1차 세계 대전 중이기 때문에 프리다가 독일인이라는 이유로 간첩 활동을 한다는 혐의를 받았다.

1921년 [36세] 프리다와 함께 사르디니아Sardinia를 방문하고 『바다와 사르디니아Sea and Sardinia』 집필. 교과서인 『유럽 운동사Movements in European History』와 『사랑하는 여인들』 영국에서 출간. 『정신 분석과 무의식Psychoanalysis and the Unconscious』 및 『바다와 사르디니아』 미국에서 출간. 4월부터 9월까지 이탈리아, 독일, 오스트리아로 여행한 후 타오르미나로 돌아감. 『아론의 지팡이』 탈고, 『대장의 인형The Captain's Doll』과 『무당벌레The Ladybird』 집필, 『여우』 개작.

1922년 [37세] 2월부터 9월까지 프리다와 함께 세일론, 호주, 미국을 여행. 『아론의 지팡이』 출간. 호주에서 『캥거루Kangaroo』 집필. 9월 뉴멕시코의 타우스Taos에 도착. 『미국 고전 문학 연구』 최종본을 다시 씀. 『무의식의 판타지아Fantasia of the Unconscious』와 『영국, 나의 영국과 다른 이야기들England, My England and Other Stories』 출간. 12월 타우스 근처의 델 몬트 랜치Del Monte Ranch로 이사.

1923년 [38세] 『여우』 및 『대장의 인형』과 함께 『무당벌레』 출간. 프리다와 멕시코로 여행. 8월 미국에서 『미국 고전 문학 연구』 출간. 『날개 돋친 뱀The Plumed Serpent』의 초판인 「케트살코아틀Quetzalcoatl」[2] 집필. 『캥거루』와 시집 『새, 짐승 그리고 꽃Birds, Beasts and Flowers』 출간. 『숲 속의 소년The Boy in the Bush』을 몰리 스키너Mollie Skinner의 원고에서 고쳐 씀. 8월 프리다가 영국으로 돌아감. 로런스는 12월에 영국으로 돌아감.

1924년 [39세] 프랑스, 독일에 머물다가 타우스 근처의 키오와 랜치Kiowa Ranch로 감. 『숲 속의 소년』 출간. 「말 타고 떠난 여인The Woman Who Rode Away」, 『세인트 모어St. Mawr』와 「공주The Princess」 집필. 아버지 사망. 프리다와 함께 멕시코로 돌아감.

1925년 [40세] 오악사카Oaxaca에서 『날개 돋친 뱀』 탈고. 질병에 걸려 거의 죽을 뻔하고 폐결핵 진단을 받음. 멕시코시티로 돌아갔다가 키오와 랜치로 감. 『세인트 모어 및 공주St. Mawr together with the Princess』

2 멕시코 원주민이었던 아즈텍Aztec 및 톨텍Toltec의 신화 속에 나오는 날개 돋친 뱀의 신.

출간. 런던을 경유하여 이탈리아로 여행. 에세이집『호저의 죽음에 대한 명상*Reflections on the Death of a Porcupine*』출간. 1926년 1월까지 『처녀와 집시*The Virgin and the Gipsy*』집필.

1926년 [41세] 『날개 돋친 뱀』과 희곡「다윗David」출간. 영국을 마지막으로 방문. 이탈리아로 돌아가『채털리 부인의 연인*Lady Chatterley's Lover*』을 집필하고 이어서 1927년까지 개정판 집필.

1927년 [42세] 브루스터 백작Earl Brewster과 함께 에트루리아 지방 여행.『에트루리아 스케치*Sketches of Etruscan Places*』집필.『도망친 수탉*The Escaped Cock*』의 제1부 집필. 기관지 출혈을 여러 번 겪음. 수필집『멕시코의 아침*Mornings in Mexico*』출간.『채털리 부인의 연인』3판 집필.

1928년 [43세] 『말 타고 떠난 여인 및 다른 단편들*The Woman Who Rode Away and Other Stories*』출간.『도망친 수탉』의 제2부 집필.『채털리 부인의 연인』제3판 탈고, 개정 후 사비를 들여 6월 말경 한정판으로 출간. 친구들을 통하여 이 책을 배포하였으나 많은 부수가 미국과 영국에서 행정 당국에 의해 몰수됨. 건강 요양차 스위스로 여행하고, 프랑스 남부 방돌Bandol로 여행.『로런스 시집*The Collected Poems of D. H. Lawrence*』출간.『호접제비꽃*The Pansies*』을 위해 많은 시를 씀.

1929년 [44세] 해적판에 대응하기 위해『채털리 부인의 연인』을 파리에서 싼값으로 출판하도록 준비함.『호접제비꽃』의 타이핑 원고가 런던에서 경찰에 의해 압수됨. 스페인, 이탈리아, 독일로 여행. 병이 점점 깊어짐. 7월 런던에서 개최된 그의 그림 전시회가 경찰에 의해 불시 단속됨.『호접제비꽃』삭제판이 7월에, 무삭제판이 8월에 출간.『도망친 수탉』출간. 방돌로 돌아감.

1930년 [45세] 3월 2일 프랑스 알프스 마리팀Alpes-Maritimes의 방스 Vence에서 폐결핵으로 사망하여 그곳에 매장됨. 시집『쐐기풀*Nettles*』과『구색을 갖춘 기사*Assorted Articles*』,『처녀와 집시』,『건초 더미에서의 사랑과 다른 작품들*Love Among the Haystacks & Other Pieces*』출간.

1932년 『에트루리아 스케치』가 〈에트루리아 지방*Etruscan Places*〉이라는 제목으로 출간. 『마지막 시편들*Last Poems*』 출간.

1933년 단편 모음집 『사랑스러운 부인*The Lovely Lady*』 출간.

1934년 『현대적인 애인*A Modern Lover*』 출간.

1935년 프리다가 로런스의 무덤을 파내어 화장하고, 유골을 키오와 랜치로 가져감.

1936년 『불사조*Phoenix*』가 편집 출판됨.

1956년 프리다 사망.

열린책들 세계문학 **157** 아들과 연인 하

옮긴이 최희섭 1955년 충남 예산에서 태어났다. 공주사범대학교를 졸업한 후 고려대학교 대학원 영어영문학과에서 논문 「엘리엇 시의 종교적 전개」로 석사 학위를, 「엘리엇 시에 있어서의 동서 구원관의 융합」으로 박사 학위를 받았다. 미국 웨인스버그대학 초빙 교수로 있었으며 한국동서비교문학학회 총무, 부회장, 회장을 거치고 한국예이츠학회 부회장, 영어어문교육학회 부회장과 한국현대영미시학회 편집위원장을 역임하였다. 현재 전주대학교 영어영문학과 교수로 재직하고 있으며 한국동서비교문학학회 고문, 한국번역학회 수석부회장을 맡고 있다. 저서로 『미국 현대 대표 시인선』, 『영국 현대 대표 시인선』, 『번역연습을 위한 동화집』, 『번역 첫걸음 내딛기』, 『영작문 기초부터 다지기』, 『각주가 상세한 영시개론』 등 다수가 있고 옮긴 책으로 『채털리 부인의 연인』, 『동물농장』, 『영시감상의 첫걸음』 등이 있다.

지은이 데이비드 허버트 로런스 **옮긴이** 최희섭 **발행인** 홍지웅·홍예빈
발행처 주식회사 열린책들 **주소** 경기도 파주시 문발로 253 파주출판도시
전화 031-955-4000 **팩스** 031-955-4004 **홈페이지** www.openbooks.co.kr
Copyright (C) 주식회사 열린책들, 2011, *Printed in Korea.*
ISBN 978-89-329-1157-1 03840 **ISBN** 978-89-329-1499-2 (세트)
발행일 2011년 1월 30일 세계문학판 1쇄 2019년 3월 1일 세계문학판 3쇄

이 도서의 국립중앙도서관 출판예정도서목록(CIP)은 서지정보유통지원시스템 홈페이지(http://seoji.nl.go.kr)와 국가자료공동목록시스템(http://www.nl.go.kr/kolisnet)에서 이용하실 수 있습니다.(CIP제어번호 : CIP2011000065)

열린책들 세계문학
Open Books World Literature

각 권 8,800〜15,800원